Günter Grass
Die Rättin

Günter Grass: Werkausgabe
herausgegeben von Volker Neuhaus und Daniela Hermes

Band 11
herausgegeben von Volker Neuhaus

Günter Grass
Die Rättin

Steidl

1. Auflage 1997

Erstausgabe: März 1986

Buchgestaltung: Günter Grass, Gerhard Steidl
Gesamtherstellung: Steidl, Göttingen
Printed in Germany
ISBN 3-88243-492-9

Für Ute

DAS ERSTE KAPITEL, in dem ein Wunsch in Erfüllung geht, in Noahs Arche kein Platz für Ratten ist, vom Menschen nur Müll bleibt, ein Schiff oft seinen Namen wechselt, die Saurier aussterben, ein alter Bekannter auftritt, eine Postkarte einlädt, nach Polen zu reisen, der aufrechte Gang geübt wird und mächtig Stricknadeln klappern.

Auf Weihnachten wünschte ich eine Ratte mir, hoffte ich doch auf Reizwörter für ein Gedicht, das von der Erziehung des Menschengeschlechts handelt. Eigentlich wollte ich über die See, meine baltische Pfütze schreiben; aber das Tier gewann. Mein Wunsch wurde erfüllt. Unterm Christbaum überraschte die Ratte mich.

Nicht etwa zur Seite gerückt, nein, von Tannenzweigen überdacht, dem tiefhängenden Baumschmuck zugeordnet, anstelle der Krippe mit dem bekannten Personal, hatte, mehr lang als breit, ein Drahtkäfig Platz gefunden, dessen Gitterstäbe weiß lackiert sind und dessen Innenraum mit einem hölzernen Häuschen, der Saugflasche und dem Futternapf möbliert ist. Wie selbstverständlich nahm das Geschenk seinen Ort ein, als gäbe es keinen Vorbehalt, als sei diese Bescherung natürlich: die Ratte unterm Weihnachtsbaum.

Nur mäßige Neugierde, sobald Papier knisterte. Huschig raschelte sie im Streu aus gelockten Hobelspänen. Wie sie nach kurzem Sprung auf ihrem Haus kauerte, spiegelte eine gülden glänzende Kugel das Spiel der Witterhaare. Von Anbeginn war erstaunlich, wie nackt ihr Schwanz lang und daß sie fünffingrig ist wie der Mensch.

Ein sauberes Tier. Hier und dort: nur wenige Rattenköttel kleinfingernagellang. Jener nach altem Rezept hergestellte Heiligabendgeruch, zu dem Kerzenwachs, Tannenduft, ein wenig Verlegenheit und Honigkuchen beitrugen, übertönte die Ausdünstung des geschenkten Jungtieres, das einem

Schlangenzüchter abgekauft wurde, der, in Gießen ansässig, Ratten als Schlangenfraß züchtet.

Gewiß überraschten auch andere Gaben: Nützliches, Überflüssiges links rechts beigeordnet. Es fällt ja immer schwerer zu schenken. Wo ist noch übriger Platz? Oh, dieses Elend, nicht mehr zu wissen, was wünschen. Alles ist in Erfüllung gegangen. Was fehlt, sagen wir, ist der Mangel, als wollten wir den uns zum Wunsch machen. Und schenken weiterhin ohne Erbarmen. Niemand weiß mehr, was wann von wem wohlwollend über ihn kam. Satt und bedürftig hieß mein Zustand, als ich mir, nach Wünschen befragt, auf Weihnachten eine Ratte wünschte.

Natürlich wurde gespottet. Fragen blieben nicht aus: In deinem Alter? Muß das sein? Nur weil die Mode sind jetzt? Warum keine Krähe? Oder wie letztes Jahr: mundgeblasene Gläser? – Nagut, gewünscht ist gewünscht.

Eine weibliche sollte es sein. Doch bitte keine weiße mit roten Augen, keine Laborratte bitte, wie sie bei Schering und Bayer-Leverkusen in Gebrauch sind.

Aber wird die graubraune Wanderratte, vulgär Kanalratte genannt, auf Lager und käuflich sein?

In Tierhandlungen werden gewöhnlich nur Nager geführt, denen kein Ruf anhängt, die nicht sprichwörtlich sind, über die nichts Schlimmes geschrieben steht.

Erst kurz vor dem vierten Advent soll Nachricht aus Gießen gekommen sein. Der Sohn einer Tierhändlerin mit üblichem Angebot, der ohnehin über Itzehoe in Richtung Norden zu seiner Verlobten fuhr, war gefällig und brachte ein Exemplar wie gewünscht; der Käfig konnte getrost der eines Goldhamsters sein.

Dabei hatte ich meinen Wunsch annähernd vergessen, als mich am Heiligen Abend die weibliche Ratte in ihrem Käfig überraschte. Ich sprach sie an, töricht. Später lagen geschenkte Schallplatten auf. Ein Rasierpinsel wurde belacht.

Bücher genug, darunter eines über die Insel Usedom. Die Kinder zufrieden. Nüsseknacken, Geschenkpapier falten. Scharlachrote und zinkgrüne Bänder, deren Enden gezwirbelt sein müssen, wollten zur Wiederverwendung – nur nichts wegwerfen! – aufgewickelt verwahrt werden.

Gefütterte Hausschuhe. Und das noch und das. Und ein Geschenk, das ich für meine Liebste, die mich mit der Ratte beschenkte, in Seidenpapier gerollt hatte: Auf handkolorierter Landkarte liegt, der pommerschen Küste vorgelagert, Vineta, die versunkene Stadt. Trotz Stockflecken und seitlichem Riß: ein schöner Stich.

Niederbrennende Kerzen, der geballte Familienverband, die schwer erträgliche Stimmung, das Festessen. Tags darauf nannten erste Besucher die Ratte süß.

Meine Weihnachtsratte. Wie anders soll ich sie nennen. Mit ihren rosa Zehen, die feingegliedert den Nußkern, die Mandel oder gepreßtes Spezialfutter halten. Anfangs ängstlich auf meine Fingerkuppen bedacht, beginne ich sie zu verwöhnen: mit Rosinen, Käsebröcklein, dem Gelben vom Ei.

Sie mir danebengesetzt. Ihre Witterhaare nehmen mich wahr. Sie spielt mit meinen Ängsten, die ihr handlich sind. Also rede ich gegenan. Vorerst noch Pläne, in denen Ratten ausgespart bleiben, als könnte zukünftig irgendwas ohne sie sich ereignen, als dürfte, sobald die See kleine Wellen wagt, der Wald an den Menschen stirbt oder womöglich ein Männlein bucklicht sich auf die Reise macht, die Rättin abwesend sein.

Neuerdings träumt sie mir: Schulkram, des Fleisches Ungenügen, was alles der Schlaf unterschiebt, in welche Geschehnisse ich hellwach vermengt werde; meine Tagträume, meine Nachtträume sind ihr abgestecktes Revier. Keine Wirrnis, der sie nicht nacktschwänzig Gestalt gäbe. Überall hat sie Duftmarken gesetzt. Was ich vorschiebe – schranktiefe Lügen und Doppelböden –, sie frißt sich durch. Ihr Nagen ohne Unterlaß, ihr Besserwissen. Nicht mehr ich rede, sie spricht auf mich ein.

Schluß! sagt sie. Euch gab es mal. Gewesen seid ihr, erinnert als Wahn. Nie wieder werdet ihr Daten setzen. Alle Perspektiven gelöscht. Ausgeschissen habt ihr. Und zwar restlos. Wurde auch Zeit!

In Zukunft nur Ratten noch. Anfangs wenige, weil ja fast alles Leben ein Ende fand, doch schon vermehrt sich die Rättin erzählend, indem sie von unserem Ausgang berichtet. Mal fistelt sie bedauernd, als wolle sie jüngste Würfe lehren, uns nachzutrauern, mal höhnt ihr Rattenwelsch, als wirke Haß auf unsereins nach: Weg seid ihr, weg!

Doch ich halte gegen: Nein, Rättin, nein! Immer noch sind wir zahlreich. Pünktlich geben Nachrichten von unseren Taten Bericht. Wir tüfteln Pläne aus, die Erfolg versprechen. Zumindest mittelfristig sind wir noch da. Selbst jenes bucklichte Männlein, das abermals dreinreden will, sagte noch kürzlich, als ich treppab in den Keller wollte, um nach den Winteräpfeln zu sehen: Mag sein, daß es zu Ende geht mit den Menschen, doch letztlich bestimmen wir, wann Ladenschluß ist.

Rattengeschichten! Wie viele sie weiß. Nicht nur in wärmeren Zonen, sogar in den Iglus der Eskimos soll es sie geben. Mit den Verbannten gelang es Ratten, Sibirien zu besiedeln. Polarforschern gesellig, haben Schiffsratten die Arktis und Antarktis entdeckt. Keine Einöde war ihnen unwirtlich genug. Hinter Karawanen zogen sie durch die Wüste Gobi. Frommen Pilgern im Gefolge waren sie nach Mekka und Jerusalem unterwegs. Mit den wandernden Völkern des Menschengeschlechts sah man dicht bei dicht Ratten wandern. Sie sind mit den Goten ans Schwarze Meer, mit Alexander gen Indien, mit Hannibal über die Alpen, anhänglich den Wandalen nach Rom gezogen. Hinter Napoleons Heerhaufen nach Moskau hin und zurück. Auch mit Mose und dem Volk Israel liefen trockenen Fußes Ratten durchs Rote Meer, um in der Wüste Zin vom himmlischen Manna zu kosten; es gab von Anbeginn Abfall genug.

So viel weiß meine Rättin. Sie ruft, daß es hallt: Am Anfang war das Verbot! Denn als der Menschen Gott polterte: Ich will eine Sintflut mit Wasser kommen lassen auf Erden, zu verderben alles Fleisch, darin ein lebendiger Odem ist, durften wir ausdrücklich nicht an Bord. Für uns kein Zutritt, als Noah seine Arche zum Zoo machte, obgleich sein immerfort strafender Gott, vor dem er Gnade gefunden hatte, von oben herab deutlich geworden war: Aus allerley reinem Vieh nimm zu dir je sieben und sieben, das Menlin und sein Frewlin. Von dem unreinen Vieh aber je ein Par, das Menlin und sein Frewlin, denn wil ich regnen lassen auff Erden vierzig tag und vierzig nacht und vertilgen von dem Erdboden alles, was das Wesen hat, das ich gemacht habe. Mich reuet mein tun.

Und Noah tat, was sein Gott ihm befohlen, und nahm von den Vögeln nach ihrer Art, von dem Vieh nach seiner Art und von allerley Gewürm auff erden nach seiner Art; nur von unsereins Wesen wollte er kein Paar, nicht Ratz und Rättlin, in seinen Kasten nehmen. Rein oder unrein, wir waren ihm weder noch. So früh war das Vorurteil eingefleischt. Von Anbeginn Haß und der Wunsch, vertilgt zu sehen, was würgt und Brechreiz macht. Dem Menschen eingeborener Ekel vor unserer Art hinderte Noah, nach seines strengen Gottes Wort zu handeln. Er verneinte uns, strich uns aus seiner Liste, die alles nannte, was Atem hat.

Küchenschaben und Kreuzspinnen, den sich krümmenden Wurm, die Laus sogar und die warzige Kröte, schillernde Schmeißfliegen nahm er, ein Paar, an Bord seiner Arche, uns aber nicht. Wir sollten draufgehen wie der verderbten Menschheit zahlreicher Rest, von dem der Allmächtige, dieser immerfort rachsüchtige und den eigenen Pfusch verfluchende Gott, abschließend gesagt hatte: Des Menschen Bosheit war gros auff Erden und ihrer Hertzen Tichten und Trachten war böse imer dar.

Worauf er Regen machte, der vierzig Tage und Nächte fiel, bis alles mit Wasser bedeckt war, das einzig die Arche und deren Inhalt trug. Als aber die Wasser fielen und erste Bergspitzen aus der Flut tauchten, kam nach dem Raben, der ausgesetzt wurde, die Taube zurück, von der es hieß: Sie kam zu ihm umb die Vesperzeit und sihe, ein Oelblatt hatte sie abgebrochen und trugs in ihrem Munde. Doch nicht nur mit Grünzeug, mit verblüffender Botschaft auch flog die Taube Noah zu: Sie habe, wo sonst nichts mehr kreuche und fleuche, Rattenköttel, frische Rattenköttel gesehen.

Da lachte der seiner Stümperei überdrüssige Gott, weil Noahs Ungehorsam an unsrer Zählebigkeit zunichte geworden war. Er sagte wie immer von oben herab: Fortan sollen Ratz und Rättlin auff Erden des Menschen gesell und zuträger aller verheißenen Plage seyn...

Er sagte noch mehr voraus, was nicht geschrieben steht, trug uns die Pest auf und schwindelte sich, nach Art des Allmächtigen, weitere Allmacht zusammen. Er persönlich habe uns der Sintflut enthoben. Auf seiner Gotteshand sei von unreiner Art ein Paar sicher gewesen. Auf göttlicher Hand habe Noahs ausgesetzte Taube frische Rattenköttel gesehen. Seiner Pranke verdanke sich unser zahlreiches Fortleben, denn auf Gottes Handteller hätten wir Junge, neun Stück, geworfen, worauf sich der Wurf, während das Gewesser hundert und fuffzig tage auff Erden stund, zu einem Rattenvölkchen ausgewachsen habe; so geräumig sei des allmächtigen Gottes Hand.

Verstockt schwieg Noah nach dieser Rede und dachte, wie von Jugend an gewohnt, Böses bei sich. Doch als die Arche breit und platt auf dem Gebirge Ararat Grund gefunden hatte, war das wüste Gelände ringsum schon eingenommen von uns; denn nicht in Gottes Hand, wohl aber in unterirdischen Gängen, die wir mit Alttieren gepfropft und in Nistkammern zu rettenden Luftblasen gemacht hatten, waren wir, das zählebige Rattengeschlecht, der Sintflut entkommen. Wir, langschwänzig! Wir, mit dem ahnenden Witterhaar! Wir, mit dem nachwachsenden Zahn! Wir, des Menschen enggefügte Fußnoten, sein auswuchernder Kommentar. Wir, unverwüstlich!

Bald bewohnten wir Noahs Kasten. Keine Vorkehr half: Seine Speise war unsere auch. Schneller, als sich die Menschen um Noah und sein erwähltes Getier vermehren konnten, wurden wir zahlreich. Uns wurde das Menschengeschlecht nicht mehr los.

Da sagte Noah, indem er Demut vor seinem Gott heuchelte und sich gleichwohl an dessen Stelle setzte: Verstockt war mein Hertz, daß ich des Herrn Wort außer acht ließ. Doch nach des Allmächtigen Wille überlebte auff erden mit uns die ratt. Sie soll verflucht seyn, in unserem Schatten zu wühlen, wo abfall liegt.

Das ging in Erfüllung, sagte die Rättin, von der mir träumt. Wo der Mensch war, an jedem Ort, den er verließ, blieb Müll. Selbst auf der Suche nach letzter Wahrheit und seinem Gott auf den Fersen machte er Müll. An seinem Müll, der Schicht auf Schicht lagerte, war er, sobald man ihm nachgrub, jederzeit zu erkennen; denn langlebiger als der Mensch ist sein Abfall. Einzig Müll hat ihn überdauert!

Wie nackt ihr Schwanz mal so und mal so liegt. Ach, wie hat sie sich ausgewachsen, meine niedliche Weihnachtsratte. Unruhig auf und ab, dann wieder starr, bis auf die zitternden Witterhaare, hält sie alle Träume besetzt. Mal plappert sie leichthin, als müsse auf Rattenwelsch, in dem viel Tratsch zischelt, die Welt samt Kleinkram verplaudert werden, dann wieder fistelt sie belehrend, indem sie mich in die Schule nimmt, mir rattig geschichtsläufige Lektionen erteilt; schließlich spricht sie endgültig, als habe sie Luthers Bibel, die Großen und Kleinen Propheten, die Sprüche Salomonis, Jeremiä Klagelieder, wie nebenbei die Apokryphen, den Singsang der Männer im Feuerofen, die Psalmen alle und Siegel nach Siegel des Johannes Offenbarung gefressen.

Wahrlich, ihr seid nicht mehr! höre ich sie verkünden. Wie einst der tote Christus vom Weltgebäude herab, spricht weithallend die Rättin vom Müllgebirge: Nichts spräche von euch, gäbe es uns nicht. Was vom Menschengeschlecht geblieben, zählen wir zum Gedächtnis auf. Vom Müll befallen, breiten sich Ebenen, strändelang Müll, Täler, in denen der Müll sich staut. Synthetische Masse wandert in Flocken, Tuben, die ihren Ketchup vergaßen, verrotten nicht. Schuhe, weder aus Leder noch Stroh, laufen selbsttätig mit dem Sand, sammeln sich in vermüllten Kuhlen, wo schon des Seglers Handschuh und drolliges Badegetier warten. All das redet von euch ohne Unterlaß. Ihr und eure Geschichten in Klarsichtfolie verschweißt, in Frischhaltebeuteln versiegelt, in Kunstharz gegossen, in Chips und Klips ihr: das gewesene Menschengeschlecht.

Was sonst noch geblieben ist: Auf euren Pisten rollt, scheppert Schrott. Kein Papier uns zum Fraß, doch zerschlissene Planen um Pfeiler, um Stahlträger gewickelt. Geronnener Schaum. Als sei in ihm Leben, bibbert in Fladen Gelee. Überall rotten Horden leerer Kanister. Aus Kassetten befreit sind Filmbänder unterwegs: Die Caine war ihr Schicksal, Doktor Schiwago, Donald Duck, High Noon und Goldrausch ... Was euch vergnüglich oder zu Tränen rührend in beweglichen Bildern das Leben gewesen ist.

Ach, eure Autohalden, in denen sich wohnen ließ früher. Container und sonstige Stapelware. Kisten, die ihr Safe und

Tresor nanntet, stehen sperroffen: jedes Geheimnis ausgekotzt. Alles wissen wir, alles! Und was ihr in suppenden Fässern gelagert, vergessen oder falsch abgebucht habt, wir finden sie, eure tausend mal tausend Giftdeponien: Plätze, die wir begrenzen, indem wir warnend – uns warnend, denn nur noch wir sind – Duftmarken setzen.

Zugegeben: selbst euer Müll ist beachtlich! Und oft staunt unsereins, wenn Stürme mit dem strahlenden Staub sperrige Bauelemente von weither über die Hügel ins flache Land tragen. Seht, es segelt ein Glasfiberdach! So erinnern wir den verstiegenen Menschen: immer höher hinaus, immer steiler erdacht... Seht, wie zerknautscht sein Fortschritt zu Fall kam!

Und ich sah, was mir träumte, sah Gelee bibbern und Filmbänder unterwegs, sah rollenden Schrott und Folien von Stürmen bewegt, sah Gift aus Fässern suppen; und ich sah sie, die vom Müllberg herab verkündete, daß der Mensch nicht mehr sei. Das, rief sie, ist euer Nachlaß!

Nein, Rättin, nein! schrie ich. Noch gibt es uns tätig. Zukünftig sind Termine gesetzt, vom Finanzamt, beim Zahnarzt zum Beispiel. Es sind die Ferienflüge vorausgebucht. Morgen ist Mittwoch und übermorgen... Auch steht mir ein bucklicht Männlein im Weg, das sagt: Es müsse dies noch und das niedergeschrieben werden, damit unser Ende, sollte es kommen, vorbedacht sich ereigne.

Meine See, die sich nach Osten
und nördlich verläuft, wo Haparanda liegt.
Die baltische Pfütze.
Was von der windigen Insel Gotland außerdem ausging.
Wie die Algen dem Hering die Luft nahmen
und der Makrele, dem Hornfisch auch.

Es könnte, was ich erzählen will,
weil ich durch Wörter das Ende aufschieben möchte,
mit Quallen beginnen, die mehr, immer mehr,
unabsehbar mehr werden,
bis die See, meine See
eine einzige Qualle.

Oder ich lasse die Bilderbuchhelden,
den russischen Admiral, den Schweden, Dönitz, wen noch
aufkreuzen, bis Strandgut
genug bleibt – Planken und Bordbücher,
aufgelistet Proviant –
und alle Untergänge abgefeiert sind.

Als am Palmsonntag aber Feuer vom Himmel
auf die Stadt Lübeck und ihre Kirchen fiel,
brannte vom Backsteingemäuer die innere Tünche;
hoch ins Gerüst soll nun Malskat, der Maler,
abermals steigen, damit uns die Gotik
nicht ausgeht.

Oder es spricht, weil ich nicht lassen kann
von der Schönheit, die Organistin aus Greifswald
mit ihrem R, das zum Uferkiesel gerollt wurde.
Sie hat, genau gezählt,
elf Pfaffen überlebt und immer
den Cantus firmus gehalten.

Jetzt heißt sie, wie Witzlavs Tochter hieß.
Jetzt sagt Damroka nicht,
was der Butt ihr gesagt.
Jetzt lacht sie von der Orgelbank
ihren elf Pfaffen nach: der erste, son Mucker,
der kam aus Sachsen . . .

Ich lade euch ein: Denn hundertundsieben Jahre
wird Anna Koljaiczek aus Bissau bei Viereck,
das liegt bei Matarnia.
Ihren Geburtstag zu feiern mit Sülze, Pilzen und Kuchen
kommen alle gereist, denn weit
zweigt das kaschubische Kraut.

Die aus Übersee: Von Chicago her reisen sie an.
Die Australier nehmen den längsten Weg.
Wem es im Westen bessergeht, der kommt,
es jenen zu zeigen,
die in Ramkau, Kartuzy, Kokoschken geblieben,
um wieviel besser in deutscher Mark.

Fünf von der Leninwerft sind eine Delegation.
Schwarzröcke bringen den Segen der Kirche.
Nicht nur die staatliche Post,
Polen als Staat ist vertreten.
Mit Chauffeur und Geschenken
kommt unser Herr Matzerath auch.

Aber das Ende! Wann kommt das Ende?
Vineta! Wo liegt Vineta?
Seetüchtig kreuzen sie auf; denn zwischendurch
werden Frauen tätig.
Allenfalls Flaschenpost,
die ihren Kurs ahnen läßt.

Da ist keine Hoffnung mehr.
Denn mit den Wäldern,
soll hier geschrieben stehen,
sterben die Märchen aus.
Abgeschnitten Krawatten kurz unterm Knoten.
Endlich, das Nichts hinter sich, treten die Männer zurück.

Doch als die See den Frauen Vineta zeigte,
war es zu spät. Damroka verging,
und Anna Koljaiczek sagte: Nu isses aus.
Ach, was soll werden, wenn nichts mehr wird!
Da träumte die Rättin mir, und ich schrieb:
Die Neue Ilsebill geht als Ratte an Land.

Als im Oktober neunundneunzig die »Dora«, ein stählerner Ewer mit Holzboden, dem Schiffsbauer Gustav Junge in Auftrag gegeben und im März des Jahres 1900 auf der Wewelsflether Werft zu Wasser gelassen wurde, ahnte der Schiffseigner Richard Nickels nicht, was alles seinem für die Hamburger Graskellerschleuse bemessenen Alsterewer geschehen sollte, zumal das neue Jahrhundert, laut angekündigt und klotzig, mit prallen Taschen ans Licht trat, als wollte es sich die Welt kaufen.

Knappe achtzehn Meter war das Schiff lang und viersiebzig breit. Die Tonnage der »Dora« belief sich auf achtunddreißigkommafünf Bruttoregistertonnen, ihre Tragfähigkeit betrug siebzig Tonnen, war aber mit fünfundsechzig angegeben. Ein Lastschiff, für Getreide und Schlachtvieh, für Bauholz und Ziegelsteine gut.

Der Schiffer Nickels war nicht nur auf der Elbe, der Stör und der Oste mit Fracht unterwegs, sondern befuhr auch deutsche und dänische Häfen bis nach Jütland hoch und nach Pommern hin. Bei gutem Wind lief sein Lastewer vier Knoten.

1912 wurde die »Dora« an den Schiffer Johann Heinrich Jungclaus verkauft, der den Ewer ohne Schaden über den Ersten Weltkrieg brachte und ihm im Jahr achtundzwanzig, zur Zeit der Rentenmark, einen 18-PS-Glühkopfmotor einbauen ließ. Krautsand und nicht mehr Wewelsfleth stand nun als Heimathafen am Heck geschrieben: mit weißen

Buchstaben auf schwarzem Anstrich. Das änderte sich, als Jungclaus seinen Lastewer dem Schiffer Paul Zenz aus Cammin an der Dievenow verkaufte, einer Kleinstadt in Pommern, die heute Kamień heißt.

Dort fiel die »Dora« auf. Abfällig nannten die pommerschen Küstenschiffer das Plattbodenschiff, wenn es durch den Greifswalder Bodden geschippert wurde, einen Dwarsdriewer. Noch immer Getreidelasten, Winterkohl, Schlachtvieh als Last, aber auch Bauholz, Ziegelsteine, Dachpfannen, Zement; es wurde ja bis in den Zweiten Weltkrieg hinein viel gebaut: Kasernen, Barackenlager. Doch hieß der Eigner der »Dora« jetzt Otto Stöhwase, und am Heck stand Wollin als Heimathafen geschrieben; so heißt eine Stadt und Insel, die mit der Insel Usedom vor der pommerschen Küste liegt.

Als vom Januar bis zum Mai des Jahres fünfundvierzig große und kleine Schiffe, mit Zivilisten und Soldaten überladen, die Ostsee befuhren, doch nicht alle Schiffe die Häfen der Städte Lübeck, Kiel, Kopenhagen, den rettenden Westen erreichten, holte auch die »Dora«, kurz bevor die Zweite Sowjetische Armee zur Ostsee durchstieß, Flüchtlinge aus Danzig-Westpreußen, um sie nach Stralsund zu bringen. Das war, als die »Gustloff« sank. Das war, als in der Neustädter Bucht die »Cap Arcona« ausbrannte. Das war, als überall und selbst an Schwedens neutraler Küste ungezählt viele Leichen antrieben; alle noch Lebenden glaubten, davongekommen zu sein, und nannten deshalb das Ende, als sei zuvor nichts geschehn, die Stunde Null.

Ein Jahrzehnt später wurde, während überall Frieden bewaffnet herrschte, der immer noch unverändert lange und breite Ewer mit einem 36-PS-Brons-Dieselmotor ausgerüstet und vom neuen Eigner, der Firma Koldewitz auf Rügen, nicht mehr »Dora«, sondern »Ilsebill« genannt; wohl in Anspielung auf ein plattdeutsches Märchen, dessen Wortlaut aufgezeichnet worden war, als überall in Deutschland, also auch auf der Insel Rügen, Märchen gesammelt wurden.

Benannt nach des Fischers Frau, die sich vom sprechenden Butt mehr, immer mehr, am Ende wie Gott zu sein wünscht, diente die »Ilsebill« noch lange als Lastschiff im Bodden, in der Peenemündung und im Achterwasser, bis man sie gegen Ende der sechziger Jahre, während immer noch Frieden bewaffnet herrschte, abwracken und im Hafen von Warthe auf Usedom als Molenfundament versenken wollte. Der stählerne Rumpf, dessen Heck zuletzt die Stadt Wolgast als Heimathafen ausgab, sollte geflutet werden.

Das geschah nicht, denn im reichen Westen, dem der verlorene Krieg Glück gebracht hatte, fand sich eine Käuferin, die von Greifswald herkam, über Umwege nach Lübeck gezogen war, doch weiter auf vorpommerschen Trödel fixiert blieb, der mochte von Rügen, von Usedom stammen oder, wie der stählerne Besanewer mit Holzboden, nach dorthin verschlagen sein; eigentlich hatte sie eines der selten gewordenen Zeesboote gesucht.

Am Ende langwieriger Verhandlungen bekam die Käuferin, die, ihrem Herkommen gemäß, beharrlich blieb, den Zuschlag, weil die Deutsche Demokratische Republik, als letzter Schiffseigner, nach hartem Westgeld begehrlich war; die Überführung des Lastewers kam teurer als dessen Kauf.

Lange lag die »Dora« als »Ilsebill« in Travemünde. Schwarz der Rumpf und der Hauptmast, blau-weiß das Steuerhaus und die restlichen Aufbauten. An langen Wochenenden und während Urlaubswochen putzte, besserte, pinselte die neue Eignerin, die ich, weil sie mir lieb ist, Damroka nennen will, an ihrem Schiff, bis sie, obgleich von Beruf Organistin und von Jugend an mit Händen und Füßen für Gott und Bach tätig, Ende der siebziger Jahre zum Bootsführerschein ihr Patent für Küstenfahrt machte. Sie ließ die Orgel samt Kirche und Pfaffen hinter sich, entzog sich der musikalischen Fron und soll fortan die Kapitänin Damroka genannt werden, auch wenn sie ihr Schiff mehr bewohnte als ausfuhr, nachdenklich auf Deck rumstand, wie verwachsen mit ihrem stets halbvollen Kaffeepott.

Erst Anfang der achtziger Jahre faßte Damroka einen Plan, der, nach Probefahrten in der Lübecker Bucht und nach Dänemark rüber, ab Ende Mai dieses Jahres, das nach chinesischem Kalender das Jahr der Ratte ist, umgesetzt werden soll.

Ein im Jahr 1900 gebauter Besanewer, der mehrmals seinen Eigner und Heimathafen gewechselt, seinen Besanmast verloren, doch nach letztem Umbau einen starken Dieselmotor gewonnen hat, ein Schiff, das nunmehr, als müsse es ein Programm verkörpern, auf den Namen »Die Neue Ilsebill« hört und bald mit Frauen bemannt sein wird, wurde im Hafen von Travemünde vom Lastewer zum Forschungsschiff umgerüstet. Im Vorschiff ist der enge Schlafraum für die weibliche Mannschaft mit einer Bretterwand abgeschlagen. Zum Schrank ausgebaut, bietet die Bugspitze Raum für Seesäcke, Bücher, Strickzeug und Erste-Hilfe-Kram. Im Mittelschiff soll der Frachtraum mit langem Arbeitstisch künftig der Forschung dienen. Überm Maschinenraum mit dem neuen 180-PS-Motor ist das Steuerhaus, eine Holzlaube mit Fenstern in jede Richtung, zum Heck hin um eine Kleinküche erweitert worden: mehr Verschlag als Kombüse.

Mit fünf Frauen überbelegt: eng und nur mäßig wohnlich ist es an Bord. Alles zweckbestimmt: der Forschungstisch muß auch Eßtisch sein. »Die Neue Ilsebill« soll bundesdeutsche, dänische, schwedische und – falls die Genehmigung eintrifft – Küstengewässer der DDR befahren. Der Auftrag ist vorgeschrieben: Punktuell muß die Quallendichte der westlichen Ostsee vermessen werden, denn die Verquallung des baltischen Meeres nimmt nicht nur statistisch zu. Der

Bädertourismus leidet. Überdies schädigen Ohrenquallen, die von Plankton und Heringslarven leben, das Fischereiwesen. Das Institut für Meereskunde, mit Sitz in Kiel, hat deshalb Forschungsaufträge vergeben. Natürlich sind, wie immer, die Mittel knapp. Natürlich soll nicht die Ursache der Verquallung erforscht werden, einzig die Fluktuation der Bestände. Natürlich weiß man schon jetzt, daß die Meßdaten schlimm sein werden.

Das sagen die Frauen an Bord des Schiffes, die alle lachlustig, spottsüchtig, spitzzüngig und notfalls giftig ätzend sein können; angegraut sind sie die Jüngsten nicht mehr. Schon bei der Ausfahrt – backbord die Mole, besetzt mit winkenden Touristen – teilt die Bugsee überreichen Quallenbestand, der sich hinterm Heck verquirlt wieder schließt.

Für diese Reise haben sich die fünf Frauen, wie ich sie wünsche, anlernen lassen. Sie können Knoten schlagen und dichtholen. Das Belegen einer Klampe, das Aufschießen einer Leine geht ihnen von der Hand. Sie können die Betonnung des Fahrwassers lesen, mehr oder weniger gut. Seemännisch nehmen sie Kurs. Die Kapitänin Damroka hat ihr Patent hinter Glas rahmen lassen und ins Steuerhaus gehängt. Kein Bildchen sonst, das Schmuck bedeuten könnte, dafür ein neues Atlas-Echolot zum alten Kompaß und ein Wetterempfänger.

Zwar ist bekannt, daß die Ostsee von Algen verkrautet, durch Tangbärte vergreist, von Quallen übersättigt, obendrein quecksilbrig, bleihaltig, was noch alles ist, aber erforscht muß werden, wo sie mehr oder weniger, wo sie noch nicht, wo sie besonders verkrautet, vergreist, übersättigt ist, ungeachtet aller Schadstoffe, die anderenorts bilanziert sind. Deshalb wurde das Forschungsschiff mit Meßinstrumenten ausgerüstet, von denen eines »Meßhai« heißt und scherzhaft »Quallenzähler« genannt wird. Außerdem sollen die Vorkommen von Plankton und Heringslarven, was alles sonst noch die Qualle frißt, gemessen, gewogen, bestimmt werden. Eine der Frauen ist als Meeresforscherin ausgebildet. Sie kennt alle Zahlen verjährter Messungen und die Biomasse der westlichen Ostsee bis hinters Komma genau. Auf diesem Papier wird sie fortan die Meereskundlerin genannt werden.

Bei schwachem Nordwest nimmt der Forschungsewer Kurs. Ruhig wie die See und ihrer Kenntnisse sicher, gehen die Frauen seemännischer Arbeit nach. Langsam, weil ich das so will, gewöhnen sie sich daran, einander nach ihrer Funktion zu nennen und »He, Maschinistin!« oder »Wo steckt die Meereskundlerin?« zu rufen. Nur die älteste der Frauen wird von mir, obgleich sie die Küche besorgt, nicht Smutje, sondern die Alte genannt.

Noch muß der Meßhai nicht ausgefahren werden. Zeit bleibt für Geschichten. In Dreimeilendistanz zu den Seebädern der holsteinischen Küste erzählt die Kapitänin der Steuermännin aus Vorzeiten, als sie siebzehn Jahre lang ihrer Kirchgemeinde treu gewesen war und elf Pfaffen, einen nach dem anderen, überlebt hat. Zum Beispiel hat sie dem ersten – »Das war son Mucker, der kam aus Sachsen« – die immer zu lange Predigt mit dem Choral »Es ist genug« gekürzt. Weil aber die Steuermännin nur inwendig lächelt und ihrem Wesen nach bitter bleibt, verknappt Damroka diese Geschichte und läßt den ersten ihrer elf Pfaffen, nach plötzlichem Sturz von der Orgelempore, ableben: »Da waren es nur noch zehn ...«

Nein, sagt die Rättin, von der mir träumt, solche Vertällchens haben wir satt. Das war einmal und war einmal. Was schwarz auf weiß alles geschrieben steht. Klugscheißerei und Kirchenlatein. Unsereins ist fett davon, hat sich durchgefressen bis zur Gelehrsamkeit. Diese stockfleckigen Pergamente, gelederten Folianten, mit Zetteln gespickten Gesamtausgaben und oberschlauen Enzyklopädien. Von d'Alembert bis Diderot, es ist uns alles bekannt: die heilige Aufklärung und der Erkenntnisekel danach. Jede Ausscheidung menschlicher Vernunft.

Noch früher, zu Augustinus' Zeiten schon, waren wir überfressen. Von Sankt Gallen bis Uppsala: keines Klosters Bibliothek, die uns nicht wissender machte. Was immer das Wort Leseratte gemeint haben mag, wir sind belesen, uns haben in Hungerzeiten Zitate gemästet, wir kennen durchweg die schöne und die sachliche Literatur, uns sättigten Vorsokratiker und Sophisten. Scholastiker satt! Ihre Schachtelsätze, die wir kürzten und kürzten, waren uns allzeit bekömmlich. Fußnoten, welch köstliches Zubrot! Von Anbeginn aufgeklärt, waren uns Abhandlungen und Traktate, Exkurse und Thesen neunmalklug kurzweilig.

Ach, euer Denkschweiß und Tintenfluß! Wieviel Papier wurde geschwärzt, die Erziehung des Menschengeschlechts zu fördern! Streitschriften und Manifeste. Wörter geheckt und Silben gestochen. Versfuß gezählt und Sinn ausgelegt. So viel Besserwissen. Nichts war den Menschen zweifelsfrei. Jedem Wort sieben dagegengesetzt. Ihr Streit, ob die Erde rund und Brot wirklich des Herrn Leib sei, von allen Kanzeln herab. Besonders liebten wir ihren theologischen Hader. Man konnte die Bibel ja in der Tat so oder so lesen.

Und es erzählte die Rättin, die nichts von Damroka und ihren Pfaffen hören wollte, was ihr aus glaubenseifrigen Zeiten, vor und nach Luther, erinnerlich war: Mönchsgezänk und Theologenzwist. Und immer ging es um das wahre Wort. Natürlich war bald und schon wieder von Noah die Rede; sie schob mir die Arche dreistöckig, wie Gott sie gefordert hatte, in meinen Traum.

Ja! rief sie, er hätte uns aufnehmen müssen in seinen Kasten aus Tannenholz. Im ersten Buch Mose stand nichts geschrieben von: Ratten raus! Es durfte sogar die Schlange, von der gedruckt zu lesen stand, sie sei verflucht fur allen Vieh und fur allen Thieren auff dem felde, als Paar – Schlange und Schlänglin – in den hölzernen Kasten. Warum wir nicht? Beschiß war das! Wir legten Einspruch ein, immer wieder.

Worauf ich auf traumgerecht fließenden Bildern ansehen mußte, wie Noah sieben Paare vom reinen Vieh, je ein Paar vom unreinen Getier über eine Rampe in die mehrstöckige Arche führen ließ. Wie ein Zirkusdirektor genoß er seine Menagerie. Keine Art fehlte. Alles stampfte, trabte, hüpfte, tippelte, huschte, kroch, flatterte, schlich, ringelte sich hinein, der Regenwurm und seine Würmin nicht vergessen. Paarweise nahmen Zuflucht: Kamel und Elefant, Tiger und Gazelle, der Storch und die Eule, die Ameise und die Schnecke. Und paarweis nach Hunden und Katzen, Füchsen und Bären die Vielzahl der Nager: Siebenschläfer und Mäuse, jadoch, die Wald-, Feld-, Wüsten- und Springmäuse. Doch immer, wenn sich Ratz und Rättlin einreihen wollten, um gleichfalls Zuflucht zu suchen, hieß es: Raus! Weg hier! Verboten!

Das rief nicht Noah. Der führte stumm und verkniffen unterm Kastentor seine Strichliste: Tontafeln, in die er Zeichen kerbte. Das riefen seine Söhne Sem, Ham und Japheth, drei massige Kerle, denen später, laut Weisung von oben, aufgetragen wurde: Seid fruchtbar und mehret euch und erfüllet die Erde. Die schrien: Haut endlich ab! Oder: Für Ratten Zutritt verboten! Die machten wahr ihres Vaters Wort. Jämmerlich war anzusehen, wie das biblische Rattenpaar aus dem Zottelfell langwolliger Schafe, unterm tiefhängenden Bauch des Flußpferdes mit Stöcken aufgestöbert, von der Rampe geprügelt wurde. Von Affen und Schweinen verspottet, gaben sie schließlich auf.

Und hätte nicht, sagte die Rättin, während die Arche sich zusehends füllte, Gottes Hand uns aufgehoben, nein, noch sicherer: hätten wir uns nicht eingegraben, unsere Tiefgänge gepfropft und die Nistkammern zu rettenden Luftblasen gemacht – es gäbe uns heute nicht. Nennenswert wäre niemand zur Stelle, dem es gelingen könnte, das Menschengeschlecht zu überleben.

Wir waren immer schon da. Auf jeden Fall gab es uns gegen Ende der Kreidezeit, als vom Menschen noch keine Idee spukte. Das war, als hier und anderswo Dinosaurier und ähnliche Monstren die Schachtel- und Farnwälder kahlfraßen. Dumme Kaltblüter, die lächerlich große Eier legten, aus denen neue Monstren ungestalt schlüpften und sich gigantisch auswuchsen, bis wir diese Übertreibungen der Natur satt hatten und – kleiner als heutzutage, etwa der Galapagos-Ratte vergleichbar – ihre Rieseneier knackten. Blöd und erstarrt in nächtlicher Kälte standen die Saurier hilflos da, keiner Gegenwehr fähig. Sie, Launen der oft mißgelaunten Natur, mußten aus vergleichsweise winzigen, beim Schöpfungsakt halbvergessenen Köpfen ansehen, wie wir, Warmblüter von Anbeginn, wir, die ersten Säuger lebendig geworfener Aufzucht, wir, mit dem immerfort nachwachsenden Zahn, wir, die beweglichen Ratten, ihren Rieseneiern Löcher nagten, so hart und dick die Schalen dichthalten wollten. Gerade gelegt, noch nicht angebrütet, mußte ihr Eiersegen sich Loch nach Loch gefallen lassen, auf daß er auslief und uns lustig und satt machte.

Arme Dinosaurier! höhnte die Rättin und zeigte ihre immerfort nachwachsenden Nagezähne. Sie zählte auf: den Brachiosaurus und den Diplodocus, zwei Monstren, die bis zu achtzig Tonnen wogen, schuppige Sauropoden und gepanzerte Theropoden, zu denen der Tyrannosaurus, ein Raubmonster von fünfzehn Metern Länge, gehörte, vogelfüßige Saurier und den gehörnten Torosaurus; Untiere, die sich mir alle traumwirklich zeigten. Dazu noch Lurche und Flugechsen.

Mein Gott, rief ich, ein Scheusal schlimmer als das andere!

Die Rättin sagte: Es hatte bald ein Ende mit ihnen. Nach Verlust ihrer Rieseneier, zukünftiger Babymonstren beraubt, schleppten sich die Dinosaurier in die Sümpfe, um klaglos und äußerlich unbeschadet zu versacken. Deshalb hat der Mensch später, in seiner rastlos schürfenden Neugierde, ihre Gerippe so ordentlich beieinander gefunden, worauf er weiträumige Museen baute. Knochen an Knochen gefügt, wurden die Saurier ausgestellt, ein jegliches Exemplar einen Saal füllend. Zwar fand man auch sehenswerte Rieseneier, deren Schale unsere Zähne gezeichnet hatten, doch niemand, kein Forscher der ausgehenden Kreidezeit, kein Hohepriester der Evolutionslehre, wollte unsere Leistung bestätigen. Aus bisher ungeklärten Gründen, hieß es, starben die Dinosaurier aus. Vielschichtige Verschalung der Eier, plötzlicher Klimasturz und sintflutartige Unwetter wurden als Ursachen für das Aussterben der Monstren vermutet; uns, dem Rattengeschlecht, wollte niemand Verdienste zusprechen.

So klagte die Rättin, von der mir träumt, nachdem sie mehrmals und bißwütig das Knacken der Rieseneier demonstriert hatte. Ohne uns gäbe es immer noch diese Mißgestalten! rief sie. Wir haben Platz geschaffen für neues, nicht mehr monströses Leben. Dank unseres nagenden Fleißes konnte sich weiteres Säugegetier warmblütig entwikkeln, darunter Frühformen späterer Haustiere. Nicht nur Hunde, Pferde, Schweine, auch der Mensch ließ sich auf unsereins, die ersten Säuger, zurückführen; was er uns übel gedankt hat seit Noahs Zeiten, als Ratz und Rättlin in seinen Kasten nicht durften...

Es gilt, jemanden zu begrüßen. Ein Mensch, der sich als alter Bekannter vorstellt, behauptet, es gäbe ihn immer noch. Er will wieder da sein. Gut, soll er.

Unser Herr Matzerath hat allerlei und bald auch seinen sechzigsten Geburtstag hinter sich. Selbst wenn wir den Prozeß und die Verwahrung in einer Anstalt, zudem das Unwägbare der Schuld außer acht lassen, hat sich nach seiner Entlassung viel Mühsal auf Oskars Buckel gehäuft: dieses Auf und Ab bei langsam wachsendem Wohlstand. So viel Aufmerksamkeit seine frühen Jahre fanden, sein Altern vollzog sich unbeachtet und lehrte ihn, Verluste wie Kleingewinne zu buchen. Bei gleichbleibend familiärem Gezänk – immer ging es um Maria, besonders aber um seinen Sohn Kurt – hat ihn die Summe verstrichener Jahre zum gewöhnlichen Steuerzahler und freien Unternehmer gemacht: merklich gealtert.

So geriet er in Vergessenheit, obgleich wir ahnten, es muß ihn noch geben: Irgendwo lebt er in sich zurückgezogen. Man müßte ihn anrufen – »Hallo, Oskar!« –, und schon wäre er da: redselig; denn nichts spricht für seinen Tod.

Ich jedenfalls habe unseren Herrn Matzerath nicht ableben lassen, doch fiel mir zu ihm nichts Sonderliches mehr ein. Seit seinem dreißigsten Geburtstag gab es keine Nachricht von ihm. Er verweigerte sich. Oder war ich es, der ihn gesperrt hatte?

Erst kürzlich, als ich ohne weitere Absicht treppab in den Keller zu den runzelnden Winteräpfeln wollte und in Gedanken allenfalls meiner Weihnachtsratte anhing, trafen wir uns wie auf höherer Ebene: Er stand da und stand nicht da, er gab vor zu sein und warf einen Schatten plötzlich. Er wollte beachtet, gefragt werden. Und schon beachtete ich ihn: Was macht ihn so plötzlich wieder bemerkenswert? Ist abermals die Zeit für ihn reif?

Seitdem der hundertundsiebte Geburtstag seiner Großmutter Anna Koljaiczek im Kalender vermerkt steht, wird vorerst halblaut nach unserem Herrn Matzerath gefragt. Eine einladende Postkarte hat ihn gefunden. Er soll zu den

Gästen gehören, sobald auf Kaschubisch die Feier beginnt. Nicht mehr nach Bissau, dessen Äcker zu Flugpisten betoniert wurden, nach Mattern, einem Dorf, das nahbei liegt, wird er gerufen. Ob er Lust hat, zu reisen? Soll er Maria, das Kurtchen bitten, ihn zu begleiten? Könnte es sein, daß der Gedanke an Rückkehr unseren Oskar ängstigt?

Und wie steht es um seine Gesundheit? Wie kleidet das bucklicht Männlein sich heutzutage? Soll, darf man ihn wiederbeleben?

Als ich mich vorsichtig versicherte, hatte die Rättin, von der mir träumt, nichts einzuwenden gegen die Auferstehung unseres Herrn Matzerath. Während sie noch allen Müll berief, der von uns zeugen wird, sagte sie beiläufig: Weniger maßlos als vormals, bescheidener wird er auftreten. Er ahnt, was sich so trostlos bestätigt hat...

Also rufe ich – »Hallo, Oskar!« –, und schon ist er da. Mit seiner Vorortvilla und dem dicken Mercedes. Samt Firma und Zweigstellen, Überschüssen und Rücklagen, Außenständen und Verlustabschreibungen, samt seinen ausgeklügelten Vorfinanzierungsplänen. Mit ihm ist seine quengelnde Restfamilie zur Stelle und jene Filmproduktion, die, dank rechtzeitigem Einstieg ins Videogeschäft, stetig ihren Marktanteil steigert. Nach einer anrüchigen, inzwischen eingestellten Pornoreihe ist es vor allem sein didaktisches Programm, das verdienstvoll genannt wird und dessen sattes Kassettenangebot wie Schulspeisung immer mehr Schüler füttert. Samt eingeborenem Medientick und seiner Lust an Vorgriffen und Rückblenden ist er da. Ich muß ihn nur ködern, ihm Brocken hinwerfen, dann wird er unser Herr Matzerath sein.

»Was, Oskar, halten Sie vom Waldsterben übrigens? Wie schätzen Sie die Gefahr drohender Verquallung für die westliche Ostsee ein? Wo, genau lokalisiert, vermuten Sie die versunkene Stadt Vineta? Sind Sie schon mal in Hameln gewesen? Meinen etwa auch Sie, daß es demnächst zu Ende geht?«

Nicht der sterbende Wald, nicht zu viele Quallen machen ihn munter, meine Frage, was er vom Malskat-Prozeß halte – »Sie erinnern sich, Oskar, das war in den fünfziger Jahren« –, läßt ihn zappelig und hoffentlich bald beredt werden.

Er sammelt Stücke aus dieser Zeit. Nicht nur die damals modernen Nierentische. Sein weißer Plattenspieler, auf dessen Teller er behutsam den Hit »The Great Pretender« legt, ist ein Gerät der auf Formschönheit bedachten Firma Braun und wurde, als Malskats Prozeß lief, Schneewittchensarg genannt; Farbgebung und Plexiglasdeckel erlaubten diesen Vergleich.

Da ich mich in seiner Vorstadtvilla befinde, zeigt er mir deren Kellerräume, die alle, bis auf einen, der neugierig macht, weil er verschlossen bleibt, mit Stücken aus den Jahren des Neubeginns vollgestellt sind. Ein größerer Raum dient privaten Filmvorführungen. Auf runden Blechbüchsen lese ich Titel – »Sissi«, »Der Förster vom Silberwald«, »Die Sünderin« – und ahne, daß unser Herr Matzerath noch immer vom Jahrzehnt der Trugbilder gefangen ist, wenngleich ihn seine Videoproduktion als jemanden ausweist, der auf Zukunft setzt.

»Es stimmt«, sagt er, »im Grunde haben die fünfziger Jahre nicht aufgehört. Noch immer zehren wir vom damals fundierten Schwindel. Dieser solide Betrug! Was danach kam, war gewinnträchtiger Zeitvertreib.«

Stolz zeigt er mir einen Messerschmitt-Kabinenroller, der, auf ein Podest gestellt, einen kleineren Kellerraum beherrscht. Wie neu sieht er aus und lädt zwei Personen zum Platznehmen hintereinander ein. An cremefarben tapezierten Wänden hängen, zu Gruppen geordnet, gerahmte Fotos, die unseren Herrn Matzerath als Hintersassen des Kabinenrollers zeigen. Offenbar sitzt er erhöht, denn der grämlich blickende Mann am Steuer wirkt gleichgroß. Ein Foto zeigt beide stehend vor dem Roller: nun deutlich verschieden hoch gewachsen.

»Aber das ist doch!« rufe ich. »Na klar doch! Ich erkenne ihn wieder, trotz seiner Fahrerkappe ...«

Unser Herr Matzerath lächelt zwergwüchsig. Nein, er lacht inwendig, denn sein Buckel hüpft. »Richtig!« ruft er. »Das ist Bruno. Vormals mein Pfleger, aber auch Freund in schweren Zeiten. Eine treue Seele. Als ich ihn nach meiner Entlassung bat, mir auch außerhalb der Heil- und Pflegeanstalt beiseitezustehen und mit mir die neugewonnene Beweglichkeit zu nutzen, machte er sogleich seinen Führerschein. Ein ausgezeichneter Fahrer, wenn auch eigensinnig. Doch was rede ich, Sie kennen ihn ja.«

Nun erzählt unser Herr Matzerath, wie er und Bruno Münsterberg im Jahr fünfundfünfzig »ganz von vorne angefangen haben«. Nach dem Messerschmitt-Kabinenroller sei es bald ein Borgward, dann aber doch ein Mercedes 190 SL gewesen, den sein Chauffeur immer noch fahre, mittlerweile ein seltenes Stück. Falls er nach Polen reise, wogegen einiges spreche, werde er sich diesem unverwüstlichen Zeugnis deutscher Wertarbeit anvertrauen. Übrigens sei damals, zu Kabinenrollerzeiten, jener Prozeß zu Ende gegangen, der nach dem Maler Malskat benannt wurde.

Doch wie er noch am Urteilsspruch nörgelt und Malskat als eine ihm verwandte Seele begreift, sogar vom »Großen Malskat« spricht, vergeht mir mit seinem Museum unser Herr Matzerath ...

Während ich in einem Rollstuhl angeschnallt saß, schrie ich, als wäre im Traum ein Lautsprecher greifbar gewesen: Wir sind da! Alle immer noch da! Ich laß mir nichts einreden!

Doch sie fistelte unbeirrt, anfangs unverständliches Rattenwelsch – Do minscher gripsch Ultemosch! –, um dann deutlich zu werden: Gut, daß sie weg sind! Haben alles versaut. Mußten sich immer kopfoben was ausdenken. Hatten, selbst wenn Überfluß sie ersticken wollte, nicht genug, nie genug. Erfanden sich notfalls den Mangel. Hungernde Vielfraße! Dumme Bescheidwisser! Immer mit sich entzweit. Ängstlich im Bett, suchten sie draußen Gefahr. Überdrüssig der Alten, verdarben sie ihre Kinder. Sich Sklaven haltende Sklaven. Fromme Heuchler! Ausbeuter! Ohne Natur. Grausam deshalb. Nagelten ihres Gottes einzigen Sohn. Segneten ihre Waffen. Gut, daß sie weg sind!

Nein, schrie ich aus meinem Rollstuhl, nein! Ich bin da. Wir alle sind da. Putzmunter sind wir und voller neuer Ideen. Alles soll besser, jadoch, menschlicher werden. Ich muß nur den Traum, diese Wirrnis abstellen, dann sind wir wieder, dann geht es weiter bergauf und voran, dann werde ich, sobald die Zeitung und gleich nach dem Frühstück...

Aber mein Lautsprecher unterlag ihrer Fistelstimme: Gut, daß sie nicht mehr denken, nichts sich ausdenken und nichts mehr planen, entwerfen, sich nie mehr Ziele stecken, nie wieder ich kann ich will ich werde sagen und nie wieder darüber hinaus wollen können. Diese Narren mit ihrer Vernunft und ihren zu großen Köpfen, mit ihrer Logik, die aufging, bis zum Schluß aufging.

Was halfen mir mein Nein, mein Ich bin, Ich bin immer noch; ihre Stimme hielt den Oberton, siegte: Weg sind sie, weg! Gut so. Sie fehlen nicht. Diese Humanen haben gedacht, es werde die Sonne zögern, auf- und unterzugehen nach ihrem Verdampfen, Saftlassen oder Verglühen, nach dem Krepieren einer mißratenen Sorte, nach dem Aus für die Gattung Mensch. Das alles hat nicht den Mond, hat kein Gestirn gejuckt. Nicht einmal Ebbe und Flut wollten den Atem anhalten, wenn auch die Meere hier und da kochten oder sich neue Ufer suchten. Stille seitdem. Mit ihnen ist ihr Lärm vergangen. Und die Zeit geht, als sei sie nie gezählt und in Kalender gesperrt worden.

Nein! schrie ich, falsch! und verlangte Richtigstellung, sofort: Es ist jetzt, schätze ich, halb sechs in der Frühe. Kurz nach sieben werde ich mit Hilfe des Weckers aufwachen, diesen verdammt gemütlichen Rollstuhl, in dem ich wie angeschnallt sitze, verlassen und meinen Tag – Mittwoch, es ist ein Mittwoch! – gleich nach dem Frühstück, nein, nach dem Zähneputzen, vor Tee, Roggenbrot, Wurst, Käse, dem Ei und bevor mir die Zeitung dazwischenquatscht, mit unbefleckten Vorsätzen beginnen...

Es war ihr aber nichts auszureden, vielmehr nahm sie an Zahl zu. Mehrere Würfe fistelten und überfüllten das Bild. Wieder ihr Rattenwelsch: Futsch midde Minscher. Stubbich Geschemmele nuch! Was heißen sollte: Nur noch Staubregen und gut, daß sie keinen Schatten mehr werfen.

Einzig ihr Müll, der strahlt, und ihr Gift, das aus Fässern suppt. Niemand wüßte von ihnen, gäbe es uns nicht, fistelten die Rattenwürfe und Wurfeswürfe. Jetzt, da sie weg sind, läßt sich ihrer freundlich, sogar mit Nachsicht gedenken.

Als ich mich nur noch an meinen Rollstuhl hielt, sprach wieder die Rättin allein: Ja, wir bewunderten ihren aufrechten Gang, diese Haltung an sich, ihr Kunststück über die Zeiten hinweg. Jahrhundertelang unterm Joch, auf dem Weg zum Schafott, lebenslänglich durch Korridore, von Vorzimmer zu Vorzimmer abgewiesen: Immer gingen sie aufrecht bis gebeugt, krochen nur selten auf allen vieren. Bewundernswerte Zweibeiner: auf dem Weg zur Arbeit, in die Verbannung, schnurstracks in den Tod, auf dem Vormarsch rauh singend, stumm auf dem Rückzug. Wir erinnern des Menschen Haltung, ob er die Pyramiden Stein auf Stein setzte, die Chinesische Mauer fügte, Kanäle durch fiebriges Sumpfland zog, sich vor Verdun oder Stalingrad auf immer kleinere Zahl brachte. Sie blieben standhaft, wo sie Stellung bezogen hatten; und standrechtlich wurde erschossen, wer ohne Befehl nach hinten entwichen war. Oft sagten wir uns: In welche Irre sie gehen werden, auszeichnen wird sie ihr aufrechter Gang. Sonderbare Wege und Umwege; aber sie gingen sie Schritt nach Schritt. Und ihre Prozessionen, Aufmärsche, Paraden, ihre Tänze und Wettläufe! Schaut, lehrten wir unsere Würfe: Das ist der Mensch. Das zeichnet ihn aus. Das macht ihn schön. Hungrig beim stundenlang Schlangestehen, ja, selbst gekrümmt, geschunden von seinesgleichen oder unter erdachter Last, die er Gewissen nennt, vom Fluch seines rächenden Gottes beschwert, unter dem lastenden Kreuz. Schaut diese dem Leid immer anders bunt gewidmeten Bilder! All das steht er durch. Aufrecht geht er nach Stürzen weiter, als wolle der Mensch uns, die wir ihm immer nahe gewesen sind, Beispiel sein oder werden.

Nicht mehr mit Zischlauten und auf Rattenwelsch, ohne daß Zoirres aus ihr sprach, sanft redete die Rättin auf mich im Rollstuhl ein, der, ortlos schwebend, mehr und mehr dem Gestühl einer Raumkapsel glich. Sie sagte Freund zu mir, später auch Freundchen. Siehe, Freund: Schon üben wir den aufrechten Gang. Wir strecken uns und wittern gen Himmel. Und doch wird Zeit vergehen, bis wir der menschlichen Haltung mächtig sein werden.

Da sah ich einzelne Ratten, sah Würfe, sah Rattenvölker den aufrechten Gang üben. Zuerst in einem Niemandsland, das ohne Baum und Strauch wüst war, dann kam mir ihr Exerziergelände vertraut, plötzlich bekannt vor. Zuerst sah ich, wie sich auf Plätzen, dann auf Straßen, die zwischen schöngegiebelten Häusern auf Kirchenportale zuliefen, Ratten als Zweibeiner übten. Endlich tat sich das hochgewölbte Innere einer gotischen Hallenkirche auf. Zu Füßen aufstrebender Säulen standen sie, wennzwar für Sekunden nur, um sich, nach kurzem Abfall, abermals aufzurichten. Ich sah

Rattenvölker gedrängt auf den Steinplattenböden des Mittelschiffes bis zum Altarraum, sah sie in Nebenschiffen bis vor die Stufen der Seitenaltäre drängen. Das war nicht Lübecks Marienkirche, nicht sonstige Backsteingotik der Ostseeküste, das war, kein Zweifel, die Danziger Hauptkirche Sankt Marien, die auf polnisch Kościół Najświętszej Panny Marii heißt, in der sich die Rattenvölker die neue Haltung einübten.

Gut, rief ich, wie gut! Es steht ja noch alles an seinem Platz. Jeder Stein auf dem anderen. Kein Giebel fehlt, kein Türmchen gestrichen. Wie soll denn Schluß sein, Rättin, wenn Sankt Marien, die alte Backsteinglucke, immer noch, was weiß ich, brütet!?

Mir war, als lächelte die Rättin. Nun ja, Freundchen. So sieht es aus, wie im Bilderbuch, alles getreulich noch da. Das hat Gründe. Es war auf Ultimo für die Stadt Danzig oder Gdańsk, wie immer du deinen Ort nennen willst, etwas Besonderes vorgesehen: etwas, das wegrafft und zugleich erhält, etwas, das nur Lebendiges nimmt, dem toten Gegenstand aber Respekt erweist. Sieh nur: kein Giebel gestürzt, kein Turmhelm geköpft. Erstaunlich noch immer, wie jedes Gewölbe auf seinen Schlußstein zueilt. Kreuzblumen und Rosetten, dauernde Schönheit! Alles außer den Menschen blieb heil. Wie tröstlich, daß nicht nur Müll von euch zeugt...

Ertappte mich beim Vernichten von Knabbergebäck:
Salzstangen, in Gläser gestellt,
aufgefächert zum Zugreifen.

Anfangs biß ich einzelne Stangen
immer schneller und kürzer auf den Wert Null,
dann rottete ich in Bündeln aus.

Dieser salzige Brei!
Mit vollem Mund schrie ich nach mehr.
Die Gastgeber hatten vorrätig.

Später, im Traum, suchte ich Rat,
weil, hinter Salzstangen her, ich immer noch
bissig auf Vernichtung aus war.

Das ist deine Wut, die Ersatz,
bei Tage und nachts Ersatz sucht,
sagte die Rättin, von der mir träumt.

Aber wen, sagte ich, will ich wirklich
einzeln oder gebündelt
bis zum Wert Null vernichten?

Zuallererst dich, sagte die Rättin.
Es fand die Selbstvernichtung
anfangs privat nur statt.

Sie stricken auf See. Sie stricken bei halber Fahrt und vor Anker liegend. Ihr Stricken hat einen Überbau. Der ist nicht zu übersehen, weil, wenn sie stricken, mehr geschieht, als sich in Maschen glatt kraus auszählen ließe: zum Beispiel, wie einig sie in der Sache sind, wenngleich jede jeder die Krätze wünscht.

Eigentlich sollten die fünf Frauen an Bord des Schiffes »Die Neue Ilsebill« zwölf Frauen sein. So viele hatten sich für die Forschungsreise auf dem ehemaligen Lastewer angemeldet; und eine gleich übertrieben hohe Zahl versammelte ich anfangs im Kopf. Da aber in Luxemburg ein fünftägiger Kongreß und auf der Insel Stromboli ein dreiwöchiges Seminar mit Gelegenheit für gemeinsames Stricken stattfand, verminderte sich meine zu hoch angesetzte Zahl; es gingen die Anmeldungen für die »Ilsebill« auf neun, dann auf sieben zurück, weil zwei Frauen mit ihrer Strickarbeit dringlich schnell in den Schwarzwald mußten und schließlich zwei weitere samt Wolle und Nadeln in die Region Unterelbe gerufen wurden; denn überall – und nicht nur in meinem Kopf – waren streitbare Frauen gefragt, die in Luxemburg gegen Dioxin in der Muttermilch kämpften, auf der Insel Stromboli das rabiate Leerfischen des Mittelmeeres beklagten, im Schwarzwald das Waldsterben thematisierten und an beiden Ufern der Unterelbe die Ballung von Atomkraftwerken anprangerten. Redegewandt und niemals um Gutachten und Gegengutachten verlegen, stritten sie kenntnisreich und wurden sogar von Männern als vorbildlich gepriesen. Niemand konnte ihre Fakten widerlegen. Sie hatten immer das letzte Wort. Und dennoch war ihr in Wörtern erfolgreicher Kampf vergeblich; denn die Wälder hörten nicht auf zu sterben, weiterhin sickerte Gift, niemand wußte wohin mit dem Müll, und dem Mittelmeer wurden mit zu engen Netzen die letzten Fische abgefangen.

Es sah aus, als werde einzig das Stricken der Frauen zu Faden schlagen. Da wurde in Rauten oder verschachtelt was fertig, Kleidsames kam in Gitterzöpfen oder durch Maschenverkreuzung zustande. Mehr noch: Anfangs belächelt und als weibliche Schrulle kommentiert, wurde das Stricken auf Kongressen und während Protestveranstaltungen von den männlichen, aber auch von weiblichen Gegnern der streitbar strickenden Frauen als Quelle wachsender Kraft erkannt. Nicht etwa, daß sich die Frauen ihre Argumente aus den Wollfäden ihrer doppelt vernoppten Perlmuster zogen; ihr Gegenwissen lag in Aktenordnern und statistischen Auflistungen neben dem Knäuelkörbchen bereit. Es war der Vorgang, die unaufhörliche, strenge und doch sanft anmutende Zucht des Fadenschlagens, das tonlose Auszählen der Maschenzahl, über dem hell das Argument der Strickerin auf Wiederholung bestand, es war die Unerbittlichkeit des Strickens, die zwar den Gegner nicht überzeugte, aber beeindruckte und auf Dauer zermürbt hätte, wäre nur Zeit wie Wolle vorrätig gewesen.

Doch auch für sich und unter sich, ohne Gegner als Gegenüber, strickten die Frauen, als wollten sie den Faden nie abreißen lassen; weshalb in meinem Kopf und tatsächlich jene restlichen Fünf, die mit dem Forschungsschiff »Die Neue Ilsebill« die westliche Ostsee befahren und deren Quallenbestände messen wollen, ihr Strickzeug und genügend Wolle vorrätig an Bord haben: gefärbte, ungefärbte, gebleichte.

Einzig die älteste der fünf Frauen, ein zähes Leichtgewicht, dem die bald fünfundsiebzig Jahre währende Mühe und Arbeit nicht oder nur in Momenten plötzlich einbrechender Düsternis anzusehen sind, schiffte sich ohne Nadeln und Wolle ein. Ganz und gar ist die Alte gegen die, wie sie sagt, dämliche Strickerei. Nicht einmal häkeln kann sie. Das würde sie fusselig machen oder mürbe im Kopf. Doch ist sie den anderen Frauen, die von ihren Strickmustern nicht lassen wollen, beim Waschen, Backen, Putzen und Kochen voraus, weshalb sie die Kombüse übernommen hat: »Hört zu, ihr Weiber. Ich mach euch den Smutje, doch bleibt mir mit dem Strickzeug vom Leib.«

Die anderen vier seefahrenden Frauen lassen jedoch selbst bei steifer Brise nicht von ihren Wollknäueln und Klappernadeln. Sobald die Kapitänin die Steuermännin ablöst, um gegen Regenböen, die von Nordwest kommen, das Ruder in beide Hände zu nehmen, greift die Steuermännin zu reiner Schafswolle und strickt an einem einfarbigen, in sich gemusterten Pullover, der so weiträumig ist, daß er nach einem schrankbreiten Mann verlangt, von dem aber nie die Rede ist oder nur dunkel andeutend, als müsse dem Kerl eine Zwangsjacke verpaßt werden.

Läßt die Kapitänin, die ich von Herzen Damroka nenne, vom Ruder ab, worauf die Steuermännin beidhändig, bei nun abflauendem westlichen Wind, den Kurs hält, beginnt sie sogleich eine aus Wollresten bunte Decke, deren verschieden gemusterte Flicken sie sorgfältig abkettet, um ein Quadrat zu vergrößern, ohne dabei Kompaß und Barometer aus dem Auge zu lassen. Oder sie vernäht die abwechslungsreichen Flicken, deren Muster spiralig, gerippt, von Fallmaschenreihen gezeichnet oder wie Panzer geschuppt sind.

Wenn sich die Maschinistin nicht in den engen Maschinenraum des Motorewers zwängen muß, um den Diesel zu warten, kann man gewiß sein, daß auch ihre Strickarbeit, ein ponchoähnliches Ungetüm, wächst; sie ist ein Arbeitsviech und hat sich ihr Leben lang abgerackert. Das wird ihr nachgesagt: Immer für andere, nie für sich.

So auch die Meereskundlerin. Wenn sie nicht mittschiffs auf langem Tisch und in gläsernen Wannen Ohrenquallen wiegt oder ausmißt, strickt sie, aus Gewohnheit fleißig, zwei glatt, zwei kraus: viele Kindersächelchen für ihre Enkel, darunter niedliche Strampelhosen, deren Muster Tannenzapfen oder Sanduhr heißen. Über schmale Finger, die soeben noch geschickt mit den Velarlappen der Quallen umgingen, gleitet, rosa oder hellblau gefärbt, der feingesponnene Faden.

Man hat in Travemünde nicht nur für Proviant gesorgt und genügend Diesel getankt, sondern auch Wollvorräte angelegt, die bis Stege, so heißt die Hauptstadt der dänischen Insel Møn, reichen sollen.

Doch noch liegt der Hafen von Stege fern. Lärmig tukkernd – das ist der luftgekühlte Deutz-Diesel – läuft »Die Neue Ilsebill« in die Neustädter Bucht ein. Auch wenn sie den Meßhai nicht zum Quallenhol aushängen, wird den Frauen dort eine Zeitlang das Stricken vergehen.

Nein, Rättin! Ich nehme Wolle und Nadeln ernst und lache nicht, wenn der Faden reißt, eine Masche fällt oder aufgeribbelt werden muß, was zu locker gestrickt wurde.

Immer schon hatte ich dieses Geklapper im Ohr. Von Kindheit an bis zum gegenwärtigen Pullover haben mich Frauen mit Selbstgestricktem warmgehalten in Liebe. Zu jeder Zeit war etwas mit schlichtem oder versetztem Muster in Arbeit für mich.

Wenn meine Weihnachtsratte nicht, dann solltest du, Rättin, mir glauben: Nie werde ich die überall, rund um den Erdball strickenden, aus Not und Gefälligkeit, auch aus Zorn und Trauer strickenden Frauen verspotten. Ich höre sie gegen die rinnende Zeit, gegen das drohende Nichts, gegen den Anfang vom Ende, gegen jedes Verhängnis aus Trotz oder bitter begriffener Ohnmacht mit ihren Nadeln klappern. Wehe, wenn dieses Geräusch plötzlicher Stille wiche! Aus nur dummer Männerdistanz bewundere ich, wie sie überm Strickzeug gebeugt bleiben.

Jetzt, Rättin, seitdem sich in Wäldern und Flüssen, auf flachem, im bergigen Land, in Manifesten und Gebeten, auf Transparenten und im Kleingedruckten sogar, in unseren leerspekulierten Köpfen abzeichnet, daß uns der Faden ausgehen könnte, jetzt, seitdem das Ende von Tag zu Tag nur vertagt wird, sind Frauen strickend die letzte Gegenkraft, während die Männer nur alles zerreden und nichts fertigbringen, das den frierenden Menschen wärmen könnte – und seien es Pulswärmer nur.

DAS ZWEITE KAPITEL, in dem Meisterfälscher benannt und Ratten Mode werden, der Schluß bestritten wird, Hänsel und Gretel davonlaufen, im Dritten Programm über Hameln was läuft, jemand nicht weiß, ob er reisen soll, das Schiff am Unglücksort ankert, es hinterher Klopse gibt, Menschenblöcke brennen und Rattenvölker allerorts den Verkehr sperren.

»Wir stellen Zukunft her!« sagt mit dem Mund des Rufers, der sein Echo kennt, unser Herr Matzerath zu seinen leitenden Herren, wenn in den Produktionsstätten Filme rar werden, die mediengerechten Biß beweisen; doch sobald ich ihm Stoffe aus meinem Fundus, etwa das Waldsterben als letztes Märchen, vorschlage oder die Verquallung der Ostsee als hergestellte Zukunft gefilmt sehen möchte, winkt er ab: »Zuviel Endzeitkulisse! Dieses gottväterliche Schlußstrichziehen! Dieser apokalyptische Kassensturz! Dieser ewige letzte Tango!« Hingegen will er, nach seinen Worten freudig, den Fall Malskat aufgreifen, falls ich Material genug über die fünfziger Jahre beibringen könne; als lasse sich durch Rückgriffe Zukunft herstellen.

So wächst sich unser Gespräch für ihn zum Entwurf der Ära Adenauer-Malskat-Ulbricht aus. »Drei Meisterfälscher!« ruft er. »Wenn es Ihnen gelingt, meine, zugegeben, noch nackte These zu kleiden, wird sie filmisch einleuchtend sein.«

Zwar versuche ich, unserem Herrn Matzerath sein gesamtdeutsches »Fälschertriumvirat« auszureden, verspreche ihm aber dennoch, dem Fall Malskat nachzugehen. Schließlich gelingt es mir, seine Neugierde auf ein Projekt zu lenken, dessen legendäres Unterfutter so reich an Zufluchten ist, daß es ihn eigentlich ködern müßte.

Sein Hin und Her zwischen Gummibäumen. Jetzt zaudert er vor der Schultafel an der Stirnwand seiner Chefetage. Kaum ist das bucklichte Männlein hinterm Schreibtisch zur

Ruhe gekommen, sage ich: »Sie sollten aufhorchen, lieber Oskar. In Hameln an der Weser wird gegenwärtig ein Fest vorbereitet. Dort soll nach siebenhundert Jahren jenes Rattenfängers gedacht werden, der während Zeiten großer Wirrnis und fiebriger Ekstase – man sah Zeichen am Himmel und ahnte das Ende kommen – tausend und mehr Ratten in den Fluß gelockt hat, auf daß alle ersoffen. Nach anderer Legende soll er außerdem Kinder auf Nimmerwiedersehn entführt haben. Sich widersprechender Stoff genug. Wäre der Umstand nicht günstig, den Wahn des Jahres 1284 mit heutigen Ängsten, das Flagellantenwesen des Mittelalters mit gegenwärtigen Massenaufläufen mediengerecht zu verquicken? Angebote genug gibt das Rattenfängerjahr her. Zum Beispiel die Flöte. Diese schrille Süße. Flirrender Silberstaub. Triller, wie Perlen gereiht. Lange vor Ihrer Zeit verführte bereits ein Musikinstrument. Sollten nicht Sie, Oskar, dem schon immer das Medium Botschaft war, zugreifen, einfach zugreifen?!«

Unser Herr Matzerath schweigt und vergeht mir. Anderes redet drein. Dieses Zischeln, Plaudern und fistelnde Eswareinmal, als sei schon alles vorbei, als gäbe es uns im Rückblick nur noch, als müsse uns nachgerufen werden, spöttisch und pietätvoll zugleich – das ist nicht mehr unser bucklicht Männlein, das ist sie, die Rättin, von der mir träumt...

Gegen Schluß wurden wir Mode. Junge Leute, die gerne in Gruppen auftraten und sich von sonstigen jungen Leuten durch Haartracht und Kleidung, Gestik und Sprache unterschieden, nannten sich Punks und wurden Punks oder Punker genannt. Zwar waren sie in der Minderheit, aber in einigen Stadtteilen dennoch bestimmend. Selber verschreckt, erschreckten sie andere. Eisenketten und scheppernde Blech war ihnen Schmuck. Sie stellten sich als lebenden Schrott zur Schau: verworfen, ins Abseits gekehrter Müll.

Wohl deshalb, weil sie dem Dreck zugeordnet wurden, kauften die Punks sich junge Laborratten, die sie durch regelmäßige Fütterung gewöhnten. Sie trugen sie zärtlich auf der Schulter, im offenen Hemd oder in ihre Frisuren gebettet. Keinen Schritt ohne das erwählte Getier, den Ekel überall hin verschleppt: auf verkehrsreiche Plätze, an satten Schaufensterangeboten vorbei, durch Parkanlagen und über Liegewiesen, vor Kirchenportale und Bankportale, als wären sie eins gewesen mit ihren Ratten.

Doch nicht nur die weißen mit roten Augen waren beliebt. Bald kamen grauhaarig wir, die als Schlangenfutter gezüchteten Wanderratten, in den Tierhandel. Wir waren gefragt und kurz vor Schluß bei Kindern und Jugendlichen begehrter als die bis dahin gehätschelten, verwöhnten und oft überfütterten Goldhamster und Meerschweinchen. Als sich nach den Punks auch Kinder aus gutem Hause Ratten als Streicheltiere hielten und sich unsereins, zum erstenmal während langer Humangeschichte, die betuchte Klasse öffnete, fanden auch ältere Leute an uns Gefallen. Was als Mode begann, wurde erklärtes Bedürfnis. Es soll sich ein Herr, Mitte fünfzig, sogar auf Weihnachten eine Ratte gewünscht haben.

Endlich waren wir anerkannt. Indem man uns ans Licht trug, uns, die lichtscheuen Kanalratten, dem Gullygeruch enthob, wortwörtlich unsere Intelligenz entdeckte, sich mit uns sehen und fotografieren ließ, unsereins als dem Menschengeschlecht beigeselltes Getier akzeptierte, wurden wir Ratten öffentlich. Triumph! Nachträglich aufgenommen in Noahs Arche. Zugegeben: Ein wenig geschmeichelt fühlten wir uns. Hoffnung kam auf: Es könnte der Mensch ihn rettender Einsichten fähig werden.

Anfangs wollten sie witzig sein und nannten uns öffentliche Ratten. Als jedoch die Punkmode um sich griff, als Angestellte, Beamte sogar ihre Ratte ins Büro, ins Finanzamt mitnahmen, als wir mit jungen Christen am Gottesdienst der einen, der anderen Konfession teilnehmen durften und in Rathäuser und Hörsäle, in Konferenzräume und Chefetagen, schließlich von Rekruten aller Waffengattungen in militärische Sperrbezirke getragen wurden, hörten wir erste Proteste; es kam zu parlamentarischen Anfragen. Nach kontroverser Debatte sollte das öffentliche Zurschautragen von Ratten durch Gesetz verboten werden. Begründend hieß es: Die Veröffentlichung von Ratten, insbesondere von Wanderratten, gefährdet die Sicherheit, widerspricht dem hygienischen Vorsorgebedürfnis und verletzt das gesunde Volksempfinden.

Einfach lachhaft und abgeschmackt! Es fand sich auch keine Mehrheit, die bereit gewesen wäre, dieses Gesetz zu verabschieden. Frech trugen einige Parlamentarier unsereins ins Hohe Haus sogar. Sogenannte Rattenanhörungen wurden veranstaltet. Man stellte Fragen, die zu Noahs Zeiten hätten gestellt werden sollen, als uns, Ratz und Rättlin, der Einlaß in die rettende Arche verweigert wurde.

Was hat uns die Ratte gegenwärtig zu sagen? lautete eine verspätete Frage. Will uns die Ratte helfen in unserer Not? – Ist uns die Ratte näher, als wir seit Menschengedenken wahrhaben wollen?

Sosehr die neue Aufmerksamkeit schmeichelte und uns versuchte, des Menschen eingefleischten Haß gering zu achten, waren wir dennoch erstaunt der plötzlichen Zuneigung wegen. Es verwunderte uns, wie scheu und heftig zugleich die jungen Leute mit uns intim waren, besonders die dem Müll zugeordneten Punks. Ob sie uns am Hals, nahe der pulsenden Ader trugen oder uns ihren mageren Leib boten: erschreckend, wieviel Sanftmut erst jetzt, im Umgang mit uns, ins Spiel kam, wieviel gestaute, nun überflüssige Zärtlichkeit. Diese Hingabe! Wir durften ihre Wirbelsäulen rauf runter, in ihre Achselhöhlen uns betten. Wie unser Fell sie kicherig machte. Wie sie die kühle Glätte unserer Schwänze als zartes Fingern empfanden. Und was sie mit zitternden, schwarzgeschminkten Lippen flüsterten, kaum hörbar hauchten, als wären unsere Ohren ihnen gut gewesen zur Beichte: soviel stammelnde Wut und Bitternis, soviel Angst vor Gewinn und Verlust, vor dem Tod, den sie suchten, vor dem Leben, nach dem sie gierten. Ihr Barmen nach Liebe. Ihr: Sag doch was, Ratte! Was sollen wir, Ratte! Hilf uns doch, Ratte! – Ach, wie sie uns in den Ohren lagen.

In alles mischten sich Ängste: nicht nur in ihre Schattenquartiere, auch in ihr buntgepinseltes Glück. Deshalb schlugen ihre Farben so grell ins Auge. Immerverschreckte Kinder, die einander die Blässe des Todes anschminkten, sich mit Leichengrün ahnungsvoll zeichneten. Selbst ihr Gelb, ihr Orange waren auf Schimmel und Verwesung gestimmt. Ihr Blau hoffte das Ende herbei. Kalkigem Grund trugen sie rote Schreie auf. Ins Violett malten sie fahles Gewürm. Den Rücken lang, die Brust, den Hals hoch, bis übers Gesicht waren die einen schwarzweiß vergittert, die anderen wie von Geißelhieben verletzt. Sie wollten sich blutig sehen. Und jede Farbe nahm ihr sorgsam frisiertes Haar an. Ach, ihre feierlich inszenierten Totentänze auf bankrottem Fabrikgelände: vom Mittelalter zurückgeholt, als wären die Flagellanten in sie gefahren.

Und wieviel Haß sie gegen alles, was Mensch war, kehrten. Immer angriffig auf dem Sprung und gehetzt zugleich. Mit Ketten rasselten sie, wie mit der Galeere vertraut. Sie wollten vertiert sein. Ohne von uns genug zu wissen, wollten sie sein wie wir. Wo sie als Paar gingen, waren sie Ratte und Rättin. Nannten einander auch so, zärtlich und fordernd. Schnitten sich Kappen zurecht, die unsere Kopfform zum Muster hatten, und hielten sich Masken vor, die unseren Ausdruck ins Dämonische steigerten. Sie hingen sich ärschlings nackte Langschwänze an und zogen von überall her, zu Fuß und motorisiert, in eine bestimmte Richtung, als hätten alle Wege dorthin geführt, als wäre ihr Heil nur dort zu finden gewesen.

Jadoch! In Scharen. War nicht zu verfehlen der verrufene Ort. Es lag ein Magnet dort, der ihnen Sammlung befahl. Kurzum: Sie wollten einander treffen und jene Stadt überfüllen, die zu unserer Legende gehört. Dort wollten sie sich ein Fest geben. Wie sie lärmen und uns zur Schau tragen, wie sie die Bürger erschrecken, sich tierisch geben wollten.

Es kam nicht dazu. Man hätte sie ohnehin weggeräumt. Es standen ja überall bis zum Schluß Ordnungskräfte bereit. Ach, Ratten wollten sie sein und blieben doch arme, am Ende verlassene, ja, auch von uns verlassene Punks. Sie sind uns gut gewesen, wie kein Mensch zuvor. Von Geburt an verlorene Kinder, einzig uns Ratten waren sie lieb, sagte die Rättin, von der mir träumt. Hätten wir Zuflucht gewußt, wir hätten sie mit uns genommen am Ende...

Was heißt hier Schluß, Ratte! Ist ja nichts fertig. Kein Loch gestopft, kein Rätsel gelöst. Nie zuvor soviel Fäden, die nicht verknüpft. Überall Stückwerk und Stümperei. Und Stümper, die feixend das Sagen haben. Jede Zeitung schreit, alles Gerede verschweigt es. Nicht einmal halbwegs sind wir, eher zurückgefallen.

Da kannst du nicht Schluß, basta, das reicht sagen. Wäre ja Fahnenflucht das. Einfach davon. Und zwar mitten im Satz. Ohne das Allernotwendigste und bevor nicht dies noch und das. Zum Beispiel die Renten gesichert, der Müll versorgt. Denn wenn wir die Stahlkrise nicht und anderes nicht in den Griff: den Butterberg abgetragen und Kabel überall hin verlegt, endlich das Volk gezählt und die Ausländerfrage vom Tisch. Durchhalten dann, bis die Zinsen gesenkt und der Aufschwung, auf den wir alle, ohne den nix, denn vorher war ja kein Silberstreif und weg das Gelbe vom Ei.

Nein, Ratte, nein! Ist nichts mit Schluß. Zumal jetzt die Großmächte zum Gespräch endlich, damit rechtzeitig Entschlüsse, nämlich die richtigen, denn das hat mittlerweile jeder kapiert, daß nur Maßnahmen beiderseits gleichzeitig ausgewogen, damit wir berechenbar, wenn auch in letzter Minute.

Und da redest du, Ratte, von Schnitt, ausblenden, Saft weg, Sense, Kassensturz, Amen, war einmal, ist nicht mehr, Vorhang und Weltenende, Ultimo sozusagen? Dabei ist uns aufgetragen und sind wir verpflichtet, wenn schon für uns nicht, dann doch für unsere Kinder, damit wir nicht eines Tages beschämt und ohne, ich meine die großen Ziele, etwa die Erziehung des Menschengeschlechts, oder der gröbste Hunger muß weg und der Müllberg muß weg, zumindest aus Sichtweite, bis endlich flankierende Maßnahmen und wieder paar Fische in Elbe und Rhein. Und richtig! Abrüsten wollten wir auch noch, bevor es zu spät ist.

Doch du sagst Schluß. Als wären wir fertig. Als hätten wir ausgeschissen schon längst. Als bliebe nicht dies noch und das zu tun. Und zwar bald, nein, sofort. Denn soviel hat mittlerweile jeder begriffen oder halbwegs kapiert, daß außer dem Frieden und bißchen Gerechtigkeit mehr, endlich der Wald, nicht nur der deutsche, der Wald überhaupt, wenn er schon nicht mehr zu retten ist, gefilmt werden muß immerhin. Und zwar in allen Stimmungen und in Farbe zu jeder Jahreszeit, damit er als Dokument erhalten und nicht aus unserem Gedächtnis und dem unserer Kinder. Denn ohne Wald, Ratte, sind wir arm dran. Weshalb wir schon deshalb und weil wir uns schuldig sind das, uns fragen müssen, was uns der Wald, nicht nur der deutsche, aber das sagte ich schon, bedeutet, nein, sagt, damit wir später, zumindest im Film mit unseren Kindern, solange noch Zeit ist ein wenig.

Und zwar, bevor du, Ratte, Schluß Schnitt Sense sagst. Wann Schluß ist, bestimmen immer noch wir. Wir sind am

Drücker. Wir hüten das Knöpfchen. Wir werden schließlich das alles vor unseren Kindeskindern, wie auch die Müll- und Ausländerfrage, zuletzt den Hunger, zumindest den gröbsten, den Butterberg auch zu verantworten haben.

Weil der Wald
an den Menschen stirbt,
fliehen die Märchen,
weiß die Spindel nicht,
wen sie stechen soll,
wissen des Mädchens Hände,
die der Vater ihm abgehackt,
keinen einzigen Baum zu fassen,
bleibt der dritte Wunsch ungesagt.

Nichts gehört mehr dem König Drosselbart.
Es können die Kinder sich nicht mehr verlaufen.
Keine Zahl Sieben bedeutet mehr als sieben genau.

Weil an den Menschen der Wald starb,
gehen die Märchen zu Fuß in die Städte
und böse aus.

Ich kenne die Strecke. Von Lauterbach, wo dazumal im Lied ein Strumpf verlorenging, führt »Die deutsche Märchenstraße« durch einst dichten Mischwald.

Es könnten auch andere Straßen durch Schneisen in den Pfälzer Wald, hoch hinauf in den Schwarzwald, tief in den Bayrischen Wald, ins Fichtelgebirge oder in den Solling, den Spessart hinein, in Waldgebiete führen, die hier auf den zweiten Blick erst, dort überdeutlich von den bekannten, landauf landab geleugneten bewiesenen Schäden befallen sind. Nadelbräune, Paniktriebe, lichte Baumkronen, Naßkerne werden gemeldet, dürre Äste fallen, von kahlen, abgestorbenen Stämmen löst sich die Rinde. Deshalb steht anfangs die Frage: Wie lange noch kann jene Straße, die von Lauterbach kommt, so anheimelnd »Die deutsche Märchenstraße« heißen?

Und deshalb lasse ich die Wagenkolonne des Kanzlers, der mit seinen Ministern und Experten unterwegs ist, nicht im Schwarzwald oder Fichtelgebirge, sondern beispielhaft hier ihren Weg nehmen: hinter Blaulicht, von Polizeischutz flankiert. Mit verhängten Fenstern fahren schwarze Limousinen durch sterbenden Wald. Wir erkennen am Stander das Kanzlerauto. Wir nehmen an, daß der Kanzler im Wageninneren, während er durch sterbenden Wald fährt, Expertengutachten, Gegengutachten, Schadstoffstatistiken und Mortalitätsmuster der Weißtanne liest, weil er als Kanzler fleißig und allseits gut informiert sein muß. Oder aber: Er sucht vor großem Auftritt Entspannung, löst Kreuzworträtsel, weiß richtig den Namen Hölderlin einzurücken und erfreut sich seiner waage- und senkrechten Allgemeinbildung.

Weder noch. Das Wageninnere der Kanzlerlimousine ist von gedämpfter Familienstimmung gesättigt. Des öffentlichen Bildes und der von mir erdachten Handlung wegen begleiten die Gattin, der Sohn, die Tochter den Kanzler.

Wie soll er beschaffen sein? Leicht austauschbar, ist er dennoch von uns vertrauter Machart: bieder und von trauriger Gestalt. Augenblicklich ißt er, nein, schiebt er einen Keil Buttercremetorte in sich hinein, was seiner Gattin, die sich adrett hält, mißfällt.

Weil die Tochter des Kanzlers den Fenstervorhang zur Seite gerafft hat, sehen wir im Vorbeifahren einen holzgeschnitzten Wegweiser, auf dem zwischen geschnitzten Zwergen in erhabener Fraktur »Die deutsche Märchenstraße« zu lesen steht. (Hier sollte zu Filmbeginn, falls der sterbende Wald mit unseres Herrn Matzerath Produktionshilfe zum Film wird, die Autokolonne langsam, im Schrittempo fahren.)

Auf einem Waldparkplatz, den tote Bäume einfassen, werden der Kanzler und seine Begleitung erwartet. In Eile trifft man letzte Vorbereitungen, denn das Polizeivorauskommando kündigt bereits über Sprechfunk die Wagenkolonne an.

An einem Stahlrohrgerüst ziehen Waldarbeiter, die nach Vorschrift Schutzhelme tragen, unter Anleitung eines Försters baumhohe Kulissen hoch, die mit gesundem Wald bemalt sind, etwa im Stil des Malers Moritz von Schwind: knorrige Eichen, dunkle Tannen, lichter Buchenbestand, der in unwegsamen Urwald übergeht. Es fehlen nicht Farn und Niederholz.

Auf hoher Leiter, die ein Spezialfahrzeug auszufahren verstand, malt ein Maler zusätzlich Singvögel – Buchfinken, das Rotkehlchen, etliche Singdrosseln, die Nachtigall – rasch und wie gegen Stücklohn in die gemalten Baumkronen. Der Förster ruft: »Macht fertig, Leute! Gleich kommt der Kanzler!« Dann sagt er mehr für sich: »Es ist zum Heulen.«

Ruckzuck räumen die Waldarbeiter die Szene. Das Polizeivorauskommando verteilt sich und sichert das Gelände. Hinter den Kulissen schaltet ein Tonmeister ein Tonbandgerät ein. Wir hören reichgemischt Vogelstimmen, unter ihnen die frischgemalten Buchfinken, Rotkehlchen, Singdrosseln, aber auch einen Pirol und mehrere Waldtauben. Während das Spezialfahrzeug abfährt, wird mit der Leiter der Maler eingezogen, so daß der letzte Vogel im gemalten Wald, der unermüdlich rufend ein Kuckuck hätte werden sollen, fragmentarisch bleibt. Nun macht der Förster ein Begrüßgesicht.

Denn hinter Blaulicht fährt die Wagenkolonne des Kanzlers vor. An den Fenstern der Limousinen werden Vorhänge zur Seite geschoben. Staunen über soviel Natur. Der Kanzler nebst Gattin, die Tochter, der Sohn steigen aus, desgleichen Minister und Experten. Sogleich sind Presse und Fernsehen zur Stelle. Als gelte es, eine Botschaft aufzuzeichnen, nehmen die Medien wahr, daß der Kanzler mehrmals tief ein- und ausatmet. Gleiches tut sein Gefolge.

Kaum in der Öffentlichkeit, stöpseln sich der Sohn des Kanzlers, dreizehn Jahre alt, die Tochter des Kanzlers, zwölf Jahre alt, je einen Walkman in die Ohren. Den Blick nach innen gestülpt, wirken die Kinder abwesend, was die Kanzlergattin stört. Doch ihre Ermahnung – »So hört ihr ja nicht die Vögel im Walde!« – wird, wie das hinter Kulissen laufende Tonband, mißachtet. (Die Kanzlerkinder sind nach meiner Vorstellung ein wenig dicklich geraten; doch könnten sie auch mager bis spillerig sein, falls unser Herr Matzerath diesen Typ wünscht. Eine dem Försterrock nachempfundene Kleidung eint die Familie: Loden, Bundhosen, Schnürstiefel, Hirschhornknöpfe.)

Während sich seitab ein Männerchor und kostümierte Darsteller vor die gemalte Waldkulisse schieben, versammeln sich die Minister und Experten zwanglos um den Kanzler; unter ihnen der für Wald, Flüsse, Seen und Luft zuständige Minister Jacob Grimm, dem als Staatssekretär sein Bruder Wilhelm zur Seite steht.

Es gefällt uns, der Handlung und der volkstümlichen Bezüge wegen diese historische Anleihe zu machen und den nach gegenwärtiger Mode gekleideten Jacob Grimm zu seinem Bruder sagen zu lassen: »Da hat der Maler Schwind wieder mal gute Arbeit geleistet.« Worauf wir Wilhelm Grimm traurig lächeln sehen. Beide Brüder verstehen es, ihrem Bemühen, dem zeitlos tapferen »dennoch«, so anhaltend Ausdruck zu geben, als gefalle ihnen ihr wiederholtes Scheitern. Zwei aufrechte Männer, die notfalls bereit sind, den Hut zu nehmen; und dennoch zwei Märchenonkel, die das Zwinkern gelernt haben: Sie wissen seit altersher, wie es hinter den Kulissen aussieht, mucken aber nicht auf, denn immerfort wollen sie Schlimmeres verhüten.

Seitab suchen Polizisten den Sängerchor nach Waffen ab. Harmlos befunden, versammeln sich die Sänger auf einem Podest. Vom Chorleiter gestisch gedämpft oder zu größerer Lautstärke ermuntert, singen die Sänger das Lied: »Wer hat dich, du schöner Wald, aufgebaut so hoch da droben...« Der Kanzler ist versucht, mitzusingen.

Nachdem auch sie sicherheitsdienstlich behandelt sind, treten jetzt, auf ein Zeichen der Brüder Grimm, die wir fortan die Grimmbrüder nennen, alle Kostümträger als Märchendarsteller auf. Sie sind gediegen geschmackvoll nach altdeutscher Art gekleidet. Schneewittchen gesittet zwischen den Sieben Zwergen. Neben Dornröschen mit Spindel der wachküssende Prinz. Unter der Langhaarperücke, das kann nur Rapunzel sein. Hänsel und Gretel verbeugen sich, knicksen und überreichen dem Kanzler und seiner Gattin sinnreiche Geschenke: einen Tannensetzling, einen Korb voller Eicheln und Bucheckern, ein altglänzendes Waldhorn. Offenen und gespitzten Mundes singt der Männerchor »Hänsel und Gretel verirrten sich im Wald...« Auch die Polizisten erfreuen sich an den zuvor harmlos befundenen Chorsängern.

Genug der Darbietungen: Jetzt spricht, mehr den anwesenden Medien als seinen Ministern zugewendet, der Kanzler, indem er geübt vom Blatt liest. In Bildern beschwört er eine heile Welt, die von Ungemach bedroht ist. »So werden wir abermals vom Schicksal geprüft!« ruft er, als wäre das deutsche Volk von altersher auf Schicksalsprüfungen abonniert.

Da wir uns einen Film wünschen, der sich als Stummfilm nur gelegentlich mit Untertiteln hilft, sieht man den in der Kanzlerrede beschworenen Wald heil rauschen. In Einblendungen tut sich der Waldesdom auf. Rehe äsen. Der Hirsch schreckt auf. Aus allen Wipfeln fallen Zitate. Und wie gerufen leert ein Knabe über einer auf Moos gebetteten Prinzessin des Knaben Wunderhorn aus: Blüten, Libellen und Schmetterlinge...

Weil die herbeigeredete Stimmung sich nicht mehr steigern läßt und etwas geschehen muß, springen nun, nach dem Schlußsatz des Kanzlers, »So lebe fort, du deutscher Wald!«, der für den Stummfilm einen beispielhaft knappen Untertitel hergibt, des Kanzlers Sohn und Tochter ins Bild.

Dicklich oder spillerig, sie bewerfen den Vater mit den geschenkten Eicheln und Bucheckern. Die Tochter zerbeult das altglänzende Waldhorn. Der Sohn zerbricht den Tannensetzling, holt sich den Walkman aus dem Ohr, springt aufs Podest und hält, indem er die erschrockenen Minister und Experten, alle verschreckten Märchendarsteller und Chorsänger, die wieder verunsicherten Polizisten und Sicherheitsbeamten in Zivil, jeden mitschreibenden Journalisten, die ungerührt draufhaltenden Kameramänner, alle und auch die Grimmbrüder zum Publikum macht, eine Gegenrede.

»Du redest wieder mal Scheiße!« ruft er dem Kanzler als Vater zu und beschwört Wirklichkeit. Man sieht Autohalden und Autoschlangen, Fabrikschornsteine in Betrieb, heißhungrige Betonmischmaschinen. Es wird abgeholzt, planiert, betoniert. Es fällt der berüchtigte saure Regen. Während Baulöwen und Industriebosse an langen Tischen das Sagen und bei Vieraugengesprächen genügend Tausenderscheine locker in bar haben, stirbt der Wald. Er krepiert öffentlich. Zum Himmel hoch abgetötet noch aufrechte Baumleichen. Folgerichtig entleert der Knabe von vorhin über der schlafenden Prinzessin, die im nun toten Wald schlummert, das andere Wunderhorn: Müll, Giftdosen, Schrott. Als treibe es ihn, Autoabgase zu symbolisieren, furzt er der Prinzessin ins sogleich runzelnde Gesicht: So bleihaltig ist der Wind des Knaben.

Nach dem Schlußsatz und Untertitel des Sohnes – »Das ist dein deutscher Wald!« – wird die Tochter des Kanzlers tätig: Mit einem Messer, das sie während kurzer Nebenhandlung dem Förster gestohlen hat, schneidet sie ritschratsch alle Seile durch, mit denen die Waldkulissen hochgezogen und durch Knotenschlag gesichert sind. In Zeitlupe fallen die Kulissen in sich zusammen. Kein gemaltes Vöglein fliegt, sich rettend, davon. Kein Reh Hase Igel flüchtet. Nicht nur das Stahlrohrgerüst, der tote Wald steht unübersehbar.

Jetzt stellt die Tochter das Tonband mit den Vogelstimmen ab. Stille. Dürres Geäst knackt, bricht. Mit dem Schwindel fliegen Krähen auf. Angst geht um, unumschrieben: der Tod.

Zwischen den entsetzten Märchendarstellern retten sich Dornröschen und ihr wachküssender Prinz in Gelächter. Für einen Untertitel passend, sagt Wilhelm zu Jacob Grimm: »Mein Gott! So kommt die Wahrheit ans Licht.«

Während ich die anhaltende Schrecksekunde nutze und mir die ins späte zwanzigste Jahrhundert fortgeschriebenen Brüder Grimm als nur gelegentlich wankende, so kluge wie sensible, heimlich jedoch an mangelnder Radikalität leidende, kurzum: liberale Grimmbrüder vorstelle, die beide nun die Hände ringen, rafft sich unser Stummfilm zu neuer Handlung auf: Sohn und Tochter des Kanzlers reißen den kostümierten Märchenfiguren Hänsel und Gretel die Mütze, das Häubchen ab, werfen ihren Walkman weg, schneiden Vater und Mutter und obendrein dem Fernsehen Grimassen und laufen aus freien Stücken, der Grimmschen Märchenfassung spottend, als Hänsel und Gretel in den Wald.

Die Gattin des Kanzlers ruft: »Hans! Margarethe! Kommt bitte sofort zurück!«

Die Medien sind beglückt. Journalisten diktieren ihren Geräten knallharte Stichworte. Aus der Hüfte schießen Pressefotografen in Salven Fluchtbilder. Schonungslos zeichnet das Fernsehen auf. Die Flucht der Kanzlerkinder beginnt Geschichte zu machen. Der Kanzler jedoch hindert die Polizisten, wie gelernt die Verfolgung der Flüchtlinge aufzunehmen. Er ruft: »Zwei Aussteiger mehr! Undankbare! Wir werden das zu verschmerzen wissen.« Er rettet sich in eine Haltung, die er für würdevoll hält, kann aber nicht verhindern, daß sein Gesicht von einem Grinsen heimgesucht wird, das der Analyse bedürfte.

Während man noch beide Abhauer und Aussteiger undankbar fern zwischen toten Bäumen ahnt, könnte Wilhelm leise zu Jacob Grimm sagen: »Du siehst, lieber Bruder, die alten Märchen hören nicht auf.«

Um der anhaltenden Katastrophenstimmung zu begegnen, sammelt sich hastig der Männerchor und singt, vom Chorleiter mitgerissen, ein munteres Lied, das aber tonlos bleibt, wenngleich es »Im Grunewald, im Grunewald ist Holzauktion« heißen könnte. Jetzt regnet es auch noch sauer. Der Kanzler spürt ein Gelüst nach tröstender Süßigkeit. Nichts sieht man mehr von den entlaufenen Kindern.

Meine Weihnachtsratte und ich hören im Dritten Programm nicht nur, daß dieses Jahr nach chinesischer Rechnung als Jahr der Ratte, des sammelndes Fleißes und der gesteigerten Produktion im Kalender steht, es macht auch die Stadt an der Weser in einer von Flötenstückchen gesäumten Kultursendung auf das Jubiläum ihrer Legende aufmerksam. Die Rede eines böhmischen Dichters, die Uraufführung eines Puppenspiels, wissenschaftliche Vorträge zum Thema, der Verkauf der Rattenfänger-Sonderbriefmarke mit Sonderstempel und Festumzüge sind vorgesehen, in denen der heutigen Bürger Kinder in mittelalterlicher Tracht einem stilgetreuen Rattenfänger folgen sollen. Außer der Ausstellung mit Bildern einschlägiger Motive steht der Verkauf einer Riesen-Rattenfängertorte vor dem Stiftsherrenhaus auf dem Programm. Die städtische Fremdenwerbung frohlockt: Man erwartet ein Plus an Touristen, solche sogar aus Übersee, die sich als texanischer Rattenfänger-Fan-Club, als japanische »Children of Hameln« angemeldet haben. Zwar fürchten die politischen Sprecher der Stadt unliebsamen Zuzug – man werde, falls aus den Großstädten sogenannte Punks oder Punker mit ihrem Getier einfallen sollten, geeignete Maßnahmen treffen –, doch ist man der runden Zahl wegen, die, historisch verbrieft, auch kirchlicherseits angemessen gefeiert werden soll, guter Dinge. Der Superintendent hat seine Teilnahme zugesagt.

Das alles bietet der Kulturspiegel des Dritten Programms meiner Weihnachtsratte und mir. Des Sprechers angenehme, in vielen Sendungen voll ausgereifte Stimme, die, nie frei von ironischen Nebentönen und kritischen Parenthesen, dennoch bis auf die Sekunde genau Bescheid weiß, gescheit Bescheid weiß, mehr als wir über Hameln und Hamelns Hinter- und Abgründe weiß, diese mediengerechte Stimme kommt aus einer Radiokiste, die rechts vom Gehäuse der Weihnachtsratte auf meinem Werkzeuggestell Platz hat, während ich links von der Rättin sitze, doch mit geschnürter Absicht schon unterwegs nach Hameln bin.

Da wollen wir hin. Dort sollen der alten Lügengeschichte einige Wurzeln gestochen werden. Das sind wir uns schuldig. Denn soviel steht fest: Vor siebenhundert Jahren und in den Jahrhunderten danach war von Ratten und einem Rattenfänger auf keinem Papier die Rede. Von einem Pfeifer nur wurde berichtet, der »am dage Joanis et Pauli« an die hundertunddreißig Kinder aus der Stadt weg in einen Berg hinein oder über alle Berge davongeführt haben soll, ohne daß eines der Kinder zurückfand.

Sind sie durchs Ostentor gezogen? Spielt die Geiselnahme nach der Schlacht bei Sedemünde in die Legende hinein? Waren es Veitstänzer, die sich in alle Winde davontanzten?

Kein Dokument gibt vom Geschehen Bericht. Noch hundert Jahre später wird in der Chronik der Stadtkirche, die alles, was Hameln betraf, jede Feuersbrunst, jedes Hochwasser der Weser, der Schwarzen Pest Kommen und Gehen erinnert, nichts über den Auszug der Hämelschen Kinder berichtet. Eine faule Geschichte, die von Amts wegen verschwiegen wurde und eher mit der Vertreibung der damals lästigen Flagellanten oder mit der Abwerbung Hämelscher Jungbürger in östliche Siedlungsgebiete zu schaffen gehabt haben wird als mit eines Pfeifers trickhafter Kunst; zumal die Ratten und deren Fänger erst fünfhundert Jahre nach dem Johannes- und Paulustag der fragwürdigen Mär beigemischt wurden. Worauf die Dichter nach Reimen suchten, Goethe voran.

Später fanden die Grimmbrüder den Auszug der Hämelschen Kinder in etlichen Sagen mit üblichen Rattenfängergeschichten vermengt. Und weil beide Märchensammler alles niederschrieben, was auf der Ofenbank, am Spinnrad und an warmen Augustabenden erzählt wurde, lesen wir, daß ein auffallend gekleideter junger Mann gegen versprochenen Lohn die Stadt Hameln rattenfrei machte, indem er die Ratten mit besonderer Musik in die Weser lockte, wo sie ersoffen. Weiter erfahren wir, daß der Pfeifer und Fänger, weil ihm der Bürgermeister und die Ratsherren den Lohn verweigerten, die schon in anderen Legenden gezählten Kinder aus der Stadt pfiff, auf daß sie alle, hundertunddreißig an der Zahl, auf Nimmerwiedersehen im Kalvarienberg verschwanden.

Eine moralische Geschichte, die außer Ratten wortbrüchige Bürger bestraft und verführbare Kinder obendrein.

Nicht nur Kinder. Jeder, der leichtfertig handelt, schafsköpfig hinterdreinläuft, vertrauensselig sich anvertraut, ohne Verstand gläubig ist und jedem Versprechen Glauben schenkt, gilt als vom Rattenfänger geködert, weshalb dieser schon früh politisch Figur gemacht hat. In Flugschriften und Traktaten heißt es: Er hetzt die Bauern auf, er macht die armen Leute begehrlich, er gibt den Bürgern Unruhe ein, er stellt Fragen, auf die einzig der Teufel Antwort weiß. Wer auf ihn hört, der zündelt auch, rumort im Untergrund, erhebt sich, wird aufständisch und ist ein Revoluzzer und Ketzer zugleich. So haben Rattenfänger, die sich mal nüchtern, mal farbig trugen und jedesmal anders hießen, verlorene Bauernhaufen und aufsässige Gewerke, Irrläufer und Abweichler, oft radikale Minderheiten nur, schließlich ganze Völker ins Unglück geführt; noch kürzlich das gutgläubige deutsche Volk, indem der immer gleiche Rattenfänger nicht etwa – was kaum verfangen hätte – »Die Ratten sind unser Unglück« rief, sondern den Juden jedes Unglück zuschob, bis ziemlich jeder Deutsche zu wissen glaubte, woher das Unglück gekommen sei, wer es mit sich gebracht und verbreitet habe, wen man deshalb zusammenpfeifen und wie Ratten vertilgen müsse.

So einfach ist das. So leicht läßt sich aus Legenden – man muß sie nur ordentlich klittern – eine Moral ziehen, bis sie Früchte trägt: ausgewachsene Verbrechen.

Ähnlich sieht das unser Herr Matzerath, der, gleich dem gehetzten Getier, sein Leben lang Zuflucht suchte, selbst wenn ihm einfiel, als Fänger zu posieren. Er sagt: »Wann immer von Ratten und deren Ausrottung die Rede war, wurden andere, die augenfällig keine waren, wie Ratten eliminiert.«

Er hat eine Adresse, schreibt Briefe und erhält Post. Seit ihm vor zwei Jahren ein Gallenstein entfernt wurde, nennt er sich gesund, klagt aber dennoch über Schwierigkeiten beim Wasserlassen: Nach ermüdenden Sitzungen und im Verlauf streitbarer Medienkongresse komme es zu schmerzhaftem Harnverhalt, vermutlich reize Streß seine Prostata, dennoch scheue er das Schälmesser der Urologen.

Er sammelt neuerdings Goldmünzen, trägt Seidenkrawatten, liebt rubinbesetzte Krawattennadeln, nimmt nach dem Rasieren Kölnisch Wasser und will am Abend nach Uralt-Lavendel duften, wohl um an seine arme Mama erinnert zu sein, die diesen lange haftenden Duft an sich hatte. Bis auf den gepflegt gewellten Haarkranz, der silbergrau schimmernd über den Kragen fällt, ist er kahlköpfig. Wie poliert glänzt seine zu jeder Jahreszeit gebräunte Glatze. Man ist versucht, sie zu streicheln; und es soll Frauen geben, die dieser Versuchung erliegen – zählebige Gerüchte, denen er nie widerspricht.

Zwar sieht man ihn selten in Gesellschaft, doch sobald er einlädt, stellt sich das bucklichte Männlein zwischen ausgesucht hochgewachsene Damen und Herren, als müsse noch immer zu knappes Körpermaß betont werden. Deshalb sind seine Angestellten, vom Management bis in die Produktion, alle über einsachtzig groß. Diese Marotte ist in der Filmwirtschaft bekannt, wird aber nicht mehr belächelt, zumal Marktanteile deutlich machen, wer wen überragt. Seinen Kalender verplant er vorbeugend: Wütige Arbeitsphasen, die ausschließlich der Videofilmproduktion gelten, wechseln mit Phasen der Ruhe in abgeschiedener Lage; nicht nur seiner empfindsamen Prostata wegen sucht er Kurorte auf: Marienbad, Baden-Baden, Lucca und Bad Schinznach in der Schweiz. Oft zitiert wird sein Lieblingssatz: »Zukunft haben einzig die Ratten, und unsere Videokassetten natürlich.«

Während er kurt und abseits vom Kurprogramm, denkt er sich aus, was sein Kopf hergibt: immer noch vielstöckige Thesen und deren Gegenteil. Mal will er Geschehen, das vor uns liegt, als hergestellte Zukunft filmen, damit sie, sobald sie gegenwärtig wird, als Film schon vorhanden ist; dann wieder verlangt es ihn, gefilmt zu sehen, was alles geschah, bevor es das Medium Film gab, zum Beispiel die

Einschiffung in Noahs Arche. Nach streng geführter Strichliste soll alles, was kreucht und fleucht, paarweise ins Bild kommen: der Warzeneber, die Warzensau, Gans und Ganter, Hengst und Stute und immer wieder das eine, besondere Paar, das nicht in die Arche darf und unverzagt dennoch versucht, sich zwischen die zugelassenen Nager zu schmuggeln.

In Pausen, die er sich selten einräumt, wird ihm seine Kindheit gewichtig, der er sich alternd wieder zu nähern wünscht: der Sturz von der Kellertreppe, Besuche beim Arzt, zu viele Krankenschwestern ... Doch Aufzeichnungen über sein Herkommen oder Bekenntnisse gar macht er keine mehr, so innig ihn die Damen seiner Wahl darum bitten. »Das ist alles gegessen!« sagt er. »Wir leben heute, und zwar tagtäglich zum letzten Mal.«

Schon jetzt freut er sich auf den diesjährigen September, weiß aber noch nicht, wie sein sechzigster Geburtstag begangen werden soll: Will er still für sich sein – einzig von Fotos umgeben – oder zwischen hochbeinigen Gästen?

Doch zuvor soll Anna Koljaiczek, seine Großmutter, gefeiert werden: mit erlesenen Geschenken und einer Überraschung, die er sich in Bad Schinznach ausgedacht und gleich nach der Kur in Produktion gegeben hat.

Auf seinem übermäßig geräumigen Schreibtisch, der immer leer zu sein hat, liegt einzig jene einladende Postkarte, die stellvertretend der Pfarrer der Kirchengemeinde Matarnia, das früher Mattern hieß, geschrieben hat: »... gebe ich mir die Ehre, mein Enkelkind, Herrn Oskar Matzerath, zu meinem 107. Geburtstag einzuladen.«

Diesen Satz liest er immer wieder, weiß aber nicht, ob er reisen soll. Einerseits fürchtet er sich vorm Zurück, andererseits denkt er sich Geschenke aus und erzählt überall vom bevorstehenden Fest. Da es ihm Freude bereitet, wenn ihn jedermann »unser Herr Matzerath« nennt, hört er nicht weg, sobald in seiner Umgebung geflüstert wird: »Stellen Sie sich vor: Unser Herr Matzerath fährt womöglich nach Polen. Wissen Sie schon, daß unser Herr Matzerath eine Polenreise plant?«

Noch zögert er. Jemand, der bewußt sein Wachstum einstellte, dann doch wenige Zentimeter wuchs, betreibt sein altes Spielchen: Soll ich, soll ich nicht.

Hinzu kommt, daß Bruno, der sonst als Chauffeur klaglos zu jeder Reise bereitsteht, diesmal Sorgen äußert und Gründe sucht, die Reise, wenn nicht zu verhindern, dann zu verschieben. Er beruft sich auf Ärzte, die abgeraten haben. Er nennt die politische Lage in Polen unsicher. Er warnt vor militärrechtlicher Willkür. Ohne handfeste Gründe zu nennen, deutet er an, daß unser Herr Matzerath in Polen gegenwärtig unerwünscht ist.

Noch ist kein Visum beantragt. Dennoch kauft Oskar Seidenkrawatten und kleidet sich sportlich großkariert ein. Er lehnt ab, gegebenenfalls zu fliegen oder gar mit der Bahn zu reisen. »Wenn schon«, sagt er, »dann kehre ich im Mercedes heim.«

Vorsorglich wird seine Münzsammlung angereichert, obgleich oder weil der Goldpreis, bei steigendem Dollarkurs, fällt. Als könnten ihn Umstände zwingen, uns für längere Zeit verlassen zu müssen, hat er für jedermann Ratschläge im Hut. Mir wird geraten, einzig dem Fall Malskat nachzugehen. Auf meine Bitte, endlich auch andere Projekte zu bedenken, antwortet er in Eile: »Über den Wald und Hameln reden wir später!« und läßt mich stehen mit meinen zu vielen Geschichten, die alle gleichzeitig aus ihren Anfängen drängen.

Bevor der Motorewer »Die Neue Ilsebill« die flache Insel Fehmarn hinter sich läßt und Kurs hält auf Møns steile Kreideküste, nehmen die Frauen an Bord des Forschungsschiffes nach vorgefaßtem Plan der Lübecker Bucht Meßproben ab. Weil genügend Daten über die Kieler Förde vorliegen, wird hier die Vertikalwanderung von Plankton erforscht. Mit sechs Netzen kommt der Meßhai zum Einsatz. Bei einer Holdauer von fünf Minuten und einer Wassertiefe, die längs der Meßstrecke zwischen achtzehn und dreiundzwanzig Metern schwankt, kann, neben dem Vertikalhol, aus fünf Tiefenstufen gleichzeitig geholt werden.

Während die Steuermännin den stufigen Quallenzähler ausfährt, bearbeiten die Meereskundlerin und die Maschinistin Ohrenquallen, deren Durchmesser mehr als vier Zentimeter beträgt. Die Qualle wird auf Höhe der Velarlappen gemessen. Kleinere Quallen heißen Ephyren, die größeren Medusen. Bei der Volumenbestimmung müssen die Medusen kurz abgetropft und dann als Masse in formalingefüllte Standzylinder getaucht werden. Natürlich wird bei der Messung die dadurch bedingte Schrumpfung berücksichtigt. Bei allen Größengruppen nimmt der Quallendurchmesser nach zwei Tage anhaltender Fixierung um etwa vier Prozent ab. Das alles und noch mehr – zum Beispiel das Vergleichswiegen von Heringslarven und Medusen – hat die Meereskundlerin während ihres spät begonnenen Studiums gelernt. Sie weiß, wie die Maschinistin, die eigentlich in einem Transportunternehmen tätig ist, und die Steuermännin, die ein Anwaltsbüro leitet, beim Zählen, Messen und Wägen der Medusen und Ephyren fachkundig anzulernen sind. Geduldig demonstriert sie angewandte Meereskunde. Nie wurde nüchterner über Medusen gesprochen.

Zuerst fischten die Frauen mit ihrem Spezialgerät zwei Meilen vom Timmendorfer Strand entfernt, dann vor Scharbeutz und Haffkrug, jetzt nehmen sie in der Neustädter Bucht bis vor Pelzerhaken der Ostsee Meßproben ab. Weiter nördlich verringert sich die Quallendichte. Doch wird vor der Küste Ostholsteins plötzlich die Meereskunde und deren Anwendung um eine Dimension erweitert, indem die

Steuermännin zur Kapitänin sagt: »Hier etwa haben wir Anfang der siebziger Jahre den Butt gefangen. Zufällig. Mit ner Nagelschere. Hat der das Maul aufgerissen! Lauter Hoffnungen und wunderhübsche Versprechungen. Wurde nichts draus. Alles nur Quallen, die schrumpfen, sobald du sie anguckst.«

Als rufe sie ihn wirklich, ruft die Steuermännin über die glatte See: »He, Butt! Du hast uns angeschissen. Nichts hat sich geändert. Immer noch sind die Herren am Drücker. Sie, nur sie haben das Sagen, wenn es auch immer schneller bergab geht. – Und wir haben damals gedacht: Jetzt kommt sie, die Frauensache, die kluge Herrschaft der Weiber. – War ne Fehlanzeige. Oder fällt dir auch dazu was Schlaues noch ein? Na, sag was, Butt, sag was, du Großmaul!«

Zwar bleibt die See sprachlos, doch lockt der Ausbruch der Steuermännin, dieses lange nicht mehr lautgewordene Geschrei nach dem sprechenden Plattfisch, die Meereskundlerin und die Maschinistin aus dem ehemaligen Lastraum des Motorewers, wo sie den letzten Quallenhol vermessen haben. Kaum an Deck, ruft die Maschinistin: »Hör bloß mit dem Mist von gestern auf!«

Die Meereskundlerin sagt: »Und hör auf zu jammern. Uns kommt kein Mann an Bord. Reicht dir das nicht?«

Aus der Kombüse ruft die Alte: »Butt oder nicht Butt, hier war schon immer was los! Laßt uns hier ankern.«

Während die Kapitänin den Motor drosselt, abstellt, dann folgsam beide Anker wirft, als habe von nun an die Alte das Kommando, zieht die Meereskundlerin ihre Klarsichthandschuhe ab. Sie wirft das Wegwerfzeug über Bord und weist nacheinander in Richtung Pelzerhaken, Neustadt, Scharbeutz: »Da lagen sie, drei Schiffe. Ich trug Zöpfchen mit Propellerschleifen und war gerade zwölf, als die ›Thielbeck‹, die ›Cap Arcona‹ und die ›Deutschland‹ hier ankerten. Uns hatte man von Berlin wegevakuiert. Zweimal ausgebombt waren wir. Das war im April fünfundvierzig, kurz vor Schluß. Die Schiffe lagen da jeden Morgen, wenn ich zur Schule ging. Die sahen aus wie gemalt. Und am Küchentisch hab ich sie auch gemalt. Mit Buntstiften, alle drei. Die Erwachsenen sagten: Da sind Kazettler drauf. Als mich meine Mutter am dritten Mai nochmal in die Stadt schickte, weil es in Neustadt Zucker auf Marken gab, sah ich vom Strand aus, daß mit den Schiffen was los war. Die qualmten. Die wurden angegriffen. Heute weiß man ja mehr: Die Kazettler kamen aus Neuengamme und paar Hundert aus Stutthof. Und angegriffen wurden die Schiffe von britischen Typhoons. Die waren mit Raketen bestückt. Vom Strand aus sah das putzig aus, wie ne Übung. Jedenfalls brannte die ›Cap Arcona‹ und kenterte später. Die ›Deutschland‹, auf der keine Kazettler waren, wurde versenkt. Die ›Thielbeck‹, auf der Häftlinge Bettlaken als weiße Fahnen gehißt hatten, kenterte brennend und wurde auf Grund gesetzt. Natürlich sah man vom Strand aus nicht, was in den Schiffsbäuchen passierte. Kann man sich auch kaum vorstellen. Auch wenn ich später noch lange mit Buntstiften brennende Schiffe gezeichnet habe, o Gott! Jedenfalls waren vor dem Angriff an die neuntausend Häftlinge an Bord der ›Arcona‹ und ›Thielbeck‹. Von denen sind täglich gut dreihundert verhungert. Und etwa fünftausendsiebenhundert Kazettler – das waren Polen, Ukrainer, Deutsche und Juden natürlich – verbrannten, ertranken oder wurden, wenn sie schwimmend ans Ufer kamen, am Strand einfach abgeknallt. Von SS-Männern und Marinekommandos. Das hab ich gesehn, als ich zwölf war. Stand da mit meinen Zöpfen und guckte. Standen auch viele Erwachsene aus Neustadt da und guckten zu, wie die Kazettler, kaum aus dem Wasser, bibbernd noch abgeknallt wurden. Die wollen natürlich nichts gesehen, nichts gehört haben, bis heute. Und auch in England redet kein Schwein davon. War ein Unglücksfall, fertig. Zwei

Jahre lang trieben Leichen an und störten den Badebetrieb. War ja gleich darauf Frieden. Und auch die Wracks lagen noch lange in Sicht, bis man sie abschleppte zum Verschrotten.«

Während die Meereskundlerin weiß, wie der Gauleiter von Hamburg und die Kapitäne der Schiffe hießen, blicken die Frauen über die See, der nichts anzumerken ist. Bei Windstille regnet es leicht, wie oft in diesem verregneten Sommer. Aus der Kombüse sagt die Alte: »Na klar, sowas paßt nicht in die Geschichte. Ne dumme Panne. Das stört. Sowas vergißt man. Schwamm drüber! sagte man früher. – Essen wir nun? Klopse gibt es mit Röstzwiebeln zu Stampfkartoffeln und Gurkensalat.«

Weil es nichts mehr zu sagen gibt, holt die Kapitänin beide Anker ein und ruft den Kurs aus: offene See. Wie gut, daß der Motor folgsam anspringt. Neben der Steuermännin hält sich Damroka an ihrem Kaffeepott fest. »Bloß weg hier!« sagt sie, mehr nicht, hat aber das eigentliche Ziel der Reise, das nur sie kennt, im Blick; und auch ich wünsche, daß die Frauen ablassen von der Vergangenheit und einzig wieder auf Ohrenquallen fixiert sind.

Zum Essen wird mittschiffs der Tisch geräumt, auf dem zuvor Tabellen mit Meßdaten lagen. Alle müssen die Klopse, die Köchin loben. Gerede über das Wetter und den verregneten Sommer. Wie gut, daß nichts nachhallt. Zu Klopsen mit Stampfkartoffeln trinken die Frauen aus Flaschen Bier. Sobald sie gegessen hat, holt die Kapitänin die Steuermännin vom Ruder.

Später erst, nachdem ihnen die flache Insel Fehmarn vergangen ist, sammeln sich alle an Deck und bringen ihr Strickzeug mit. Kurzatmig wirft die See kleine Wellen. Leichte Brise. Anderswo geht Regen in Schleiern nieder. Ab und zu kommt die Sonne durch. Kaum zeichnet sich backbord mit der dänischen Insel Lolland flache Küste ab, durchfährt die »Ilsebill« mal dicht, mal dünn besiedelte Quallenfelder. Hier werden keine Daten gesammelt. Der Meßhai darf ruhen. Achteinhalb Knoten Fahrt macht der Ewer.

Doch plötzlich – nur weil aus südöstlicher Richtung weißleibig ein Fährschiff aufkommt – kein Gerede mehr über dies und das. Ich kann nicht verhindern, daß die Meereskundlerin zu stricken aufhört und wieder von den KZ-Schiffen zu sprechen beginnt. Weil die Maschinistin mehr und Genaues wissen will – »Wieso hat man die Häftlinge auf die Schiffe? Und warum haben die Engländer nicht?« –, lasse ich die Alte überm Abwasch aus der Kombüse rufen: »Jadochja! Hungernde, brennende, dann schwimmende, gleich darauf abgeknallte Menschen. Und Menschen, die andere Menschen hungern, verbrennen, absaufen ließen und zusahen, wie die wenigen Menschen, die an Land kamen, von Menschen glattweg abgeknallt wurden. Immer nur Menschen und was Menschen mit Menschen taten. Und die Ratten? Wer spricht von verbrannten, ersoffenen Ratten? Wetten, daß jede Menge Ratten an Bord waren, einige tausend bestimmt ... «

Da sagte die Rättin, von der mir träumt, ohne daß sie ins Bild kam und das Schiff verdrängen konnte: Irrtum, kleiner Irrtum. Zwar sind wir den Menschen immer nahe gewesen, doch ihren Untergängen wichen wir aus. Wir wußten vorher, was kommt. Uns hielt es nicht auf Schiffen, die anrüchig waren. Bei aller Liebe zum Menschengeschlecht, mit ihm verbrennen oder ersaufen wollten wir nicht.

Das war kein Rollstuhl, von dem mir träumt. Es war eine Raumkapsel, in der ich angeschnallt saß und meiner Umlaufbahn folgen mußte. Ich, ohne Begriff von all dem Weltraumklimbim; ich, unbelastet vom Spezialwissen, das hochqualifiziert nach den Sternen greift und alle Galaxien namentlich anzusprechen versteht; ich, frei, von Sprachkenntnissen, die nicht nur leichthin plaudernden Astronauten, sondern auch Schulkindern mittlerweile geläufig sind; ich altmodischer Narr, dem selbst das Telefonieren ein unbegreifliches Wunder geblieben ist, saß fest in einer Raumkapsel und rief: Erde! Antworten Erde!

Doch mein Monitor zeigte einzig die Rättin. Nur sie gab Antwort, war gesprächig. Verzweifelt mochte ich schreien: Wir sind noch! Es gibt uns! Wir geben nicht auf! – sie blieb ungerührt und sprach von vergangenen Zeiten: wehmütig und geduldig, als wollte sie mich bemuttern.

Freund, sagte die Rättin, hör zu. Erde hast du gerufen, hier spricht die Erde. Antworten Erde! hieß dein Wunsch, hier antwortet dir die Erde: Wir gruben uns ein, ahnten wir doch. Während die Menschen, als hätten sie anders nicht können, wieder einmal, doch diesmal endgültig verrückt spielten und absolut über sich hinauswollten, gruben wir uns tief ein. Reden wir nicht vom Instinkt; überliefertes Wissen, unser seit Noahs Zeiten für solche Fälle gewitztes Gedächtnis empfahl uns den Untergrund, das Überleben in Luftblasen dank Pfropfensystem. Die oft gedankenlos geplapperte Menschenweisheit – Die Ratten verlassen das sinkende Schiff – kam nicht von ungefähr. Seit jener Weisung, die uns den Zutritt in Noahs Kasten aus Tannenholz – Drey hundert ellen sey die lenge, funffzig ellen die weite und dreissig ellen die höhe – strikt verboten hatte, waren uns Schiffe besonders verdächtig. Sooft wir von Ratten hörten, die, nach menschlichem Urteil, feige ein Schiff verlassen hatten, so prompt wurde uns wenig später der Untergang des verlassenen Schiffes bestätigt.

Es stimmt, rief die Rättin. Dieser Satz hat unseren Ruf gefestigt. Doch als es zum Schluß um das Schiff Erde ging, bot sich kein Planet zum Umsteigen an. Deshalb suchten wir unterhalb der menschlichen Bunkersysteme, Hoch- und Tiefbauten unterwühlend, Zuflucht. Auch legten wir Vorräte an, was während der Humanzeit nur die bengalische Reisratte tat.

Obgleich ich in meiner Raumkapsel immer wieder versuchte, den Monitor zu freundlichen Bildern zu bewegen, führte die Rättin mich durch Grabensysteme, deren Lauf- und Verbundgänge zu Nestkammern, als Schleusen dienenden Engpässen und in geräumige Taschen führten, die wie Silos mit Korn und Kernen gefüllt waren. Labyrinthisch verzweigt öffnete sich eine Welt untertage.

Ich wollte ans Licht und Schönes träumen: Damroka!

Sie sagte: Andere Ausflucht blieb nicht.

Ich fluchte auf unseren Herrn Matzerath: Er soll ja sagen und meinen Film über den sterbenden Wald produzieren. Sie nahm mir den Ton weg und fistelte: Die allgemeine Stimmung des Menschengeschlechts, seine überbetonte, durch nichts begründete Hoffnung auf Frieden, diese von Hoffnung lebende, sich selbst verzehrende Hoffnung, dieses geschäftige Hoffnungmachen bei gleichzeitigem Leerlauf des menschlichen Getriebes, ihre trostlose Hofferei alarmierte uns.

Sie stellten sich mit Sachzwängen zu. Als wäre ihnen Zeit endlos gegeben, vertagten sie sich. Ihre Staatsmänner mochten das komisch finden, jedenfalls grinsten sie bis zum Schluß. Ach, ihr Gerede! Wenn das Humane zuvor zu weittragenden, wenngleich oft wunderlichen Ideen fähig gewesen war, plapperte es gegen Ultimo nur noch abgelegte Ideen nach, uralte Schrullen darunter: Weltraumschiffe, gebaut und bevölkert nach dem Arche- und Ausleseprinzip. Offensichtlich, der Mensch gab sich auf. Er, dessen Kopf sich all das ausgedacht hatte; er, dessen Gedanken bis dahin Gestalt angenommen hatten; er, bisher stolz auf seinen Kopf und dessen Siege über Finsternis und Aberglaube, Dunkelmänner und Hexenwahn; er, dessen Geist zahllose Bücher gewichtig gemacht hatte – er wollte fortan auf seinen

Kopf verzichten und nur noch Gefühlen folgen, obgleich im Humanen mehr noch als der Instinkt das Gefühl unterentwickelt war.

Kurzum, sagte die Rättin, von der mir träumt: Immer mehr Menschen setzten auf ein Leben ohne Vernunft. Wie Seher und Hohepriester redeten Dichter daher. Jedes ungelöste Problem nannten sie Mythos. Schließlich wandelten sich sogar die seit Jahren üblichen, anfangs mit Wörtern und Beweisen noch klugen Friedenskundgebungen zu religiösen Aufläufen. Leider liefen auch unsere Punks mit, die wir liebgewonnen, die uns liebgewonnen hatten. Unser Rattengedächtnis erinnerte mittelalterliche Flagellantenzüge, die angstgetrieben das christliche Abendland heimgesucht, geißelwütige Exzesse, Pogrome ausgelöst und vor nichts haltgemacht hatten, weil damals die Pest umging, Menschengeißel genannt. Worauf Schuldige gesucht und gefunden wurden: Wir und die Juden sollen die Seuche eingeschleppt und verbreitet haben. Von Venedig oder Genua aus. Alte Geschichten, gewiß; und doch immerneue...

Jedenfalls sahen wir das Flagellantentum gegen Schluß der Humangeschichte abermals aufleben, wenngleich nicht gegen Juden und uns gerichtet. Vielmehr kam es nach Umzügen und Aufläufen zu vereinzelten, dann kollektiven Selbstverbrennungen: erstmals in Amsterdam, dann in Stuttgart, darauf gleichzeitig in Dresden, Stockholm und Zürich, schließlich tagtäglich in europäischen Groß- und Kleinstädten, in Fußballstadien und Messehallen, auf Kirchentagen und Campingplätzen; worauf diese Mode – wenn man so sagen darf – in anderen Erdteilen Zulauf fand: zuerst in Atlanta und Washington, dann in Tokio und Kyoto, natürlich in Hiroshima. Am Ende, als kollektive Selbstverbrennungen sogar aus unterentwickelten Ländern gemeldet wurden, blieb auch die Sowjetunion nicht gefeit: Von Kiew sprang das heillose und nichts klärende Feuer auf Moskau und Leningrad über. Wo immer Vernunft aussetzte – es sollten noch Rom und Tschenstochau erwähnt werden –, der Vorgang blieb sich gleich: Junge Menschen gruppierten sich zum enggefügten Block. Und in der Mitte solch eines betenden, singenden, den Frieden in jedes Gebet, in jede Liedzeile zwingenden Menschenblocks – vorm Kölner Domportal sollen es über fünfhundert gewesen sein – wurde dann, nach plötzlichem Schweigen, der Mahnblitz gezündet; viele offen reihum gereichte Kanister Benzin stellten ihn her. Davon gab es genug bis zum Schluß.

Ach das Humane! Oh, dieses Menschengeschlecht! Selbst im Zustand verzweifelter Wirrnis hatten sie alles gut organisiert. Ordner fügten die zum Selbstopfer bereiten Blöcke. Der versammelten Kopfzahl entsprechend, standen Ambulanzwagen bereit. Auffallend viele Mütter mit Kleinkindern unter den Opfern. Lehrer mit ihren Schülern. Priester und Pfarrer mit Katecheten und Konfirmanden. Großbetriebe verloren in Neckarsulm und Wolfsburg ihre Lehrlinge samt Ausbildern. In etlichen Garnisonsstädten haben Rekruten den Mahnblitz während der Vereidigung gezündet. Im späteren Verlauf dieser vorweggenommenen Selbstvernichtung gaben die Presse, der Rundfunk und das Fernsehen die täglichen Verlustzahlen vernünftigerweise nicht mehr bekannt.

Und ich sah, was die Rättin aufgezählt hatte, sah Mahnblitze vor jäh erhellten Stadtkulissen, sah Säuglinge mit Müttern, Schüler mit Lehrern, Jungchristen samt Kaplänen, Lehrlinge um ihre Meister geschart und Rekruten beim Fahneneid in Flammen aufgehen. Ich schrie und blieb doch gefangen in meiner Raumkapsel. Aufhören! Aufwachen! schrie ich. Ich bat, winselte, sagte zärtlich Rättlein, Weihnachtsratte zu ihr. Unsinnige Vorschläge fielen mir ein: Hätte nicht, wäre nicht möglicherweise ... Sie aber gab aus vergangener Zeit sachlich Bericht.

Gewiß hätte und wäre es besser gewesen ... Und anfangs versuchte man auch, den um sich greifenden Wahn einzudämmen und die Blöcke gewaltsam zu sprengen. Als aber in Brüssel, Nürnberg und Prag einzelne Polizisten, dann geschlossene Hundertschaften überliefen, um, wie man sagte, der mahnenden Selbstaufopferung teilhaftig zu werden, wurden die Ordnungskräfte fortan zurückgehalten. Tatenlos sah man den Mahnblitzen zu. In städtischen Ballungsgebieten gehörten sie zum Alltag, wie in entlegenen Regionen der Hunger alltäglich war. Vor diesem Hintergrund aus Qualm, Gestank und – wie ein namhafter Publizist schrieb – zunehmender Geneigtheit zum Tode fiel es den Staatsmännern leicht, ihrer Geschäftigkeit den Anschein von Vernunft zu geben, so daß sich besorgte ältere Menschen einer gegenläufigen Bewegung, die unter dem Motto: Den Frieden aufrüsten! mäßigen Zulauf fand, zeitweilig anschlossen. Natürlich forderten die Mahnblitze bei Zusammenstößen beider Gruppierungen entsprechend mehr Opfer.

Mir war, als lächelte die Rättin in ihrem Grabensystem. Vielleicht lächelte sie auch nicht, und nur mir, in meiner Raumkapsel, kam das alles irrsinnig komisch, zum Kaputtlachen komisch vor. Das brüllte ich auch: Mach keine Witze, Rättin! Hör auf, dich über uns lustig zu machen. Ihr habt leicht lachen in euren Rattenlöchern.

Stimmt, Freundchen, sagte die Rättin, dennoch solltest du hören, was uns dazu brachte, unterzutauchen: Gegen Schluß der Humangeschichte hatte sich das Menschengeschlecht eine Sprache eingeübt, die beruhigend ausglich, schonungsvoll nichts beim Namen nannte und selbst dann noch vernünftig klang, wenn sie Blödsinn als Erkenntnis ausgab. Erstaunlich, wie es den Macheffels, ihren Politikern gelang, die Wörter geschmeidig und sich gefügig zu machen. Sie sagten: Mit dem Schrecken wächst unsere Sicherheit. Oder: Der Fortschritt hat seinen Preis. Oder: Die technische

Entwicklung läßt sich nicht aufhalten. Oder: Wir wollen doch nicht in die Steinzeit zurück. Und diese Täuschersprache wurde hingenommen. So lebte man mit dem Schrecken, lief Geschäften oder Vergnügungen nach, bedauerte die Opfer der Mahnblitze, nannte sie übersensibel und deshalb unfähig, die Widersprüche der Zeit auszuhalten, ging, nach kurzem Kopfschütteln, zur Tagesordnung über – die war aufreibend genug – und sagte zwar nicht ausdrücklich: Nach uns die Sintflut, lebte aber doch so bequem wie möglich mit der Gewißheit, daß das Humane und sein seit Noahs Zeiten wiederholter Versuch, dem Menschengeschlecht ein weniger mörderisches Verhalten einzuüben, gescheitert war. Als allerletzte Weltanschauung fand der Finalismus Zuspruch und Anhänger. Leichthin sagte man zu Freunden und Bekannten: Kommt doch mal wieder vorbei, bevor es zu spät ist. Man grüßte sich: Schön, dich noch einmal zu sehn. Beim Abschiednehmen geriet die Redensart Auf Wiedersehen außer Gebrauch. Und den Kindern sagte man liebevoll, aber auch nachdenklich: Eigentlich hätte es euch, unsere kleinen Lieblinge, nicht mehr geben dürfen. Das Bilanzziehen begann. Bei familiären Feiern und offiziellen Anlässen, sogar bei Brückeneinweihungen wurde Endzeitliches zitiert. Kein Wunder, daß wir Ratten uns eingruben.

Ich widersprach nicht mehr. Meine Raumkapsel wurde mir immer wohnlicher. Warum sollte ich weiterhin Erde! Antworten Erde! rufen? Ich spielte mit mir unbegreiflichen Knöpfen, Schaltern und sonstigen Instrumenten, kam auch zu ablenkenden Bildern, die einander mutwillig löschten, vergnügte mich an den Albernheiten dieser Einblendungen, glaubte gut zu träumen und hörte dennoch der Rättin zu, schon einverstanden.

Noch immer mit unserer Schlußphase beschäftigt, sagte sie: Seit Rattengedenken den Menschen zugetan, versuchten wir, sie zu warnen, bevor wir uns eingruben. Zu Hunderttausenden verließen wir die weitläufigen Tunnelsysteme ihrer Verkehrswege und unsere bevorzugte Heimstatt, die Kanalisation. Wir räumten Müll- und Schrotthalden, Schlachthöfe und Hafenareale, die Versorgungsschächte der Hochhäuser und unsere sonstigen Reviere. Am hellen Tag, wie gegen unsere Natur, liefen wir über die Hauptstraßen aller europäischen Metropolen: Heerhaufen flüchtiger Rattenvölker, eine nicht einzudämmende Rattenflut. Dann steigerten wir unser Programm. Nicht einmal nur, mehrmals am Tag über die Gorkistraße zum Roten Platz. In Washington liefen wir dreimal ums Weiße Haus, in London sternförmig auf Trafalgar Square zu. Zwei gegenläufige Rattenströme blockierten die Champs-Élysées. So trugen wir dem Menschengeschlecht unsere Sorge zur Schau. Da das Humane an Bilder glaubte, setzten wir uns erschreckend ins Bild. Prachtstraßen und Avenuen rauf und runter. Jeder Rücken, die Schwänze gestreckt. Wir wollten den Menschen bedeuten: Seht, wie wir Angst haben! Auch uns ist bewußt, daß dieser Welt Dämmerung bevorsteht. Wie ihr kennen wir einschlägige Bibelstellen. Unsere von letzten Ängsten bewegte Flucht sagte: Hört auf, ihr Menschen, euch zu Ende zu denken. Macht Schluß mit dem Schlußmachen. Unübersehbar erfüllt sich der Sprüche Weisheit...

Ich tat erstaunt: Und? Das gab doch Panik, was? Ein einziger Aufschrei – oder? Als wollte ich nachholen, was die Menschheit versäumt hatte: Wenn ich mir vorstelle, nachmittags, bei Berufsverkehr. Und die Hausfrauen mit ihren Einkaufstaschen...

Was die Rättin sagte, klang müde und noch im Rückblick enttäuscht: Zwar hörten wir Schreie entsetzter Passanten, die unsere demonstrierte Massenflucht vielleicht sogar richtig deuteten, zwar brach in den Zentren der Städte sofort der Verkehr zusammen, zwar waren alle Fensterfronten der Hauptstraßen von Gaffern besetzt, doch sonst geschah nichts, außer daß man uns, wie wir bildkräftig über die Seinebrücken, immer wieder am Buckingham Palace vorbei, um Genfs hohes Wasserspiel flüchteten, aufwendig fürs Fernsehen filmte. Schon machten Touristen Schnappschüsse. Da unsere schnellfüßigen Demonstrationen oft Stunden anhielten, boten wir Motive genug.

Aber, rief ich, hat man denn nicht. Ich meine Gegenmaßnahmen. Zumindest mit Wasserwerfern. Oder von Hubschraubern aus. Oder ganz einfach...

Jaja, sagte die Rättin, natürlich fiel ihnen zuallererst Gift ein. Doch nur in wenigen Großstädten wurde versucht, unser massiertes Auftreten mit Vernichtungsmitteln zu bekämpfen, in Rom sogar mit Flammenwerfern: Sich rasch ausbreitende Großfeuer längs der Via Veneto waren die Folge. Verluste an Menschenleben wogen unsere Ausfälle auf. Wie dumm sie bis zum Schluß auf Gewalt gesetzt haben. Einzig in Peking, Hongkong und Singapur, wo die chinesische Spielart des Humanen vorherrschte, in Neu Delhi und Kalkutta, wo wir schon immer, wenn nicht geheiligt, so doch geachtet waren, wurden unsere bewegten Warnbilder als Appell begriffen; doch die Zentralcomputer waren anderswo lokalisiert.

Mir fiel nichts Besseres ein, als Schade, wie schade! zu sagen. Dabei habt ihr euch Mühe, verdammt viel Mühe gegeben. Kein Risiko, Rättin, habt ihr gescheut.

Erst jetzt, sagte sie, nach so viel Vergeblichkeit begannen wir Ratten uns einzugraben.

Das war falsch! rief ich. Oder zu früh. Jedenfalls hättet ihr nochmal und nochmal...

Haben wir, tagelang...

Nein! rief ich. Aufgegeben habt ihr uns Menschen. Und zwar viel zu früh...

Noch einmal, als wollte sie sich und mir vergebliche Mühe bestätigen, sah ich auf dem Monitor meiner Raumkapsel in rascher Bildfolge mit Ratten zärtliche Punks, viele hundert Punker mit ihren Ratten in Richtung Hameln unterwegs, Mahnblitze in Menschenblöcken gezündet, danach die kreis- und gegenläufige Rattenflut. Dann aber sah ich, wie sie sich eingruben. Keilen gleich trieben sie Erdreich auf. Tausend und mehr Löcher spieen Sand, Kies, Mergel. Anfangs ihre Schwänze noch übertage, dann wie vom Boden verschluckt. Überall gleichzeitig. So viele endgültige Bilder, Bildsalat schließlich, in den sich immer wieder, doch tonlos und untertage nun, die Rättin mischte. Dann sah ich unseren Herrn Matzerath, wie er zur Rede ansetzte, darauf des Kanzlers Kinder als Hänsel und Gretel im toten Wald laufen, sogleich die Rättin wieder, nein, meine Weihnachtsratte, die eingerollt schlief oder harmlos tat, worauf der Maler Malskat für wundersam gotische Bilder Farbe anrührte, bis plötzlich mit anderen Frauen strickend Damroka die quallengesättigte See befuhr und die Ratte sich immer tiefer und die Kinder im Wald, der leichenstarr...

Erlösend, daß unser Herr Matzerath endlich seinen Antrag vorzeigte, mit Blockschrift säuberlich ausgefüllt: Nach Polen will er, nach Polen.

Wird auch Zeit, sagte ich mir beim Erwachen, denn zwischen Ramkau und Mattern beginnen die Kaschuben, das Fest vorzubereiten. Es soll die Zahl hundertundsieben aus Blumen gebunden werden.

Am Ende, als es nichts mehr zu lachen gab, retteten sich die Politiker in übereinstimmendes Grinsen.

Ohne Motiv, denn Komisches lag nicht vor, begannen sie, weltweit zu feixen.

Einbrüche in beherrschte Gesichtszüge.

Kein verlegenes Lächeln.

Finales Grimassieren nur noch.

Man hielt das dennoch für Heiterkeit und fotografierte das Grinsen und Feixen der übereinstimmenden Politiker.

Fotos vom letzten Gipfeltreffen waren Zeugnisse anstekkend guter Laune.

Sie werden schon Gründe haben, den Ernst entgleisen zu lassen, sagte man sich.

Da bis zum Schluß getagt wurde, hielt sich Humor bis zum Schluß.

DAS DRITTE KAPITEL, in dem sich Wunder ereignen, Hänsel und Gretel städtisch sein wollen, unser Herr Matzerath an der Vernunft zweifelt, fünf Hängematten belegt sind, das Dritte Programm schweigen muß, in Stege Ausverkauf und in Polen Mangel herrschen, eine Filmschauspielerin geheiligt wird und Truthähne Geschichte machen.

Meine Weihnachtsratte mag das nicht, wenn ich dem Maler Malskat nachlaufe. Beunruhigt wittert sie, sobald ich neben dem Käfig Prozeßberichte, Glossen ausbreite, etwa unter dem Titel »Ein ostpreußischer Eulenspiegel«. Es stört sie auf, wenn ich Pressefotos von Malskat mit meiner Vorstellung von Malskat vergleiche: Durch Jahrhunderte gewitzt sieht er aus und könnte zu Schnabelschuhen, geschlitzten Hosen und Pluderärmeln anstelle seiner verfilzten Wollmütze die zwiefach gezipfelte Schellenkappe tragen.

Dazu läuft die Sendung Medienreport. Wir hören Neues vom Videomarkt, den nicht nur unser Herr Matzerath zukunftsträchtig nennt. Am Käfig meiner Weihnachtsratte vorbei finde ich mit ausgestrecktem Arm den Drehknopf, der mitten im Satz das Dritte Programm aus dem Raum nimmt; die Suche nach Malskat hinter bedrucktem Papier duldet kein Nebengeräusch. Das muß meine Ratte begreifen, so gerne sie Neues aus der Wissenschaft oder die Wasserstandsmeldungen von Elbe und Saale hört.

Weder lustige noch böse Streiche. Kein schelliger Narr. Ich stelle fest, daß Malskats Nase, deren Wurzel mit ungleichem Schwung seinen Augenbrauen Ausdruck gibt, als sehe er immerfort Wunder, auf Malskats Wandbildern zeichenhaft wiederkehrt, so daß sie im Dom zu Schleswig wie in Lübecks Marienkirche engelhaften Jünglingen und geheiligten Greisen zu Gesicht steht. Sie alle sehen mit schmerzlich geweiteten Augen mehr, als in biblischen Zeiten zu sehen war. Sie sind begabt, nicht nur kommendes Heil, sondern auch bevorstehendes Grauen zu wittern, dank jenes Riechers, der schon Anfang der fünfziger Jahre in einer Doktorarbeit vermerkt wurde, die der Malskatschen Gotik aufsaß: »Außergewöhnlich sind die langen Nasen der Figuren im Langschiff und Chor. Sie bekräftigen den seherischen Blick der Heiligen. Es spricht aus ihnen eine gewisse nordische Kühnheit, die auf anderen hochgotischen Wandbildern vergeblich gesucht wird, ausgenommen im Dom zu Schleswig, wo der Salvator Mundi und etliche Motive der Strebpfeilerausmalungen anhand der Nasengestaltung vermuten lassen, daß die Werkstatt des Lübecker Langschiff- und Chormeisters auch hier tätig gewesen ist.«

Ich ahne, weshalb meine Weihnachtsratte unruhig wittert und sogar Sonnenblumenkerne mißachtet, sobald ich mich über die vergilbten Fünfziger hermache. Wie ohne Erinnerung, einzig von heute soll ich sein und mich immerfort fragen, was morgen schon Schlimmes geschehen könnte.

Gut, Rättlein, sage ich, das kommt noch, unser Konkurs. Doch bevor ich Bilanz ziehe, soll herausgefunden werden, weshalb Malskats Begabung, trotz schlechter Bezahlung fürwahr gotisch zu sein, damals zeitgemäß war und einem Grundbedürfnis, der allgemeinen Gestimmtheit zur Fälschung entsprach; wie Krähen im toten Wald, einmal muß der Schwindel doch auffliegen, so hoch er noch immer im Kurs steht. Ach, nicht kurzbeinig, gut zu Fuß schritten die Lügen aus!

Denn die Jahre nach dem Zweiten Weltkrieg taten in Deutschland so, als wäre ihren Vorjahren ein böser Traum widerfahren, etwas Unwirkliches, das man aussparen müsse, damit es nicht Alpträume mache. Entlastende Träume waren gefragt. Ich erinnere mich: Ein Heiler zog damals durchs Land, der wundertätige Stanniolkugeln verkaufte, wirksam gegen allerlei Krankheit, worauf ihm das Volk wie gelernt zulief. Zum Träumen auf Schaumgummi schön, waren Sitzgarnituren gegen Ratenzahlungen zu haben. In allen Illustrierten heirateten fortgesetzt Prinzen Prinzessinnen. Unentwegt sank bei Capri die rote Sonne ins Meer.

Auf Bildern, die später Tapete wurden, erwies sich alles durchlebte Grauen als gegenstandslos. Die Politik jedoch, von der man genug hatte, blieb durch höhere Gewalt alten Männern übertragen, denen das geteilte Land mehr zufällig als hälftig zugeschnitten war.

Und siehe, den Greisen gelang es, die besiegten Deutschen zu mit den Siegern befreundeten Deutschen zu läutern, die sich, weil ihr eingeborener Fleiß den Krieg wunderbarerweise überstanden hatte, sogleich im einen, im anderen Siegerlager nützlich machten: Ruckzuck war man wieder wer, wiederbewaffnet. Deshalb dankte das Volk beiden Wohltätern, wenngleich es den Spitzbart, wie Ulbricht genannt wurde, haßte und den alten Fuchs Adenauer zwar wählte, aber nicht von Herzen so liebte, wie man als geeintes Volk während zurückliegender Jahre seinen Hitler herzlich geliebt hatte.

Gut fügte sich Malskat in diese Zeit. Seine Wandmalerei, die als echt galt, wurde »das Wunder von Lübeck« genannt; denn wenn sich ein Volk hartnäckig vom Unglück verfolgt sieht und – wie nebenbei – anderen Völkern Unglück gebracht hat, dennoch mit so vielen Heiligen gotischer Machart beschenkt wird, dürfte ihm Gottes Gnade auch im profanen Bereich gewiß sein. Worauf sich weitere Wunder tätigten, unter anderem das Wirtschaftswunder, dessen Ausschüttungen schon Anfang der fünfziger Jahre spürbar waren: Die in der Stadt Bonn, wie es hieß, provisorisch ansässige Regierung blätterte hundertachtzigtausend Mark neues Geld auf den Tisch der Lübecker Kirchenleitung, so daß immer mehr Heilige sichtbar wurden und – kein Fleiß ohne Preis – der Maler Malskat seines Stundenlohnes von fünfundneunzig Pfennigen sicher sein konnte.

Das aber und noch andere Mirakel jucken meine Weihnachtsratte nicht. Der auf den Wundern von damals heute noch fußende Reichtum ist ihr nichtig. Sie könnte Geschenkt! rufen und vorausblickend sagen: Selbst der Schatten davon wird nicht bleiben. Aber sie huscht nur unruhig in ihrer Sägespanstreu und nimmt keinen Anteil an meinen Rückblenden. Was immer ihre schwarzpolierten Augen fassen, Malskat spiegeln sie nie.

Erst als ich später im toten Wald Hänsel und Gretel laufen ließ und sich die entlaufenen Kanzlerkinder nicht an mein Drehbuch halten wollten, sondern, weil im Wald nichts los war, zu den Punks, bei denen mehr los ist, überliefen, sagte meine Weihnachtsratte nunmehr als Rättin: Die beiden sind gut. Von gestern ist denen kein Krümel geblieben. Sieh nur, was sie bei sich tragen, mit wem sie zärtlich sind, in wessen Ohren sie flüstern, wessen nackte Schwänze sie kicherig machen und wen beide liebhaben, auf daß sie mit Haut und Haaren geliebt werden, wem einzig Hänsel und Gretel zutraulich sind...

Und ich sah, daß des Kanzlers und seiner Gattin entlaufene Kinder zwei Ratten an sich trugen. Die mochten einst weißhaarig und Laborratten gewesen sein. Jetzt aber war die eine zinkgrün, die andere violett gefärbt; wie Hänsels Irokesenhaartracht zinkgrün und Gretels viele steif stehenden Zöpfe violett leuchteten. Es sah aus, als wären die Kinder eins mit ihrem Getier.

Zwar versuchte ich, beide wieder in den toten Wald und ohne tierische Zutat in den Ablauf meines Drehbuches zu schicken, aber sie pfiffen auf dessen Moral. Mit ihren grellen Ratten wollten sie grell nur noch Punker zwischen Punks sein. Immer mehr drängten ins Bild, bis es randvoll war: ein Auflauf. Alle Punks hatten sich eigensinnig und doch uniform mit Schrott behängt; nun auch Hänsel und Gretel, so daß sie sich kaum von den anderen unterschieden. Vorhängeschlösser und extra große Sicherheitsnadeln hielten ihren Plunder zusammen. Ich zählte die Gruppe aus, und im Traum half mir die Rättin beim Zählen. Hundertdreißig Punks und genauso viele Ratten zählten wir.

Das muß ich, rief ich, unserem Herrn Matzerath erzählen, daß Hänsel und Gretel, die auffallend den entlaufenen Kindern des Kanzlers und seiner Gattin gleichen, nun stilechte Punks sind, die in Berlin-Kreuzberg hausen und der Welt Grimassen schneiden, damit sie an ihrem Zerrbild erschrickt. Ein verzweifelt lustiger Haufen ist das. Denen kann man nicht mehr gut zureden. Die haben sich alle mit ihren Ratten in eines der letzten besetzten Häuser verkrochen. Das ist ein Hinterhaus mit vernagelten Fenstern.

Sieh nur, Rättin, rief ich: wie typisch, daß Gretel in der Gruppe das Sagen hat und ihren Hänsel und die anderen machen läßt, was sie will. Er sagt: Wenn die kommen mit ihrer Ramme, sind wir geliefert glatt. Doch sie sagt: Wenn die uns räumen, verzischen wir uns nach Hameln hoch und kriechen in den Berg, wie damals, als es so schlimm war wie jetzt. Und Hänsel ruft: Guckt sie euch an, diese Normalos. Die schnallen überhaupt nicht, wie tot sie sind!

Da sagte die Rättin, von der mir träumt: Die Kinder schrien, doch niemand wollte hören. Deshalb sagten wir Rattenvölker vorsorglich: Wir werden uns eingraben müssen. Schade um die Menschen. Besonders schade um die mit uns zärtlichen Punks.

Plötzlich nimmt unser Herr Matzerath Interesse. Gestern noch abweisend, ist er heute Hänsel und Gretel gewogen. Vor der Breitwandschiefertafel zwischen den Gummibäumen sagt er: »Abgesehen vom Wald gefällt mir ihre Geschichte. Man müßte sie zuspitzen. Sollten wir uns zur Produktion entschließen, könnte der Film etwa so beginnen:

Während überall die Ratten aus ihren Löchern kommen, um am hellichten Tag öffentlich zu werden, ziehen auch in der geteilten Stadt Berlin alle beiderseits der Mauer getrennt ansässigen Rattenvölker zur selben Stunde über die Hauptstraßen; wenn sie drüben die Frankfurter Allee für geeignet halten, ist ihnen hier der Kurfürstendamm, von der Gedächtniskirche bis hoch nach Halensee, lang genug.

So bringen sie sich ins Bild. Sofort bricht in beiden Stadthälften punktuell der Verkehr zusammen. Massenkarambolagen sind die Folge. In ihren verkeilten Autos verschiedenen Typs erleben verschreckte Insassen, wie ungezählt viele Ratten in beide Fahrtrichtungen über alle zum Stillstand gezwungenen Autos hinwegeilen, ob Wartburg oder Opel, Tatra oder Ford. Niemand, kein Passant oder Autofahrer, begreift den tieferen Sinn der unangekündigten Demonstration. Was man im Ostteil der Stadt als dem Sozialismus abträglich empfindet und deshalb wie eine Schande verschweigt, bekommt im Westen den kurzlebigen Wert einer Sensation zugesprochen. Halblaut heißt es hier wie dort: Die kommen von drüben.

Doch sobald Meldungen über den Ticker laufen und Rattenumzüge aus aller Welt bestätigen – in Moskau und Washington auch! – und der weltweite Zeitvergleich den Beweis bringt, daß das Rattengeschlecht rund um die Erdkugel an drei Tagen nacheinander pünktlich seinen Auftritt gehabt hat – und zwar allerorts nachmittags um halb fünf –, als daraufhin niemand mehr wagt, von Zufällen zu faseln, und selbst führende Politiker keine Worte finden, geeignet, ihre vom Ekel geschüttelten Staatsvölker zu beschwichtigen, und deshalb schweigen, grinsend schweigen, erst als die Flut verebbt ist, liest man Kommentare, die dem Sinn der weltweiten Rattenumzüge nahekommen; wenngleich die aufklärende Absicht der Ratten unbedacht bleibt.

Tierforscher sprechen vom hochentwickelten Warnsystem der Nagetiere. Verhaltensforschern wird das Wort

Paniksyndrom geläufig. Theologen rufen die Christenheit auf, Gottes warnenden Hinweis, kundgetan durch die niedrigste Kreatur, ernst zu nehmen und fortan Kraft einzig im Glauben zu suchen. Ein unerklärliches Phänomen, heißt es. Und im Feuilleton werden die Offenbarung Johannes, Nostradamus, Kafka, Camus und die indischen Weden zitiert. Mehr geschieht nicht. Einige Westberliner Zeitungen kommen wie üblich zur Sache. Sie sprechen die Kreuzberger Punks schuldig: Die hätten mit ihrem Rattenfimmel das Übel ausgelöst. Seitdem man Punks mit Ratten rumlaufen sehe, sei dieses Viehzeug groß in Mode. Es komme als Normalempfinden nicht mehr genügend Ekel auf. Jetzt müsse hart, endlich hart durchgegriffen werden.

Nur einige von Kindern geschriebene Leserbriefe sprechen wahr: Ich glaube, die Ratten haben Angst, weil die Menschen nicht genug Angst haben. – Ich nehme an, daß die Ratten, bevor alles zu Ende geht, von uns Menschen Abschied nehmen wollen. – Meine kleine Schwester, die die Rattenumzüge im Fernsehen gesehen hat, sagt: Zuerst hat uns der liebe Gott verlassen, und jetzt hauen auch noch die Ratten ab.

Doch dann wird wieder anderes wichtig: der sprunghaft steigende Dollarkurs, Unruhen in Bangladesh, ein Erdbeben in der Türkei und sowjetische Weizenkäufe; von einer Rattenflut, liest es sich rückblickend, hatte die Welt nur schlecht geträumt.«

So jedenfalls sieht es unser Herr Matzerath. Er springt auf und steht kleinwüchsig vor der enormen Schultafel zwischen seinen Gummibäumen. Mit Zahlen wirft er um sich und führt Beweis. In rascher Schnittfolge und auf eingeblendeten Spielebenen will er von Tokio nach Stockholm, von Sidney nach Montreal, von Ost- nach Westberlin springen und das Entsetzen der Passanten, die dreinschlagenden Polizisten, den Einsatz von Wasser- und Flammenwerfern,

Brände und Chaos, Panik in Soho und Plünderungen in Rio, alles, was während der Rattenflut lief, in seine Videokassette bringen.

Er sagt: »Und immer wieder sieht man in bedrückenden Szenen die beiden Kinder mit ihren violett und zinkgrün gefärbten Streicheltieren: wie sie flüchten, sich mit anderen Kindern zusammenrotten, ein leeres Haus besetzen, brutal geräumt abermals flüchten, von Polizisten und Spürhunden aufgespürt, verfolgt, gehetzt werden, bis sie bei Ratten Unterschlupf finden und nach der Rattenflut mit jenen verschwunden, man hofft, gerettet sind.«

Nach einigem Sinnen, als rechne er jetzt schon die Marktchancen dieser Kassette aus, sagt er: »Sie sollten sich panoramaweit und im Detail ein nicht enden wollendes Strömen vorstellen, eine feierliche Unerbittlichkeit, den Ernst, ja, die übermenschliche Größe dieser letzten Demonstration für den Frieden.«

Nachdem wir uns ein Stündchen lang über die Möglichkeiten visueller Aufklärung gestritten haben – ich setze auf Kintopp; er behauptet, nur die große Videoshow und das Heimkino hätten Zukunft –, sagt unser Herr Matzerath plötzlich: »Vielleicht sollten wir das Ganze in der Manier des Altmeisters filmischer Aufklärung, des großen Walt Disney, produzieren. Der Mensch hat das Dokumentarische satt. Soviel Wirklichkeit ermüdet. An Tatsachen glaubt ohnehin niemand mehr. Nur noch Träume aus der Trickkiste bringen stimmige Fakten. Machen wir uns nichts vor: Die Wahrheit heißt Donald Duck, und Mickey Mouse ist ihr Prophet! – Gewiß war der Einfall ganz hübsch, Hänsel und Gretel als Punks laufen zu lassen; doch sollten wir besser eine Superratte erfinden, witzig in fabelhaften Abläufen zeichnen und als Anführerin, jadoch eine weibliche Ratte, sozusagen Ihre Rättin an die Spitze aller Rattenumzüge setzen. In Rom und Brüssel, in Moskau und Washington: sie superschlau vorneweg. Wir könnten die Rättin in unserem

Trickfilm ganz einfach Mary, nein, Dorothea, ich hab's: Ilsebill nennen und medial zum Idol machen...«

Das alles wiederholt unser Herr Matzerath im Kreis seiner Mitarbeiter anläßlich der wöchentlichen Programmplanung. Die hochgewachsenen Herren und Damen nicken. Er läßt auf den Schulschiefer mediengerechte Richtlinien schreiben. Die Produktion will wissen, woran sie ist.

Aber die Rättin, von der mir träumt, sagte: Für aufklärende Trickfilme und alles andere war es zu spät.

Sag ich ja: nichts.
In ihr Loch stolpern die Wörter.
Nachträge nur noch.

Ein langes Gespräch über Erziehung,
das abbrach, ohne zum Schluß
zu kommen.

Nach letzten Meldungen.
Wie gegen Ende verlautbart wurde
und gleich darauf dementiert.

Zu guter Letzt versuchten einige Exemplare
der Gattung Mensch
von vorn zu beginnen.

Irgendwo soll gegen Saisonende
preisgünstig Anlaß für Hoffnung
gewesen sein.

Abschließend war von Gut und Böse,
und daß es sowas nicht gebe,
die Rede.

Als aber,
oder auch Gott
mit seinen ewigen Ausreden.

Überliefert ist der Beschluß,
sich auf demnächst
zu vertagen.

Wir dachten, das sei ein Witz,
als uns plötzlich
das Lachen verging.

Immerhin war danach
niemand mehr hungrig
global.

Doch hätten zum Schluß viele Menschen
gerne noch einmal
Mozart gehört.

Es sind winzige Inseln, deren Namen überall in der Welt bekannt wurden, als man in sich wühlende Rauchpilze über ihnen aufgehen ließ, wie es hieß: versuchsweise. Auf diesen Inselchen haben auch wir uns erprobt. Deshalb darf man unser Verhalten den Bikinireflex nennen. Wir wissen seitdem. Fortan betraf unsere Ahnung nicht nur Schiffe, denen jene nur uns sichtbare Aura des nahen Untergangs eignete, ahnten wir doch andere Katastrophen gleichfalls voraus: Großfeuer, Sturmfluten, Erdbeben und Dürrezeiten, so daß wir uns in der Lage sahen, gerade noch rechtzeitig unsere Reviere zu verlegen. Kein Steppenbrand, dem wir nicht klüglich davongelaufen wären. Zudem wußten wir immer, welche Gattung, sie mochte sich noch so stark und im Saft stehend glauben, demnächst aussterben würde. Bei den ungeschlachten Dinosauriern haben wir, zugegeben, ein wenig nachgeholfen, um den Prozeß zu verkürzen; den Menschen jedoch wären wir gerne länger gesellig geblieben, sosehr uns ihr Haß auf alles Rattige zusetzte. Übrigens waren ihnen nicht nur die Juden, die Japaner auch, Japse genannt, rattengleich.

Nach den Vernichtungsschlägen auf Hiroshima und Nagasaki, die uns überraschten, nahmen wir die neue Gefahr in unser Vorwissen auf. Deshalb haben uns die Atom- und Wasserstoffbombenversuche der Amerikaner, Franzosen und Engländer, die einige Südseeinseln zum Bodennullpunkt hatten, nicht unvorbereitet getroffen. Zwar konnten dort unsere Völker nicht fliehen, wie sie gekommen waren: per Schiff, aber das Erdreich bot sich als Zuflucht an. Sobald die Humanbevölkerung der Inseln evakuiert war, legten wir tiefe und verzweigte Fluchtbauten an, die sich nach dem Anti-Noah-Prinzip mit Hilfe opferbereiter Altratten als Luftblasen verstopfen ließen. Schon damals bedachten wir die Einlagerung von Vorräten: Kokosnußfleisch und Erdnüsse. Dennoch überlebten nur wenige Ratten.

Mir war, als mache sie eine Pause, um sich zu besinnen. Oder wollte die Rättin der Opfer ihrer Art auf dem Bikini-Atoll und auf anderen Versuchsinseln gedenken?

Nach einiger Zeit – sofern man dem Traum mit der Elle Zeit beikommen kann – sagte sie betont sachlich: Als viele Jahre später auf den betroffenen Inseln die Radioaktivität gemessen wurde, hielt man die Meßwerte immer noch für zu hoch, um sie Eingeborenen, die Heimweh nach ihrer Insel hatten, zumuten zu dürfen. Nichts könne dort leben! hieß es, obgleich man uns vorgefunden hatte: gesund und zahlreich wieder.

Dennoch sagte unser Überleben den Menschen nicht viel. Außer Zeitungsmeldungen in der Rubrik Vermischtes, die mehr als Kuriosität denn als Nachricht Verbreitung fanden, keine weitere Reaktion. Kein tiefes Erschrecken. Allenfalls ein erstauntes Lächeln beim Frühstück hinterm Morgenblatt: Guck mal an. Die zähen Biester. Die überleben alles.

So war der Mensch beiderlei Geschlechts. Wie er brüllte, wichtig tat oder, seiner Macht sicher, schwieg. Sein Gerede von der Unsterblichkeit, dabei ahnte er, daß allenfalls wir, die zähen Biester, das Zeug hatten, unsterblich zu sein.

Und als wir uns allerorts eingruben – es ging diesmal ja nicht um Inselchen nur –, wichen wir keiner Mühe aus. Die härtesten Brocken gaben nach. Lag was quer, wir bissen uns durch. Unserem Zahn hält nichts stand. Er ist der Ausdruck unserer Geduld. Wir unterwühlten ihren Beton. In einigen Regionen boten sich aufgelassene Bergwerke an. Die römischen Katakomben wurden erweitert. Und in jener Stadt, die für dich, unseren Freund, aufgespart in der Raumkapsel, von besonderem Interesse ist, nutzten wir die Kasematten im Hagelsberg, der seit altersher, neben dem Bischofsberg, die Stadt überragt. Es sind Endmoränen, die hier als Hügel zur Ruhe kamen. Auf dem Hagelsberg soll Jagel, ein pruzzischer Fürst und Gott, seinen Sitz gehabt haben. Schon die Schweden trieben Stollen in diesen Berg. Die eigentlichen Kasematten jedoch sind Zeugnisse der Napoleonischen Zeit: solide ausgemauerte Unterkünfte und Stallungen, die noch im Zwischenkrieg als Munitionslager dienten. Dort immer schon heimisch, fiel es uns leicht, tiefere Fluchtgänge und Nistkammern anzulegen. Doch nur ein Teil unserer in Gdańsk und Umgebung ansässigen Völker suchte im Hagelsberg Zuflucht, die Mehrheit grub sich mit Krallen und Zähnen im kaschubischen Hinterland ein. Oben hatten wir vorläufig nichts mehr zu suchen.

Ich will da nicht runter. Ich habe als Kind in den Kasematten gespielt und Knöchlein, sogar einen Schädel, weiß nicht von wem, gefunden. Soll sie doch! Soll sie sich eingraben zutiefst, und mit ihr mögen alle Rattenvölker der Welt wie vom Boden verschluckt sein; ich lege ein neues Blatt auf und will, daß es weitergeht. Ringe ansetzen, Falten werfen, alt und taperig will ich werden, zahnlos noch meiner Damroka böse Märchen erzählen: Es war einmal vor langer langer Zeit...

Wenn dieser Stummfilm, der den Wald nicht retten kann, dennoch »Der Wald« heißen soll und wenn es gelingen könnte, unseren Herrn Matzerath als Produzenten zu gewinnen, ihn, der sich schon immer für Katastrophen erwärmen konnte und allzeit schwarzsah, dann müßte ich ihn mit der weiteren Filmhandlung, was alles im toten Wald und sonstwo geschehen soll, bekannt machen und ihm genaue Personenbeschreibungen vorlegen; denn Oskar, der mit eigenwüchsigen Einzelheiten gern hinterm Berg hält, liebt das Detail. Er könnte fragen: Wie sollen der Kanzler und seine Gattin aussehen? Auf welche Weise sind deren Kinder, bevor sie zu Hänsel und Gretel wurden, daneben geraten? Sind sie normale Wohlstandsopfer? Sollen sie etwa immer noch Punks sein?

Da unser Herr Matzerath vor seiner Reise nach Polen Antwort erwartet, muß ich mich festlegen. Auf keinen Fall soll sich das filmische Aussehen des Kanzlers vom Kanzler gegenwärtiger Machart ableiten. Doch sobald ich die Augen verkneife und mir einen Stummfilmkanzler vorstelle, werden allzu leicht Versatzstücke handlich, mit denen ein Baukastenkanzler erstellt werden könnte; damit er uns nicht zu ähnlich mißlingt, müssen wir ihn labil machen.

Deshalb schlage ich einen Kanzler vor, der unsicher auftritt, nicht weiß, wo er die Hände lassen soll, Angst hat, aus vorbereitetem Text zu fallen, doch aus Gründen, die allenfalls mit den Gesetzen der Schwerkraft zu deuten wären, im Amt bleibt. Wie man es anstellt, man kommt um ihn nicht herum.

Und seine Gattin? Fortwährend sucht sie etwas im Handtäschchen. Ach, wären doch beide wieder zu Hause, wo es wohnlich ist. Mit sich zufrieden könnten sie leben, wäre er nur nicht Kanzler geworden, müßte sie nicht von früh bis spät des Kanzlers Gattin sein.

Die armen Kinder. Wie sie sich langweilen. Wie sie mal hierhin, mal dorthin gestellt werden, aber lieber woanders stehen, laufen, rumlümmeln, verloren sein möchten. Es stinkt ihnen, wie man sieht. Sie könnten kotzen, so ekelt sie das. Natürlich wären sie lieber Punks und trügen gefärbte Ratten an sich. Aber das dürfen sie nicht, weil unser Herr Matzerath neuerdings sagt: »Schließlich sollen sie in den toten Wald laufen und nicht im städtischen Dickicht herumirren.«

Um ihn, der den Film produzieren soll, endgültig zu gewinnen, werde ich des Kanzlers Kinder mit Eigenschaften staffieren, die unseren Oskar an das Personal seiner Kindheit erinnern. Hat nicht, genau besehen, des Kanzlers Tochter eine gewisse Ähnlichkeit mit einem spillerigen Mädchen, das Ursula Pokriefke hieß, Tulla, überall Tulla gerufen wurde und in der Elsenstraße, im Mietshaus des Tischlermeisters Liebenau wohnte?

Und erinnert uns nicht des Kanzlers Sohn, der stets finster und wie vernagelt auf etwas blickt, das nicht da ist, an einen Knaben, der Störtebeker genannt wurde und als Anführer einer Jugendbande die Stadt Danzig und deren Hafengelände unsicher machte? Das war während der Schlußphase des letzten Krieges. Störtebeker und seine Stäuber waren weit über den Reichsgau Westpreußens hin in Verruf. Und war es nicht so, daß der kleine Oskar, als er gerade voll trüber Gedanken die Langfuhrer Herz-Jesu-Kirche verließ, dem Anführer Störtebeker und dessen Bande begegnete?

Beide sind als des Kanzlers Kinder immerhin denkbar: sie, zu jeder Tücke fähig, er, schroff abweisend, sie, frei von

Angst, er, zu großer Tat bereit, sie dreizehneinhalb, er fünfzehn Jahre alt, sie und er, Kriegskinder damals, sind nun des anhaltenden Friedens unreife Früchte; beide haben den Walkman, ganz andere Musik im Ohr.

Auf dieses Paar angesprochen, erinnert sich unser Herr Matzerath an die Halbwüchsigen seiner Jugendzeit. »Richtig«, sagt er, »die kleine Pokriefke, ein Luder besonderer Art, wurde Tulla gerufen, war aber auch unter dem Decknamen Luzie Rennwand bekannt. Die hätte ich nicht zur Schwester haben mögen. Sie roch nach Tischlerleim und war gegen Kriegsende Straßenbahnschaffnerin. Richtig! Die Linie Fünf. Fuhr vom Heeresanger bis rauf zur Weidengasse und zurück. Es hieß: Sie soll mit der ›Gustloff‹ von Danzig weg und draufgegangen sein. Tulla Pokriefke, ein mir bis heute gewärtiger Schrecken.«

Er schweigt und gibt das Bild eines älteren Herren ab, der sich Gedankenflucht erlauben darf. Doch wie ich ihn fordere, ihm alle Ausflüchte sperren will, ruft er: »Aber jadoch, natürlich! Der Chef der Stäuberbande. Und ob ich mich erinnere. Wer hat denn damals nicht von Störtebeker und seinen Taten gehört? Der arme Junge. Immer den Kopf voller Flöhe. Man hat damals kurzen Prozeß gemacht. Ob er den Schluß überlebte? Was mag aus ihm geworden sein? Er hatte pädagogische Anlagen. Am Ende wird er einen Lehrer mehr abgegeben haben.«

Doch wie ich unseren Herrn Matzerath um die Bestätigung meiner Vorschläge bitte, wirkt er zerstreut und ein wenig müde; die Rückschau in seine Kindheit hat ihn erschöpft. Er reibt die umfassende Stirn, als müsse er besonders stechende Gedanken wegmassieren. Dann strafft er sich plötzlich, ist wieder Boß, entschlußfreudig. »Jaja«, sagt er, »die beiden sind als Hänsel und Gretel geeignet. Mehr noch: Sie sind es. Schon sehe ich, wie dieser Störtebeker dem Kanzler die Waldfeier verpatzt. Ich sehe, wie Tulla, das

Luder, die Seile kappt, auf daß die gemalten Waldkulissen in sich zusammenfallen. Machen Sie. Machen Sie voran! Wir produzieren, sobald ich aus Polen zurück bin. – Merkwürdig, daß mir die beiden abermals aufstoßen müssen. Als Hänsel und Gretel sehe ich sie laufen. Hand in Hand. Immer tiefer hinein in den toten Wald...«

Im Vorschiff des Motorewers »Die Neue Ilsebill« folgen Hängematten den Bewegungen des Schiffes, das unter Diesellärm seinen Kurs nimmt. Wenn sie belegt sind, hängen sie zu Köpfen, zu Füßen gestrafft an Haken; jetzt, tagsüber, während der Ewer bei leichter See die Insel Møn ansteuert, schlingern sie gelockert und frei für Wünsche: neue Schlafgäste, Mattentausch.

Hätten sich nicht andere Frauen als diese in Travemünde einschiffen können? Zum Beispiel alle, die abgesagt haben und lieber in Betten schlafen wollen?

Ich ließ fünf übrig. Oder es blieben mir fünf. Meine und keine Wahl traf ich und wollte oder durfte die Hängematten nur so und nicht anders belegen; doch wechseln die Frauen oft ihre Lage. Jede Freiwache wirft Pläne um. Immer liegen sie so, wie ich sie nicht wünsche: Wo sich gestern im Ölzeug die Maschinistin legte, wacht heute im Schlafanzug die Meereskundlerin auf; nicht die nackte, bis auf ihre Wollsocken nackte Steuermännin, Damroka liegt im langen Nachthemd in der äußersten Matte auf steuerbord; daß sich die Alte im geblümten Hemdchen nach backbord verkrochen hat, dort bleiben und – wie sie sagt – mit »keinem der Weiber« tauschen will, nehme ich hin, obgleich ich sie lieber in der mittleren Matte hätte.

So liegen sie dicht bei dicht, denn vier Meter siebzig nur ist von Geburt an der Ewer breit. Einzig Damroka liegt mit dem Kopf in Fahrtrichtung. Langgestreckt, fast auf dem Bauch: der schwere Schlaf der Steuermännin. Es rührt mich, zu sehen, daß die Meereskundlerin und die Alte seitlich gekauert, wie Embryos schlafen: Eine der beiden nuckelt. Unruhig wälzt sich in ihren verschwitzten Plünnen die Maschinistin. Auf dem Rücken, gelöst: der Schlaf der Kapitänin. Manchmal schnarcht sie, gleichlaut die Steuermännin, doch mit Pfeiftönen versetzt. Das leise Wimmern der Meereskundlerin: Offenbar träumt sie sich kindlich. Im Schlaf stöhnt die Maschinistin unter schwerer Last. Plötzlich Worte, Gebrabbel, Schimpfen: Das ist die Alte.

Mehr weiß ich von ihren Träumen nicht, so nah mir alle gewesen sind. Wie gut, daß nur fünf Frauen an Bord kamen und nicht, wie nach Anmeldung, zwölf. Das hätte in meinem Kopf und auch sonst schlimmes Gedränge zur Folge gehabt.

Und eigentlich wären drei Frauen für die Bedienung des Schiffes genug, auch mir. Doch welche wäre neben Damroka und der Meereskundlerin die Dritte gewesen? Wahrscheinlich die Alte, die immer dabei war, beiseite stand, hinterdrein maulte und alles aushielt.

Ich konnte mich nicht entscheiden. Eng ist es deshalb. Wie gut, daß sieben Abmeldungen kamen: Ich und das Schiff sind zu klein.

Warum aber hätte nicht ich allein mit Damroka – als ihr Bootsmann: ich! ihr Schiffsjunge: ich! Ay ay, Sir, ich! – auf Reise gehen können? Sie hätte mich anlernen müssen: Knoten legen, Anker hieven, Seezeichen lesen, den Diesel warten und mit dem Meßhai die Quallen, die vielen Ohrenquallen, Medusen genannt...

Während der Motorewer sich Møn nähert: Gedanken im Abseits. Was alles Platz findet in unbeschwerten Hängematten. Auf Deck ist früher Morgen, doch selbst die Freiwachen wollen sich nicht legen, sosehr ich die Steuermännin, mehr noch die Meereskundlerin dränge. Alle haben ihre Schlafsäcke zum Auslüften nach oben genommen – und das Strickzeug natürlich. Ich belaste die Hängematten von backbord nach steuerbord. Drei hängen durch. Ich ziehe sie nach, schlage die Knoten kurz vor den Haken straffer. Zwei der Matten sind aus farbloser Schnur geknüpft und mögen in Geschäften gekauft worden sein, die Zubehör für Segler führen. Die restlichen Matten sind farbig, eine rotweiß, die nächste verblichen blaugelb, die dritte aus rotgefärbter Schnur geknüpft. Die farbigen Hängematten schließen an den Rändern mit gemusterten Zierleisten, Fransen und Troddeln ab. Sie sind lateinamerikanischer Herkunft.

Möchte jetzt wissen, was ich hier zu suchen habe. Scheu bin ich, gehemmt und ängstlich, ertappt zu werden. Meine ergraute Besorgnis, es könnten alle Lügengeschichten auffliegen, auf daß langweilig nur noch Wahrheit herrscht.

Ihre Schritte auf Deck. Heute ist Waschtag. Sie hängen bunte und weiße Wäsche an langer Leine zum Trocknen auf. Lustig mag sie bei leichter Brise zwischen Vormast und Steuerhaus flattern. Sie singen Lieder, die man beim Wäschehängen singt. Wo und wo noch mag Damroka ihren Kaffeepott abgestellt haben? Hoffentlich regnet es nicht.

Unter Deck einzig ich. Ich schnüffle in ihren restlichen Siebensachen, die unter den Matten oder im Bugschrank in Seesäcken und Koffern offen liegen. Alles schamlos befingern. Ich suche Briefe aus früher, noch früherer Zeit – Geständnisse und Beteuerungen – und finde keinen Zettel, der mich auswiese. Ich sehe rasch Fotos durch, auf denen ich fehle. Andenken, Schmuck, Ketten aus geflochtenem Silber, doch kein Stück darunter, das ich zum Geschenk gemacht hätte. Alles fremd. Nichts wollte haften von mir. Sie haben mich abgeschrieben: nicht seetüchtig genug. Was mich ausmacht, blieb an Land.

Nur jene vergilbte, an den Rändern gerissene Karte, die ich unter Damrokas Wäsche in ihrem Seesack dreimal gefaltet finde, kommt mir bekannt vor. Sie zeigt die pommersche

Küste mit vorgelagerten Inseln. »Mare Balticum, vulgo De Oost See« steht über zwei maskierten Männern, die das Greifenwappen halten, teils antik, teils gotisch geschrieben. Auf dem handkolorierten Stich, der halb Land-, halb Seekarte sein will, hat ein Rotstift vor Usedom, östlich der Peenemündung einen Kreis gezogen, dessen Eintragung den Namen der versunkenen Stadt verrät. Nun sicher, wohin die Reise geht, lege ich den Stich gefaltet an seinen Ort im Seesack zurück.

Oben haben sie ihre Wäsche gehißt. Oben stricken die Frauen auf Teufelkommraus. Später schlingern die fünf Hängematten stärker, weil der Wind auf Nordost dreht und die »Ilsebill« um die Südspitze der Insel Falster neuen Kurs nimmt.

Ich weiß nicht, wann Damroka den Plan gefaßt hat. Jedenfalls noch an Land und vor Monaten schon, denn frühzeitig ist das Befahren der DDR-Küstengewässer beantragt worden. Als Forschungszweck wurde das Quallenvermessen genannt. Doch erst auf Gotland werden beim Hafenmeister von Visby gestempelte Papiere liegen. Dennoch ahnten die anderen Frauen – die Steuermännin voran – schon früh, daß diese Reise nicht nur den Ohrenquallen gilt. Sie und die Alte haben vom Steuerhaus aus gesehen, wie Damroka eine gute Stunde lang auf dem Vorschiff hockte und die See besprochen hat. Das war östlich Fehmarn, als sie den letzten Quallenhol mit dem Meßhai hinter sich hatten. Es hieß: »Sie hat mit dem Butt...«

»Und gestern abend wieder«, behauptet die Maschinistin. Das war, als sich backbord der Grønsund öffnete, Møn voraus lag, die Wäsche längst trocken hing und der Wind gegen Abend von Nordost auf Ost umsprang, dann abflaute.

»Zwar hab ich den Butt nicht gesehen, aber hin und her geredet haben die beiden. Und zwar plattdeutsch.« Das verstehe sie nicht, sagt die Maschinistin und redet sich hinterdrein: »Leider.« Aber die Anrufung: Buttje, immer wieder: Buttje! habe sie deutlich gehört. Und lang und breit sei von einem Tief die Rede gewesen, das heiße Vineta nach der versunkenen Stadt.

Jetzt wissen die Frauen, wohin die Reise außerdem geht. Auch wenn die Meereskundlerin immer wieder sagt: »Das glaub ich nicht. Ihr spinnt. Wir steuern Møns Klint und Stege an. Nie hätte ich hier mitgemacht – und mit euch schon gar nicht –, wenn so ein Quatsch auf dem Programm gestanden hätte.«

Auch die Steuermännin will da nicht hin. »Davon war nie die Rede. Das wäre gegen die Abmachung.« Und doch werden beide mitmachen, wenn auch unter Protest. Das Wort Vineta bleibt hängen.

»Genau dahin«, das sagt die Alte, »werdet ihr hinwollen am Ende. Bleibt doch nichts übrig.«

Nicht nur die Steuermännin ist müde. Die vielen Kämpfe zugunsten der Frauensache, der immerwährende Streit, nicht nur mit dem kaputten Geschlecht, mit ihresgleichen auch, erschöpfte den Willen, inmitten einer tauben Gesellschaft gegen die Männermacht ein Frauenreich zu errichten. Dieser Plan ist lange schon aufgegeben, wenngleich sie alle, die Steuermännin voran, immer noch sagen: »Man sollte, man müßte, man hätte von Anfang an radikal...«

Deshalb fliehen ihre Gedanken, während sie im Bogøwasser, später vor Møns Klint der See Ohrenquallen und Heringslarven abfischen, in ein versunkenes, unter den Wassern liegendes Reich. Das sei ihnen versprochen. Das werde, habe der Butt gesagt, allen Frauen offenstehen. Als er mit Damroka, der Kapitänin, auf plattdeutsch gesprochen hat, soll es geheißen haben: »Nu, Wiebkes, sullt ji tuunners gohn.«

In ihren fünf Hängematten mögen die Frauen vielfarbig von Vineta träumen. Dicht bei dicht, wie sie liegen, wird ihnen, wenn sie nur wollen, ihr Frauenreich greifbar. Nur leicht hebt und senkt sich der Motorewer. Festgemacht liegt das Schiff im Hafen von Stege: kurz vor der Brücke zur Innenstadt, am Anleger der Zuckerfabrik. Im Hintergrund ein Berg Koks und blaßgrüne Silos. Faulig riecht das Flachwasser. Zu viele Algen. Quallen zuhauf.

Alle fünf schlafen. »Auf Møn«, hat Damroka gesagt, »brauchen wir keine Wache.« Sie liegen, wie ich es wünsche: Die Alte, die im Schlaf brabbelt und schimpft, eingerollt in der Mitte, steuerbord die Steuermännin mit offenem Mund, backbord Damroka auf ruhigem Rücken, zwischen ihr und der Alten die Meereskundlerin: seitlich gekauert, und zwischen der Alten und der Steuermännin wälzt sich unruhig die Maschinistin.

Morgen wollen die Frauen einen Stadtbummel machen. In Stege ist Ausverkauf. Die Vorräte müssen erneuert werden. Nicht nur die Wolle ging zur Neige. Die Alte weiß noch nicht, ob sie mit will.

Utopia Atlantis Vineta. Doch diese Stadt soll es wirklich als wendische Siedlung gegeben haben. Die einen sagen, vor Usedoms Küste versunken; doch polnische Archäologen graben und finden Mauerreste, Scherben, arabische Münzen neuerdings auf Wollin. Vineta hieß anfangs anders. Es sollen in dieser Stadt während langer Zeit die Frauen das Sagen gehabt haben, bis eines Tages die Männer mitreden wollten. Die alte Geschichte. Am Ende führten die Herren das Wort. Gepraßt wurde und goldenes Spielzeug den Kindern geschenkt. Worauf Vineta mit all seinem Reichtum unterging, auf daß die versunkene Stadt eines Tages erlöst werde: von Frauen natürlich, fünf an der Zahl, deren eine wendischen Ursprungs sei und Damroka heiße.

Sie ist schläfrig tagsüber und rollt sich ein: abgewendet meinen Geschichten. Doch hört sie gerne mit mir das Dritte Programm. Es bietet: Am Morgen vorgelesen, Schulfunk für alle, festliche Barockmusik, zwischendurch Nachrichten, den Medienreport, später das Echo des Tages, dann wieder Barockmusik, geistliche diesmal.

Erstaunlich ihr Interesse an Wasserständen. Hörenswert ist ihr, daß der Stand der Elbe bei Dessau eins acht null unverändert geblieben, bei Magdeburg auf eins sechs null plus eins gestiegen ist. Täglich hört sie, wie hoch die Saale bei Halle-Trotha steht, dann die Peiltiefe von Geesthacht bis Fliegenberg. Doch ohne Interesse ist meine Weihnachtsratte, wenn, was aktuell ist, gemeldet wird. Überall laufen ungelöst Probleme herum. Einzig Krisen wird Wachstum nachgesagt; und meine junge, ohne Schwanz etwa zeigefingerlange Ratte wächst wie die Krisen, die, weil sie so dicht bei dicht engliegen, miteinander verwachsen sind und – bildlich gesprochen – den sogenannten Rattenkönig bilden.

Zum Beispiel werden im Medienreport die jüngsten Besorgnisse über das Kabelfernsehen durch noch größere aufgewogen, die dem Satellitenfernsehen hinterdreinhinken. Unser Herr Matzerath, der auf großer Schiefertafel gern einen allumfassenden Medienverbund entwirft, sagt dazu: »Glauben Sie mir, schon morgen schaffen wir uns eine Wirklichkeit, die durch medialen Eingriff der Zukunft alles Vage und Zufällige nimmt; was immer kommen wird, es läßt sich vorproduzieren.«

Und wie, Ratte, steht es mit unserem Medienverbund? Nachts träumst du mir ausgewachsen mit fettem Schwanz. Aber auch meine Tagträume sind nicht rattenfrei. Es ist, als wolltest du überall, sogar dort, wo ich meinte, hinterm Zaun und privat zu sein, Duftmarken setzen, dein Revier abstecken, mir Ausflucht sperren.

Schweigen muß das Dritte Programm. Kein Schulfunk für alle: Kernspaltung kinderleicht gemacht; vielmehr schreibe ich, seitdem der Motorewer »Die Neue Ilsebill« im Hafen von Stege festliegt, auf langer Liste nieder, was unser Herr

Matzerath nach Polen mitnehmen könnte, denn endlich hat er für sich und seinen Chauffeur Visaanträge gestellt.

Außer den Geburtstagsgeschenken für seine Großmutter soll ein Säckchen blauweißer Plastikzwerge zum Reisegepäck gehören. Die vielen Schlümpfe werden die kleinen, immer wieder nachwachsenden Kaschubenkinder erfreuen.

Außerdem weiß ich, wie Anna Koljaiczeks hundertundsiebter Geburtstag vorbereitet wird. Zucker und Mehl in Tüten, denn viele Streusel- und Mohnkuchen sollen gebakken werden. Jetzt schon kocht Schweinekopfsülze, bis sie verspricht, aus eigener Kraft zu gelieren. Einmachgläser voller Pilze vom letzten Herbst werden gezählt, darunter immer leicht sandige Grünlinge. Jemand bringt Kümmel genug für den Krautsalat. Auf Wunsch von weither wird Griebenschmalz ausgelassen. Aus Kaschemken und Kokoschken, von überall kommen Eier zusammen. Die Sorge, daß auch genug Pfingstrosen schnittreif sind. Mit Hilfe der Kirche werden hundertsieben Kerzen vorrätig sein. Noch fehlt in Flaschen Kartoffelschnaps.

Zum Maler Malskat kann ich nur soviel sagen: Ich werde, sobald es die Rättin erlaubt, von ihm Bericht geben. Wann und wo er geboren wurde. In welche Lehre er ging. Wohin seine Wanderjahre ihn führten. Was ihn auf hohem Gerüst so gotisch träumen ließ. Weshalb man ihm in Lübeck, einer Stadt, die nicht nur durch Marzipan berühmt wurde, den Prozeß gemacht hat.

Vielleicht sollte ich, solange Hänsel und Gretel immer noch durch den toten Wald laufen, den Stadtbummel der Frauen nachtragen. Nur zu viert sind sie auf Landgang. Die Alte sagt, sie müsse Rotkohl vorkochen.

Da Stege auf Møn vor allem ein Einkaufszentrum ist, in dessen Hauptstraße das ganze Jahr über »Udsalg« angezeigt bleibt, kaufen die Frauen groß ein. In einem Selbstbedienungsladen, der »Irma« heißt, packen sie drei Gitterwagen voll: Büchsen und Gläser, in Folie verpacktes Obst und Gemüse, Fleisch eingeschweißt und tiefgefroren, diverse Sorten Knäckebrot, Hüttenkäse, Remoulade, Popcorn für die Meereskundlerin, dies und das noch, Spülmittel, Klopapier, viel Flaschenbier und zwei Flaschen Aquavit für die Alte. Petersilie und Schnittlauch sind frisch vorrätig. Schwerbepackt müssen sie schleppen. Beim Bäcker gibt's Kringle, im Fischhandel grüne Heringe, im Tabakladen Zeitungen und was jede so raucht.

Beim zweiten Landgang kommt die Alte mit. Während die Maschinistin Maschinenöl und Petroleum für die Lampen kauft, die Meereskundlerin zur Post rennt und die Steuermännin, weil ja überall Ausverkauf ist, nach Pullis wühlt, kauft Damroka in einem Wolladen, schräg gegenüber Møns Banken, neue Vorräte Wolle ein. Die Alte kauft sich ein Tütchen Lakritze.

Erst jetzt, Rättlein, nachdem alles in der Kombüse, im Vorschiff und mittschiffs verpackt ist, hören wir wieder Drittes Programm. Lautenmusik, der gewöhnlich Nachrichten folgen: Mal hören, wer was dementiert...

Mir träumte, ich hätte mich zur Ruhe gesetzt
und meine Malven stünden hoch vor den Fenstern.

Freunde kamen vorbei und sagten über den Zaun:
Wie gut, daß du dich endlich zur Ruhe gesetzt hast.

Und auch ich sagte in meiner Kürbislaube zu mir:
Endlich habe ich mich zur Ruhe gesetzt.

So, geruhsam betrachtet,
ist mir die Welt mein Grundstück groß.

Was mich juckt, darf nicht jucken,
weil ich zur Ruhe gesetzt mich habe.

Alles hat seinen Platz, wird Erinnerung,
staubt ein, ruht in sich.

Zöge ich Bilanz,
hieße mein Ruhestand wohlverdient.

Ach, träumte mir, spräche nichts drein,
säße ich glücklich ohne Bedarf.

Könnte doch sie – Rättin, ich bitte dich! –
auch zur Ruhe sich setzen.

Mit ihr kommt Heißhunger auf,
der läufig macht zwischen Tisch und Bett.

Da sprang ich, auf daß sie Ruhe gäbe,
mutwillig über den Zaun.

Beide sind wir nun auf dem Strich
und die Freunde in Sorge.

Oxtemosch schemmech dosch taram! rief sie. Was heißen sollte: Die Angst machte uns Beine. Dann korrigierte sie sich: Man habe nicht hastig sein müssen. Ein Rest Zeit sei vorrätig gewesen, denn die humanen Endspielprogramme wären elegisch gedehnt inszeniert worden; viel Theaterpomp, als hätte man, wenn schon, in Schönheit sterben wollen.

Gelassen gab die Rättin Bericht: Bevor wir uns eingruben, verlagerten wir unsere Zuwächse, indem wir Zielgebiete für

Erstschläge, das Rhein-Main-Gebiet etwa, den sächsischen Ballungsraum, die schwäbischen Basen räumten. Aber auch großräumig siedelten wir Überschüsse aus Milano und Paris in die Innerschweiz um. Täler in Österreich boten sich an. Diese neue Raumordnung war lange schon überfällig gewesen. Und da es in Polen wieder mal mangelte und Hilfe vonnöten war, sorgten nicht nur die Menschen, sondern auch wir – sie per Post mit Freßpaketen, wir über die sogenannte Landrattenbrücke – für Nahrung aus westlichem Überfluß, so daß es den Menschen und Ratten in Polen bald weniger mangelte; obendrein gelang es, mit den Naturalien gefährdete Populationen zu verlagern: Rattenvölker aus dem Ruhrgebiet; eine Region übrigens, die vormals von Einwanderern aus Polen geprägt worden ist.

Das sagte die Rättin, von der mir träumt, zu ihrem jüngsten Wurf, den sie mir stolz als erste Aufzucht ohne Übergangsschäden vorwies. Dann mußte sie den Nestratten erklärend auf Fragen antworten: Was sind Polen? Was sind Deutsche genau? Wie verschieden sahen die aus? Wo sind die alle geblieben? Gab es vor dem Knall auch deutsche und polnische Ratten? Und warum sind die Menschen weg und wir Ratten immer noch da?

Mit Geduld gab die Rättin, solange mein Traum anhielt, Antwort auf alle Fragen ihres neunschwänzigen Wurfes. Sie übertrug die zum Mangel führende Planwirtschaft auf den Alltag der Ratten. Man stelle sich vor: Nicht jede Sippe dürfe überschaubar für sich sorgen, vielmehr werde an weitentlegener Stelle, allen Rattensippen übergeordnet, jegliche Nahrung gesammelt, damit sie neuverteilt werden könne. Transportverluste wären die Folge, Schlamperei, Futterneid. Ausgesprochene Mangelwirtschaft habe deshalb in Polen langlebig geherrscht. Dabei hätte alles reichlich auf Lager gelegen: grobkörniges Brot, Butter und Schmalz, in Büchsen gewogenes Schweinefleisch, besonders schmackhaft: polnische Wurst. Ein Jammer, dieser humane Pfusch!

Noch nachträglich erregt rief die Rättin: Selbst heute darf, aus Angst vor Empfindlichkeit, nur halblaut gesagt werden, daß jene aus deutscher Menschensicht polnisch anmutende Wirtschaft auch der polnischen Ratte eingefleischt ist. Weshalb es zwischen Polen und Deutschen, obgleich sie nicht merklich verschieden aussahen, immer wieder zu Spannungen, sogar zu Feindseligkeiten kommen mußte; desgleichen zwischen deutschen und polnischen Ratten: dieser Haß, soviel verschmähte Liebe...

Doch das, sagte die Rättin, ist Humangeschichte und liegt weit zurück. Sie erzählte ihren Nestratten von Ordensrittern und wie fett man sich auf dem Schlachtfeld von Tannenberg gemacht habe. Sie berichtete von den Teilungen Polens, als nicht nur Russen und Österreicher, sondern die Preußen auch jeder sein Stück, bis Napoleon, worauf vor allem Bismarck, doch abermals wurde mit Doppeladler als Staat, bis ein gewisser Hitler und ein gewisser Stalin ganz Polen auffraßen, worauf es sich aber dennoch nicht verloren gab, sondern, wie es im Lied hieß, aufs Neue...

Hier brach sie ab – Das führt zu nichts! – und sagte zu ihrem neunschwänzigen Wurf: Es gab ja nicht nur Polen und Deutsche. Ähnlich mörderisch ging es in Humanzeiten zwischen Serben und Kroaten, Engländern und Iren, Türken und Kurden, Schwarzen und Schwarzen, Gelben und Gelben, Christen und Juden, Juden und Arabern, Christen und Christen, Indianern und Eskimos zu. Sie haben sich abgestochen und niedergemäht, ausgehungert, vertilgt. All das keimte in ihren Köpfen zuerst. Und weil sich der Mensch sein Ende ausgedacht, dann wie geplant so vollzogen hat, gibt es das Humane nicht mehr. Vielleicht wollten sich die Menschen nur beweisen, daß sie zum Letzten nicht in Gedanken nur fähig sind. Wir geben zu: ein gelungener Beweis! Es kann aber auch sein, daß die Humanen jene andere Fähigkeit, die uns Ratten seit jeher eigen ist, den

Willen zum Leben, haben verkümmern lassen. Kurzum, es schmeckte ihnen nicht mehr. Sie gaben sich auf und waren, trotz Haß und Streit, einig beim Schlußmachen. Do Minscher nifteren Ultemosch! rief sie.

Ich schwieg nach solch endgültiger Rede, und auch ihr Wurf stellte keine Fragen mehr, sondern lebte, indem er das biblische Gebot Mehret euch! übte. Viel Unruhe und immer anders geordnete Schwänze. Wie rasch aus Nestratten Jungratten wurden, die abermals Nestratten warfen. Doch weil sie so selbstvergessen einzig auf ihre Vermehrung bedacht waren, gelang es meinem Traum, andere Bilder zu suchen: Nur eine kurze Strecke weit war er den laufenden Kindern im toten Wald hinterdrein, dann wühlte er die quallengesättigte See, rührte Pausenhofängste, fleischliche Mühsal auf, bis er sich endlich den Maler Malskat einfing, der aber nicht hoch im Gerüst mit schnellem Pinsel gotische Fresken malte, sondern mit unserem Herrn Matzerath in Lübecks Café Niederegger Häppchen für Häppchen Marzipantörtchen futterte. In meinem Traum verstanden die beiden sich gut. Sie lachten, tauschten Erfahrungen aus und verplauderten ihre Zeitweil während der fünfziger Jahre.

Es war einmal ein Land, das hieß Deutsch.
Schön war es, gehügelt und flach
und wußte nicht, wohin mit sich.
Da machte es einen Krieg, weil es überall
auf der Welt sein wollte, und wurde klein davon.
Nun gab es sich eine Idee, die Stiefel trug,
gestiefelt als Krieg ausging, um die Welt zu sehen,
als Krieg heimkam, harmlos tat und schwieg,
als habe sie Filzpantoffeln getragen,
als habe es auswärts nichts Böses zu sehen gegeben.
Doch rückläufig gelesen, konnte die gestiefelte Idee

als Verbrechen erkannt werden: so viele Tote.
Da wurde das Land, das Deutsch hieß, geteilt.
Nun hieß es zweimal und wußte,
so schön gehügelt und flach es war,
immer noch nicht, wohin mit sich.
Nach kurzem Bedenken bot es für einen dritten Krieg
sich beiderseits an.
Seitdem kein Sterbenswort mehr, Friede auf Erden.

Es war einmal ein Maler, der sollte als Fälscher berühmt werden. Und schon, kaum begonnen, stimmt die Geschichte nicht, denn er fälschte nie, sondern malte beidhändig gotisch fürwahr. Wer das nicht glaubt, dem hilft kein Gutachten.

Im Jahr 1913 wurde unser Maler in der ostpreußischen Stadt Königsberg am Fluß Pregel geboren. Als Sohn eines Antiquitätenhändlers wuchs er zwischen nachgedunkelten Ölbildern und altgolden glänzenden Madonnen, umstellt von echten und unechten Stücken, wie unter Firnisschichten, immer dem Holzwurm nah, im Staub zwischen Trödel auf. Er sah dem Vater zu, der es verstand, Votivtafeln und Bildchen holländischer Kleinmeister unter der Hand altern zu lassen. Nach Abschluß der Volksschule ging er bei einem Stubenmaler in die Lehre, lernte, was es an Handwerk zu lernen gab, und kopierte nach Feierabend norddeutsche Tafeln aus dem vierzehnten Jahrhundert. Früh schon fand der Lehrling Geschmack an gotischem Schmerz und gotischer Süße.

Die Familie Malskat – so hieß der Vater unseres Malers – wohnte in Königsbergs Flinsenwinkel.

Der Fluß Pregel floß ins Frische Haff, das sich bei Pillau zur Ostsee öffnete. Heute heißt Königsberg Kaliningrad, und auch der Fluß heißt anders. Den Flinsenwinkel gibt es nicht mehr. Nur immer brüchiger werdende Erinnerungen gibt es, außerdem Bücher, die der sein Lebtag lang in Königsberg ansässige Philosoph Immanuel Kant vergeblich geschrieben hat, dazu schmackhafte Gerichte, die nach der Stadt benannt wurden – Klopse etwa in süßsaurer Kapernsoße –, und ostpreußische Namen wie Kurbjuhn, Adromeit, Margull, Tolkmit und Malskat gibt es. Diese Namen sind pruzzischer Herkunft. Sie wurden von den Pruzzen, die man ausgerottet hat, damit Preußen entstehen konnte, unverfälscht übernommen; weshalb hier, bevor von Fälschungen und am Ende vom Bildfälscherprozeß die Rede sein wird, gesagt werden muß: Der Name Malskat ist echt.

Nach kurzem Besuch einer Kunstgewerbeschule, auf der ihm in Sachen Gotik nichts Neues beigebracht wurde, ging Lothar Malskat mit fellbespanntem Tornister auf Wanderschaft. Er lief in Knickerbockern auf Sandalen, soll bis Italien gekommen sein und lernte, daß hinterm Berg Berge sind und Gelegenheiten nicht häufig. Einer der vielen wandernden Handwerker und Fechtbrüder war er, die Mitte der dreißiger Jahre Klinken putzten, hier einen Stall ausbesserten, dort Teppiche klopften, nur selten satt in den Tag hinein lebten und ohne feste Adresse unterwegs waren, als in Berlin, dann in ganz Deutschland Geschichte gemacht wurde; von der hielt Malskat nicht viel.

Dennoch schlug ihm in der Reichshauptstadt die Stunde. Auf der Suche nach Arbeit lernte er in Berlin-Lichterfelde den als Restaurator bekannten Kunstprofessor Ernst Fey kennen. Gegen warme Suppen und Taschengeld durfte er dessen Gartenzaun streichen, eine Tätigkeit, die Gedankenflucht erlaubte: Ein Gesichtchen, zum Anhimmeln hübsch, wurde mal traurig, mal neckisch zum Bild, das auch nach Feierabend und erstem Anstrich des Gartenzauns greifbar blieb; Malskat ging damals oft ins Kino, wo er die beliebte Schauspielerin Hansi Knoteck zuerst in »Schloß Hubertus«, dann immer wieder sah, bis sie sich ihm dergestalt stilbildend eingeprägt hatte, daß ihre spätere Wirkung auf gotische Wandbilder in norddeutschen Backsteinkirchen niemanden verwundern sollte. Jedenfalls erkannte der Restaurator sogleich des Anstreichers Begabung besonderer Art. Mag sein, daß Malskats eulenspiegelhafte Nase, der seherische Schwung seiner Brauen und die demütige, wenn nicht beseelte Hingabe an jede einzelne Zaunlatte den Kunstprofessor zusätzlich bestimmt haben.

Im Frühling sechsunddreißig durfte er mit Feys Sohn, der Dietrich hieß und allseits mit langen Wimpern und schmalem Langschädel faszinierte, im hellgelben DKW-Sportwagen nach Schleswig an der Schlei fahren. Das ist eine Stadt, nach der das Land zwischen Nord- und Ostsee zur Hälfte benannt ist. Dort, im Dom, wartete Arbeit auf die beiden.

Vom schönen Dietrich, der sich allerorts in der Domstadt, besonders sensibel aber im Musikzimmer des Pastorats glaubwürdig zu machen verstand, weshalb er bald einen Kranz Pastorentöchter um sich versammelt hatte, lernte Malskat, dem Filme unterhaltsamer blieben, in denen Hansi Knoteck Haupt- und Nebenrollen spielte, einzig ein Kunststück: jene besondere Farbe anzurühren, die rotbraun für die Konturen im Kreuzgang am Schwahl des Domes geeignet war. Ganz aus sich aber lernte er, aus dem Handgelenk Altes neu zu malen und Neugemaltes mit Hilfe eines Scherben und einer Stahldrahtbürste altern zu lassen. Den Rest besorgte ein Puderbeutel, den zermahlener Kalkmörtel füllte.

Schnell mußte Malskat malen, denn kaum waren die rotbraunen Konturen auf dem Putz der Kreuzgangfelder angetrocknet, hatten sie schon ihre gotische Herkunft zu beweisen. Ermuntert von erkennbaren Resten des ursprünglichen Bildes, gelang ihm eine in sich geschlossene, schwungvoll beherrschte, im Großen kühne, im Detail überraschende Konturenmalerei auf neun von zehn Feldern; das letzte Feld nach Westen hin blieb leer.

Er malte die Heiligen Drei Könige und die Anbetung, Johannes den Täufer und den Kindermord zu Bethlehem, die Flucht nach Ägypten, den Judaskuß, die Geißelung und was sonst noch einen Kreuzgang vollzählig macht. Jedes Spitzbogenfeld schloß er zuunterst mit einem Tierfries, jenes etwa, das die Geißelung zeigt: Hähne und Hirsche lösen einander in Medaillons ab; Adler und Löwen unter dem Judaskuß. Doch was das vierte Feld, von Westen nach Osten gezählt, als Fries begrenzt, hat Geschichte gemacht, das heißt Streit ausgelöst, und wird hier besonders erwähnt werden.

Während der schöne Fey den Pastorentöchtern sensibel bestückte Blumenkörbchen verehrte und junge Damen zu Bootsfahrten auf der Schlei einlud, hat Malskat außerdem im Domchor zu Schleswig ganze Arbeit geleistet. In die Fensterleibungen um den Hochaltar und in die Fluchten der Strebpfeiler malte er rasch sechsundzwanzig Köpfe, die er in Medaillons faßte, darunter einen Kopf, der ihn mit langer Nase, kühn geschwungenen Brauen und einer Zigarette hinterm Ohr abbildet, die, wenngleich gut versteckt, dennoch bezeugt, daß Malskat in jenen Jahren die Marke Juno – »Aus gutem Grund ist Juno rund!« – bevorzugt hat.

Außerdem malte er rauchend das Personal seiner Jugendjahre am Pregelfluß in die lichtfangenden Leibungen und Pfeiler des hochgewölbten Altarraumes. Des Königsberger Lehrlings Skizzenbücher waren behilflich; fleißig von Anbeginn hatte er Altgesellen, immer wieder den Meister, die anderen Lehrlinge, aber auch Kunden in seines Vaters Antiquitätenhandel, etwa den Rechtsanwalt Maximilian Lichtenstein und den Sanitätsrat Jessner, gestrichelt, die nun, ideell immer schon da, auf Freifeldern Gestalt gewannen.

Danach ging Malskat den zur Frömmigkeit bestimmten Köpfen nach schon erprobter Methode zu Leibe: Scherbe und Drahtbürste halfen, annähernd siebenhundert Jahre Distanz herzustellen. Zum Schluß der Puderbeutel. Er ließ nicht nach, bis seine sechsundzwanzig Heiligenköpfe, zwar leicht lädiert und mit zernagten Konturen, dennoch glaubensstark Blicke aus gotischer Frühzeit in den Altarraum und ins mittlere Kirchenschiff warfen. Den letzten Kopf fertigte er am dritten Mai achtunddreißig. Während draußen Schlag auf Schlag Geschichte gemacht wurde, auf daß Deutschland immer größer geriet, feierte Lothar Malskat hoch im Gerüst seinen fünfundzwanzigsten Geburtstag; erst am Abend war er mit Fey im Pastorat des Domes geladener Gast: umringt von Pastorentöchtern, die, wenn nicht Gudrun oder Freia, dann Heike, Dörte oder Swantje hießen.

Waldmeisterbowle gibt es. Verlegen sehen wir ihn, fehl am Platze. Wenn Malskat nicht ins Kino ging, zerstreute er im Fischerviertel, zur Schlei hin seine restliche Zeit. Damals lief mit der Knoteck »Das Mädchen vom Moorhof«.

Auch jener bis zur Genickstarre zu bestaunende Salvator Mundi im romanischen Mittelschiffgewölbe des dreischiffigen Doms ist von seiner Hand und ansehnlich bis heutzutage: eine vieldeutige, den Regenbogen nach der Sintflut einbeziehende Komposition, deren widersprüchliche Stilmerkmale dennoch ein Ganzes bilden, weshalb sie den Kunsthistorikern knifflige Rätsel aufgaben. Schließlich nannten sie Malskats Salvator Mundi ein epochales Kunstwerk.

Insgesamt wurde des Malers Arbeit, ohne daß sein Vor- und Nachname – und sei es in Klammern nur – zu lesen stand, in zahlreichen Gutachten gewürdigt, mehr noch, zur »artreinen Kunst« erhoben. Besonders deutschstämmig nannte man die nordisch anmutenden Köpfe in den Leibungen und Strebpfeilern und einige germanische Runenzeichen, die Malskat, auf Wunsch von Fey, der dem Zeitgeist der späten dreißiger Jahre gefällig sein wollte, in den Putz der Freifelder und ins Umfeld seines Salvator Mundi gekratzt hatte: »Der Toten Tatenruhm« und ähnlichen Blödsinn stabgereimt.

Erwähnt sei, daß sich, allen Experten voran, ein Kunsthistoriker namens Hamkens an den willensstarken Blicken der heiligen Heldenköpfe, an deren Langnasen und nordisch ausgeprägten Kinnpartien in Fachzeitschriften erfreute. Gleich nach Entstehen der zügig gealterten Malerei, die Malskat übrigens eine spürbare Stundenlohnerhöhung eintrug, ließ Hamkens die arischen Köpfe fotografieren, worauf diese unbestritten echte Fotosammlung, auf Weisung des Reichsführers SS, vom Kuratorium »Das deutsche Ahnenerbe« angekauft und in Wanderausstellungen gezeigt wurde.

Malskats Werk fand Beachtung. Und kaum noch zu korrigierende Folgen hatte jener Tierfries, der ihm im Kreuzgang des Domes als Abschlußleiste der Kindermordszene eingefallen war; denn nicht Hirsche und Hähne, auch nicht Greife und Steinböcke, wie unter dem anrührenden Motiv: Hansi Knoteck als Jungfrau mit Kind, sondern deutlich als Truthähne erkennbare Truthähne hatte Malskat in vier von sieben Medaillons gemalt. In den restlichen drei Rundfeldern waren, dank Scherbe, Drahtbürste und Puderbeutel, nur Geflügelspuren geblieben.

Doch die vier heilen Truthähne reichten. Der Beweis war erbracht. Endlich stand fest, was bisher als Vermutung fraglich gewesen oder als völkisches Wunschbild belächelt worden war. Dank Malskat kam historische Wahrheit ans Licht. Bewies diese frühgotische Malerei doch, daß nicht der welsche Kolumbus, sondern die Wikinger schon, Germanen also, Nordmänner mit langen Nasen und ausgeprägtem Kinn, das eindeutig amerikanische Geflügel nach Europa gebracht hatten; fortan mußten Malskats Truthähne, diese einfache, in rotbraun gehaltene, mit sicherem Blick hingesetzte Konturmalerei, in vielen gelehrten Gutachten für die fällige Neuschreibung der Geschichte herhalten. Ab Frühjahr neununddreißig, über den Kriegsbeginn im folgenden Herbst hinweg, solange gesiegt wurde, aber auch unbekümmert um die Schlacht von Stalingrad, um die Zertrümmerung der Städte und die Folgen der Invasion – bis gegen Kriegsende hielt der sogenannte Truthahnstreit der Experten an; ich bin sicher, unter der Decke lebt er noch heute fort.

Dabei hat Malskat seine früh- bis hochgotischen Neuschöpfungen von Anbeginn mit abkürzenden, sprachvermengenden Buchstaben t.f.L.M. – totum fecit Lothar Malskat – signiert, wenn auch in Arabesken versteckt und leicht übermalt. Er war kein Fälscher. Die anderen, die ihn später, zur Zeit der staatserhaltenden Großfälschungen, verklagten und bestraften, waren inmitten der fünfziger Jahre die wahren Täuscher. Die sind noch immer, wenn nicht im Amt, so doch in Würde. Sie zwinkern einander zu und hängen sich Orden an. Ihre Weine und Leichen gut eingekellert.

Es war einmal ein Land, das hieß Deutsch...

DAS VIERTE KAPITEL, in dem Abschied genommen wird, ein Vertrag reif zur Unterschrift vorliegt, Hänsel und Gretel ankommen, Rattenköttel gefunden werden, Sonntagsstimmung herrscht, Ultimo ist, einige Goldstücke überzählig sind, Malskat zu den Soldaten muß, es schwerfällt, von den Frauen zu lassen, und das Schiff vor Kreidefelsen ankert.

Mir träumte, ich müßte Abschied nehmen
von allen Dingen, die mich umstellt haben
und ihren Schatten werfen: die vielen besitzanzeigenden
Fürwörter. Abschied vom Inventar, dieser Liste
diverser Fundsachen. Abschied
von den ermüdenden Düften,
den Gerüchen, mich wachzuhalten, von der Süße,
der Bitternis, vom Sauren an sich
und von der hitzigen Schärfe des Pfefferkorns.
Abschied vom Ticktack der Zeit, vom Ärger am Montag,
dem schäbigen Mittwochsgewinn, vom Sonntag
und dessen Tücke, sobald Langeweile Platz nimmt.
Abschied von allen Terminen: was zukünftig
fällig sein soll.

Mir träumte, ich müßte von jeder Idee, ob tot
oder lebend geboren, vom Sinn, der den Sinn
hinterm Sinn sucht,
und von der Dauerläuferin Hoffnung auch
mich verabschieden. Abschied vom Zinseszins
der gesparten Wut, vom Erlös gespeicherter Träume,
von allem, was auf Papier steht, erinnert zum Gleichnis,
als Roß und Reiter Denkmal wurde. Abschied
von allen Bildern, die sich der Mensch gemacht hat.
Abschied vom Lied, dem gereimten Jammer, Abschied
von den geflochtenen Stimmen, vom Jubel sechschörig,

dem Eifer der Instrumente,
von Gott und Bach.

Mir träumte, ich müßte Abschied nehmen
vom kahlen Geäst,
von den Wörtern Knospe, Blüte und Frucht,
von den Zeiten des Jahres, die ihre Stimmungen
satt haben und auf Abschied bestehen.
Frühnebel. Spätsommer. Wintermantel. April April! rufen,
noch einmal Herbstzeitlose und Märzbecher sagen,
Dürre Frost Schmelze.
Den Spuren im Schnee davonlaufen. Vielleicht
sind zum Abschied die Kirschen reif. Vielleicht
spielt der Kuckuck verrückt und ruft. Noch einmal
Erbsen aus Schoten grün springen lassen. Oder
die Pusteblume: Jetzt erst begreife ich, was sie will.

Ich träumte, ich müßte von Tisch, Tür und Bett
Abschied nehmen und den Tisch, die Tür und das Bett
belasten, weit öffnen, zum Abschied erproben.
Mein letzter Schultag: Ich buchstabiere die Namen
der Freunde und sage ihre Telefonnummern auf: Schulden
sind zu begleichen; ich schreibe zum Schluß meinen Feinden
ein Wort: Schwamm drüber – oder:
Es lohnte den Streit nicht.
Auf einmal habe ich Zeit.
Es sucht mein Auge, als sei es geschult worden,
Abschied zu nehmen, rundum Horizonte, die Hügel
hinter den Hügeln, die Stadt
auf beiden Seiten des Flusses ab,
als müßte erinnert verschont gerettet werden, was
auf der Hand liegt: zwar aufgegeben, doch immer noch
dinglich, hellwach.

Mir träumte, ich müßte Abschied nehmen
von dir, dir und dir, von meinem Ungenügen,
dem restlichen Ich: was hinterm Komma blieb
und kümmert seit Jahren.
Abschied von sattsam vertrauter Fremde,
von den Gewohnheiten, die sich recht geben höflich,
von unserem eingeschrieben verbrieften Haß. Nichts
war mir näher als deine Kälte. Soviel Liebe genau
falsch erinnert. Am Ende
war alles versorgt: Sicherheitsnadeln zuhauf.
Bleibt noch der Abschied von deinen Geschichten,
die immer das Bollwerk, den Dampfer suchen,
der von Stralsund, aus der brennenden Stadt
beladen mit Flüchtlingen kommt;
und Abschied von meinen Gläsern, die Scherben, allzeit
nur Scherben, sich selbst als Scherben
im Sinn hatten. Nein,
keine Kopfstände mehr.

Und nie wieder Schmerz. Nichts,
dem Erwartung entgegenliefe. Dieses Ende
ist Schulstoff, bekannt. Dieser Abschied
wurde in Kursen geübt. Seht nur, wie billig
Geheimnisse nackt sind! Kein Geld zahlt Verrat mehr aus.
Zu Schleuderpreisen des Feindes entschlüsselte Träume.
Endlich hebt sich der Vorteil auf, macht uns
die Schlußrechnung gleich,
siegt zum letzten Mal die Vernunft,
ist ohne Unterschied alles,
was einen Odem führt, alles, was kreucht
und fleucht, alles, was noch
ungedacht und was werden sollte vielleicht,
am Ende und scheidet aus.

Doch als mir träumte, ich müßte
von jeglicher Kreatur, damit von keinem Getier,
dem einst Noah die Arche gezimmert,
Nachgeschmack bliebe, Abschied nehmen sofort,
träumte ich nach dem Fisch, dem Schaf und dem Huhn,
die mit dem Menschengeschlecht alle vergingen,
eine einzelne Ratte mir, die warf neun Junge
und hatte Zukunft für sich.

Wir nicht! Sie zischelte, leugnete, stritt ab. Nie in uns selbst vergafft. Ungespiegelt waren wir uns genug. Kein Quatsch, dem wir Tiefsinn nachsagten, kein Ziel, das außer uns lockte, uns steigerte, enthob: die Überratte, es gab sie nicht!

Und keine vielstöckigen Denkgehäuse, in denen wir transzendierten bis zu den Sternen hoch in den hellen Wahn der Unsterblichkeit. Frei von diesen humanen Faxen sind wir zahlreich gewesen, ohne uns je gezählt zu haben. Uns fehlte das Bewußtsein eigenen Seins, ein Mangel, der uns nicht darben ließ.

Mochten wir noch so beispielhaft für Gleichnisse taugen, wie sie der Mensch ins Bild zwängte, sobald er Plagen, etwa die biblischen, beim Namen rief, uns ergab sich kein Beispiel, niemand konnte uns vorbildlich werden, gewiß kein anderes Getier, doch auch der Mensch nicht, dem wir anhingen seit Rattengedenken, der uns verwunderte zwar, doch nicht zum Gott wurde, solange es ihn tatsächlich und seinen Schatten werfend gegeben hat.

Erst als er ging, begannen wir ihn zu vermissen. Nicht nur die Vorräte und Abfälle seiner Küche fehlten uns roh und gekocht, auch seine Ideen, die wir alle, buchstäblich alle gefressen hatten, mangelten fortan sehr; gerne hätten wir, wie gewohnt, seinem Überfluß bildlich das Speibecken gehalten, wir, das Fußvolk seiner Delirien, wir, seiner Ängste Modell.

Deshalb hat sich der Mensch von uns mit Wörtern Bilder gemacht. Die Rattenpest fürchtete, den Rattenfraß verfluchte er. Wir, das Böse an sich, in den Schreckenskammern seiner hintersten Gedanken waren wir gegenwärtig. Wir, die wir alles, was ihm als Schleim oder in Stücken abging, seinen Kot, seine säuernden Reste, alles, was er erbrach, sobald ihn Elend würgte, wegräumten, ohne Umstand verputzten und ihm, dem Empfindsamen, aus dem Blick schafften, wir, seiner Kotze froh, waren ihm ekelhaft. Mehr noch als Spinnen ekelten wir ihn an. Keine Qualle, kein Wurm, keine Assel konnte ihm ekliger sein. War beiläufig von uns die Rede, würgte es ihn. Sah er uns, kam es ihm hoch. Weil nackt und von übertriebener Länge, waren ihm unsere Schwänze besonders zuwider; wir verkörperten Ekel. In Büchern sogar, die als besonderen Ausdruck menschlicher Existenz den Selbstekel feierten, las man uns zwischen Zeilen; denn wenn das Humane ihn ekelte, wozu er seit Menschengedenken Anlaß sah, waren es abermals wir, die ihm zu Namen verhalfen, sobald er den Feind, seine vielen Feinde im Visier hatte: Du Ratte! Ihr Ratten! Diese Rattenbrut!

Und weil dem Menschen so vieles möglich war, hat er, im Haß auf seinesgleichen, uns in sich gesucht, ohne langes Umherirren gefunden, kenntlich gemacht und vernichtet. Wann immer er seine Ketzer und Abartigen, die ihm Minderwertigen und wen er zum Abschaum zählte, heute den Pöbel, gestern den Adel, ausgerottet hat, war vom auszurottenden Rattengezücht die Rede.

Vielleicht war es aber auch so: Weil uns das Menschengeschlecht weder mit Strychnin noch mit Arsen beikommen konnte und ihm trotz immer neuer Vertilgungsmittel – zum Schluß sollte Ultraschall wirksam werden – die Eliminierung unserer Zuwächse nicht gelang – wir wurden wie der Mensch mehr und mehr –, hat er seinesgleichen stellvertretend vertilgt, wie zu erwarten war: mit Erfolg.

Erst jetzt, sagte die Rättin, von der mir träumt, beginnen nun wir, uns Bilder von ihm zu machen, ihn zu suchen und auch zu finden, den in uns Ratten verborgenen Menschen. Immer schöner wird er und will gespiegelt werden: sein Ebenmaß, sein aufrechter Gang, den wir üben, immerfort üben. Als unzulänglich begreifen wir uns, zu keinem Gefühl, zu keiner Laune fähig. Ach, könnten wir schamrot werden, wie er es wurde, aus nichtigem Anlaß zumeist. Ach, könnte uns eine seiner Ideen trächtig, begabt zur Kopfgeburt machen.

Nein, wir Ratten nehmen nicht Abschied von ihm, wie er von seiner Herrlichkeit Abschied genommen hat. Nein, sagte die Rättin, bevor sie verging, wir geben den Menschen nicht auf.

Ein Arbeitsessen zu zweit. Rehrücken zu Pfifferlingen und Preiselbeeren ordnet er an. Mir gegenüber, auf zwei Kissen gesetzt, möchte unser Herr Matzerath wissen, wie ich mir im Stummfilm über den sterbenden Wald, der einerseits anklagen soll, damit die Wälder in letzter Stunde gerettet werden, der andererseits Abschied nehmen will, weil es zu spät, viel zu spät ist, die historischen Brüder Grimm in gegenwärtigen Rollen vorstelle.

Er sagt: »Ohne Klärung dieser Frage reise ich ungern nach Polen, zumal sich ja auch dort vieles herkömmlich in katholischen Wolken verliert.«

Bis zum Dessert – Rote Grütze mit Vanillesoße – halten meine Erklärungen an: Wenn Jacob Sonderminister für Umweltschutz ist, wird Wilhelm, als sein Staatssekretär, für zunehmende Waldschäden zuständig sein. Auf jeden Fall sehen sich beide dem Wald verpflichtet. Sie wissen über Toxizität und Immissionen Bescheid. Mit Bundesmitteln fördern sie die Ozonforschung. Beide haben frühzeitig in Thesen, die damals belächelt wurden, die Stabilität des

Ökosystems bei ungehemmten Zuwächsen bezweifelt. Ihre Kritik an der Energiewirtschaft ist zitierbar, doch folgenlos geblieben. Ihr Katalog unumgänglicher Maßnahmen findet kaum Widerspruch und dennoch keine Mehrheit im Parlament. Wiederholt haben sie ihren Rücktritt angeboten, sind aber immer noch im Amt.

Man sagt: Die Grimmbrüder sind zu liberal. Tolerant lassen sie jeden Minister stillschweigend ausreden, während sie rüde unterbrochen, durch Zwischenrufe irritiert, von allen anderen Ministern als weltfremde Spinner verlacht und allenfalls wie Käuze – die muß es auch geben! – respektiert werden. Man leistet sich die beiden. Kommt Staatsbesuch, zeigt der Kanzler sie vor.

Und doch: Bei aller Gegenwärtigkeit sind sich die Brüder Grimm als Grimmbrüder treu geblieben. Neben ihrer zwar wirkungslosen, aber weithin geschätzten Regierungstätigkeit sammeln sie soziale Daten und Kulturzeugnisse ausländischer Arbeiter, außerdem Neuwortbildungen, wie sie vormals Märchen, Sagen und Wörter von A bis Z gesammelt haben, bis Jacob, als er dem Buchstaben F sich näherte, unter Zetteln eingeschneit war.

Überdies publizieren sie. Wie Wilhelm Grimm mit einem Aufsatz über »Die Rolle der türkischen Frauen im Alltag der Bundesrepublik« sogar bci Feministinnen Zustimmung findet, wird ein Buch des gegenwärtigen Jacob Grimm unter dem Titel »Schlumpfdeutsch« weithin beachtet, weil es dem Autor gelungen ist, am Beispiel der Kunststoffsprache massenhaft verbreiteter Schlümpfe, den allgemeinen Sprachverfall, »die Verkrautung einst blühender Wortfelder« und den Niedergang des Schriftdeutsch zu belegen. Viel Zustimmung erfuhren die Grimmbrüder landauf landab, als sie vor Jahren, gemeinsam mit anderen Gelehrten, gegen eine Verfassungsänderung protestierten: wie immer sprachmächtig, doch ohne Gehör zu finden; das liege, sagte man, in des geteilten Landes gemeinsamer Tradition begründet.

Weil aber die Grimmbrüder in meinem Film, der vom sterbenden Wald handeln wird, einer linearen Märchenhandlung unterworfen sind, dürfen ihre Nebentätigkeiten und Skrupel nur wie Fußnoten bemerkenswert sein. Zum Beispiel finden sich in den Arbeitszimmern der Brüder, die mit offener Tür aneinander grenzen, Belege ihres Sammlerfleißes: Wilhelms kleineres Zimmer schmückt, zwischen Büchergestellen voller Soziologie, ein Wandbehang, der aus dreißig oder mehr vielfarbigen Kopftüchern türkischer Gastarbeiterfrauen geknüpft wurde; in Jacobs Ministerzimmer fällt neben dem gerahmten Portrait des preußischen Gelehrten Savigny eine Vitrine auf, deren Etagen mit lustigen, zu Gruppen arrangierten Schlümpfen vollgestellt sind. Als Forscher sehen die Grimmbrüder sich ironisch.

Und was unser Herr Matzerath noch wissen will, während ich einen Rest Rote Grütze mit restlicher Vanillesoße verrühre: Ja, sie musizieren beide, fordern erweiterten musischen Unterricht und treten für qualitativ orientierte Filmförderung ein. Grundsätzlich sind sie nicht gegen neue Medien, warnen aber vor einem unkontrollierten Medienverbund.

Wir heben die Gläser, trinken einander zu. Neinnein, die Grimmbrüder zeigen sich nicht als Stubengelehrte. Sie sind geschieden und wechselnden Damen geneigt. Wir sehen sie sportlich gekleidet und nicht nur zu zweit fotogen. Sie tragen zu Tweedjacken passend gemusterte Fliegen. Sogar ihren Urlaub verbringen sie im Spessart, in den Vogesen, wo immer es waldet, gemeinsam. Man könnte den Film einfach »Der Wald« oder anspruchsvoller »Grimms Wälder« nennen; nur sollte er gedreht werden, solange Wälder noch anschaulich sind.

»Doch warum«, sagt unser Herr Matzerath beim Kaffee, »soll es ein Stummfilm werden mit aller Gewalt?«

Weil alles gesagt ist. Weil nur noch Abschied bleibt. Zuerst von Tannen, Fichten, Föhren und Kiefern, dann von den glatten Buchen, den wenigen Eichenwäldern, vom Bergahorn, von der Esche, den Birken, Erlen, den ohnehin kränkelnden Ulmen, von lichten Waldrändern, die unter Niederholz pilzreich sind. Wo soll der Farn bleiben, wenn ihm das Laubdach fehlt. Wohin fliehen, wohin sich verlaufen?

Abschied vom Kreuzweg im tiefen Wald. Vom Ameisenberg, der Staunen lehrte, nehmen wir Abschied, ohne zu wissen, wovon. Von den vielen umzäunten Schonungen, die Gewinn und Weihnachtsbäume versprachen, vom hohlen Baum, der Platz bot für alle Ängste, Abschied vom rinnenden Harz, das den Käfer für immer einschloß. Abschied von Wurzeln gekrümmt, darüber zu stolpern und endlich ein Vierblatt, das Glück, zu finden. Abschied vom Fliegenpilz, der besondere Träume macht, vom Hallimasch, der auf Baumstümpfen siedelt, von der schmackhaften Totentrompete, die spät ihre Trichter öffnet, während von weither die Stinkmorchel lärmt. Schneise, Kahlschlag, Gehege. Abschied von allen Wörtern, die aus dem Wald kommen.

Zum Schluß verabschieden wir uns von den streitenden Wegweisern und vom Gasthof »Zum Wilden Mann«, vom steigenden Saft und vom Grün, vom fallenden Laub und allen Briefen, die so beginnen. Gelöscht wird, was geschrieben steht über den Wald und die Wälder hinter den Wäldern. Kein Schwur in Rinden geschnitten. Keine Last Schnee, die von Tannen fällt. Nie wieder lehrt uns der Kuckuck zählen. Ohne Märchen werden wir sein.

Darum ein Stummfilm. Weil die Optik der Kamera den Wald wie zum letzten Mal sieht. Wer will da noch reden. Sterbend sprechen die Wälder für sich. Und nur die Handlung, die immer weiter will, drängt, springen möchte, Ausrufe, Wehklagen, Hinweise braucht, verlangt nach Untertiteln, die sich kurzfassen müssen: Ach wie gut, daß niemand weiß. Spieglein Spieglein an der Wand. Doch hinter den Sieben Bergen. Warum hast du so große Ohren? Laß mir dein Haar herunter. Mein Kind, mein Reh! Königstochter jüngste. Blut ist im Schuh. Der Wind, der Wind, das himmlische Kind...

Denn Hänsel und Gretel laufen zwar immer noch stumm durch den toten Wald, aber irgendwann, nein, bald wird der Wald lebendig werden und den Kindern mit Zeichen helfen, auf daß sie ankommen und mit einem Untertitel begrüßt werden: »Hallo, da seid ihr ja endlich!«

Unser Herr Matzerath, der gerne spricht und sich schon immer wortsüchtig erklärt hat, sieht mittlerweile ein, daß es ein Stummfilm werden muß, den er – wer sonst? – produzieren soll. Er rührt im Kaffeetäßchen, spreizt den kleinen Finger dabei und schweigt.

Soll ich jetzt schon Druckmittel androhen, damit er einwilligt, als Produzent endlich ja sagt? Er sollte wissen: Solange sein Wort fehlt, verzögert sich die geplante Reise.

Um abzulenken, zeigt er das Visum vor.

Ich deute auf den Produktionsvertrag: »Hier, genau hier fehlt Ihre Unterschrift, bitte.«

Er bedauert, daß für Videokassetten der Markt zur Zeit verstopft ist.

Ich will aber keine Kassette: »Einen Stummfilm als Kinofilm will ich, mit Untertiteln.«

Er sagt: »Sobald ich aus Polen gesund zurück bin vielleicht...« Ich sage: »Es könnte mir im Nebensatz einfallen, Ihr Visum einfach verfallen zu lassen.«

»Erpressung!« nennt er das, »Autorenhochmut!« »Na gut«, sagt er, »ohnehin wird der Wald nur noch im Film zu retten sein.«

In Eile sage ich: »Darf man Ihnen morgen schon gute Reise wünschen?«

Während unser Herr Matzerath für uns beide den Rehrücken mit allem Drum und Dran als Arbeitsessen bezahlt und reichlich Trinkgeld für den Kellner bemißt, dann in die vorgesehene Rubrik den Filmtitel »Grimms Wälder« einträgt, schließlich in Sütterlinschrift als »Oskar Matzerath-Bronski« unterschreibt, sagt er nach längerem Umschweif, der seine Reise und die politische Lage in Polen betrifft: »Ich hätte mich lieber für Malskat den Maler entschieden. Seine Gotik gefällt mir.«

Hand in Hand inmitten Leichenstarre: Sie laufen im toten Wald an Müllkippen, Giftdeponien und militärischen Sperrbezirken vorbei. (Als Vater und Mutter erzählen der Kanzler und seine Gattin inzwischen der Presse, wie untröstlich sie sind. An Litfaßsäulen, auf Fernsehschirmen, überall draußen im Land wird nach den entlaufenen Kanzlerkindern gefahndet, die Johannes und Margarethe heißen.)

Jetzt nicht mehr Hand in Hand: Hänsel und Gretel laufen, als könnten sie anders nicht. Kaum angestrengt und kein bißchen verzweifelt. Mal Hänsel, dann wieder Gretel voran. Während sie laufen, wird der tote Wald, der wie das Erzgebirge auf gegenwärtigen Fotos aussieht, zuerst zögernd, dann entschlossen, schließlich heftig grün, immer dichter grün wie im Bilderbuch, bis er zum unwegsam grünen Märchenwald wird.

Der Häher, die Eule fliegen auf. Knarrende Bäume schneiden Fratzengesichter. Zusehends schießen Pilze aus Moosgründen. Unter Wurzeln liegen, als seien sie Teil der Knollen und Strünke, blinzelnde Erdmännchen verborgen. Aus einem betriebsamen Ameisenhaufen winkt eine langfingrige Hand und zeigt den Kindern die Richtung. Das Einhorn bricht aus dem Niederholz, hat ein feuriges und ein trauriges Auge, trabt dann, als müsse es anderswo einmalig sein, zwischen Buchen davon.

Sie fürchten sich nur wenig. »Richtige Monster«, ruft Gretel, »gibt es hier sowieso nicht!« Beide sehen den Wald, als müßten sie zum ersten Mal staunen. Sie laufen nicht mehr, sondern suchen und tasten. Zwischen dicken Baumstämmen, kaum zu zweit zu umfassen, verlieren, finden sie einander. Über ihnen schließt sich, von nur wenigen Sonnenlöchern durchbrochen, das Blätterdach. Beide schwimmen in brusthohem Farn.

Schließlich führt eine Waldtaube, die einen goldenen Faden nach sich zieht, Hänsel und Gretel durch den Wald, bis er sich öffnet.

Inmitten einer Lichtung steht neben einem dunklen Teich, auf dem sieben Schwäne treiben, ein Holzhaus mit Obergeschoß, das von Schindeln gedeckt ist und – wie sich die Kinder ihm nähern – mit der gemalten Inschrift »Zum Knusperhäuschen« als Waldgasthof kenntlich wird. Vor seitlichen Stallgebäuden schaut im Gehege ein Reh auf. Nur kurz unterbricht hinter Gitterstäben der Wolf sein Hin und Her.

Zögernd nähern sich Hänsel und Gretel einem gemauerten Ziehbrunnen, neben dem in langem Kleid eine Dame schläft. Auf der Stirn der Dame sitzt ein Frosch und atmet, als pumpe er Luft. Der Blick, den sich Hänsel und Gretel geben, verrät, daß sie diese Geschichte ungefähr kennen. (Deshalb sollte, während der Frosch auf der Stirn atmet, kein Untertitel deutlicher werden.)

Aus offenen Fenstern wehen weiße Gardinen. Vor dem Holzhaus steht ein altmodischer Blechautomat, dessen Bemalung in Ornamenten Pfefferkuchen und anderes Knuspergebäck imitiert. Hänsel sucht nach Münzen in seiner Hosentasche, findet aber weder Kleingeld noch einen Einwerfschlitz, nur die schnörkelige Aufschrift in Fraktur: »Bitte, Kinder, bedient euch!«

Zuerst zieht Gretel ein Schublädchen, in dem eine Tüte Haselnußkerne liegt. Dann zieht Hänsel ein anderes Lädchen und wird von einem Stück Honigwabe überrascht.

Hungrig vom Laufen durch den erst toten, dann heilen Wald, futtern beide die Tüten leer.

Während sie noch knabbern und in einem dritten Tütchen Bucheckern finden, erhebt sich hinter blühenden Hagebuttenbüschen eine Frau aus ihrem Liegestuhl, in dem sie über der Zeitung eingeschlafen sein mochte. Die Zeitung heißt »Der Waldbote« und wurde zu Beginn des vorigen Jahrhunderts, kurz vor der Schlacht bei Jena und Auerstedt, datiert. Die weder junge noch alte Frau ist häßlich und schön zugleich. Sie trägt Lockenwickler im Haar und eine Kette um den Hals, an der sich luftgetrocknete Ohren reihen. Wie sie den großgeblümten Morgenrock über dem Büstenhalter zuknöpft, sieht Hänsel enorme Titten, größer als jene, die ihm gelegentlich träumen. Gretel jedoch erkennt die Hexe aus dem besagten Märchen.

(Falls unser Herr Matzerath wissen will, wie schön die Hexe häßlich ist, soll sie ihm, weil unser Stummfilm ein farbiger Stummfilm sein soll, ausgemalt werden: Sie ist nicht rothaarig, schielt aber leicht aus bernsteinfarbenen Augen.) Gar nicht erstaunt sagt sie ihren Text für den Untertitel: »Na, Kinder! Da seid ihr ja endlich.«

Wie sie näherkommt, Hänsel am Ohrläppchen zupft, ist er nicht nur den Traumtitten, sondern auch ihrem Kettenschmuck, den vielen luftgetrockneten Ohren, nahe. Plötzlich, als möchte sie keine abwegigen Gedanken aufkommen lassen, bewegt die Hexe rasch und immer schneller eine hölzerne Rätsche, wie sie früher zum Geisteraustreiben benutzt wurde. (Geräusche dieser Art, desgleichen Vogelgezwitscher und andere Naturlaute läßt unser Stummfilm zu.)

Das lärmende Schnarren der Rätsche hat Folgen. Nacheinander verlassen alle Gäste der Pension das Knusperhäuschen: Ein mehr dürres als dünnes Schneewittchen wird von der Bösen Stiefmutter, einer im Reisekostüm stattlichen Erscheinung, gestützt; Dornröschen reibt sich schlaftrunken die Augen und muß vom Prinzen, der, einem angestellten Pfleger gleich, die Schlafsüchtige begleitet, wieder und wieder wachgeküßt werden; Rotkäppchen, kenntlich durch eine Baskenmütze, zu der es gleich grelle Stiefel trägt, führt die schwerhörige Großmutter mit sich; in eine Latzhose gekleidet, in deren Brusttasche Kombizange und Zollstock praktische Ausweise sind, tritt als Hausmeister Rübezahl auf; aus einem Fenster des Obergeschosses läßt Rapunzel, auf daß man sie gleich beim Namen weiß, zwischen wehenden Gardinen ihr Haar wehen; in schwarzem Sammet das traurigste aller händchenhaltenden Paare: Jorinde und Joringel.

Alle Pensionsgäste sind in Schönheit gealtert. Sie freuen sich über die lange erwartete Ankunft von Hänsel und Gretel. Keine Frage nach dem Woher. Die Böse Stiefmutter sagt: »Bei uns dürft ihr euch zu Hause fühlen.« Nur Rotkäppchen gibt sich schnippisch: »Ich habe mir Hänsel und Gretel immer als proletarische Kinder, nicht als wohlstandsgeschädigte Aussteiger vorgestellt.« Noch einmal bedient die Hexe die Rätsche.

Jetzt kommt mit blutverkrusteten Armstümpfen ein Mädchen, das seine abgehackten Hände an einer Schnur über den Rücken gehängt trägt. (Sollte unser Herr Matzerath gegen diesen Auftritt Einwände vorbringen –, »Solche Grausamkeiten sind keinem Publikum zuzumuten!« – werde ich sie mit dem Ruf »Zensur!« entkräften und ihn an seine Kindheit, diesen Kreuzweg ausgesuchter Bestialitäten, erinnern. Zudem ist »Das Mädchen ohne Hände« ein typisches Zeugnis der Grimmschen Märchensammlung, während Rübezahl, der auf Herrn Matzeraths Wunsch in diesem Film Hausmeister sein soll, nur als Gestalt eines hintersinnigen Kunstmärchens, und zwar bei Musäus, zu finden ist.)

Und nun erst, nachdem alle versammelt sind, tritt mit vollem Tablett und in Berufskleidung Rumpelstilzchen als

Kellner vors Haus. Leicht, aber betont humpelnd bietet es den Gästen der Pension »Zum Knusperhäuschen« diverse Drinks an: »Ein Sanddornflip! Darf es ein Gläschen Hagebuttenwein sein? Oder ein Waldhonigcocktail?« Auf Hänsel und Gretel gemünzt, heißt sein Untertitel: »Und für euch, Kinder, prima Walderdbeerensaft, frisch gepreßt.«

Während alle trinken, nippen, plaudern, tuscheln oder einander stumm, wie Jorinde und Joringel, schwarzsamtene Trauer aus den Augen lesen, während der Prinz immer wieder und dienstbeflissen sein Dornröschen wachküßt, Rotkäppchen der Großmutter Frechheiten wie »Besauf dich nicht wieder!« ins Ohr schreit, die Hexe – jetzt mit Brille – Hänsel mehr als Gretel betastet, Rumpelstilzchen galant dem Mädchen ohne Hände ein Glas Fliederbeerensaft an die Lippen setzt, die Böse Stiefmutter den aus Urzeiten herrührenden Streit zwischen Schneewittchen und Rapunzel schlichtet und Rübezahl, seitab, als wolle der Geist des Riesengebirges bäumeentwurzelnde Kraft zeigen, für die Pensionsküche auf Vorrat Holz klaftert; während all dies geschieht, ziehen Wolken auf und geht ein Regenschauer nieder, der neben dem Brunnen eine aus Glasröhren montierte Meßanlage ausschlagen läßt: worauf das Alarmglöckchen schrillt; wie überall im Land fällt auch hier saurer Regen, den die Märchengestalten fürchten.

Da springt der Frosch von der Stirn der schlafenden Dame in den Brunnen, aus dem sogleich in enganliegender Taucherkleidung, jedoch gekrönt der Froschkönig steigt. Die damenhafte Prinzessin erwacht und reibt ihre Stirn, die soeben noch der Frosch bewohnt hat, als plage sie Kopfschmerz. Wie ihr der Froschkönig hochhilft und den Arm bietet, flüchten alle ins Haus, zum Schluß mit Hänsel und Gretel die Hexe, nachdem sie alarmierende Meßdaten vorgelesen hat: »Das hält selbst unser Märchenwald nicht aus.«

Innen ist das Knusperhäuschen wie ein Museum eingerichtet: Regale, Vitrinen vollgestopft. Jedes Ausstellungsstück erklärt sich durch beschriftete Schildchen. Schneewittchen zeigt Hänsel und Gretel ihren gläsernen Miniatursarg, in dem es niedlich in Puppengröße liegt; daneben ist, in Kunstharz eingeschlossen, der vergiftete und angebissene Apfel in Originalgröße anschaulich.

Die Böse Stiefmutter zieht Hänsel und Gretel vom Schneewittchensarg fort und führt sie zu ihrem Zauberspiegel, der die Vorderseite einer hölzernen Truhe abschließt und bedeutungsvoll in der Mitte des Raumes auf einer Kommode steht, in deren Schubladen Bücher lagern könnten, Erstausgaben gesammelter Märchen, einige Kräuterfibeln.

Alle wollen Hänsel und Gretel zeigen, womit sie ausgestellt sind. Rübezahl demonstriert seine knotige Holzkeule. Der humpelnde Kellner Rumpelstilzchen zeigt ein in Spiritus konserviertes Bein, das er sich, wie manche Fassungen des nach ihm benannten Märchens behaupten, zornig, weil sein Name erraten wurde, ausgerissen haben soll. Der Froschkönig nennt eine Kugel gülden – »Echtes Dukatengold!« –, die damals, als seine Dame noch jüngstes Töchterchen war, in den Brunnen rollte. Mit beiden Armstümpfen weist das Mädchen ohne Hände auf das Beil seines Vaters. In einer Vitrine, deren Exponate nicht nur sauber beschriftet, sondern auch genau datiert sind – »Das war im Wonnemond anno 1789« – »Solches begab sich zur Herbstzeit anno 1806« –, ist die Knöchleinsammlung der Hexe zu besichtigen. An sieben Haken hängen sieben Zwergenmützen, als müsse mit dieser Kumpanei demnächst gerechnet werden.

Außerdem bilden kolorierte Stiche die Brüder Grimm ab. Feingestrichelte Zeichnungen der Maler Ludwig Richter und Moritz von Schwind an allen Wänden. Zudem Scherenschnitte, die die Bremer Stadtmusikanten, den Wolf und die Sieben Geißlein versammeln. Und weitere Märchenmotive. (Vielleicht sollte ich ein Foto in diese Sammlung schmuggeln, das unseren Herrn Matzerath als Knäblein im Matrosenanzug, behängt mit seinem Instrument zeigt, wenngleich ich ihn lieber glatzköpfig als Produzenten gerahmt hätte.)

Doch sind nicht alle Gegenstände steif und museal. In ihrer Zimmerecke stehen Besen und Dreschflegel. Auf ein Zeichen der Hexe beginnen sie zu tanzen, dann durch die Stube um den Zauberspiegel herum den humpelnden Kellner Rumpelstilzchen zu verfolgen, der jammernd mitspielt und gelinde Schläge einsteckt, als habe er Prügel verdient. Ein wenig gelangweilt sehen die Märchengestalten diesem zu oft gezeigten Schaustück zu. Gar nicht hinsehen mag das Mädchen ohne Hände. Unbewegt bleiben Jorinde und Joringel ineinander vergafft. Nur Hänsel und Gretel staunen.

Nachdem die Hexe Besen und Dreschflegeln wieder Ruhe und Rückkehr in die Zimmerecke befohlen hat, fordert sie die Böse Stiefmutter zu einem Beweis ihrer Zauberkunst heraus. Mit ironischem Lächeln, das einige Goldzähne entblößt, dennoch voller Respekt, als solle nun ein Wettkampf stattfinden, weist sie auf den Zauberspiegel.

Die Böse Stiefmutter läßt sich nicht zweimal bitten. In der Seitentasche ihrer Kostümjacke steckt ein Lackkästchen, dessen Tastatur sie mit kleinem Finger bedient: Sogleich belebt sich der Zauberspiegel und blendet, nach kurzem Flimmern, das Märchen von Hänsel und Gretel ein.

Wie auf vertrautem Fernsehschirm sehen des Kanzlers entlaufene Kinder ihre Vorgeschichte, einen Schwarzweißfilm aus Stummfilmzeiten. Getreu der Grimmschen Fassung setzen die armen Eltern, Korbmacher oder Besenbinder, mehrmals ihre hungernden Kinder aus. Das Knusperhäuschen ist aus Knuspergebäck gezimmert. Zum Schluß stoßen Hänsel und Gretel, die allerdings den entlaufenen Kanzlerkindern ähnlich sehen (und gleichwohl unseren Herrn Matzerath an Störtebeker und Tulla Pokriefke erinnern sollen), die Hexe ins Ofenloch...

Die Rättin, von der mir träumt, lachte, als sei es Ratten möglich, höhnisch oder herzhaft, lauthals oder gutmütig zu lachen. Jaja, sagte sie lachend, so gingen alle eure Geschichten, nicht nur die Märchen aus. Rein ins Ofenloch, Ende! Immer schon liefen eure Spekulationen auf diese Lösung zu. Was wir als Lügengeschichten geringschätzten, war euch wahrhaftiger Ernst. Wir sollten nicht überrascht oder gar enttäuscht sein, weil allzu banal die menschliche Klamotte ihren Schluß fand. Lachen wir doch – wie sagte man in Humanzeiten? – befreit!

Allzu stutzig begriff ich erst jetzt, daß ihr Gelächter unser Ende betraf, das zu bedauern sie lachend vorgab: Selbstverständlich finden wir euren Wegfall schrecklich. Dieses totale Aus bringt uns in Verlegenheit. Immer noch nicht können wir euren Ausgang, diese allzu menschliche Dramaturgie begreifen: Ofen auf, Hexe rein, Klappe zu, Hexe tot! Vorhang, Schluß der Vorstellung. Das darf doch nicht wahr sein! sagen wir uns. Vorgestern noch war hoffnungsvoll von der Erziehung des Menschengeschlechts die Rede, neue Lektionen sollten erteilt, gerechtere Zensuren zur Regel gemacht, der Mensch durchweg verbessert werden, und heute, genauer, seit gestern ist Schulschluß. Entsetzlich! rufen wir. Nicht auszudenken! Die vielen nicht erledigten Aufgaben. Das nicht erreichte Klassenziel. Ein Jammer um diese so klug erdachte, immer wieder auf neue Lernziele gelenkte und schließlich doch ins Nichts führende Pädagogik. Ein Jammer auch um die vielen Lehrer; nur, daß wir es gewesen sein sollen, die euer Ende verursacht, die eure Schule geschlossen, eure Lehrpläne und Lehrstellen gestrichen haben, ist gar nicht komisch, ist lachhaft nur als allerletzter menschlicher Witz.

Die Rättin unterdrückte ihren Spott. Aus schließlich bitterem Gelächter rettete sie sich in Sachlichkeit: Natürlich verstehen wir, daß in beiden Lagern – wie es schon immer

Menschenart war – sofort die Schuldfrage gestellt wurde, als vorerst nur im europäischen Mittelstreckenbereich der Schlagabtausch begann. Da dieses folgenreiche Mißverständnis – und zwar für beide Seiten eindeutig – jeweils Absicht der anderen Seite war, da ferner beide Sicherheitssysteme unbeabsichtigte Mißverständnisse ausschlossen, wiederholte man, wo es noch Öffentlichkeit gab, einen halben Tag lang öffentlich: Die anderen haben angefangen. Von Schnörkeln abgesehen, waren die Anschuldigungen beider Schutzmächte wortgleich; so nah und ähnlich war man einander vor Schluß. Doch dann schlug jener Witz durch, der uns lachen machte.

Hör dir das an, Freundchen, rief die Rättin: Nachdem kein Erst- und Zweitschlag mehr zurückzunehmen, keine Grenze mehr kenntlich, kein Feind mehr auffindbar war und selbst in Kürzeln kein Lebenszeichen mehr hörbar wurde, als das ehrwürdige, gute alte Europa endgültig befriedet war, fand man in jenem weiträumigen Computerzentrum der westlichen Schutzmacht, das aufs globale Endspiel programmiert und deshalb wie ein Amphitheater gestaltet worden war, verblüffende Fremdkörper, Unvorhergesehenes, das Nichtauszudenkende: zuerst wenige, dann mehr und mehr kleinfingernagellange Partikel, die als Dreck, Losung, Kot, schließlich als Rattenköttel, ohne nähere Beweisführung als Rattenköttel bezeichnet wurden.

Die Rättin kicherte. Das Wort machte sie kicherig. Sie wiederholte es verschieden betont, sprach auf Rattenwelsch von kaporesch Rottamosch und vergnügte sich sprachspielerisch, indem sie die fatale Fundsache albern variierte: Kattenröttel, Tarrentöckel, Lettöknettar und so weiter. Schließlich erinnerte sie mich, immer wieder von Lachanfällen unterbrochen, an biblische Zeiten, als zu Noahs Verblüffung schon einmal Rattenköttel ... Auf Gottes Handteller! rief sie und wurde erst wieder sachlich, als ich den Köttelfund bezweifelte und Ammenmärchen rief. Das sind doch Ammenmärchen!

Zur Sache! sagte die Rättin: Während der Schlagabtausch fortgesetzt und auf Gesamteuropa ausgedehnt wurde, telefonierte man mit dem strategischen Computerzentrum der östlichen Schutzmacht, übrigens störungsfrei, denn Interesse beider Schutzmächte war es immer gewesen, bis zum Schluß übers Krisentelefon miteinander sprechen zu können. Man bekam zu hören, auch dort sei im Sicherheitsbereich Eins tierische Losung gefunden worden, Rattenköttel wahrscheinlich. Jedenfalls sei es durch tierische Einwirkungen zur Auslösung des Programms »Völkerfriede« gekommen. Alles nehme, ohne daß höchster Einspruch wirksam werden könne, seinen vorbedachten Verlauf.

Immerhin, sagte die Rättin, sprachen sie noch ein Weilchen miteinander, ungewohnt friedfertig übrigens. Offen wie nie zuvor gaben die Schutzmächte per Krisentelefon die Meßdaten der Fremdobjekte durch. Sie verglichen die Befunde und waren, was beide Seiten verblüffte, einer Meinung. Ihre grandigen Macheffel, wie wir ihre Staatsoberhäupter nannten, zwei alte Herren, die einander bislang wenig und aus Anlaß von Sonntagsreden nur Böses zu sagen gehabt hatten, in Direktkontakt miteinander, versuchten zu sprechen. Das klappte nach anfänglichem Räuspern. Beide Greise bedauerten, nicht schon vorher Gelegenheit für ein Gespräch gefunden zu haben: Schwierigkeiten bei der Terminabsprache. Sie gerieten ins Plaudern, fragten einander körperliche Gebrechen ab, fanden sich sympathisch und tauschten dann erst die eskalierenden Zweit- und Drittschläge ihrer den Frieden sichernden Systeme wie Hiobsbotschaften aus, deren Ursachen beide zuerst unerklärlich, dann zweifelsfrei nannten; zu eindeutig waren hier, waren dort die Beweise.

Die Rättin zögerte, in ihrem Bericht fortzufahren. Als sie abermals sprach, war ihrer Stimme Bedauern unterlegt. Sie sagte: Es schmerzt unsereins, feststellen zu müssen, daß beide Schutzmächte allzu rasch miteinander einig wurden, sobald die Schuldfrage gestellt wurde. Nach der Alarmmeldung Ratten im Computer! hieß es, man sehe sich einer teuflischen Drittmacht gegenüber. Beide Friedensmächte seien, wie man erkennen müsse, einem internationalen Komplott ausgeliefert. Ohne daß von Hintermännern vorerst die Rede sein könne, strebe eine weltweite Rattenverschwörung seit langem die Vernichtung der Menschheit an. Dieser Plan habe Vorgeschichte: Was vor mehr als sechshundert Jahren durch gezieltes Einschleppen der Pest versucht worden wäre, aber nach ungezählten Menschenopfern letztlich habe scheitern müssen, solle nun mit nuklearen Mitteln erreicht werden. Das alles folge einer Logik, die leider der menschlichen nicht unähnlich sei. Offensichtlich erfülle sich dieser Rattenplan bis ins Letzte durchdacht. Frech sei diese Endlösung sogar öffentlich angekündigt worden. Zu spät erinnere man sich jener überdeutlichen Rattendemonstrationen, die vor nicht allzu langer Zeit alle Metropolen heimgesucht hätten. Auch erkläre sich nun das plötzliche Verschwinden der flächendeckend verbreiteten Gattung. Ach, hätte man diese Vorzeichen doch zu deuten gewußt! Ach, hätte man sich doch alarmieren lassen, global!

Jaja, sagte die Rättin, hätten und wären sie doch. Sie blieb dabei, es sei bis zum Schluß von den Schutzmächten behauptet worden: Nicht die eine, die andere Großmacht habe den Knopf gedrückt, vielmehr seien die Programme »Frieden machen« und »Völkerfriede« nach Rattenweisungen ausgelöst worden, und zwar, trotz Zeitverschiebung, gleichzeitig, wie man nun wisse. Das alles geschehe unwiderruflich, weil man die allerletzte Befehlsgewalt Großcomputern übertragen habe. Deshalb müsse mit der nächsten Stufe zur Friedenssicherung: Einsatz von Interkontinentalraketen gerechnet werden. Das komme nun schicksalhaft aufeinander zu. Möge Gott oder sonstwer unser und Ihr Land schützen! hätten sich die Staatsoberhäupter zugerufen.

Ein frommer, wenn auch verspäteter Wunsch, sagte die Rättin. Doch kaum waren sich beide Schutzmächte in Sachen Schuldzuweisung einig, begannen sie auf die Drittmacht zu schimpfen: Verdammte Ratten! Dieses Geschmeiß! Diese Brut! Dieses undankbare Gezücht, das man jahrtausendelang mitgefüttert und nach menschlichen Notzeiten wieder hochgepäppelt habe. Ein Drittel der Humanproduktion von Mais, Brotgetreide, Reis und Hirse wäre aufs Konto Rattenfraß gegangen. Baumwollernten wären halbiert worden. Und so sehe der Dank aus!

Doch wurde, sagte die Rättin, auch Eigenversagen zugegeben. Beide Staatsoberhäupter räumten ein, daß man versäumt habe, in den computergesteuerten Sicherheitssystemen Vorkehr zu treffen. Man hätte die Millionen und mehr Chips und Klips toxinieren müssen. Zusätzlich wäre angeraten gewesen, alle Großcomputer mit Ultraschall, einem das Rattenohr nervenden Dauerton, zu beschallen. Nichts dergleichen sei geschehen. Wer denkt auch an sowas! habe des Ostens grandiger Macheffel gerufen, während es dem westlichen Greis, einer volkstümlich launigen Natur, gefallen hätte, Witze zu reißen: Kennen Sie den, Herr Generalsekretär. Ein Russe, ein Deutscher und ein Amerikaner kommen in den Himmel...

Doch dann hätten beide wieder aus einem Mund geklagt: Eindeutig liege die Schuld bei den Ratten; wenngleich nicht ausgeschlossen werden könne, daß gewisse Kreise, nunja, bestimmte Personen gewisser Herkunft, offen gesagt, Personen mosaischen Glaubens, aber auch fanatische Zionisten, letztlich Juden, international verschworene Juden ein gewisses Interesse gehabt haben könnten, jenen teuflischen Plan zu entwickeln, nach dem durch Heranzüchten und

Spezialtraining von besonders intelligenten Ratten, die ja, wie man seit Jahrtausenden wisse, ähnlich schlau wie die Juden...

Wieder lachte die Rättin auf ihre Weise, doch nicht mehr lauthals, mehr nach innen. Es schüttelte sie. Einzelne Brokken Rattenwelsch – Futze Iwri! und Goremesch Ippusch! – stieß sie aus, um dann aus gesammelter Bitternis ernst zu werden: Nunja, das kennen wir schon. Die Ratten und die Juden, die Juden und die Ratten sind schuld. Wie dazumal mit Hilfe der Pest, so neuerdings nach nuklearer Methode. War ja schließlich weitgehend ihre Erfindung. Wollten Rache nehmen. Haben schon immer dieses Ziel, einzig dieses Ziel gehabt. Teuflisch, raffiniert, unmenschlich. So gehe der Wunsch Zions in Erfüllung. Eindeutig: Dieses Doppelgezücht, Juden und Ratten sind schuld!

So schimpften eure Macheffels, sagte die Rättin. Und wenn sie nicht schimpften, bedauerten beide Greise sich als Staatsoberhäupter wechselseitig: Wie dumm, daß sowas habe passieren können. Schließlich sei man einander bei den bis gestern noch laufenden Verhandlungen näher, vertrauensvoll immer nähergekommen.

Aber, hörte im Traum ich mich rufen, das ist doch absurd!

Ja, sagte die Rättin, das war es: absurd.

Wie können denn Ratten? zweifelte ich.

Wer sagt denn, rief sie, daß wir oder die Juden?

Also waren es gar nicht die Ratten?

Wir wären durchaus in der Lage gewesen.

Also machten wir Menschen gegen jede erklärte Absicht Schluß...

Es klappte wie vorgesehen.

Und niemand wollte aufhören mit dem Schlußmachen?

Können vor Lachen! sagte die Rättin. Sie rollte sich ein, als wollte sie schlafen.

Heh, Ratte! rief ich. Sag was, tu was! Das kann doch dein letztes Wort nicht sein!

Da sagte die Rättin: Na gut. Eine Anekdote zum Ausklang. Als die betagten Staatsoberhäupter der beiden Schutzmächte in ihren Endspieltheatern zusehen mußten, wie sich ihre tausend und mehr Interkontinentalraketen, die Friedensmacher, Völkerfreund und ähnlich hießen, ihren jeweiligen Zielen, also auch den strategischen Sicherheitszentren näherten, baten sie einander, von Dolmetschern unterstützt, wiederholt um Verzeihung; eine durch und durch menschliche Geste.

Mein Zorn, ein Straftäter mit Vorsatz,
darf nicht ausbrechen.
Einsicht hindert ihn, dieser dem Weitblick nur
durchlässige Zaun.

So, aus Distanz und gesättigt von abgelagertem Zorn,
der eingedickt reifte, wie Käse reift, sehe ich,
wie sie durchaus vernünftig
das Ende bereiten: sorgfältig im Detail.

Unbeirrbare Erzengel haben sich qualifiziert.
An ihnen scheitert unsere kleine Angst, die leben,
um jeden Preis leben möchte, als sei Leben
ein Wert an sich.

Wohin mit dem Zorn, der nicht ausbrechen kann?
Ihn in Briefen verzetteln, die Briefe,
nur Briefe zur Folge haben, in denen,
wie sie nun einmal ist, die Lage zutiefst bedauert wird?

Oder ihn häuslich machen,
auf zerbrechliche Gegenstände dressieren?
Oder ihn Stein werden lassen,
der nach Schluß bliebe?

Von keiner Einsicht umzäunt
läge er endlich frei
und gäbe versteinert Zeugnis, mein Zorn,
der nicht ausbrechen durfte.

Als Space-Observer in eine Raumkapsel gezwängt. Was hindert mich auszusteigen: wenn nicht über Schweden, dann überm Golf von Bengalen? Warum sind Träume, gegen die alles spricht, dennoch zwingend? Und wessen Logik bleibt vorgeschrieben im Traum?

Ich, eine Fehlbesetzung. Nicht mal ein Handbuch für Kosmonauten wurde mir mitgegeben. Nackt unterm Nachthemd angeschnallt. Unbewandert im Weltraum, konnte ich, außer dem blöden Mond, die Milchstraße, den Großen Wagen und auf gut Glück einen Flunkerstern namens Venus ausmachen. Wo, verdammt, drohte Saturn? Zwar kenne ich astrologische Sprüche, weiß, wie selbstgerecht der Schütze und wie schwierig als Aszendent der Skorpion für die Waage ist, aber keine Ahnung, was über mir Fixsterne, was Planeten sind. Eine Niete im Kosmos, mußte ich dennoch Zeuge sein.

Schlimm sah es aus, sogar ein bißchen schlimmer, als es in Filmen zu sehen gewesen war, die kurz vor Schluß ihr endsüchtiges Publikum fanden und sich weltweit als Kassenfüller bewiesen. Ich erinnerte die Spannung beim Countdown und die sich feierlich öffnenden Silos. Es waren gekonnt gemachte Filme, jede Stufe des Schreckens fand naturgetreu Platz. Das neue Maß, soundso viele Megatote, wurde erfüllt. Deshalb kam mir alles, was ich von meiner Raumkapsel aus sah, bekannt, ja, vertraut vor.

Also gibt es nichts zu bezeugen. Das Schreckliche muß nicht ausgemalt werden. Nichts Unvorstellbares ereignete sich. Die schlimmsten Prognosen bestätigt. Es reicht, wenn ich sage: Durch das erdzugewandte Klarsichtoval meiner Raumkapsel betrachtet, sah es überall, in Europa besonders, nein, durchweg schlimm aus.

Trotzdem blieb ich der Narr, der ich sein mußte, und rief: Erde! Erde kommen! Antworten Erde! Ohne Angst vor Wiederholungen rief ich nach meinem blauen, nun eingeschwärzten Planeten.

Anfangs kam noch ein wenig Wortsalat, der immerhin anheimelte, weil ich ähnlich gemixtes Gequassel in diesen technisch perfekten Endspielfilmen gehört hatte – Kürzel, Chiffren, Flüche, Codezahlen, wasweißich –, dann blieb meine Stimme mit mir allein, worauf sie hallig, unheimlich wurde. Zwar versuchte ich, Gesellschaft herbeizureden – Und was sagen Sie dazu, Oskar? Freuen Sie sich auf Polen und Ihre Frau Großmutter? –, oder machte Anstrengungen, den Wald im Stummfilm zu retten, zwischendurch meine Damroka zu rufen, sie möge den Motor des Forschungsschiffes anwerfen; aber nur sie sie sie blieb im Bild: eindringlich jetzt, wütend, das Fell gesträubt, jedes Witterhaar wach.

Einwände – Was soll das, Rättin? Ich tauge nicht für die Raumfahrt! – überhörte sie. Was ihr bei Traumbeginn, falls dieser Traum beginnen, aufhören kann, lachhaft gewesen war, Rattenköttel, die kleinfingernagellang neben Großcomputern verkrümelt lagen, reicherte jetzt ihre Wut an: Typisch! Das kennen wir. Wie bequem, uns menschliches Versagen aufzuhalsen. Für alles mußten wir herhalten, schon immer. Ob ihnen Pest, Typhus, Cholera zusetzte, ob ihnen zu Hungersnöten nur Teuerungen einfielen, immer hieß es: Die Ratten sind unser Unglück, und manchmal oder oft gleichzeitig: Die Juden sind unser Unglück. Soviel Unglück gehäuft wollten sie nicht ertragen. Deshalb versuchte man, sich zu erleichtern. Vertilgung stand auf dem Programm. Vor allen Völkern sah sich das Volk der Deutschen berufen, die Menschheit zu entlasten und zu bestimmen, was Ratte ist, und wenn nicht uns, dann die Juden zu vertilgen. Wir waren unter und zwischen Baracken dabei, in Sobibor, Treblinka, Auschwitz. Nicht daß wir Lagerratten mitgezählt hätten, doch wußten wir seitdem, wie gründlich der Mensch seinesgleichen zu Zahlen macht, die man streichen, einfach durchstreichen kann. Annullieren hieß das. Über Abgänge wurde Buch geführt. Wie hätten sie uns, die wir, mit den Juden gemein, ihre billigste Ausrede waren, schonen sollen. Seit Noah: Sie konnten nicht anders. Deshalb bis zum Schluß: Das sind Ratten! Die haben, die sind! Eindeutig Ratten, verdammt! Und zwar in allen Computersystemen, beim Russen, beim Ami auch. – Bis es aus war mit ihnen, schoben sie kindisch die Schuld auf uns.

Nie hatte ich die Rättin, von der mir träumt, so außer sich von Bild zu Bild springen sehen: hier auf der Lauer, dort bissig aufgesteilt, jetzt wie vom Drehtanz besessen. Warum lachte sie nicht wie vorhin? Warum ließ sie nicht ihren Witz an mir, ihrem Wetzstein, aus? Lächerlicher als ich in meiner Raumkapsel konnte ihr niemand sein. Rättin, rief ich, lach doch darüber!

Sie blieb bitter, erklärte sich wiederholt, wollte schuldlos sein, freigesprochen werden. Genaue Beweisführung verlangte sie nachträglich. Mich, als hätte ich irgend etwas veranlassen oder verhindern können, fragte sie als letzte Instanz: Weshalb hat man in beiden Computerzentralen die gefundene Losung sofort und wie blindlings Rattenköttel genannt? Warum wurde keine Untersuchung der Exkremente angeordnet? Wieso sind als Auslöser der Endspielprogramme keine anderen Nager denkbar gewesen? Eure niedlichen Goldhamster etwa? Oder kann es nicht, was naheliegt, Mäusedreck gewesen sein, den man fand? Warum müssen wir, immer wieder wir es gewesen sein?

Ich gab mich empört, sprach von blockübergreifender Schlamperei, nannte es einen Skandal, daß kein Ami, kein

Russe den Dreck unter die Lupe genommen hätte, dachte aber unterschwellig: Ist doch klar, daß nur Ratten. Wer sonst als Ratten könnte so zielstrebig...

Nur noch halblaut, als sei ihre Wut vertan, hörte ich sie: Immer wieder wurde das Ergebnis unserer angeblichen Wühlarbeit in die Welt posaunt, solange sie noch Ohren hatte: Unkorrigierbare Durchführung der Programme »Frieden machen« und »Völkerfriede« bis zur Letztstufe durch fremdbestimmte Kräfte ausgelöst. Ende der Durchsage!

Nun nicht mehr sprunghaft im Bild, vielmehr ruhend in sich, die Witterhaare außer Aktion, sagte die Rättin: Wir wissen, daß es Mäuse gewesen sind. Nicht etwa aus eigenem Antrieb – dafür sind Mäuse zu dumm –, nach menschlichem Plan wurden sie tätig. Mit Hilfe abgerichteter Mäuse sollten die Befehlscomputer der Schutzmächte lahmgelegt werden, damit jeweils die eine die andere Macht auf Null hätte bringen können. Ein schlauer Plan.

Es sind Labormäuse gewesen, weiße mit roten Augen. Das wissen wir von unseren Laborratten, die zwar auch nicht die klügsten, aber immerhin zuverlässig waren. Nach jahrelangen Testversuchen gelang es, Würfe heranzuzüchten, die auf vorprogrammierte Arbeit trainiert waren und funktionierten, als hätte man sie mit Silizium gefüttert. Natürlich haben Gentechniker ihr Scherflein beigetragen. Jedenfalls verstanden es die Sicherheitsorgane beider Schutzmächte, diese Spezialmäuse gleichzeitig, als folgten sie einem Impuls, beim Feind einzuschleusen.

Wie man sehen konnte, wurde verdammt gute Arbeit geleistet; wenngleich dieses Lob eingeschränkt werden muß, betrifft es doch nur das sensible Plazieren programmierter Mäuse. Nachdenklich fügte die Rättin hinzu: Falschprogrammierter muß man wohl sagen, denn die Computersysteme wurden nicht lahmgelegt, vielmehr haben die Mäuse, dumm, wie Mäuse nun einmal sind, in beiden Zentren gleichzeitig den Countdown ausgelöst – oder sagen wir fortan: den Großen Knall.

Aber Rättin, rief ich, das ist ja eigentlich komisch!

Gewissermaßen schon, sagte sie, sobald man nur an die dummen Mäuslein denkt.

Ich finde, sagte ich, daß die Feststellung: Mäuse im Computer! viel plausibler ist und auch hübscher klingt als die bösartige Unterstellung: Ratten!

Jaja, stimmte sie mir zu, nun wieder heiter, wenn auch nachdenklich gedämpft: Im Grunde sollte uns dieser finale Treppenwitz lustig machen. Bei aller Tragik, ist es nicht albern und einleuchtend zugleich, daß es Mäuse, niedliche Labormäuslein gewesen sind, die dem stolzen und herrlichen, dem vielvermögenden Menschengeschlecht das Ende bereitet haben? Gewiß, das alles hört sich frivol an. Niemand, der auf sich hält, möchte so banal ins Aus geführt werden.

Mir war, als grübelte die Rättin.

Sprich nur! rief ich.

Es fehlt ein gewisses Etwas.

Ja! rief ich, die Perspektive!

Sie sagte: Wie ein gedankenloses Versehen, wie menschenüblicher Pfusch mutet das Ganze an.

Ich bestätigte: Eine erbärmliche Panne.

Deshalb meine ich, sagte die Rättin, ist der erste Verdacht, der sich auf Rattenköttel stützte und logisch den Ruf: Ratten im Computer! zur Folge hatte, gar nicht so falsch; denn eigentlich hätten wir und nicht dumme Mäuslein tätig werden müssen. Grund genug, sagte sie, hätten wir allemal gehabt.

Um in Stege und Klintholm Havn Gebühren zu sparen, ankert »Die Neue Ilsebill« an einem Sonntag vor Møns Klint, um am Montag Kurs auf Gotland zu nehmen. Nachdem mir unser Herr Matzerath, den Fall Malskat betreffend, letzte Anweisungen gegeben hat, beschließt er, am Mittwoch noch eine Münzauktion zu besuchen, am Donnerstag abzureisen, freitags Polen zu durcheilen und am Sonnabend vor Anna Koljaiczeks Geburtstag in der Kaschubei zu sein. Weil ich so will, wird sich seine Abreise auf Freitag verschieben; doch an einem Sonntag soll es geschehen sein.

Sonntage eignen sich, sagte die Rättin, von der mir träumt. Sonntage waren an sich katastrophal. Dieser siebte Tag einer verpfuschten Schöpfung war von Anbeginn ausersehen, sie wieder aufzuheben. Solange es Menschen gab, wurde jeweils am Sonntag – der konnte auch Sabbath oder sonstwie heißen – die vergangene Woche für null und nichtig erklärt.

Kurzum! rief sie, wie immer, wenn meine Bedenken – Dieses Gequengel! – ihrem Redefluß querlagen, kurzum: Bei aller Undurchlässigkeit der Kontrollsysteme herrschte in beiden Zentralbunkern regelrecht Sonntagsstimmung. Auf allen Monitoren und breitflächig die Kontinente fassenden Bildschirmen lag besonderer Glanz. Eine gewisse, nennen wir es globale Vorurlaubslaune machte sich breit. Obgleich in den Großräumen keine Fliege war, summte es, wie nur jene den Sonntagen eigene Langeweile summt. Wer an des Menschen Tun und Lassen Gefallen fand, konnte meinen, es ist wie am siebten Tag: alles wohlgetan, wenn auch im einzelnen verbesserungswürdig.

Natürlich gab es außerhalb der Zentralbunker Miesmacher und Schwarzseher genug, die auch am Sonntag das Haar in der Suppe suchten; dennoch konnte man mit sich zufrieden sein. Zwar stand Macht gegen Macht in Waffen, doch hatte sich Macht gegen Macht versichert: durch sorgsam abgestuften Schrecken, mit Hilfe sich überwachender Überwachung und durch Verlagerung der Verantwortung auf Chips und Klips, so daß dem menschlichen Pfusch, dieser seit Noah nachgewiesenen Anfälligkeit für regelwidriges Verhalten, kein für Entscheidungen freier Raum geblieben war; jener herkömmliche Unsicherheitsfaktor, der so liebenswerte wie spontane, der a priori fehlhandelnde Mensch, war dienstleistend nur noch sekundär da: nicht mehr verantwortlich.

Unbeschwert, entbunden, im höheren Sinne frei sahen wir ihn. Deshalb durfte er von Monitor zu Monitor einen Scherz wagen. Zwar nicht ausdrücklich, aber mit stiller Nachsicht war ihm erlaubt, alberne Wörter einzugeben oder die Baseballergebnisse im sonntäglichen Bereich der einen Schutzmacht, die Fußballergebnisse des Wochenendes im anderen Schutzmachtbereich zu speichern und witzig zu kommentieren, solange nichts auf den Großschirmen lief – und da lief nichts.

Oh, schöne Übereinstimmung! Man war auf letztem Erkenntnisstand und zeigte kindliche Freude über soviel Rundumwissen. Weltzeit und Ortszeit erlaubten Vergleiche, nach denen der Sonntag hier morgendlich schimmerte, dort sich schon neigte. Routineabfragen machten alles noch sicherer. Überdies wußte man, daß die Verantwortung anderswo häuslich war. Man schob Sekundärdienst und konnte nichts falsch machen.

Die Welt- und Ortszeit verging. Dynamo Kiew und die Los Angeles Dodgers hatten gewonnen. Leichte, keineswegs sensationelle Verschiebungen auf den Tabellenplätzen. Sonstige Nachrichten von überwiegend freundlicher Tendenz. Nirgendwo Erdbeben oder Sturmfluten. Keine Flugzeugentführung, nicht mal ein Putsch wurde gemeldet. Einzig die keinem Kontrollinstrument anbefohlenen Fremdgeräusche in den zentralen Computern waren nicht vorgesehen; nach eher zufälligem Köttelfund mußte ein minimales Knistern – zu spät! – als eigenständige Kraft erkannt werden.

Wir kennen den Sonntag nicht, sagte die Rättin. Doch wußten wir, daß sich das Menschengeschlecht im Herrschaftsbereich der Schutzmächte Sonntage leistete und sich an Sonntagen weltweit schläfrig, doch unterschwellig gereizt zeigte. Die Menschen schienen uns immer schon zu allem Möglichen und zum Gegenteil alldessen zugleich befähigt zu sein. So kannten wir sie: unkonzentriert, weil gedankenverloren, Wünschen oder Verlusten nachhängend, Liebe missend, Rache suchend, unschlüssig zwischen Böse und Gut.

Wir stellten fest, daß der an sich gespaltene Mensch an Sonntagen besonders vielteilig auseinanderfiel. Er war nur noch uneigentlich da. Verloren im Gedränge seiner Befindlichkeiten. Bei allem dienstwilligen Eifer krümelte er. Zudem sah es aus, als überschwemme uferlose Wehmut die Humangesellschaft, als gefalle es ihr, liebgewonnenen Dingen Abschiedsblicke zuzuwerfen; auch was nicht faßlich und deshalb in Begriffe gekleidet war, Gott etwa, die Freiheit oder was sie für Fortschritt, Vernunft hielt, wurde verabschiedet. So lag auch in den Sicherheitszentren jene wehmütige Stimmung über jedem Gerät.

Deshalb schien uns der Tag des Herrn geeignet. Deshalb geschah es an einem frühsommerlichen Sonntag. Im Juni, während der sportlichen Hochsaison. Wir nutzten, wie gewohnt, die Kanalisation, fanden durch die im Fundament der Großbunker verlegten Versorgungswege, nahmen die Zentralcomputer von unten an, hatten mit dem Leichtmetall keine Mühe, kannten uns aus, wußten auf ersten Blick, wo was zu wem, fingerten mit winzigen Niedlichkeiten, gaben an entscheidender Stelle unseren Code ein, der sogleich alle angeschlossenen Sicherheitssysteme infizierte, ließen aber zum Schein die üblichen Kontrollprogramme laufen und begannen in beiden Schaltstellen, sobald hüben wie drüben unser Codewort »Noah« alle Impulse freigesetzt hatte, gleichzeitig zeitverschoben mit dem Countdown.

Wir, sagte die Rättin, lösten nur aus, was der Mensch sich zugedacht hatte: Vorrat genug, um, mit seines rächenden Gottes Wort, alles Fleisch zu verderben, darin ein lebendiger Odem ist. Und zwar immer wieder und noch und noch. So gründlich wollten die Humanen sich und alle sonstige Kreatur vertilgen. Schueles por Erresch! – Feierabend auf Erden! rief sie.

Da wir das vorgefundene Programm annähernd lautlos umsetzten und der anhaltende Sonntag ohnehin wenig Aufmerksamkeit zuließ, blieben wir unerkannt, weshalb es notwendig wurde, Hinweise zu geben. Wir verließen die Gehäuse und plazierten unsere Visitenkarte. Ein riskantes Unternehmen, das nur zufällig glückte. Jetzt erst erlaubten die bald gefundenen Fremdkörper Vermutungen, dann Erkenntnis: Das Ende aller Sonntage.

Seitdem spricht unsereins vom Großen Knall. Neinnein! rief die Rättin. Wir bereuen nichts. Es mußte so kommen. Zu oft vergeblich haben wir sie gewarnt. Unsere Umzüge am hellichten Tag waren deutlich genug. Und doch geschah nichts, was unsere Sorge hätte mindern können. Kaum nennenswert oder lächerlich nur waren jene hysterischen Reaktionen, die kurz vor dem letzten aller Sonntage als Meldungen umliefen. Es hieß, man habe über der westlichen Ostsee lockere Wolkenverbände in bildhafter Formation gesehen. Es seien nicht einzelne Wolken von Nordwest nach Südost gezogen, vielmehr habe ein nicht enden wollender Zug von hunderttausend und mehr Kleinwolken den Himmel über Südschweden, dann über Gotland bezogen: laufende Wolkenratten, wolkig laufende Rattenvölker, nein, keine Schäfchenwolken, eindeutig Wolken in grauer Rattengestalt, gestreckt, eilig, die langen Schwänze wie Bindestriche zwischen Ratte und Ratte gesetzt. Das alles, dieses erschreckende Himmelszeichen, sei von dänischen Inseln, von Schiffen und von den Ufern des Baltischen Meeres gesichtet, fotografiert, zudem gefilmt und gedeutet worden als Gottes warnender Fingerzeig. Sogar Atheisten hätten Typisch Apokalypse! gerufen.

Glaub das nicht, Freundchen. Zwar war uns vieles möglich, zuletzt die Aufhebung der Sonntagsruhe durch die humanen Programme »Frieden machen« und »Völkerfriede«, aber Wolkenbilder produzieren, uns selbst zum Himmelszeichen erheben, das konnten wir nicht.

Widerspruch, Rättin! Noch gibt es dich in deinem weißlackierten Käfig auf Sägespanstreu, die ich morgen erneuern werde, damit es dir, meiner sich auswachsenden Weihnachtsratte, auch zukünftig wohl ergehe; und mich gibt es, mit Zetteln dir danebengesetzt. Unsere Pläne bedrängen den Kalender. Pünktlich soll das Schiff in Visby anlegen. Fest steht die Reise der Punks nach Hameln. Wir werden unserem Herrn Matzerath, sobald er mit gültigem Visum versehen nach Polen aufbricht, gute Fahrt wünschen, ihn aber vorher bitten, uns weitere Geschenke für seine Großmutter zu nennen, die im Gepäckraum seines Mercedes verstaut werden sollen.

Zwar sehen wir ihn Abschied nehmen von seiner Goldmünzensammlung, die vor Reisebeginn in einen Banktresor umziehen wird – wir sehen ihn Mansfeldsche Doppeldukaten, den halben Louisdor, das Rubelstück aus der Zeit des zweiten Nikolaus, ein Händchen voll sächsischer und nassauischer Taler wägen, und es rührt uns zu sehen, wie schwer ihm der Abschied vom Gold fällt, denn etliche Stücke bettet er in Schubläden eines Kästchens auf Sammet, etwa den bayrischen Maxdor, den kostbaren Danziger Sigismund August Dukaten aus dem Jahr 1555, einige Dekadrachmen aus Thrakien und jene frischgeprägte chinesische Goldmünze von vierundzwanzig Karat, die den Pandabären in allerkostbarster Drolligkeit zeigt –, doch will uns vorkommen, er nehme nicht endgültig Abschied vom Gold, er wisse, schon jetzt seiner Rückkehr voraus, den gesteigerten Wert seiner Schätze, wenngleich tagtäglich der Goldpreis fällt.

Und wie er nun weitere Erträge seiner numismatischen Reisen in ein Kästchen legt, das mit auf die Reise nach Polen soll, den Ein-Unzen-Krügerrand, dessen Prägung den afrikanischen Springbock zeichnet, verschieden gewichtige Schweizer Vreneli, einen Hohenloher Sterbetaler mit prägefrischem Stempelglanz und zwei Gedenkmünzen umbettet, die in der Sowjetunion geprägt wurden und die Tänzerin Ulanova, den Sänger Schaljapin zum Motiv haben, fragen wir uns, was soll dieser Abschied einerseits, diese Auswahl andererseits? Kann er vom Gold sich nicht trennen? Soll etwa Polen mit Gold beglückt werden? Jetzt legt er mexikanische Münzen und zum Schluß den die Welt beherrschenden, den goldenen US-Dollar dazu.

Was immer unser Herr Matzerath plant, er hat Zukunft im Sinn und hangelt sich von Termin zu Termin; wie ja auch ich bis in meine Ausflüchte hinein verplant bin; oder das Schiff, auf Kurs gebracht unterwegs; oder der Maler Malskat, den dazumal, kaum war der Dom zu Schleswig nach seinem Empfinden ausgemalt, weitere Aufträge in hochgotischen Dienst nahmen: Vom Frühjahr neununddreißig bis in den September hinein verhalf er dem Heiligengeisthospital in Lübeck zu Ansehen. Das will man bis heute in der hansischen Marzipan- und Prozeßstadt nicht akzeptieren. Echt gotisch! rufen noch immer die Kunstexperten; Echt Malskat! sagt seiner Handschrift sicher der mittlerweile verbitterte Maler, der sich auf eine Insel im Deepenmoor, auf die nur kommt, wer Hol über! ruft, seit langem zurückgezogen hat.

Auch im Heiligengeisthospital, sagt er auf Befragen, malte ich täuschend echt, bis ich Soldat wurde; denn wenige

Monate vor Malskats Einberufung hatte an allen Grenzen Polens der Zweite Weltkrieg begonnen.

Abschied nehmen mußte der Maler von rotbrauner Konturfarbe, von Drahtbürste und Puderbeutel, von der heiteren Einsamkeit in den Hochgerüsten norddeutscher Sakralbauten, von Zugluft und ewigem Sommerschnupfen, doch hörte der Soldat Malskat nicht auf zu hoffen, es werde ihm nach dem Krieg die eine oder andere Kirche offenstehen, auf daß er ihre Chöre, Strebepfeiler und Fensterleibungen – immer hoch oben und allen Zeitvergleichen entrückt – mit seinen gotischen Händchen beglücke.

Und wir? Wir hoffen nicht minder. Immer noch meine Weihnachtsratte und ich in unserer Ordnung, deren Pausen das Dritte Programm ausfüllt: Hallo, wir sind noch! Es gibt uns ausführlich kommentiert. Wir hören, was läuft, stattfindet, sich vertagt. Uns sind selbst Wasserstandsmeldungen Botschaft. Wir geben uns und den Wald nicht auf. Wir sind nach Zukunft verrückt, auch wenn ich, zugegeben, in tieferen Stockwerken auf Verlust gestimmt bin; denn als mir träumte, ich müßte Abschied nehmen von allen Dingen, träumte mir auch, ich müßte Abschied nehmen von allem Fleisch, darin ein lebendiger Odem ist...

Mit neuer, gebleichter oder gefärbter Wolle an Bord, die sie in Stege zwischen den Ausverkaufsläden und ihren Udsalgschildern, in einem Wolladen mit stabilen Preisen gekauft haben, ankert ihr Schiff eine knappe Seemeile vor Møns Klint, der schroff kreidigen Steilküste gegenüber, die so hoch ragt, daß von ihren bewaldeten Kuppen bei guter Sicht das der Insel Rügen vorgelagerte Hochland der Insel Hiddensee zu sehen ist. Sie haben den Doppelanker an bedeutender Stelle geworfen.

Damroka ruft alle auf: vom Dronningeskamlen und Dronningestolen zum Storeklint über Hytjedals Klint bis zum Lilleklint sagt sie dänische Namen her. Bei Morgensonne geht von der Kreideküste ein Glanz aus, der die grüne See ihr zu Füßen milchig trübt; sobald der Abend dämmert, droht die Küste verschattet. Soeben noch scharf gezeichnete Schründe geben ihr Helldunkel auf. Das bleiche Massiv steht abweisend gegen die See, deren Grau sich der Tarnfarbe ostwestlicher Kriegsschiffe angeglichen hat.

»Genau hier«, sagt die Steuermännin, »sollen die Weiber damals, als sie noch wasweißich hofften, den Butt ausgesetzt haben.« Aber sie ruft ihn nicht, will weder locken: »Sag was, Butt!« noch ihn verfluchen: »Du Täuscher, du Lügner, du Scheißkerl du!«

Sie sitzen vorm Steuerhaus, im Windschatten gekauert. Mit Blick auf die glatte See oder auf schrundige Kreidefelsen stricken vier der fünf Frauen und sprechen dabei von sich, als müßten sie Reste loswerden. Udsalg, der Ausverkauf länglicher Klagen, auf denen sie sitzengeblieben sind.

Auch die Alte, die nicht strickt, spricht von sich, während sie Kartoffeln schält, dann Mohrrüben putzt, dann Heringe ausnimmt; die Milch und den Rogen legt sie in die entleerten Fische zurück. Es sind schmackhafte Ostseeheringe, die, kleiner als die Heringe der Nordsee, immer seltener auf den Markt kommen.

Die Rede der Frauen wechselt, doch was sie reden, meint immer die gleiche Geschichte, in der es um abgelegte, zermürbte, um harte und müde, zugreifende, versagende, um zeitweilig liebenswerte, nun abgedroschene, um vergangene Männer geht. Und um die Kinder von diesen und jenen Männern geht es, die alle nicht mehr Kinder, sondern erwachsen sein wollen; so vermögend an Jahren sind die Frauen an Bord des Schiffes »Die Neue Ilsebill«, nicht nur die Alte, die ihre nicht mehr zählt.

Drei Töchter nennt die Steuermännin beim Namen, jede Tochter von einem anderen Vater gezeugt. Sie sagt: »Na, die sind selbständig jetzt und lassen sich nicht mehr an die Leine, wie ich immer wieder, weil ich viel zu lange gedacht und mir den Quatsch eingeredet habe: Das geht auch zu zweit. War aber nichts jedesmal. Blieb nichts von. Nur die Mädchen, für die ich alles, aber auch alles, damit sie nicht wie ich immer wieder, dumm, wie ich war, auf den Leim.«

Dann sagt sie, die allem Gerede zuwider einen Dreimännerpullover strickt, den Vätern ihrer Töchter – »Der eine soff, der andere hurte rum, der dritte war nur auf Karriere aus« – halbwegs Gutes und Schlechtes nach: »Will nicht klagen. Viel vergeben hab ich mir nicht dabei. Waren alle drei rührend auf ihre Weise, aber ziemlich kaputt. Hat nur zu lange gedauert. Und jedesmal ich die Dumme. Fertig bin ich erst jetzt damit endlich.«

Die Maschinistin hingegen kann noch immer nicht aufhören, sich zwischen zwei Männern zu entscheiden, die beide, der eine ein Israeli, der andere ein Palästinenser, in Jerusalem leben und nicht bereit sind, ein einziger Mann zu sein. Das sagt sie immer wieder: »Phantastisch! Wäre Spitze gewesen, wenn man aus beiden einen Kerl hätte backen können. Waren gar nicht so gegensätzlich, wie sie sich sahen durch ihre Sonnenbrillen. Hätten gut Kumpels sein können, auch geschäftlich mit ihrem Autotick. Warum nicht eine Werkstatt zusammen: Gebrauchtwagen und so. Aber mußten sich immer befetzen. Und dazwischen ich dummes Huhn. Wußte schon nicht mehr, was richtig war, auch politisch. Und reden konnten die: immer streng logisch. Da gab keiner nach. Hatten auch irgendwie immer recht alle beide. Und ich hin und her, so fuchtig die wurden: Halt du dich da raus! Benutzt haben die mich. Haben sich hintenrum gesagt: Mal sehen, ob wir die rumkriegen, die Deutsche mit ihren Komplexen. Hatte ich auch, zwei Koffer voll. Säuberlich mitgebracht von zu Hause. Wollte ja alles immer ganz richtig machen. Beide versöhnen, verbrüdern womöglich, na, einen einzigen Kerl aus den beiden. Aber die sahen nur sich, bis ich mit dem Kind, das mir der eine oder der andere in die Röhre geschoben hat, ruckzuck abdampfte. Und ließ einen Zettel noch auffem Tisch: Schreibt mal, wenn ihr euch einig seid. Will aber nicht mehr, selbst wenn die beiden. Die hab ich gegessen!« sagt die Maschinistin und strickt neuerdings Männersocken.

Dann redet sie noch von dem Jungen. »Der verweigert den Wehrdienst grad«, sagt sie, damit alle wissen, für wen die Socken sind. Und die Meereskundlerin strickt, weil sie so früh, »viel zu früh«, wie sie sagt, Großmutter wurde, Kindersächelchen, immerzu rosa und hellblaue Kindersächelchen.

Alles, was ihr geschah und zumeist schief- und danebenging, geschah entweder zu früh oder zu spät, weshalb sie ihre Geschichten mit Zeitangaben beschließt oder einleitet: »Das hätte ich früher wissen oder doch ahnen müssen, nicht wahr? Da war es natürlich zu spät. Wäre ich rechtzeitig und zwar alleine damals nach London und zwar bevor ich um Jahre verspätet nach Brüssel ging. Doch erst als das alles vorbei war, begriff ich zu spät. Denn hätte ich Meereskunde zu Anfang und nicht erst auf die Dolmetscherschule gelatscht und noch ein Diplom und noch eins, damit ich als Hausfrau und zwar mit Diplom. Aber nein! Ein Baby und noch eins und noch eins und alle zu früh. Und die Scheidung zu spät. Und der neue Kerl viel zu früh. Und jetzt, wo ich anfange, ich selbst zu sein, einfach nur ich zu sein, werde ich viel zu früh Großmutter, ist das nicht komisch?«

»Mann!« ruft die Alte, die für niemand strickt, sondern Mohrrüben putzt, »Mann! Seid ihr Weiber durchgedreht. Als wenn der Dreck, der überall rumliegt, nur Männerkacke, ausgemacht Männerkacke wäre. Ich hatte nur einen, und der ist tot. Der war, wie er war, und den hab ich gewollt. Weiß nicht, ob der zu früh oder zu spät. War da und blieb.

Bis er mir weggestorben ist Knall auf Fall. Hat aber doch nicht Platz gemacht für andere Kerle. Nee, der ist immer noch. Und ist auch nicht halb und halb. Der ist, wie er war. Na, einfach nicht, eher quer. Hat auch seine Dinger gedreht. Und was für Dinger, o Gott! Hab ganz schön schlucken müssen manchmal. Oder hab weggeguckt einfach. Dachte, der kommt schon wieder. Kam auch. Doch einmal ist er mit einer gekommen, die kam aus Wiesbaden. Son Kleiderständer mit lauter Fummelkram dran. Sollte mich befreunden mit ihr, hat er gesagt. War so ne jungsche, patente, hieß Inge. Die oder ich hab ich gesagt. Da hat er nicht lange gerätselt. Und hinterher alles in Butter. War ja schlimm genug, was man durchgemacht hat all die Jahre. Entweder war Vorkriegszeit oder Nachkriegszeit und zwischendurch Krieg. Wie heute, wo es losgehen kann, morgen schon.« Die Alte winkt ab. »Nur richtige Liebe«, ruft sie, »die zählt!«

Damroka schweigt und strickt an ihrer Wollrestedecke, die breit genug wäre, alle fünf Frauen zu wärmen. Bevor die Steuermännin wieder beginnen kann, sagt sie: »In Liebe war ich immer gut, weil ich so langsam bin. Wenn man nicht merkt, wann sie anfängt, wann sie aufhört, kriegt man das Schlimmste nicht mit. Auch wenn nichts da war, ich hab trotzdem geliebt. Kann man ja nicht für sich behalten. Und die Männer, nun ja. Den ich jetzt hab, der gibt sich Mühe und ist auch ziemlich da, wenn er nicht unterwegs ...«

Jetzt schweigt sie wieder, weil sie so langsam ist und sich einholen muß. Doch wie sie alle mit Milch und Rogen gefüllten Fische sieht, die die Alte Kopf neben Schwanz auf dem Hackbrett gereiht hat, zählt sie die Heringe, kommt auf elf Stück und muß lachen, weil ihr beim Auszählen die Fron auf der Orgelbank hochkommt.

»Ihr wißt ja«, sagt Damroka, »in siebzehn Jahren elf Pfaffen. Und alle elf hab ich hinter mir. Über den ersten ist nix mehr zu sagen. Über den zweiten wißt ihr auch schon

Bescheid. Der dritte ging ab wie gerufen. Der vierte aber, der kam mir schwäbisch und hatte es mit der Erweckung. Von Liturgie keine Ahnung, doch immerzu, selbst wenn der Kerl auffem Klo saß, sprach der Herr Jesu zu ihm...«

So reiht Damroka ihre Schwarzröcke. »Der fünfte aber, der kam aus Uelzen und hatte es mit Likörchen...« Sie läßt keinen aus. »Der sechste versuchte es alternativ...« – »Dem siebten lief mit dem Küster die Frau davon...« – »Dem achten aber und auch dem neunten...«

Zwischendurch reden die anderen strickenden Frauen, als dürfe der Faden nicht ausgehen, so daß erst gegen Abend und nachdem die Kreidefelsen verschattet liegen, als Ahnung dämmert: Bald werde es mit der Wolle zwar nicht, doch mit den Männern, die nichts mehr hergeben, ein Ende haben. Schweigend essen sie Kartoffeln mit Möhren zusammengekocht, die mit Butter und Petersilie abgeschmeckt sind, zu Bratheringen, elf Stück. Grau erbleicht rücken Møns Klinten näher. Weil alles gesagt ist, will niemand mehr etwas sagen. Diese Geschichten sind gut nur zum Müdemachen.

Die Maschinistin zuerst, steigen die Frauen ins Vorschiff, wo ihre Hängematten eng beieinander schaukeln, so ruhig das Schiff liegt. Die Alte klappert noch mit dem Abwasch, dann steigt auch sie den Niedergang runter. Nur die Steuerbordmatte schlingert unbelegt. Mit ihrem Kaffeepott ist Damroka auf Deck geblieben. »Hör noch Seewetterdienst!« ruft sie. »Komm gleich nach später.«

Weil es im Norden sommers so langsam dunkelt, treiben, seitdem sich die schwarze Wolkenwand von Nordwest her aufzulösen beginnt, flockig kleinteilig Wolken vor immer noch lichtem Himmel. Dicht bei dicht zerfaserte Fetzen. Es ist, als flüchte ohne Unterlaß Wolkengetier. Kein Wind überm Wasser, doch oben treibt es. Aber es will meine Damroka dem Himmel nichts ablesen. Anderen Zuspruch sucht sie.

Hinterm Steuerhaus wird nach dem Butt gerufen, dreimal. Der Butt, der vormals zu Männern nur sprach, dem auf Gedeih und Verderb einzig die Männersache anvertraut blieb; er, dessen Rat teuer war, bis seine lange Geschichte ihr böses Ende gefunden hatte, worauf er in sich ging und nur noch Frauen, einzig den Weibern hörig sein wollte; er, der dreimal gerufene Butt, antwortet Damroka hinterm Heck des Motorewers, wo sie hockt, so daß ihr Haar über die Knie fällt.

An mir rauscht vorbei, was beide besprechen. Langsam bilden sich ihre Fragen, er antwortet knapp. Den Butt, der vermutlich wie greifbar unterm Wasserspiegel in Position liegt, sehe ich nicht; aber ich sehe die anderen Frauen den Niedergang hoch aus dem Vorschiff steigen, die Steuermännin voran. Um eine Petroleumlampe gruppiert, halten sie Abstand. Die Alte hält die Lampe. Wäre ich jetzt unter Deck, könnte ich mich in alle Hängematten legen. Aber ich darf nicht. Außerhalb bin ich. Auch mir wurde der Abschied gegeben.

Damroka hat ihr Gespräch mit dem Butt beendet. Immer noch fällt ihr, indem sie hockt, das Haar über die Knie. Sie ist nicht erstaunt, die anderen Frauen eng um die Lampe geschart auf dem Vorschiff zu sehen. So erleuchtet und wie sie Schritt nach Schritt näher kommen, geben die vier ein Bild ab. Die Alte mit der Lampe voran. »Und?« sagt sie, »was weiß er?«

So ruhig Damroka spricht und sich Pausen einräumt, für Gegenreden bleibt dennoch kein Platz. Sie erteilt keine Befehle, sie stellt fest: »Es drängt. Wir lichten Anker sofort. Wir werden Gotland direkt anlaufen. Dort liegen unsere Papiere gestempelt. Für Visby und Landgang bleibt nur ein halber Tag. Mit den Quallen, das ist vorbei. Es geht zu Ende, sagt er. Er sagt: Spätestens Sonnabend vor Sonnenuntergang müssen wir vor Usedom, überm Vinetatief sein.«

Es sollen die grauen und schwarzen,
aus der Kreide gefallenen Steine,
die vor Møns Küste zuhauf liegen,
älter sein, als zu denken ist.

Wir sind Sommer für Sommer Touristen,
legen den Kopf in den Nacken
und sehen hoch zu den Kuppen der Kreidefelsen,
die Klinten heißen und dänische Namen tragen.
Dann sehen wir, was den Klinten und uns zu Füßen
gehäuft liegt: zu Körpern gerundete Feuersteine,
manche mit scharfem Bruch.

Nur selten und immer seltener,
wenn Glück uns wie Möwenflug streift,
finden wir Getier, das zu Stein wurde,
einen Seeigel etwa.

Abschied von Møn und dem Blick nach drüben.
Abschied von der Sommer- und Kinderinsel,
mit der wir älter und dänischer hätten werden können.
Abschied von Radaranlagen, die über Buchenwäldern
uns abschirmen sollen.

Könnten wir doch in Kreide uns betten und überdauern,
bis in fünfundsiebzig Millionen Jahren genau
Touristen der neuen Art kommen, die, vom Glück berührt,
Teilchen von uns versteinert finden: mein Ohr,
deinen deutenden Finger.

DAS FÜNFTE KAPITEL, in dem eine Raumkapsel kreist, unser Herr Matzerath schwarzsieht, die Rättin fehlende Angst beklagt, die Stadt Gdańsk äußerlich heil bleibt, die Frauen um Ohrenquallen sich streiten, Hänsel und Gretel zur Aktion aufrufen, die Erziehung des Menschengeschlechtes fortgesetzt und eine Preisrede gehalten wird.

Während ich versuchte, Ferienprospekte zu träumen, sagte sie: Als schließlich die Zentralbunker der beiden Schutzmächte einander zum Ziel wurden und nach vorbestimmter Zeit ausgelöscht waren, so daß nichts blieb, das hätte Piep sagen können – denn unsere Spezialratten gingen ihrer Aufgabe bis zum Schluß nach –; als überall auf Erden, über den Wassern und hoch im Weltraum Betriebsstille herrschte, ausgenommen umlaufende Stürme, die den angefallenen Staub und Ruß global verbreiteten, so daß überall Finsternis herrschte, kurzum: als Ultimo war, blieb nur ein einziger, harmloser Beobachtungssatellit seiner Umlaufbahn treu, der sich allerdings als bemannt erwies, denn sein Insasse, ein technisch wenig versiertes Kerlchen, dem weder die Astronautensprache noch die Daten seiner immer noch fleißigen Meßinstrumente geläufig waren und dessen Eignung für Aufgaben im Kosmos fraglich zu sein schien, hörte nicht auf, Erde! Antworten, Erde! zu rufen, so daß wir ihm schonungsvoll einflüstern mußten, wie gottverlassen er seiner Umlaufbahn folge, warum zwischen den Menschen Sendeschluß herrsche und daß es auf Erden nur uns noch gebe. Sobald wir – was nicht ungefährlich war – unsere Fluchtgänge verließen, riefen wir: Sei nicht traurig, Freund, wir lassen dich nicht im Stich. Sobald du Erde! Antworten, Erde! rufst, antworten zukünftig wir.

Nein! rief ich, nein! Wie soll ich von meiner Damroka berichten, wenn mir die Rättin dazwischenspricht? Wie kann ihr Haar auf meinem Papier wuchern, wenn sich in jedem Traum glattes Fell aufdrängt? Wie soll ich sagen, die Frauen nahmen von Møns kreidiger Steilküste Kurs in die östliche Ostsee auf Gotland zu, wenn diese Reise, ja, auch die Reise unseres Herrn Matzerath, der unbedingt nach Polen will, vorbei und gewesen, seit gestern – Oder wann, Rättin, war Ultimo? – auf immer vergangen ist? Ach, wenn es irgendwo Hoffnung, ein Fitzel Leben, schüchterne menschliche Zeichen gäbe: Wir sind noch da. Wir rühren uns wieder. Ein paar Übriggebliebene fangen mit Hacke und Schaufel von vorne an. Wir werden in Zukunft...

Jaja, sagte die Rättin. Das fiel euch gerne zu Katastrophen im Film wie im Leben als Schluß ein: der Auftritt zwar lädierter, doch überlebender Helden, dazu die rettende Arche in jeweils modernster Ausführung und die unverdrossene Mär vom Fortgang eurer Geschichte. Doch eure Geschichte ist aus. Wir bedauern zutiefst!

Schon wieder salbte Mitleid ihre Stimme: O Mensch! Ihn überlebend, werden wir ihn vermissen. Zu lange in seinem Schatten, fragen wir uns: Ist denn die Ratte überhaupt denkbar ohne den Menschen? Fähig, seinen strahlenden Nachlaß auszuhalten, könnten wir dennoch verkümmern. Zehrende Sehnsucht nach dem Menschengeschlecht wird uns krank, hinfällig machen. Ach, sagten wir uns gleich nach dem Großen Knall, dürften sie uns doch bleiben, und sei es in wenigen Exemplaren nur. Und schon vor Ultimo riefen wir: Dosch Minscher chissoresch! Was sind wir ohne seine Geschichten, in denen wir eingeschriebenen Platz haben? Was bliebe von uns ohne sein Schaudern, es könnten Ratten hier oder dort sein, womöglich bißwütig in der Kloschüssel schwimmen? Noch während der anhaltenden, sich aber merklich neigenden Humanzeit nahmen wir seinen Wegfall als Schmerz vorweg und wollten ihn uns in überschaubarer Zahl erhalten. Leider gelang die eine Aussparung nur. Ach, gäbe es dich nicht in deiner Raumkapsel, auf deiner Umlaufbahn, dich, voller Geschichten und Lügen schöngelockt, dich, unseren Freund, der uns das Menschenbild treulich erhält, wir Ratten müßten verzweifeln.

So jammerte die Rättin. Doch während sie uns herbeisehnte, fand unser Ende unwiderruflich statt. Ich widerrief dennoch, kam ihr mit gegenwärtigen Fakten. Als könnte es gelingen, den Traum abzuwälzen, schrie ich mein Neinneinnein! Ich beschwor das Dritte Programm: Gleich hören wir den Pressespiegel. Gleich wird anderes wirklich. Ich sagte: Demnächst gibt es bleifreies Benzin. Ich behauptete: Der Hunger erledigt sich von selbst. Vom nächsten Wirtschaftsgipfel, der bestimmt stattfinden werde, von Friedensbemühungen in Stockholm und sonst noch wo, sogar vom Papst und dessen zunächst geplanter Reise erzählte ich ihr. Man kann wieder hoffen, bei aller Skepsis hoffen, rief ich und wollte nicht glauben, was ist. Hör zu, Rättin! beschloß ich, heute noch werde ich einen Baum pflanzen.

Da sprach sie wie mit einem Kind zu mir: Ist ja gut. Mach nur weiter. Träume, Freundchen, was dir noch einfällt, Frauen, so viele dir guttun, Malskatsche Gotik, deines Herrn Matzerath Golddukaten. Wir mögen deine Ausflüchte. Unser Wissen muß dich nicht kümmern. Tu so, als sei das Menschengeschlecht noch da. Glaub einfach, daß es euch gibt: zahlreich und emsig. Du hast Pläne. Du willst den Wald retten. Laß ihn heil werden, laß das Forschungsschiff fahren, und erlaube den Frauen, die dir so lieb sind, alle Ohrenquallen und Heringslarven des Baltischen Meeres zu zählen, laß unentwegt den Maler auf Kalkmörtel täuschend Truthähne und Madonnen malen, und laß dein bucklichtes Männlein endlich seine Polenreise antreten, es könnte sonst das Visum verfallen.

Ach ja, sagte die Rättin, bevor sie verging, und höre, als gebe es Nachrichten immer noch, dein Drittes Programm...

Abraten müßte man ihm. Er sollte ein Telegramm schicken: »Kann leider, weil krank, nicht kommen.« Es könnte die Prostata sich entzündet haben. Seine Großmutter würde Verständnis zeigen. Die gute Anna Koljaiczek hat immer schon alles verstanden.

Man sollte ihm diese Reise, die eine Reise zurück ist, wirklich nicht zumuten. Zuviel Vergangenes könnte beweglich werden, ihn anrühren und erschrecken. Plötzlich, entrückt seiner Chefetage, dem zu ausladenden Tisch, den Gummibäumen enthoben, hätte er Hintergrund wieder, ein Herkommen, kaschubischen Stallgeruch.

Schonen sollte man ihn, denn sobald nach seiner Kindheit gefragt wird, weicht unser Herr Matzerath in wohnliche Nebensätze aus. Er erwähnt den Sturz von der Kellertreppe nur beiläufig und nennt sein Wachstum während der fraglichen Zeit »zurückhaltend« oder »zögerlich«, als bereite ihm die Frühphase seines Lebens immer noch Pein. Zwar widerspricht er nicht den sattsam bekannten, uns überlieferten Etappen und Abenteuern im Danziger Vorort Langfuhr, den Ausflügen in die Altstadt und ins kaschubische Hinterland, will aber dennoch keine Episode, etwa seinen Beitrag zur Verteidigung der Polnischen Post oder die aufs Glas bezogenen Kunststücke vom Stockturm herab bestätigen. Seine Tribünennummer und auch das kurze Gastspiel am Atlantikwall läßt er offen und sagt allenfalls: »Meine Kindheit und Jugend war an bemerkenswerten Ereignissen nicht arm.« Oder er sagt: »Besonders Sie sollten nicht alles glauben, was da geschrieben steht, wenngleich meine frühe Zeit einfallsreicher verlief, als sich gewisse Skribenten vorstellen.«

Am liebsten schweigt unser Herr Matzerath und lächelt nur mit dem Mündchen. Hartnäckige Fragen fertigt er schroff ab: »Lassen wir meine Kindheit unter Verschluß. Wenden wir uns dem Wetter von morgen zu. Regen bleibt angesagt, scheußlich!«

Deshalb sage ich: Er sollte nicht reisen. Es gibt kein Zurück. Es könnte eine Reise ohne Wiederkehr werden. Mit seiner Prostata ist nicht zu spaßen, anfällig ist sie, reizbar. Was heißt hier: Ihm fehlt sein Milieu! Ein erfolgreicher Unternehmer kann auch ohne Hintergrund existieren. Düsseldorf bietet Beispiele genug. Als ich ihn gestern, um Abschied zu nehmen, in Oberkassel besuchte und seine Villa, trotz unbelebter Zimmerflucht, als ihm angemessen empfand, sagte ich: »Sie sollten lieber nicht reisen, Oskar.«

Er wollte nicht hören, erzählte von Maria und ihrem alltäglichen Ärger mit Kurtchen – »Schulden macht der Bengel, überall Schulden!« –, nannte den feisten Mittvierziger einen ungeratenen Sohn, führte mich dann in sein Kellermuseum, später in den Salon und sprach erklärend, als müßten mir seine Schaustücke aus den fünfziger Jahren, die gesammelten Scherben kostbarer Gläser etwa, wie neueste Anschaffungen gezeigt werden. Sein Satz »Zum Glas hatte ich schon immer eine besondere Beziehung« kränkte mich; erst vor den gerahmten Fotos des seinerzeit bekannten Musikclowns Bebra sah er in mir den Zeitgenossen und sagte: »Sie wissen, daß Bebras Erfolge als Konzertmanager auf meinen medialen Fähigkeiten beruhten. Wie viele Großauftritte bei vollem Haus!« Mit der Überleitung »Das war während meiner Karriere als Alleinunterhalter« hatte er nunmehr sein Lieblingsthema am Wickel, die frühen fünfziger Jahre, sich, Maria und Kurtchen, aber den Maler Malskat auch, den er gerne zwischen damals dominierenden Staatsmännern sieht.

Auf seine Bitte hin, ihn mit Details zu versorgen – »Ich bin versessen auf Einzelheiten!« –, versprach ich ihm abermals aufzuarbeiten, beklagte aber, daß es über Malskats Militärzeit, ab Frühjahr vierzig bis Mai fünfundvierzig, nur wenig Material gebe, nannte vorsichtig Bedenken, man könne zwei so gegensätzliche Staatsmänner und den verspäteten gotischen Maler nicht einfach in einen Topf werfen und kurzerhand von einem Triumvirat sprechen, wechselte dann aber das Thema und fragte unseren Herrn Matzerath direkt, welche Geschenke er für den hundertundsiebten Geburtstag seiner Großmutter eingekauft habe.

Er sprach von Besuchen bei Münzhändlern und wies auf einen lackierten, zur Schatulle geeigneten Kasten. Er sagte: »Zudem ist ein Baumkuchen von besonderer Höhe bestellt und geliefert worden. Auch gehört eine Extra-Videoproduktion zu den Geschenken; ich bin gespannt, wie meine wundergläubigen Kaschuben diese mediale Spielerei aufnehmen werden.«

Und dann sprach unser Herr Matzerath gutgelaunt über einen Sack voller Schlümpfe, die er den vielen nachgewachsenen Kaschubenkindern zum Geschenk machen will. Er hob den Beutel aus Sackleinen, hielt ihn, als wäge er einen Schatz, und rief: »Hundertunddreißig Stück! Sehen Sie« – er griff in den Sack, zeigte wahllos vor –, »lauter fleißige Kerlchen. Hier, der eine Schlumpf mauert, der andere ist Mechaniker. Zwei Schlümpfe spielen Tennis, zwei andere trinken Bier. Ackerbau betreibt dieser und jener Schlumpf mit der Hacke, der Sense. Und zur Dorfmusik spielen sie auf: Ein Schlumpf bläst Trompete, ein anderer Flöte, dieser zupft den Baß, und dieser – sehen Sie, sehen Sie doch! – trommelt auf einer rotweißen Trommel.«

Kaum hatte ihn das bisher gehütete Wort verlassen, verstummte unser Herr Matzerath, um wenig später nur noch geschäftlich zu sprechen. Mit kurzen Schritten ging er auf und ab, die Finger unterm Buckel verschränkt. Er sprach von wachsender Konkurrenz auf dem Videomarkt, von Diebstahl, Raub, Videobanditen. So etwas Altmodisches wie ein Kinofilm lasse sich kaum finanzieren. Doch vielleicht sei das Thema Waldsterben geeignet, staatliche Förderungsmittel locker zu machen. Dieser Gedanke verlange dem Drehbuch allerdings Nebenhandlungen ab. »Es könnte sich«, schlug er vor, »Rumpelstilzchen, zum Beispiel, verlieben. Und zwar in das Mädchen mit den abgehauenen Händen. Anrührende Szenen wären möglich.« Dann wollte er wissen, ob für den Stummfilm »Grimms Wälder« ein positiver Schluß, wenn nicht denkbar, so doch machbar sei. »Es muß ja nicht jedes Märchen böse ausgehn!«

Schließlich stellte sich Oskar vor einen Spiegel für Athleten bemessen, zupfte an seiner Krawatte, stand mal so, mal so in ganzer Figur, belebte mit einer Bürste den silbrigen Haarkranz um die gebräunte, stets mit Glanzlichtern gesegnete Glatze und sagte, während das Haar noch knisterte: »Wie geht es übrigens Ihrer Weihnachtsratte? Und träumen Sie immer noch so katastrophal?«

Als ich ihm zum Abschied »Gute Reise« wünschte und nebenbei wissen wollte, ob jener für Anna Koljaiczek getürmte Baumkuchen womöglich vierundneunzig Zentimeter messe, gelang unserem Herrn Matzerath zwar das Lächeln ums Mündchen, doch waren seine Augen nun angstgerundet. Seitdem die Abreise feststeht – morgen, endlich, reist er! –, glaubt er, die Schwärze wachsen zu hören.

Er sollte ein Telegramm schicken. Er sollte meinem Rat folgen. Wer wie er überall nur noch schwarzsieht, der sollte nicht nach Polen reisen. Unser Herr Matzerath fürchtet sich.

Wie oft haben wir uns gefragt: Warum? Doch seit dem Großen Knall wissen wir, wie euer Mangel hieß. Euch fehlte die Angst, sagte die Rättin. Dosch Minscher kijummes Balemosch! wiederholte sie auf Rattenwelsch, um dann mehr plaudernd von uns zu berichten: Zwar ist der Mensch aus ungezählt vielen Anlässen ängstlich gewesen und hat sich gegen alles, sogar gegen Schlechtwetter und Ehebruch versichert, auf daß die Menschheit immer süchtiger nach Rundumversicherungen wurde, doch die große Angst hatte sich, während Kleinängste blühten und ihr schnelles Geschäft machten, sozusagen verkrümelt. Vor dem Altar des Gottes Sicherheit habt ihr einander zugerufen: Nun müssen wir keine Angst mehr haben. Wir lassen uns nicht verängstigen. Wir schrecken einander ab. Vor allem muß Abschreckung glaubhaft sein. Das weiß der Russe, der Ami weiß das. Je mehr wir uns abschrecken, um so sicherer sind wir.

So habt ihr euch Mut gemacht, sagte die Rättin. Einander abschreckend, habt ihr die Angst von Stufe zu Stufe vertrieben. Sie hatte Hausverbot, durfte sich nirgendwo blicken lassen. Niemand wollte mit ihr gesehen werden. Am Ende waren die Menschen zu feige, Angst zu haben; und wer sie dennoch öffentlich vorwies oder gar, wie die Punks es taten, in Rattengestalt zur Schau stellte, als sei die Ratte verkörperte Angst, der wurde ins Abseits gedrängt. Frei von Angst wolltet ihr sein, wie ihr sorgenfrei, frei von Sünden, Schulden, immer schon frei von Verantwortung, Hemmnissen, Skrupeln, rattenfrei, judenfrei sein wolltet. Doch ist der angstfreie Mensch besonders gefährlich.

Nach längerem Gezischel auf Rattenwelsch, aus dem viel Brosches, der Zorn, sprach, sagte die Rättin: Haben wir doch gesehen, wie euch fehlende Angst blind und dann dumm gemacht hat. Für die Freiheit ist uns kein Opfer zu groß, hieß auf Plakaten einer der Heldensätze; dabei hattet ihr eure Freiheit seit langem dem Götzen Sicherheit geopfert. Unfrei, Gefangene umfassender Technik seid ihr gewesen, die alles, die letzten Zweifel gespeichert unter Verschluß nahm, so daß ihr am Ende von Verantwortung frei getilgt wurdet. Ihr Narren! Die letzten Reste Vernunft wie Käsebröcklein an nimmersatte Computer verfüttert, damit sie die Verantwortung trügen; und hattet dennoch dreimal geleugnete, verschnürte, zutiefst verpackte, in euch begrabene Angst, die nicht raus, sich nicht zeigen, nicht Mama! schreien durfte.

Seht, sagte die Rättin, ihr hättet zu uns, die wir Angst hatten und zeigten, kommen können und sagen: Lehrt uns, liebe Ratten, mit euch zu leben. Töricht glaubten wir Menschen, wir seien uns genug. Was wir taten, dachten, zwischen Reime zwangen, zum Bild, zu vielstimmiger Musik, zum sich überhebenden Turm werden ließen, war auf Unsterblichkeit aus. Doch irritiert uns neuerdings der Gedanke, es werde zukünftig nicht mehr uns, sondern nur euch noch geben. Lehrt uns, wir bitten herzlich darum, mit euch unsterblich zu bleiben. Wir tun euch auch Böses nie wieder an und sagen euch Böses nie wieder nach. Bitte, belehrt uns!

Unsinn! hätten wir gerufen, sagte die Rättin. Entsetzt hätten wir uns dagegen verwahrt. Selbst wir sind sterblich. Auch das Rattengeschlecht ist zeitlich nur und weiß sich seit Rattengedenken zeitlich begrenzt. Doch wenn wir euch hätten lehren können, wäre die erste Lektion so ausgefallen: Fortan macht die Erziehung des Menschengeschlechts Schluß mit dem Gerede von der Unsterblichkeit. Der Mensch lebt, solange er lebt. Nach dem Tod ist nichts. Und nichts außer Müll wird bleiben von ihm. Habt also Angst, ihr Menschen, fürchtet euch, und seid sterblich wie wir, dann lebt ihr ein bißchen länger vielleicht.

Aber sie sprachen mit unsereins nicht, sagte die Rättin. Waren in ihr Endspiel vernarrt. Keine Warnung verfing. Gratis zeigten wir uns als angstgetriebene Rattenvölker. Erst als der letzte Versuch, ihnen, die angstfrei waren, lebensnotwendige Angst zu machen – wir produzierten grauschwarze Wolken in flüchtiger Rattengestalt –, nur dumme Sprüche über Trugbilder oder einschlägige Bibelzitate zur Folge hatte, war unsere Geduld am Ende: Wir gaben die Menschen auf und machten Schluß mit ihnen, bevor sie, überraschend für uns, aufs Knöpfchen hätten drücken können...

Ich schwieg: Rede nur, Rättin, rede!

Sie sprach noch lange belehrend und allgemein, nahm dann aber mich in der Raumkapsel wahr und sagte: Nur du, Freund, hörst uns und bist einsichtig – aber zu spät. Dosch Minscher nibbelet Ultemosch! wie unsereins damals sagte. Und doch haben wir frohe Botschaft für dich. In deiner Gegend, wo du zu Hause warst, sieht es noch immer ein bißchen wie früher und ziemlich gotisch aus. Das mag dich überraschen, ist aber aus letzter Menschensicht fürsorglich geplant gewesen.

Siehe! rief sie, brachte aber außer sich nichts ins Bild, behauptete nur, es hätten vier oder fünf über Gdańsk gezündete Schonbomben zwar alles Leben im Stadtgebiet, im Umland der Weichselmündung und bis in die Kaschubei gelöscht, doch seien, bei schwacher Druckwelle und weil der Mehrfachsprengkopf in neunhundert Metern Höhe gezündet worden war, die historischen Gebäude der Stadt alle erhalten geblieben, desgleichen umliegende Wohnsilos und Hafenanlagen. Das stünde alles in seinen Mauern und Konstruktionen. Einzig das hölzerne Krantor sei abgebrannt und alle Fensterscheiben, sogar die Kirchenfenster hin.

Sie sagte: Woanders sieht es schlimm aus. Die Industriestadt Gdynia und die benachbarten Städte Wejherowo und Sopot sind bis in die Fundamente zerstört, doch bei dir zu Haus ließe sich wohnen. Obgleich Staub- und Aschestürme während der Zeit grimmiger Kälte und lastender Finsternis jedes Gemäuer, alles, was heil geblieben war, mit Ruß überzogen haben, ist doch das Stadtbild ungekränkt; seine Schönheit dauert, freue dich!

Der nun folgende Vortrag der Rättin war so fachkundig weitschweifig, daß er im Traum noch ermüdete. Kurzgefaßt sagte sie: Diese Spezialwaffen waren Weiterentwicklungen jener taktischen, für die Kurzstreckenrakete Lance produzierten Neutronengeschosse, die zu Beginn der Endphase umstritten waren und geächtet werden sollten, weil ihre nur Festkörper schonende Wirkung inhuman genannt wurde. Dem zu widersprechen, kann aus Rattensicht nicht unsere Aufgabe sein, doch läßt sich soviel zugunsten des später hochentwickelten Systems sagen: Durch die Produktion großflächig wirksamer Neutronenbomben wurde endlich der Schutz von Kulturdenkmälern möglich. Übrigens verfügten beide Schutzmächte über dieses dem Kulturgut verpflichtete Potential. Soviel wir wissen, sind etliche Ansammlungen von Baudenkmälern weltweit heilgeblieben. Leider ging, trotz allseitiger Bemühungen, Jerusalem verloren, doch durften die bei Gizeh versammelten Pyramiden in ihrer auch uns vertrauten Gestalt überdauern. Gerade noch rechtzeitig hatte ein Abkommen zwischen den beiden Schutzmächten eine ausgewogene Zahl von Schonzonen festgelegt, so daß die Großcomputeranlagen im Sinne dieses letzten Kulturabkommens neu programmiert werden konnten...

Zum Schluß ihres Vortrages saß die Rättin, die meinen Traum bis dahin wie ortlos bewohnt hatte, in einer aus Kupferblech kunstvoll getriebenen Kanne flämischer Herkunft, spätes fünfzehntes Jahrhundert. Immer wieder gab ihr Vortrag der Kanne Anstoß, so daß sie rollte und die Rättin gegenan laufen mußte.

Ist sie nicht wunderschön? rief sie, von hoher Qualität und wert, erhalten zu sein?

Ich sagte: Diese Kanne und ähnliche Stücke kenne ich aus dem Museum in der Fleischergasse. Als Schüler, damals schon kunstnärrisch, bin ich oft ins Museum gegangen: mit meinem Skizzenblock und den Kopf voller Flöhe. Und manchmal bin ich sogar während der Pause, weil das Gymnasium gleich nebenan...

Aus ihrer rollenden Kanne heraus sagte die Rättin: Und dieses Museumsstück aus der Fleischergasse überdauerte mit anderen Kunstgegenständen dank jener Bombe, die man während der ausgehenden Humanzeit Freundin der Künste genannt hat, obgleich man wußte, wie streng begrenzt diese Freundschaft war...

Mit kurzem Sprung verließ sie die flämische Kupferkanne, die noch lange nachschepperte, während die Rättin im Vordergrund weiter Bericht gab: sich überall gleichende Bilder. In den geschonten Kulturzentren des Abendlandes schrumpfte der Mensch, weil ihm bis zum Eintritt des Todes alle Feuchtigkeit entzogen wurde. Noch Monate nach dem Großen Knall, als wir Ratten, kaum ließ die Finsternis nach und milderte sich die Kälte, ans immer noch trübe Licht kamen und überall aufräumten, sahen wir lederne Menschlein, auf allen vieren zumeist, in kriechender, sich vergeblich aufbäumender Haltung, als wollten sie noch zuletzt ihre Fähigkeit zum aufrechten Gang zurückgewinnen. Diese Gestik! Soviel leidvolle Körpersprache! Wir erinnerten Zeiten frühgotischer Ekstase. Nein, nie zuvor hat der Mensch stärkeren Ausdruck gefunden als im Zustand seiner Entsaftung.

Und ich sah, was die Rättin, von der mir träumt, als Vergangenheit beschwor, sah auf Zwergenmaß geschrumpfte Leiber auf Straßen und Plätzen liegen, verschränkt sich bäumen, sah sie vor rußgeschwärzten Renaissancepalästen und auf Beischlägen gotischer Giebelhäuser, vor den Portalen backsteingefügter Kirchen, die unterm Ruß alle schön und erhaben geblieben waren: Rund- wie Spitzbögen heil, keine Säule geborsten, alle Heiligen da, kein Turm gestürzt, kein Schlußstein, keine Kreuzblume, kein Dachreiter fehlte; der Mensch jedoch war nur noch Hülle, ein Schrumpfbild seiner selbst, tauglich, ich sah es, letztlich den Ratten zum Fraß.

Man hört nicht auf mich. Das mußte so kommen: Zwar nimmt »Die Neue Ilsebill« bei voller Fahrt und ruhiger See

Kurs auf Gotland, aber an Bord des acht Knoten laufenden Schiffes stehen Meinungen hart gegeneinander.

Die Frauen streiten. Wie leise und schrill, spitz und widerhäkig, wie verletzend sie sein können. Tragödien, in denen Königinnen einander im Wege sind, blieben spielbar über Zeiten hinweg. Unsterbliche Rollen. Stimmen, die Fluch und Bann aussprechen. Jedes Profil schärfer gezeichnet. An Gesten reich, werden himmelwärts Hände verworfen. Verlängerte Zeigefinger, Beschwörungen. Das Haar wie Seeleninneres aufgewühlt. Diese Bewegung wirft weg, jene nimmt ein. Wie sie auf und ab schreiten, das Schiff unterm Himmel zur Bühne machen, federnd oder verwurzelt stehen und nie die Spannung abflachen lassen, erkennt man der Frauen langjährige Übung: So streitet nur, wer sich schöner im Streit erlebt.

Doch um was wird gestritten? Wessen Besitz soll gehalten, zurückgewonnen, geteilt werden? Ihr Königinnen: Welche Krone ist strittig?

Es geht um den Kurs des Schiffes: Sollen, wie vorgesehen, die südschwedischen Schären nach Quallen abgefischt werden, oder muß die »Ilsebill«, nur weil der Butt gesprochen hat, schnurstracks Visby auf Gotland und dann sogleich, als lasse man sich vom Plattfisch hetzen, Usedoms flache Küste ansteuern?

Das ist die Steuermännin: »Die Quallen müssen Vortritt haben! Wann werdet ihr endlich begreifen, daß die Ostsee eines Tages umkippen wird. Nicht nur in Tiefen unter dreißig Metern. Nein! Insgesamt stinkend, tot.«

»Aber einundachtzig war ja die Kieler Bucht so gut wie umgekippt. Im Jahr drauf – hier, die Meßdaten, macht euch schlau! – lebte sie wieder. Verändertes Klima half, genügend Wind, verlagerte Strömungen.« Das ist die Meereskundlerin, die neuerdings, weil sie alles, nicht nur die Meereskunde satt hat, mit Damroka nach Vineta will.

Aus verwehtem Haar schreit die Steuermännin: »Klima! Wind! Alles Scheiße! Solche Schwankungen liegen außer menschlichem Einfluß. Die Tendenz zeigt Umkippen an!«

Die Maschinistin hilft: »Und die Quallen? Unsere Ohrenquallen? Die schönen Medusen, wie sie bibbern und glibbern? Unser verdammtes Forschungsobjekt Aurelia aurita?«

Weil Damroka mehrmals ruhig jeden Hol mit dem Meßhai untersagt hat und schweigend Kurs hält, redet die Meereskundlerin stellvertretend: »Im Grunde sind die Quallen ein Lebensbeweis der Ostsee. Denn wo Leben ist, ist Plankton. Wo Plankton ist, gibt es ausreichend viele Heringslarven. Und wo es Heringslarven und Plankton reichlich gibt, zum Beispiel in der Kieler Bucht, da gibt es auch auffallend viele Ohrenquallen, kapiert!?«

»Ja!« schreit die Steuermännin, »bis die See nur noch Qualle ist. Eine einzige Aurelia aurita.«

Die Maschinistin bleibt stur: »Unser Auftrag heißt...« Damroka schweigt. Die Alte hört unter Kopfschütteln zu. In Pausen hincin sagt sie aus der Kombüse heraus: »Ihr habt sie nicht alle!« oder: »Typisches Weibergezänk!« oder: »Hört endlich mit den verdammten Quallen auf, sonst koch ich euch welche mit Porree und Dill.«

Sicher, es geht um den Kurs, doch unterschwellig führen die Frauen privaten und nicht verjährten Streit mit sich, der mehrstöckig und verschachtelt zu sein scheint. Es mögen scharfkantige Wörter sein, die erinnert werden, die ich aber, wie unbetroffen, vergessen habe. So nah sich alle fünf sind und so leichthin sie bei Schönwetter einander Schwester nennen, kommt etwas quer, stoßen und reiben sie sich. Zu viele Königinnen. Es könnte geplant oder plötzlicher Eingebung folgend zum Mord kommen. Vergiftete Haarnadeln, Pülverchen fallen mir ein. Welche der Frauen hat vor, in Damrokas Kaffeepott Arsen oder Strychnin zu rühren? Haß züngelt, will aus dem Weg räumen. Wie man so sagt:

Sie können nicht miteinander. Und doch verlangt mein Kopf ihnen Eintracht ab.

Der Butt bleibt ausgespart, denn nur Damroka spricht mit ihm. Deshalb müssen Quallen herhalten, solange gestritten wird. Obgleich es untergeschossig um mich, vor allem aber um Vineta, das neue Reiseziel, geht, heißt es: Wann kippt sie um? Ist die Verquallung der Ostsee als Gefahr zu werten, oder bedeutet sie Lebensbeweis? Warum überhaupt streiten wir über Ohrenquallen?

Sie gehören zur Familie der Scyphomedusen, sind keine nesselnden Feuerquallen, harmlos also, ein wenig langweilig in ihrer milchig bläßlichen Bläue und dennoch für jeden schön, den durchsichtige Körperlichkeit erstaunt oder fromm werden läßt, als habe man ihn vor Engel gestellt.

Aurelia aurita oder die gemeine Ohrenqualle ist in fast allen Küstengewässern zwischen siebzig Grad Nord und siebzig Grad Süd verbreitet. Durch Verdriftung ist sie so weltläufig geworden. Vor Hongkong und vor den Falklandinseln gesichtet. Im Schwarzen Meer, in japanischen, peruanischen Küstengewässern treten sie massenhaft auf. Sie blockieren die Kühlwassereinläufe von Kraftwerken. Nicht nur Heuschrecken, Borkenkäfer und Ratten, auch Ohrenquallen werden zusammenfassend Plage genannt.

Da alle Medusen geschlechtlich in Männchen und Weibchen geschieden sind, ist die Steuermännin ärgerlich. »Eine Marotte der Natur«, sagt sie, gibt sich aber halbwegs versöhnt, sobald ihr die Meereskundlerin demonstriert, daß die Spermien der Männchen nicht direkt, sondern mit der Nahrung aufgenommen werden. Die Befruchtung der Eier im Ovar findet eher beiläufig statt. Die reifen Eier wandern über den Gastralraum in den Brutbeutel undsoweiter undsoweiter.

Im Forschungsraum der »Ilsebill«, der auch Eß- und Gemeinschaftsraum ist, hängen zwischen Bullaugen Schautafeln, die den Entwicklungszyklus der Ohrenquallen, den Einfluß lokaler Windverhältnisse auf Quallenbestände und das Vorkommen der Aurelia aurita in Schemata abbilden. Eine Schautafel demonstriert die Aureliendichte in der Kieler Förde, die nächste in der Lübecker Bucht, die dritte vor Møns steiler Kreideküste, die vierte in den schwedischen Schären, die fünfte zwischen Gotland und Öland und die sechste östlich Rügen, im Tramper Wiek und vor der Insel Usedom. Alle Schautafeln, die die Meereskundlerin gehängt und zusätzlich mit gerundeten, leicht lesbaren Buchstaben beschriftet hat, beruhen auf Forschungsdaten, die zwischen den späten siebziger und den beginnenden achtziger Jahren erhoben wurden.

»Olle Kamellen!« sagt die Maschinistin, die von Forschung wenig, von direkter Anschauung viel hält. »Als wir vorgestern von Møns Klint losmachten, hat mir unser Maschinchen erzählt, wie verquallt die See ist. Wir sollten einen Quallenzähler in die Schiffsschraube einbauen. Jedenfalls habe ich, sobald wir Quallenfelder durchliefen, eine Fahrtminderung von einem Knoten abgelesen. Die bremsen ganz schön, eure Medusen!«

»Die Neue Ilsebill« läßt bei gleichbleibend ruhiger See, unter grauen, zu eiligen Fetzen verwehten Wolkenfeldern Bornholm hinter sich und steuert Visby auf Gotland an. Auf offener See nehmen die Quallenbestände ab, dennoch liegen Zwischenmessungen deutlich überm Durchschnitt. Die Steuermännin verlangt, daß bei verringerter Fahrt halbstündlich der Meßhai ausgefahren wird. Weil die Maschinistin zur Steuermännin hält, die Meereskundlerin nachgibt – »Wir haben nun mal diesen blöden Forschungsauftrag!« – und die Alte mal so und mal so spricht, muß Damroka die Fahrtminderung hinnehmen; mit einer Geste, die das Nachgeben zur Tugend erklärt, überläßt sie der Steuermännin das Ruder.

Die Alte sagt »Bleib heiter!« zu ihr.

Damroka sagt mehr zu sich: »Wir verlieren Zeit.«

Die Meereskundlerin sagt: »Unsinnig diese Messungen. Nur minimale Vorkommen. Nichts gegen einundachtzig.«

Und Damroka, die – ich weiß nicht, warum – plötzlich wieder heiter ist, sagt: »Es hat schon immer Quallenjahre gegeben. Zum Beispiel, als nach dem Losentscheid der erste Schub der gotischen Völkerwanderung Gotland hinter sich lassen wollte. Da hatten die ollen Goten beim Abrudern ziemlichen Ärger. Einen halben Tag sollen die gebraucht haben, bis sie aus dem Quallenfeld waren, endlich Segel setzen und Geschichte machen konnten. Und als anno sechzehndreißig – und zwar am 26. Juni – Gustav Adolf die Insel Usedom ansegelte, um nahe Peenemünde mit fünfzehntausend schwedischen und finnischen Bauernburschen an Land zu gehen, mußte er nicht mit Tilly oder Wallenstein auf Teufelkommraus kämpfen, sondern mit Quallen, die unbelehrbar katholisch waren und die Landungsboote des Königs wie in Sülze eingeschlossen hatten. Trotzdem sind die Goten bis nach Rom und an ihr Ende gekommen. Trotzdem hat es den Schweden ziemlich lange in Deutschland gefallen. Ihr seht, Leute, kein Grund zur Aufregung. Alles schon gehabt und gegessen. Die See ist älter als unsere Sorgen.«

Diese Locken, dieser Überfluß, diese wetterbeständige Zuversicht. Leuchtturm ist sie und Riff zugleich. Ihre Beharrlichkeit, die jeden Streit wie einen zu hastig gestrickten Pullover aufribbelt. Sie taugt für Gleichnisse. Ich suche Zuflucht in Damrokas Haar. Ihr Schiff macht jetzt volle Fahrt. Die Steuermännin muckt nicht mehr. Die Meereskundlerin trägt letzte Daten ein. Irgendwo pfeift die Maschinistin falsch. In der Kombüse kocht die Alte Königsberger Klopse in süßsaurer Kapernsoße. Alle Frauen freuen sich auf mein Leibgericht. Ein schöner Traum bei ruhiger See und ablandigem Wind. Keine Rättin spricht mir dazwischen. Nur kurz unser Herr Matzerath per Autotelefon: Er sei jetzt mit Chauffeur unterwegs. In seinem Mercedes befinde er sich zwischen Düsseldorf und Dortmund. Er wünsche, daß ich seine Abwesenheit nutze. Der Fall Malskat erleuchte die trüben fünfziger Jahre. Er wolle sich in Polen keine Sorgen machen müssen. Gewiß komme er zurück. Ein Stehaufmännchen sei er, das niemand, auch ich nicht, sagt Oskar, zum Erliegen bringen könne. Er warne vor falschen Hoffnungen. Ende der Anweisungen per Telefon.

Ach, Damroka! Sieh nur, wie harmlos die See kleine Wellen macht. Was heißt hier Weltenende. Im Traum noch Pläne zuhauf. Morgen rette ich wieder den Wald.

Kinder, wir spielen Verlaufen
und finden uns viel zu schnell.

Was hinter den Sieben Bergen liegt,
wissen wir nun: das Hotel »Hinter den Sieben Bergen«,
in dessen Kiosk niedliche Andenken
aus Zeiten der Unwissenheit käuflich sind,
als uns das Rumpelstilzchensyndrom
noch böhmisch war.

Jedes Märchen gedeutet. Im Seminar
stricken gute und böse Feen.
Das Genossenschaftswesen der Zwerge.
Die Hexe und ihr soziales Umfeld.
Hänsel und Gretel im Spätkapitalismus oder
was alles zum Drosselbartkonzern gehört.
In einer Fallstudie
wird Dornröschens Tiefschlaf behandelt.

Nach Meinung der Brüder Grimm jedoch,
wären die Kinder,
könnten sie sich verlaufen, gerettet.

Kein Schwarzweißfilm mehr. Matt glänzt der Zauberspiegel. Das Märchen von Hänsel und Gretel ist aus. Alle lachen nach Filmschluß, sogar die Hexe lacht und nimmt das Ofenloch, in das sie gestoßen wurde, nicht übel. In schwarzer Taucherhaut umarmt der Froschkönig die Kanzlerkinder, denen ihre Vorgeschichte komisch vorkommt und unwirklich irgendwie. Hänsel sagt zu Gretel: »Mann, ohne Happy-End wäre die Story ziemlich scharf – oder?«

Nun reden alle, die sich in der Pension »Zum Knusperhäuschen« versammelt finden, von der guten alten Zeit, als Stroh gesponnen zu Gold wurde, drei Federn Wünsche offenließen, als die Märchen noch wahrsagten. Während sie, was vergangen ist, zu beschwören bemüht sind, werden sie immer trauriger: Wehmut steckt an.

Weil es nicht mehr regnet, muß der Froschkönig wieder ins Brunnenloch, legt sich die damenhafte Prinzessin, damit ihr der König in Froschgestalt auf die Stirn springen kann, was ihren Kopfschmerz lindert.

Auf der Treppe zur Haustür hockt das Mädchen mit den abgehauenen Händen, die schlaff an der Schnur hängen; es starrt auf seine blutverkrusteten Armstümpfe.

Aus einem der Fenster im Obergeschoß des Knusperhäuschens kämmt Rapunzel ihr Haar: Goldfäden bleiben schwebend im Bild.

Vor dem Haus und den Stallungen teilen Jorinde und Joringel einander durch Fingerspiel, als sei ihnen die Taubstummensprache geläufig, ihre Trauer und deren todtraurige Vorgeschichte mit.

Immer wieder muß Dornröschen vom Prinzen wachgeküßt werden, der diese Arbeit ohne Teilnahme, jedoch zuverlässig besorgt; Mal um Mal schlägt Dornröschen erstaunt die Augen auf, um neuerdings vom Schlaf eingenommen zu werden. (Wenn ich unseren Herrn Matzerath richtig verstanden habe, soll an anderer Stelle mehr über den Kußzwang gesagt werden.)

Noch immer im Haus steht Rumpelstilzchen gedankenverloren vorm großen Apothekerglas, in dem sich sein einst wütig ausgerissenes Bein – und zwar vom Knie abwärts – in Spiritus frischhält.

Mit stumpfem Blick, als wolle sie nicht mehr teilnehmen, sieht die Großmutter, wie Rotkäppchen zum Wolf geht, in den Käfig steigt, den Reißverschluß des Wolfsbauches öffnet, in den Bauch kriecht, ihn von innen verschließt.

Kurz schaltet die Böse Stiefmutter ihren Zauberspiegel ein, sieht sich in schwarzweißer Märchenfassung zum Spiegel sprechen, sieht darauf Schneewittchens hübsches Frätzlein im Spiegel, schaltet das Bild aus. Ihr böser Blick sucht Schneewittchen, das ein gläsernes Museumsstück, ihren Sarg in Kleinausgabe, streichelt.

Wie sie mit ihrer Kette spielt, an der sich luftgetrocknete Ohren reihen, wirkt sogar die Hexe bekümmert. Der Hausknecht Rübezahl starrt auf ihre enormen Titten und kriegt und kriegt den Blick nicht weg.

Vergeblich versuchen Hänsel und Gretel durch Fratzenschneiden und Quatschmachen die Märchenfiguren zu trösten. Zurufe wie: »Komm, Rumpelstilzchen, laß endlich dein olles Bein schlafen!« oder: »Kann ich was für dich tun, Hexe?« helfen nicht; wie Zauber liegt Trübsinn auf allen. Altbackenes Leid zehrt; doch steht noch größerer Kummer bevor.

Von längerer Reise kommen mit Vertreterkoffern und in feingestreiften Flanellanzügen die Sieben Zwerge zurück. Mißmutig greifen sie nach ihren sieben Mützen an sieben Haken. Sie bringen schlimme Nachricht und holen allerschlimmste Beweise hervor: abgestorbene Äste, die Verzweigungsanomalien bezeugen – »Das Lamettasyndrom!« –, kranke Rinde, Tannenzweige, von denen gebräunte Nadeln fallen, verdorrte Wurzeln und Fotomaterial, das in Segmenten Naßkerne von kranken Bäumen zeigt.

Diese Zeugnisse rufen die Märchengestalten in die gegenwärtige Wirklichkeit zurück, sogar Rotkäppchen kriecht aus dem Bauch des Wolfes. Mit dem Untertitel »Die Triebe täuschen. Panik ist in den Bäumen!« weisen die Sieben Zwerge an todkrankem Geäst Angsttriebe und Scheinblüten nach.

Auf Knopfdruck bestätigt der Zauberspiegel Tatsachen. Zum Stummfilmuntertitel der Bösen Stiefmutter, »Spieglein, Spieglein an der Wand, wo stirbt der Wald im deutschen Land?«, sieht man Bilder aus dem Fichtelgebirge, dem Bayrischen Wald, dem Schwarzwald, aus dem Spessart, dem Solling und Thüringer Wald. Windbrüche, kahle Westhänge, stürzende Bäume, Baumleichen, Borkenkäfer.

Nun nicht mehr auf die Hexe fixiert, will Rübezahl das Riesengebirge sehen: »Da komm ich her!« Worauf der Bildschirm weit und breit abgestorbene Bäume zeigt.

Es ist, als habe sie jetzt schon das Ende eingeholt. Alle spüren, daß, wenn der Wald stirbt, auch sie sterben müssen. Schneewittchen und die Sieben Zwerge weinen. Die Hexe duldet, daß der Hausknecht Rübezahl seinen Kopf zwischen ihre Titten drängt. Rotkäppchen will wieder in den Wolf kriechen; doch Hänsel hält alle, die sich verkrümeln wollen, mit dem Ruf »Hier wird nicht ausgestiegen!« zurück.

Und jetzt kommt guter Rat. Mit Hilfe eines längeren Untertitels sagen abwechselnd Hänsel und Gretel: »Seid nicht traurig. Wir wissen Hilfe. Die Grimmbrüder, deren Bilder aus alter Zeit an euren Wänden hängen, sind heute Minister und Staatssekretär. Sie sitzen in einem Sonderministerium. Beide sind für das Waldsterben zuständig. Die sind immer noch ziemlich nett. Die Grimmbrüder werden euch helfen. Noch ist es nicht zu spät. Laßt euch das nicht gefallen. Hörst du, Hexe! Ohne Wald seid ihr erledigt. Ohne Wald gibt es euch nicht. Wehrt euch! Hört ihr: Wehrt euch!«

Die Sieben Zwerge stimmen als erste ein: »Wehrt euch! Wehrt euch!« Jetzt rufen auch andere. Aufregung herrscht im Knusperhäuschen, Aufbruchstimmung bald darauf vor dem Haus.

Rübezahl und die Sieben Zwerge schieben einen alten Ford aus den Stallungen. Da aber das Automobil seit langem leer und trocken steht, muß die Hexe für Benzinersatz sorgen; das kann sie nach altem Rezept.

Unter Hallo und Gelächter wird die Hexe auf die Kühlerhaube des alten Ford gehoben. Sie hockt sich über einen Trichter, rafft ihre Röcke, zielt und pißt genau in den Trichter, daß es bald darauf im Tank plätschert. Sogar das Mädchen mit den abgehauenen Händen erlaubt seinen Händen, Beifall zu klatschen. Alle freuen sich, nur die Großmutter schimpft und verlangt, daß sich Rotkäppchen abwendet. Es könnte sich auch die Böse Stiefmutter konsterniert zeigen. Erstaunlich: Jorinde und Joringel lächeln. Die Hexe pißt lange und schielt dabei aus bernsteinfarbenen Augen. Die Zwerge rufen: »Mehr, Hexe, mehr!« Endlich hat sie auf Hexenart den alten Ford aufgetankt.

Nun bestimmt Rumpelstilzchen die Delegation. Da die Böse Stiefmutter, weil von der Hexe dazu ermuntert, ihre Teilnahme verweigert – »Aufmerksam werde ich alles von hier aus verfolgen!« –, setzen sich Dornröschen und ihr wachküssender Prinz auf die Rücksitze des Automobils. Einer der Zwerge wird durch Knobeln unter den Sieben ausgelost. Er nimmt als Beifahrer Platz, Rumpelstilzchen am Steuer. Zu guter Letzt möchte Rapunzel mit: »Ich will auch in die Stadt und was Tolles erleben!« – »Ich auch!« ruft Rotkäppchen und schubst Schneewittchen, das »Und ich?« ruft.

Keine darf mit, auch nicht das Mädchen, dessen abgehauene Hände Bittebitte machen.

Vor der Kühlerhaube wirft Rübezahl mit einer Kurbel den Motor an. Das Hexenbenzin hat an Qualität nicht verloren. Die Zündung zündet, der Motor springt an, der alte Ford rollt. Langsam fährt er zwischen Waldsee und Rehgehege aus der Lichtung.

Weil Gretel (die nach Meinung unseres Herrn Matzerath in den Froschkönig vergafft ist) zuvor einen Eimer Wasser in den Brunnen geschüttet hat, springt der Frosch von der Stirn der Dame in den Brunnen und steigt als Froschkönig aus dem Brunnenloch.

Er, die damenhafte Prinzessin, Hänsel und Gretel, alle winken und rufen dem alten Ford nach. Sogar die abgehauenen Hände flattern und winken an ihrer Schnur. Die restlichen sechs Zwerge rufen dem Automobil das Reiseziel nach. »Auf nach Bonn!« heißt der wegweisende Untertitel, als sei in Bonn die Rettung zu Hause.

Zu spät, zu spät! höhnte sie und nahm meinen Traum ein. In einem toten Baum hockte die Rättin mal hier, mal da und rief: Da hättet ihr euch früher auf die Socken machen müssen. Da hättet durch Schaden ihr endlich klug werden müssen. Da hättet und hättet ihr! Die sterbenden Wälder, geschenkt, doch soll ich alle stinkenden Flüsse, nur noch schwer atmenden Meere, ins Grundwasser suppenden Gifte aufzählen? Alle die Luft beschwerenden Teilchen, die neuen Seuchen und auflebenden Altseuchen: Ipputsch und Chol! Soll ich den Zuwachs der Wüsten, den Schwund der Moore berechnen und von Müllbergen herab Ihr Räuber, Ausbeuter, ihr Giftmischer rufen?!

Schon saß sie auf einem Müllberg und höhnte herab: Jämmerlich, eure Schlußbilanz! Überall Hunger, von dem ihr wortspielend sagtet, er sei nagend. Andauernde Kleinkriege, die eurer Meinung nach den ganz großen Krieg zu vermeiden hatten. Millionen Arbeitslose, die ihr von Arbeit befreit nanntet. Und andere Schönreden. Eure teuren Kongresse: zehntausend Spesenritter mit nichts im Koffer auf Reisen. Nur noch in Schulden sich mehrendes Geld. Aufgüsse ausgelaugter Ideen. Diese Unfähigkeit, wenn nicht aus neuen, dann aus alten Wunschwörtern, die Freiheit, Gleichheit, Brüderlichkeit hätten heißen können, ein wenig späte Erkenntnis zu saugen. Tüchtig im Selbstbetrug war das Menschengeschlecht, als es mit ihm zu Ende ging, allwissend und dumm zugleich. Sogar der kostbarsten Weisheiten, von Salomos Sprüchen bis zum letzten Buch Bloch, wart ihr am Ende überdrüssig.

Nun nicht mehr vom Müllberg, dem Weltgebäude der Ratten herab, sondern zum Greifen nah gerückt hörte ich sie: Dabei hättet ihr lernen können von uns. Ihr hättet nur unser Ich, dieses von Erfahrung gesättigte, immerfort angereicherte Ich, das sich durchgebissen, allzeit durchgebissen hat, als beispielhaft erkennen müssen. Unsereins, sagte die Rättin, die nun meinen Traum wie ein Schulzimmer mit Tafel, Kreide und Zeigestock möbliert hat, als wäre ihr die Schiefertafel in unseres Herrn Matzerath Chefetage zum Vorbild geworden, unsereins, sagte sie, mußte nichts neuerklärt und Mal um Mal wie Schulwissen eingetrichtert werden. Wir, nicht der Mensch, wurden aus Schaden klug. Ihr jedoch, Wiederholungstäter von Anbeginn, seid euch immer wieder in ausgeklügelte Fallen gegangen, als hätte das Spaß oder Lust bereitet. Man hätte nur nachlesen müssen, zum Beispiel im ersten Buch Mose – Und Gott der Herr sprach, siehe, Adam ist worden als unser einer, und weiß was gut und böse ist –, um zu erkennen, welch faule Frucht euer Baum der Erkenntnis getragen hat. Ach, ihr gottähnlichen Narren!

Dann schrieb sie. In meinem Traum schrieb die Rättin mit Kreide auf eine Schultafel. Sie, die Belesene, reihte alle Schäden zu langer Liste, aus denen wir Menschen hätten klug werden können, hätten wir nur von den Ratten gelernt, kein einzelnes Ich, vielmehr ein versammeltes Wir zu sein. Und während die Rättin mit Kreide schrieb – altmodisch übrigens, in mir verhaßter Sütterlinschrift –, wollte ihre Rede, dieses Fisteln, Näseln, ihr Genörgel und Nuscheln nicht aufhören.

Ich bekam Lektionen erteilt: Weil ihren Experimenten immer voraus, galten wir Ratten den Menschen als besonders gelehrig. Was sie in ihren Laboratorien mit uns angestellt haben, das heißt, was sterilen Züchtungen, den vergleichsweise törichten Laborratten, zugemutet wurde, ist gewiß, streng wissenschaftlich gewertet, beachtlich – ohne uns keine Humanmedizin! –, hätte aber im Umgang mit freilebenden Ratten, die aus Laborsicht arrogant Kanalratten genannt wurden, zu ganz anderen, den Menschen umdisponierenden Ergebnissen führen können; ein uns heute noch erregender, epochaler, ein, selbst nach humanen Maßstäben gewertet, preiswürdiger Gedanke.

Die Rättin dozierte. Von fixer Idee besessen, saß sie auf einem Katheder, das neben der Schultafel zum Mobiliar meines Traumes gehörte. Sie sprach wie vor größerem Publikum. Zum Beispiel: Wir vererben das Wissen. Sein Einmaleins, der Mensch mußte es büffeln immer aufs neue, wir nicht! Wir wissen schon, kaum geworfen, was wissenswert ist, und geben Wissensgut weiter von Wurf zu Wurf. Deshalb lächelten wir auf rattenmögliche Weise, sobald uns die Menschen, stolz auf ihre Versuche mit sogenannten Laborratten, intelligente Tiere nannten. Diese Herablassung, diese Anmaßung! Hätten sie uns doch erlaubt, ihre Wiederholungszwänge zu testen, den Wust ihrer Verdrängungen Testreihen zu unterwerfen, des Menschen eingeborene Aggressivität, seine Grausamkeit, seine Härte, die Lust am Bösen, alles, was ihn so widersprüchlich machte, nach unseren Methoden auszuwerten. Ach, hätte der Mensch doch unser Fürsorgeverhalten angenommen und sein nur geplappertes Gebot der Nächstenliebe, das wir nie aussprachen, bei uns, von Ratte zu Ratte verwirklicht gesehen. Hätte er doch, sagen wir; vielleicht gäbe es ihn dann immer noch, den an sich erstaunlichen Menschen.

Ich mochte diesen Traum nicht. Ich warf ihr blindwütige Rattenkriege, die Vernichtung der schwarzen Hausratte, die Verbreitung der Pest, schmarotzerhaftes Verhalten, angeknabberte Babys, viel Angelesenes ohne Beweis vor und wollte, während sie meine Anwürfe geduldig widerlegte – nur euch angepaßt, konnte das Rattige überleben –, fliehen, raus aus dem Traum. Doch wohin? In den Märchenwald? In die gotischen Faltenwürfe des Malers Malskat? Auf das mit Wünschen und Frauen bemannte Schiff? Oder als Mitfahrer unseres Herrn Matzerath ohne Visum schnurstracks nach Polen?

Das Klassenzimmer blieb verschlossen. Schulzwang beherrschte den Traum. Ihre Didaktik gab keine Ausflucht frei, erlaubte kein kindliches Fingerschnalzen: Herr Lehrer, ich muß mal. Zwar quietschte im Traum die Schulkreide nicht, es roch nicht nach Bohnerwachs, und dennoch war es Sütterlinschrift, mit Spitzen und Schleifen die Pein meiner Jugend, die mir vorgeschrieben blieb.

Die Rättin beklagte sich: Undankbar sei der Mensch gewesen. Nur sich selbst habe er fortwährend geehrt. Für uns immer nur Schimpf und Schande, Abscheu und Ekel ...

Aber ich, Rättin, hörte ich mich beteuern, ich preise dich zeilenlang und in Bildern gestrichelt. Schon immer war Platz in meinem Wappen für dich. Schon früh ließ ich bei Hochwasser zwei Ratten, Strich und Perle genannt, witzig über die Menschen plaudern. Nun, das Alter vor Augen, habe ich mir auf Weihnachten deinesgleichen sogar gewünscht. Wie du weißt, mein Wunsch ging auf. Ich fand dein Ebenbild jung unterm Weihnachtsbaum. Wie es wächst, sag ich dir, wie mein Rättlein wächst! Gutgehalten lebt es im offenen Käfig auf einer Kommode voller leerer Papiere und will nicht fort, will von mir unterhalten sein.

Links von meiner Weihnachtsratte steht der Tisch, auf dem sich zu viele Geschichten verzetteln. Rechts von ihr steht auf dem Werkzeuggestell unser Radio. Gemeinsam hören wir im Dritten Programm, daß die Erziehung des Menschengeschlechts noch lange nicht abgeschlossen ist.

Zugegeben: Es sieht kritisch aus. Überall finden auf Staatskosten Schlußfeiern statt. Sogar Künstler machen mit. Mit Feuerwerk und Laserstrahl entwerfen Genies kostspielige Himmelsbilder, die das Weltenende prächtig vorwegnehmen und Beifall finden. Mit echtem Tierblut – dreitausend Liter! – wurde kürzlich in Österreich vor geladenen Gästen Golgatha gefeiert. Alles, sogar der um sich greifende Hunger, heißt Mythos. Es stimmt, Rättin, wir Menschen strengen uns ziemlich an, unser Aus vorzubereiten. Sechsunddreißigmal soll es, damit nichts schiefgeht, nacheinander oder gleichzeitig möglich werden. Viele sagen: Wahnsinn! Von Widerstand ist die Rede. Und es gelingt vielleicht mit der Zeit, ich meine, vielleicht begreifen wir Menschen endlich, so kurz vor Ultimo, daß wir aus Schaden klug und viel bescheidener werden müssen, nicht mehr so hochmütig, damit die Erziehung des Menschengeschlechtes – du erinnerst dich, Rättin! – abermals, und mit deiner Hilfe fortan, auf dem Programm steht...

Unser Vorhaben hieß: Nicht nur, wie man mit Messer
und Gabel, sondern mit seinesgleichen auch,
ferner mit der Vernunft, dem allmächtigen Büchsenöffner
umzugehen habe, solle gelernt werden
nach und nach.

Erzogen möge das Menschengeschlecht sich frei,
jawohl, frei selbstbestimmen, damit es,
seiner Unmündigkeit ledig, lerne, der Natur behutsam,
möglichst behutsam das Chaos
abzugewöhnen.

Im Verlauf seiner Erziehung habe das Menschengeschlecht
die Tugend mit Löffeln zu essen, fleißig den Konjunktiv
und die Toleranz zu üben,
auch wenn das schwerfalle
unter Brüdern.

Eine besondere Lektion trug uns auf,
den Schlaf der Vernunft zu bewachen,
auf daß jegliches Traumgetier
gezähmt werde und fortan der Aufklärung brav
aus der Hand fresse.

Halbwegs erleuchtet mußte das Menschengeschlecht
nun nicht mehr planlos im Urschlamm verrückt spielen,
vielmehr begann es, sich mit System zu säubern.
Klar sprach erlernte Hygiene sich aus: Wehe
den Schmutzigen!

Sobald wir unsere Erziehung fortgeschritten nannten,
wurde das Wissen zur Macht erklärt
und nicht nur auf Papier angewendet. Es riefen
die Aufgeklärten: Wehe
den Unwissenden!

Als schließlich die Gewalt, trotz aller Vernunft,
nicht aus der Welt zu schaffen war, erzog sich
das Menschengeschlecht zur gegenseitigen Abschreckung.
So lernte es Friedenhalten, bis irgendein Zufall
unaufgeklärt dazwischenkam.

Da endlich war die Erziehung des Menschengeschlechts
so gut wie abgeschlossen. Große Helligkeit
leuchtete jeden Winkel aus. Schade, daß es danach
so duster wurde und niemand mehr
seine Schule fand.

Man müßte nach Stockholm schreiben. Viele Menschen, Ärzte und Wissenschaftler voran, müßten ausführlich nach Stockholm schreiben und alle Verdienste der Ratten auflisten, damit die Herren dort endlich begreifen, wie armselig die Humanmedizin und die Biochemie und die Grundlagenforschung und was noch alles ohne das Rattengeschlecht aussähe. Deine Chancen, Rättin, stehen nicht schlecht.

Zwar könnte, wenn ich die Herren der Kommission mir vorstelle, zuallererst die weißhaarige und rotäugige Laborratte gemeint sein, aber jedermann wird begreifen: Es werden alle Ratten geehrt. Fünfeinhalb Milliarden sollen es gegenwärtig sein; die werden sich freuen. Und auch ich werde meiner Schreibmaschine stillvergnügt ein neues Farbband einlegen und an deinem Käfig vorbei den Drehknopf bedienen, denn das wollen meine Weihnachtsratte und ich im Dritten Programm hören. Plötzlich wird, nachdem Neues aus der Wissenschaft angesagt ist, nicht irgendein Weltraum- und Satellitenquatsch gesendet, vielmehr ist ausführlich von dir die Rede, weil du – freue dich! – endlich den Nobelpreis bekommen hast, und zwar für Verdienste auf dem Gebiet der Genforschung. Umfassend erinnert der Sprecher an deine Vorgänger, die Professoren Watson und Crick, die dazumal – mehr als zwanzig Jahre ist es her – für die von ihnen aufgedeckte DNS-Struktur geehrt wurden und nach Stockholm reisen durften; doch dann, Rättin, würden wir mich im Dritten Programm hören, wie ich – wer sonst? – die Laudatio auf das verdiente Rattengeschlecht halte...

Hochverehrte Akademie! könnte ich auf schwedischem Boden beginnen und im ersten Satz dich, als Ratte an sich, auch wenn du nicht anwesend zu sein scheinst, und dann erst den anwesenden König von Schweden begrüßen. Sogleich käme ich zur Sache: Endlich Majestät! Hohe Zeit wurde es, Verdienste zu würdigen und Leistungen für die Humanmedizin, besonders aber im Bereich der Genforschung und der so nachhaltig erfolgreichen Genmanipulation zu erkennen, die ohne die Ratte nicht denkbar gewesen wären.

Nein, meine Damen und Herren! Wir sollten es uns nicht zu leicht machen, indem wir einschränkend nur die Laborratte ehren. Das wäre falsch und unredlich zugleich. Es soll das dem Menschen so nahe Rattengeschlecht allgemein, die Ratte an sich gemeint sein. Sie, die verkannte, den Schädlingen zugerechnete; sie, der jahrhundertelang alles Übel und jede Plage angedichtet wurde; sie, die als Schimpfwort herhalten mußte, wann immer der Haß, Schaum vorm Mund, seinen Ausdruck suchte; sie, die hier Schrecken hervorrief, dort Ekel erregte und allzeit dem Aas, dem Gestank, dem Müll beigesellt war; sie, die allenfalls jungen verwirrten Menschen, die sich schreiend und grell ins Abseits gestellt haben, lieb und zutraulich ist; die Ratte soll hier gepriesen werden, weil sie ums Menschengeschlecht sich verdient gemacht hat.

Nun könnte man sagen: Gilt nicht Vergleichbares für Versuchsmäuse, Meerschweinchen, Rhesusaffen, Hunde, Katzen et cetera? Gewiß, auch diese Tiere gehörten geehrt. Ihr Dienst am Humanen ist unbestritten. Neben Ratten wurden Affen und Hunde als erste Säuger in den Weltraum geschickt. Lajka hieß, erinnern wir uns, das sowjetische Hündchen. Das Wort Versuchskaninchen ist sprichwörtlich. Auch bin ich sicher, daß die Mitglieder der schwedischen Akademie bei der Suche nach preiswürdigen Kandidaten sorgfältig erwogen haben, ob nicht der Rhesusaffe oder der Hund, wenn nicht die Maus, dann doch das Meerschweinchen geehrt werden müßte; und sicher fiel es den Herren nicht leicht, eine Entscheidung zu treffen.

Aber zu Recht hatte Vorrang die Ratte. Seit Menschengedenken gehört sie uns an. Lange vor uns war sie säugend schon da, als wäre es ihre Aufgabe gewesen, nach anderem Getier den Menschen möglich zu machen. Deshalb wurde, als Gott die Sintflut über die Erde kommen ließ und seinem Knecht Noah befahl, für alles, was kreucht und fleucht, eine rettende Arche zu bauen, die Ratte nicht ausgeschlossen, wie es das erste Buch Mose bezeugt.

Fortan ist sich jegliche Literatur der existierenden Ratte bewußt gewesen. Das Rattige wurde Prinzip. Man nehme den Roman Die Pest zur Hand oder Hauptmanns nach unserem Preisträger – freilich im Plural – benanntes Theaterstück. Es könnten über Goethe und den oft erwähnten Orwell hinaus weitere Beispiele für den Anteil der Ratte an der Entwicklung der Weltliteratur genannt werden; wo nicht wortwörtlich oder als tapferste Ratte im Titel sogar, liest sie sich langschwänzig zwischen Zeilen. Allerdings gefiel es unseren Dichtern, den negativen Ruf der Preisträgerin zu festigen, wenn auch in unvergeßlichen Bildern und mit legendenbildender Kraft: schrecklich, die Folterszene in Orwells berühmtem Roman; fragwürdig die Überbetonung der Ausnahme, das von hungrigen Ratten angeknabberte Baby. Verdienstvoll hingegen, daß uns dank der Grimmschen Sagensammlung und durch Robert Brownings epische Dichtung der Rattenfänger von Hameln bekannt wurde; ein Städtchen übrigens, dessen Bürger sich über die diesjährige Vergabe des Nobelpreises besonders freuen werden.

Halten wir fest: Zumeist dem menschlichen Elend, der Armut, dem Hunger, dem Grauen, der Krankheit und dem

Bedürfnis nach Ekel leibeigen, ist die Ratte bisher nur zu fragwürdigen literarischen Ehren gekommen: Seuchen waren ihr aufgebürdet, nagende Not zwang sie ins Bild, ihr Ort hieß Kloake, Slum, Verlies, KZ, Unterwelt. Sie kündete Unglück an, böse Zeit und das sinkende Schiff.

Ja, sie war immer dabei, auch rückbezüglich, historisch gesehen. Nehmen wir vorerst nur die schwedische Geschichte unter Betracht; der Ort der Preisvergabe erteilt ein Vorrecht zugleich: Als von der übervölkerten Insel Gotland aus die große Völkerwanderung begann, segelten unter den Bodenbrettern Schiffsratten mit den Goten nach Süden über die Baltische See, bis Land in Sicht kam, das Weichselmündungsgebiet, worauf Geschichte ihren Verlauf nahm mit Ratten im Gefolge. Und als der große Schwedenkönig seine Bauernarmee mit mächtiger Flotte über die Ostsee führte, um an dem Glaubensstreit teilzunehmen, von dem Deutschland heimgesucht war, hatten auf allen Schiffen Ratten sich eingenistet. Natürlich waren, als die königliche Leiche rückgeführt wurde, überm Kiel abermals Ratten zugegen.

Als aber zu Beginn unseres Jahrhunderts die russische Ostseeflotte auf der Außenreede von Libau, einem baltischen Städtchen, vor Anker lag, verließen, als alle Kessel beheizt waren, die Anker gelichtet wurden und die lange Seereise nach Japan beginnen sollte, abertausend Ratten die Linienschiffe und Panzerkreuzer, Troßschiffe und Torpedoboote, denn es war der Untergang dieser Flotte im Gelben Meer angezeigt. Schwimmend retteten sich die Ratten; doch niemand begriff ihre warnende Flucht, allenfalls schrie man ihnen Verwünschungen nach.

Unsere Zeitgenossen sind sie! Nicht wegzudenken ist die Ratte aus der wechselvollen Geschichte des Menschengeschlechts. Und nun, endlich, spät, doch hoffentlich nicht zu spät wird ihr Ehre zuteil. Humaner Dank spricht sich aus.

Ja, wir haben von ihr gelernt. Geduldig und selbstlos half sie uns, neue Wege der Medizin zu finden. Es darf wohl gefragt werden, was wäre die Arzneimittelindustrie ohne die Ratte? Und wenn sich die Lebenserwartung des modernen Menschen, nach heutigem Durchschnitt berechnet, dem biblischen achtzigsten Jahr nähert, ist dieser Zugewinn gleichfalls ihr und ihren Opfern zu verdanken.

Sie hat leiden müssen für uns. Es fiel der Wissenschaft nicht leicht, den Protesten der Tierschützer standzuhalten; doch waren ihre Versuche kein Selbstzweck, vielmehr einträglich: Nicht umsonst hat die Ratte gelitten. Nach jahrelanger Zusammenarbeit mit Genforschern von Ruf ist es ihr endlich gelungen, dem Menschen nicht nur ideell, symbolträchtig oder in poetischen Bildern zugeordnet zu sein, sondern auch des Humanen teilhaftig zu werden; es beginnt die Ratte im Menschen zu wirken, der Mensch in der Ratte. Denn nach dem Atomkern gelang es, den Zellkern zu spalten. Der genetische Code wurde entschlüsselt. Und siehe: Im Zellkern fand sich aufbewahrt das Gedächtnis der Zelle, auf daß es anderenorts erblich sein darf. Nach genetischer Bauanleitung kann nunmehr manipuliert werden. Wie vormals Bauernschläue aus Pferd und Esel das nützliche Maultier gewann, gelingt es heute, aus Mikroorganismen umprogrammierte Bakterien zu gewinnen, die auf genetischen Befehl weltweit verbreiteten Ölschlamm wegfressen. Jadoch, das Faustische im menschlichen Wesen machte das und noch mehr möglich; denn sie, unsere Ratte, gibt sich weiterem Gelingen hin.

Ich weiß, es fehlt nicht an Fortschrittsfeinden, die zu allen Zeiten versucht haben, jeden großen Gedanken zu zerreden und alles Kühne mit Bänglichkeit zu verschütten. Ihnen sei gesagt: Was die Schöpfung versäumte, nun wird es Ereignis! Wo – bei allem Respekt – der liebe Gott meinte, wohlgetan zu haben, sind jetzt längst fällige Korrekturen möglich.

Das krumme Holz, von dem der Philosoph Kant sagte, es bilde den Menschen unabänderlich ab, kann, wir wissen es, endlich gestreckt werden. Es dürfen die vornehmsten Eigenschaften beider Gattungen, das kostbarste Erbgut der Menschen und die bekannten Vorzüge der Ratte, als erwählte Gene eine Symbiose eingehen; denn bliebe alles, wie es war und ist, stünde dem Menschen frei, sich unverbesserlich so zu verhalten, wie er sich seit des alten Adam Zeit beträgt, er würde an der Bedürftigkeit seiner Grundlagen scheitern. Seine nunmehr entschlüsselten Gene geben Entsetzliches preis. Kümmerlich ausgestattet, müßte er sich zugrunde richten. Ans Ende seiner Möglichkeiten gelangt, bliebe ihm keine Wahl, als seinesgleichen, den unverbesserlichen Menschen auszulöschen.

Das darf nicht sein. Dem muß gegengesteuert werden. Vernunft und Ethik verpflichten uns, hier zu betonen: Nur durch erlesene Zutat kann der Mensch in verbessertem Modell zukünftig bleiben. Nur wenn das Rattige die menschliche Substanz bereichert, ergänzt, kontrolliert, einerseits dämpft, andererseits stärkt, hier nimmt, dort gibt, vom Ich befreit, dem Wir eröffnet und uns, weil verbessert, wieder lebenstüchtig macht, dürfen wir Zukunft erhoffen. Es wird der Homo sapiens an der Gattung Rattus norvegicus genesen. Schöpfung verwirklicht sich. Einzig der Rattenmensch wird zukünftig sein.

Noch – Majestät! – ahnen wir ihn nur. Noch – hochverehrte Akademie! – ist sein Bild ohne feste Konturen. Allenfalls machen ihn Träume deutlich. Doch schon erlauben letzte Manipulationen erste Anzeichen seiner Existenz zu erkennen. Ob in amerikanischen Forschungszentren oder in sowjetischen Laboratorien, ob in japanischen oder indischen Instituten, überall, so auch in Schwedens altehrwürdiger Universität Uppsala entsteht er, wird er, fügt er sich, sind weltweit Ratte und Mensch zu ihrer Neuschöpfung entschlossen.

Deshalb soll heute auch er geehrt werden. Indem wir unserer preiswürdigen Ratte zum Nobelpreis gratulieren, sagen wir Glückwünsche ihm, der noch nicht ist, den wir ersehnen. Möge er kommen, uns entlasten und überwinden, uns verbessern und wieder möglich machen, uns ablösen und erlösen, bald, rufe ich, bald, bevor es zu spät ist, möge er sein: der herrliche Rattenmensch!

DAS SECHSTE KAPITEL, in dem der Rattenmensch denkbar und beim Wacheschieben geträumt wird, sich die Rättin als ortskundig erweist, das kaschubische Kraut wuchert, falsche Namen den Frauen anhängen, gleich nach dem Aufräumen die posthumane Geschichte beginnt, ich als Fehlerquelle erkannt werde, das große Geld die Macht und Wilhelm Grimm eine Idee hat.

»Warum nicht!« ruft per Telefon unser Herr Matzerath, den sein Chauffeur über die Autobahn in Richtung Osten fährt. »Warum nicht Rattenmenschen«, sagt er und ist, weil ich widerspreche, sofort zu längerer Rede bereit: »Hier hat ein bloßer Gedanke schon Hosen, Strümpfe und Schuhe an...«

»Nicht alles, was sich der Mensch ausdenkt, sollte leibhaftig werden!«

»Das hätte Gottvater sich sagen müssen, als er mit beiden Händen zugriff, um aus Lehm den alten Adam zu backen.«

Unser Herr Matzerath läßt sich von seinem Chauffeur Bruno, dem schon zu Pflegeheimzeiten Oskars Gespinste Wirklichkeit waren, in seinen Ansichten bestätigen. Das Monstrum gefällt, zumal der Rattenmensch ohne Umwege zu Malskat und dessen Bildern führt: »Hätte der Maler, nachdem er in Schleswigs Dom einen gotischen Truthahnfries gemalt hatte, der endlich Bewegung ins starre Geschichtsbild brachte, weitere Fabelwesen auf Kalkmörtel übertragen, wäre des Menschen uralter Traum, als Mensch auch Tier sein zu dürfen, abermals bildkräftig und allen Kunstexperten glaubhaft geworden.«

Unser Herr Matzerath zählt auf: Vierhufige Zentauren, die lächelnde Sphinx, Picassos in Anmut stierhäuptige Männer, des indischen Ganesh lustig gerüsseltes Elefantenhaupt, Nixen und Nereiden, vogel-, hunde- und schlangenköpfige Götter. Des Malers Bosch Garten der Lüste lädt ihn zu Spaziergängen von Motiv zu Motiv ein. Geradezu begeistert, als wünsche er sich Krallen und ein tierisches Köpfchen, ruft er durchs Telefon: »Frankreichs gotische Kathedralen sind mit Wasserspeiern grotesker, dämonischer, höllischer Spielart gespickt, die alle, genau besehen, die Gattung Mensch anderen Tierarten einverleiben. Da schauen Schakal und Luchs aus Monstren, die Fratzen schneiden. Ziegengesichtige Weiber sah ich und Kerle gehörnt. Schon immer wünschten wir uns, vertiert, Hirsch oder Adler, auch Fisch, geschuppt oder geflügelt zu sein, und sei es zur guten Hälfte nur. Welche Schöne hätte sich nicht zum Vergnügen ein Untier ersehnt! Und der Engel mächtiges Flügelpaar! Und der Bock, der im Teufel, der Teufel, der stinkig im Bock steckt! Nein, nicht nur Kindern ist der gestiefelte Kater glaubwürdig. Als Käfer sehen wir uns: rücklings und hilflos. Und oft sind wir gegen unseren Willen und weil die Märchen so mächtig sind, zum Reh, zum Frosch, zu siebt Schwäne geworden und waren doch nur verwunschene Menschen. Fragen Sie den Froschkönig, der im Brunnen, gleich neben dem Knusperhäuschen wohnt und in Ihrem Film offenbar nur Statist sein darf...«

Hier muß unser Herr Matzerath unterbrechen. Deutlich waren im Autotelefon das bekannte Geräusch, zugleich die Bremsen, danach der Fluch des Chauffeurs zu hören. Kurz vor Helmstedt hat – »Typisch«, sagt Bruno – ein BMW-Fahrer beim Überholen einen Unfall verursacht. Gottseidank muß, bald zur Stelle, die Polizei über Funk keine Ambulanz anfordern. Als »zänkisches Paar, Mitte dreißig«, wird mir die Gegenseite beschrieben.

»Kein gutes Vorzeichen!« unke ich.

»Nichts, was uns abhalten könnte!«

»Sie sollten wenden, kehrtmachen schleunigst!«

»Ach was!« ruft unser Herr Matzerath. »Die üblichen Blechschäden. Ein Stündchen Zeitverlust. Wir werden mit einer Beule und etlichen Kratzern in Polen einreisen, was allerdings einem Mercedes schlecht zu Gesicht steht. Ärgerlich diese infantilen Beschleuniger! – Doch um beim Thema zu bleiben: warum in Zukunft nicht Rattenmenschen! Der Maler Malskat hätte kaum Bedenken gehabt.«

Der konnte vorerst keine gotischen Dome, Kreuzgänge, Querschiffgewölbe und Strebpfeiler ausmalen, weil in allen Himmelsrichtungen Krieg herrschte. Nachdem er in Lübecks Heiliggeisthospital unterm Lettner der Vorhalle eine schadhafte Caseinbindermalerei aus dem neunzehnten Jahrhundert, die für echt gotisch angesehen wurde, abgewaschen und durch seine rasch alternde Gotik ersetzt hatte und weitere Aufträge der Firma Fey im schon besetzten Oberschlesien erledigt waren, kam Malskat zu den Soldaten.

Die längste Zeit gehörte er den Besatzungstruppen in Nordnorwegen an, wo er es wacheschiebend zum Obergefreiten brachte. Er ist, soviel ich weiß, nie zum Schuß gekommen. Weder Befehlsverweigerung noch verschärfter Arrest. Kein Orden wurde ihm angehängt, nichts Heldisches ist zu melden, kaum Anekdoten.

»Er war ein schlechter Soldat, aber ein interessanter Mensch«, sagten Mitte der fünfziger Jahre ehemalige Landser aus, die, auf Antrag des Verteidigers Flottrong, beim Lübecker Bildfälscherprozeß als Zeugen vernommen wurden. Schon damals habe sich Malskat über den Truthahnstreit der Kunsthistoriker lustig gemacht. Für jeden, der ihn darum bat, doch nie für Offiziere, habe er am laufenden Band Exemplare dieses Geflügels gezeichnet. Leider sei sein von Malskat signiertes Truthahnblatt beim Rückzug verlorengegangen, bedauerte einer der Zeugen. Ein besonderes Vergnügen der Stubenkameraden sei es gewesen, wenn ihnen Malskat während langer Winternächte aus einem Buch vorgelesen habe, in dem ein Kunstprofessor die Entdeckung Amerikas durch die Wikinger mit dem Truthahnfries begründete. Zum Wiehern komisch sei das gewesen.

Nach anderen Aussagen hat Malskat die Innenseite der Tür seines Militärspindes mit dem Foto der in Friedens- und Kriegszeiten beliebten Filmschauspielerin Hansi Knoteck geschmückt. Nun sei ja während des Krieges in jedes Soldaten Spind eine fotografierte Schauspielerin Vorlage für dies und das gewesen, aber Malskat habe gesagt, die Knoteck verkörpere Besonderes, nach ihrer Vorlage seien eine Menge gotischer Madonnen, Engel und Heilige zu Konturen gekommen, außerdem habe er sie verehrt und keinen Film mit ihr ausgelassen.

Der Maler hat im Verlauf seines Lübecker Prozesses gestanden, er sei dem hübschen Filmstar auch nach dem Krieg treu geblieben, zuletzt habe er die Knoteck in »Die fidele Tankstelle« und »Heimatglocken« erlebt, und zwar mehrmals, was man seinen Wandbildern im Hochchor und im Langhaus der Marienkirche ansehen könne.

Bildvergleiche bewiesen, außer der Ähnlichkeit, Malskats Gabe der expressiven Steigerung: Dem eher braven Gesichtchen zwang er Schmerz und inneres Feuer ab. Nicht nur die im Feld I des Chores berühmt gewordene Maria mit dem Kinde, auch die Gottesmutter in der Kreuzigungsgruppe des Langhauses, desgleichen Maria Magdalena, deren Kopf durch eine Fehlstelle am linken Auge zum Fragment gesteigert wird, und die Verkündigungsmaria mit Taube sind allesamt gotische Schwestern jener Leinwandschönheit, deren Bild – ein Standfoto übrigens aus der Operettenverfilmung »Heimatland« – vier Jahre lang von Spind zu Spind umzog; denn Malskats Truppeneinheit wurde mal hierhin, mal dorthin verlegt, und überall schob er Wache.

So sehe ich ihn mit seinem Karabiner 98 K. Er bewacht Munitionslager, Truppenunterkünfte, Zahlmeistereien. Die Kälte ist unbeschreiblich. Seine lange Nase friert. Gerne möchte er den Maler Munch, von dem Bilder voller Geschrei und Schweigen in Oslo zu sehen sind, in dessen Winteratelier besuchen, um von ihm Ausdruck zu lernen, aber keine Dienstreise bringt ihn dorthin.

Sonst ist aus seiner Soldatenzeit wenig zu berichten. Während Vormärsche in Rückzüge umschlugen, die Frontbegradigungen hießen, U-Boote nie wieder auftauchten, eine Stadt nach der anderen unter Bombenteppichen verging, der Führer immer seltener sprach, an Wunderwaffen geglaubt wurde und in noch namenlosen Vernichtungslagern Zugänge als Abgänge verbucht wurden, fertigte Lothar Malskat Landschaftspastelle nach norwegischen Motiven, die er gegen Zigaretten und Schokakola tauschte. Er ist schon immer ein starker Raucher gewesen. Doch das sagten alle Zeugen: Auf Befehl habe der bei Offizieren und Mannschaften beliebte Ostpreuße nie zum Pinsel oder zur Kreide gegriffen; aus Lust und Laune nur.

Doch da geschah es, daß, während er im hohen Norden Wache schob, die Stadt Lübeck von britischen Bombern in der Nacht auf Palmsonntag des Jahres zweiundvierzig bombardiert wurde. Als Terrorangriff angezeigt, las Malskat verspätet davon in einer Soldatenzeitung. Besonders wurden die Innenstadt und die Backsteinkirchen getroffen. Das hatte der britische Luftmarschall Harris so gewollt. Die Marienkirche brannte aus. Mehrere Gewölbe im Chor stürzten ein. Als ein Notdach errichtet und die Chorgewölbe wieder zugemauert wurden, ließ der Bischof von Lübeck, der wie viele evangelische Pfarrherren ein Nazi war, im Chorschlußgewölbe das Hakenkreuz als Schlußstein setzen; Malskat muß diesen Ausweis der Lübecker Deutschchristen noch gesehen haben, als er im Jahre neunundvierzig mit seinen Farbtöpfen und der Drahtbürste hoch ins Gerüst stieg und viel Arbeit vorfand.

Natürlich wurde das Hakenkreuz bald darauf weggemeißelt, das machte man überall so zu Beginn der fünfziger

Jahre; der Bischof jedoch blieb, wenn er nicht gestorben ist, tiefinnerlich Nazi bis heutzutage.

Und wenn der Maler Malskat, wie unser Herr Matzerath seit längerem erwägt, nicht nur amerikanisches Geflügel, sondern unter dem Judaskuß im zweiten Feld neben der Tür, anstelle sich abwechselnder Adler und Löwen, Ratten, laufende Ratten gemalt hätte, die von Medaillon zu Medaillon mit gekringelten Menschlein zu paaren gewesen wären? Und wenn er dieses Motiv, gereift nach den Kriegsjahren, weitergeführt hätte, wenn ihm als Fabelbild im sogenannten Tierfenster neben der Lübecker Briefkapelle die Vereinigung, mehr noch: die Versöhnung von Ratte und Mensch in gotischer Manier gelungen wäre?

Es sind aber bei Malskat Ratten nicht nachzuweisen. Über Truthähne langte er nie hinaus. Freilich könnten, weil seine einundzwanzig Heiligen im Hochchor bald nach dem Prozeß brutal abgewaschen wurden, wovon schmutzige Felder bis heute zeugen, Vermutungen offenbleiben: Er habe doch ins eine oder andere Säulenkapitell, auf dem seine Heiligen in Dreiergruppen dicht bei dicht standen, Rattenmenschen zwischen Blattornamente geflochten. Nach soviel Wacheschieben im hohen Norden: Es wäre ihm zuzutrauen gewesen.

Unser Herr Matzerath hat den Blechschadenunfall hinter sich und greift nun, wie er bei Helmstedt mit ziemlicher Verspätung die Deutsche Demokratische Republik samt überbetonter Grenze vor sich sieht, zum letzten Mal nach dem Autotelefon, um mir, auch im Namen seines Chauffeurs, beizupflichten. »Mir gefällt dieser Gedanke!« ruft er. »Warum nicht. Malskats Fähigkeiten sind oft genug unterschätzt worden. Sicher suchte er Gelegenheit – und sei es nur im Detail –, seine Wachträume zu entfalten. Ist nicht im Lübecker Obergaden der Marienkirche – Prüfen Sie das! – der Prophet Jonas im Maul des Fisches zu sehen, als seien Wal und Jonas eine Gestalt? Und steckt nicht, wie biblisch Jonas im Walfisch, die Ratte im Menschen?!«

Offenbar ist bei der Grenzkontrolle einige Wartezeit einbegriffen. Der Chauffeur schlägt vor, in Abänderung des Reiseprogramms, in Westberlin zu übernachten. Unser Herr Matzerath besteht jedoch auf Hotelbetten in Poznan und gerät dann ins Plaudern, indem er den Antrittsbesuch bei seiner Großmutter vorwegnimmt und sich weitläufig erinnert: »Von Posen aus werden wir rechtzeitig eintreffen. Ob noch immer Sonnenblumen am Zaun stehen? Und ob sie noch immer vier Röcke übereinander? Übrigens spielte in meiner Jugend eine im Stadtmuseum zur Schau gestellte Galionsfigur ihre mysteriöse, von mehreren Unfällen begleitete Rolle. Hölzern und bemalt wuchs aus schuppigem Fischschwanz ein vollbrüstiges Weib, das man Niobe oder volkstümlich Grüne Marjell genannt hat und deren eingesetzte Bernsteinaugen von todbringender Wirkung gewesen sein sollen. Vom Rattenmenschen hingegen wäre umgekehrt belebende Wirkung zu erwarten. Wenn es nicht Malskat getan hat, dann soll sonstwer unsere Zukunft bebildern: schrecklich oder zum Lachen. Ich jedenfalls bin neugierig; ist doch der überholte und weitgehend langweilig gewordene Mensch schon lange der kühnen Manipulation bedürftig. Soviel ich weiß, wird diese neue Tätigkeit, die hier ein Gen nimmt, dort eines zufügt, immer mehr fleißigen Handwerkern geläufig.«

Da mag sich der Schlagbaum gehoben haben. Unser Herr Matzerath hängt ein. Mit leichtlädiertem Mercedes wird er bei Tempo hundert die DDR durchfahren, bis sich bei Frankfurt hinter der Oderbrücke, diesmal weißrot, ein Schlagbaum hebt und – katholisch an seinem Geschick leidend – Polen flach vor ihm liegt.

Wie neugierig und ängstlich zugleich er ist. Ob seine Großmutter so geräumig blieb, wie er ihr Innenleben seit jeher gewünscht hat? Ich fürchte, er fürchtet sich. Doch nun muß er reisen. Der guten Hälfte seiner fragwürdigen Existenz entsprechend, fährt Oskar nach Hause.

Im Schlaf noch, erstarrt in Erwartung,
weiß ich, was kommt: Mundgeruch, den ich kenne.
Schon stehen Antworten stramm.

Alle Geschenke dürfen verpackt bleiben
und jedes Geheimnis gehütet.
Diese Rolle seit Jahren geprobt.
Gesättigt vom Vorgeschmack, ist mir das Ende
aller Geschichte geläufig.

Was erwarte ich dennoch?
Stottern und aus dem Text fallen.
Liebste, daß wir uns fremd sind,
zuvor nie gewittert,
daß du mich durchlässig machst
für Wörter, die winseln und quengeln.
Nicht Hofferei mehr, Häppchen für Häppchen,
keine Pillen und gleichrunde Glücklichmacher,
Ängste aber vorm leeren Papier.

Noch flimmert die matte Scheibe
und sucht nach ihrem Programm.
Das Schiff will nicht kommen,
dem Wald lief die Handlung davon,
aus Polen nichts Neues, doch füllt
sich das Bild, und ich weiß: Du bist es, Rättin,
von der mir träumt.

Erstarrt in Erwartung, ahne ich,
was nun kommt: in Fortsetzungen
unser Ende.

Mir zugewendet, die Witterhaare in jede Richtung gestellt, damit nichts Fremdbestimmtes in ihr Revier dringt, sagte sie: Eigentlich ist es belanglos, ob anstellige Mäuse oder wir Ratten persönlich die beiden Großcomputersysteme besetzt hatten, denn die Abfolge der humanen Programme verlief ausschließlich nach menschlichem Ermessen. Wir hätten uns das nicht ausdenken können, dieses Höllentheater. Zutreffend deshalb der Ausdruck für das erzielte Ergebnis: Verbrannte Erde.

Sie machte eine Pause und nahm das Spiel einiger Witterhaare zurück. Jetzt konnte ich mir vorstellen, was oft genug beschrieben und als finaler Zustand benannt worden ist; doch Wörter wie Kraterlandschaft oder totale Verwüstung hätten zu kurz gegriffen.

Dann sagte sie: Sogar die liebliche Kaschubei, vormals Kaschubische Schweiz genannt, mit ihren Kartoffeläckern, Brombeerhecken und Mischwäldern, mit fischreichen Seen und dem Flüßchen, das Radaune hieß, verlor ihr Gesicht. Zwar nicht direkt getroffen, litt das Hinterland dennoch unter Neutronen- und Gammastrahlen, die bis Tczew und Kartuzy wirksam waren, und mehr noch unter Atomschlägen, die ihre Bodennullpunkte in den Zentren der Städte Gdynia und, östlich der Weichsel, Elblag hatten. Das flache Land bot den Druckwellen keinen Halt, und die gehügelten Wälder vergingen in Feuerstürmen, die bis weit in die Tuchler Heide alles, was brennbar war, in Asche legten. Aber besonders litt das angestammte Siedlungsgebiet der Kaschuben unter der Sonnenfinsternis, dem Klimasturz und unter radioaktiven Staubstürmen, die nach dem Großen Knall weltweit das Wetter bestimmten und annähernd jedes Leben löschten; selbst heute noch – und es verging viel Zeit seitdem – fürchten wir die Mitbringsel dieser Stürme.

Du weißt ja, Freundchen, sagte die Rättin, was eure Wissenschaftler in Prognosen bis ins Detail gewußt haben. Während der ausgehenden Humanzeit wurde beim Schlußstrichziehen und Zusammenzählen gewetteifert. Es ging um Megatonnen und Megatote. Szenarien nannte man das. Doch so widersprüchlich sich diese Vorwegberichte im einzelnen lasen, aufs Ganze bezogen, wurden die letzten Leistungen des Menschengeschlechtes, dem viele Spezialistenhirne dienstbar waren, bestätigt: Keine Region blieb verschont, nirgendwo hielt sich eine Idylle, selbst die südlichsten Zufluchten wurden, wenn auch verzögert, eingeholt endlich. Überall fanden strahlende Partikel hin: kein Tal zu eng, kein Inselchen vergessen. Hier trat der Tod sofort ein, dort dauerte das Leiden. Kein Leben regte sich, nein, sagen wir es nach humaner Wertung: Bald regte sich kein höheres Leben mehr. Es war, um ein Wörtchen zu benutzen, das der Mensch gelegentlich scherzhaft für das Wort radikal setzte, weil es uns Ratten zur Wurzel hat, ratzekahl alles weg!

Weil mein Protest, meine Fragen ausblieben, ersparte sie mir Einzelheiten und sagte: Wir wollen euer Ende nicht bis ins letzte Schlupfloch belegen, vielmehr gilt es, in dieser Gegend zu bleiben, so gerne du dich reisend erlebt hast: Sogar in Indien, China und Alaska bist du gewesen. Doch wohin immer Neugierde dich gelockt hat, zu Hause warst du nicht in Kalkutta, sondern zwischen dem Weichselmündungsgebiet und dem baltischen Höhenrücken. Jedenfalls wandelte sich deine Kaschubei zur baumlosen Endmoräne zurück, mit Wasserlöchern zwischen Geröll, schlammverkrustet, schrundig, geborsten, einzig uns Ratten noch wirtlich, wenngleich auch wir mehr als zwei Drittel unserer Population verloren hatten. Gewiß war es richtig gewesen, sich rechtzeitig einzugraben, doch haben dem überlebenden Rest unserer Völker nur die zuvor ungewohnte Vorratswirtschaft und hartes Konditionstraining helfen können ...

Jetzt wollte sie mir weismachen, es hätten sich gegen Schluß der Humanzeit vorbestimmte Rattensippen in Kernkraftwerken und Atommüllzwischenlagern eingenistet, um sich abzuhärten und immun zu machen. Lächerlich! rief ich, typisches Rattenlatein!

Sie berichtete weiter, betont gelassen: Jedenfalls sahen wir uns, sobald die Fluchtsysteme verlassen wurden, verdammt allein. Denn mit den Menschen waren alle Haustiere verreckt. Kein Hund, keine Katze hielt durch. Mit den Wäldern war auch das Wild hin: Kein Igel, keine Wildsau konnte das überleben. Erst viel später bemerkten wir erleichtert, doch auch irritiert, daß wir nicht ganz so allein waren, wie es auf den ersten Blick ausgesehen hatte.

Sie konnte nicht aufhören, sich zu verwundern: Erstaunlich, nicht wahr, daß neben Kakerlaken und Schmeißfliegen einige Sperlinge und Tauben davongekommen waren? Und in den kaschubischen Wasserlöchern überdauerte Frosch- und Fischlaich, so daß wir mit wiederbelebten Gewässern rechnen konnten. Bald kamen Molche und Eidechsen vor. Als später, viel später mit Moosen, Flechten und Schachtelhalmen, mit Schilf und niedrigem Gebüsch neues Leben um Wasserlöcher entstand, waren auch wieder Mücken da, Libellen sogar und diese ewigen Langweiler: Land- und Wasserschnecken. Ach ja, eklige Würmer, nicht eigentlich Regenwürmer – wir nannten sie Rußwürmer –, gab es, doch viel war das nicht. Etwas fehlte. Ach Freund, klagte die Rättin, wie habt ihr uns einsam werden lassen.

Da ich mich totstellte und zu keinem Einwurf lustig sein wollte, setzte sie ihren Bericht abermals bei Ultimo an: Als wir wenige Tage nach eurem Endspiel die Stille in unseren Gangsystemen und Fluchtkammern als allzu bedrückend empfanden, schickten wir einige Jungratten nach oben. Gleichzeitig mußten alle während des Großen Knalls geborenen und sogleich verendeten Würfe ausgeräumt werden. Keine der Jungratten kam zurück. Danach entsprechende Ausfälle, mehrmals. Schließlich schickten wir, um die nachwachsende Population zu schonen, Altratten rauf, von denen einige Nachricht brachten, worauf sie verkrampften und wegstarben: innere Blutungen, Tumore. Glaub uns, Freund, die Nachrichten von der Oberfläche hörten sich wie menschliche Übertreibungen an. Nichts sei da oben. Wörter wie Niemandsland oder Flunkerte Erresch, die oft berufene verbrannte Erde, fielen den Altratten zuletzt ein. Und als wir in Großsippen, doch immer auf Reserven bedacht, die Zeit der Zuflucht aufhoben, aufheben mußten, weil die innere Ordnung, besonders in den Großkammern, zu zerfallen begann, wollten wir sogleich zurück und lieber Streß unten als oben Leere ertragen.

Die Rättin schwieg, als sollte ihr Schweigen die Leere, das Nichts deutlich machen.

Also stellte ich mich nicht länger tot: Und das habt ihr ausgehalten: erst unten eingegraben, dann oben ausgesetzt sein?

Was blieb uns übrig, sagte sie. Da uns alle Ausfluchten versperrt waren, mußten wir ein Verhalten annehmen, das uns seit Rattengedenken eingeübt ist. Und dennoch haben nur wenige diese frühe Periode des neuen Zeitalters durchstehen können. Viele siechten, andere blieben unfähig, gesunden Nachwuchs zu werfen. Immer wieder mußten mißgestaltete Würfe verbissen werden. Nur langsam gelang uns die Umstellung auf posthumane Verhältnisse. Nein, immer noch leiden wir unter Spätschäden...

Doch zum Glück, rief die Rättin, paßten sich jene Sippen den Staubstürmen und deren strahlender Mitgift an, die sich während der auslaufenden Humanzeit in Kernkraftwerken und Atommüllzwischenlagern angesiedelt und resistent gemacht hatten. Ihnen gelang es, die ersten gesunden Würfe durchzubringen. Doch heißt gesund nicht unverändert: Unser vormals graubraunes Fell ist seitdem grün, als hätten wir jene Farbe retten wollen, die mit den Menschen wie ausgelöscht war. Und nicht nur wir sind verändert. Die Spatzen und Tauben sind weiß und scharlachrot gefiedert. Frösche und Lurche geraten viel größer, sind aber durchsichtig fast. Zwar ähneln die Fische in Wasserlöchern herkömmlichen Plötzen, Karpfen und Hechten, doch sind auch sie im Kiemen- und Seitenflossenbereich verändert, als wollten dort Glieder, demnächst tauglich für Landgang wachsen. Ach ja! Auch das noch: Die Schmeißfliegen werfen lebendige Junge und säugen, stell dir vor, säugen wie wir. Flugschnecken gibt es und Spinnen, die unter Wasser ihr Netz spannen. Die Rußwürmer leben, nützlich durchaus, vom abgelagerten Ruß, sind aber ungenießbar sogar für unsereins ...

Ich rief: Das hast du gelesen, Rättin! In Schmökern irgendwo aufgeschnappt. Diese triviale Science-fiction-Menagerie! Malskatsche Fabelwesen oder Breughelsche Ausgeburten. Der übliche Mutationsschwindel!

Ruhig, als wäre mein Einwurf schon lange fällig gewesen, sagte sie: Hör zu, Alterchen. Du mußt nicht glauben, was du nicht hören willst. Doch zeigen wir dir gerne bei Gelegenheit einige landgängige Fische, sirrende Flugschnecken und säugende Fliegen. Du wirst dich noch wundern.

Mich reizten ihre vertraulichen Anreden – Paps, guter alter Paps, sagte sie –, doch blieb die Rättin, trotz meiner hämischen Auslassungen über, wie ich sagte, leserattige Phantasien, gelassen bei ihrem Bericht: Jedenfalls siedeln wir seitdem wieder auf der Erdoberfläche. Nur unsere Vorräte blieben untertage gelagert. Oben gab es vorerst nur wenig zu beißen, und das Wenige war durch Schadstoffe verdorben. Wir mußten Warnsysteme entwickeln und von Vorräten zehren, bis wir annähernd immun waren und vom Vorgefundenen satt werden konnten. Davon gab es in unserer Region, die einmal deine gewesen ist, reichlich; denn was der Mensch an Gebäuden, ob Wohnsilo oder Kaserne, Reihenhaus oder Fabrikanlage, Kirche oder Theater, errichtet hatte, das blieb in seinen Mauern bestehen und bot in Kellern und Lagerhallen, was unserer Aufzucht notwendig war. Wir lebten gar nicht so schlecht während der Übergangszeit und erinnern uns gerne an die Konservenlager der polnischen Miliz. Weißblechdosen machten uns keine Mühe. Hauptsächlich fanden wir gekümmelten Schweinekohl, Kochwürste und Gulasch konserviert. Außerdem waren Schmalzfleisch und Kuttelfleck in Büchsen und Eimern vorrätig. Auch fand sich, mit Graupen eingekocht, Gänseklein. Dieses für den staatlichen Selbstschutz angelegte Großlager machten wir im Vorort Langfuhr aus, auf Hochstrieß, wo vor langer Zeit ein kronprinzliches Leibhusarenregiment und zum Schluß die Miliz kaserniert war. In Danzig fanden wir viele Konsumlager und die Lagerräume der Leninwerft-Kantine mit Dosenvorräten gut versorgt. Doch sonst kam uns die menschenfreie Stadt in ihren Speisekammern und Kühlschränken nur dürftig ausgestattet vor. Wir mußten suchen und suchen und wurden städtisch dabei.

Du siehst, sagte die Rättin, unsere Lage war akzeptabel. Da die Schonbomben nach ihrer Art und Absicht nur alles Leben vernichtet hatten, stand im Zentrum und im Hafen nicht nur jedes Gebäude in seiner Substanz erhalten, es blieben auch Fahrzeuge und Geräte heil. Es fehlten der alten, immer wieder von Menschenhand zerstörten, danach kostspielig aufgebauten Stadt kein Turm und kein Giebel. Sankt Marien gluckte wie eh und je. Nach wie vor hob der elegante Rathausturm irgendeinen unterm Ruß vergoldeten König himmelwärts. Einander mit Fassadenschmuck überbietend, reihten sich die Häuser der Langgasse, Frauengasse, Hunde-, Jopen- und Brotbänkengasse. Offen und schöngerundet die alten Stadttore, prächtig das Grüne Tor, wenn auch wie jedes Gemäuer verrußt. Überall Treppen und steingehauene Beischläge. Mit Grazie und Muskelspiel erinnerte der bronzene, einen Dreizack schwingende Neptun vor dem Artushof, wo er unverrückt immer noch steht, an das vergangene Menschengeschlecht.

Verdammt! Sie wurde mir glaubwürdig. Ortskundig sprach sie. Sie wußte, daß man von der Wollwebergasse ins Zeughaus und an der Großen Mühle vorbei zum Orbis-Hotel Hevelius kommt. Sogar die Speicherinsel links rechts der Milchkannengasse und die Niederstadt kannte sie: Langgarten hoch bis nach Kneipab; doch sei dieser Stadtteil, sagte sie unter Bedauern, gänzlich verschlammt, wie überhaupt Schlammlawinen von allen Seiten, bis vor den Giebel der Trinitatiskirche, bis vors Olivaer Tor die Stadt eingeschlossen hätten. Genau bezeichnet sie die Lage der Vororte Ohra und Schidlitz. Auch als sie von einem D-Zug erzählte, der abfahrbereit nach Warschau auf Gleis drei gestanden hätte, plazierte sie den Hauptbahnhof richtig; und das Arbeiterdenkmal vor dem Portal zur Leninwerft war ihr wie das Werftgelände gleichfalls bekannt. Ich war versucht, ihr zu glauben, als sie behauptete, die Ratten hätten auf den Hellingen, im Trockendock und an den Kaianlagen Schiffe im Rohbau, Schiffe in Reparatur und mit Stahltrossen festgemachte Schiffe verschiedener Herkunft und Tonnage vorgefunden. Natürlich alle menschenfrei. Sie sagte: Die Mopeds und Fahrräder der entsafteten Hafen- und Werftarbeiter behielten ihr Aussehen.

Heh, Ratte! rief ich. Und was, verdammt, habt ihr mit den Entsafteten getan? Die müssen doch überall rumgelegen haben, geschrumpft, wie du sagst.

Freund! ermahnte die Rättin mich: Etwas mehr Anteilnahme! Du sprichst von Menschen, von deinesgleichen.

Ja, wir fanden sie überall. In Häusern, Gassen und Kirchen, auf dem Heumarkt, dem Kohlenmarkt, die Lange Brücke hoch, in Straßenbahnen, Vorortzügen, im D-Zug, der nach Warschau wollte. Ausgedörrte Kadaver, ledern und rußschwarz seit der finsteren Zeit der Staubstürme. Sie lagen, hockten, kauerten, waren miteinander verknotet, als wäre ihnen zum Schluß unser gelegentlich verklebter Wurf, Rattenkönig genannt, Vorbild geworden. In den Kajüten der Schiffe, auf jedem Schiffsdeck, längs den Kaianlagen, in der Kantine der Leninwerft, überall hatte es den Menschen das Blut, den Rotz, alles Wasser, die letzten Säfte entzogen. Auf Zwergenmaß zusammengeschnurrt waren sie uns leichtgewichtig, als wir sie wegräumten. Viele klammerten sich – Touristen offenbar – an ihre Kamera. Und dennoch – glaub uns! – war der Mensch in seinen Resten schön. Alle Glieder zu wilder Gestik verrenkt, grimassierend und schön. Ums Lippenrot und um den Augenglanz, ums scheue Lächeln, um seine sanfte oder herrische Stimme, ums geschickte Fingerspiel und den aufrechten Gang gebracht, blieb der Mensch schön. Auch konnte jener schwarze schmierige Belag, der auf allen lag und den wir geduldig vorsichtig lösten, seine Schönheit nicht mindern. Wir wollten uns lange nicht trennen von jenen anschaulichen Resten einstiger Herrlichkeit. Doch nicht nur Hunger zwang uns, die Entsafteten wegzuräumen; die posthumane Zeit sollte ganz und gar uns, dem überlebenden Rattengeschlecht, gehören.

Mir war, als hätte die Rättin, von der mir träumt, mich bei der Hand genommen. Fern meiner Raumkapsel führte sie mich durch leere Gassen, durch die menschenfreie Stadt. Ich warf keinen Schatten, doch meine Schritte hörte ich. So verrußt alles Mauerwerk war, es hatten sich an den Stadttoren die alten Inschriften dennoch gehalten. In runden lateinischen Buchstaben, auf deutsch und auf polnisch auch, erzählten sie von Danzig und Gdańsk. Was ich nicht entziffern konnte, buchstabierte die Rättin. Am Langgasser Tor stand noch immer jener Wahlspruch der einst reichen, wie versessen handeltreibenden Stadt, der während Jahrhunderten im Leitwort der städtischen Willkür zitiert worden war und nun den Ratten galt: Nec temere, nec timide. Das wollen wir sein, sagte die Rättin: weder zu waghalsig noch allzu zaghaft. Ach, Freund, wie prächtig deine Stadt ist und uns wohnlich zugleich!

Was ich sah, führte Beweis, daß jede Fassade zwar geschwärzt und entglast, aber bis in den letzten Schnörkel heilgeblieben war. Gewiß, eine düstere Kulisse, aber doch kenntlich. Gleichmäßig beschichtet zeichneten sich Gesimse, Giebelverzierungen, Beischläge und Figurationen der eingelassenen Reliefs schärfer als vormals ab. Wie überraschend noch immer der Blick von der Langgasse durch die schmale Beutlergasse auf den überragenden Turm der Marienkirche. Ob sie auch jetzt noch im Inneren so protestantisch weißgekälkt nach Malskatscher Wandmalerei schreit? Ich wollte hinein, doch die Rättin erlaubte keinen Kirchenbesuch. Später, sagte sie, später vielleicht.

Die Lange Brücke entlang, durch alle Tore zur Mottlau hin herrschte Rattenbetrieb. Entweder fraßen sie oder paarten sich. Ich wollte nicht sehen, was sie in sich hineinfraßen. Diese zähledernen Klumpen mochten wasweißich gewesen sein. Die Rättin schonte mich, sprach nicht wie sonst ohne Unterlaß, sondern sagte Bibelzitate her, die sich auf jene Tätigkeit der Ratten bezogen, welche dem Wort genügte: mehret euch. Menlin bestiegen wie blindlings Frewlin, die sich besteigen ließen, ohne Auswahl zu treffen. Dann fraßen sie wieder: irgendwas.

So sind wir, sagte die Rättin: Sorge um Nahrung, auf daß wir uns mehren, hält unsereins beweglich. Wüßtest du Besseres, Freund?

Die Liebe, sagte ich, das große, umfassende, seine Wahl treffende, dieses himmlische und doch zutiefst menschliche Gefühl, das mich, wenn ich an meine Damroka denke...

Geschenkt! rief die Rättin. Als es mit euch zu Ende ging, wußtet ihr Menschen nicht mehr, wer Männchen, wer Weibchen war. Verwirrt von euren Kopfgeburten, wolltet ihr beides zugleich sein, zeugende Säuger, die sich selbsttätig mit ureigenem Pimmel in ureigener Möse zu gefallen suchten.

Wir lachten beide. Gut, Rättin! Für dich zu träumen lohnt. Das will ich den seefahrenden Frauen erzählen, die mich abgeschrieben, mitsamt dem kleinen Unterschied ausgebootet haben …

Dann verließen wir die Recht- und Altstadt, die längs der Wallgasse, überall dort, wo man an ihre Grenzen stieß, von Schlamm- und Geröllmassen eingeschlossen war. Ausläufer des schlammigen Breis, der aber trocken, begehbar zu sein schien, drängten in den Hohen Seigen, den Schlüsseldamm, bis vors Jakobstor und zum Eingang der Werft, die in Metallschrift immer noch Leninwerft hieß. Dort ragte, aus drei hohen Eisenkreuzen errichtet, an denen, als könne man Anker kreuzigen, drei schmiedeeiserne Anker hingen, das Denkmal für jene Arbeiter, die im Dezember siebzig von der Miliz erschossen wurden.

Ich sagte: Ehrlich, Rättin, ehrlich, was haltet ihr Ratten von Solidarność?

Sie sagte: Dieser Gedanke war uns in der Praxis schon immer eigen.

Und würdet ihr zukünftig, wenn Herrschaft euch drücken würde …

Nie wieder, sagte sie, wird sich das Rattengeschlecht in Löcher verkriechen.

Aber wenn sich, nur angenommen, eine Oberratte …

Lächerlich! rief sie. Sowas denken nur Menschenhirne sich aus. Unsereins ist nichts übergeordnet.

Im Hafengelände stand und lag, was aus Humanzeiten unversehrt stehengeblieben, liegengeblieben war: Kräne, Container, Gabelstapler, verschieden kalibriges Kriegsgerät. An Pollern festgemacht: drei Minensuchboote, fertig zum Auslaufen. Doch keine Hand, kein Kommando und keine

Möwen mehr. Nur Ratten, überall Ratten, die auch hier dem Bibelwort folgten. Auf jedem Schiffsdeck, gehäuft um Container, die sie nagend durchlässig gemacht hatten, die Kaianlagen entlang. Ihr zinkgrünes Fell vor und auf dem geschwärzten Schrott. Einzig sie brachten Farbe ins Bild.

Wieder lachte die Rättin. Weißt du übrigens, Freund, was Ratte auf polnisch heißt?

Nichts wollte ich wissen. Meine Raumkapsel wollte ich wieder beziehen, enthoben sein, auf Distanz gehen, anders bewegte Bilder träumen. Nur weg von hier!

Szczur, sagte die Rättin, bevor sie verging. So heißt auf Polnisch die Ratte. Szczur! rief sie mir nach. Nachsprechen bitte: Szczur!

Es ist ja nicht so, daß die Kaschubei nur Hinterland, eine vom großen Geschehen vergessene Provinz, jene gehügelte Beschränktheit hinter den Sieben Bergen ist, die sich selbst genügt; Anna Koljaiczeks kaschubisches Kraut wuchert weltweit. Ableger der Linie Woyke, die nach Zukowo zurückweist, wo früher das Kloster war, bis es Domäne wurde, verschlug es, als wieder einmal ein Krieg zu Ende ging, nach Australien: Zwei Brüder Woyke, die unehelich ihre Mutter Stine zurückließen, reisten per Schiff und nahmen Bräute aus Kokoszki und Firoga mit.

Nach dem einen und dem nächsten Krieg wanderten etliche vom Zweig Stomma und ein Kuczorra nach Amerika aus, wo sie in Chicago und Buffalo Nachkommen jenes Josef Koljaiczek vorfanden, der, wie man weiß, zu Beginn des Jahrhunderts unter Flößen seiner Anna entschwand; seitdem viele im Klein- und Großhandel tüchtige Colchics.

Ein Bronski aus Annas väterlicher Wurzel, die in Matarnia Boden hat, ist schon zu Kaisers Zeiten bis nach Japan gekommen, wo er mit Stäbchen zu essen lernte. Einer seiner Enkel hat es in Hongkong zu Familie und Wohlstand gebracht.

Nach fünfundvierzig haben, neben Annas Enkelsohn Oskar, der im Rheinland ansässig wurde, mehrere Enkelkinder ihrer verstorbenen Schwestern Amanda, Hulda und Lisbeth in Schwaben und im Ruhrgebiet Fuß gefaßt, weil es, so sagte man damals nicht nur an kaschubischen Tischen, im Osten zwar schöner, im Westen aber besser sei.

Aus Annas mütterlicher Linie Kurbiella, die aber immer wieder, wie aus Kirchenbüchern in Kartuzy, Matarnia und Wejherowo zu lesen ist, mit den Linien Woyke, Stomma, Kuczorra und angeheiratet Lemke und Stobbe lebenslängliche Knoten schlug, ist ein Kurbiella zur Handelsmarine gegangen, doch ab Mitte der fünfziger Jahre in Schweden geblieben. Dort beschloß er, nach Afrika auszuwandern: Seine Postkarten, die Palmenstrände und exotische Früchte zeigen, kommen aus Mombasa, wo er im Hotelgewerbe tätig ist.

So betont alle ausgewanderten Kaschuben sich als US-Bürger, Angehörige des Commonwealth und überbetont als Westdeutsche geben, es hängt ihnen dennoch das Kaschubische, dieser Geruch von Buttermilch und eingekochtem Rübensirup an; auch unser Herr Matzerath, der sich gerne weltmännisch und vielgereist gibt, riecht unterm Kölnisch Wasser anheimelnd nach Stall.

Als Anna Koljaiczek ihren hundertundsiebten Geburtstag mit einladenden Postkarten ausrief, wurde sie in allen fünf Kontinenten, übrigens auch in Montevideo gehört, wo ein Urenkel des untergetauchten Josef Koljaiczek, wie alle Colchics, Handel mit Bauholz und Edelhölzern treibt. Überdies sollen auch Colchics im brasilianischen Urwald beim Kahlschlag und auf Island als Eigner einer Kistenfabrik tätig sein.

Es reist also nicht nur über Poznan und Bydgoszcz, das früher Bromberg hieß, unser Herr Matzerath an; während ein Woyke mit Frau, der nun abenteuerlich Viking heißt und bei der Eisenbahn tätig ist, von Australien her seinen Schiffsweg nimmt, kommt aus der Vielzahl ein einziger Mister Colchic, der eine Stomma geheiratet hat, mit Gattin vom Michigansee her geflogen.

Von Hongkong fliegt über Frankfurt am Main nach Warschau das Ehepaar Bruns, vormals Bronski, das aus der britischen Kronkolonie billig Spielzeug exportiert und nun bänglich gespannt ist, wie sich Mrs. Bruns – bei deutlich chinesischer Herkunft – zwischen Kaschuben zurechtfinden wird.

Leider hat der Edelholzhändler aus Montevideo absagen müssen; aber jener ehemalige Matrose, der über Schweden nach Afrika fand, kommt und heißt als Hotelmanager noch immer Kurbiella.

Obgleich die Enkelkinder von Annas verstorbenen Schwestern Amanda, Hulda und Lisbeth der Kaschubei zunächst wohnen, haben nur Herr und Frau Stomma, sie eine geborene Pipka, zugesagt, mit zwei halbwüchsigen Kindern zu kommen. Von Gelsenkirchen, wo ihr Fahrradgeschäft mit Reparaturwerkstatt und Filiale in Wanne-Eickel überdies einen Geschäftsführer ernährt, reisen die Stommas per Eisenbahn an.

Vergeblich hat unser Herr Matzerath versucht, seinen mutmaßlichen Sohn Kurt und dessen Mutter, die, wie man weiß, eine geborene Truczinski ist, zur Mitreise im Mercedes zu bewegen; doch Maria hielt sich für unabkömmlich. Nach ihres Mannes Tod kurz vor Kriegsende, der, wie Oskar heute meint, vermeidbar gewesen wäre, blieb sie unverheiratet und geschäftstüchtig.

»Neinnein! Dahin will ich nicht zurück mehr!« soll sie gerufen haben. Und Streit gab es deshalb, in dessen Verlauf Vaterschaften bezweifelt wurden; doch dieses leidige Thema hier auszubreiten würde zu weit führen. Es blieb bei Maria Matzeraths Absage: Sie könne ihre Ladenkette nicht einfach im Stich lassen.

Als ich ihn kurz vor seiner Abreise wie nebenbei fragte: »Sagen Sie, Oskar, wer von den weltweit zerstreuten und seßhaften Kaschuben ist Ihnen persönlich bekannt?«, sagte er: »Eine gewisse Scheu hinderte mich bisher, reisend meiner Vergangenheit nachzugehen. Zwar gab es etliche Korrespondenz, doch außer auf Fotos – besonders die Colchics haben fleißig fotografiert – wurde nichts anschaulich. Nun hoffe ich, wenn schon nicht meinen Onkel Jan, der meiner armen Mama so schmerzlich vertraut war, so doch dessen Sohn wiederzusehen: Stephan ist nur zwei Monate älter als ich.«

Nach einer Pause, die er nutzte, um an seinen Fingerringen zu drehen, sagte er: »Nunja, Tiefschürfendes wird man sich nicht zu sagen haben. Sie kennen doch diese Familienauftriebe. Viel Gedränge und wenig Nähe. Mir geht es vor allem um meine Großmutter. Einzig sie ist mir leibhaftig geblieben. Zu ihr, nur zu ihr will ich. Allerdings wohnt Anna Koljaiczek nicht mehr in Bissau-Abbau, sondern mehr nach Mattern hin, das heute Matarnia heißt. Der Bau des neuen Flughafens war Grund dieser Vertreibung. Deshalb sind jene Kartoffeläcker, die meine Großmutter von Jugend an bestellt und nachgehackt hat, wie manch anderer Mythos auch, unterm Beton verschwunden.«

Während er im lädierten Mercedes unterwegs ist und sich, nach traumloser Übernachtung, von Posen her Bromberg nähert, müssen nun andere Fragen, wenn nicht ihm, dann rhetorisch gestellt werden: Warum abermals Oskar? Hätte er nicht dreißig Jahre alt und in seiner Heil- und Pflegeanstalt bleiben können? Und wenn schon gealtert und neuerdings medienverrückt, warum dann zum Hundertundsiebten erst? Weshalb nicht vor Jahren, als es Anlaß genug gab, die runde Zahl zu feiern? Und warum verbat sich Anna Koljaiczek zu allen abgefeierten Geburtstagen Umstände oder – wie sie es nannte – Fisimatenten, bis sie endlich doch einladende Postkarten in alle Welt verschicken ließ?

Weil sie von Unruhe bewegt war, die mit ihr auf der Bank vorm Haus Platz nahm. Weil ihr seit Jahren inständiger Satz, »Nu mecht baldich zuende jehn«, nicht mehr nur sie, die Uralte, meinte, sondern sich umfassend festigte: »Nu mecht baldich aus sain mid alles, was is.«

Deshalb bekamen alle, die ihr nah wie fern nahe waren, Postkarten, die der Priester in Matarnia für sie schreiben mußte; denn Anna Koljaiczek hatte zu Hochwürden gesagt: »Faiern willich, abä schraiben muß waißnichwer.«

Und solch eine Postkarte rief auch unseren Herrn Matzerath, der zwar Jahr für Jahr pünktlich der Geburtstage seiner Großmutter gedacht hatte, aber seit Ende des letzten Krieges, als er in einem Güterwagen krank in den Westen gerollt wurde, nie wieder nach Hause gekommen war. Nun reist er in nordöstliche Richtung und starrt ängstlich, als suche er Halt dort, auf den Nacken seines Chauffeurs; denn mit Anna Koljaiczek sieht auch er ziemlich schwarz.

Ein Tuch drüber und fertig! Weil ich nicht will, daß jetzt wieder die Rättin spricht, bleibt der Käfig meiner Weihnachtsratte verhängt. Nichts sehen, nichts hören! Kein Drittes Programm, in dem, zwischen Barockmusik, die Welt in Kommentare zerfällt. Weiß ich doch, daß es bergab geht, immer schneller sogar. Auf meinen Papieren sieht es nicht besser aus: Überall stirbt der Wald. Malskat? Das war einmal. (Wer will noch wissen, wie jener Bischof von Lübeck hieß, der ins Chorschlußgewölbe ein steingehauenes Hakenkreuz fügen ließ?) Bleibt das Schiff. Vielleicht kommt es davon. Ich sollte mich an die Frauen halten...

Jetzt ist Gotland in Sicht. »Die Neue Ilsebill« macht neun Knoten Fahrt. Der Forschungsewer lärmt, so rüttelt der Diesel. Damroka will alle Zeit zurückgewinnen, die verlorenging, als gestritten wurde und aus Prinzip Ohrenquallen gezählt werden mußten.

Jetzt streiten die Frauen nicht mehr. Die Meereskundlerin versichert, es liege nun Material genug vor.

Die Steuermännin sagt: »Wenn wir zwischen Öland und Gotland noch kurz paar Messungen machen, sind wir fertig und können von mir aus ...«

Damroka schweigt. Sie will nicht nochmal und nochmal sagen, was der Butt ihr gesagt hat.

Die Alte ruft überm Abwasch aus der Kombüse: »Wir werden schon nicht zu spät kommen. Euer Vineta läuft euch nicht weg.«

Und auf den Vorschlag der Steuermännin, zwischen Rügen und Usedom solle noch paarmal der Meßhai rausgehängt werden – »Damit uns die DDR-Heinis unseren Forschungsdrang glauben« –, sagt die Maschinistin: »Martha hat recht. Die lassen niemand in ihr Gewässer, der nur Vineta suchen will und sonst nichts.«

So altmodisch und streng heißt die Steuermännin, die aber, riefe ich sie vertraut beim Namen, nicht Martha, sondern ganz anders hieße. Und wenn die Maschinistin hier plötzlich Helga, die Meereskundlerin Vera heißt, haben beide, wo sie sonst wirklich und – nebenbei gesagt – erfolgreich berufstätig sind, ganz anders lautende Namen. Auch Damroka wird hier nur Damroka gerufen und kommt, wo sie mir nah ist, mit weniger Silben aus. Nur die Alte könnte jederzeit und allerorts Erna heißen.

Ich muß das sagen, weil die fünf Frauen an Bord des Schiffes so, wie man sie anderswo ruft, niemals zusammen ein Schiff befahren würden; nur meine Willkür hat sie auf Deck, mittschiffs, in Hängematten versammelt und auf gewünschten Kurs gebracht. Das war nicht leicht. Es hieß: Typisch! Nur Männer denken sich sowas aus. Harmoniesüchtig ist er. Soll wohl ne Friedensfahrt werden!

Tricks und Notlügen mußte ich mir einfallen lassen und kurz vor Reisebeginn versprechen, daß nie Sturm aufkommen werde und niemals Maschinenschaden auf hoher See zu befürchten sei.

Dennoch sind mir Bedingungen gestellt: Kein Grübchen darf ich zählen, kein Muttermal entdecken, quer oder steil keine einzige Falte deuten. Keine der Frauen will ähnlich sein. Sie weigern sich auszusehen, wie ich sie spiegeln möchte. Deshalb ist mir verboten, Profile zu zeichnen, diese Stirn zu wölben, die andere kurz sein zu lassen und Schnittmuster ihrer Augen zu fertigen. Sobald ich sie sprechen oder schweigen lasse, müssen der sprechende und der schweigende Mund ausgespart bleiben. Wie beredte oder verschlossene Lippen sich öffnen, einander treffen, pressen, befeuchten, kann nicht gesagt werden. Ob Backenknochen breit, ein Kinn zierlich, ein anderes voll und ausladend, Ohrläppchen hier freihängen, dort angewachsen sind, soll nicht typisch sein. Keinem Geruch – denn jede riecht anders – ist es erlaubt, sich Eigenschaftswörter zu suchen. Und nie darf Farbe vorkommen; sie wäre Verrat. Deshalb ist keine der Frauen an Bord blau-, grau- oder rehäugig. Von dunkelbraunem, semmelblondem, tiefschwarzem und weizenfarbenem Haar kann nicht die Rede sein. Nur daß Damroka schöngelockt ist, soll hier stehenbleiben. Und soviel noch: Aller fünf Frauen Haar ist mehr oder weniger graudurchmischt. Sie sind mir älter und älter geworden, zählen von Mitte vierzig bis weit über siebzig, obgleich sich besonders gerne die Alte immer noch mädchenhaft gibt.

Die vielen abgelebten Jahre. Wenn ich das sagen darf: Sie wurden mit der Zeit schöner. Da sie von Anbeginn – so hieß es – gut aussahen, konnte es ihnen älter werdend gelingen, ihre früher zu offenkundige Schönheit hinter Schleier zu stellen.

So ist es: Es sind fünf verschleierte Schönheiten, die nach Vineta wollen. Ihre Geschichten sogar, die alle von vergangenen Männern handeln, sind verschleierte Geschichten;

denn nie dürfte ich sagen, wie ich ihnen fremd geworden, abhandengekommen, nie greifbar gewesen, hungrig oder zufällig unterlaufen bin. Auch wer hier wen verletzt, benutzt, überhört, vermißt, im Regen stehengelassen hat, kann nicht Ballast sein für ein Schiff, das bald – denn schon steuert »Die Neue Ilsebill« den Hafen von Visby auf Gotland an – unterwegs sein wird, die versunkene Stadt zu suchen.

»Mann!« ruft die Maschinistin Helga und schlenkert mit Armen und Beinen, »ist mir nach Landgang!«

Die Meereskundlerin Vera sagt: »Ich leg einen neuen Film ein. In Visby soll es interessante Trümmer geben. Alles echt Mittelalter.«

Die Alte, die so oder so Erna gerufen wird, zählt auf, was eingekauft werden muß: »Und unbedingt brauchen wir Flüssiges, paar Flaschen Aquavit. Wer weiß, was es in eurem Unterwasserreich gibt?!«

Die Steuermännin, von der ich sagte, sie heiße Martha, will an Land unbedingt etwas erleben. »Ich glaub«, sagt sie voraus, »ich reiß mir noch schnell einen Mann auf, zum Abgewöhnen.«

Damroka, die ich heimlich schon immer Damroka gerufen habe, will nach dem Anlegen sofort zum Hafenmeister und die gestempelten Papiere abholen. Sie sagt: »Wenn wir nach Steuerbord hin Mönchgut liegen haben und dem DDR-Grenzschutz, sobald die mit ihrem Boot längsseit kommen, unsere tipptopp Papiere zeigen, kann uns so gut wie nichts mehr passieren.«

Ich halte mich raus. Ich sage nicht, was ich weiß. Daß es zu spät sein könnte, bleibt ungesagt. Ach, stünde den Frauen Vineta doch offen!

Die Rättin datiert uns nach eigener Zählung. Alles, was vor ihrem Auftritt in Europa geschah und nach unserer Rechnung ziemlich genau aufs Datum gebracht wurde, faßt sie mit der Formel, das war zur Zeit der Schwarzen Hausratte, zusammen. Ihre Herkunft bleibt dunkel. Eher Legenden schaffend als aufklärend sagt sie: Wir lebten lange am Kaspischen Meer, bis wir uns eines Tages entschlossen, schwimmend den Fluß Wolga zu überqueren und zu wandern, was uns als Wanderratten bekanntgemacht hat.

Da ihre Ankunft in Europa aus den Hafenstädten des Kontinents und der Britischen Inseln übereinstimmend während der fünfziger Jahre des achtzehnten Jahrhunderts gemeldet wurde, verlief die Völkerwanderung und verbreitete sich die Pest, wie die Rättin sagt, zur Zeit der Schwarzen Hausratte.

Desgleichen sind alle Ratten, die während des Dreißigjährigen Krieges in Magdeburg, Stralsund, Breisach und anderswo roh und abgezogen ihren Preis, gebraten oder gekocht ihren Nährwert hatten, Schwarze Hausratten gewesen.

Dennoch steht die Rättin als Wanderratte, die von Asien her ihren Weg nahm und töricht Rattus norvegicus genannt wird, zu jener mittlerweile nur spärlich nachzuweisenden Gattung Rattus rattus, zur langen Geschichte der Schwarzen Hausratte, die etwas kleiner, spitznasiger, doch proportional noch langschwänziger gewesen sein soll.

Sie sagt: Diese Unterschiede machen wir nicht. Ratte ist Ratte. Und als Ratte an sich waren auch wir bei allen Völkerwanderungen, beim Vormarsch der Pest, im Schatten der Kreuz- und Flagellantenzüge, als Johanna brannte, vor Macbeth' Schloß, mit allen Kaisern in Rom und auf den Schlachtfeldern des Dreißigjährigen Krieges dabei. Wenn Ratten auf Gustav Adolfs Schiffen gewesen sein sollen, als er über die Ostsee nach Pommern wollte, sind wir überm Kiel gewesen, und zwar in schwarzer Gestalt. Und wenn es in Hameln Hausratten waren, die man, obgleich als gute Schwimmer bekannt, in der Weser zu Tausenden ersäuft haben will, dann waren es abermals wir, die man zu ersäufen versucht hat.

Doch namentlich aktiv wurden die Wanderratten erst seit Beginn der Französischen Revolution, die, nach Meinung der Rättin, mit dem niedergeschlagenen Aufstand der Pariser Kommune endete; weshalb ihr der Krieg siebzigeinundsiebzig, als Ratten roh und gebraten wieder mal ihren Preis hatten, besonders wichtig ist. Sobald sie zu längerem Vortrag ausholt, sagt sie: Als wir zur Zeit der Pariser Kommune ... oder: Das war kurz nach dem Aufstand der Pariser Kommune ...

Nach Rechnung der Rättin beginnt kurz vor der Pariser Kommune die trostlose und, wie sie sagt, nichtswürdige Geschichte der weißhaarigen und rotäugigen Laborratte. In den fünfziger Jahren des neunzehnten Jahrhunderts wurde es in England und Frankreich Mode, hundert bis zweihundert gefangene Wanderratten unentrinnbar mit einem besonders scharfen Hund, in der Regel mit einem Terrier, einzusperren und Wetten über den Zeitaufwand der Rattenvernichtung abzuschließen; ein Vergnügen nicht nur der unteren Klassen. Sobald sich jedoch zwischen gefangenen Ratten Albinos befanden, wurden diese ausgesondert und in Schaubuden und Menagerien als Kuriosität gezeigt. Solche Selektierungen hielten etwa zehn Jahre an, bis ein Gesetz das Rattenverbeißen als Wettspiel zuerst in Frankreich, verspätet in England unter Verbot stellte. Doch da der Bedarf an weißroten Ratten inzwischen gestiegen war, begann man für Schaustellungen geeignete Albinos paarweis zu halten und kam so zu einer Vielzahl weißroter Würfe.

Ein Arzt in Genf, sagt meine Rättin, habe als erster Laborversuche mit den Weißroten gemacht, indem er Nahrungsmittel testete, später Medikamente ins Futter mischte, schließlich seine Laborratten mit Bazillen häufiger Humankrankheiten – Diphtherie, Scharlach, Grippe – infizierte, doch erst fünfunddreißig Jahre nach dem Aufstand der Pariser Kommune, als im Wistar-Institut in Philadelphia die Großproduktion jener bis kurz vor Ultimo nützlich genannter Laborratten begann, setzten sich Weißrote weltweit als Versuchsobjekte durch.

Meine Rättin sagt: Etwa hundertundfünfzig Jahre nach unserer Anlandung in Europa – wir kamen per Schiff – beginnt mit dem Eintritt der Laborratte in die Humangeschichte die Entwicklung zum Großen Knall hin.

Als sie mich soweit historisch unterwiesen hatte, sagte sie: Wußtest du übrigens, daß die Zuchtlaboratorien in Wilmington, Delaware, ihren Welthandel im letzten Jahr der Humangeschichte mit achtzehn Millionen Laborratten per anno und einem Gewinn von dreißig Millionen Dollar beziffert haben?

Nicht auszureden ist ihr der zeitraffende Umgang mit dem zwanzigsten Jahrhundert. Den ersten, den zweiten Weltkrieg und den von ihresgleichen vorweggenommenen dritten faßt sie zu einem einzigen Kriegsgeschehen zusammen, das, nach ihren Worten, folgerichtig mit dem Großen Knall endete. Deshalb spricht sie, sobald sie erzählend ausholt, von der Zeit vor oder nach dem Großen Knall. Neuerdings benutzt sie auch Wörter wie Humanzeit oder posthumane Zeit.

Als sie mir kürzlich träumte, sagte sie: Das war noch während der Humanzeit, aber gut hundertfünfzig Jahre nach der Hausrattenzeit, als zu Beginn der Laborrattenära die russische Ostseeflotte, unter Befehl des Admirals Rosjéstwenski, von Libau aus in See stechen wollte, worauf wir von Bord gingen. Und bald nach der Seeschlacht von Tsushima, an der wir nur auf japanischen Schiffen teilnahmen, begann jener große Krieg, der sich, trotz einiger Unterbrechungen, die man erfinderisch für die Entwicklung neuer Vertilgungsmittel nutzte, das Ziel gesetzt hatte, die Menschheit zu vernichten, um mit dem Ende des dreistufigen Weltkrieges die posthumane Zeit einzuleiten.

Neulich nahm die Rättin auf unsere Zählung Rücksicht und sagte: Nach Datierung der Humangeschichte war es im Jahr 1630, als wir mit der Flotte des schwedischen Königs Gustav Adolf auf der pommerschen Insel Usedom landeten und anläßlich dieser Anlandung, Usedom vorgelagert, eine versunkene Stadt entdeckten, die, zur Hausrattenzeit gegründet, anfangs Jumne hieß und später anders genannt wurde.

Als die Rättin mit nächstem Satz den Namen der versunkenen Stadt nannte, jammerte es in mir: O Gott! Wenn die Frauen wüßten, daß die Rättin weiß, wo Vineta liegt, müßten sie verzweifeln. Ich muß sie warnen. Sobald ich erwache, werde ich Damroka von meiner Rättin, von Hausratten und Wanderratten, von rotta, radau, rät, radda und rotto erzählen, die erst nach der Lautverschiebung ratz, ratze, italienisch ratto, französisch rat und deutsch Ratte und Rättin genannt wurden.

Zornig fiel ich ihr ins Wort, als sie zu längerem Bericht ausholte: Das war nach dem Großen Knall...

Lüge! schrie ich. Alles Lügen. Gab keinen Großen Knall. Und wenn es ihn geben sollte, was nicht ganz unwahrscheinlich ist, werdet auch ihr, wirst auch du, Rättin, diesen Tag X nicht überleben.

Sie blieb ungerührt, erklärte mir noch einmal das seit Noahs Zeiten bewährte Pfropfensystem und sagte: Schon vor dem Knall haben wir, sobald nach Kammerjägerart versucht wurde, Gänge und Nistkammern zu vergasen, Altratten als Pfropfen gesetzt, die mit fettem Hinterteil unsere Zufluchten fugendicht abschlossen.

Als ich weiter Lüge! und Nein! schrie, machte sie einen Sonderschüler aus mir: Deine Dummheit, Alterchen, fordert uns viel Geduld ab. Du wirst nachsitzen müssen. Dir zur Belehrung – denn nichts weißt du, nichts! – soll mit Schulkreide unser Sicherheitssystem auf die Tafel kommen.

Während mir wieder einmal, als müßte ich ewiglich Belehrungen ausgesetzt bleiben, eine Schultafel in den Traum gerückt wurde, hörte ich: Übrigens haben wir niemals Alttiere zwingen müssen, uns in Schutz zu nehmen. Oft boten sich so viele an, daß wir für jeden Zugang drei Pfropfen hintereinander setzen und alle Nistkammern gegen humane Vergasungsversuche absolut dicht machen konnten. Wie wir uns strecken, verdünnen und geschlankt durch enge Rohrleitungen zwängen können, so sind wir in der Lage, uns aufzupumpen und zum Pfropfen nicht nur gegen Giftgas, sondern auch gegen Wassereinbruch zu werden; womit unser Überleben der Sintflut endlich, so hoffen wir, auch deinem Unverstand erklärt sein sollte.

Also zeichnete sie auf schwarzer Tafel Gänge, Kammern und Pfropfen: ein Labyrinth. Sie hörte nicht auf, Lektionen zu erteilen: Als wir noch kürzlich durch die alte Stadt Danzig gingen und du, unser Freund, unverhohlen Freude zeigtest über den zwar rußgeschwärzten, aber in seiner Substanz guterhaltenen Zustand der vielen historischen Sehenswürdigkeiten, magst du gedacht haben: erstaunlich, wie unbekümmert der Rattenalltag nach dem Großen Knall verläuft. Doch dieser Eindruck täuscht. Immer noch werden wir von plötzlichen Staubstürmen heimgesucht, gegen deren zersetzende Wirkung nur Flucht in die Gangsysteme, der altbewährte Pfropfen hilft. Anfangs hatten wir Mühe, auch in posthumaner Zeit zahlreich zu sein. Viele Würfe mußten weggebissen werden: fehlende Glieder, offene Köpfe, knotige Schwänze. Deshalb sichern wir unsere Nistkammern immer noch durch Altratten. Ihre von Geschwulsten gezeichneten Hinterteile beweisen, wie notwendig dieser Dienst nach wie vor ist. Schau nur, Freund, schau genau hin.

Und es drehte die Rättin sich und wies mir ihr Hinterteil, damit ich sie als Altratte erkannte, die Pfropfendienst gegen radioaktiven Befall leistet. Sie zeigte eine einzige schwärende Wunde. Knochen freigelegt. Der Schwanz, gereihte Knorpel nur noch. Nichts war vom Fell geblieben. Geschwülste mit Eiterfluß. Ihr Geschlecht, ein pulsierender Krater, der Schaum schlug, verkrampfte, Gerinnsel ausspie...

Rättin! schrie ich. Du stirbst mir weg.

Na und? – Sie drehte ihr Hinterteil, diesen Wundherd, langsam, zu langsam weg.

Ich werde in meiner Raumkapsel allein, verdammt allein ohne dich sein...

Du übertreibst.

Sei wieder heil, Rättin, ich bitte dich!

Da hörte ich sie leise lachen, nun wieder die Witterhaare im Bild: Du dummer alter Paps. Hast du noch immer nicht bemerkt, daß wir dir bleiben, immer wieder nachgeboren erhalten bleiben, daß uns euer humanes Ich und dessen Sterblichkeit unbekannt ist, weil unser Ich sich aus ungezählten Rattenleben bildet und so den Tod aufhebt? Fürchte dich nicht. Wir gehen dir nicht verloren. Nie wirst du ohne uns sein. Wir hängen an dir, denn schließlich bist du es gewesen, der nützlich wurde, als eine Fehlerquelle vonnöten war, mit deren Hilfe der Große Knall ausgelöst und die posthumane Zeit eingeläutet werden sollte...

Da stimmt doch was nicht.
Weiß nicht was, die Richtung womöglich.
Irgendwas, aber was, falsch gemacht,
doch wann und wo falsch,
zumal alles läuft wie am Schnürchen,
wenn auch in eine Richtung,
die mit Schildern als falsch ausgewiesen ist.

Jetzt suchen wir die Fehlerquelle.
Wir suchen sie außer uns wie verrückt,
bis plötzlich jemand wir sagt,
wir alle könnten, mal angenommen zum Spaß,
die Fehlerquelle oder du oder du
könntest sie sein.
Wir meinen das nicht persönlich.

Jeder gibt jedem den Vortritt.
Während wie geschmiert alles
in falsche Richtung läuft,
von der gesagt wird,
es gebe, auch wenn sie falsch sei,
die eine nur, begrüßen die Menschen sich
mit dem Ruf: Ich bin die Fehlerquelle, du auch?

Selten sind wir so einig gewesen.
Niemand sucht mehr, wo was und wann
falsch gemacht worden ist.
Auch wird nicht nach Schuld
gefragt oder Schuldigen.

Wissen wir doch, daß jeder von uns.
Zufrieden wie nie zuvor laufen alle
in falsche Richtung den Schildern nach
und hoffen, daß sie falsch sind
und wir gerettet nochmal.

Im kosmischen Lehnstuhl angeschnallt, wurde ich steif vor Schreck. Hör auf, Rättin! Mach keine Witze. Ich soll, ich habe, einzig ich bin?

Dumm-, taub-, totstellen rief ich mir zu und stellte mich dumm, taub und tot.

Jetzt erst begriff ich: Das paßt ihr in den Kram. Setzt mich in eine Raumkapsel und macht mich zur Fehlerquelle. Hübsch ausgetüftelt hat sie sich das, denn tauglich wäre ich schon: ein technischer Idiot, der, in diesem Gehäuse fehl am Platze, ein Risiko ist. Unfähig, einen simplen Taschenrechner zu bedienen, und fern jeder Ahnung, was diese oder jene Mikroprozessoren alles wissen, können und ausführen, sitze ich hier als Fehlerquelle goldrichtig; denn sie behauptet, ich hätte dumm und fahrlässig mit Tasten und Knöpfchen gespielt. Als einer im Weltraum herumpfuschenden Null wäre es mir aus Langeweile und weil der Sonntag nicht aufhören wollte, plötzlich eingefallen, die niedlichen Siliziumchips zu irritieren; schlimmer noch: Über Videotransfer hätte ich Bildmaterial aus Science-fiction-Filmen und zwar Sequenzen aus Endzeitschnulzen in den realen Output gegeben, dabei das Störsignal übersehen, so daß mein Katastrophenprogramm – Fremdobjekte im Zielanflug – schließlich den Erdterminal zuerst der westlichen, dann der östlichen Schutzmacht gespeist habe; die hätten natürlich beide nicht lange gefackelt.

So konnte der Große Knall, sagte die Rättin, auch ohne Zutun der Ratten ausgelöst werden. Es sei mir gelungen, mit traumhaft spielerischer Sicherheit und bildscharf jene zielstrebigen Fremdobjekte einzufüttern und den Zeitcode, der anfangs rappelte, wieder zu harmonisieren.

Ich bin die Fehlerquelle! Ausgerechnet mir soll es gelungen sein, spielerisch Schluß zu machen. Nein! schrie ich. Das kommt nicht auf meine Kappe. Du solltest es wissen, Rättin, daß ich kaum Glühbirnen auswechseln kann und Autofahren auch nicht. Das war immer so, schon als Pimpf, später als Luftwaffenhelfer bei unserer Achtkommaacht, wo ich als K 6 mit dem Folgezeiger nie den Richtzeiger einholte, weshalb ich noch heute diese und andere Unfähigkeiten träume. Ich als Orbit-Observer! Ich als Space-Turner. Ich, ohne Ahnung, was Chips und Klips sind. Ich, der das Kosmonautengequatsche nur aus Filmen kennt. Ich, der vorhin noch verzweifelt versuchte, aufzuhalten, was sich vollzieht, indem ich nach unten Aufhören! Falscher Alarm! rief.

Vergeblich natürlich. Ich kann das ja nicht. Bin zu dumm dafür. Erde! rief ich. Antworten Erde! Aber es kam nur Piepen. Stille danach. Eigengeräusch.

Ich will jetzt aufwachen, sagte ich mir im Traum. Ich will nicht als Fehlerquelle geträumt werden. Gleich nach dem Aufwachen, will ich, vorm Teetrinken noch, nach der Zeitung greifen. Das wollen wir doch mal sehen, was die zu melden haben. Nichts wird von einer Fehlerquelle geschrieben stehen. Im Gegenteil: Alles läuft wie gewohnt. Natürlich gibt es Gefahren, aber wann gab es keine? Noch nie war der Friedenswille so groß!

Dennoch sollten sie gewarnt werden, die alten Männer, deren Finger so nah am Knöpfchen zittert. Hört, rief ich, ihr mächtigen Greise: Es heißt, ihr wollt miteinander sprechen und nicht mehr ganz so bös aufeinander sein. Das ist gut so. Redet, bitte redet, ganz gleich über was, aber redet. Und doch müssen wir uns fragen: Was hilft der Welt das neuerliche Gerede, wenn sich abseits eurer Friedensrederei zuerst klitzekleine, dann ziemlich massive Fehler in unser Sicherheitssystem einschleichen, ich meine, sich durchfressen, wie sich gewisse Nager durch Holz, Beton, durch Metall sogar durchfressen, bis sie – nehmen wir spaßeshalber mal an – in beide Zentralcomputer gelangt sind, dort Unsinn anstiften, schlimmer noch, alle Chips und Klips, unsere so sorgfältig ausgetüftelte Sicherheit durcheinanderbringen, nein, noch schlimmer, nicht durcheinanderbringen, vielmehr was da ist und auf Gelegenheit lauert, auslösen, etwas Endgültiges, das nicht mehr zurückgerufen werden kann. Nager schaffen das. Mäuse, zum Beispiel, die kommen überall durch rein raus, kein Löchlein ist denen zu klein, kein Spalt zu eng.

Deshalb, ihr Greise, gilt es Alarm zu geben. Hört ihr, Alarm! Umgehend, nein, sofort müssen die computerhörigen Kommandozentralen der beiden Schutzmächte gegen Mäusebefall gesichert werden. Und nicht gegen Mäuse nur. Immerhin könnte es sein, daß andere, besonders zähe und gegen Gift immune, zudem besonders intelligente Nager, Ratten zum Beispiel, alle für Mäuse wirksamen Sicherheitsmaßnahmen umgehen und den humanen Friedenswillen ignorieren.

Warum? Aus welchen Motiven?

Na, Schlußmachen wollen sie mit uns, mit der Menschheit total, weil sie uns satt haben, weil sie sich posthumane Zeiten erträumen und nur noch lustig für sich sein wollen; allenfalls Asseln noch, säugende Schmeißfliegen und sirrende Flugschnecken...

Denn hört, ihr Großen, die ihr soviel Verantwortung tragen müßt, hört, was mir träumte: Es gibt uns nicht mehr. Ich sah in Gdańsk, wo ich als Kind, als Hitlerjunge, als Luftwaffenhelfer zu Hause gewesen bin, nur Ratten noch. Dann träumte mir: Ich sitze in einer Raumkapsel, bin aber nicht auf stellare Erscheinungen fixiert, sondern bemühe mich, was auf der Erde geschieht, in meine Technik zu füttern, damit man unten endlich begreift, daß es nicht weitergehen kann so. Ich meine die vielen Probleme, die, von oben gesehen, überall deutlich ungelöst rumliegen. Zum Beispiel: Wohin mit dem Müll? Oder: Wie sollen die viel zu vielen Quallen gezählt werden? Und wer wird die sterbenden Wälder wieder gesund machen, sobald wir, wie im Märchen der Prinz, die Fehlerquelle endlich entdeckt haben?

Kurz vorm Erwachen gelang es mir doch noch, in meiner Raumkapsel den Monitor zu beleben. Nach üblichem Bildsalat, was Träume so mit sich bringen – abermals unfähig als K 6 –, sah ich mehrere Märchengestalten in einem Auto unterwegs...

Mit Rumpelstilzchen am Steuer, dem ausgelosten Zwerg als Beifahrer, mit dem schlafsüchtigen Dornröschen und dem wachküssenden Prinzen auf den Rücksitzen, fahren sie durch die Stadt Bonn, von der behauptet wird, sie sei die Bundeshauptstadt.

Der Zwerg sitzt auf zwei Kissen und hält mit suchendem Zeigefinger einen Stadtplan auf den Knien. Ortsfremd folgt Rumpelstilzchen den Anweisungen des Zwerges: »Links einordnen!« – »Nach der zweiten Straße rechts abbiegen.«

Immer wieder küßt der Prinz sein Dornröschen wach, um der Prinzessin hauptstädtische Sehenswürdigkeiten zu zeigen: den Rhein von der Rheinbrücke aus, dann die Beethovenhalle, später, nach einigen Irrfahrten durch die Quartiere der Lobbyisten, ein Hochhaus, das von drei Großbuchstaben erhöht wird, und einen modernen Flachbau, der dennoch an eine Baracke erinnern soll. Dornröschen muß ihre langumwimperten Plieraugen weit aufreißen, schläft aber immer wieder ein. Beinahe übersieht Rumpelstilzchen das Haltgebot einer Ampel. »Rot!« schreit der Zwerg.

In der Innenstadt gerät der alte Ford, dessen Motor, dank Hexenbenzin, nicht müde wird, zwischen viele Protestumzüge, die unterschiedliche, oft gegensätzlich laute Transparente vor sich her tragen. Der Prinz und der Zwerg lesen: »Wann kommt das Babyjahr?« – »Türken raus!« – »Raketen weg!« – »Den Frieden aufrüsten!« – »Gegen Tierversuche!« – »Weg mit Ratten und Schmeißfliegen!« und: »Auch ohne Wald geht das Leben weiter.« – »Der Wald stirbt, und die Grimmbrüder schlafen!«

Einige Demonstranten sind vermummt, andere mit Dachlatten bewaffnet, viele haben sich als Leichen oder wie zinkgrüne Ratten kostümiert. Jemand liest stehend eine Zeitung, deren Schlagzeile »Russen halten Kanzlerkinder versteckt!« schreit. Weil der Verkehr gerade stockt und der Zeitungsleser nahbei steht, liest der Zwerg den Aufmacher vor. Er kichert und klatscht in die Händchen.

Endlich das Schild »Zum Bundeskanzleramt«. Nach kurzer Fahrt halten sie vorm Kontrollhaus. Beim diensttuenden Offizier weist sich Rumpelstilzchen als Leiter der Kommission »Rettet die Märchen« aus. Wieder einmal muß der Prinz sein Dornröschen wachküssen: »Wir sind da, Liebste!«

Weil der Diensttuende zögert, sagt der Zwerg einen längeren Stummfilmtitel auf: »Wir suchen das Sonderministerium für mittelfristige Waldschäden und sind bei den Herren Minister und Staatssekretär Jacob und Wilhelm Grimm gemeldet. Unser Kennwort heißt Märchenstraße. Es eilt!«

Auf Weisung des Diensttuenden tippt ein wachhabender Soldat das Kennwort in die Elektronik. Auf dem Monitor steht »Kennwort Märchenstraße«. Dann kommt Antwort: »Märchenstraße freigeben«. Der Schlagbaum hebt sich. Der Diensttuende salutiert. Aus offenem Fenster gibt der Prinz Trinkgeld. Erstaunt sieht der junge, ein wenig überforderte Offizier in seinem Handteller eine goldene Münze. (Hier könnte unser Herr Matzerath Rat geben. Soll es ein Maxdor, ein Goldrubel sein?)

Im Knusperhäuschen sehen die Märchengestalten, was in Bonn geschieht. Sobald die Delegation den alten Ford verläßt und von Jacob und Wilhelm Grimm vorm Portal des Ministeriums in Empfang genommen wird, klatschen sie Beifall. Sogar des Mädchens abgehauene Hände klatschen. Hänsel und Gretel erklären Rapunzel, wer Jacob, wer Wilhelm ist. Aufgeregt knabbert die Hexe an Knöchlein aus ihrer Sammlung. Die schwerhörige Großmutter sagt zu Rotkäppchen: »Hoffentlich bringen sie mir das Wörterbuch mit. Es müssen ja nicht alle Bände sein. Der Zwerg hat's versprochen.«

In den Amtszimmern der Grimmbrüder hängen an den Wänden großflächige Landkarten, die Waldgebiete und, verschiedenfarbig markiert, Waldschäden zeigen. Jacob bittet die Märchengestalten, um ein Rauchertischchen Platz zu nehmen. Wilhelm legt der Delegation ein altes Exemplar der Grimmschen Hausmärchen vor und bittet um Signaturen. Zuerst signiert Dornröschen, dann der Prinz. Der Zwerg zeichnet als »Dritter Zwerg«. Rumpelstilzchen holt zu großer Unterschrift aus, zögert und macht drei Kreuze. Erst auf Dornröschens Bitten – sie sagt: »Aber die Herren wissen doch ...« – schreibt er in Klammern »Rumpelstilzchen« daneben.

Nachdem der dritte Zwerg die lustig arrangierten Schlümpfe in Jacob Grimms Vitrine bestaunt hat, trägt er (nach einem Vorschlag, den unser Herr Matzerath gemacht hat) den Wunsch von Rotkäppchens Großmutter nach dem Grimmschen Wörterbuch vor: »Sie hört so schwer und liest so gerne.« Geschmeichelt überreicht Jacob Grimm ein Exemplar mit Signatur: »Endlich ist sie erschienen, die vollständige Ausgabe. Es ist der erste Band von A bis Biermolke. Gerne wollen wir weitere Bände nachliefern.«

Jetzt erst bringen die Märchengestalten ihre Klage vor. Rumpelstilzchen springt auf, fordert, stampft den Boden, schüttelt Fäuste. Vornehm und verbindlich wie ein Diplomat gibt sich der Prinz. Der dritte Zwerg agitiert mit anarchistischen Untertönen. Soeben wachgeküßt, jammert Dornröschen mit schwimmendem Blick.

Die Klagen der Märchengestalten sollten in Gesten vom Kniefall bis zum Händeringen von starkem Ausdruck sein und sich mit nur wenigen Untertiteln helfen: »Ohne Wald sind wir verloren!« – »Mit dem Wald werden auch wir sterben.« – »Arm werden die Menschen ohne Wälder und Märchen sein.« – »Rächen werden wir uns!«

Jacob Grimm zeigt auf Fotos von riesigen Fabrikanlagen und Autohalden. Er sagt: »Wir sind leider machtlos. Die Demokratie ist nur Bittsteller. Das große Geld hat die Macht!«

Wilhelm Grimm ist den Tränen nahe: »Nicht nur die Mächtigen, wir alle werden mitschuldig sein, wenn der Wald stirbt.«

Jetzt heult Dornröschen und läßt sich vom Prinzen nicht trösten. Der dritte Zwerg flucht: »Doch nach den Wäldern werden die Menschen sterben!«

Wütend reißt sich Rumpelstilzchen sein für diesen Effekt präpariertes Bein aus und legt es demonstrativ auf den Schreibtisch des für mittelfristige Waldschäden zuständigen Ministers im Bundeskanzleramt.

Im Knusperhäuschen sehen die Märchengestalten im Zauberspiegel, wie ratlos man in Bonn ist. Alle sind niedergeschlagen. Rapunzel hüllt sich in ihr Haar, will nichts mehr sehen und hören. Schneewittchen möchte am liebsten den in Kunstharz eingeschlossenen Giftapfel essen. Einer der sechs im Märchenwald gebliebenen Zwerge ruft: »Muß denn auf ewig und immer der Kapitalismus siegen!?« Verzweifelt trampelt Rotkäppchen mit roten Stiefelchen: »Scheiße! Ich laß mich vom Wolf fressen!« und läuft aus dem Haus.

Die Großmutter versteht nichts, schüttelt den Kopf, nimmt das beiseite liegende Lackkästchen der Bösen Stiefmutter, schaltet Bonn aus und den Schwarzweißfilm »Rotkäppchen und der Wolf« ein. Nach kurzem Bildsalat, der verschiedene Märchenmotive ahnen läßt, sieht sie endlich, wie der Wolf Rotkäppchen frißt und feurige Augen hat.

Ärgerlich schaltet die Böse Stiefmutter ihren Zauberspiegel aus und ruft: »Was soll dieser Unsinn, Großmutter!«

Während Hänsel die verzweifelten Märchengestalten zu trösten versucht, läuft Gretel zum Brunnen, wo sie mit einem Guß aus dem Wassereimer den Froschkönig aus dem Brunnenloch holt. Schmerzhaft lächelnd akzeptiert die damenhafte Prinzessin eine beginnende Dreierbeziehung. (Diese Komplikationen wünscht sich unser Herr Matzerath.)

Doch nun jammert die Hexe laut: »Ach! Ohne Wald werden sich die Kinder nie wieder verlaufen können.« Hänsel tröstet sie, kann sich aber, bevor sie ihn zwischen ihre Titten nimmt, losreißen. Er ruft: »Schluß mit dem Gejammer! Es wird einen Weg geben. Wir müssen nur wollen! Der Mensch kann ohne Wald nicht leben. Ist das klar endlich!?«

In Bonn hat Wilhelm Grimm plötzlich eine Idee. Er sucht die Waldkarten an den Wänden ab und sagt: »Wir werden den Kanzler bewegen, mit uns und weiteren Experten endlich den sterbenden Wald zu besichtigen.«

Jacob Grimm stimmt zu: »Vielleicht geschieht dort ein Wunder.« Der dritte Zwerg will es genau wissen: »Wo, wo genau soll das sein?«

Jacob Grimm zeigt auf der großen Waldkarte, wo der Besichtigungsort sein wird. Wilhelm Grimm zieht mit dem Rotstift einen Kreis um die Besichtigungsstelle. Der Prinz küßt das weinend eingeschlafene Dornröschen wach und weist mit schönem langem Finger auf den Ort zukünftigen Geschehens, und Rumpelstilzchen schnallt sich wieder sein Bein an.

Im Knusperhäuschen wird die glückliche Wendung im Zauberspiegel eingefangen. Hänsel notiert den Besichtigungsort. Mit einer primitiven Waldkarte kommen die Zwerge. Hänsels Notiz wird mit der Karte verglichen. Sie finden die Stelle, tragen sie ein und tüfteln mit Hänsel einen Plan aus.

Die anderen Märchengestalten sehen fern. Der Zauberspiegel zeigt die Abfahrt der Delegation. Dornröschen hat Wilhelm zum Abschied ein Küßchen gegeben. Die Grimmbrüder winken dem alten Ford nach. Das Mädchen ohne Hände ist so gebannt, daß seine abgehauenen Hände gleichfalls winken. Mürrisch schaltet die Großmutter den Zauberspiegel ab und ruft: »Wo steckt denn Rotkäppchen, das dumme Ding!« Sie stöckert vors Haus. Alle folgen ihr.

Im Käfig wird der schlafende Wolf auf die Seite gelegt. Rübezahl öffnet den Reißverschlußbauch. Kaum aus dem Wolf gekrochen, wird Rotkäppchen von der Großmutter geohrfeigt.

Mit Hilfe der Waldkarte klären die Zwerge alle Märchenfiguren über den ausgetüftelten Plan auf. Hänsel, Rübezahl und das Mädchen ohne Hände kommen mit Werkzeug: Schaufeln, Rechen und Hacken.

Da nähert sich aus dem Wald der alte Ford mit der Delegation. Alle finden sich zur großen Begrüßung. Die Hexe schmeichelt Rumpelstilzchen. Lärm und Schulterklopfen bei den Zwergen, die mit dem dritten Zwerg wieder vollzählig sind.

Die Großmutter bekommt Band I des Grimmschen Wörterbuches geschenkt und liest (wie es sich unser Herr Matzerath laut Drehbuchänderung gewünscht hat) aus dem Wörterbuch einzelne als Untertitel lesbare Wörter vor: »Angst, angstbar sein, was alles uns ängstigt, Angstbeben, im Angsthaus wohnen, im Angstrad laufen, Angstschweiß, angstvoll, ängstlich ...«

So viele »Angstläuse« kümmern die anderen nicht. Unter großem Hallo wird der alte Ford von der Hexe abermals aufgetankt. Hänsel und die Zwerge rufen: »Aufbruch!« und »Äktschen pließ!« Rübezahl wirft den Ford an.

Auf Weisung der Hexe holt ein Zwerg Dornröschens Spindel. Ein anderer Zwerg drückt Jorinde und Joringel Hacken in die Hände. Die Böse Stiefmutter trägt den Zauberspiegel aus dem Knusperhäuschen. Rapunzel steckt unternehmungslustig ihr Haar hoch. Das Mädchen befiehlt seinen abgehauenen Händen, eine Schaufel zu fassen.

Alle wollen aufbrechen, nur die Großmutter will mit dem Wörterbuch zu Hause bleiben. Sie liest den anderen laut vor: »Den Abschied geben, zur Abschiedsstunde, er nahm seinen Abschied, wie Scheiden und Meiden gemeint, Abschiedsbecher gleich Scheidetrunk, des Mondes Abschiedsblick ...«

Die Märchengestalten antworten mit Abschiedsküssen. Den letzten gibt Rübezahl der Großmutter überm Wörterbuch.

Jetzt erst schickt das Mädchen mit den abgehauenen Händen seine Hände mit der Schaufel voraus. Sie fliegen, gefolgt von sieben Raben, davon. Überladen mit Märchengestalten verschwindet der alte Ford im Wald. Zurück bleiben einzig die Großmutter und der Wolf. Ihm liest sie aus dem Grimmschen Wörterbuch vor: »Abschlag, abschwatzen, das abgeschlappte obere Augenlid, die Abseite, der abständige Mensch ...«

Die schönen Wörter.
Nie mehr soll Labsal gesagt werden.
Keine Zunge rührt sich, mit Schwermut zu sprechen.
Nie wieder Stimmen, die uns Glückseligkeit künden.
Soviel Kümmernis sprachlos.
Abschied von Wörtern, die vom Mann im Land Uz sagen,
er sei nacket von seiner Mutter Leibe kommen.

Könnten wir fernerhin Biermolke
oder Mehlschütte, Honigseim, Krug sagen.
So barmen wir der Amme nach.
Wer weiß, daß der Specht einst Bienenwolf hieß?
Wer hieße gerne Nepomuk, Balthasar, Hinz oder Kunz?
Abschied nehmen Wörter, die um die Morgengabe,
ums Vesperbrot, Abendmahl baten.

Wer wird uns Lebewohl nachrufen,
wer flüstern, das Bett ist gemacht?
Nichts wird uns beiliegen, beschatten, beiwohnen

und uns erkennen, wie der Engel der Jungfrau
verheißen hat.

Zum Abschied mit Taubheit geschlagen,
gehen die Wörter uns aus.

DAS SIEBTE KAPITEL, in dem vorm Bundestag geredet wird, die Sieben Zwerge Individuen sind, fünf Frauen von Bord gehen und was erleben wollen, laut und leise die Quallen singen, unser Herr Matzerath ankommt, Malskat gotisch im Hochchor turnt, vereinsamt die Rättin jammert, Dornröschen sich mit der Spindel sticht und das Schiff über Vineta ankert.

Als mir mit der Stadt Danzig, durch die einzig ich als Gassenläufer lief, die Rättin träumte, als das Schiff, unterwegs nach Vineta, zögerte, zögerte und nicht im Hafen von Visby anlegen wollte – wie auch Oskar unterwegs, auf Polens Chausseen unterwegs blieb –, träumte mir, nachdem ich in weiteren Träumen mehrmals Nein! gerufen, es muß einen Ausweg geben! behauptet und klitzeklein Hoffnung beschworen hatte, ich dürfte vor den Bundestag treten und frei oder vom Blatt eine Rede halten. Und als ich die Abgeordneten in Fraktionen vor mir sitzen sah, den Bundestagspräsidenten erhöht hinter mir und den Kanzler mit seinen Ministern rechts von mir wußte, nahm ich, als wäre es greifbar gewesen, das Wort:

Herr Präsident, meine Damen und Herren! Mir ist, als sehe ich Sie alle in Ihrer wohldurchdachten Sitzordnung wie im Traum. Und weil ich im Traum hinters Rednerpult gestellt bin, kann es geschehen, daß manches Detail meiner Ausführungen von den Rändern her verschwimmen, andere verletzend scharfkantig sein werden. Träume haben nun mal ihre besondere Optik; sie bestehen auf Unausgewogenheit. Ihrer erforschten Natur nach sprechen sie zwar auf höherer Ebene wahr, nehmen es aber unterm Strich nicht allzu genau; denn schon jetzt, nach erstem Blick in den vollbesetzten Plenarsaal, beginnen die Übergänge von Fraktion zu Fraktion zu zerfließen: Ich erkenne keine Parteien mehr, ich sehe nur noch Interessen.

Auch kommt es zu befremdlichen Nebenhandlungen. Kaum habe ich meine Rede begonnen, fällt auf, wie ein

Schwarm uniformierter Geldbriefträger etlichen Abgeordneten Scheine hinblättert und wiederholt die Ministerbank mit Summen bedient, wobei vor jeder Vergütung Daumen befeuchtet werden. Außerdem ist mir, als schiebe der Bundeskanzler zu meiner Rechten, während ich rede, Stück für Stück einen großen Keil Buttercremetorte in sich hinein.

Natürlich weiß ich, daß Abgeordnete und Minister nicht öffentlich ausgezahlt werden. Niemals gäbe der Kanzler seiner Lust am Süßen so offensichtlich nach. Nur mein Traum macht das möglich. Er entblößt die Wirklichkeit und erlaubt mir sogar, den Schwarm immer noch wuselnder Geldbriefträger aufzufordern, wohlverdient eine Frühstückspause einzulegen; es muß ja nicht rund um die Uhr bestochen und hinterzogen werden. Ferner bitte ich Sie, Herr Bundeskanzler, ein zweites Tortenstück für meinen Nachredner aufzusparen, damit frei von ablenkenden Nebentätigkeiten ein Vorschlag laut werden kann, der ausschließlich der Kultur förderlich sein soll.

Es geht um die Neutronenbombe. Sie erinnern sich, meine Damen und Herren, gestritten wurde um sie. Geächtet sollte sie werden. Empörung kam auf. Auch ich war dagegen, damals. Ausgesprochen unmenschlich nannte ich sie. Und das ist sie, ist sie immer noch. Denn wo die Neutronenbombe hinhaut, geht der Mensch drauf und mit ihm alles Getier.

Ich habe mir sagen lassen, daß die beschleunigten Neutronen- und Gammastrahlen zuerst das menschliche Nervensystem lähmen, dann den Magen-Darm-Trakt zerstören, gleichzeitig innere Blutungen, heftigen Schweißfluß und Durchfall auslösen, schließlich dem Körper bis zum Eintritt des Todes den letzten Tropfen Wasser entziehen, ihn also entsaften, wie unsere Mediziner sagen.

Entsetzlich ist das und kaum auszudenken. Verständlich deshalb die vielen Proteste. Doch vom entsafteten Menschen und sonstigen Lebewesen abgesehen, geht beim Einsatz von Neutronenbomben so gut wie nichts kaputt. Gebäude, Geräte, Fahrzeuge bleiben heil, also auch Banken, Kirchen, Hochtiefgaragen mit Zubehör. Dennoch hat man damals zu Recht gesagt: Das ist uns zu wenig. Was kann uns an produktionsfähigen Fabrikanlagen, funktionstüchtigen Panzern und intakten Kasernen liegen, wenn der Mensch draufgeht?!

Aber wie, frage ich Sie, meine Damen und Herren, sähe es aus, wenn die Neutronenbombe kultursichernde Aufgaben wahrzunehmen hätte? Was fiele uns zu einer Bombe ein, die als Freundin der Künste schonende Aufgaben fände? Könnte man mit ihr leben, wenn sie zielbewußt nicht nur Panzer und Kanonen, sondern auch gotische Dome und barocke Fassaden heil ließe? Mit anderen Worten, wir alle, die wir noch gestern empört waren, sollten zur Neutronenbombe ein neues, ein entkrampftes Verhältnis gewinnen und ihren wahren, ich spreche es aus: ihren kunstsinnigen Charakter erkennen.

Erinnern wir uns: Die damals heftige Diskussion hat eine zügige Weiterentwicklung bloß taktischer Geschosse zu strategisch wirksamen Neutronenbomben gehemmt. Doch ließe sich die verlorene Zeit aufholen, zumal es nicht an Kapazitäten fehlt. Wer unsere höchsten Kulturgüter auf Dauer geschützt sehen will – und ich bin sicher, daß jeder Abgeordnete von diesem Willen getragen wird –, der muß die Produktion vieler Schonbomben fordern.

Selbstverständlich gilt diese Forderung für beide Schutzmächte. Dem Gleichgewicht des Schreckens muß ein Gleichgewicht der Schonung entsprechen. Deshalb ist ein besonderes Abkommen vonnöten, das die Neutronenbombe als Schonbombe ausschließlich dem Kulturschutz verpflichtet. Eine aus beiden Schutzmachtallianzen gebildete Kommission wird, wenn wir nur wollen, vorerst in Europa, dann aber auf allen Kontinenten tätig werden und die wichtigsten Kulturzentren auflisten. Dann gilt es, Schonzonen gleichgewichtig als Zielgebiete auszuweisen. Schließlich muß in beiden Schutzmachtbereichen nachgerüstet werden, weil das vorhandene Potential nicht ausreichen wird. Wir wollen ja möglichst viel Kultursubstanz schonen, die sonst der atomaren Zerstörung anheimfallen müßte.

Wenn ich, meine Damen und Herren, Ihre Zwischenrufe richtig verstehe, beginnen Sie, Interesse zu nehmen. Sie fordern mich auf, zur Sache zu kommen. Sie rufen leidenschaftlich: Kunst ist Geschmackssache!

Wie recht Sie haben. Aber unser Geschmack in Sachen Kunst wird sich finden, sobald wir zu Hause, im deutschdeutschen Bereich das Bewahrenswerte beim Namen nennen: Ich schlage Bamberg und Dresden als zu neutronisierende Städte vor, wobei Ihnen die wiederaufgebaute Semperoper und der Bamberger Reiter als Merkwörter behilflich sein mögen. Es könnten, ohne daß ich mich festlegen will, hier Rothenburg ob der Tauber, drüben Stralsund folgen, dann Lübeck und Bautzen ...

Ich bitte Sie, meine Damen und Herren – vielen Dank, Herr Präsident –, Zurufe wie: Und was ist mit Celle? oder: Warum nicht Bayreuth? zu unterlassen, weil der gesamtdeutsche Aspekt der geplanten Verschonung Vorrang genießen sollte.

Da anzunehmen ist, daß sich die meisten Städte – denn überall gibt es Reste Kultur – um die Gunst kunstfreundlicher Neutronisierung bewerben werden, wird der noch zu bildenden Findungskommission viel Verantwortung zufallen. Sie wird Kunstverstand zu beweisen haben. Aber sie wird auch lernen müssen, nein zu sagen, sobald der einen oder anderen Stadt, heiße sie nun Leipzig oder Stuttgart, Magdeburg oder Frankfurt am Main, die herkömmliche Zielzuweisung erhalten bleiben muß.

Ja doch, ja! Auch ich bedaure zutiefst. Es schmerzt, sagen zu müssen, daß viele europäische Hauptstädte keinen Neutronenschutz werden beanspruchen können. Doch ließe sich, wenn man entschlossen wäre, rechtzeitig zu handeln, ein Gutteil aller von Nuklearschlägen bedrohten Kulturgüter in Städte verlagern, denen schonende Neutronisierung zugesichert ist.

Zum Beispiel könnten die Schätze des Vatikan nach Avignon, die Kunstzeugnisse des Louvre nach Straßburg, was Warschau aufzuweisen hat, nach Krakau und die Glanzstücke der Ostberliner Museumsinsel in den schonungswürdigen Kulturkreis Weimar verlagert werden. Ich schließe nicht aus, daß man freiwillig, wenn auch nicht frei von Wehmut, vertraute Domtüren, liebgewonnene Barockfassaden, seit Generationen benutzte Taufbecken und altgewohnte Brückenheilige in Schonzonen auslagern wird; eine gesamteuropäische Transaktion übrigens, durchaus geeignet, Arbeitsplätze zu schaffen. Warum – zum Beispiel – sollte es unserem Sachverstand nicht gelingen, den Kölner Dom nach Dinkelsbühl zu versetzen, den London Tower nach Stratford zu tragen?

Denn, meine Damen und Herren, was täten wir nicht, um die Zeugnisse europäischer Kultur zu retten!? So könnte Europa zum letzten Mal Größe unter Beweis stellen und beispielhaft sein, damit uns auf anderen Kontinenten schonungsvoll nachgeeifert werde. Deshalb bitte ich, mir eine persönliche Bemerkung zu gestatten, die – mit Erlaubnis des Herrn Präsidenten – zu dieser Stunde angebracht ist: Wenn meine Heimatstadt Danzig, die seit Ende des vorläufig letzten Weltkrieges Gdańsk heißt, das Glück haben sollte, den neutronisierten Städten anzugehören, also mit allen Türmen und Türmchen, den Giebelhäusern und Beischlägen, mit ihrem Neptunbrunnen und all ihrer backsteingotischen Strenge den dritten Weltkrieg überdauern dürfte, fiele mir jedes, aber auch jedes zu bringende Opfer leicht.

Gewiß wird man rufen: Das ist inhuman! Zynismus ist das. Und auch ich habe mich anfangs gefragt: Was nützt uns aller Kulturschutz, wenn in den neutronisierten Städten jegliches Leben, in dessen Fleisch, wie die Bibel sagt, Odem ist, bis zum Eintritt des Todes entsaftet wird? Wer bliebe übrig, das Geschonte zu schauen und staunend zu rufen: Welch unvergängliche Schönheit!?

Wir sollten uns dennoch nicht beirren lassen. Es bleibt keine andere Wahl. Wie die Freiheit fordert auch die Kunst ihren Preis. Deshalb sollten Sie, meine Damen und Herren, mit aller Festigkeit Ihre Entscheidung treffen.

Doch wie ich in den Plenarsaal blicke und sehe, wie sehr sich die Bänke gelichtet haben, mehr noch, daß ich alleine in diesem Hohen Hause bin – denn nun ist auch der Kanzler samt Kabinett verschwunden –, beginne ich zu zweifeln. Ich frage mich: Werden die abwesenden Abgeordneten bereit sein, so konsequent kunstfreundlich zu handeln, wie sie bei anderer Gelegenheit, als unsere Freiheit geschützt werden mußte, zu diesen Mittelstreckendingsbums – wie heißen sie noch?! – mehrheitlich ja sagten?

Doch fort sind sie, keinem Wort zugänglich mehr. Dabei hätte ich gerne weitere Vorschläge gemacht, geeignet, den Schutz der neutronisierten Kunstdenkmäler zu vervollkommnen. Es geht um den Dreck danach.

Wie ich aus posthumaner Quelle weiß und wie alle Experten jetzt schon versichern, werden nach dem Großen Knall Aschewolken den Himmel verfinstern. Stürme werden diesen geballten Ausdruck letzter menschlicher Möglichkeit um den Erdball tragen, so daß die heilgebliebenen Kathedralen, reichverzierten Schlösser und heiteren Barockfassaden bald rußgeschwärzt sein werden. Auf allem wird Ruß liegen. Dicker, fettiger Ruß. Schaden ohnegleichen wäre die

Folge. Ein Jammer! Eine Kulturschande! Will denn niemand hören? Heh, Kanzler!

Fort ist er, ließ nur Krümel zurück. Dabei müßte man gegensteuern. Jetzt und sofort! Forschungsmittel müßten freigegeben, deutscher Erfindungsgeist mobilisiert und unsere Chemiekonzerne aufgefordert werden, einen ablösbaren Schutzstoff zu entwickeln, damit der Ruß nicht auf ewige Zeiten . . .

Ich weiß, die Frage bleibt offen: Wer, zum Teufel, soll später die Schutzbeschichtungen lösen? Wären Sie, meine Damen und Herrn von der Opposition, noch anwesend, könnten Sie mich mit dem Zwischenruf – Es sind doch alle Menschen verstrahlt, entsaftet, krepiert! – in Verlegenheit bringen. Dennoch wüßte ich einen Weg. Es muß ja nicht alle Mühe und Arbeit, wie die Bibel sagt, dem Menschengeschlecht aufgebürdet bleiben. Ich erinnere an die erwiesene Überlebensfähigkeit der gemeinen Wanderratte, Rattus norvegicus genannt. Sie wird sein, wenn wir nicht mehr sind. Sie wird unsere fürsorglich geschonten Kulturzeugnisse vorfinden. Allzeit dem Menschen anhänglich, wird die überlebende Ratte – neugierig, wie Ratten nun einmal sind – die rußgeschwärzten Schutzschichten Zentimeter für Zentimeter abpellen und staunen über die heile Pracht . . .

Dann träumte ich nicht mehr, ich dürfte vor dem Bundestag eine Rede halten. Meinen letzten Satz – Ich danke Ihnen, meine Damen und Herren, für Ihre beredte Abwesenheit! – hörte ich mich hellwach sprechen.

Wie gut, daß noch nichts entschieden ist: Unser Herr Matzerath unterwegs, das Schiff läuft im Hafen von Visby ein, meine Weihnachtsratte schläft und mag vom Dritten Programm träumen, doch in Grimms Wäldern wächst der Widerstand: Alle Märchengestalten sind wildentschlossen.

Wie sollen wir uns die Sieben Zwerge vereinzelt vorstellen? Was läßt sich, außer daß beide das traurigste aller traurigen

Paare sind, über Jorinde und Joringel noch sagen? Ist der Kußzwang es wert, gründlicher untersucht zu werden?

Das und mehr möchte unser Herr Matzerath wissen, sobald er aus Polen zurück ist. Zwar gefällt es ihm, daß ich allen Sieben eine anarchische Grundhaltung eingebe, doch will er jeden Zwerg individuell ausgestattet sehen. Es könnte der zweite buchhalterisch jeden Kuß des Prinzen auf einem Zählzettel vermerken, während der vierte den wachküssenden Prinzen nachäfft; später werden wir sehen, wie der erste, der sechste und der siebte Zwerg den jungen Mann mit dem unersättlichen Kußmund mißtrauisch überwachen.

Es fällt auf, daß alle Sieben ihr Schneewittchen benutzen: Nicht nur muß das kränkliche Wesen die Wäsche waschen und bügeln, ihnen Knöpfe annähen und sieben Paar Schuhe auf Hochglanz putzen; man sieht auch diesen und jenen mit dem immer folgsamen Hausmütterchen in einer Dachkammer verschwinden. Sobald der Kunde nach relativ kurzer Zeit pfeifend treppab steigt und Schneewittchen Mal um Mal erschöpfter aus ihrer Kammer wankt, kassiert die Böse Stiefmutter Münzen alter Prägung, preußische Thaler, Goldstücke darunter.

Ruppig sind sie, laut und in ihre Knobelspiele vernarrt. Gemeinsame Übungen halten sie körperlich fit: Fingerhakeln und Beinstellen. Höflich gehen die Zwerge nur mit der Hexe um, die von allen Pensionsgästen, sogar von der Bösen Stiefmutter respektiert wird; beide vertiefen sich gelegentlich in Gespräche, in deren Verlauf Emanzipationsfragen nicht unbeantwortet bleiben.

Allzeit tritt die Wirtin des Knusperhäuschens als Herbergsmutter, also streng und fürsorglich zugleich auf, und nur gelegentlich, wenn sie mit Hänsels Fingern spielt, wird ihre Natur deutlich. Man darf vermuten, daß sie ein Verhältnis mit dem Hausknecht Rübezahl oder mit Rumpelstilzchen oder mit beiden hat, denn der ungeschlachte Riese und der humpelnde Kellner parieren erschrocken, sobald sie den langen Zeigefinger krümmt. Sie sieht es nicht gerne, wenn sich Rübezahl von Rapunzel den Bart kämmen läßt. Es mißfällt ihr, wenn Rumpelstilzchen sein Bein abschnallt, um den Stumpf mit den Armstümpfen des Mädchens zu vergleichen.

Oft verlangt die Hexe nach dem Froschkönig, den sie und Gretel häufiger mit Wassergüssen aus dem Brunnenschacht holen, als es die Filmhandlung will. Beide schwatzen gerne mit dem gekrönten Taucher, dessen Unterwassergeschichten reich an Pointen sind. Die Dame überhört das Geplauder und ist einzig mit ihrem Kopfschmerz beschäftigt, sobald ihr der Frosch von der Stirn ins Brunnenloch springt. Es wird Bewunderung für die leidende Schönheit deutlich, wenn ihr die Wirtin des Knusperhäuschens lindernde, aus getrocknetem Froschlaich gedrehte Pillen zu einem Schluck froschgrüner Flüssigkeit reicht.

Gerne läge die Hexe neben dem Brunnen; doch wie sie sich, mit Erlaubnis der Dame, an deren Stelle legen darf, verweigert der Frosch den Sprung vom Brunnenrand auf die hexische Stirn. Als wünschte sie sich das Sprichwort »Liebe läßt sich nicht zwingen« als Untertitel, lagert die Dame sich lächelnd und erfährt sogleich Kühlung. Und Gretel, die alles gesehen hat, grinst anzüglich, als wüßte das Kind, wie dem königlichen Frosch Seitensprünge beizubringen wären.

Nicht alle Vorschläge unseres Herrn Matzerath leuchten ein: Er will – und sei es, um mich zu reizen –, daß das Grimmsche Wörterbuch Band für Band von Riesenschnekken herbeigebracht wird, bis alle zweiunddreißig Bände der Großmutter vorliegen; außerdem ordnete er vor seiner Abreise nach Polen an, es solle Rotkäppchen immer erst dann den Reißverschluß öffnen und in den Wolfsbauch kriechen, wenn sich die Großmutter weigere, das dumme Ding unter ihre Röcke zu lassen. Ich will diesen Eingriff in mein Drehbuch nicht kommentieren, wenngleich ich unseren Herrn Matzerath nicht begreife: Rotkäppchens Großmutter ist keine Anna Koljaiczek; doch stimmen wir überein, wenn Oskar den Kußzwang des Prinzen besonders herausgearbeitet sehen will.

Das Absurde des Küssens, der Küssende als Wiederholungstäter, das Wachküssen als mechanischer Vorgang, diese stupide Mißachtung der Hygiene, all das verlangt nach einem Schauspieler, der begabt ist, gleichbleibend teilnahmslos alles zu küssen, was Dornröschen ähnlich sieht; denn im Verlauf der Handlung soll dem Prinzen die echte Kußvorlage entzogen werden, worauf er nicht nur an Rapunzel und Schneewittchen Küsse verteilen, sondern sich auch an einer Puppe vergreifen wird, die der sechste und siebte Zwerg aus Stroh, Moos und Lumpen gebastelt haben.

Nie würde ich so weit gehen wie unser Herr Matzerath, der das Küssen eine den Tod vorschmeckende Krankheit nennt; doch soll die Filmhandlung zeigen, welche Gefahr die Küsserei des Prinzen heraufbeschwört. Leer und hübsch, wie er ist, wird er ohne Dornröschen von Sinnen sein.

Und Jorinde und Joringel? Wie läßt sich Trauer darstellen, die auf gleichbleibender Mimik besteht? Und Rapunzel? Ihr fatal langes Haar? Dieser Überfluß, keinem Kamm gewachsen?

Nein, es kommt mir keine Perücke ins Drehbuch, die von anarchischen Zwergen herabgerissen und als Haarwisch zum Spielball werden könnte, bis von Rapunzel nur noch Gespött bliebe. Geträumt langes, aus rotem Gold gesponnenes und dennoch naturwüchsiges Haar soll es sein, das aus dem Fenster im Obergeschoß des Knusperhäuschens weht, Wunschhaar, Traumhaar, die einzige Fahne, der ich zu folgen bereit bin. Deshalb nenne ich meine Damroka schöngelockt. Mit ihrem Haar fällt mir mehr zu, als die Rättin – da ist sie wieder! – wegreden kann. Und weil ich wortwörtlich an Damrokas Haar hänge, bekommt Rapunzel – Nein, Herr Matzerath! – keine Perücke verpaßt.

Nachdem die fünf Frauen ihr Schiff im Hafen von Visby auf Gotland festgemacht haben, sind sie zwar angekommen, doch weiter als je zuvor von Vineta entfernt. Gut dreihundertfünfzig Meilen weit lief ihr Schiff in Richtung Osten. Nach der Insel Møn sahen sie die Insel Bornholm schwinden. Sie waren dem schwedischen Festland auf Höhe von Ystad, dann, als sie in der Hanöbucht stritten, auf Sichtweite nah gewesen: ein flacher Küstenstreifen, den Industrieanlagen markieren. Endlich verging ihnen backbord die langgestreckte Insel Öland. Nach zweiundsechzig Stunden Fahrt hatten sie, wie ich errechnet habe, über siebenhundert Liter Diesel verbraucht und liefen mit annähernd leerem Reservetank in den Hafen von Visby ein. Alle Vorräte gingen zur Neige. Trinkwasser wurde knapp. Von Wolle keine Rede mehr. Nichts mehr hätte erzählt oder noch einmal erzählt werden können. Der Streit in der Hanöbucht, als letzte Quallen geholt wurden, hatte viele Wörter verbraucht. Also riefen sie mit halben Sätzen nur, was das Schiff von ihnen verlangte.

Weil zudem viel Zeit vergangen ist, bleiben für den Landgang nur wenige Stunden. Damroka geht zum Hafenmeister, die gestempelten DDR-Papiere holen. Die Maschinistin und die Steuermännin lassen »Die Neue Ilsebill« volltanken, dazu alle Reservekanister. Die Alte und die Meereskundlerin räumen in einem Konsumladen, was die Küche braucht, aus Tiefkühltruhen. Da schwaches Bier nur und kein Aquavit in Regalen zu greifen ist, verflucht die Alte das Königreich Schweden und dessen Moral. Endlich treibt sie zwischen Lagerschuppen mit Hilfe eines betrunkenen Finnen doch noch zwei Literflaschen Fusel zum Überpreis auf.

Jetzt erst sind die Frauen für Landgang frei. Schnell Klamotten gewechselt und Wetterhäute zu Bündeln gerollt. Eigentlich will Damroka an Bord bleiben, doch weil ihr die Alte und die Meereskundlerin zureden – »Ohne dich macht das überhaupt keinen Spaß« – und weil die Maschinistin und die Steuermännin beteuern: »Dann bleiben auch wir an Bord«, läßt sie sich überreden. Ein wenig zerstreut, als müsse sie von weither Gedanken zurückrufen, sucht sie die Schlüssel, schließt sie das Steuerhaus und leider nicht alle Niedergänge ab.

Da in Visby, einer Stadt, die auf Prospekten mehr bietet als sich in knapper Zeit erlaufen ließe, dennoch viel los ist, kommt die Meereskundlerin kaum dazu, überall rumstehende Trümmer zu fotografieren, und geht der Wunsch der Steuermännin, sich rasch, nebenbei einen Mann aufzureißen, nicht in Erfüllung. Keinen weiteren Schnaps kann die Alte auftreiben. Damroka ist ohne Wünsche. Und die Maschinistin, einfach nur so auf Landgang scharf, sagt, wie sie den Betrieb in der Stadt sieht: »Los, laufen wir irgendwo mit. Vielleicht passiert was.«

Denn auch in Visby wird, wie zu dieser Stunde in vielen anderen Städten, gegen dies und das protestiert. Da es vier oder fünf Protestzüge sind, die in verschiedene Richtungen ziehen und gegen Tierversuche und für Freiheit in Polen und Nicaragua zugleich auf Transparenten, in Sprechchören laut werden, muß Damroka, die einige Brocken Schwedisch erinnert, übersetzen, was Transparente und Sprechchöre aussagen.

Nach kurzer Beratung entscheiden die Frauen sich. Gegen das Wettrüsten wollen sie nicht mehr laufen. »Mit Drogen«, ruft die Alte, »hab ich nie was am Hut gehabt.« »Polen«, sagt die Maschinistin, »kann man nicht in einen

Topf mit Nicaragua werfen.« Also hängen sie sich, weil die Meereskundlerin sagt: »Mal sehen, ob die auch gegen Quallenzählerei sind«, den Tierschützern an.

Sie laufen an kaputten Kirchen, dann an der teils kaputten, teils ordentlich wieder aufgebauten Stadtmauer vorbei, die, wie im Prospekt zu lesen steht, von Visbys Geschichte erzählt. Am Stadtrand hält der Protestzug vor einem Flachbau, der sich abweisend wissenschaftlich gibt, doch offenbar in Verruf geraten ist, denn alle dreißig bis vierzig Kinder, Frauen und Männer, zu denen die fünf Frauen auf Landgang gezählt werden können, rufen immer wieder auf schwedisch, daß sie gegen Tierversuche sind. Auf deutsch ruft die Alte zuerst alleine, dann von der Meereskundlerin unterstützt: »Macht Schluß mit dem dämlichen Quallenzählen!«

Es regnet, wie es oft in diesem verregneten Sommer regnet. Sonst geschieht nichts, bis ein Stein geworfen wird und Glas splittert, worauf viele Steine geworfen werden. Bald sind alle Fenster der Vorderseite des Institutes für Grundlagenforschung zerschmissen.

Ich bin sicher, daß die Maschinistin den ersten Stein und die Steuermännin den zweiten wirft. Erst nach dem dritten Stein, den entweder die Alte oder die Meereskundlerin geworfen hat – denn Damroka schmeißt nicht –, sehe ich Schweden mit Steinen werfen. Jedenfalls hat die Maschinistin, damit was passiert, als erste. Griffbereit liegen taubeneigroße Kiesel als Rückstand von Bauarbeiten am Straßenrand zuhauf.

Im Flachbau rührt sich nichts. Niemand hindert das Schwedenvolk, durch die entglaste Tür einzudringen. Die Steuermännin will mit dem Ruf »Mir nach!« hinterdrein. Schon hat sich die Maschinistin ein Stück Bauholz gegriffen. Die Meereskundlerin knipst, wie sie sagt, »schnell zwei drei Andenken«. Die Alte ruft: »Los! Vielleicht stehn drin paar Buddeln rum.« Aber Damroka entscheidet: »Wir müssen hier weg. Das reicht. Schluß mit dem Landgang. In einer Stunde legen wir ab.«

Also sehen die Frauen nicht, was ich sehe: welche Versuchstiere von den Schweden, die alle gelbe oder rote Plastikkutten gegen das Wetter tragen, befreit werden. Außer Meerschweinchen, Laborratten und Labormäusen auch zehn Kaninchen, fünf Hunde und vier Rhesusaffen. Weil unterwegs immer wieder Protestzüge den Weg sperren, schließlich mit Sirenengeheul Polizei kommt und hier Sperren errichtet, dort mit Hunden auf Spur gesetzte Suchtrupps ausschickt, erreichen die Frauen über Umwegen erst und ziemlich müde gelatscht den Hafen.

Die Vermutung der Maschinistin »Wetten, die haben jede Menge Viecher laufenlassen« wird stumm hingenommen, desgleichen die Klage der Alten: »Die armen Tiere, laufen jetzt draußen rum. Wir hätten eins mitnehmen sollen. War ein ganz junger Hund darunter.«

Damroka kommt ohne Anweisungen aus. Während die Leinen eingeholt werden, schließt sie das Steuerhaus auf und wird vorm letzten Niedergang nachdenklich, weil das Vorschiff offensteht.

Da wirft die Maschinistin den Diesel an. Die Meereskundlerin sagt: »Weiß jemand, wo mein Taschenrechner hin ist?« Bevor die Alte ihren finnischen Fusel entkorkt und der Steuermännin und sich eingegossen hat, legt »Die Neue Ilsebill« ab.

Es ist früher Nachmittag. Zeitweilig regnet es nicht. Keine der Frauen will sprechen. Das Steinewerfen gibt nichts mehr her. Hat der Landgang enttäuscht? Es sieht so aus, als seien die Frauen an ein Schweigegelübde gebunden, das, wenn nichts Unvorhergesehenes geschieht, erst über der versunkenen Stadt gelöst werden kann.

Doch wie sie gegen Abend bei nördlicher Helle die Hoburgbank, ein Flachwasser südlich Gotland, überlaufen und dabei in ein weites, die Fahrt minderndes Quallenfeld geraten, das, selbst wenn sie nach steuerbord ausweichen, dem Schiff zu folgen scheint, will den schweigenden Frauen, aber auch mir, der ich alle fünf stumm halte, vorkommen, es liege über dem Wasser ein auf- und abschwellender Ton, es finde ein wortloses Singen statt, das keinen Anfang, kein Ende kennt, es seien Millionen Ohrenquallen – wer sonst? – im Flachwasser bei Stimme plötzlich oder durch höheren Willen wundersam auf Gesang gestimmt.

Schon schleppt die Meereskundlerin den Meßhai an Deck. Mit Hilfe der Steuermännin wirft sie das Spezialnetz aus, holt bei geminderter Fahrt – denn auch Damroka will diesen Zwischenhol – das Netz wieder ein, kippt den Fang auf den Tisch im Mittelschiff, breitet zwölf und mehr mittelgroße Quallen auf der Arbeitsplatte aus und hört, was auch Steuermännin und Maschinistin hören, daß die Aurelien ein Geräusch, nein, einen Ton von sich geben, der, tiefer gestimmt als das Singen über der See, dennoch chorisch zum Gesang schwillt und sogar überm Motorengeräusch auf Deck gehört werden kann, denn die Alte verläßt die Spaghetti in der Kombüse, bricht das von mir verhängte Schweigegebot und ruft: »Mann, die singen ja wirklich!«; worauf alle fünf Frauen, zuletzt die Meereskundlerin, glauben, was sie in hoher und tiefer Lage hören.

Aurelia aurita, die Schöngezeichnete, deren lappige Mitte von einem blauvioletten Kleeblatt vierblättrig stigmatisiert ist, kann singen. Sie, die durchsichtig astralen, mit der See atmenden, in Schwärmen wandernden, als Plage verfluchten Medusen, sie, die sonst, kaum auf den Tisch gebreitet, ohne Laut schrumpfen und Glanz verlieren, sobald Formalin ihr Schrumpfen verzögern soll, singen trotz schlaffer Velarlappen: Ein schwellender, in Höhen zitternder, in tiefer Lage orgelnder Ton macht den Lagerraum des einstigen Frachtewers eng. Nie zuvor, es sei denn im biblischen Feuerofen, wurde so dringlich gesungen.

Wer das glauben mag, will dennoch Beweise. Damroka läßt einen zweiten, den dritten Hol mit dem Meßhai zu. Nachdem sie das Ruder der Steuermännin gegeben hat, nimmt sie, auf Vorschlag der Meereskundlerin, mit einem Tonbandgerät, das bisher für Bachkantaten und Orgelpräludien gut war, den Medusengesang auf, als könne einzig Technik das Unerhörte bestätigen oder – hoffen die Frauen, befürchten sie insgeheim – durch keinen Pieps auf dem Tonträger widerlegen.

Also lassen sie das Band ablaufen. Und wie es, technisch einwandfrei, den Medusengesang reproduziert, trägt die Meereskundlerin das Gerät an Deck, worauf sich die Tonbandaufzeichnung mit dem höhergestimmten Singsang, der über der See liegt, wunderbar mischt, als seien Technik und Natur ausnahmsweise bereit, gemeinsame Sache zu machen.

Erst spät, mit dem Dämmern, verlieren sich die Quallenfelder, schwindet der Originalton. Doch wollen die Frauen noch lange nicht in die Hängematten. Immer wieder hören sie dem Tonband ab, was im Arbeitsraum, dann mit dem Mikrofon an langer Angel dicht überm Wasser aufgenommen wurde. Beim Kontrollhören sprechen die Frauen wenig. Die Meereskundlerin sagt: »Das glaubt mir im Institut niemand, was wir da draufhaben live.«

Trotzdem wird die Vermutung der Alten, es handle sich um ein unerklärliches Phänomen, belächelt. Spekulationen schießen ins Kraut, etwa die Frage der Maschinistin, ob von der Höhe des Medusengesanges auf die Dichte der Quallenschwärme geschlossen werden könne. »Damit wäre«, sagt sie, »eine Methode ganz ohne Meßhai und ähnlichen Klimbim gefunden.«

Damroka spricht von der Mehrchörigkeit der singenden Quallenfelder und nennt Chorwerke von Gesualdo. Die Meereskundlerin weiß Daten: »Der Schwarm über der

Hoburgbank war zwar ungewöhnlich groß, aber nicht so dicht wie die Schwärme in der Kieler Förde. Dort werden zwischen März und Oktober bis zu sieben Milliarden Individuen gemessen, die man, vom durchschnittlichen Medusengewicht ausgehend, auf einskommasechs Millionen Tonnen Gesamtgewicht umrechnen kann. Stellt euch mal diese Biomasse singend vor, und wir könnten mit unserem Mikrofon ...«

Noch lange nach Mitternacht versuchen die Frauen, sich Medusengesang bei solch kompakter Quallendichte vorzustellen. Damroka zieht Vergleiche mit liturgischen Gesängen. »Gregorianik«, sagt sie und »bis zu Palestrina«.

Die Alte ruft »Alles Quatsch, eure Erklärsucht!« und trinkt vom Fusel auf das unerklärliche Phänomen.

Wer hat »kosmische Einwirkungen« gesagt? Die Maschinistin, die Steuermännin?

Alle reden durcheinander. So hab ich sie gern: aufgeregt flirrend verhext, so gute wie böse Feen. Ihre heftigen oder weitschweifigen Gesten. Ihr Lächeln, das nicht mehr sachlich sein will. Verzaubert singen sie, während das Tonband läuft, nach Art der Medusen, endlich einträchtig: im Gesang. Nie wäre es mir gelungen, ihre Stimmen so harmonisch zu flechten ...

Wie sie doch noch für einige Stunden in ihre Hängematten finden, sagt Damroka, die mit frischgebrühtem Kaffee das Steuer übernimmt: »Anfangs dachte ich, Mensch, das ist ja Suscepit Israel aus dem Magnificat, aber jetzt könnt ich wetten: Die Quallen sind Zwölftöner.«

Der Rest der Nacht gehört dem Diesel.

Sobald aber, mit Sonnenaufgang, wieder der Singsang der Ohrenquallen über der See liegt, machen die Frauen, nach kurzem Schlaf, keine fahrthemmenden Meßfänge mehr, sondern lassen Tonband nach Tonband laufen, indem sie das nun leisere Singen der verdünnten Quallenschwärme aufzeichnen und gleichzeitig Altbespielungen löschen: nicht nur Bachkantaten und Orgelpräludien, auch Joan Baez, Bob Dylan, wem sie sonst noch, älter werdend, zugehört hatten.

Die Meereskundlerin liest Zahlen vom Zählwerk des Tonbandgerätes ab und trägt sie der Seekarte ein. Sie haben das Flachwasser der Mittelbank hinter sich und überlaufen jetzt, nordöstlich Bornholm, Tiefen um hundert Meter. Dennoch bleibt dünngewoben ein Stimmengespinst über der See und hilft, bis zum späten Nachmittag gute Fahrt zu machen.

Erst gegen Abend, sobald sie nordwestlich der Oderbank wieder Flachwasser überlaufen, dann mit dem Glas, schließlich mit bloßem Auge Rügen, Kap Arkona, Stubbenkammer, die Kreidefelsen erkennen, schwillt der Gesang an und mindert die Fahrt; auf Höhe der Greifswalder Oie werden sie von einem Boot der DDR-Grenzpolizei gestoppt.

Vielchöriger Medusengesang liegt über dem Tuckern der gedrosselten Schiffsmotoren. Drei Mann kommen uniformiert an Bord. Damroka legt die gestempelten Papiere vor. Die Grenzpolizisten sind höflich, gründlich. Offenbar vorbereitet auf das Aufkreuzen des Forschungsschiffes in den Gewässern der Deutschen Demokratischen Republik, durchsuchen sie das Schiff. Kommentarlos werden Hängematten gezählt. Mit Wohlwollen nehmen sie Einblick in Meßunterlagen. Sie finden an Schautafeln und statistischen Erhebungen Gefallen; doch wie sie von der Meereskundlerin übereifrig auf den Medusengesang angesprochen werden, ergreift immer bereites Mißtrauen die Grenzpolizisten. Schroff verneinen sie: Ihnen komme kein Gesang zu Gehör. Die Quallenvorkommen seien durchaus normal. Übrigens wisse jeder, jedenfalls in der DDR, daß Quallen nicht singen können.

Dank deutlichem Anstoß gelingt es der Maschinistin, die Meereskundlerin von einer Demonstration des Medusengesanges mit Hilfe der Tonbänder abzuhalten. Damroka beschwichtigt dienstliches Mißtrauen: »Sie wissen ja, meine Herren, wir Frauen hören manchmal die Flöhe husten.«

Die Polizisten danken der Kapitänin mit Gelächter. Sogar ein Männerwitz wird gewagt: »Können die Damen auch schwimmen?« Doch den Fusel, den die Alte in halbvollen Wassergläsern anbietet, lehnen sie mit gesamtdeutscher Redensart ab, Dienst habe Dienst, Schnaps Schnaps zu bleiben. Sie wünschen »Gute Fahrt und ein ruhiges Wochenende«.

Wie das Grenzboot ablegt, ruft einer der Polizisten von Bord zu Bord: »Wir machen ne Erfolgsmeldung draus, Mädels: DDR-Quallen können singen!« Als wollten die Medusen diesen Fortschritt bestätigen, schwillt ihr Gesang an, während die Schiffe Abstand nehmen.

Ich will nun behaupten, daß dieses den Grenzpolizisten unhörbare Singen einzig den Frauen und ihrem Reiseziel gilt; denn wie sie mit halber Fahrt südlichen Kurs auf die der Festlandküste vorgelagerte Insel Usedom nehmen, gewinnt das Chorsingen der Medusen nicht nur Volumen, sondern Ausdruck sogar, der sich steigert, als solle ein Hosianna angestimmt werden. Es sind Jubelchöre, die »Die Neue Ilsebill« begrüßen und den Kurs des Schiffes leiten, denn immer, wenn sich der Bug nach Westen in Richtung Greifswalder Bodden richtet oder allzu östlich die polnische Küste, die Insel Wollin ansteuert, nimmt der Gesang ab, um auf strikt südlichem Kurs wieder zu jubeln.

Damroka hat die vergilbte Karte, in der das Vinetatief eingezeichnet ist, aus dem Seesack geholt und ausgebreitet. Östlich der Insel Ruden, nördlich Peenemünde steht oberhalb der Markierung der Name der versunkenen Stadt geschrieben. Damroka hört einzig auf den wegweisenden Medusengesang, steuert entsprechenden Kurs und sieht die Karte bestätigt. Spät am Abend ankern sie über der bezeichneten Stelle. Doch weil die See eingedunkelt keinen Blick mehr in die Tiefe erlaubt, müssen die Frauen den nächsten Morgen abwarten, so gerne sie jetzt schon ihre Stadt bewohnen möchten.

Auch unterm ausgesternten Nachthimmel will der Medusengesang nicht abklingen. Es bleibt ein von sanftem Atem getragener Ton. Damroka will ein Kyrie, später ein Agnus Dei hören. Die Meereskundlerin hört Elektronisches, die Alte eine Wurlitzerorgel. Entweder der Steuermännin oder der Maschinistin fallen als Vergleich Sphärenklänge ein. Noch lange sitzen sie dicht bei dicht hinterm Steuerhaus und hören, was sie hören wollen, bis sie Damrokas Mahnung »Wir sollten morgen gut ausgeschlafen sein« folgen. Sie finden in ihre Hängematten, doch keinen Schlaf.

Morgen ist Sonntag. Ich weiß nicht, ob später noch einmal der Butt gerufen wird. Und wenn ich es wüßte, hörte ich dennoch nicht, was er zu sagen weiß.

Neinnein, Rättin! Noch jemand kommt ans Ziel. Dich will ich nicht hören, rief ich, dich nicht! Es muß noch die andere Reise zu Ende gehn.

Da sagte die Rättin, von der mir träumt: Ist ja gut, Freundchen. Auch wenn das alles vergangen und ausgelebt ist, bleib nur bei deiner Gegenwart und sage: Sie wälzen sich in den Hängematten, er fährt im dicken Mercedes die Grunewaldska hoch auf das Olivaer Tor zu, die Frauen werden morgen in aller Frühe, er wird noch heute, sogleich...

Am Sonnabend nachmittag trifft unser Herr Matzerath mit Chauffeur in Gdańsk ein, wo beide im Hotel Monopol, dem Hauptbahnhof gegenüber, vorbestellte Zimmer beziehen. Nach kurzem Stadtbummel inmitten zu vieler Touristen, die das Gesehene mit Sehenswürdigkeiten auf Postkarten vergleichen, und nachdem er vom Stockturm aus durchs Langgasser Tor in die Langgasse gefunden und dort, nach Seitenblicken in Nebengassen, sein Danzig zwar gesehen, aber nicht wiedererkannt hat, beschließt er, obgleich der Neptunbrunnen und das brakige Mottlauwasser anheimeln, noch heute, am Vorabend des Geburtstages, in die Kaschubei zu fahren und sich einen kurzen Umweg nur durch die Straßen seiner Kindheit im Vorort Langfuhr zu erlauben; aber nicht zu beschwichtigende Unruhe treibt ihn dergestalt überhastet in Richtung Großmutter – oder ist es ihr Sog, der zerrt, saugt, ihn zieht? –, daß Oskar, nach nur flüchtigem Augenschein im Labesweg und vorm gestreckten Ziegelbau der Pestalozzischule, alles Gesehene als verloren abtut und sich nicht in die Herz-Jesu-Kirche, womöglich vor den Marienaltar stellen will; vielmehr drängt er seinen Chauffeur, nun direkt, über Hochstrieß und Brentau, den Weg nach Mattern zu suchen, wo Anna Koljaiczek, seit ihrer Vertreibung aus Bissau-Abbau, Wohnung in einem niedrigen Häuschen gefunden hat.

Ein Garten gehört dazu mit Apfelbäumen und Sonnenblumen am Zaun. Schon vor dem Haus stehen unterm Kastanienbaum Gäste zur Vorfeier versammelt. Die niedrige gute Stube, in der die Großmutter morgen hundertundsieben Jahre alt sein wird, ist zu eng, alle zu fassen, die von nahbei und weitweg gekommen sind.

Bruno ist beim Mercedes geblieben, der die Kaschubenkinder anzieht. Da steht nun unser bucklicht Männlein zwischen den Woykes und Bronskis, den Stommas und Kurbiellas, den weitgereisten Vikings, Bruns und Colchics. In maßgeschneiderter Kluft deutet er Verbeugungen an und mischt sich zwischen die Festgäste unterm Kastanienbaum, die sich, wie er nun leibhaftig da ist, verwundern, obgleich unseres Herrn Matzerath Legende allen bekannt und seinem Mercedes vorausgelaufen zu sein scheint. Ein nicht nur familiäres Lächeln empfängt ihn, als wolle man sagen: Wir wissen Bescheid.

Dennoch stellt er sich diesem und jenem Gast vor und findet in Sigismund Stomma, jenem stattlichen Fahrradhändler, der mit Frau und zwei halbwüchsigen Kindern von Gelsenkirchen her angereist ist, einen Dolmetscher, der ihm alle kaschubischen Artigkeiten seiner Verwandten in jenes Deutsch bringt, das im Ruhrgebiet gesprochen wird. Mit Herrn und Frau Bruns, die von Hongkong her den Weg in die Kaschubei fanden und dem Vorfest eine exotische Note geben, plaudert unser Herr Matzerath recht flüssig auf englisch, desgleichen mit den australischen Vikings und den Colchics vom Michigansee, die ihn später, wie auch Kasimir Kurbiella aus Mombasa am Indischen Ozean, in der überfüllten guten Stube umarmen und etwas zu lärmig begrüßen werden.

Doch noch steht er unterm Kastanienbaum und nennt Missis Bruns eine Lady, auf daß bald alle von »Lady Bruns« sprechen, als sei sie von chinesischem Adel.

Er futtert Mohnkuchen und schlägt ein Gläschen Kartoffelschnaps nicht aus. Vor dem niedrigen Haus findet sich auf langem Tisch, was die Kaschuben selbst in mageren Jahren zu bieten haben: saure Pilze und hartgekochte Eier mit Schnittlauch übergrünt, gekümmelten Krautsalat und Schüsseln voller Schweinekopfsülze, Radieschen, Dill- und Senfgurken, Streusel-, Mohn-, Quarkkuchen, in daumendicke Stücke geschnittene Wurst, Grieß- und Vanillepudding. Dazu noch Griebenschmalz, Apfelmus und hackfleischgefüllte Piroggen, die jener Priester aus Matarnia unserem Herrn Matzerath anbietet, der die vielen einladenden Postkarten geschrieben und in alle Welt geschickt hat.

Der Schwarzrock stellt ihm weitere Verwandte vor, unter ihnen zwei junge Männer mit zeitgemäßem Schnauzbart, die auf der Leninwerft arbeiten und so auffallend blauäugig sind, daß Oskar nicht erstaunt ist, mit Stephan Bronskis Söhnen zu sprechen. »Unverkennbar«, sagt er, »euer lieber Großvater, mein Onkel Jan, der meiner armen Mama so innig verbunden war, will mich anschauen, wie er mich oft, als hätte er ein Geheimnis wahren und dennoch preisgeben wollen, angeschaut hat.«

Die Bronskisöhne müssen sich beugen, damit sie ihr Onkel umarmen kann. Hingegen wirkt die Begrüßung mit dem Vater der beiden Werftarbeiter, obgleich der Priester nicht dolmetschen muß, ein wenig steif. Mutmaßlich einander näher verwandt, als man sich eingestehen möchte, sind beide Herren etwa gleich alt. »So sieht man sich wieder«, sagt unser Herr Matzerath zu Stephan Bronski und hält auf Distanz.

Die vielen Verwandten! Außer Herzlichkeiten teilt man einander Krankheiten und deren Verlauf mit. Dann führt der Priester mit wegweisender Geste und den Worten »Doch nun wollen wir uns in die gute Stube wagen« Oskar ins Haus, wo hinter engstehenden Gästen, die hastig trinken und lachend immer wieder einander begrüßen, seine Großmutter verborgen im Lehnstuhl am Fenster sitzt.

Seit einigen Stunden trägt sie am schwarzen Sonntagskleid ein weißrotes Ordensband, das ihr zwei Herren aus Warschau im Namen der Volksrepublik Polen überreicht und sogleich angesteckt haben. Einst stattlich, hat das Alter sie schrumpfen lassen und zierlich gemacht. Einem Winterapfel gleicht ihr Gesicht. Mit ihren Händen verwachsen scheint der Rosenkranz zu sein, den sie, wenngleich heiter dem Auftrieb der Gäste zugewendet, Perle nach Perle bewegt, als seien Gebete immer noch überschüssig.

Ach, denke ich bei mir, wie bange wird unserem bucklichten Männlein sein? Wie freudig oder ängstlich mag er dem Priester durch den dichtgefügten Block der Gäste folgen? Ist es nicht so, daß das Trinken, Lachen und Schulterschlagen aufhört, weil alle sehen wollen, wie sich unser Herr Matzerath seiner Großmutter nähert?

Blumengeschmückt ist der Lehnstuhl. Durchs Fenster schauen Sonnenblumen, die nach dem kühlen und regnerischen Frühsommer nicht besonders hoch stehen, aber doch leuchten und an Sonnenblumen erinnern, die vor vielen Jahren viel höher an Großmutters Gartenzaun standen.

Nur Mut, Oskar! rufe ich unserem Herrn Matzerath zu. Es stehen die beiden Regierungsbeamten links und ein Prälat aus Oliva, als Abgesandter des Bischofs, rechts vom blumengeschmückten Lehnstuhl. Zwischen Staat und Kirche sitzt Anna Koljaiczek und trägt das schwarze Sonntagskleid gewiß über weiteren Röcken. Nur Mut! Und schon schiebt der Priester aus Matarnia das bucklicht Männlein in die so lange ersehnte, aber vorweg auch bänglich bedachte Position. Ich will ihm beistehen und schlage durch Zuruf Kniefall vor.

Aber unser Herr Matzerath behält Haltung. Er beugt sich über die den Rosenkranz bewegenden Hände, küßt die eine die andere Hand, sagt in das Schweigen der dichtstehenden Gäste »Verehrte Frau Großmutter« und stellt sich als Enkelsohn vor: »Ich bin, Sie erinnern sich gewiß, Oskar, jadoch, der kleine Oskar, der mittlerweile nun auch bald sechzig zählt...«

Da Anna Koljaiczek nur sprechen kann, wie sie immer gesprochen hat, tätschelt sie zuerst, ohne vom Rosenkranz zu lassen, des kleinen Mannes Hand und sagt dann immer wieder: »Hädd ech jewußt doch, daß kommen mechst, Oskarchen, hädd ech jewußt doch...«

Dann sprechen beide von alten Zeiten. Was alles gewesen und nun vergangen ist. Wie es immer schlimmer kam und nur manchmal ein bißchen besser wurde. Was alles hätte sein sollen und doch ganz anders schiefging. Wer schon tot ist und wer noch hier und da lebt. Und wer seit wann auf welchem Friedhof liegt.

Ich bin sicher, daß beide zu Tränen kommen, sobald von Anna Koljaiczeks Tochter, Herrn Matzeraths Mutter Agnes, die Rede ist: von Jan und Agnes und Alfred und Agnes und von Jan, Agnes und Alfred. Doch weil die dichtstehenden Gäste wieder miteinander beschäftigt sind und nicht aufhören wollen, sich lärmig zu begrüßen, kann ich von diesem Gespräch nur wenige Sätze aufzeichnen. Da ist viel »Waißte noch, Oskarchen« zu hören und immer wieder: »Da mecht ech miä noch lang dran äinnern.«

Endlich und nachdem beiläufig nach Maria und Kurtchen gefragt wurde, höre ich die Frage: »Warst och schon bai de Post ond hast jeguckt, wo jewesen ist?«

Worauf unser Herr Matzerath seiner Großmutter verspricht: Er werde am nächsten Morgen das mittlerweile historisch gewordene Gebäude am Rähm, die Polnische Post, aufsuchen, und seines Onkels Jan gedenken.

Dann nimmt er Abschied und will zeitig »am morgigen Ehrentag« wieder dasein. »Darf ich, liebe verehrte Großmutter, wie damals, Sie erinnern sich, als wir auf dem Güterbahnhof Abschied nahmen, Babka, liebe Babka zu Ihnen sagen?«

Den Buckel unter großkariertem Jackett, so sehe ich unseren Herrn Matzerath im Gedränge verschwinden. Jetzt ist er wieder zwischen den Bronskis und Woykes erkennbar. Säuerlich riecht die Enge, als wäre die gute Stube mit Molke gewischt worden. Wiederholte Begrüßung mit den amerikanischen Colchics. Kasimir Kurbiella lädt ihn mit erstem Satz nach Mombasa ein. Überaus zierlich nimmt sich die Chinesin zwischen so vielen Kaschuben aus. Endlich, nach zwei wasserklaren Kartoffelschnäpsen und einer letzten Pirogge, sucht er den Weg zum Mercedes, in dem Bruno unbewegt sitzt und als Chauffeur mit Mütze den Stern auf der Kühlerhaube vor begehrlichem Zugriff bewacht.

Seine Schuhe, Größe fünfunddreißig, sind um die Spitze und um die Hacke aus safrangelbem, um den Mittelfuß aus weißem Leder. Meine Weihnachtsratte muß sich anhören, wie ich unseren Herrn Matzerath ausputze: Er trägt eine goldgefaßte Brille und zu viele Ringe an kurzen Fingern. Die rubinbesetzte Krawattennadel gehört zu seiner Ausstattung. Wie zu kühleren Jahreszeiten einen weichen Velour, trägt er den Sommer über Strohhüte. In seinem Mercedes läßt sich ein Tischchen ausklappen, auf dem er, sobald ihn längere Reisen ermüden, mit offenen Karten gegen jemand und noch jemand Skat spielt; wie sich Oskar später freuen wird, wenn er während der Rückfahrt zum Hotel Monopol ein Herz-Hand-Spiel gegen Jan Bronski und seine arme Mama gewinnt.

Selbst hier, bei seiner Großmutter zu Besuch, im Herzen der Kaschubei, kann er nicht aufhören, die fünfziger Jahre umzugraben, als wären in diesem Acker besondere Schätze verbuddelt worden. Es ist der Prälat aus Oliva, ein wie gesalbt freundlicher, der deutschen Sprache eher zurückhaltend mächtiger Herr, der sich die Geschichte vom täuschend gotisch malenden Maler Malskat anhören muß, geduldig und zum Zuhören bestellt; wie meine Weihnachtsratte da ist, mich anzuhören.

Nachdem unser Herr Matzerath einem streitnahen Geplänkel unterm Kastanienbaum ausgewichen ist – es ging um die verbotene Gewerkschaft Solidarność –, begleitet der Prälat das bucklichte Männlein mit der rubinbesetzten Krawattennadel und den zweifarbigen Schühchen zum Mercedes, dessen Blechschäden ins Auge fallen. Abendsonnenschein auf dem blanken Schädel, den Strohhut vor der Brust, spricht Oskar wie vor größerer Versammlung. Ich höre den Prälaten seufzen und weiß nicht, ob er der Matzerathschen Theorien wegen seufzt oder ob es das Wort »Solidarność« ist, das nach dem Staat nun der Kirche Sorgen bereitet. Seine katholische Geduld erinnert mich an die Gelassenheit meiner Weihnachtsratte, die – ich bin sicher – anstelle meiner Versuche, Oskar wieder in Gang zu setzen, lieber das Dritte Programm, den Schulfunk für alle hört: etwas über Fixsterne, Lichtgeschwindigkeit und fünftausend Lichtjahre entfernte Galaxien...

In gleichbleibender Haltung, sie mit angelegten Ohrmuscheln und immerfort spielenden Witterhaaren, die Augen wie Glasperlen blank, er im Schwarzrock, hinter dickglasiger Brille und in- wie auswendig gesalbt, so hören die Weihnachtsratte und der Prälat aus Oliva mir und Herrn Matzerath zu, wie wir beide vom Maler Malskat berichten. Natürlich weiß der Prälat, daß der Mercedes mit dem beredten Männlein sogleich abfährt, worauf die Kirche das letzte Wort haben wird; wie meine Weihnachtsratte weiß, daß ich ihr zuhören muß, sobald sie mir träumt.

Doch noch bin ich dran. Die Rättin muß warten. Dem Ende, falls es zu Ende gehen sollte, läuft die Posse voran...

Ab Winter neunundvierzig/fünfzig turnte er in dreißig Meter Höhe alleine und erfinderisch zuerst im Langhaus, dann im Hochchor der Lübecker Marienkirche, denn sein eleganter, immer Kontakte suchender Arbeitgeber kam selten so hoch nach oben. Dietrich Fey gab sich unten, im Bauschutt, geschäftig. Er mußte seinen Malskat abschirmen. Kein unbefugtes Auge durfte sehen, wie das Wunder von Lübeck Gestalt gewann. Deshalb hatte er überall warnende Schilder aufstellen lassen: »Achtung Absturzgefahr!« – »Vorsicht!« – »Für Unbefugte kein Zutritt!«

Unbefugt, so hoch nach oben in Malskats Bereich zu steigen, waren selbst Gerüstarbeiter und Maurer. Kam sachkundiger Besuch, darunter in- und ausländische Kunsthistoriker, die ab Anfang einundfünfzig einzeln und in Gruppen anreisten, lösten Fey und seine Gehilfen mit Zugleinen Klappergeräusche aus, die Malskat hoch oben zu warnen hatten. Meist gelang es Fey, die Experten mit Kopien abzuspeisen, die nebenbei für Informationszwecke und eine Wanderausstellung entstanden waren; alle Duplikate von Malskats Hand.

Die Wanderausstellung wurde landesweit ein Erfolg, zumal der Bundespräsident und der König von Schweden vor etlichen Schautafeln anerkennend genickt hatten. In Zeitungen und Vorträgen wiederholte sich die Neuprägung »lübischer Stil«. Als »Wiege der Gotik« kam die Stadt zu Ehren. Von einer Werkstatt wurde gesprochen, die ab Ende des dreizehnten Jahrhunderts unter Anleitung eines genialen Dommeisters stilbildend gewirkt habe. Das Wunder von Lübeck fand Glauben.

Kein Wunder, daß es dem Landeskonservator Dr. Hirschfeld, der als erster Zweifel äußerte, nicht gelang, seine Kritteleien aufrechtzuerhalten. Schließlich wurde er an sich selbst irre und schrieb in seinem Buch von St. Marien zu Lübeck: »... Im Hochchor und Langhaus-Obergaden empfinden wir vor den Werken des Meisters ganz unmittelbar jene gewaltige Zeugniskraft, die nur das Original besitzt.«

Im Juni einundfünfzig zog noch einmal Gefahr auf, als sich anläßlich einer Tagung westdeutscher Denkmalpfleger, die extra des Wunders wegen nach Lübeck gekommen waren, etliche Herren in die Marienkirche begaben und sich von Fey nicht abhalten ließen, hoch ins Gerüst zu steigen. Bescheiden trat Malskat zur Seite. Fey erklärte, wies nach, war mit Engelszungen beredt und konnte doch nicht verhindern, daß die Professoren Scheper und Deckert Bedenken äußerten und trotz aller Feyschen Redekunst mit restlichen Bedenken aus dem Gerüst stiegen.

Als freilich tags darauf alle in Lübeck versammelten Denkmalpfleger zusammentrafen, geschah abermals ein Wunder: Keine Anklage wurde erhoben, vielmehr forderten die Kongreßteilnehmer die Regierung in Bonn auf, weitere hundertfünfzigtausend DM in die Kasse der Lübecker Kirchenleitung fließen zu lassen. Das freute den Oberkirchenrat

Göbel; aber auch Malskat, der seinen Stundenlohn gesichert sah.

Weitere Störungen waren kaum ernst zu nehmen. Als eine Studentin die Thesen ihrer Doktorarbeit »Die Wandmalereien in der Lübecker Marienkirche« an Ort und Stelle überprüfen wollte und heimlich ins Gerüst stieg, wurde sie von Fey erwischt, der sanft, aber nachdrücklich auf die Gefahren ihrer Kletterei hinwies. Obgleich sie leichte Gerüstschuhe trug und sich schwindelfrei nannte, durfte sie nie wieder zu Malskat hoch.

Dennoch stellte die Studentin, nach nur flüchtigem Augenschein oben, unten angekommen kritische Fragen. Anhand der Fotos und Kopien wies sie auf romanische Elemente im Faltenwurf hin. Ihr Erstaunen über die Leuchtkraft der Farben im Hochchor war mit Zweifeln untermischt. Es hätte doch, sagte sie, in der Nacht auf Palmsonntag zweiundvierzig, als Lübecks Marienkirche von innen nach außen brannte, das Kupferblau im Obergaden wie auch im Chor oxidieren und einschwärzen müssen.

Als Fey die Studentin abermals erwischte, wie sie zu Malskat hoch wollte, um dort vom Kupferblau Farbproben zu nehmen, drohte er ihr mit Kirchenverbot. So einsam wurde der erfindungsreiche Maler in dreißig Metern Höhe gehalten.

Wenig später gelang es Fräulein Kolbe, so hieß die Studentin, ihr Mißtrauen zu überwinden: Sie begeisterte sich am Lübecker Wunder, wenngleich sie in ihrer Doktorarbeit die Einmaligkeit der Wandmalerei im Hochchor immer wieder unglaublich nannte. So sehr sie suchte: Es ließ sich keine Ähnlichkeit mit dem im norddeutschen Raum üblichen Knitterstil beweisen. Sie blieb verblüfft wegen der romanischen Elemente besonders im dritten Joch und kam zum Schluß: Im Hochchor sei insgesamt der Einfluß von Chartres und Le Mans zu spüren. Der Chormeister zu Lübeck müsse Frankreich bereist, werde dort gelernt haben.

Nun ließe sich viel über Malskats Vorleben und seine Bildungsreisen gegen Ende des dreizehnten Jahrhunderts spekulieren; fest steht, daß er hoch oben im Gerüst der Gegenwart enthoben war und eine Freiheit gewann, die ihm beim Setzen der Konturen gotische Empfindungen erlaubte, die seinen einundzwanzig Heiligen im Hochchor und mehr als fünfzig Heiligen im Obergaden des Langhauses nach und nach zu zwingendem Ausdruck verhalfen. Nichts wog die Zeit. Nur ein Sprung und ein Moment inbrünstiger Rückbesinnung war ihm die Spanne von siebenhundert Jahren.

Zu Recht haben die einerseits getäuschten, andererseits scharfsinnigen Kunsthistoriker damals festgestellt, daß sich die Wandmalereien in Schleswigs Dom wie Vorstudien zur Ausmalung der Lübecker Marienkirche ansehen lassen. Trotz Kriegs- und Soldatenzeit war Malskat Malskat geblieben, gereifter vielleicht und noch konsequenter rückbezogen; denn wenn ich jetzt sage, das Mittelalter war seine Zeit, sehe ich ihn leibhaftig vor siebenhundert Jahren hoch im Gerüst: die verfilzte Wollmütze über beide Ohren gezogen.

Er wird nach dem Niedergang des Stauferreiches, während wirrer und rechtloser Jahre, bis ins Greisenalter – kurz vorm Auftritt der Pest – in vielen Kirchen und Heiliggeisthospitälern tätig gewesen sein; überall hinterließ seine Werkstatt Spuren. Deshalb dürfen wir davon ausgehen, daß auch die sechsundfünfzig Heiligen im Langhaus-Obergaden der Marienkirche von ihm sind. Wenngleich Jahrzehnte zwischen der frühen Secco-Malerei im Chor und der späteren, in Rot, Blau, Grün, Ockergelb und Schwarz gefertigten Arbeit im Mittelschiff liegen, ist allen übers Menschenelend hinwegblickenden Heiligen in ihrem Faltenwurf die Pinselführung des Chormeisters abzulesen.

Und alles »alla prima«, aus freier Hand gemalt. Nur wenige Anhaltspunkte gaben Musterbücher, die das Ikonografische betrafen. Wenn im Prozeß später das Buch eines gewissen Bernath, »Die Malerei des Mittelalters«, als Malskats Quelle erkannt wurde, bestätigt dieser Hinweis nur die frühen romanischen, byzantinischen, ja, auf der rechten Stirnwand Süd des Chorpolygons sogar koptischen Einflüsse. Was der Chor- und Langhausmeister vor siebenhundert Jahren gemalt hat, gelang Malskat später aufs neue. So überbrückte er Jahrhunderte, so wurde durch ihn des letzten Krieges zerstörende Wut zunichte, so triumphierte er über die Zeit.

Nun gut, ich kenne die Einwände der Herren Scheper und Grundmann: Hier soll der Christus der Sophienkirche in Konstantinopel, dort eine thronende Maria aus dem Dom zu Triest anregend gewesen sein. Glühproben der verschiedenen Farbpigmente, Schichtschnitte von Mörtelteilen, chemische, mikroskopische Untersuchungen wurden gemacht. Obendrein Malskats Geständnis: Die Drahtbürste! Der Konturen und Farbflächen zerkratzende Scherben. Das gekonnte Nachaltern. Der Puderbeutel!

Dazu ist zu sagen: Fey, sein Arbeitgeber, verlangte von ihm dieses Glaubwürdigmachen vergehender, spurengrabender Zeit. Nichts Neues, das Alte wollte man wiederhaben, wenn auch ein wenig beschädigt. Malskats Talent erlaubte diese Zugaben. Schließlich hat der spätere Meister des Hochchors – doch wohl des Langhauses auch – in den Jahren vor der Währungsreform Bilder nach Chagall und Picasso gemalt, die über Fey, der gleich nach fünfundvierzig sein Arbeitgeber wurde, in den Kunsthandel kamen. So hielt man sich über Wasser.

Aber mit dem neuen Geld, das die nichtsnutze Reichsmark über Nacht ablöste, brach auch eine neue Zeit an; deren Anfänge verlangten als Fundament eine solidere Fälschung. Und weil sich allgemein das Fälschen und Verfälschen zu einer Lebensart mauserte, die recht bald regierungsamtlich wurde, worauf die alten Zustände, als wäre in ihrer Folge nichts Entsetzliches geschehen, als neue Zustände ausgegeben wurden, entstanden in Deutschland zwei Staaten, die als »falsche Fuffziger« – so nennt unser Herr Matzerath alle Produkte aus diesem entlegenen Jahrzehnt – in den Handel kamen, in Umlauf blieben und mittlerweile als echt gelten.

Was Malskat tat, war zeitgemäß. Hätte er geschwiegen, wäre ihm nie der Prozeß gemacht worden. Er hätte den Schummel unter der Decke lassen sollen, wie es die Staatsmänner taten; deren doppelte Fälschung hatte Zukunft für sich. Bald machten sie alle Welt glauben, es gehöre der eine, der andere Staat ins eine, ins andere Siegerlager. So münzten sie einen verlorenen Krieg in einen gewinnträchtigen Doppelsieg um: zwei falsche Fuffziger zwar, doch klingende Münze.

Natürlich wäre die Fälschung mit Händen zu greifen gewesen, doch sahen die Täuscher einander ohne Zwinkern als echt an, und auch den mittlerweile verfeindeten Siegern war Zugewinn lieb. Selbst wenn die Fälschung erkannt wurde, blieb man dem schönen Schein treu; denn allzu armselig und schadhaft waren die Originale: zwei Trümmerhaufen, nicht gewillt, einen einzigen zu bilden.

Deshalb sagt unser Herr Matzerath immer wieder: »Malskat lag richtig. Er hätte sich zwischen Adenauer und Ulbricht auf gemalte Säulenkapitelle stellen, keine byzantinischen und koptischen Einflüsse scheuen und sich als Mittelstück dieser Dreieinigkeit feiern sollen; etwa auf der rechten Stirnwand Süd, wo die drei Eremiten, Mönche genannt, ihr Stelldichein hatten.«

Das ist zu spät leicht gesagt, denn als Lothar Malskat auf dreißig Meter hohem Gerüst in Kälte und Zugluft stand, wo er aus freier Hand die sieben Felder im Hochchor mit diversen Heiligen und im Mitteljoch mit der Jungfrau samt Kind belebte und dabei unentwegt seine Lieblingsmarke Juno rauchte, als Geld, unentwegt Geld von Bonn nach Lübeck floß, betrug sein Stundenlohn fünfundneunzig Pfennige neuer Währung; wie hätte er sich zwischen so hochkarätigen Staatsmännern begreifen sollen.

Neinnein, Herr Matzerath! Sie mögen fern in der Kaschubei und solange Ihnen der Prälat aus Oliva Gehör schenkt, recht haben, was den Schätzwert des Kanzlers von damals und des damaligen Generalsekretärs betrifft; der Alte und der Spitzbart waren waschechte Fälscher und mögen fortan »falsche Fuffziger« genannt werden, Malskat jedoch signierte seine Gotik, wenn auch versteckt.

Die Zwiemacht aus Zwietracht.
Zwiefach die eine Lüge getischt.
Hier und da auf alte Zeitung
neue Tapeten geleimt.
Was gemeinsam lastet, hebt sich
als Zahlenspiel auf, ist von statistischem Wert;
die Endsummen abgerundet.

Hausputz im Doppelhaus.
Ein wenig Scham für besonderen Anlaß
und schnell die Straßenschilder vertauscht.
Was ins Gedächtnis ragt, wird planiert.
Haltbar verpackt die Schuld
und als Erbe den Kindern vermacht.
Nur was ist, soll sein und nicht mehr, was war.

So trägt sich ins Handelsregister
doppelte Unschuld ein, denn selbst der Gegensatz
taugt zum Geschäft. Über die Grenze
spiegelt die Fälschung sich: täuschend vertuscht,

echter als echt und Überschüsse zuhauf.
Für uns, sagt die Rättin, von der mir träumt,
war Deutschland nie zwiegeteilt,
sondern als Ganzes gefundenes Fressen.

Sicher, es lebt sich ganz gut seitdem. Die posthumane Zeit bekommt uns: Wir nehmen in jeder Beziehung zu. Endlich menschenfrei belebt sich die Erde wieder: Es kreucht und fleucht. Die Meere atmen auf. Es ist, als wolle die Luft sich verjüngen. Und überall findet sich vorrätig Zeit, unendlich viel Zeit.

Und doch hätten wir das Humane gerne behutsamer schwinden sehen, nicht Knall auf Fall. Schließlich hatten sich die Menschen mehrere verzögerte, mittel- bis langfristig programmierte Untergänge offengehalten. Es war ja der menschliche Geist schon immer auf vieles gleichzeitig aus. Zum Beispiel vollzog sich fortgeschritten, doch nicht gründlich zu Ende gedacht, die Vergiftung der Elemente, eine bis Ultemosch, wie wir den Schluß nannten, wachsende Belastung, die sogar dem Rattengeschlecht übel anschlug, obgleich unsereins auf Dauer jedes Gift bis zur Bekömmlichkeit umzuwerten verstand. Dennoch witterten wir mit Sorge, was der Mensch Flüssen und Meeren zusetzte, was alles er der Luft beizumengen bereit war, wie tatenlos klagend er seine Wälder bergab sterben ließ. Als Ratten, denen Leben und Überleben eins ist, konnten wir nur vermuten, daß den Humanen das Leben nicht mehr schmeckte. Sie hatten es satt. Es reichte ihnen. Sie gaben sich auf und taten nur noch affig als ob. Über die Zukunft, ihre in früheren Zeiten so phantastisch möblierte Zimmerflucht, machten sie Witze, hingegen war ihnen das Nichts etwas, auf das zu starren sich lohnte. Jeder Tat – und sie blieben ja wie gewohnt tätig – hing Sinnlosigkeit als Geruch an, eine Ausdünstung übrigens, die unsereins ekelte.

Und auch du, Freund, sagte die Rättin, warst fleißig beim Abschiednehmen. Man konnte das nachlesen; und wir lasen ja sprichwörtlich viel. Ach, was sich alles auf Endzeit reimte! Wie wohltönend ihnen aller Tage Abend gewiß war. Mit letztem Ehrgeiz wurde das große Finale als Wettkampf betrieben, komischer noch: Hingerissen vom Ende, veräußerten sich viele Künstler so restlos, als wäre ihnen, wie seit altersher, der Lorbeer immergrün, Unsterblichkeit sicher gewesen.

Mir war, als gedächte die Rättin unser gerührt und mit Wehmut. Doch dann kam sie wieder zur Sache. Hör zu: Eine weitere Spielart des Untergangs wurde vom Menschengeschlecht als Übervölkerung ausgetragen. Besonders dort, wo sie arm waren, legten die Menschen Wert darauf, immer mehr zu werden, als wollten sie Armut durch Kindersegen aufheben; ihr letzter Papst war ein reisender Fürsprecher dieser Methode. So wurde der Hungertod gottgefällig und schrieb sich nicht nur statistisch fort. Sie fraßen einander das knappe Futter weg.

Warum, rief die Rättin, wurden die Menschen nicht satt, wenn es uns Ratten doch reichte? Weil sich Überfluß hier aus Mangel anderswo speiste. Weil sie, um Preise zu halten, Angebote verknappten. Weil ein geringer Teil des Menschengeschlechts vom Hunger des Großteils lebte. Sie aber sagten: Weil wir zu viele sind, wird gehungert.

Lächerlich diese Rechnung. Futze Chissoresch! Ihre verfluchte Mangelwirtschaft. Wie wir ohne Mühe satt wurden und dennoch weltweit Milliarden zählten, hätte die annähernd gleichgroße Humanpopulation zum Zeitpunkt des Großen Knalls durchaus gesättigt sein können, es lag ja genug auf Lager. Mehr noch: Gerne hätten wir den humanen Wachstumsprognosen entsprochen und mit ihnen das Jahr zweitausend als sechs, wenn nicht sieben Milliarden Ratten erlebt, jegliche Gattung zufrieden und satt.

Nachdem sie meinen Traum mit statistischen Daten überfüllt hatte, sagte die Rättin: Daraus ist leider nichts geworden. Der Entschluß der Menschen, sich nicht zu Tode zu hungern, nicht von Giften übersättigt zu krepieren, auch nicht hungrig und vergiftet, bei immer knapperem Wasser, den langsamen Dursttod, vielmehr das plötzliche Ende zu suchen, dieser selbstsüchtige und kindisch ungeduldige Entschluß bereitet uns Ratten zuvor nicht ausreichend bedachte Probleme: Wir werden uns ändern müssen. Die posthumane Zeit verlangt uns neues Verhalten ab. Uns mangelt ein Gegenüber. Ohne das Menschengeschlecht und seine Ernten, Vorräte, Abfälle, Ekelgefühle und Vertilgungssüchte sind wir Ratten zukünftig ganz auf uns gestellt. Zugegeben: Es fiel leicht, allzu leicht, in seinem Schatten zu leben; nun fehlt uns der Mensch...

Da sie weiterhin jammerte, rief ich: Aber es gibt doch hier und dort neutronisierte Städte. Mit Hilfe von Schonbomben haben wir äußerlich heile Refugien geschaffen. Ein Kulturabkommen zu euren Gunsten war vorletztes Menschenwerk. Ich bitte dich, Rättin: Sind wir nicht kürzlich noch durch menschenfreie Gassen gelaufen? Und hatten wir beide nicht Freude an den zwar rußgeschwärzten, doch schön gebliebenen Giebeln, Türmen, Torbögen, an Sehenswürdigkeiten, anheimelnd vertraut?

Vergeblicher Trost. Die Rättin, von der mir träumt, wollte nicht aufhören mit dem Jammern. Nicht mehr in ihren Fluchtbauten vergraben, nicht mehr in Danzigs Gassen sah ich sie laufen, im Müll behaust fand ich sie. Hier erzählte sie mir aus zerknautschtem Schrott heraus von plötzlichen, dem Rattengeschlecht noch immer verderblichen Staubstürmen, dort wohnte sie in Schutz gewährenden Plastikfolien, die, durch Winde bewegt, als immer gefüllte Segel mit meiner Rättin wanderten. Immer wieder: der Große Knall. Immer wieder: die Einsamkeit danach. Und immer wieder und noch einmal: wie sehr den Ratten der Mensch fehle.

Aber ich bin doch da! rief ich. In meiner Raumkapsel: ich. Auf meiner Umlaufbahn: ich. In deinen und meinen Träumen: ich, du und ich!

Hast ja recht, Freundchen, lenkte sie ein. Wie tröstlich, daß jemand da ist, der ich ich ich, immerzu ich sagt; schon verehren wir dich ein wenig. In den städtischen Zufluchten und Revieren gibt es Rattenvölker, die dich geradezu anbeten: Sobald sie auf Plätzen oder in Kirchen den aufrechten Gang üben, meinen sie dich. Wir ländlichen Rattenvölker hingegen haben außer dir noch jemand, dessen immer noch atmende Reste anbetungswürdig sind. Ein Bündelchen nur, aber belebt. Offenbar eine uralte Frau. Die blieb in ihrem Lehnstuhl, als alle rausliefen und hopsgingen. Mühsam lebt sie, von uns Ratten ernährt. Wir tun der Alten gut. Hat sie Durst, tränken wir sie. Wie dich städtische Ratten anbeten, beten Landratten sie an. Und sie, die Uralte, brabbelt für uns: Wie es früher gewesen ist. Was alles vergangen bleibt. Wer auf Besuch kam. Was ihr Leid brachte, das bißchen Freude nahm und zu schmerzen nicht aufhören wollte.

Aber das ist doch, rief ich. Rättin, ich bitte dich! Noch steht ihr Geburtstag bevor. Erst morgen ist Sonntag. Sie will feiern, gefeiert werden.

Jaja, sagte die Rättin. Aber nun will sie sterben und kann nicht. Deshalb erzählt sie uns traurige und manchmal auch lustige Geschichten von früher. Aus Vorkriegs-, Kriegs- und Zwischenkriegszeiten. Wie die Kaschuben mit Polen und Deutschen mal leidlich, mal elend lebten. Und wie sie als junges Ding mit Pferdchen und Wagen, dann, als der Fortschritt kam, mit der Eisenbahn von Kokoschken auf städtische Wochenmärkte gefahren ist. Und was alles ihre Kiepen füllte: Kartoffeln und Wruken, Gurken und Himbeeren. Frische Eier, einen Gulden die Mandel, hat sie verkauft. Und auf Martin zwei Gänse. Und jeden Herbst körbevoll Grünlinge und Maronen, Pfifferlinge und Braunkappen, weil in den Wäldern der Kaschubei die Pilze zuhauf standen...

Bei aller Skepsis: Dieser Wald ist immer noch heil. In unserem Film, der Grimms Wälder heißt, stehen hier dunkelnd, dort licht Buchen, Tannen, Eichen, Eschen und Birken, Ahorn und Ulmen sogar. Gebüsch öffnet, schließt sich. Getier im Unterholz. Immer neues Grün, aber auch spätsommerliche, frühherbstliche Farben. Die Vogelbeeren der Ebereschen. Aus Moos- und Nadelgründen schießen Kremplinge und Flaschenboviste, der Parasol. Unter Eichen rufen Fliegenpilze nahstehende Steinpilze aus. Schuppig der Habichtpilz. Aus Baumstümpfen wuchert in Horden der Hallimasch. Und Blaubeeren, mit Kämmen zu ernten. Dann wieder säumt Farn den Waldweg, auf dem die Märchengestalten, Rübezahl und die Zwerge zu Fuß, die anderen im alten Ford mit Rumpelstilzchen am Steuer, zum Tatort unterwegs sind.

Einer der Zwerge, ich glaube, der zweite, der auf dem Trittbrett fährt, während die anderen eilig tippeln, ruft: »Halt!« Alle Sieben breiten auf Moos zwischen Pilzen, die im Hexenkreis stehen, eine handgezeichnete Waldkarte aus. Sie messen, vergleichen, streiten um Daumensprünge, geben endlich die neue Richtung an: »Hier ist es, hier!« Und hier finden sich auch die Hände des Mädchens ein, die mit der Schaufel vorausgeflogen sind und nun tätig werden.

Denn hier muß der Waldweg umgelegt, muß die alte Wegspur gelöscht werden. Sogar Jorinde und Joringel, die außer traurigsein nichts können, müssen schaufeln und hacken.

Die Hexe befiehlt mehreren Bäumen, sich zu entwurzeln und an bezeichneter Stelle neu Wurzeln zu schlagen. Des Mädchens abgehauene Hände schaufeln ein Loch, in das der dritte und vierte Zwerg einen Wegweiser setzen, der vorher in ganz andere Richtung wies.

Der Froschkönig legt sich in einen Waldbach, wird zum Frosch und leitet den Bach in ein neues, den alten Weg kreuzendes Bachbett, worauf er wieder zum König wird, der seiner Dame, die untätig leidet, die Stirn mit Quellwasser kühlt.

Auf allen vieren kriecht Rübezahl über den alten Weg. Wo immer sein Bart die Wegspur berührt, treibt Moos, wächst Farn, schießen Pilze.

Weil Rumpelstilzchen wieder mal aufstampft, muß ein Ameisenberg sieben Sprünge weit umziehen und sich samt Eiersegen und Aufzucht neu einrichten. (Nach Anweisung unseres Herrn Matzerath soll sich das dumme Rotkäppchen in einen hohlen Baum hocken, dort Daumen lutschen und den fleißigen Märchengestalten faul zugucken.) Jetzt ist der falsche Waldweg täuschend echt und der richtige kaum mehr zu ahnen.

Worauf die Böse Stiefmutter Befehle erteilt: Rübezahl muß Dornröschen gewaltsam vom Prinzen trennen. Der soeben noch gutmütige Riese verfinstert sich. Er packt und hebt Dornröschen mit einer Hand, ist nicht mehr Hausknecht, sondern herrischer Geist aus dem Riesengebirge. Der erste, sechste und siebte Zwerg halten den weinenden Prinzen. Mit der Spindel läuft der vierte Zwerg schnellfüßig Rübezahl hinterdrein, der das bereits wieder schlafende Dornröschen in Richtung Tatort entführt.

Von Schneewittchen will sich der Prinz nicht trösten lassen. Auch von Rotkäppchen, das aus dem hohlen Baum springt, will er nichts wissen. Die abgehauenen Hände des Mädchens streicheln den traurigen Lockenkopf, dessen Kußmund verzweifelt Luftküsse verteilt. Wie von Sinnen ist er. Erst Rapunzel gelingt es, mit langem Haar den Prinzen von seinem Leid abzulenken.

»Den Spiegel bitte!« ruft die Böse Stiefmutter, worauf die abgehauenen Hände den Zauberspiegel aus dem alten Ford holen und auf einen Baumstumpf stellen. Sobald sich die

Märchengestalten, mit Hänsel und Gretel in der Mitte, vor dem Spiegel versammelt haben und gruppiert sind, als wollte eine Großfamilie, weil Dienstag ist, Dallas sehen, schaltet die Böse Stiefmutter ihr wundersames Fernsehen ein. (Wie unser Herr Matzerath noch kürzlich sagte: »Keines der allerneuesten Medien, das nicht im Märchen seinen Ursprung hätte.«)

Zuerst sieht man Rübezahl mit dem schlafenden Dornröschen beladen durch toten Wald stapfen. Unermüdlich läuft mit der Spindel der vierte Zwerg hinterdrein.

Dann sieht man Rotkäppchens Großmutter, die noch immer dem Wolf aus Grimms Wörterbuch, Band eins, vorliest.

Und jetzt kommt die Wagenkolonne des Kanzlers mit Ministern und Experten ins Bild. Noch ist sie, hinter Blaulicht und von Polizisten auf Motorrädern flankiert, auf der Autobahn unterwegs.

Abermals schaltet die Böse Stiefmutter um: Der Zwerg mit der Spindel folgt Rübezahl, der das schlafende Dornröschen in einer Turmruine treppauf trägt, bis hoch zur Turmkammer, der das Dach fehlt. Plötzlich kommen die abgehauenen Hände ins Bild. Sie putzen die Turmkammer, während Rübezahl das Dornröschen behutsam an einen Steintisch setzt; der Zwerg legt die Spindel in den Schoß der schlafenden Schönen.

Vor dem Zauberspiegel wird der Fleiß des Mädchens ohne Hände gelobt. Der Prinz, der durch Rapunzels Haare hindurch alles gesehen hat, jammert. Er will fort und sein Dornröschen wie gewohnt wachküssen. Aber die Zwerge halten ihn, so sehr er zappelt. Abermals verhängt ihn Rapunzel.

Nachdem der Zauberspiegel wiederum die Großmutter gezeigt hat, wie sie noch immer dem Wolf vorliest, zeigt er jetzt des Kanzlers Wagenkolonne, die in den heilen Wald einbiegt. Blaulicht voran, kommt sie näher und näher. Auf ein Zeichen der Hexe verstecken sich alle Märchengestalten. Den alten Ford schieben die Zwerge ins Gebüsch. Einzig Hänsel und Gretel bleiben zurück, als seien sie ausgestoßen und gottverlassen allein. So stellen sie sich wartend auf den neuen falschen Weg.

Jetzt kommt aus der Tiefe des Waldes hinterm Blaulicht die Wagenkolonne des Kanzlers. Hänsel und Gretel winken und rufen: »Hier, Papa! Hier sind wir, hier!« Sie laufen rufend den falschen Weg lang. Der Kanzler und Papa folgt ihnen in Richtung Tatort, bis der soeben noch heile Wald immer kränklicher, sumpfiger, unwegsam wird. Über Sprechfunkgeräte hört man Piepen, Pfeiftöne, Befehlsdurchsagen: »Kanzlerkinder verfolgen!« – »Ausschwärmen, einkreisen!«

Die schwarzen Automobile bleiben stecken, müssen von allen Insassen verlassen werden und versinken, eins nach dem anderen, in blubberndem Morast, schließlich auch das Automobil des Kanzlers, dessen Mercedesstern bis zum Schluß glänzt.

Ungeordnet irren der Kanzler und seine Experten und Minister, unter ihnen die Grimmbrüder, durch toten Wald. Mit entsicherten Maschinenpistolen sind Polizisten bemüht, die ihnen aufgetragene Sicherheit aufrechtzuerhalten. Unter der Last ihrer Apparate stöhnen die Leute vom Fernsehen, filmen aber gleichwohl das Durcheinander.

Der Kanzler ruft: »Kinder, wo seid ihr? Wo seid ihr denn, Kinder?«

Die Experten streiten über die Richtung. Die Polizisten erschrecken sich gegenseitig. Die Grimmbrüder helfen einander aus dem Morast. Der Kanzler ruft. Das Fernsehen hält drauf. Sieben Raben in toten Bäumen. Hänsel und Gretel locken den hilflosen Haufen immer tiefer in den abgestorbenen Wald. Sie rufen: »Hier gehts lang, Papa, hier!«

Auf Vorschlag unseres Herrn Matzerath, der immer auf Nebenhandlungen bedacht ist, finden die Grimmbrüder nun in der Einöde ein langes goldenes Haar. Wenige Schritte weiter glänzt abermals ein Haar gülden. Und so fort. Indem sie den Goldhaaren folgen, sehen die Grimmbrüder schließlich, wer sie ins Abseits gelockt hat: zwischen toten Bäumen Rapunzel. Wunderschön anzusehn spielt sie mit ihrem Langhaar und lockt den Minister für mittelfristige Waldschäden und seinen Staatssekretär in eine bestimmte Richtung.

Andere Märchengestalten erscheinen, verschwinden zwischen Bäumen; die Sieben Zwerge tragen Schneewittchen im Sarg; Rumpelstilzchen springt, tanzt und ruft: »Ach wie gut, daß niemand weiß, daß ich Rumpelstilzchen heiß«; Rotkäppchen ist mit dem Henkelkorb unterwegs.

Immer mehr Märchengestalten kommen und vergehen: wehmütig Jorinde und Joringel, das arme Mädchen mit den abgehauenen Händen, den Frosch auf schöner Stirn schreitet eine Dame vorbei, und immer wieder sieht man die Hexe lachen. Und was noch alles im Buch der Hausmärchen vorkommt. Wie willenlos folgen die Grimmbrüder ihren Gestalten, bis aus totem Wald wieder Märchenwald wird. Und wie sich der Märchenwald zur Lichtung öffnet, steht, inmitten der Lichtung, in Stein gehauen ein Denkmal, das die Grimmbrüder Schulter an Schulter abbildet. (Hier nun möchte unser Herr Matzerath eine Gruppe von Professoren versammelt sehen, die alle Märchenexperten und Hintersinnforscher sind. Sie sollen die soziologischen, linguistischen und psychologischen Dimensionen der Grimmschen Hausmärchen ausleuchten und die Grimmbrüder in ein längeres Fachgespräch ziehen. Ich bin dagegen.)

Fraglos und nur staunend sollen sich Jacob und Wilhelm Grimm als Grimmbrüder in Stein gehauen sehen, indes sich nach und nach alle Märchengestalten um sie versammeln.

Schneewittchen erhebt sich lächelnd im gläsernen Sarg. Rapunzel steht in ihr Haar gekleidet. Das Mädchen ohne Hände versteckt seine Armstümpfe hinterm Rücken. Ein wenig verlegen knöpft sich die Hexe über ihren enormen Titten zu. Alle, alle zeigen sich, nur Rübezahl fehlt.

Abseits steht er und weint, weil er als Berggeist in Grimms Märchen nicht vorkommt. (Dennoch halte ich unseres Herrn Matzerath Vorschlag, den armen Rübezahl nach seinem Märchendichter Musäus rufen zu lassen, für zu ausgedacht. Einleuchtender wäre es, wenn Wilhelm Grimm zartfühlig Rübezahls Not erkennen, den ungeschlachten Riesen suchen, finden und in den Kreis der Grimmschen Märchengestalten aufnehmen würde.) Wilhelms Untertitel heißt: »Auch Rübezahl soll fortan zu uns gehören.«

»Jaja«, sagt Rumpelstilzchen, »so sehen wir uns wieder, meine Herren.«

Wilhelm Grimm sagt: »Schau, lieber Bruder, alle haben sich um uns versammelt.«

Jacob Grimm sagt: »Nicht alle sind da, lieber Bruder. Hänsel und Gretel fehlen. Und schau um dich: Es fehlt uns Dornröschen.«

Während die drei Aufpasserzwerge den Prinzen, der plappern will, zurückhalten, stellt die Böse Stiefmutter, die den Grimmbrüdern zugeknöpft streng begegnet, ihren Zauberspiegel zu Füßen des steingehauenen Denkmals auf und schaltet das Aktionsprogramm ein.

Am Tatort sitzt das schlafende Dornröschen mit der Spindel im Schoß am Steintisch des Turmzimmers. Die abgehauenen Hände achten darauf, daß die Spindel nicht vom Schoß fällt. Um den Turm versammeln sich der Kanzler und sein Gefolge. Rasch küßt der Zwerg, der die Spindel getragen hat, nach Art des Prinzen Dornröschen wach. Dann läuft er treppab und mit Hänsel und Gretel, die hinter der Turmruine versteckt gewartet haben, schnellfüßig davon. Die abgehauenen Hände und die Sieben Raben folgen ihnen. Gretel ruft laufend: »Hoffentlich klappt es!«

Um den Turm beginnt wieder der Streit der Experten. Die Polizisten bilden einen sichernden Kreis um den Kanzler und seine restlichen Minister. Erschöpft läßt sich der Kanzler von einem Referenten aus der Proviantasche ein großes Stück Buttercremetorte geben. »Ach«, ruft er, »wie schwer wird mir das Regieren gemacht!« Dann beißt er zu, kaut und sieht, traurig kauend, Dornröschen in der Turmkammerruine sitzen. Es klappert mit den Augendeckeln, will sogleich wieder einschlafen. Da ruft der Kanzler mit halbvollem Mund: »Hast du vielleicht meine lieben Kinder gesehen?«

Dornröschen erschrickt und sticht sich mit der Spindel in den Finger, bis Blut kommt.

Und nun erstarren alle zugleich: der Kanzler mit dem Tortenstück in der Hand, die streitenden Minister und Experten, die Polizisten mit ihren in Anschlag gebrachten Maschinenpistolen, die immer drehbereiten Fernsehmänner und auf Stichworte lauernden Journalisten. Und während sie noch streitend aufeinander deuten, mit den Maschinenpistolen den Feind suchen, Notizen kritzeln, die Fernsehkamera surren lassen und Torte mampfen, sinken alle mit Dornröschen in tiefen Schlaf.

Sogleich beginnt aus der Ödnis zwischen den toten Bäumen eine Dornenhecke zu wachsen, die immer höher schießt, dichter wird, undurchdringlicher, als treibe sie Stacheldraht, bis die erstarrte Gesellschaft zu Füßen der Turmruine, in der Dornröschen schläft, verschwunden, bis die Regierung mit allem Drum und Dran nicht mehr da ist.

Im Zauberspiegel auf dem Denkmalsockel sehen die Märchengestalten und die Grimmbrüder den Erfolg ihrer Aktion. Es herrscht Freude. Sogar den Grimmbrüdern will diese Spielweise von Entmachtung gefallen.

Und freudig werden Hänsel und Gretel, der vierte Zwerg und die abgehauenen Hände begrüßt. Die Hexe gratuliert ihnen: »Großartig habt ihr das gemacht, Kinder!«

Alle klatschen Beifall, auch die abgehauenen Hände. Nur die Grimmbrüder sehen wir verstört, weil sie die vermißten Kanzlerkinder hier wiedersehen: aufgehoben als Hänsel und Gretel. Zwar begrüßt Wilhelm Grimm die beiden freundlich mit dem Untertitel: »Und wir haben befürchtet, der Russe habe die Kanzlerkinder entführt«, doch Jacob Grimm ist voller Bedenken: »Ach, eure armen Eltern! Außerdem gibt es keine Regierung mehr. Unordnung wird herrschen. Chaos droht!«

Da löst sich der wachküssende Prinz aus Rapunzels Haar und bietet den Grimmbrüdern seine Dienste an: »Soll ich Dornröschen wieder wachküssen? Ich kann das!«

Er will fortlaufen, aber sogleich hängen die drei Aufpasserzwerge an ihm. Ganz und gar Berggeist, Köhler und Wilder Mann, ohrfeigt Rübezahl den Prinzen. Hänsel ruft: »Es wird hiergeblieben!« (Und bevor er nach Polen abreiste, sagte unser Herr Matzerath noch, an dieser Stelle müsse des Froschkönigs Dame dem weinenden Prinzen ihre geplagte Stirn zum Kuß anbieten; aber ich meine, es würde diese Nebenhandlung vom weiteren Geschehen nur ablenken.)

Ohne Umstände wollen alle Märchengestalten den Grimmbrüdern nun ihre Pension, das Knusperhäuschen, zeigen, wohin mittlerweile viele Lastschnecken, eine der anderen folgend, alle Bände des Grimmschen Wörterbuchs geliefert haben; die letzte trägt den Band zweiunddreißig: von Zobel bis Zypressenzweig...

Immer noch liest die Großmutter aus dem Märchen
dem Bösen Wolf aus dem Märchen
aus dem Wörterbuch vor.

Sein Wolfsbauch, den ein Reißverschluß
öffnet und schließt, ist voller Wörter
aus alter Zeit: Wehmutter, Wehmut, Wehleid...

Jetzt findet die Großmutter in Grimms Wörterbuch,
von dem mittlerweile alle Bände aufliegen, den Namen
der Stadt Vineta, in der die Vineter wohnten,

bis die See über die Stadt kam. Da heult der Wolf
und will aus dem Mund der Großmutter mehr hören,
als über Vineta geschrieben steht.

Läuten, Geläut, Glockengeläut, sagt die Großmutter
zum Wolf aus dem Märchen, hört man
bei Windstille über der glatten See.

Nein, sie können nicht schlafen. Singsang, der nicht enden will, findet zu den Hängematten im Bugraum des ankernden Schiffes. Ihr sanften Aurelien, lichtdurchlässig und milchig; ihr bläulich bis violett gezeichneten Ohrenquallen, Medusenschwärme, die, wie man weiß, von Plankton und Heringslarven leben; ihr, kaum erforscht und deshalb von schlimmstem Ruf, weil ihr die See, morgen schon meine See, das Baltische Meer in eine einzige Qualle wandeln könntet; ihr mit der Drift wandernden Schönen, denen, wie landgebundenen Ratten, des Menschen Ekel gewiß ist; ihr, teller- bis schüsselgroß, deren Biomasse empfindsam voller Geheimnis bibbert – ihr Unsterblichen, deren unausgezähltes Sein als lautlos verbrieft war, könnt singen.

Kein Wunder, daß die Frauen keinen Schlaf finden. Allzu mächtig ist diese Musik. Sie wälzen und werfen sich in den Hängematten. Mein Gutzureden bleibt, wie immer, ohnmächtig. Schon verflucht die Alte den Medusengesang:

Streitsüchtig mache er. Die Steuermännin gräbt alte Geschichten aus. Sie legt sich wegen verjährter Worte mit der Meereskundlerin an, dann meint sie angriffig Damroka: Die Kapitänin habe den Forschungsauftrag verraten und das Schiff auf vernunftwidrigen Kurs gebracht. Nicht Mythen und Sagen gelte es nachzulaufen, vielmehr müsse bewiesen werden, daß der Ostsee die ökologische Katastrophe drohe. Damroka habe versagt und nur noch Privatinteressen verfolgt. »Na, darin warst du schon immer stark: Das hört jetzt auf. Ab morgen bestimme ich den Kurs!« ruft die Steuermännin.

Nachdem sich die Maschinistin und gleichfalls die Meereskundlerin, ohne Gründe zu nennen – selbst ich bleibe unerwähnt –, gegen Damroka gestellt haben, sieht es so aus, als könne es an Bord des Schiffes »Die Neue Ilsebill« zur Meuterei, nein, korrekt demokratisch zur Abwahl der Kapitänin kommen. Sogar die Alte schwankt und redet mal so und mal so. Da endet um Mitternacht – kaum rief die Steuermännin: »Auch dein Gerede mit dem Butt geht uns auf die Nerven!« – der Medusengesang; er klingt nicht aus, er bricht ab, als habe ein Taktstock das Wettsingen der Chöre für immer abgeklopft. Nur noch des Schiffes Eigengeräusche. Und wenn den Frauen zuvor der Singsang der Quallen unerträglich war und sie streitbar machte, empfinden sie nun die plötzliche Stille als ohrenbetäubend.

Als erste springt die Alte aus der Hängematte. Einen Schnaps will sie trinken und noch einen. »Sag ich ja«, ruft sie, »ein unerklärliches Phänomen!«

Die Meereskundlerin will es genauer wissen. Mit Hilfe der Maschinistin legt sie zum Quallenhol ein Ringnetz aus, das steuerbord, dann backbord langgeführt wird, zweimal, und jedesmal ist der Netzsack ohne Quallenbefund. Auch sonst nichts, kein Stichling.

Beklommenheit legt sich über das Schiff. Die Meereskundlerin knabbert Fingernägel. Jetzt will auch die Maschinistin einen Schnaps und noch einen. Die Steuermännin weint erst verdrückt, dann laut: Sie will nicht gemeint haben, was sie im Streit gesagt hat. Zu fünft hocken, sitzen, stehen sie hinterm Steuerhaus unter fast geschwundenem Mond und hören Damroka zu, die, als müsse sie Kindern Ängste wegreden, von der wendischen Siedlung Jumne erzählt, die später, nachdem sie von Wikingern und Dänen zerstört worden war, wiederaufgebaut und Vineta genannt wurde. Anfangs stand neben dem Fischerdorf Jumne, das sich zur Stadt auswuchs, die Jomsburg als Zuflucht der Wikinger. Damroka weiß Geschichten von Gorm dem Alten und Harald Blauzahn, der auf der Insel Usedom den Wendenfürst Burislav besiegte. »Das war vor gut tausend Jahren«, sagt sie, »als sich Blauzahn und Burislav gleich nach der Totschlägerei handelseinig wurden. Von einem Enkel dieses Burislav, der Witzlav hieß und eine Tochter des Kaschubenfürsten Svantopolk zur Frau nahm, die Damroka gerufen wurde, soll ich abstammen, wird behauptet.«

Sie erzählt von unruhigen Jomswikingern, die raubend, erobernd bis nach Island, Grönland unterwegs waren. »Mit Haithabu trieben sie Handel. Und von den Küsten Amerikas, die sie lange vor Kolumbus zu plündern begonnen hatten, brachten sie neues Geflügel mit, kollernde Truthähne, die später gerne von gotischen Kirchenmalern gepinselt wurden. Doch in Jumne blieben die Leute seßhaft. Sie trieben Handel, verhökerten Raubgut und machten aus wilden Truthühnern lärmende Haustiere. Deshalb soll Jumnes Wappentier anfangs ein heraldischer Truthahn gewesen sein.«

Weil die See so entsetzlich still bleibt und das ankernde Schiff nicht mehr von Medusen umschwärmt und mit Jubelchören gefeiert wird, versucht Damroka, ihre Schiffsfrauen mit Truthahngeschichten aufzuheitern. Doch selbst komische Wikingernamen – die Kerle hießen Thorkel, Pal und Knuddel – sind den Frauen nicht lächerlich.

Damroka sagt: »Die schlugen sich alle tot. Und Jumne wurde reich, dann wieder arm, drauf abermals reich und so weiter, ihr kennt ja diese Männergeschichten. Später hieß es: Jumne habe drei Tage lang gebrannt, so vollgestopft mit Zunder sei die Stadt gewesen. Aber das glaub ich nicht. Eher hat Adam von Bremen recht, der die Ostseeküste bis zur Odermündung bereiste und von den slawischen Stämmen der Witzen und Vineter berichtete, die Jumne in Besitz nahmen, worauf die Stadt wenig später, nachdem sich ein Haufen anderer Kerle totgeschlagen hatte, Vineta hieß und reich und schließlich stinkreich wurde, bis die Flut bei Nordweststurm kam, das war um zwölfhundertnochwas. Doch gibt es andere Berichte, die alle ein bißchen falsch, ein bißchen richtig sind ...«

Sie kann kein Ende finden. Ihre Geschichten machen hungrig nach mehr. Gerne hören die Frauen, wie ihnen Damroka sanfte Herrschaft ausmalt, die von der Weiber Schlüsselgewalt bestimmt wird. Sie sagt, es habe neben dem Frauenrat einen Männerrat gegeben. Mit den männlichen sei von weiblichen Schöffen Recht gesprochen worden. Deshalb finde man auch Frauen als Henker erwähnt. Von weiblichen Kapitänen sogar erzähle eine Legende. »Doch dann sind fremde Leute, hundertunddreißig Weiber und Kerle von der Weser hergekommen, wo sie ein Stadtpfeifer, der aber ein reisender Werber war, mit honigsüßen Versprechungen abgeworben hat. Neusiedler hat man die genannt. Mit ihrer Ankunft – das war auf Martin anno zwölfhundertvierundachtzig – beginnt der Untergang der Stadt Vineta, denn die Kerle unter den Neusiedlern sind strikt gegen die Weiberherrschaft gewesen und haben außerdem vieltausend Ratten in ihrem Gefolge gehabt, weshalb auf dem letzten Stadtwappen unterm Truthahn eine Ratte zu sehen gewesen ist, und zwar das Geflügel mit nach rechts gerichtetem Schnabel, die Ratte läufig nach links.«

Damroka holt die alte Seekarte aus dem Steuerhaus und deutet den Frauen bei wenig Licht ihren Ankerplatz. »Hier«, sagt sie, »der Peenemündung vorgelagert, erstreckte sich die Inselstadt weit nach Osten. Wir ankern über der Stadtmitte. Es soll sich die See vor der Sturmflut so unbewegt wie heute geglättet haben. Auch sagt man, es sei ein Quallenjahr gewesen und Gesang, wie von Engeln gesungen, habe überm Wasser gelegen.«

Darauf beschließen die Frauen, noch einmal Schlaf zu suchen. Am Sonntag morgen wollen sie prüfen, ob ihr Ankerplatz, wie die vergilbte Seekarte behauptet, zu Recht Vineta heißt; nicht nur die Meereskundlerin zweifelt.

Schon in den Hängematten sagt Damroka: »Übrigens soll die Sturmflut an einem Sonntag gekommen sein. Deshalb hört man bei Windstille heute noch Glockengeläut.«

DAS ACHTE KAPITEL, in dem fünf Gedenkminuten vergehen, der Geburtstag seinen Verlauf nimmt, die Rättin von Irrlehren berichtet, der Kuckuck im Film und in Wirklichkeit ruft, die Frauen sich schön machen, Oskar unter die Röcke kriecht, fast alles sein Ende findet und auf dem Bischofsberg Kreuze errichtet werden.

Früh, ein Stündchen früher als sein Chauffeur frühstückt und noch bevor seiner Großmutter im Lehnstuhl von des Priesters Hand die heilige Kommunion zuteil wird, am frühen Sonntag morgen läuft unser Herr Matzerath vom Hotel Monopol kurzbeinig durch die teils neubebaute, teils restaurierte Altstadt in Richtung Hakelwerk zum Rähm, wo, zwar geschlossen, doch anschaulich genug, das ziegelrote Gebäude der Polnischen Post aus Zeiten, als Danzig Freistaat war, auf ihn, den Zeugen und Täter, den Überläufer und Mitwisser, wartet; denn eine dem historischen Komplex vors Portal gelegte Steinplatte reiht in Keilschrift die Namen aller polnischen Postbeamten, die zu Beginn des Zweiten Weltkrieges, der hier, genau hier anfing, nur mäßig ausgebildet aus Fenstern und Dachluken zurückschossen; bis auf die Toten und zwei drei Flüchtlinge, gerieten sie bald in Gefangenschaft und wurden, nahe dem alten Friedhof Saspe, allesamt exekutiert.

Er putzt seine goldgefaßte Brille. Er sucht und findet den Namen seines Onkels in Stein gekerbt. Einen Schritt Abstand nimmt er und steht, den Strohhut seitlich gehalten, die weißgelben Schuhe nebeneinander gestellt. Nahes und fernes Glockengeläut gilt nicht ihm. Niemand schießt, auf daß die Szene tatsächlich wird, das beweisführende Foto. So bietet er frühen Kirchgängern, die sich in Richtung Sankt Marien oder zur Katharinenkirche hin beeilen, das Bild eines kleinwüchsigen älteren Herrn, der westlich gekleidet an seinem Buckel zu tragen hat und dessen Nachdenklichkeit sich auf die Granitplatte vor dem Postgebäude zu konzentrieren scheint.

Ich bin sicher, daß unser Herr Matzerath nicht nur an seinen Onkel Jan Bronski und seine arme Mama denkt, sondern auch den Oskar von damals zurückruft, jenen Unschuldsengel, der an allem teilhatte, ohne teilzunehmen. Jetzt immerhin ist er da und nicht gleichzeitig weg. So sieht es aus. Mit gesenktem Kopf steht er auf Geheiß seiner Großmutter in sich gekehrt. Die Morgensonne setzt seinem Schädel Glanzlichter. Ab und zu Wolken, die ihn verschatten.

Es mögen fünf Minuten sein, die nun vorbei sind, denn er löst sich, zögert, gibt dem Hut seinen Platz, wendet kurzentschlossen und geht mit raschen Schritten, doch gewiß in Gedanken, die schwer an sich tragen, den Weg zurück. Vorm Hotel Monopol steigt er, nachdem ihm jemand halblaut einen günstigen Devisenhandel vorgeschlagen hat, in den wartenden Mercedes.

Er muß seinem Chauffeur keine Anweisungen geben, vielmehr beweist ihm Bruno, wie am Vortag schon, daß er ortskundig ist. Aus lange verjährten Erzählungen, in deren Verlauf Straßenbahnschaffner Station nach Station ausriefen und auch sonst aller Hin- und Rückwege gedacht wurde, kennt sein ehemaliger Pfleger die Verkehrslage: Schon fahren sie abermals vom Olivaer Tor durch die Grunwaldska, die seinerzeit Große Allee, später Hindenburgallee hieß, nun durch Langfuhrs Hauptstraße, die ebenfalls mehrmals den Namen wechselte, jetzt links ab Hochstrieß hoch, an den Husaren-, später Schutzpolizei-, dann Wehrmacht-, jetzt Milizkasernen vorbei, bis sie hinter Brentau, in dessen sandiger Friedhofserde seine arme Mama liegt, ins gehügelte Land der Kaschuben kommen. Zu viele Erinnerungen. Er zerstreut sich mit einer Zeitschrift, die münzkundig ist.

Vor dem Häuschen seiner Großmutter sind unterm Kastanienbaum schon wieder Verwandte versammelt. Es sieht aus, als seien sie seit gestern noch da. Doch heute hängt die aus Kornblumen geflochtene Zahl Hundertundsieben über der Haustür zur Küche, deren drei Innentüren nach hinten zum Stall, nach rechts in die Schlafkammer, linker Hand in die gute Stube führen und die alle offenstehen, denn überall, sogar im seit Jahren leeren Kuhstall, sitzen auf Bänken, Schemeln und Stühlen, stehen dichtgedrängt Gäste und trinken gesüßten Rhabarbersaft oder – so früh am Tage es ist – wasserhellen Kartoffelschnaps, dessen Vorrat sich wundersam zu vermehren scheint.

Neben Anna Koljaiczeks Lehnstuhl, in dem sie sitzt, als wollte sie ihn nie wieder verlassen, steht ein Tisch, auf dessen ihr naher Hälfte noch immer hundertundsieben Kerzen brennen, die kirchlicherseits gestiftet wurden, und dessen andere Hälfte schon jetzt mit Geburtstagsgeschenken beladen ist. Bewundert wird ein galoppierendes Porzellanpferd, dessen Schweif kühn auslädt und das, in all seiner Zerbrechlichkeit, vom Ehepaar Bruns aus Hongkong in die Kaschubei eingeführt wurde. Ganz in rotgelb geblümte Seide gehüllt und mit huschendem Fingerspiel erklärt Lady Bruns, das Roß sei getreulich den Porzellanrössern der Ming-Zeit nachgebildet.

Die Vikings fanden es richtig, von Australien her ins fleischarme Polen einen Elektrogrill einzuführen, der nun, weil technische Perfektion an sich sehenswert ist, vor aller Augen probelaufen muß. Man staunt, wie des Küchengerätes nackter Drehspieß auf Knopfdruck langsam beschleunigt, in Eile schnurrt und durch Klingelzeichen Signale gibt, die gegebenenfalls des Fleisches Zustand, gar oder halbgar, zu melden verstehen.

Vom Michigansee brachten die Colchics einen überlebensgroßen Bronzekopf, dessen Charakterzüge nach einem Foto der zwanziger Jahre gefertigt wurden. Posthum soll die Bronze jenem schnauzbärtigen Joseph Koljaiczek gleichen, der zu Kaiser Wilhelms Zeiten als politischer Brandstifter verfolgt wurde und bei Anna Bronski, die sich später Koljaiczek nannte, dergestalt Unterschlupf fand, daß ihrer Liebe Frucht, Agnes gerufen, zur Welt kam, aber Joseph, nun als Familienvater, abermals flüchten mußte, bis er nach längerem Untertauchen in Chicago ans Licht trat, dort im Holzhandel ein Vermögen machte, viele Koljaiczeks, die sich später Colchics nannten, ins Leben rief, sogar Senator hätte werden sollen, doch im Februar fünfundvierzig, als die zweite sowjetische Armee unter Befehl des Marschalls Rokossowski über die Kaschuben kam, trotz räumlicher Distanz an Herzschlag starb; es soll Anna, als sie das Mitbringsel aus Amerika, ihren bronzenen Joseph sah, nach einigem Nachdenken gesagt haben: »Bai miä hädder länger lebich jewest sain meegen.«

Aus Mombasa jedoch, einer afrikanischen Stadt am Indischen Ozean gelegen, hatte Kasimir Kurbiella eine etwa stuhlhohe, aus Ebenholz geschnitzte und tiefschwarz polierte Frau gebracht, die mit Fettsteiß und Spitzbrüsten allseits langgliedrig befremdete, bis der Prälat aus Oliva das sündhafte Stück berührte, Kunst nannte, hob und kennerisch bis in alle Einzelheiten betrachtete.

Ich weiß nicht, was die Stommas aus Gelsenkirchen schenkten. Wahrscheinlich ist es jene batteriebetriebene, halbstündlich rufende Schwarzwälder Kuckucksuhr, die ihren Platz nun neben dem Herz-Jesu-Bild hat, das der Prälat mit handschriftlicher Widmung des Papstes polnischer Herkunft als Geschenk gebracht und eigenhändig, anstelle des von Fliegenschiß punktierten Abendmahlbildes, an die Wand gehängt hat.

Was soll ich noch an Geburtstagsgaben aufzählen? Die zwischen Kartuzy und Wejherowo ansässigen Kaschuben sind arm zwar, doch schenken sie gern. Sie legten Häkeldeckchen zu lammfellgefütterten Hausschuhen und Widmungstassen. So viele mit Fleiß gefertigte Kleinigkeiten. Ein Sekretär der staatlichen Post brachte einen Brieföffner mit

Bernsteingriff. Die Delegation von der Leninwerft, zu der Stephan Bronskis Söhne gehören, ist mit einem Geschenk gekommen, das bald von anderen Geschenken verstellt wird, absichtlich, obgleich des Staates Vertreter schon gestern nach Warschau zurückgeeilt sind.

Dieses Geschenkes wegen gab es Streit, der unterschwellig andauert. Dabei sah und sieht die kunstvoll geschmiedete Eisenschrift, deren Buchstaben wie handgeschrieben das Wort »Solidarność« bilden und deren »n« mit dem Schlußbalken eine weißrot emaillierte Fahne hochhält, wie Zimmerschmuck aus, der rechts vom Herz-Jesu-Bild Platz finden könnte; doch hätte dieses Geschenk nicht nur den Regierungsbeamten aus Warschau mißfallen, auch der Prälat nannte den schmiedeeisernen Schriftzug zwar eine gute Arbeit, von edler Gesinnung bestimmt, doch dem aller Politik enthobenen Festtag nicht angemessen. Heute möge die alltägliche Not vor der blumengeschmückten Tür bleiben, sagte er sinngemäß.

Und mit ähnlichen Worten widerspricht Stephan Bronski seinen Söhnen. Nicht in der guten Stube, doch vor dem Haus und in die Küche hinein wird schon wieder gestritten, bis mit Chauffeur im Mercedes unser Herr Matzerath eintrifft. Sogleich in den heillosen Zwist vermengt, gelingt es ihm, der gerne grundsätzlich spricht, mit dem Satz »Uns Kaschuben hat die Politik zwar viele Gedenktage, doch wenig Segen gebracht« wie nebenbei einige Spitzen des Streites um die von Staats wegen verbotene Gewerkschaft zu kappen. Am Ende kehrt nur noch Kasimir Kurbiella, der in Mombasa Kasy genannt wird, den ehemaligen Matrosen hervor. Unterm Kastanienbaum fordert er die Wiederzulassung von Solidarność, worauf Stephan Bronski, von Herrn Stomma unterstützt, mehrmals laut der Ordnung nachsagt, daß sie nicht nur herkömmlich auf deutsch, vielmehr auf polnisch auch herrschen müsse. Zu guter Letzt beschwichtigt der Prälat aus Oliva die ordnungsliebenden und die gewerkschaftlichen Kräfte, indem er beiderseits segnend die Position der Kirche bezieht.

Nun erst trägt Bruno, der auch in der niedrigen guten Stube seine Chauffeursmütze nicht abnimmt, nacheinander alle Geschenke ins Haus, die sich Anna Koljaiczeks Enkelsohn während längerer Kuraufenthalte in Baden-Baden und Bad Schinznach, desgleichen auf numismatischen Reisen ausgedacht hat. Bruno läßt sich nur ungern beim Auspacken helfen. Merkwürdig, daß er die Bindfäden aufwickelt und einsteckt. Niemals erlaubt er der Schere, Zeit zu sparen. Für jeden Knoten Geduld. Endlich sind alle Hüllen gefallen. Inzwischen durften die Kaschubenkinder alle niedergebrannten Kerzen ausblasen. Rasch wird für Oskars Geschenke Platz geschaffen.

Viel Beifall für den, wie Herr Matzerath betont, vierundneunzig Zentimeter hohen Baumkuchen, der von Frau Stomma aus Gelsenkirchen sogleich hausfraulich angeschnitten wird: hauchdünne Scheibchen für jedermann. Die Kaschuben lassen sich das von feinster Schokolade geäderte Gebäck wie Hostien auf der Zunge zergehen.

Alle staunen, sobald Bruno das nächste Geschenk, eine Polaroidkamera, demonstriert, mit der man von so oder so gruppierten Gästen und, wie Herr Matzerath betont, »von unserem lieben Geburtstagskind« Fotos machen kann, die, kaum geknipst, aus dem Apparat gezettelt und betrachtet werden dürfen: wie sie, anfangs matt, zusehends ihr Motiv hochglänzend preisgeben, bis jeder jeden und verblüfft sich selbst erkennt.

Dann wird ein Säckchen belacht, das ausgeleert hundertunddreißig weißblaue Plastikzwerge freigibt, die für die vielen nachgewachsenen Kaschubenkinder bestimmt sind. Großes Hallo, weil Mister Bruns feststellt und Lady Bruns lächelnd bestätigt, daß einem Gutteil der Schlümpfe das

Gütezeichen »Made in Hongkong« in die Schlumpfsohlen gestanzt ist, was beweist, daß gut die Hälfte der Schlümpfe aus Bruns' ureigener Spielzeugfabrikation stammen könnte und – was alle Gäste bejahen – wie klein die Welt ist.

Nach all diesen Gaben für die Kaschuben und deren Kinder kommt zum Schluß eine lackierte Schatulle zur Ansicht, in deren elf Schubläden hundertundsieben Goldmünzen auf weißem Sammet gebettet liegen, die alle einzig des Geburtstagskindes Schatz sein sollen. Auf Befragen erklärt Herr Matzerath die Goldstücke. Er unterscheidet Louisdor, Maxdor, Friedrichdor. Diese hier seien, sagt er, in der Schweiz, jene in Südafrika, das und das Stück zu Kaisers Zeiten, ein ganzes Schublädchen voll im Habsburger Reich geprägt worden. Es sind Dukaten und Kronen, Goldrubel aus dem Rußland der Zaren und goldene sowjetische Gedenkmünzen darunter. Alle bestaunen eidgenössische Vreneli und den weltbeherrschenden Dollar, mexikanische Pesos und den Krügerrand. Sogar eine chinesische Prägung für Sammler, die den Pandabären zum Motiv hat, darf bestaunt werden. Die Stücke wandern rundum und kommen alle zurück.

»Ond daas mecht alles von Gold sain?« zweifelt Anna Koljaiczek und läßt nicht vom Rosenkranz.

»Es handelt sich um Dukatengoldstücke«, beteuert ihr Enkelsohn. »Für jedes Jahr, liebe Babka, ein Goldstück.«

Nun wägt sie doch einen Altdanziger Dukaten aus Sigismund Augusts Königszeiten.

Indem er der ländlichen Sprechweise seiner Großmutter folgt, sagt Oskar: »Damit nich mehr Elend mecht sain.« Nur Joe Colchic gegenüber erwähnt er den seit geraumer Zeit sinkenden Goldpreis, nicht ohne anklagende Nebentöne, als habe er Grund, die amerikanischen Kaschuben für den Preisverfall seiner Tresorschätze verantwortlich zu machen.

Doch während sich die Gäste vergnügen – viel belacht werden die Schlümpfe; die ersten Schnappschüsse mit der

Polaroidkamera bereiten Spaß –, nähert sich unser Herr Matzerath dem Ohr seiner Großmutter, in deren Schoß die Goldstücke liegen. Er sagt: »Ach, Babka, schlimm sieht es in der Welt aus. Die Menschen wollen sich zugrunde richten. Sie sind der Vernichtung alles Lebendigen mächtig. Überall Vorzeichen: Böse Zeit bricht an, wenn nicht heute, dann morgen.«

Ohne daß diese geflüsterte Ankündigung kommenden Unheils ihre Freude am lauten Durcheinander der Gäste und Verwandten mindern kann, sagt Anna Koljaiczek: »Ech waiß, Oskarchen, ieberall is der Daibel drinn.«

Dann will sie sein Ohr haben, näher, noch näher ran: »Frieher warn hiä Ratten hinders Haus. Mariaondjoseph! Die sind nu wech alle.«

Mit dieser Auskunft mischt sich ihr Enkelsohn wieder in den Geburtstagsauftrieb. Er muß Münzen und deren Gewicht erklären. Immer noch jemand will ein Goldstück in der Hand wägen. Besonders wird ein mexikanisches Fünfzig-Pesos-Stück bestaunt. Wiederholt beschwören die Kaschuben aus Kartuzy und Wejherowo, Firoga, Kokoszki und Karczemki die geprägte Gewichtangabe, fünfunddreißigkommafünf Gramm, und die Zauberworte: »Oro Puro«. Sobald die goldene Last von Hand zu Hand wandert, bereitet sie einen kleinen Schrecken. Jemand, ein Kuczorra aus Chmelno, weigert sich, das Goldstück zu berühren. Doch Kasy Kurbiella, der gerne den Spaßmacher und zwischen Frauen den geneigten Junggesellen abgibt, klemmt sich ein feingoldenes Schweizer Vreneli gleich einem Monokel ins Auge.

Nun nicht mehr mit Mütze, als Gast wird der Chauffeur Bruno jeweils anders gruppierten Kaschuben als Fotograf gefällig. Da wollen sich die amerikanischen Colchics mit den Woykes aus Zukowo auf einem Bild sehen. Da stehen die australischen Vikings zwischen Stephan Bronski mit

Frau, die eine geborene Pipka ist, und den Bronskisöhnen mit ihren anverlobten Bräuten. Da wollen die Eheleute Bruns das chinesische Porzellanpferd noch einmal fürs Foto dem Geburtstagskind zeigen. Die Stommas mit ihren halbwüchsigen Töchtern, die immer ein wenig beleidigt aussehen und geschubst und gestubst werden müssen, gruppieren sich mit den Stommas aus Kartuzy um Annas Lehnstuhl, den, übrigens heute weißrot ein Pfingstrosengebinde erhöht. Trotz des Postsekretärs halblauter Proteste, besteht Kasy Kurbiella auf einem Schnappschuß, der die Leninwerftdelegation mit ihm, der in schmiedeeiserner Schrift »Solidarność« vor weißer Hemdbrust trägt, für alle Zeit verewigt.

Jedesmal ein Wunder, das stumm erwartet wird, sobald sich soeben noch blindes Papier zum Bild läutert. Wie zwischen Opfer und Wandlung ist es: unheimlich und spannend zugleich.

So flehentlich er sich weigert, natürlich muß unser Herr Matzerath immer wieder und möglichst zentral Motiv sein: zwischen Polens Kirche und Staat, als Bindeglied allzu verzweigter Familien, inmitten der Kaschubenkinder. Doch gleichzeitig wird getrunken, gesungen, gelacht, geweint. Mit den gedrängt stehenden Gästen bleibt der säuerliche Geruch. Nochmals und mit anhaltender Lust erklärt jeder jedem seine Krankheit, deren Behandlung und Dauer. Warum Kasy Kurbiella immer noch Junggeselle, wie groß Chicago, wie teuer das Leben in Hongkong ist, wieviel Anthony Viking bei der australischen Eisenbahn verdient. Streit nur in Nebensätzen, der Anlaß der Feier versöhnt; weshalb nicht nur die Männer von der Leninwerft, sondern auch die Befürworter einer Ordnung, die auf deutsch und polnisch sein muß, die blauweißen Schlümpfe allerliebst finden. Stephan Bronski sagt: »Waißt, Oskar, da hast uns ja wieder mal richtich ieberrascht.«

Das finden alle Gäste und trinken Kartoffelschnaps und nun auch Eierlikör auf sein Wohl. Doch im Gepäckraum seines Mercedes und in seinem Herzen, dem nie zu trauen war, hält unser Herr Matzerath eine besondere Überraschung bereit.

Früher wußten wir mehr von der Welt; doch während der ersten Periode posthumaner Zeit, die länger dauerte, als sich mit gezählten Kalenderjahren sagen ließe, hörten wir wenig über Rattenvölker, die sich anderswo eingegraben hatten. Weil wir sicher waren, daß es uns überall gab, darbten wir um so mehr nach Neuigkeiten. Doch als erste Zuzüge aus östlicher Richtung kamen und ihre Reviere außerhalb der Stadt und dem kaschubischen Hinterland, im immer noch sumpfigen Werder zugewiesen bekamen, wußten die Zugewanderten auch nicht viel, nur, daß es in Rußland schlimm, schlimmer als bei uns aussähe, selbst für Ratten kaum auszuhalten. Nachrichten waren das nicht. Wenig Konkretes, nur Klagen und Gerüchte, die hatten wir satt.

Das war zur Humanzeit anders, sagte die Rättin, von der mir träumt. Von Kontinent zu Kontinent reisten wir überm Kiel seit altersher mit Schiffen jeder Größe, sofern nicht einzelnen Schiffen oder ganzen Flotten der Geruch des Unterganges anhing. Spaniens Armada sank ohne uns. Wir mieden die Titanic. Und auf der Wilhelm Gustloff, einem Kraft-durch-Freude-Schiff, das im Januar fünfundvierzig in Gdynia, das dazumal Gotenhafen hieß, mit Flüchtlingen vollgestopft auslief, waren, als es bald nach Verlassen der Danziger Bucht torpediert wurde und absoff, keine Ratten an Bord; gleiches läßt sich von der Steuben, belegt mit viertausend Verwundeten, der Goya und von anderen Schiffen sagen, die auf Minen liefen, kenterten oder übers Heck wegsackten. Ein Großadmiral hatte sie allesamt bis nach Kurland hoch geschickt, damit sie möglichst viele Soldaten und

Zivilisten in den Westen holten. Wir wissen das, weil unsereins auf Schiffen, die nicht absoffen, gleichfalls nach Westen wanderte. Siebenmal belegten wir die Cap Arcona, gingen in dänischen und norddeutschen Häfen sogar verdoppelt an Land, versagten uns aber das ehemalige Luxusschiff, als es mit Häftlingen aus dem Konzentrationslager Neuengamme belegt wurde, womit sein Sinken angezeigt war.

Wer das nicht glaubt, rief die Rättin, die nicht aufhören wollte, vermiedene Untergänge zu feiern, der möge sich an unsere Flucht von den Panzerkreuzern und Linienschiffen der russischen Ostseeflotte erinnern, als wir die Seeschlacht bei Tsushima vorahnten...

So plauderte sie und verlor sich in ihrem Lieblingsthema. Die Kreuzer Swetlana und Schemtschug, das Flaggschiff Osstjaba, den Panzerkreuzer Admiral Nachimow, die Linienschiffe Borodinó und Ssuwórow zählte sie auf. Insgesamt zweiundvierzig schwarze Pötte, die in der Nacht vom dreizehnten auf den vierzehnten Oktober des Jahres nullvier von allem, was nacktschwänzig war, verlassen wurden.

Doch Freund, rief sie, was reden wir hier von Untergängen, wenn es so vieler Schiffe zu gedenken gilt, mit denen wir unbesorgt reisten und ankamen, wenn auch tiefgefroren gelegentlich, wie jene neuseeländischen Ratten, die unbedingt von den Antipoden nach Europa wollten und Schiffe benutzten, die Hammelfleisch geladen hatten. Dennoch ließ sich der dem Frischfleisch zugedachte Kälteschock überleben. Er blieb für die tiefgefrorenen, im Zielhafen London wieder äußerst beweglichen Neuseeländischen folgenlos. Nichts hatte die Vereisung ihrem Rattengedächtnis nehmen können. Gefroren hielt es sich frisch. Kein Kälteschwund! Sie kamen mit Nachrichten und brachten mit nächsten Schiffen Nachrichten anderswohin.

Die Rättin pries das umlaufende, alle Kontinente verbindende Infosystem der Rattenvölker, beklagte zwischendurch wieder den nachrichtenlosen Zustand während der posthumanen Zeit, um sich gesteigert für die technische Entwicklung der, wie sie sagte, auslaufenden Humanzeit zu begeistern. Von mitfliegenden Ratten erzählte sie, die nicht nur Lastflugzeuge, sondern auch Passagiermaschinen benutzten. Keine Fluggesellschaft, rief sie, die uns nicht zu ihren Reisenden zählte! Immer auf dem laufenden, waren wir allemal besser als das Menschengeschlecht informiert. Ein Jammer, daß uns heute so gut wie keine Nachricht zuläuft.

Aber Rättin, sagte ich, was braucht ihr Meldungen, Informationen? Ruhig und ohne überflüssige Schlagzeilen, die sich von Tag zu Tag aufheben, ohne diesen tagtäglichen Katastrophenrapport könnt ihr endlich rattengerecht für euch leben. Nachdem ihr aller humanen Hektik den Schlußpunkt gesetzt habt, sollten euch Neuigkeiten schnuppe und Sensationen zum Gähnen sein.

Im Prinzip hast du recht, räumte sie ein. Man lebt gelassener, wenn man nicht wissen muß, was hinter den Sieben Bergen auf dem Programm steht. Und doch wüßten wir gerne, wie anderswo lebende Ratten eine Entwicklung steuern, die unsere hier siedelnden Völker beunruhigt, mehr noch, gefährdet, schlimmer: ruinieren könnte, weil...

Rastlos hin und her sah ich sie in fließenden Konturen, dann wieder unscharf dreigeteilt und doch einstimmig. Sicher, rief sie, ist es verständlich, daß jene uralte Frau im Lehnstuhl, die gerne sterben möchte, aber nicht kann, von den ländlichen Ratten verehrt wird, sicher bieten sich im städtischen Bereich viele heilgebliebene Kirchen zur gemeinsamen Nutzung an; aber muß die Verehrung einer alten Frau, müssen die Zusammenkünfte unserer Völker auf dem Land zum Götzendienst verkommen und städtisch ins Irrationale entgleiten? Es läßt sich nicht leugnen: Wir werden religiös. Kaum ist das Menschengeschlecht verschwunden, beginnen wir hinter die Dinge zu gucken, Sinn zu suchen, uns Bildnisse zu machen. Das alles wäre, wenn nicht verständlich, so doch erträglich, ließe ein einziger, einigender Glaube uns Ratten fromm werden. Aber nein, es wird nach Menschenart in Abweichungen geglaubt. Äußerlichkeiten markieren Richtungen, die jeweils einem anderen Credo folgen. Schon bieten sich Gründe für Streit an, der ausgetragen werden will; und zwar unversöhnlich, als müsse dem Humanen nachgelebt werden.

Schärfer in ihren Konturen, doch schärfer auch bis in die Witterhaare gedrittelt, sagte die Rättin: Grob unterschieden, zeichnen sich drei Konfessionen ab, wobei die Herkunft unserer Rattenvölker eine gewisse Rolle spielen mag: Wir sind in dieser Region alteingesessene Ratten, dann gibt es solche, die kurz vorm Großen Knall über die sogenannte Landrattenbrücke aus dem Westen zuwanderten, und solche, die kürzlich aus der Weite des russischen Raumes einsickerten; dabei sind alle drei Völker in ihrem Wesen und bis ins Zinkgrüne ihrer posthumanen Behaarung nicht grundsätzlich verschieden, nur frömmeln sie widersprüchlich...

Als sie das sagte, wußte ich nicht, welche von ihnen frömmeln und widersprüchlich gesagt hatte, denn drei Rättinnen, träumte mir, belebten das Bild. Sie mieden sich oder standen steil gegeneinander. Unruhig huschten sie hin und her. Eine Rättin verfolgte die andere, die der dritten hinterdrein war. Nie wußte ich, welche zu mir im Traum sprach. Sie überschrieen sich, beschuldigten einander. Absurde Vorwürfe hörte ich, nach denen die eine Rättin die andere dorthin verwünschte, wo sie hergekommen, weit weg nach Rußland, worauf sie der dritten polnische Wirtschaft vorwarf, um von der russischen, der polnischen Rättin, die einander weiß Gott mit wechselwirkendem Haß sahen, als Preußin beschimpft zu werden.

Doch eigentlich ging es im Streit der drei Rättinnen, von denen jede meine sein konnte, um Glaubensfragen. Ihrem Gezänk war christlicher Hader abzuhören. Es menschelte, sobald sie Nächstenliebe gegeneinander austrugen. Wenn die eine protestantisch eiferte, blieb die andere starrsinnig katholisch, während die dritte – doch welche!? – den Eifer und Starrsinn der anderen Rättinnen orthodox zu überbieten versuchte. Zum Sprung geduckt oder bißwütig gegeneinander gestellt, die Zähne entblößt, die Witterhaare empört. Dann zischelte wieder jede abgewendet für sich; ich hatte Mühe, ihr Streitknäuel zu entwirren.

Allen theologischen Zwist, und was sie sonst noch humanisierten, beiseite gelassen, ging es um Raumfragen: wer sich wann in welcher Kirche versammeln dürfe. Jene aus Rußland zugewanderten Ratten, die mehr schlecht als recht im Morast der Weichselniederung hausen mußten, beanspruchten die von Schlammlawinen eingeschlossene Barbarakirche in der Niederstadt einzig für sich. Den kurz vor Schluß aus Deutschland zugewanderten Ratten und den alteingesessenen ging es um Sankt Marien und um Nutzung und Aufteilung der restlichen Sakralgebäude. Auf keinen Fall wollten die polnisch-katholischen Ratten die ehemalige Dominikanerkirche den Protestanten freigeben. Gleich zänkisch beanspruchten deutschstämmige Ratten die Birgittenkirche sowie Sankt Katharinen für sich.

Aber, rief ich ins Durcheinander, wo bleibt denn die Nächstenliebe, verdammt noch mal! Ein bißchen mehr Toleranz, wenn ich bitten darf.

Da hatte ich alle drei gegen mich. Soweit komme es noch, daß dieser letzte Mensch den Ratten Benehmen beibringen wolle. Dem reiche wohl seine Raumkapsel nicht. Der solle sich raushalten. Welch eine Anmaßung! Zu allerlei sei das Menschengeschlecht fähig gewesen, nur nicht zur Toleranz. Dann stritten sie wieder selbdritt und fanden, so sah es aus, Vergnügen dabei.

Doch wie sie ihren Glaubensstreit fortsetzten, waren es nunmehr vier, dann fünf Rättinnen, die sich in den Haaren lagen, ineinander verbissen. Soweit ich verstand, hatten sich die Protestantischen gespalten, und bei den Orthodoxen gab es urchristlich-kommunistische Abweichungen. Das kam der Polnisch-kaschubischen – doch welche war die Katholische? – zupaß. Sogleich forderte sie die niederstädtische Barbarakirche zurück und selbstverständlich die ehemals königlich-polnische Kapelle neben Sankt Marien, die absurderweise von der vierten Rättin für calvinistische Zusammenrottungen beansprucht wurde, während sich die kommunistischen Urchristen die Jakobskirche nahe der ehemaligen Leninwerft als Versammlungsort wünschten.

Na gut, sagte ich, es sind ja, verdammt nochmal, Kirchen genug da. Doch schön wäre es, wenn es auch frommen Ratten endlich gelänge, in jeder Kirche, von allen Kanzeln, wenn schon nicht Toleranz, dann Liebe, ratzekahl Nächstenliebe zu predigen.

Abermals hatte ich alle, jetzt fünf Rättinnen, gegen mich. Altbekannt kam mir meine Lage vor: Erfahrungen bis zum Überdruß. Ich suchte Vergleiche, wollte das mit Frauen bemannte Schiff in den Traum zwingen, rief aber gänzlich verratzt immer nur Nächstenliebe, verdammt! Ein bißchen mehr Nächstenliebe!

Hohngelächter als Antwort. Die müsse man Ratten nicht predigen. Die sei unter Ratten üblich seit Rattengedenken. Einzig das Menschengeschlecht habe sich Nächstenliebe zum Gebot machen müssen, unfähig, es einhalten zu können, wie sich gezeigt hätte. Anstelle seien Totschlag und Folter erdacht und in stetig verbesserter Form entwickelt worden. Es solle doch, rief eine der fünf Rättinnen, dieser letzte Mensch in seiner Raumkapsel endlich die Klappe halten.

Als ich dennoch Einspruch erhob und mit anders wirklichen Träumen drohte – noch hält unser Herr Matzerath eine Überraschung bereit, noch ankert das Schiff über Vineta, immer noch dauert tiefer Dornröschenschlaf und nimmt den Kanzler und sein Gefolge gefangen –, lachten, so hörte ich, alle fünf Rättinnen; doch nur eine, wahrscheinlich die katholische, rief: »Hau ab! Verzisch dich in deine Geschichten. Was brauchen wir dich! Es lebt ja noch die Uralte in ihrem Lehnstuhl und brabbelt und brabbelt und kann nicht sterben ...«

Da stritten sie wieder. Doch diesmal ging es nicht um die Nutzung heil gebliebener Kirchen in der geschonten Stadt. Nicht mehr wie von Kanzeln herab, vielmehr in wüstem Durcheinander, auf einem Müllhaufen aus Porzellanscherben, spielzeugkleinen Figürchen und achtlos verworfenen Münzen stritten sie um jene alte Frau, die sterben wollte, aber nicht konnte, die mir bekannt vorkam, so heftig ich mich weigerte, die Alte beim Namen zu rufen; erst wenn du sie ansprichst, sagte ich mir, ist sie wirklich verloren.

Wie zum letztenmal spricht unser Herr Matzerath. Er klatscht in die Händchen, deren Finger zu viele Ringe zeigen; sein Zwang, Regie führen zu müssen. Auf einem Stuhl, damit er sprechend gesehen wird, unter niedriger Stubendecke bittet er um etwas, und sogleich wächst um ihn, der erhöht steht, Aufmerksamkeit.

Endlich spricht Oskar im Kreis weitläufiger Verwandtschaft und von nicht verwandten Gästen umgeben. Man blickt zu ihm auf. Er spricht von sich, der Welt und von sich. Oft genug hat er vor mir, als müsse er üben, diese Rede gehalten. Seit langem schon haben sich Sätze in ihm gebildet, die der Menschheit zugedacht sind, letzte Worte sozusagen.

»Sehen Sie in mir, bitte, jemanden«, sagte er, »der im trügerisch reichen Westen einer mittelgroßen Firma vorsitzt, deren Management allen medialen Möglichkeiten rechtzeitig Aufmerksamkeit schenkte und eine dergestalt vielseitige

Produktion anlaufen ließ, daß ich heute, nachdem wir mit tausend mal tausend Kassetten den Markt bedienen, zu unserem lieben Geburtstagskind sagen kann: Es ist alles gefilmt! Aus mediengerechter Gewißheit zähle ich auf: wieviel uns das Schicksal aufs Konto schrieb, was uns Erinnerung nachträgt – ob altvertraut eingefärbt oder mit Gerüchen gesättigt, die einst unserer Nase neu waren –, was wie Kinderbrei, Hochzeitsbraten, Leichenschmaus schmeckte, uns aufstieß, Hunger nach mehr machte; dieses unverdrossene Eswareinmal ist gefilmt. Aber es sind unsere Hoffnungen auch, die sich zukünftige Farben, Gerüche, neuen Geschmack wünschen, dazu Gefühle, die nicht altgewohnt, sondern blank sind, den Medien gefällig geworden und liegen, Kassette neben Kassette, als Filme vor. Ich sagte bereits: Es ist alles gefilmt! Was immer wir neu zu erleben meinen, lief schon vor Publikum andernorts und machte Geschichte, bevor es tatsächlich wurde. Weshalb wir, meine lieben Verwandten, die wir fest glaubten, einander zuvor nie gesehen zu haben – so weitverzweigt grünt unser kaschubisches Kraut –, uns dennoch sattsam bekannt sind, vertraut aus älteren Filmen, die noch schwarzweiß flimmerten, in denen wir andere Feste feierten; es fanden sich jederzeit Anlässe genug: traurige und solche, die uns vergnügt machten. Und neuer Anlaß bietet sich schon demnächst, wenn euer Oskar seinen sechzigsten Geburtstag feiern wird. Herzlich lade ich alle, doch zuallererst Sie, verehrte Großmutter, liebe Babka, zu einem Fest im September ein, das mir schon jetzt, als liefe ein Film, vor Augen steht: wie es beginnt, sich steigert, seinen Höhepunkt sucht und sich in vielen Nebenhandlungen verliert ...«

Noch während ihm Beifall für diese Einladung in den so fernen Westen dankt, spricht unser Herr Matzerath weiter: »Wie man sieht, hat uns die Welt wenig Neues zu bieten, allenfalls werden wir so oder so und überraschenderweise mal andersrum arrangiert, wie jene Schlümpfe, mit denen selbstvergessen die Kinder spielen. Ja doch! Vorfabrizierte Schlümpfe sind wir, die in besonderer Anfertigung – nicht alles muß aus Hongkong kommen! – auf Erwachsenenmaß gebracht wurden, um in tausend und mehr Filmen, mal so, mal so kostümiert, ihre erprobte Rolle zu finden; hier in heitere, oft genug alberne, dort in traurige, zumeist tragisch endende, mal auf Spannung versessene, dann wieder ermüdend breite Handlungsabläufe verwickelt, die wir für des Lebens Abglanz halten, wenngleich sie vorproduziert wurden, gefilmtes Leben sind, dem wir nachhecheln, ängstlich bedacht, keine Kuß-, keine Prügelszene zu versäumen. Was sage ich: wenig neue Erkenntnis! Kalter Kaffee mehrmals getischt! Schon unseres lieben Geburtstagskindes einzige Tochter Agnes, meine arme Mama, rief immer wieder, sobald sich um ihren Tisch Freunde zum Skatspiel um Pfennige versammelt hatten: Das Leben ist wie ein Film!«

Mit Einsichten dieser Güte werden die von nah und fern angereisten Kaschuben bedacht. Die Arbeiter von der Leninwerft und die Vertreter von Polens Kirche und staatlicher Post staunen mit zustimmendem Kopfnicken: Ist denn das Leben nicht wie ein Film, den man kennt? Mußte das polnische Leid nicht immer wieder gelöffelt werden? Und hat man nicht allzeit bänglich geahnt, wie es krumm oder geradewegs weitergehen würde?

»Hast ja recht, Oskar!« ruft Stephan Bronski. »Is is, wie is war ond jewest is.«

Vorm blumengeschmückten Lehnstuhl und in dessen Rücken spielen die nachgewachsenen Kaschubenkinder aus den verkrauteten Trieben Woyke bis Stomma mit den vielen niedlichen Schlümpfen, die unser Herr Matzerath neben dem Baumkuchen, der Polaroidkamera und den Golddukaten aus dem reichen Westen gebracht hat. Alle Schlümpfe sind weißbemützt über sattblauen Kugelbäuchen und Knollennasengesichtern. Die meisten grinsen, als gebe es Anlaß in Fülle, doch sieht man auch schmollende, einsame, tieftraurige Schlümpfe. Jeder Schlumpf trägt ein Werkzeug oder eine Last, ist beschäftigt. Einige haben Sportartikel zur Hand, andere mampfen Buttercremetorte. Der eine Schlumpf hält rechts die Maurerkelle, hebt links den Ziegelstein, der nächste schwingt die Axt. Mit seinem Schraubschlüssel ist einer der Schlümpfe Maschinenschlosser, ein anderer verkörpert mit Sense und Getreidegarbe den Bauernstand. Dieser hier regelt mit weißrotem Stoppzeichen den Verkehr. Ein Schlumpf hat sein Vesperbrot angebissen, dieser kriegt nicht die Flasche vom Hals. Alle sind tätig, nur ein Schlumpf steht mit nichts in der Hand. Arbeitslos hält er die Augen verschämt gesenkt. So spiegeln alle Schlümpfe, mit denen die Kaschubenkinder spielen, während Oskar den Film als vorproduziertes Leben preist, das betriebsame Menschengeschlecht.

»Wie schön«, sagt unser Herr Matzerath, »wieder im Kreis der Familie weilen zu dürfen. Sogar eure Krankheiten sind sich treu geblieben. So gut wie nichts hat sich verändert. Nun ja, die Politik. Doch auch die haben wir schon gehabt. Und daß wir Menschlein älter werden, ist eine Einsicht, die in meinen Videofilmen durchaus vorbedacht worden ist. Wie ich schon sagte: Alles, was stattfindet, findet wiederholt statt, geringe Veränderungen und modische Neuigkeiten einbegriffen. Wir, die hier verwurzelten und alle weithergereisten Kaschuben, sind bestes Beispiel für meine These, weshalb ich euch, zuerst aber Ihnen, liebe Babka, eine besondere Videokassette zur Ansicht bringen möchte, die ein wenig Zukunft vorgekostet hat und meinem Programm entspricht, das unter dem Markenzeichen Post Futurum demnächst weltweit verbreitet sein wird.«

Und schon trägt der Chauffeur Bruno mit Hilfe eines Werftarbeiters einen Kasten mit geräumiger Mattscheibe in die niedrige gute Stube. Rasch wird ein Tischchen beigebracht und vor die Wand gestellt, Anna Koljaiczek gegenüber. Der Fernsehempfänger, dem ein Videorecorder angeschlossen ist, verdeckt den bestickten Wandbehang, dessen Motiv einen Engel zeigt, wie er ein Kind vorm Sturz in den Abgrund schützt. Der Kuckuck ruft neben dem Herz-Jesu-Bild, weil es halb zwölf ist.

Da füttert der Chauffeur die angekündigte Videokassette in den Recorder ein. Lachend, aus kleinen Gläsern trinkend, doch immer auch dem Weinen nah, insgesamt lebenslustig und gottergeben gruppieren sich die Geburtstagsgäste links und rechts vor dem mit Pfingstrosen geschmückten Lehnstuhl, den der Prälat und der Postsekretär flankieren. Die Kaschubenkinder lassen von den Schlümpfen ab und hokken, liegen, stehen vor den Erwachsenen. Alle gucken auf die noch blinde Mattscheibe, als sei eine Marienerscheinung angesagt. »Oskarchen!« ruft Anna Koljaiczek, »mechts miä woll ieberraschen?«

Da läßt der Chauffeur Bruno, auf ein Zeichen unseres Herrn Matzerath, der bescheiden beiseite steht, die vorproduzierte Kassette ablaufen. Zuerst füllt den Bildschirm der Titel: »Der hundertundsiebte Geburtstag der verehrungswürdigen Anna Koljaiczek, geborene Bronski.« Wie aber mit ersten Bildern das kleinbäuerliche Häuschen der Großmutter samt Kastanienbaum, Apfelbäumen, dem Gartenzaun und den in diesem verregneten Sommer niedrig stehenden Sonnenblumen, dann, hinterm Zaun, die gedeckte Festtafel und erste Festgäste, zwischen ihnen Mister und Lady Bruns, die Mattscheibe beleben, tatsächlicher noch: wie sie zugreifen, hier Piroggen, dort Mohnkuchen verputzen, findet sich die gedrängt stehende Geburtstagsversammlung in einem gemeinsam staunenden Ahhh, das seufzend in Stille übergeht, sobald nach einem Zwischenschnitt, der die aus Kornblumen geflochtene Zahl hundertundsieben über der Haustür zeigt, zuerst die Küche, dann die gestopft volle gute Stube ins Bild kommt, wobei das Geburtstagskind vorerst verdeckt, ausgespart bleibt; doch jene Kerzen, die vorhin noch brannten, dann ausgepustet wurden, brennen vollzählig.

Und alle Gäste sind im Film vorbemerkt: Der Prälat aus Oliva und der Priester aus Matarnia; beide Vertreter des Staates Polen, die leider gestern schon abreisen mußten, und die immer noch anwesende Delegation von der Leninwerft. Sogar der verspätete Postsekretär kommt ins Bild. Eines jeden Gastes Gegenwart zeigt sich vorproduziert: wie laut und herzlich die Colchics aus Amerika die Woykes aus Zukowo begrüßen. Wie oft die Stommas aus Gelsenkirchen mit Stephan Bronski und dessen stets grämlich beiseitestehender Frau anstoßen. Was der Hotelmanager Kasy Kurbiella aus dem Englischen der Vikings ins Polnische übersetzt, damit das australische Eisenbahnwesen dem Eisenbahner Antek Kuczorra aus Kokoschken bekannt wird. Wie stolz der Spielzeugfabrikant aus Hongkong auf seine fernöstliche Frau und das geschenkte Porzellanpferd ist, die beide von der Videokamera bis in den fliegenden Schweif und die Pagenfrisur vorgeahnt wurden. Ach, wie zerbrechlich Lady Bruns im Film und in Wirklichkeit ist!

Sogar die Kaschubenkinder haben, schon als diese Kassette produziert wurde, Geburtstagskerzen ausgeblasen und mit Schlümpfen aus dem reichen Westen gespielt, bevor sie tatsächlich Kerzen auspusten und mit Schlümpfen spielen durften. Stephan Bronskis Söhne sind, was der Film vorbedacht hat, mit einer Drallen, deren Dauerwellen sich küstenblond kringeln, und einem zierlichen Püppchen, das dunkelbraun aus der Art schlägt, seit Jahren verlobt. »Na jiebt Wohnung jenug nech!« bestätigt der Filmton synchron, während dem gesamten Geschehen mal gedämpft, mal zum Tanz herausfordernd Polkaklänge unterlegt sind.

Einzig die Musik ist neu; alles andere war zuvor. Wie vor dem Haus, so in der guten Stube: Getränke und Appetithäppchen, was nach mehr schmeckt, Saures und Süßes hat man schon mal geschluckt, gekaut, verdaut. Vorgeschmeckt wurden Sülze und Streuselkuchen, Gurken und Pudding. Im Gesang fanden sich etliche Gäste, lange bevor sie in Wirklichkeit zu singen begannen, auf daß Fröhlichkeit herrschte. »Waldeslust, Waldeslust« haben die älteren Kaschuben für den Film und Oskar zu Ehren auf deutsch gesungen, um im späteren Leben abermals das Lied von der Waldeslust anzustimmen. Sogar der Streit der Werftarbeiter mit den Vertretern des Staates Polen um die Rechtmäßigkeit der Gewerkschaft »Solidarność« ist gestenreich vorweggenommen worden und läuft nun im Originalton noch einmal ab: Kasy Kurbiella aus Mombasa einerseits, Herr Stomma aus Gelsenkirchen und Stephan Bronski, die auf deutsch und auf polnisch »Ordnung muß sein!« rufen, mischen sich andererseits in den Streit, bis der Prälat Polens Widersprüche beschwichtigt; die Werftarbeiter lachen aus trockenem Hals, sobald Hochwürden beiderseits segnend das arbeitende Volk und die Vertreter des Staates zu friedfertigen Gotteskindern macht.

An dieser Stelle ruft Stephan Bronski über den Filmton hinweg: »Wie häst daas jemacht blos, Oskar, nu sag!«

Und unser Herr Matzerath sagt leichthin: »Nicht wahr, Hochwürden, früher nannte man es göttliche Vorsehung, heute sind es winzige Mikroprozessoren, die alles speichern, was war, und ausspucken, was sein wird. Der Rest ist mediales Handwerk. Ein Kinderspiel!«

Und wie er erklärend weiterhin sagt, alles, was vorstellbar sei, könne auch hergestellt werden, kommt Oskar persönlich ins Bild. Im Film wie in Großmutters guter Stube, in der der hellsichtige Film läuft, wird er lauthals begrüßt. Zum zweitenmal sehen die Gäste staunend, was alles der Herr

Matzerath aus dem Westen mitgebracht hat. Sie sehen, wie sich Anna Koljaiczek im geschmückten Lehnstuhl über den Baumkuchen und die Dukaten, mehr noch über das bucklichte Männlein freut. »Oskarchen!« ruft sie und freut sich abermals.

Über den laufenden Film hinweg hören wir sie in Wirklichkeit sagen: »So, Oskarchen, hab ech miä Jeburtstag vorjestellt immä«, während sie im Film angesichts der Dukaten sagt, was sie sagte, als sie einen Gulden aus König Sigismund Augusts Zeiten in der Hand wog: »Ond mecht alles aus Gold sain?«

Wie jubeln die Kaschubenkinder, sobald das Säckchen mit den geschenkten Schlümpfen ins Bild kommt. Und wie sie sich im Film auf dieselbe Weise spielen sehen, wie sie soeben noch, bevor die Kuckucksuhr halb zwölf rief, mit den Schlümpfen spielten, glauben die Kinder, der Film spiele naturgetreu nach, was sie ihm vorgespielt haben.

Und wie sie sich freuen können! Jetzt kommt ihr neues Spielzeug in Großaufnahmen ins Bild: der Schlumpf mit dem verkehrsregelnden Stoppzeichen. Mehrere Schlümpfe mit Maurerkellen. Auch der mit der Sense steht nun zu siebt mit anderen Schnittern. Vor allen musizierenden Schlümpfen wird jener mit der weißroten Trommel besonders hervorgehoben. »Oskar! Oskar!« rufen vor dem Bildschirm die Kaschubenkinder und wissen Bescheid. Wer genau hinsieht, bemerkt, daß alle Schlümpfe, auch der mit der Trommel, nur vier Finger haben: den Daumen und drei dazu. Man möchte wissen, warum. Doch selbst Onkel Bruns aus Hongkong, der Millionen allerliebste Schlümpfe produzieren und mit dem Gütestempel seiner fleißigen Stadt prägen ließ, weiß im Film wie in Wirklichkeit keine Antwort.

Überflüssig zu sagen, daß jene Schnappschüsse, die vor einer knappen Stunde mit Herrn Matzeraths geschenkter Polaroidkamera geschossen wurden, schon zur Zeit der

Filmproduktion ihre Motive fanden, darunter jenes, das die Vertreter von Polens Staat und Kirche links und rechts von Anna Koljaiczeks Lehnstuhl zeigt; und jenes, das die Arbeiterdelegation von der Leninwerft um Kasimir Kurbiella gruppiert, der den geschmiedeten Schriftzug »Solidarność« wie eine Reliquie hält. »Sag ech ja immä!« ruft fröhlich Anna Koljaiczek, »da mecht nuscht Neies nich kommen, is alles jewest ond jewest.«

Wie zur Bestätigung des Satzes von der ewigen Wiederkehr ruft nun im laufenden Videofilm unser Herr Matzerath seine angekündigte Überraschung aus: die Post-Futurum-Produktion seiner auf Vorausschau spezialisierten Firma. Und schon sehen die Geburtstagsgäste, wie der Chauffeur ohne Mütze und der Werftarbeiter den Fernsehapparat in die gute Stube tragen und auf das bereitgestellte Tischchen vor das Schutzengelbild stellen; so sind sie zu zweit vorhin noch tätig gewesen, bevor die eingebaute Batterie den Spezialrecorder zu speisen und die Kassette zu unterlegter Polkamusik abzulaufen begann.

Doch wie nun im Film abermals der Film beginnt und zuvor der Kuckuck halb zwölf ruft, wie er in Wahrheit sogleich zwölfmal rufen wird, verstummen die Geburtstagsgäste in der guten Stube. Kein Ahhh, Seufzen und trockenes Lachen mehr. Entsetzt und vor Entsetzen starr sieht die Geburtstagsgesellschaft auf dem Bildschirm, wie sich alle einen Videofilm anschauen, der eine Geburtstagsgesellschaft zeigt, die sich fröhlich und guten Glaubens einem Videofilm aussetzt, den der Prälat aus Oliva vorhin noch lächelnd als technische Version göttlicher Vorsehung hinnahm, doch nun mit Hilfe geschlagener Kreuzzeichen zu bannen sucht, weil des Filmes Handlungsverlauf folgerichtig...

Da ruft auch noch in der wirklichen guten Stube, als sei sie dem Teufelswerk beigesellt, jene aus Gelsenkirchen angereiste Kuckucksuhr, die neben dem päpstlich signierten Herz-Jesu-Bild ihren Platz fand: Kuckuck Kuckuck... zwölfmal. Sogar unser Herr Matzerath erschrickt im maßgeschneiderten Anzug. Wie im Film nestelt er in Wahrheit an der Krawattennadel. Und wie er wahrhaftig voller Bedenken ist, sieht er sich, als sähe er sich zum letztenmal, auch im Film nun bedenklich...

Befrachtet von bleifüßigen Gedanken sind auch die Frauen an Bord des Küstenmotorschiffes »Die Neue Ilsebill«. Zu lange lagen sie in den Hängematten. Sie haben verschlafen. Zeit wurde versäumt; denn wie sie sich in ihren Schlafplünnen auf Deck finden, ist es schon später Sonntag morgen. Hoch steht die Sonne über der östlichen See, auf der kein Gesang mehr liegt. Von allen Medusen verlassen, tröstet sie, daß weitab, in Richtung Peenemünde, das Motorboot der DDR-Grenzpolizei gleichfalls vor Anker liegt, als wolle es den fünf Frauen bedeuten: Kopf hoch, Mädels! Ihr seid nicht allein.

Einzig die Meereskundlerin ist wacher als die anderen, deren torkelige Saumseligkeit sich in Gähnen und Gliederstrecken erschöpft. Sie läuft das Schiff backbord und steuerbord ab, beugt sich immer wieder, schirmt, während sie vom Bug, dann vom Heck auf die glatte, kaum atmende See schaut, mit beiden Händen die Augen ab und ruft: »Kinder, wacht auf! Wir sind da! Ich werd verrückt! Unter uns Vineta!«

Nun hängen sich alle über Bord und bilden mit den Händen lichtabschirmende Tunnel. Die Maschinistin will nicht glauben, was sie sieht. »Das is ja«, ruft sie, »ganz unwahrscheinlich, aber toll. Das hab ich schon mal, weiß nicht wo, gesehen.«

»Mann!« ruft die Alte. »Nicht nur sieben Kirchen, ich seh auch Kneipen, genauso viele oder noch mehr.«

Die Steuermännin will anderes als nur die versunkene Stadt sehen. »Das ist es«, sagt sie. »Da wollen wir hin.«

Und auch die Meereskundlerin glaubt, nun seien sie angekommen: »Ich hab es gewußt oder geahnt, immer schon, daß wir irgendwann, weil woanders kein Platz ist...«

Doch greifbarer noch als die anderen Frauen sieht die Steuermännin das Frauenreich offen, als könne man alle Räume sogleich bewohnen. Gastlich liegt es bereit, ihren so lange gewärmten, wie eine Leibesfrucht ausgetragenen, nein, übertragenen Wunsch zu beherbergen; denn tatsächlich breitet sich unter ihnen, reich an Türmen, Giebelhäusern und Plätzen, das wendische Jumne, die Stadt Vineta, ihre endliche Zuflucht, das uneingestandene, oft umstrittene und dennoch vorbestimmte Ziel ihrer Reise.

Warum schweigt Damroka und guckt nur und guckt?

Wie heimisch in seinem Gassengewirr Vineta ist. Die Stadt liegt an einem Fluß, der eine Insel bildet, auf der hohe und breite Speicher hinter Fachwerk Reichtum versprechen. Brücken über den Fluß münden in Tore. Ein wenig hoch mütig, immer noch, vergleichen sich von Gassenseite zu Gassenseite geschmückte Fassaden gegiebelter Häuser. Vielfältig gestufte Simse. Beischläge vor den mit Säulen flankierten Türen. Hier ziert ein Schwan, dort ein güldener Anker, hier eine Schildkröte, dort ein Eberkopf den Hausgiebel. Die Maschinistin entdeckt als Giebelschmuck Fortuna auf rollender Kugel. Und auf vielen Giebeln, nein, überall, in Torbögen eingelassen, über der Freitreppe zum Rathaus sieht die Alte – und ruft: »Da, und da auch« – das Stadtwappen, von dem Damroka erzählte – aber nun schweigt sie –, es zeige einen heraldischen Truthahn über einer heraldischen Ratte.

»Dort«, ruft die Steuermännin, »gleich neben dem Rathaus, in dem der Frauenrat tagt, ist sicher das Frauenhaus. So hohe und schlank auslaufende Fenster kann nur das Frauenhaus haben.«

Und das Gebäude gegenüber, dessen Giebel von einer weiblichen Figur erhöht wird, die eine Waage hält, muß, nach Meinung der Meereskundlerin, der Ort sein, in dem die Schöffinnen Gericht halten. Überall entdecken sie Gehäuse und Plätze, geeignet, die Frauensache auszutragen, das Frauenrecht zu wahren, ihr Frauenreich zu errichten. Wie putzsauber die Stadt ist. Nirgendwo haften Tangbärte, kein Dach, kein Torbogen von Algen verkrautet. Man möchte hinunter, Arm in Arm schlendern und gasselaufen.

»Los!« ruft die Maschinistin, »wir besetzen Vineta!«

»Klar«, sagt die Meereskundlerin, »nichts wie runter.«

Die Alte ruft: »Mir nach!« und will als erste springen, doch meint die Steuermännin, vor allen dürfe sie Vortritt haben: »Damit ihr klarseht. Ich habe mich für das Frauenrecht schon geschlagen, als ihr noch den Kerlen hinterdrein. Abhängig, freiwillig hörig seid ihr gewesen. Nicht wahr, meine Liebe, ich werde als erste ...«

Da sagt Damroka, die bisher nur in die Tiefe geschaut hat, wovon ihre Locken naß sind, zu den anderen Frauen und wohl auch zu sich: »Wir sollten uns schön machen, bevor wir in Vineta einziehen. So, in diesen Plünnen, können wir nicht nach unten.«

Wieder einmal ist meine langsame Damroka Kapitänin geblieben. Schnell sagt die Steuermännin: »Genau. Das wäre mein Vorschlag auch. Wir sollten uns rausputzen, schmücken und schön wie zu einem Fest sein.«

Also steigen die fünf Frauen noch einmal ins Vorschiff. Obgleich sie viel zuviel Zeit versäumt haben, gefällt es mir, sie in Seesäcken und Koffern wühlen zu sehen. Runter mit den verschwitzten Nachthemden!

Das darf ich sagen: Keine ist mollig oder gar fettleibig geraten, eher sind sie mager bis dürr. Und alle haben sich, solange sie mir nah oder fremd gewesen sind, gerne mit Andacht schön gemacht, außer der Maschinistin, die am liebsten in schlottrigen Hängern rumlief.

Als hätten sie diesen Auftritt geahnt: erstaunlich, wieviel Auswahl ihr Seereisegepäck bietet. Sie breiten aus, wählen, verwerfen: knöchellange Kleider mit weiten gefältelten Ärmeln; Gewänder, deren Stoffmasse Schulterwürfe und Drapierungen erlaubt; Roben in feierlich strengem Schnitt; lustige Fähnchen, die Blumen und Früchte zu Markte tragen; Enges, dem nachgesagt wird, es sitze wie angegossen; Hosenröcke, die morgenländisch anmuten; Schleier, Schärpen, Schultertücher und Shawls jeder Länge. Und wieviel Schmuck für diese Reise vonnöten war: schwere Silbergehänge, roher Bernstein, zu langen Ketten gefädelt, und Elfenbeinketten, Korallenketten; obendrein Straßbroschen, Perlmuttfibeln, Armreifen aus Ebenholz, Onyx, Horn. Und Schuhe, Schühchen, Stiefeletten. Hüte sogar finden sich in Koffern und Seesäcken. Unterwäsche: schlicht oder durchbrochen.

Wie gut, daß an der Bretterwand, die das Vorschiff zum Bug hin abschließt, ein zwar gesprungener, doch immer noch tüchtiger Spiegel hängt, der Vergleiche erlaubt. Nur langsam finden die Frauen, was sie für passend oder kleidsam halten.

Ich möchte, daß sie ihre Roben und Gewänder tauschen; aber sie wollen einander nicht gefällig werden, geben kein Fitzelchen her. Obgleich ich lieber Damroka als die Maschinistin im morgenländischen Hosenrock sähe und mir die Steuermännin weniger in gestrenger Robe, mehr im lustigen Fähnchen gefiele, verweigern sie, was mir gefällt. Allenfalls darf ich von diesem zu breiten Gürtel, von dieser Kette zuviel abraten, und zur Eile darf ich mahnen, denn Zeit, zu viel Zeit vergeht.

Meine – zugegeben – kleinbürgerliche Sorge, sie könnten sich aufdonnern, lächerlich aufgetakelt an Deck kommen, overdressed, wie man sagt. Schon fürchte ich ihren Auftritt; doch wie sie endlich den Niedergang hochsteigen, sind alle

Frauen zusammen und jede einzeln schön: die Meereskundlerin im engen, chinesisch an der Seite geschlitzten Seidenkleid, von einem spanisch anmutenden Schleier verhängt, schreitet voran. Zuletzt, als sei diese Reihenfolge mit mir besprochen, tritt Damroka im safrangelben, weitärmeligen Gewand auf, über das, doppelt gereiht, die Kette aus rohem Bernstein und ihre unendlich gelockten Haare fallen. Zum gepluderten Hosenrock hat sich die Maschinistin einen fahnenroten Turban gebunden. Nie hätte ich gedacht, daß der Steuermännin zur schwarzen Robe ein weitkrempiger, zudem weißer Hut stehen könnte, den sie schief und nach vorn geneigt trägt. Es ist schon erstaunlich, wie mädchenhaft die Alte im kleingeblümten, schwingenden, knielangen Kleidchen treppauf springt, geblümte Spangenschuhe an den Füßen.

Und was mir sonst noch auffällt: schwersilberne Gehänge auf schwarzer Robe; eine grün schimmernde Perlmuttspange gibt dem Turban Halt; der Lackgürtel zum Schlitzrock; die Straßbrosche am Kleingeblümten; wie sie den Niedergang hochkommt und das Safrangelbe rafft, sehe ich, daß Damroka hochschäftig schwarze Stiefel trägt.

Ohrringe, Ohrclips, das Korallenkettchen, der gewichtige Armreif. Täschchen oder engmaschig gehäkelte Beutel, mit dem Notwendigsten gefüllt, tragen sie bei sich. Alle haben sich bleich geschminkt oder Rouge aufgelegt, die Wimpern getuscht oder – wie es der Steuermännin gefiel – den Brauen schmerzlichen Ausdruck gegeben.

Die Frauen verweilen noch ein wenig. Obgleich die Zeit drängt, gehen sie auf Deck auf und ab, als wollten sie niemandem außer sich gefallen. Wie kostbar und unersetzlich! Mir ist, als hätte ich sie anderswo – etwa im Film? – so einmalig unvergeßlich gesehen. Heiliger Fellini! Diese Armbeuge, dieser Halsansatz, diese müden, tragischen und doch fordernden Blicke. Gesten, weitschweifend oder nach innen gewendet. Vom Steuerhaus zum Bug schreiten sie hin und zurück. Die Alte tänzelt. Die Meereskundlerin verliert einen Ohrring, den Damroka findet. Wie ein Denkmal steht mit Hut die Steuermännin, während in Pluderhosen die Maschinistin ums Denkmal herum groteske Sprünge macht. Was ich erhofft, doch nie für möglich gehalten habe: Sie grüßen einander, lächeln sich zu, nehmen sich wahr, sind sich schwesterlich gut. Da sagt Damroka: »Jetzt wird es Zeit.«

Doch wie die Frauen noch einmal steuerbord backbord, von ihren Händen gegen das Mittagslicht abgeschirmt, in die Tiefe der See schauen, ist Vineta zwar immer noch da, doch es kommt ihnen vor, als seien die Gassen der versunkenen Stadt belebt. Sie sehen huschende Schatten. Nur Lichtreflexe? Nein, keine Trugbilder oder Spiegelungen. Weder Stichlinge noch Heringsschwärme. Ratten sind es, die gasselaufen, Vineta bewohnen, ihr Reich errichtet haben. Geschäftig durch alle Tore zum Rathausmarkt hin. Aus dem Frauenhaus raus, ins Schöffinnengericht hinein. Ratten, die in die vielen Kirchen Vinetas strömen oder nach dem Kirchgang vor den Portalen verweilen. Um den Neptunbrunnen, über Brücken zur Speicherinsel, auf Beischlägen, vor Zunfthäusern, Treppen rauf runter, die Türmchen und Türme hoch: überall Ratten.

Sie paaren sich mit dem Giebelschmuck, mit der Gans, der Schildkröte, den Truthähnen. Auf den Dachreitern der Hauptkirche, bis zur Turmspitze des Rathauses, so hoch hinaus, bis knapp unter die glatte Haut des Baltischen Meeres sind sie greifbar nahe, faßlich mit spielenden Witterhaaren, als wollten die Ratten den Frauen an Bord des Schiffes bedeuten: Wir sind schon da. Vineta ist besetzt, vergeben, behaust. Keine menschliche Herrschaft, kein Frauenreich findet hier Platz; es sei denn, ihr wolltet Zuflucht bei uns suchen und fortan unter Ratten sein. Kommt doch, kommt...

Doch kaum haben die Frauen begriffen, daß ihnen auf dieser Welt kein Ort ist, es sei denn, sie ließen Abscheu nicht zu, riefen nicht, was sie auch jetzt wieder kreischen: »Ihhh!« und »Wie ekelhaft!«, sondern zögen stumm und festlich, wie sie gekleidet sind, zu den Ratten, um fortan unter Ratten zu sein, kaum, sage ich, ist den Frauen deutlich geworden, daß nirgendwo Zuflucht mehr ist, doch sie springen nicht – Springt doch! –, sie springen nicht, da zerreißen nahbei und entfernt Blitze den Himmel. Nie gesehenes Licht. Sie sind geblendet. Hitze haucht sie verzehrend an. Sie vergehen. Wo ich hindeute, suche, ist nichts mehr.

Südöstlich und westlich des Ankerplatzes und hinterm nördlichen Horizont wachsen die oft beschriebenen Pilze. Drei nahbei plazierten Schlägen – sie gelten Stralsund, Peenemünde, entfernter Stettin – und blendenden Blitzen folgen Druck- und Hitzewellen. Mit den Frauen sind die Aufbauten des Schiffes, das Steuerhaus, der Mast, die Entlüfter vergangen. Nur der strahlende Rumpf bleibt. Wäre das Schiff nicht, als es noch »Dora« heißen und die Elbe mit Lasten befahren sollte, aus Eisen gebaut worden, hätte es gleichfalls vergehen müssen.

»Die Neue Ilsebill« – mit der Farbe hat sie ihren Namen verloren – treibt nun, von beiden Ankern gerissen, als Wrack in östliche Richtung.

Ultemosch!
Die vielen Rechnungen nicht beglichen
und Aktenzeichen ungelöst.
Heiraten hätten geschlossen, Scheidungen
sollten vollzogen werden, Gütertrennungen auch.
Um den restlichen Urlaub gebracht.
Bevor nach dem Braten, weil es am Sonntag geschah,
Pudding dottergelb auf den Tisch kam.

Mitten im Satz, Schwur, Fluch und Gebet,
gleich nach dem Doppelpunkt,
Witze, vor der Pointe gekappt.
Was ich noch hätte sagen wollen...

Soviel verdorbener Spaß.
Wo überall des Fleisches Lust kurz vorm Jetztjetzt
auf immer verging.
Der Grand ohne Vier geschmissen
oder ein Sonntagnachmittagsschläfchen,
das sozusagen kein Ende fand.
Was sonst noch ausblieb: mehrmals verschobene
Klassentreffen, die nächste Sitzung, Geburtstage,
der Lohnsteuerausgleich, die ersten Zähnchen,
das Wetter von morgen,
Gegenbesuche und Rückspiele,
Erbschaften, der bänglich erwartete Laborbefund,
Fälligkeiten, die Post.
Ach, und der lange versprochene Einkaufsbummel.

Wir hätten gerne demnächst die Tapete gewechselt.
Gerne wären wir, wie früher häufiger, zu zweit
ins Theater, danach beim Italiener gut essen gegangen.
Unter gewissen Bedingungen hätten wir gerne
noch einmal von vorne
und uns dies und das noch gegönnt.
Ferien auf dem Ponyhof hatten wir den Kindern,
uns aber wechselseitig mehr Rücksicht versprochen.
Auf Zweitwagen, Grimms Wörterbuch
und eine komplette Campingausrüstung wurde gespart.
Unser Plan hieß: endlich mal ausspannen
und Schluß mit dem Immerhöherundhöherhinaus.
Wir hätten noch gerne...

Natürlich hörten die vielen Kleinkriege und der Hunger
und mit dem Kapitalismus der Sozialismus,
mit gut auch böse und mit der Liebe der Haß auf.
Ganz neue Ideen nicht zu Ende gedacht.
Einfach abgebrochen die Schulreform.
Ohne Antwort die Frage nach Gott und so weiter.
Mag sein, daß einige Leute mit sich zufrieden waren,
dennoch blieben Wünsche, große und kleine offen.
Und auch der Goldpreis fiel, um nie wieder...
Weil.
An einem Sonntag.
Ultemosch.

Nur wenige Minuten später, und fünf Minuten, nachdem die Schwarzwälder Kuckucksuhr neben dem Herz-Jesu-Bild zwölfmal Kuckuck gerufen hatte, gehen annähernd gleichzeitig – denn die Endprogramme laufen Schlag auf Schlag ab – im Süden und Norden, im Westen und Osten, also auch über Gdynia und Gdańsk, dort eine normale Atombombe, hier vier oder fünf die Bausubstanz schonende Neutronenbomben nieder, wie in jenem weltweit gültigen Kulturabkommen vorgesehen, das von der polnischen Regierung gerade noch rechtzeitig ratifiziert wurde.

Zwar entfernt von beiden städtischen Zielzentren, doch nicht entfernt genug, liegt Matarnia, ein Dorf, an dessen Rand Anna Koljaiczek im Kreis ihrer Gäste ihren hundertundsiebten Geburtstag feiert, im Lehnstuhl sitzt und den Rosenkranz bewegt.

Bis dahin sahen sie und ihre Gäste einen Videofilm aus der Post-Futurum-Produktion ihres Enkelsohns. Von wenigen Ungenauigkeiten abgesehen – die vorzeitige Abreise der Regierungsbeamten aus Warschau, vier Pfingstrosen zuviel schmückten den Lehnstuhl –, eine gelungene Vorführung, die allen Gästen naheging, zumal der Prälat aus Oliva die göttliche Vorsehung und Gottes Allmacht durch das neue Medium letztlich bestätigt sah.

Doch wie sie noch feiern und sich auf dem Bildschirm als feiernde Gäste sehen, zerreißen Blitze wie anderswo in der Welt, so auch in der Kaschubei den Himmel, worauf die Gäste ins Freie drängen, wo sie alle, die einen schnell und gnädig, die anderen elend vergehen, krepieren, entsaftet schrumpfen; denn der Raum Matarnia, Firoga, Zukowo, Kartuzy, in dem – wo früher Bysewo lag – seit Jahren Flugpisten betoniert liegen, ist von zwei Vernichtungssystemen, der Hitze- und Druckwelle und dem radioaktiven Fallout sowie von beschleunigten Neutronen- und Gammastrahlen betroffen.

Dem Häuschen wird der Stall samt Küche und Schlafzimmer abgerissen. Den restlichen Fenstern zerstäuben die Scheiben. Abgedeckt ist das Dach. Der alte Kastanienbaum, alle Apfelbäume gehen in Flammen auf, wie auch die Wälder nördlich Matarnia, die zum großen Wald gehören, der über Hügeln bis an die See reicht, brennen, als seien sie einzig dafür gewachsen.

Etliche vor dem Gartentor geparkte Autos entzündet die Hitze, wirft die Druckwelle zu Schrott, und andere, darunter die schwere Limousine des Prälaten und der Mercedes unseres Herrn Matzerath, brennen unbewegt.

Zuerst sieht es so aus, als habe im vorhin noch blumengeschmückten Lehnstuhl einzig Anna Koljaiczek das Ende überlebt, erblindet zwar, doch bei Atem; es liegt aber ihr Enkelkind unterm Schutt und rührt sich. Als alle Gäste ins Freie liefen und sogar der Chauffeur Bruno dem Sog folgte, blieb Oskar zurück. Geschützt von den vier Wänden der guten Stube und ausgespart durch meinen Willen, den ich gegen die Rättin und ihr Diktat setze, bleiben die beiden übrig.

Und die Mattscheibe bleibt belebt. Auf ihr sind, was Anna Koljaiczek nun nicht mehr sieht, noch immer Geburtstagsgäste versammelt, denn der Videofilm unseres Herrn Matzerath, der alles, nur dieses Ende nicht vorweggewußt hat, will nicht aufhören, unterhaltsam zu sein. Noch einmal Lady Bruns zwischen Stephan Bronskis Söhnen, noch einmal gesalbt der Prälat... Endlich läuft die Kassette mit Polkaklängen aus und zeigt nach einer Großaufnahme des immer noch munteren Geburtstagskindes als letztes Bild die stehende Schrift: »Ende des hundertundsiebten Geburtstages der verehrungswürdigen Anna Koljaiczek, geborene Bronski.« Nur noch die Mattscheibe flimmert. Sobald die Batterien aufgeben, wird auch sie unbelebt sein.

Da Oskars Großmutter in ihrem Lehnstuhl die Gäste und Verwandten vermißt, ruft sie mehrmals: Wo seid ihä denn alle jeblieben, und kann nicht begreifen.

Auf dem Tisch, ihr danebengestellt, liegt das Porzellanpferd in Scherben. Der restliche Baumkuchen zermanscht. Ein Dachbalken traf den Elektrogrill. Die Kuckucksuhr von der Wand, verschüttet der Bronzekopf, zerbrochen das nackte Ebenholz, aber heil blieb Solidarność, der schmiedeeiserne Schriftzug, blieb der Brieföffner samt Bernsteingriff. Und überall, auf dem Tisch und um den Lehnstuhl verstreut, liegen Golddukaten und niedliche Schlümpfe, unter ihnen der mit der Trommel. Oskarchen, ruft Anna Koljaiczek, ech seh nuscht. Mechst miä nech sagen, wo hin bist?

Auch er mag blind sein. Einzig Gerüche mögen ihn leiten. Man hat ihm den Ton genommen, aber er kriecht. Unterm Küchenschutt kriecht er hervor, mühsam auf allen vieren durch die gute Stube auf den Lehnstuhl und die Oskarchen! rufende Großmutter zu. Merkwürdig, daß ihm seine goldgefaßte Brille geblieben ist. Die Krawattennadel fehlt. Mir will vorkommen, als sei unser Oskar, während es überall in der Welt und auch in der Kaschubei zu Ende ging, kürzer geworden, als schrumpfe er zusehends. Jetzt über Dachgebälk, jetzt ist er bei den niedlichen Schlümpfen, jetzt zu Füßen der Großmutter. So zielstrebig nimmt unser verkürzter Herr Matzerath Zuflucht unter den Röcken, als habe er diesen Ort zeitlebens gesucht.

Weg ist er, und ich bin ihn los. Nie wieder soll er. Keine Einsprüche seinerseits mehr. Er wird unter den Röcken ein Weilchen noch schrumpfen und beim Eintritt des Todes, wie es geschrieben steht, gänzlich entsaftet sein. Ob Anna Koljaiczek, die nicht mehr Oskarchen! ruft, sondern ihrem Rosenkranz nachbetet, Oskar wahrnimmt unter den Röcken?

Kennt man schon, dieses Ende.
Wurde laufendes Bild, wie wir verdampfen,
schrumpfend zur letzten Ekstase fähig.

Das kann uns, die wir Staubstürme und Dauerfröste
vorwegwissen, nicht überraschen. Gut informiert
werden wir aufhören, gut informiert zu sein.

Wir lächeln, wenn wir von Gruppen in Kanada,
Neuseeland und in der Innerschweiz hören,
die das Überleben trainieren.

Hart gegen sich und andere.
Danach auf Fortsetzung bedacht.
Stehaufmännchen und -weibchen natürlich.

Es soll, nach Übereinkunft, in Europa beginnen,
vernünftigerweise; das meiste begann ja hier
und griff dann über global.

So geht aller Fortschritt von uns aus.
Ein wenig müde der historischen Last datieren wir
aller Geschichte Ende.

Das sagte vor Beginn seiner Reise nach Polen eindringlich unser Herr Matzerath; oder war es die Rättin, deren Predigt von der Kanzel herab den versammelten Rattenvölkern galt?

Es sagte die Rättin: Findet zurück zum einzigen Glauben; oder er kommentierte einen aufklärenden Videofilm, indem er mit Zeitangabe – fünf Minuten vor zwölf – die Vernunft beschwor; wobei die Rättin rückblickend sprach. Die Welt ging aus den Fugen, aber des Menschengeschlechtes Grandige Macheffel vertagten sich von Arbeitsessen zu Arbeitsessen; weshalb unser Herr Matzerath zum Film vorwarnend sprach: Die Welt beginnt aus den Fugen zu gehen, doch überall wird hörbares Knacken als Materialermüdung erklärt, mit der man leben müsse.

Daß die Menschen ihr Ende kommen sahen, aber sagten: Es wird sich wohl nicht vermeiden lassen, nahm die Rättin unter Bedauern zur Kenntnis; machte ihn aber weiterhin zornig, als hätte er Hoffnung vorrätig gehabt: Seht ihr denn nicht, ihr Toren, daß es in eurer Hand liegt, jetzt, kurz vorm Abgrund ...

Ach, rief die Rättin, wie waren wir ihnen zugetan! Gaben wir nicht warnende Zeichen genug?

Habt ihr, beschwor Oskar noch einmal das Menschengeschlecht, die Ratten nicht laufen, am hellen Tag laufen, euch warnen sehen?

Auch anderes Getier, erinnerte sich die Rättin von der Kanzel der Marienkirche herab, gab Angst zu erkennen. Aber es wollte der Mensch sich nicht ängstigen.

Nach letzten Meldungen, sagte Oskar, spricht nicht der beredte Fisch, vielmehr beginnen in Schwärmen Quallen über den Wassern zu singen.

Aber sie sahen und hörten nicht, klagte die Rättin den betenden Ratten; ihr seht und hört, wollt aber dennoch nicht zur Vernunft kommen, rief anklagend Oskar.

Hätten die Hühner warnend eckige Eier gelegt, hätte der Mensch das Würfelei Fortschritt genannt, höhnte sie; und er donnerte, als wäre ihm die Ewigkeit mit Worten zu Hilfe gekommen: Müssen Flüsse bergauf fließen und Berge kopfstehen, damit ihr begreift?

Immerfort rief die Rättin von Sankt Mariens Kanzel den Menschen Wahnwitz nach. Meschuggelesch Balesseks! rief sie. Und unermüdlich drohte unser Herr Matzerath, seinen aufklärenden Videofilm lang, dem Menschengeschlecht Vernichtung an, weshalb er diese Kassette, nach seiner Rückkehr aus Polen, in Produktion geben wollte. Die Rättin jedoch setzte ihre Predigt mit der Ermahnung aller versammelten Rattenvölker fort, nicht wie der gewesene Mensch in Glaubensstreit zu zerfallen, sondern wieder einig im Glauben zu sein, auf daß man gemeinsam der letzten Humanen betend gedenken könne.

Sie meinte Anna Koljaiczek in ihrem Lehnstuhl und mich in der Raumkapsel, auf meiner Umlaufbahn; denn immer noch von der Kanzel herab, doch nicht mehr im Predigerton, eher gutgelaunt, erzählte sie mir – ohne daß es Oskar gelang, wieder zu Wort zu kommen – Neuigkeiten aus posthumaner Geschichte.

Sie sagte: Oft wirken Donnerworte noch Wunder. Freue dich, Freundchen, wir streiten nicht mehr! Der religiöse Hader läßt nach. Man lenkt ein, beteuert, daß Spaltungen gar nicht beabsichtigt seien. Man will mit sich reden lassen. Angebote werden gemacht, bedenkenswerte darunter. Das heißt: Wir Katholischen haben uns wieder mal durchgesetzt. Behilflich wurde jene Minderheit, die – du erinnerst dich? – von den Orthodoxen abfiel und sich als urchristlich-kommunistisch verstand, worauf andere Gruppen das abgefallene Grüppchen verfolgten. Wahrscheinlich sind es protestantische Eiferer, wenn nicht die Orthodoxen selbst gewesen, die bis zum Äußersten gingen. Von Folterungen wurde gesprochen. Man hätte die Abtrünnigen nahezu menschenerdenklicher Pein unterworfen. Danach erst kam es zum öffentlich abschreckenden Vollzug. Daß wir Katholischen es mit aller Strenge gewesen sein sollen, ist ein hartnäckiges Gerücht fern jeder höheren Wahrheit; wenngleich uns der Vorgang in seiner Bildhaftigkeit wie gerufen kam.

So hörte ich von den Kreuzigungen auf dem Bischofsberg. Sie sagte: Du weißt ja, von dieser Anhöhe herab kann man die Stadt gut überblicken.

Ich erinnerte mich an mittelalterliche Tafelbilder holländischer Schule, auf denen sich die Kreuzigung Christi und der Schächer dergestalt auf dem Bischofsberg abspielte, daß man die Türme der Stadt Danzig im Hintergrund sah. Und dahinter, von Schiffen belebt, die Baltische See.

Sie haben, sagte die Rättin, hundertunddreißig urchristliche Ratten auf dem Bischofsberg gekreuzigt.

Das glaub ich nicht, glaub ich nicht! rief ich.

Sie haben die Kreuze in drei Reihen gestaffelt.

Aber wie und womit gekreuzigt?!

Na mit Nägeln, du Dummerchen!

Lüge! Rattenlatein!

Damit ich glaubte, zeigte die Rättin mir, was auf dem Bischofsberg zur Einigung, sie sagte Versöhnung, der zerstrittenen Rattenvölker geführt hatte. Mit Hilfe einer jener Rückblenden, die ihr jederzeit abrufbar sind, sah ich sauber genagt hundert und mehr Kreuze, an denen die Urchristlichen hingen. Und wie überm Hauptaltar der Marienkirche links rechts zu Füßen des Gekreuzigten Maria und Johannes standen, waren den hundertunddreißig gekreuzigten Ratten auf dem Bischofsberg jeweils zwei aufrecht jammernde Ratten zur Seite gestellt.

Es handelt sich um Schwemmholz aus der Hochwasserzeit, sagte die Rättin erklärend. Und Nägel, vom zölligen Nagel bis zu Stahlstiften, finden sich überall.

So bildhaft auf eine Kuppe gestellt standen die Kreuze gereiht, daß sich der Hintergrund, die rußgeschwärzten Türme und Türmchen der geschonten Stadt, wie selbstverständlich ergab, dahinter die See, doch fehlten bis zum Horizont Schiffe.

Ein wirksames Exempel! Nicht nur sind wir wieder einig seitdem, auch haben wir endlich begonnen, jene Schutzhäute vom Mauerwerk zu lösen, mit denen das Menschengeschlecht kurz vorm Großen Knall alle der Schonung zugeordneten Baudenkmäler beschichtet hatte. Wie klug, daß sie zum Schluß noch ihrer Kultur gedachten.

Als wollte sie mich von den gekreuzigten Ratten ablenken, blendete sie städtische Szenen ein und kommentierte die neue Betriebsamkeit: Übrigens scheint das Ablösen der Schutzhäute besonders den protestantischen Großsippen Spaß zu bereiten. Emsig sind sie, als wollten sie Buße tun. Vielleicht ist es aber auch bloße Deutschstämmigkeit, die ihren Fleiß fördert. Schau nur, wie systematisch sie das Mauerwerk freilegen. Sie arbeiten in Schichten. Außerdem ist es ihnen gelungen, diese ekligen rußschwarzen Würmer, die wir – du erinnerst dich – ungenießbar nennen, in Dienst zu nehmen. Jedenfalls ist der Turm der Marienkirche bis zur Hälfte wiederum backsteinrot, desgleichen der herrliche Ziergiebel von Sankt Trinitatis. Schau nur, wie gut sich das Ziegelwerk unter der Beschichtung gehalten hat.

Und ich sah. Ungezählte Ratten pellten Mauern ab, tilgten, von daumenlangen Rußwürmern unterstützt, Ruß, den die Staubstürme mit sich gebracht hatten. Sogar an Profanbauten sah ich protestantische Ratten Buße tun: Sie säuberten das Grüne Tor zur Mottlau und zum Langen Markt hin, die Artushoffassade und das Rathaus, dessen schlanker Turm ihnen bis zur Spitze, die ein vergoldeter polnischer König krönt, begehbar war.

Er glänzt wieder! Ist das nicht schön? rief die Rättin. Lohnt es nicht wieder zu leben? So ist das Opfer auf dem

Bischofsberg, sagen wir uns, nicht umsonst gewesen. Wir Ratten sind wieder einig im Glauben. Gemeinsam verehren wir den letzten atmenden Menschen in seinem Lehnstuhl, der wie unsereins Kraft im Gebet sucht: Immerfort betet die Uralte ihrem Rosenkranz nach. Wir hören sie flüstern: Du schmerzensreiche, gebenedeite...

Und ich! schrie ich. Zu wem soll ich flehentlich? Wie soll ich in meiner Raumkapsel ausharren, wenn nur noch das Wrack treibt und es keine Damroka mehr gibt...

Die du für uns gelitten hast... Ungerührt sprach die Rättin Anna Koljaiczek nach, bis sie mir betend verging.

DAS NEUNTE KAPITEL, in dem die Frauen noch einmal aufleben, das Land ohne Regierung ist, nagend Hunger herrscht, zwei Mumien samt Zubehör überführt werden, worauf der Ackerbau beginnt, Ratte, Vogel und Sonnenblume ein Bild ergeben, die Menschen nur noch als ob sind, es überall sprießt, treibt und rankt, schon wieder Oskar dazwischenredet und nach der ersten Lautverschiebung das Erntedankfest gefeiert wird.

Eigentlich sollte ich vom Maler Malskat erzählen, indem ich ohne Vorgriffe seinem Fleiß folge – dann malte er das vierte, dann das fünfte Joch aus –, aber sobald ich im Innengerüst der Lübecker Marienkirche hoch hinauf ins Chorgewölbe zu klettern beginne – naßkalt, zugig ist es hier oben –, holt mich Gegenwart von den Gerüstbrettern: Wen kümmern die falschen Fuffziger, wenn augenblicklich der Wald verreckt und mit ihm die Märchen draufgehen; was jucken uns Nachkriegsjahre in Vorkriegszeiten, wenn meine Tag- und Nachtträume ins Orwelljahr fallen. Außerdem will Anna Koljaiczek sterben, aber sie kann nicht. Als Wrack treibt »Die Neue Ilsebill« in die offene See. Lauter Geschichten, die ihr Ende suchen, während Malskats Geschichte immer aufs neue beginnen will, als könne es Spaß bereiten, den alten Adenauer, den Spitzbart Ulbricht auszubuddeln und auf Podeste zu stellen, nur weil beide Staatsgründer den sakralen Trugbildern des Malers ihre Doppelfälschung beigesteuert haben, mit der sich – das sagte vor seiner Polenreise unser Herr Matzerath – ganz gut, bis jetzt ganz gut leben ließ.

Doch was heißt jetzt? Die Rättin, von der mir träumt, sagt: Jetzt haben wir endlich allen Streit hinter uns. Einstimmig beten die Rattenvölker in der geräumigen Marienkirche den letzten, die Erde umkreisenden Satelliten an...

In dem ich angeschnallt sitze. Ich im Raumgestühl. Mit Überblick: ich. Klare Sicht wieder, nachdem sich der Qualm rußschwarz gelegt hat. Merkwürdig verzeichnet ist die alte Erde rund, als habe sie sich den Küstenlinien aus Vasco da Gamas Zeiten genähert, als alle Landkarten noch ungefähr waren.

Die Rättin bestätigt meine Fragen: Eisschmelze und Flutwellen haben die Ufer zerfranst. Nicht nur konnten die Arabische See und das Mittelmeer Land gewinnen, auch meine Ostsee hat zugenommen. Inseln und Inselchen weg. Jede Flußmündung geweitet. Von oben gesehen, will mir Danzig oder Gdańsk wie eine Stadt vorkommen, die sich mit einem Schlammwall gegen das überflutete Werder abgeriegelt hat. Quallenfrei soll das Baltische Meer jetzt sein, sagt die Rättin, die mich ergänzt, sobald ich aus meinem Raumgestühl zu großflächig daherrede.

Als ich von ihr wissen will, wie in den einst fruchtbaren Niederungen des Weichselmündungsgebietes, die alle landunter sind, jene aus Rußland zugewanderten Ratten Wohnung nehmen konnten, die nicht in die städtischen Reviere durften, sagt sie: Es blieben Deichreste, Bahndämme, schlammige Aufschwemmungen. Unsereins findet überall Halt. Außerdem gehen die Wasser zurück. Es ist wie zu Noahs Zeiten, als sich die Sintflut wieder verlief.

Entgegen meinen Versuchen, humane Existenz mit Zitaten aus dem Dritten Programm oder durch aktuelle Einzelheiten, den Dollarkurs, olympische Rekorde zu beweisen, plaudert die Rättin posthumane Alltäglichkeiten. Von gelungenen Würfen berichtet sie, deren Würfe wiederum fehlerlos seien. Zwischendurch höre ich Anna Koljaiczek brabbeln: Mecht doch zu Ende bald sain.

War meine Raumkapsel soeben noch über anderen, hier zerdehnten, dort geminderten Kontinenten, wobei mir der Golf von Bengalen, das einst so drangvoll belebte Kalkutta als nur schwarzer Fleck ins Blickfeld gerieten, sehe ich nach kurzer Traumzeit wieder die Baltische See unter mir, auf der das Wrack ziellos und doch in östliche Richtung treibt. Sogleich rede ich mir humane Gegenwart herbei: Wie gut, daß im toten Wald dennoch die Dornenhecke wächst und der alte Dornröschentrick immer noch klappt. Ich flüchte in die fünfziger Jahre und schaue auf Malskats Pinsel, der nunmehr dem dreizehnten Heiligen von einundzwanzig Konturen setzt. Um die posthumane Selbstsicherheit der Rättin zu irritieren, sage ich: Bald kommt der Kanzler Adenauer zur Siebenhundertjahrfeier nach Lübeck, das Wunder zu schauen. Na, der wird staunen!

Nun nicht mehr im Plauderton, gereizt sagte die Rättin, von der mir träumt: Da verdampften an Bord des Schiffes deine fünf Weiber... Lüge! rief ich. Das weiß ich besser. Nicht nur Anna Koljaiczek findet kein Ende, auch auf dem Schiffswrack wird nicht gestorben. Ich will das so. Schließlich habe ich, Rättin, den ehemaligen Lastewer aus Angst und Ohnmacht mit Frauen bemannt. Die waren mir alle lieb. Denen hing ich an kurzen und längeren Fäden an. Die gingen mir mit den Jahren dennoch verloren, weshalb ich sie wieder ausfindig machte, um sie auf engem Raum zu versammeln. Miteinander verträglich sollten sie sein, Schwestern im Idealfall werden. Also dachte ich mir ein Schiff und die Frauen seetüchtig aus. Das fiel nicht schwer, weil sie alle praktisch veranlagt waren, mit Schraubschlüsseln, Zündkerzen umgehen konnten und doch ein Ziel wußten, das sie lange in den Wolken gesucht, schließlich unter Wasser gefunden haben. Sie sahen es schon, machten sich hübsch für die Ankunft; da hast du, Rättin, Schluß Aus Ende, dein rattiges Ultemosch gerufen. Jetzt kriechen sie heillos versehrt auf dem Schiffsdeck, beugen sich über Bord und wollen im Küstenwasser die versunkene Stadt sehen. Und eine der fünf Frauen, die nicht mehr schöngelockt ist, sondern kahl wie die anderen, ruft, als könne ihr Mund, der zum wunden Loch wurde, immer noch rufen: Da, da liegt unser

Vineta! Unter uns. Nie war das Wasser so klar. Keine Algen und Tangbärte trüben die Sicht. Noch sind Gassen und Plätze unbelebt, doch gleich werden die Herrinnen von Vineta in leuchtenden Kleidern die Stadt begehen, uns grüßen und zu sich winken. In ihr Reich holen werden sie uns, das keine Gewalt, nirgendwo Zwang, nur Sanftmut und freundliche Spiele kennt. Und heilen werden sie uns, bis wir wieder glatt und gelockt sind. Seht, Schwestern! Es ist Bewegung auf allen Gassen. Ein lustiges Hinundher. Wir sind angekommen, endlich angekommen...

Der Tagtraum schmerzte. Ohne Geduld verdrängten Bilder einander. Ich wollte Liebliches, einen harmonischen Reigen träumen – das lustige Hinundher –, doch auf Vinetas städtischem Pflaster huschten einzig Ratten durch die Gassen, in alle, aus allen Kirchen, gegenläufig gerottet, über die Brücken...

Da rief eine der Frauen aus wundem Mundloch: Sie sind verhext. Man hat sie mit Zauber belegt. Ein Spruch liegt böse auf ihnen, den müssen wir lösen.

Das hat der Butt getan! rief ein anderer Mund.

Der Butt muß kommen, helfen, die Frauen lossprechen!

Butt! riefen sie, höre uns rufen. Bis zum Ermatten verlangten die Frauen von dem vielvermögenden Plattfisch, er solle sein Versprechen einlösen, Vineta rattenfrei und wieder zur Frauenstadt machen.

Aber es half, sprach und löste kein Butt. Nicht nur ohne Quallen, ganz und gar leblos, bis auf das gasselaufende Gezücht, lag die See unter leerem Himmel, der sich von Ost und West her mit in sich wühlendem Qualm überzog.

Stimmt es, fragte ich die mühsam lebende Anna Koljaiczek, daß nur noch Ratten sind, überall, sogar in Vineta, dessen Tore den Frauen offen sein sollten, wie es der Butt vor Møns Kreidefelsen, dann immer wieder, sooft er gerufen wurde, versprochen hat?

Da sagte Anna Koljaiczek, die eigentlich schweigen und sterben wollte: Da is kain Butt nech. Ond kaine Märchen mehr. Och midde Menscher is aus. Ond was ham se jerafft ond jewietet. Ond immä war Schlächtichkait. Na nu is nuscht, alles hopsjegangen, weil Liebgottchen jestraft hat. Ach, mecht doch ausjebarmt sain!

Doch selbst wenn ich schreiben sollte, tot ist sie, tot, könnte sie dennoch nicht sterben; wie ich nicht aufhören konnte, die Erde Mal um Mal zu umkreisen.

Mariaondjoseph! rief Anna Koljaiczek, ieberall isses aus.

Antworten! rief der Mann im kosmischen Lehnstuhl. Ist denn, verdammt, alles im Eimer? Ihr könnt doch nicht alle verschütt sein...

Nun auch kein wundes Mundloch mehr. Die Frauen verröchelten. Mein Wille konnte sie nicht halten. Kein weiterer Aufschub fiel mir zu ihrem Ende ein. Erst jetzt – oder abermals – driftete das Wrack der Ilsebill unter rauchschwarzem Himmel in die offene See.

Noch immer leise Anna Koljaiczek: Ach Gottchen, ach Gottchen. Ach, mecht doch baldich zuend sain...

Und mich hörte ich jammern: Was haben wir nur getan? Was trieb uns in diesen Schluß? Keine Frauen, kein Butt, keine Märchen mehr, weil auch der Wald, der bis zuletzt nach Rettung schrie, Rauch wurde...

Als wollte sie mich trösten, sagte die Rättin: Aber es gibt ja uns. Und schon lange hat sich der Qualm gelegt. Gerecht haben Stürme alle Asche verteilt, damit der strahlende Segen allem Leben zuteil wurde. Lange Zeit mußte die Erde sich drehen, ohne vom Licht gewärmt zu werden. Selbst wir waren nach Kälte und Finsternis anfangs nur wenige. Doch bald nahm nicht nur unsereins zu, überall regte es sich: in Wasserlöchern und Flüssen, im Flachwasser der See. Die alten Arten in neuer Gestalt und nie gesehene Arten, die selbst uns überraschten. Sei guten Mutes, Freund! Leben wird wieder um sich greifen. Erneuern wird sich die alte Erde. Und neue Märchen, in denen die alten wundersam überleben, werden von Wurf zu Wurf erzählt werden.

Weil alles geklappt, die Spindel, bis Blut kam, Dornröschen gestochen und ringsum Zauber freigesetzt hat, worauf der Kanzler und seine Minister, alle Experten und Polizisten, die Fernsehfritzen sogar und fixen Zeitungsschreiber mit ihrem zuletzt gekritzelten Wort in tiefen Dornröschenschlaf gefallen sind, laufen nun, kaum ist die Dornenhecke fertig und dicht, alle Märchengestalten fort: vom Tatort im toten Wald und dem steingehauenen Denkmal weg in den heilen Wald, bis sie zu ihrer Pension, dem Knusperhäuschen, finden, wo einzig Rotkäppchens Großmutter beim Wolf geblieben ist.

Hänsel und Gretel halten die Grimmbrüder bei der Hand. Auf seinem einen Bein hüpft Rumpelstilzchen voran. Im alten Ford fahren die Böse Stiefmutter, die den Zauberspiegel hält, und auf dem Rücksitz Schneewittchen mit den fummelsüchtigen Zwergen; des Mädchens abgehauene Hände halten das Steuerrad.

Mit ihrem Haar lockt Rapunzel den weinenden Prinzen, der sich immer wieder umdreht und einen Kußmund macht, als habe er nur eines im Sinn, als könne er das nur und anderes nicht, als sei ihm diese Pflicht aufgetragen, dieser Zwang eingefleischt, als müsse er immerfort, so fern es schläft, sein Dornröschen wachküssen. Er zögert, steht, entspringt dem Rapunzelhaar, will zur Dornenhecke, sie mit zierlichem Degen teilen, die Turmruine treppauf, sich über die Schlafende beugen ... Da lauert ihm im hohlen Baum die Hexe auf. Sie packt ihn am Genick und küßt ihn, bis ihm die Schnürsenkel aufgehen. Schreiend läuft er den anderen nach, die Hexe ihm hinterdrein. Zuhinterst treibt Rübezahl das traurige Paar vor sich her, denn immer wieder wollen Jorinde und Joringel in Trübsinn versteinert Moos ansetzen.

Im Knusperhäuschen herrscht Pensionsbetrieb. Als Kellner serviert Rumpelstilzchen blaue, rote und grüne Getränke. Die Grimmbrüder trinken Waldmeisterflip. Nachdem er seinen Drink gekippt hat, legt der Froschkönig die unter Migräne leidende Dame neben den Brunnen, in dessen Loch er steigt, um sogleich als Frosch aus dem Brunnenloch zu springen und auf der Dame Stirn Platz zu nehmen. Da legt sich Gretel, als müsse auch ihre Stirn gekühlt werden, neben die Dame. Den vorhin noch gleichmäßig atmenden Frosch erfaßt Unruhe: Er springt von der damenhaften auf die kindliche Stirn und wieder zurück, um abermals und abermals zu wechseln. Die Hexe sieht das mit gelben Augen. Wie sie sich versuchsweise andererseits neben die Dame legt, bespringt der Frosch nun auch ihre hexische Stirn. Keine Rast zwischen Sprung und Sprung, auf jeder Stirn ist Kühle gefragt.

Amüsiert sehen die Pensionsgäste den atemlosen Anstrengungen zu. Die Sieben Zwerge deuten mit anzüglichen Gesten den Sinn der Springerei. Hänsel ärgert sich über Gretel: »Die hat sie nicht alle!« Ein wenig befremdet nehmen die Grimmbrüder diese sprunghaften Variationen wahr. Wilhelm sagt zu Jacob: »Du siehst, Bruder, unsere Märchen haben ihr Eigenleben.«

Worauf die Böse Stiefmutter die Abwesenheit der Hexe nutzt und den Grimmbrüdern das Museum zu zeigen beginnt. Sie sagt: »Alles in gutem Zustand. Die Knöchlein, der giftige Apfel, der Kamm, der Gürtel. Nur die Spindel ist fort. Die Herren können sich gewiß denken, wohin!«

Nun sind alle Damen um die Grimmbrüder bemüht, besonders Rotkäppchen und Rotkäppchens Großmutter, die ihr Märchen zeigen wollen. Kaum läuft im Zauberspiegel der alte Schwarzweißfilm an, werden beide von Rapunzel vertrieben, die den traurigen Prinzen mit ihrem Rapunzelfilm aufmuntern will. Nach kurzem Streit – schon liegen sich Rotkäppchen und Rapunzel in den Haaren – schlichtet die Böse Stiefmutter: »Wir sollten dem Prinzen ein wenig Ablenkung gönnen. Der Arme. Seht, wie er leidet!«

Darauf gucken sich alle mit den Grimmbrüdern, die gerührt und zugleich verwirrt sind, altmodischen Kintopp in flimmernden Bildern an.

Darin geht es so traurig zu, daß das Mädchen ohne Hände weinen muß. Es kaut an den Nägeln seiner linken abgehauenen Hand, die von der rechten gehalten wird. Rumpelstilzchen schneuzt sich. In Tränen Jorinde und Joringel.

Ein wenig blöd schaut der Dornröschenprinz dem Prinzen im Film zu und lacht unpassend zu dessen Ruf »Rapunzel, Rapunzel, laß mir dein Haar herunter«, der den Zauberspiegelfilm als Untertitel kommentiert.

Wütend läuft Rotkäppchen aus dem Haus, die Großmutter hinterdrein. Gerade sieht sie noch, welche Zuflucht Rotkäppchen genommen hat. Die Alte setzt sich neben den vollgefressenen Wolf, dessen Reißverschlußbauch spannt, und liest ihm aus dem Grimmschen Wörterbuch Wörter vor, die mit ab beginnen: abartig, abbitten...

Noch immer, wenn auch ein wenig matt mittlerweile, springt der Frosch von Stirn zu Stirn.

Neben dem Haus klaftert Rübezahl wütig Holz.

Vorm Knusperhäuschen spielen die Sieben Zwerge Karten.

Niemand will mehr den guten Ausgang des Rapunzelfilms sehen; nur noch sie, im langen Haar, sitzt selbstvergessen und sieht ihrem Glück zu.

Unruhig läuft der wachküssende Prinz durch das Haus und will küssen küssen... Als er dem Mädchen ohne Hände einen Kuß gibt, wird er von den abgehauenen Händen links rechts geohrfeigt.

Beunruhigt sprechen die Grimmbrüder, unterstützt von Hänsel, auf die Böse Stiefmutter ein. (Es sollte jetzt nicht, wie unser Herr Matzerath vorschlug, eine Diskussion über die authentische Fassung des Schneewittchenmärchens beginnen, nach der die leibliche Mutter böse sein muß, während in der späteren Bechsteinfassung von einer Bösen Stiefmutter die Rede ist; vielmehr soll die Handlung wieder in Gang kommen.)

Jacob Grimm sagt: »So kann man die Dinge nicht laufen lassen! Schließlich ist die Republik ohne Regierung.«

Wilhelm Grimm spricht besorgt: »Es könnte ein Chaos ausbrechen!«

Hänsel ruft: »Genau! In Bonn, die spielen bestimmt verrückt. Notstand und so!«

Und Schneewittchens (nach Grimm) Böse Mutter, (nach Bechstein) Böse Stiefmutter sagt: »Dann wollen wir rasch Einblick gewinnen.«

Mit entschlossenem Knopfdruck stellt sie das ausklingende Rapunzelprogramm ab und ruft. »Herhören! Alle herhören! Wir schalten jetzt nach Bonn um.«

Worauf die Großmutter den Reißverschluß öffnet, Rotkäppchen aus dem Wolfsbauch hüpft, Rübezahl das Holzklaftern und die Zwerge das Kartenspielen einstellen. Mit letzter Kraft springt der Frosch von Gretels Stirn in den Brunnen und hilft gleich darauf als König seiner Dame, nun der Hexe, schließlich Gretel auf die Beine. Ein wenig schlapp wirkt er, überanstrengt. Die Dame lächelt tolerant. Gretels Lächeln ist nicht mehr kindlich. Der Hexe hat die Liegekur gutgetan.

Ganz und gar ist sie wieder Wirtin und will das Sagen haben. »Ich verbitte mir diese Störungen!« ruft sie. »In meinem Haus bestimme immer noch ich, wann Herhören befohlen wird.«

Nach kurzem Blickwechsel mit der Hexe ruft die Böse Stiefmutter: »Ihr faulenzt, spielt Karten oder vergnügt euch mit eurem Buhlen, während im weiten Land und in den

Städten alles drunter und drüber geht. Bonn ist ohne Regierung. Wir, die Märchen, haben die Macht ergriffen!«

Da alle ungläubig gucken und sich eine wirkliche Machtergreifung nicht zutrauen wollen, hören sie die Böse Stiefmutter sagen: »Spieglein, Spieglein an der Wand, zeig uns, was los ist im deutschen Land!«

Nach kurzem Bildsalat zeigt der Zauberspiegel in rasch wechselnden Einblendungen aufgeregte Menschen, Demonstrationen, Plünderungen, Militär- und Polizeieinsätze, Vermummte, gewaltsamen Widerstand. In Bonn und anderswo werden Zeitungen ausgerufen. Schlagzeilen kommen ins Bild: »Erst die Kinder, dann der Kanzler weg!« – »Kanzler mit Kabinett im Wald verschollen!« – »Bundesrepublik führungslos!« – Darauf Wasserwerfer. Knüppel frei! Hamsterkäufe. Schwarze Fahnen. Anzeichen von drohendem Bürgerkrieg.

Im Knusperhäuschen sind alle vorm Zauberspiegel versammelten Märchengestalten still geworden. Man ist halb stolz, halb verlegen. Selbst die Böse Stiefmutter will ihrem Spiegel nicht trauen.

Erschrocken begreifen die Grimmbrüder, welche Macht immer noch von den Märchen ausgeht. Wilhelm flüstert in Jacobs Ohr: »Das ist unser Werk, Bruder. Als Sammler und Herausgeber sind wir die wahren Anstifter.«

Jacob antwortet flüsternd: »Man hat unsere schlichten Hausmärchen zu wörtlich genommen.«

Da rufen Hänsel und Gretel: »Das ist unsere Stunde! Zeigt, was ihr könnt. Verzaubert, bewispert, sprecht los oder bindet. Hexe! Nun mach schon!«

Zum erstenmal lacht sie ihr steinerweichendes Hexenlachen: »Wir bringen ihnen den Wald in die Städte!«

»Jadoch!« ruft Rumpelstilzchen, »sprießen, treiben, wurzelschlagen, überall wuchern, ranken, knospen und grünen soll es!«

Die Grimmbrüder versuchen zu beschwichtigen: »Aber, aber. Wir wollen doch nicht übertreiben. Wir dürfen, was geschrieben steht, nicht allzu genau nehmen.«

Die Zwerge, alle sieben, stellen sich gegen die Grimmbrüder: »Hier wird nicht gekleckert, hier wird geklotzt!« und »Alle Macht den Märchen!« rufen sie rhythmisch und stampfen mit den Stiefelchen.

Inzwischen hat die Hexe Truhen und Schränke, Fässer, Schatullen und Mehlschütten geöffnet. Vor dem Knusperhäuschen ruft sie ohne erklärende Untertitel, weil ja aus dem Wald, aus den Lüften kommt, was sie herbeiruft: die Guten und die Bösen Feen, Krähen und Raben, Erdmännchen, Schrate und sonstige Winzlinge, namhafte Zauberer und Wilde Männer, Waldtauben und Ratten. Zum Schluß ruft sie mit beschwörenden Gesten ihre Schwestern, alle auf Besen oder Staubsaugern flugtüchtigen Hexen herbei; ein Weiberauftrieb von durchaus feministischem Gepränge.

Große Gesten, herzliches Wiedersehen, endlose Begrüßungen. Inmitten der märchenhaften, doch überwiegend bürgerlich adrett gekleideten Versammlung fällt der Zauberer Merlin auf. Jovial begrüßt König Drosselbart den Froschkönig und dann die Grimmbrüder, die im Gedränge recht verloren sind und nicht wissen, was tun.

Durch Namensschildchen, wie sie auf Kongressen üblich sind, erkennen wir Frau Holle und das tapfere Schneiderlein, Aschenbrödel und Siebenschön, Hans im Glück und – weil die Kamera auf ihn besonders hinweist – den Däumling, der einen Riesen mitgebracht hat, in dessen Ohr er sitzt.

Natürlich sind mit der Muttergeiß die Sieben Geißlein zur Stelle. Doch nicht nur was die Grimmbrüder, Ludwig Bechstein und Johann Karl August Musäus gesammelt und mit Beiwerk umgeben haben, auch Andersens hübsche Erfindungen sind (auf Wunsch unseres Herrn Matzerath, der, säße er nicht in Polen fest, selber gerne als bucklicht Männlein dabei wäre) beim großen Treffen zur Stelle: der Standhafte Zinnsoldat und – wenn auch unbemannt – der fliegende Koffer. Des sterbenden Schwarzwaldes wegen könnte aus Wilhelm Hauffs Märchen »Das steinerne Herz« das Schatzhauser-Männlein zugegen sein.

An alle Herbeigerufenen verteilt jetzt die Hexe Tüten und Säckchen, Flaschen und Büchsen voller Zauberkorn und Zaubersaft. Treibende Salbe und wunderwirkende Elixiere sind vorrätig. Randvoll füllt sie den fliegenden Koffer. Die Guten und Bösen Feen tauschen Tricks und Geheimnisse aus. Der große Merlin leiht einigen zwar ansehnlichen, aber doch unbemittelten Märchengestalten freundlicherweise Zauberstäbe. Aschenbrödel füllt der Waldtauben Kröpfe mit Körnlein, die wunderwas wirken sollen. Zauberfraß, den die niederen Hexen streuen, fressen Ratten in sich hinein, damit er andernorts wirken möge. Fleißig teilen die Hände des Mädchens an alle, die nicht genug haben, Fläschchen und Tüten aus. Übereifrig sind Hänsel und Gretel der Hexe behilflich: Sogar dem pompösen König Drosselbart stecken sie ein Sortiment zu; und auch der Däumling in des Riesen Ohr bekommt ein Streudöschen, auf daß er sich nützlich mache.

Und wie nun alle Kisten, Truhen, Schatullen, Schütten und Schränke leer sind, bleibt der Einspruch der Grimmbrüder – »Das dürft ihr nicht! Solch ein Märchen geht böse aus!« – ohne Gehör, denn nun schickt die Hexe die versammelten Tiere und Schrate, Zauberer und Feen, die Winzlinge und Wilden Männer, Frau Holle mit ihrem Daunenkissen und den randvoll gepackten fliegenden Koffer in alle vier Himmelsrichtungen davon.

Während sie die Versammlung entläßt, macht sie Hexenzeichen, spuckt sie Hexenworte. Das Tapfere Schneiderlein hat sich mit Wundernadeln und Zauberzwirn gerüstet. Vollgefressen und schwerbepackt machen sich die Sieben Geißlein und die Sieben Zwerge auf den Weg. Aufbruch zu Fuß und durch die Lüfte. Merlin, der große Zauberer, löst sich in nichts auf.

Besorgt, nein, entsetzt ist Jacob Grimm: »Was habt ihr vor? Aufruhr ist das, Anarchie!«

Wilhelm sagt: »Wußten wir, Bruder, nicht immer schon, welche Macht unsere Märchen über die Menschen haben?«

Bänglich schauen die beiden ihren Gestalten nach, die sie vormals – das war zu Napoleons Zeit – fleißig gesammelt hatten und seitdem in ihrem Kinder- und Hausmärchenbuch behütet glaubten.

Nein, der wachküssende Prinz darf nicht fort. Die Hexe hat ihn am Wickel. Zurück bleibt auch die Böse Stiefmutter, doch darf Schneewittchen Wangenrot auflegen und ihren Zwergen hinterdrein. Mit Rübezahl, dem Antreiber, verschwinden Jorinde und Joringel. Des Prinzen wegen muß Rapunzel bleiben. Aber des Mädchens abgehauene Hände fliegen davon und halten rechts eine Tüte, links eine Flasche. Mit den Armstümpfen winkt das Mädchen seinen abgehauenen Händen nach. Das Körbchen am Arm macht sich Rotkäppchen auf den Weg. Und Rotkäppchens Großmutter liest dem Wolf aus dem Wörterbuch vor...

Hexe, hexen, verhext.
Nicht drei Haare gerieben,
kein Bilsenkraut mischt sich drein.
Weder treibendes Korn noch überzählige Tropfen,
nicht das bannende, nicht das lösende Wort
sind vonnöten.

Wir wissen und haben gelernt,
den Kürbis mit der Zwiebel, die Maus
mit der Katze zu paaren.

Zwei Gene hier-, vier Gene dorthin: wir manipulieren.
Was heißt schon Natur! Zu allem geschickt,
verbessern wir Gott.

In alten Wörterbüchern finden sich nur
Chimären der niederen Art.
Bald wird der höhere Mensch gelingen;
unser Programm sieht ihn vor.
Gespeichert in Genbanken bereichert er täglich sich:
nicht nur begabt mit Vernunft.

Vor allen Tieren – noch vor dem Schwein –
teilt sich besonders gefällig
die Ratte dem Menschen mit,
auf daß er sich überwinde.

Dann kam der Hunger. Was nach dem Großen Knall blieb – ihr Müll, die gelagerten Weißblechdosen, ihre ledern geschrumpften Kadaver –, hatte uns einige Zeit genährt, so daß außerhalb unserer Fluchtgänge und Nestkammern erste Würfe gelangen: Wir bildeten wieder Völker in markierten Revieren; aber zu beißen fand sich nur wenig. Mag sein, daß der Mangel uns fromm oder wie du, unser spöttischer Herr, es siehst, katholisch machte.

Als wollte sie Hunger verkörpern, träumte die Rättin mir abgemagert, struppig, ein Bild des Jammers. Ich sah sie Blech, Schrott, Steine beißen. Nur noch das, sagte sie, biete sich an. Es müsse ja, der immerfort nachwachsenden Zähne wegen, unablässig etwas, und sei es ein stählerner Schraubenschlüssel oder verbliebener Stacheldraht, gebissen, wie man sehe, zerbissen werden. Immerhin fänden sich hier und da restliche Schrumpfkörper; doch Wunschkost seien die nicht.

Dann träumte sie mir wieder fett und mit glattem Fell. Satt erzählte sie von Hungerzeiten, ohne die Ursache neuerlichen Wohllebens zu nennen. Damals, sagte die Rättin, als uns Hunger beten lehrte, doch Frömmigkeit nur verbissenen Streit brachte, war eines unserer Reviere zwar ländlich wüst, aber dennoch besonders, denn inmitten einer in ihrem Mauerwerk halbwegs stabil gebliebenen Kate atmete schwach und brabbelte unentwegt jene nach menschlicher Zählung uralte Frau, die dir, Freund, aus nachhallenden Geschichten nicht fremd sein mag.

Jedenfalls haben auch wir sie verehrt. Wie geduldig sie uns und unsere Neugierde ertrug. Was sie auch brabbelte und so nah wir ihr kamen, nie ein böses Wort über uns. Einmal hörten wir: Mariaondjoseph! Mechten miä doch de Ratten abhelfen...

Aber das durften wir nicht, denn abgesehen von deiner entrückten, in einer Raumkapsel aufgehobenen Existenz war die Uralte uns der einzige, zuletzt verbliebene Mensch. Hegen und pflegen wollten wir sie, uns bewahren. Als sie nach der Zeit kalter Finsternis kaum mehr atmete und nicht mehr brabbelte, haben wir ihren Sitz in Gruppen fürsorglich besucht. Nicht nur die ländlichen, auch die städtischen Völker schickten Delegationen. Da uns die Uralte immer weniger wurde und, obgleich atmend, auszutrocknen schien, haben wir sie getränkt und gefüttert mit Vorgekautem, was uns trotz Mangel entbehrlich war. Immer waren ihr Jungratten zu Diensten. Wir beteten sie nicht nur an, wir päppelten sie.

Und ich sah, was die Rättin aus posthumanen Hungerzeiten erzählte. Zur Zwergin geschrumpft und in ihrem nun zu weiträumigen Sonntagskleid versunken, sah ich Anna Koljaiczek von anbetenden Altratten umgeben, von mageren Jungratten belaufen. Ich sah, wie sie versorgt wurde, sah, wie ihr eingesunkener Mund sich öffnete, auf daß ihr die diensttuenden Jungratten Feuchtes einspritzten und vorgekauten Brei in die zahnlose Mundhöhle schieben konnten.

Widerlich! rief ich.

Den Ton kennen wir, antwortete die Rättin.

Aber sie will, daß es ein Ende nimmt.

Noch schmeckt es ihr. Hör nur, sie schmatzt.

Und was schmeckt ihr, was?!

Wir haben einige Jungtiere opfern müssen, aus gesunden Würfen natürlich...

Warum, verdammt, laßt ihr sie nicht sterben! rief ich und hörte meinen Ruf verhallen.

Die Antwort der Rättin kam verzögert, als wollte sie mir verstreichende Zeit andeuten: Sie war uns noch lebend schon heilig. Alles, was sich bei ihr befand, wurde mit ihr Gegenstand unserer Anbetung, soviel Zeug zu ihren Füßen lag. Mehr noch als jene goldenen Münzen, die, um ihren Lehnstuhl wie achtlos verworfen, hier die Zahl, dort den Adler zeigten oder auch Bildnisse einst gekrönter Häupter, wurden uns jene Figürchen verehrungswürdig, die überall auf und unterm Schutt verstreut lagen. Dem Humanen und dessen vielseitigen Tätigkeiten nachgebildet, erinnerten sie uns an das Menschengeschlecht. Sobald wir sie putzten, waren sie von blauweißer Farbe. Ihre Werkzeuge und sonstigen Gerätschaften waren, vom Ruß befreit, wieder rot, grün, braun, silbern und gelb. Wie niedlich sie dreinschauten. Wie drollig sie ihren Fleiß hervorkehrten. Wir hätten mit ihnen spielen mögen, wäre uns nicht jede Figur, wie die Uralte, heilig gewesen.

Auch das wurde bildlich: Ratten zwischen Golddukaten und Schlümpfen. Es lag noch mehr rum: ein zerscherbtes Porzellanpferd, ein schmiedeeiserner Schriftzug, der Brieföffner mit Bernsteingriff, die Kuckucksuhr, deren Zifferblatt die Endzeit fünf nach zwölf anzeigte, dieses und jenes, der zerknautschte Elektrogrill und Anna Koljaiczeks Gebiß, das ihr nach dem Großen Knall entfallen sein mußte; den Rosenkranz hielt sie immer noch.

Ja, sagte die Rättin, sie gab uns Halt. Sie hieß uns wieder einig werden, denn mit der Zeit des Mangels ging der Streit um den rechten Glauben einher. Du wirst dich erinnern: Wir äfften das Menschengeschlecht nach, verfolgten, folterten, kreuzigten unsereins, so daß man uns Ratten für eifernde Ketzer und die Ketzerei verfolgende Eiferer hätte halten können. Schließlich hing eine nicht unbeträchtlich große Minderheit dergestalt fanatisch Irrlehren an, daß wir Grund hatten, um das Wohl der Uralten zu fürchten. Wollte man menschlichen Glaubensstreit zum Vergleich bemühen und die Humangeschichte nach ähnlich grausamen Verirrungen absuchen, müßte von Waldensern, Hussiten oder von Wiedertäufern und Trotzkisten die Rede sein, die, sieben Rattenvölker stark, mehrmals Anlauf nahmen, den Sitz der Uralten, das von uns abgesteckte und heilig genannte Revier zu überrennen, um, wie ihre Parole hieß, dem Götzendienst ein Ende zu bereiten. Es fanden Kämpfe statt, die uns schwächten. Mag sein, daß der Hunger uns überdies bißwütig machte...

Worauf ich die Ratten kämpfen, ineinander verbissen sah. Schlachten fanden um Anna Koljaiczeks schadhaftes Häuschen statt, dessen Umland – was einmal Garten und angrenzender Kartoffelacker gewesen war – wüst lag, einzig geeignet, den Streit und Haß der Rattenvölker, den Kampf, sagen wir: Katholiken gegen Hussiten zu ertragen.

Im Vorfeld der Hausruine konnte ich zwischen unkenntlichem Schrott den Mercedes unseres Herrn Matzerath als Autowrack erkennen. Lächerlich heil war auf der zerknautschten Kühlerhaube der Stern geblieben. Er wurde besonders erbittert umkämpft. Wie sie sich befetzten und anfielen. Wie sie mit Zähnen, die Stahlblech zermürben konnten, die Kehle des Gegners fanden. Und miteinander verzahnt, fraßen sie einander bis zum zuckenden Verenden. Sie durchwühlten sich. Ins fremde und eigene Gedärm verwickelt, mochte ihr Zahn blindlings das eigene Herz treffen.

Dann sah ich Ratten in Anna Koljaiczeks ehemaliger guter Stube kämpfen, offenbar um die Schlümpfe, denn auch diese wurden verbissen. Als sich der Kampf in ihr vielfältiges Sonntagskleid verlagerte, auf ihre Hände im Schoß, die nicht vom Rosenkranz lassen wollten, übergriff, schließlich die Halskrause des Kleides einbezog, als sich eine, dann eine zweite Ratte der sogenannten Hussitenpartei in Anna Koljaiczeks verschrumpeltes, liebes Gesichtlein verbiß, schrie ich auf und vertrieb ich das Bild; doch den Traum nicht, den wieder, als wäre keinerlei Greuel geschehen, die Rättin einnahm.

Sie sagte: Später hörte der Kampf, doch nicht der Hunger auf. Die Mehrheit setzte sich durch. Wir wurden wieder einig im Glauben und beteten, endlich versöhnt, gemeinsam an.

Was? schrie ich, lebte sie immer noch?

Einige Wunden, sagte die Rättin, die ihr im Kampfeseifer zugefügt worden waren, heilten wir geduldig, doch fehlte ihr fortan das linke Ohr...

Und was noch?!

Was soll diese Erregung? mahnte die Rättin. Etwas mehr Demut, bitte. Bald danach war die Uralte tot. Und als wir sie nach einem der letzten Staubstürme ohne Atem fanden, haben wir ihren Kadaver nicht etwa zur Nahrung bestimmt, wenngleich es immer noch unbelehrbare Grüppchen gab, deren Haß und Heißhunger wir fernhalten mußten.

Nach einer Pause, die die letzten Vernichtungskämpfe aussparen mochte, sagte sie: Nun gut, ohnehin trocken und bis zur Zierlichkeit geschrumpft, fanden wir sie so leicht, daß ein Transport erwogen werden konnte. In der dürftigen Kate sollte ihr Platz nicht mehr sein. Ein Ort, ihr angemessen, war mehrheitlich bald bestimmt. Alle Rattenvölker wollten sie dorthin verlagert sehen. Also ließen wir die Uralte sorgsam vom Stuhl gleiten. Nichts durfte knicken, einreißen, brechen, fehlen. Und wie wir sie von ihrem Gestühl weg bewegten, gaben ihre vielen, übereinander getragenen Röcke ein vertrocknetes Kindlein frei, das vielleicht zur Stunde des Großen Knalls zur Welt gekommen war; merkwürdigerweise in hübschen, aber zu großen Kleidern, mit Schuhen weißgelb und vielen Ringen an den Fingern, zudem mit goldgefaßter Brille. Hose und Jacke ließen es ahnen, wir versicherten uns: Die Uralte hatte zu guter Letzt ein Knäblein geboren. Es machte Mühe, des Kerlchens Ringe und sein Brillengestell, die nicht geschrumpft waren, zu befestigen; denn auch den Winzling wollten wir transportieren. Also trugen Ratten, einander ablösend, nicht nur die leichtgewichtige Heilige, ihr Söhnchen auch in vielen Etappen über das öde Land. Das dauerte seine Zeit.

Was du nicht glauben willst, soll dir zum Bild werden, sagte die Rättin. Sieh nur, wie langsam und bedacht die Überführung vonstatten ging.

Und ich sah, wie einander ablösende Ratten die sterblichen Reste Anna Koljaiczeks und unseres wieder zum Winzling gewordenen Oskar querfeld durch die gehügelte, doch gänzlich baum- und strauchlose Kaschubei trugen. Ein langer Zug, denn mehr und mehr Ratten schleppten blauweiße Schlümpfe und sogar die Scherben des chinesischen Porzellanpferdes den beiden Mumien hinterdrein. Übrigens wurde das Enkelkind der Großmutter vorangetragen. Mit einigem Abstand folgten Ratten, die schwerbeladen waren, trugen sie doch die Kuckucksuhr, deren Zifferblatt immerfort die Endzeit verkündete, und unter Mühen den schmiedeeisernen Schriftzug. Andere Einzelratten führten Kleinzeug im Biß: einen rubinfassenden Ring, der Oskars fleischlosem Finger entfallen war, und Ordensschmuck von Anna Koljaiczeks Kleid, welchen ihr Polen als Staat verliehen hatte. Zu zweit trugen Ratten den silbernen Brieföffner mit Bernsteingriff, ihr Gebiß, ihre Brille; sogar den umkämpften Mercedesstern zu überführen, sahen sie Anlaß. Den Schluß bildeten in langer Reihe Ratten, die jede ein Goldstück im Biß hatten.

Es mag noch Gerümpel in Annas Kate geblieben sein: etwa der zerknautschte australische Grill, der Fernsehapparat und jener Bronzekopf, der dem amerikanischen Joe Colchic, vormals Joseph Koljaiczek, gleichen sollte. Alles in allem: eine mühsame Überführung und eine Leistung in posthumaner Hungerszeit. Es blieben auch etliche Ratten entkräftet liegen, um, wie die Not es befahl, sogleich gefressen zu werden. Zudem flankierten Aufpasserratten den Zug, deren Biß von den Lasttieren gefürchtet wurde. Endlich sah ich von weitem die Türme der Stadt.

Wir schafften es, kamen an! rief die Rättin. Sieh nur, wir haben sie auf dem Altarsockel der Marienkirche erhöht. Unterm hoch im Gewölbe verankerten Kreuz ist der Ort unserer Heiligen. Dem Menschensohn zu Füßen, der an drei Nägeln hängt, sitzt sie auf einer Kiste, die in Humanzeiten Tabernakel genannt wurde, und weiß ihr hübschgekleidetes Söhnchen unter den Rocksäumen. Und um ihren Ort und Sitz – denn sie ist uns in sitzender Haltung getrocknet – haben wir alles gelegt und gestellt, was zu ihr gehört und mit ihr der Anbetung würdig ist: die goldenen Münzen und des Knäbleins Ring, die schwereiserne Schrift und jene allerliebsten Figürchen, die während der schlimmen Zeit der Glaubenskämpfe leider arg verbissen wurden. Doch sieh nur: Immer noch sind sie niedlich weißblau. Noch immer sind sie des fleißigen Menschengeschlechtes drolliges Abbild, nur kommen sie mit einem Finger weniger aus, als des Menschen Hand zählte und uns gegeben sind. Sieh nur, wie lustig!

Das war es: zum Lachen. Auf dem Altarsockel, der die Mumien erhöhte, sah ich alle Schlümpfe: einzeln und in Gruppen gestellt. Die mit den Maurerkellen, den Schlumpf mit dem Schraubschlüssel sah ich. Den mit dem Beil, sieben Schnitter mit Sensen. Die musizierenden Schlümpfe, unter ihnen der mit der Trommel. Den arbeitslosen und den Schlumpf mit der Flasche am Hals. Und den noch und den. Ich zählte: Es fehlte keiner; doch waren alle von Bißspuren gezeichnet.

Dann nahm die Rättin meinen Traum wieder ein. Sie sagte: So sehr wir bemüht blieben, uns an der Heiligen und ihrem Söhnchen, an den Figuren, den Münzen satt zu sehen, der nagende Hunger blieb. Schon mußten wir unsere Würfe halbieren. Schon sah es aus, als seien die Rattenvölker, wie vormals das Menschengeschlecht, ohne Zukunft; da gaben uns einige der auf dem Hochaltar gruppierten Figürchen den rettenden Gedanken ein; oder eher war es wohl so, daß von der linken Hand, mit denen die Uralte den Rosenkranz hielt, ihr ein Finger abbrach, vom Schoß fiel und dort zur Ruhe kam, wo sieben Kerlchen mit ihren Sensen in einer Reihe standen, während andere Blauweiße Korngarben hielten. Der vieldeutige Fingerzeig bewegte unsere Gedanken zwar, aber sättigend war er noch lange nicht.

Darauf ließ sie schweigend die Witterhaare spielen, als wollte sie die überlange Trächtigkeit des neuen Gedankens betonen. Endlich sagte sie: Nein. Kein Zufall. Wir Ratten kennen den Zufall nicht. Jedenfalls fanden sich bei unseren restlichen Vorräten, die wir in den tiefsten Kammern unserer Fluchtbauten angelegt hatten, als es auf Ultemosch zuging, etliche Sortimente Samen, die, gut verpackt und trokken gelagert, keinen Schaden genommen hatten, denn als wir den Fingerzeig der Uralten praktisch auslegten und nach Art der blauweißen Figürchen hier und da ein Stück Land umwühlten, das, weil von Hederich und Giersch befallen, gesund zu sein schien und Ertrag versprach, als wir diese Versuchsfelder vom Unkraut befreit, danach in Abständen gerillt, die Saat ausgelegt und mit Erdreich bedeckt hatten, ging, als wir schon nicht mehr zu hoffen wagten, unser gerettetes Saatgut wunderbar auf. Und weil mit dem Frühjahrsregen kaum noch Schadstoffe niederschlugen, auch keine Staubstürme mehr aufkamen und sich das posthumane Klima feuchtwarm stabilisierte, wuchs, was aufgegangen war, und kam zur Reife.

Die Rättin berichtete, als wäre Ackerbau den Ratten immer schon von der Hand gegangen: Vom Spätsommer bis zum Herbst konnten wir unsere erste Ernte einbringen. Und siehe: Wir hatten Linsen und Mais, hier Gerste, dort Rüben gesteckt und gesät. Besonders gut stand ein Feld Sonnenblumen. Diese anspruchslose und doch reichlich fruchttragende Pflanze wurde uns bald, weil ihre Kerne ölhaltig sind, zur Hauptfrucht. Das neue Klima erlaubte zwei Ernten im Jahr. Nicht nur das kaschubische Hügelland, auch die Schlammwälle um die städtischen Reviere waren den Kernträgern günstig. Wir, vormals nächtens nur tätig, hatten nun unser Tagwerk. Wir eingefleischten Nachttiere bauten Sonnenblumen an. Sieh nur, Herrchen, wie großflächig...

Sie kommen billig aus Hongkong und haben
an der einen, der anderen Hand
vier Finger nur,
mit denen sie Werkzeug, aber auch Tennisschläger
oder ein Blumensträußchen manierlich halten.

Aus eingefärbter Plastikmasse gepreßt,
sind sie dauerhaft
und werden – soviel steht fest –
das hinfällige Menschengeschlecht in Gruppen und als
einzelne überleben.

Das tröstet. Wurden doch sie uns, deren Leben
Mühe und Arbeit ist, schöpferisch nachempfunden;
es sind aber die Schlümpfe von heiterer Natur
und mit dem Hammer, der Sense,
dem Telefon allzeit spielerisch tätig.

Nichts kann ihnen die Laune verderben.
Was auch geschieht, fröhlich beginnt ihr Tag.
Nur ihre Sprache, die hierzulande Schlumpfdeutsch
genannt wird, könnte ihnen
am Ende vergehen.

Bleiben wird stumm ihr Grinsen
und rund um die Uhr
ihr Fleiß.

Du kennst doch von Kindesbeinen an das kaschubische Hügelland: zwischen Wäldern und Wasserlöchern eine Kartoffelgegend. Rüben, Hafer, Gerste, was sonst noch wuchs. Da von den Wäldern nichts geblieben war und nur um Tümpel und Neugewässer – sogar die Radaune trat anderswo quellfrisch hervor – zaghaft Niederholz erste Versuche machte, schonten wir den vielversprechenden Bewuchs, auf Wälder hoffend. Doch von den Hügeln der südlichen Kaschubei bis zu den Stranddünen des Baltischen Meeres, desgleichen auf allen fruchtbaren Schlammlawinen, ackerten wir, hier auf Lehm-, dort auf Sandböden; der zu Wällen gestaute Schlamm aus den Niederungen wäre gut für Weizenanbau gewesen, hätten wir Saatgut vorrätig gehabt.

Da war sie wieder und ackerte, während sie auf mich einredete: Nein, keine Kartoffeln mehr! Dieser Sattmacher verging mit dem Menschengeschlecht. Aber im Fruchtwechsel bauen wir Mais, Rüben, Gerste und großflächig Sonnenblumen an. Sieh nur, wie sie in Reihen stehen und weithin leuchten. Wundert es dich, daß wir Nachttiere uns wandelten? Um das anrüchige Wort zu erneuern: Wir scheuen das Licht nicht mehr. Wir haben uns zu Tagelöhnern der Sorge um Nahrung gemacht.

Sie ließ mich schauen und staunen. Dann sagte die Rättin: Vielleicht ist es die Leuchtkraft der Blüten gewesen, dieser dottrige Strahlenkranz, der uns dem Nachtleben entwöhnt, uns das Tageslicht schmackhaft gemacht hat? Unsinn! Es war die Not, die uns ans Licht brachte und veränderte; während das Menschengeschlecht vergehen mußte, weil es sich, trotz aller schreienden Not, nicht ändern, verändern wollte. Wir aber wurden anders.

Die Rättin schwieg, doch sah ich nun gehügelte Sonnenblumenfelder zwischen kaschubischen Wasserlöchern, die wieder als Tümpel, Teich oder See den Himmel, sattweiße Wolken, aber auch junge Baumgruppen, Erlen, Birken, Weiden und dichtes Schilf spiegelten. Und Ratten bei der Feldarbeit sah ich, wie sie, Reihe nach Reihe, die hochstämmigen, schwer fruchttragenden Sonnenblumen fällten, indem sie Keile nagten, als müßten Bäume zu Fall gebracht werden. Wie rasch ihr Biß die Stämme umlegte. Wie fleißig sie waren, wie umsichtig. Kein Kern ging verloren. Und wie geschickt sie die Fruchtkörbe regelrecht köpften, um sie seitab an Feldrändern zum Trocknen zu reihen. Gut eingearbeitete Kolonnen, doch waren keine Antreiber, Einpeitscher mehr zu sehen. Aber Wachen hatten sie aufgestellt, als wäre ihre Ernte – durch was oder wen denn? – gefährdet, als gäbe es fremde Nutznießer ihres Fleißes, als hätte außer Ratten und angeblich säugenden Schmeißfliegen anderes, nennenswertes Getier den Großen Knall überlebt.

Nun ja, sagte die Rättin. Das mit den Flugschnecken, Unterwasserspinnen und lebendgebärenden Fliegen stimmte natürlich nicht. Nur dir zur Unterhaltung, weil du Gefallen findest an Lügengeschichten, fielen uns solch schauerliche Viecher und abartige Monster ein. Aber hör, Herrchen, wie es schilpt und gurrt. Nicht nur Sperlinge, auch Feldtauben sind, wie du weißt, posthuman gegenwärtig. Sie vermehren sich zusehends. Sie könnten, besonders die Spatzen, zur Landplage werden. Was sonst noch? Die Feldmaus ist wieder da: dumm, aber schmackhaft. Vereinzelt Kaninchen. Silbrig weiß sind die Sperlinge, ins Rosa spielt das Federkleid der Tauben, und lächerlich gelb sind die Mäuse. Das alles brachte der Große Knall mit sich, wie ja auch wir unser Graubraun haben aufgeben müssen. Zinkgrün sind unsere Würfe. Später schlägt ein erdfarbener Ton durch. Uns Altratten kleidet Umbra. Jedenfalls siehst du, wie unsere leichten, noch zinkgrünen Jungratten anstellig die schweren Fruchtkörbe, solange sie noch am Stamm reifen, vor Vogelfraß schützen.

Und ich sah, daß jede große, demnächst ausgereifte Sonnenblume auf ihrer Schattenseite von einer Jungratte besetzt war; offenbar träumte ich farbig, denn das zinkgrüne Fell hob sich, kaum merklich allerdings, vom grünen Unterfutter der Fruchtkörbe ab. Dann sah ich das eine, das andere Mal, wie fangsicher die Jungratten räuberische Sperlinge in den Biß kriegten, sogar mit Feldtauben wurden sie fertig: verbissen sich in die Gurgel, wurden von aufflatternden Tauben gehoben, flogen mit ihnen auf, um, nach dem raschen Ermatten des Vogels, mit der Beute zu Boden zu stürzen. Mehrmals jähes Auffliegen, Luftkampf über dem Sonnenblumenfeld, Sturz, als falle ein Stein; ich sah, wie wirksam die Ernte geschützt wurde. Und wie die geernteten Früchte lagen erbeutete Tauben und Spatzen am Feldrand gereiht. Nach Rattenart sollte alles geteilt werden; es war ja die Ratte, als wir Menschen noch unseren Vorteil suchten, als teilende Gattung bekannt, ohne daß sie uns beispielhaft wurde.

Seitdem sind Ratte, Vogel und Sonnenblume ein Bild. Was im Traum einander zugeordnet war, ist mir wach natürlich geworden. Nie mehr werde ich Sonnenblumen, solange sie noch hinter Gartenzäunen wie altbekannt grüßen, harmlos als Blumen nur sehen, ohne sogleich den Vogel im Biß der Ratte zu meinen.

Die Rättin jedoch, von der mir träumt, blieb sachlich und sagte: Wir ließen nicht zu, daß unsre Kernernte schmarotzerhaft geschmälert wurde; wie etwa vor dem Knall wir, als gelernte Mitesser, die indische Reis- und Weizen-, die mexikanische Maisernte oft um dreißig und mehr Prozent verringert haben. Ganz zu schweigen von unseren Abschlägen in Lagerhäusern, wo, um die Marktpreise hochzuhalten, aufgeschüttetes Zeug zuhauf lag.

Doch dann hob sie alle Feldfrüchte in den Bereich mystischer Spekulationen. Die Rättin sagte: Noch vor dem Maiskolben, der Gerste und unserem Sattmacher, der Kohlrübe, vor jeder Feldfrucht wurde die Sonnenblume uns wichtig, mehr noch, sie machte aus lichtscheuem Nachtgetier lichthungrige, dem Licht zugewandte Geschöpfe, die seitdem in Gebeten der Sonne göttliche Kraft zusprechen; weshalb wir in Sankt Marien, unserem Ort immerwährender Klage um das vergangene Menschengeschlecht, weiteren Anlaß finden, nach Rattenart fromm zu sein.

Und wieder erweiterte sich das Bild, wurde räumlich. Ich sah von weither, dann nahbei, wie herangerufen, den Altarsockel und was ihn neuerdings schmückte. Nicht nur letzter Sitz der luftgetrockneten Anna Koljaiczek und ihres geschrumpften Enkelsöhnchens sollte er fortan sein; Feldfrüchte waren zusätzlich aufgetragen. Nach neuer Altarordnung hatten die Schlümpfe zusammenrücken und eine enggestellte Versammlung bilden müssen. Die Golddukaten lagen, als hätte sie ein Kassierer betreut, zu Türmen gestapelt. Der schmiedeeiserne Schriftzug verdeckte die leblose

Kuckucksuhr. Gebiß, Brille, Ring und Orden lagen mit dem Mercedesstern zum Stilleben auf kleinem Format gefügt. Der gewonnene Platz jedoch gehörte besonders üppig schwellenden Fruchtkränzen und auserlesenen Beutetieren. Jetzt erst sah ich, daß auch die vorher leeren Außenbereiche des Altarsockels belegt waren: Mächtige Rüben, gebündelte Maiskolben, Gersteähren trugen zum Opfer bei. Doch bedeutsamer kam mir jene reife Sonnenblume vor, die in Anna Koljaiczeks Schoß lag und ihre Hände verdeckte, deren Linke, um einen Finger ärmer, gewiß noch immer den Rosenkranz hielt. Zu ihren Füßen, dem Winzling Oskar zugeordnet, sah ich getrocknete Linsen gehäufelt.

Aber was soll das alles! rief ich. Ist euch, Rättin, der Katholizismus vergangen? Soll etwa nicht mehr dem gekreuzigten Menschensohn eure Andacht gelten? Ist euch die Alte samt Knäblein göttlich, zur Fruchtbarkeitsgöttin geworden? Wo bleibt eure Vernunft?

Ein wenig verlegen kam sie mir vor, als sie wiederum meinen Traum einnahm und mit Sonnenblumenkernen spielte.

Antworte, Rättin! rief ich. Sie zischelte halblaut ihr Rattenwelsch, in dem neue, mir ungewohnte, noch unverständliche Laute vorherrschten.

Nichts verstehe ich. Sprich normal!

Die Rättin sagte: Nun ja. Wir behelfen uns. Noch immer den Menschen anhänglich, sprechen wir so unseren Erntedank aus. Vorläufig. Es könnte ja sein, daß noch was kommt. Was anderes. Und zwar vernünftigerweise ...

Was denn? rief ich. Etwa die Über-, die Superratte!

Neinnein, Herrchen! sagte sie und stellte die Witterhaare steil. Etwas Höheres. Etwas, das nie gewesen ist, doch zu Humanzeiten hätte erdacht werden können. Eine Gestalt, nein, mehrere Gestalten, die über das Rattige, wie es geworden ist, und über das gewesene Menschengeschlecht hinaus ...

Lautenmusik hört sie gerne, den Medienreport mit mäßigem Interesse, das Echo des Tages ohne Anteilnahme, Nachrichten gar: sie schläft. Am liebsten hört meine Weihnachtsratte immer noch Schulfunk für alle. Gestern wurde zwischen Steuer, Gebühren und anderen Abgaben unterschieden. Von historischen Lasten, etwa vom Zehnten, war in einem Hörbild die Rede: wie die Bauern gepreßt unter Zinsvögten stöhnten, was alles sie liefern mußten und wie ihnen für die Aussaat oft Korn nicht genug blieb. Meine Weihnachtsratte huschte aufgeregt, witterte interessiert.

Heute verbreitete sich der Schulfunk über vergangene und gegenwärtige Produktionsmethoden der Landwirtschaft. Hörspielartig war von Brandrodung, dann von der Dreifelderwirtschaft, von Monokulturen, schließlich vom biodynamischen Anbau, von Kompost, Brennesselsud und so weiter die Rede. Still, wie in sich gekehrt, saß sie in Richtung Radio, die runden Ohren gespitzt, alle Witterhaare auf Habacht gestellt. Sogar »Der fröhliche Landmann«, als abschließende Musik, gefiel ihr.

Jetzt schweigt das Dritte Programm. Weder sie noch ich wollen hören, nach welchen Gesichtspunkten die Brüsseler Behörden den Milchfluß dämmen oder neue Fangquoten für den Kabeljau bemessen. Daß, nach Angaben der FAO, pro Weltsekunde dreikommafünf bis vier Kinder verhungern, wissen wir schon. Mit meiner Weihnachtsratte bin ich einig; ungeachtet aller beschwörenden Rufe – »Es geht aufwärts! Wir dürfen wieder hoffen!« – läuft, schlittert, rutscht alles bergab, dem statistisch gewissen Ende zu.

Vielleicht ist es aber auch so: Der Schluß war schon. Es gibt uns nicht mehr. Wir leben nur noch als ob, ein Reflex und demnächst abklingendes Gezappel.

Oder wir werden von jemandem geträumt. Gott oder ein ähnlich höheres Wesen, ein Übermotz träumt uns in Fortsetzungen, weil er uns lieb hat oder komisch findet, deshalb nicht von uns lassen kann, unser Gezappel nicht satt kriegt. In seinen Rückblenden, und dank der medialen Gelüste eines göttlichen Prinzips, dauern wir an, obgleich die letzte Vorstellung oder Ultemosch, wie die Rättin sagt, längst stattgefunden hat: Unmerklich vergingen wir, weil sich das Verhalten der Menschen, ihre laufenden Geschäfte, Terminabsprachen und Schuldverschreibungen, ihre liebenswerten Gewohnheiten und schrecklichen Zwänge – selbst wenn sie das Ende an einem Sonntag im Juni zufällig bemerkt hätten – weder ändern noch lösen, weder absagen noch aufheben ließen; so unveränderlich war oder ist das Menschengeschlecht.

Als ob es uns immer noch gäbe, sagte ich zu meiner Weihnachtsratte: Paß auf! Kurz vor den Mittagsnachrichten bringt das Dritte Programm oft Chormusik, du schätzt doch Motetten. Dann will ich, während du Schütz hörst, hoch ins Gerüst zu Malskat steigen. Er hat gute Arbeit geleistet. Nach über fünfzig Figuren im Langhaus werden demnächst im Hochchor einundzwanzig Heilige in Dreiergruppen stehen und gotische Blicke werfen.

Ich habe mir Gerüstschuhe geliehen. Ich besuche ihn oben, schmeichle, lobe seine kraftvollen Konturen, lache mit ihm über dumme Pfaffen und schwätzende Kunstexperten, will aber, indem ich rede und rede, etwas anderes, ihn überreden, wenn nicht ins Ornament der Kapitelle, dann in Freifelder Sonnenblumen zu setzen, die von Ratten gegen Taubenfraß geschützt werden. Einleuchtend nenne ich diese Emblematik, zumal ja die Taube der Ratte entspricht: Gleich zäh werden beide zukünftig sein ...

Malskat ist nicht abgeneigt. Ich biete ihm eine Zigarette an, Juno natürlich. Wir plaudern über Filme mit Hansi Knoteck, die wir, jung an Jahren, beide gesehen haben. Zwanglos kommen wir wieder auf Tauben und Ratten zu sprechen. Er sagt: Es ließe sich dieses hochgotische Motiv leicht auf die Pest zurückführen, jene Plage, die ab Mitte des vierzehnten Jahrhunderts mit Hilfe der Schwarzen Hausratte und einer inzwischen ausgestorbenen Feldtaubenart in ganz Europa heimisch wurde und als Gottesgeißel überall die Christenmenschen lehrte, das Weltende kommen zu sehn, auch in Lübeck, wo von zehn lebenden neun hingerafft wurden...

Neinnein! rufe ich und steige vom Gerüst. Das kriegen wir ohne Ratten und Tauben hin. Uns ist keine Pest als Gottesgeißel vonnöten. Der Mensch hat sich seit Malskats hochgotischen Zeiten weiterentwickelt. Ganz aus sich, selbstherrlich, mündig endlich, kann er Schluß mit sich machen, und zwar gründlich, damit keine Restbestände sich quälen müssen. Deshalb setzt er schon jetzt der Natur und ihren Auswüchsen zu. Denn vor den Menschen muß dieser Wald weg, das gefühlige Unterholz, die vernunftwidrige Ausflucht, dieses unberechenbare König-Drosselbart-Reich...

Während noch immer Rotkäppchens Großmutter aus dem Wörterbuch vergessene Wörter liest, die der Wolf, der zurückbleiben mußte, gerne hört, und während die Grimmbrüder besorgt sind, es könne bei den nun anlaufenden Aktionen der Märchengestalten zu Übertreibungen und unkontrollierter Naturwüchsigkeit kommen; während Rapunzel mit dem wachküssenden Prinzen Domino spielt und sich die Hexe mit der Bösen Stiefmutter zum zeitüberbrükkenden Mühlespiel findet; während das Mädchen seinen davongeflogenen Händen nachsinnt, säen die Guten und Bösen Feen, Raben und Krähen den Zaubersamen über Stadt und Land, auf Wohnsilos und Betonpisten. Hoch über weitläufigen Fabrikanlagen entlädt der fliegende Koffer unbemannt Saatgut.

Auch auf festem Grund und Boden bekommen Industrielandschaften unverhofften Besuch. Die Sieben Zwerge mixen Zaubersaft in die Zapfsäulen der Tankstellen: abgezählt wenige Tröpfchen nur. In U-Bahn-Stationen wird Rotkäppchens Korb leichter und leichter. Des Mädchens abgehauene Hände sind im Mastengestänge übers Land eilender Starkstromleitungen geschickt. Auf Bahnhöfen, unter Brücken sieht man Schrate, Erdmännchen und sonstige Winzlinge: ihr geschäftiger Eifer. An Ampelanlagen lassen die Sieben Geißlein was fallen. Keine Schaltstelle, an der nicht Rattenköttel zeugnishaft liegen; kein Schalltrichter, in den nicht Tauben ihre Kröpfe entleeren.

Zauberer eilen über verkehrsreiche Plätze. Der große Merlin überall. Jetzt begleitet er König Drosselbart, auf daß sich ihnen Tür und Tor öffnet. Kohle- und Atomkraftwerke besuchen sie, die Farbwerke Hoechst und Bayer-Leverkusen. Wie hochvermögende Bosse, umgeben von beflissenen Herren, besichtigen sie Fließbänder in Wolfsburg, Köln, Neckarsulm. Jetzt wird die Leopard-Montagestraße der Krauss-Maffei-Werke begutachtet. Merlin memoriert keltische Zaubersprüche, und Drosselbart erteilt Aufträge, diktiert Lieferfristen.

Indessen haben sich auf dem Rhein-Main-Flughafen hübsch aufgemachte Hexen und exotisch wirkende Wilde Männer unters reiselustige Publikum gemischt: Auf Rolltreppen, beim Einchecken und als Stewardessen sehen wir sie. In Selbstbedienungsläden läßt Frau Holle aus buntgeblümten Kopfkissen hier und da Daunenfedern fliegen. Von Hochhäusern herab, in deren Etagen er Nadeln streute, läßt das Tapfere Schneiderlein seine große Zwirnrolle abspulen.

Kurz: Überall, wo sich Erwerbssinn regt, die Marktlücke entdeckt ist, der Bedarf gekitzelt wird und sich das Bruttosozialprodukt zu steigern verspricht, sind hier säende, dort tröpfelnde Kräfte subversiv tätig, keine Ritze im System bleibt unbedacht. Selten wurde das Getriebe der freien Marktwirtschaft aufmerksamer gewartet.

Lautlos, ohne daß Untertitel erklären müssen, werden Sprüche gemurmelt und Finger gekreuzt. In wechselnden Uniformen gelingt es dem Standhaften Zinnsoldaten, militärische Sperrbezirke der Bundeswehr und der verbündeten Schutzmacht zu betreten. Er wird, weil plötzlich ranghoch befördert, von Standortkommandeuren begrüßt. Er streichelt Panzer, Kanonen, Raketensilos, ist auf schnellen Kriegsschiffen zu Gast. Als Copilot steigt er in überschallschnelle Flugzeuge. Sogar in Geheimakten darf er blättern und läßt überall, auch im Verteidigungsministerium, einige Kleinigkeiten körnchengroß liegen; so zerstreut ist der Standhafte Zinnsoldat.

Und schon wird die Gegenkraft wirksam: zuerst zögerlich, als traue der neue Frühling sich nicht, dann rasch und urplötzlich. Anfangs sind nur vegetative Veränderungen erstaunlich, dann hat das entfesselte Wachstum Menschenaufläufe zur Folge.

Pflanzen sprießen aus Schornsteinen und Brückenpfeilern, wuchern und greifen um sich. Autobahnpisten brechen auf und geben schnell rankendes Gewächs frei. Aus Fließbändern, Motoren, Rolltreppen, Fahrstuhlschächten, Automaten und Kaufhauskassen quillt Grünzeug. Die Kühltürme der Atomkraftwerke werden von Moos und Flechten befallen, desgleichen einsatzbereite Panzer und Überschallflieger. Algen übergrünen Fregatten und Raketenkreuzer bis hoch zur Radaranlage, als seien alle Kriegsschiffe, was ihnen ohnehin vorbestimmt ist, frühzeitig gesunken. Kletterpflanzen in Starkstrommasten, die Fernsehtürme hinauf. Geschützrohre treiben knospende, dann vielblättrige Äste. Bahnhöfe werden zu Treibhäusern. Den Rhein-Main-Flughafen überschwemmt tollwütig Grün. Aus allen Fenstern der Ministerien und Chefetagen kotzt sich Grün aus, nimmt einzig Grün zu.

Wachstum! Überall legt die Natur sich quer. Seltsame, vorher nicht gekannte Pflanzen fallen ihr ein, darunter solche, die Beton zermürben, Mauern brechen, Stahlrohre biegen, solche, die Karteikarten fressen, und solche sogar, deren Saugnäpfe Daten löschen. Moose und Flechten sprengen die Bank. Parkettböden treiben Pilzkulturen. Mannshohe Buchstaben, die Firmennamen bilden, treiben Ableger und werden unleserlich. Unwiderstehlich nimmt Natur überhand. Kein Verkehr mehr in keine Richtung. Kein Rauch aus Schornsteinen. Keine Abgase, dicke Luft. Die anfangs erschreckten Menschen sind plötzlich lustig und haben Zeit.

Zwischen stillgelegten Produktionsanlagen, die sich zu botanischen Gärten auswuchsen, und auf übergrünten Autobahnen schlendern Grüppchen und Gruppen. Einzelne pflücken hier Blumen, entdecken dort sündhaft süße Früchte. Jungen und Mädchen klettern an rankenden Pflanzen hoch. Liebespaare hausen in Riesenerdbeeren. Überall lädt diese Frucht zu hintersinnigen Spielen ein. Offen steht allen der Garten der Lüste.

Deshalb halten Frauen und Männer, Kinder und Greise auf verkrauteten Plätzen Schilder und Transparente hoch, auf denen zu lesen steht: »Alle Macht den Märchen!« – »Tief atmen, es lohnt wieder!« – »Die Grimmbrüder sollen uns regieren!« – »Endlich das richtige Wachstum!« – »Wir fordern eine Märchenregierung!«

Während wir überall Menschen sehen, die sich lustvoll dem Müßiggang hingeben, verengt sich das Bild auf Schirmgröße des Zauberspiegels. Auch im Knusperhäuschen herrscht Freude. Arm in Arm: die Böse Stiefmutter und die Hexe. Wie nie zuvor dürfen Hänsel und Gretel kindlich sein. Einige Märchengestalten sind nach getaner Arbeit zurück. Nicht nur das Mädchen ohne Hände, sogar Jorinde und Joringel lächeln. Nur die Grimmbrüder wackeln mit den Köpfen bedenklich. (Auch unser Herr Matzerath wird, sobald er aus Polen zurück ist, gewiß Bedenken anmelden.)

»Das führt zu Chaos und Unzucht! Es muß aber eine gewisse Ordnung geben. Und zwar von Staats wegen oder gottgewollt. So darf es nicht weitergehen!« rufen abwechselnd Jacob und Wilhelm Grimm.

Nach einigem Zögern stimmen der Froschkönig nebst Dame, Schneewittchen und der wachküssende Prinz den Grimmbrüdern zu. Ermuntert von Schneewittchen sagt der Prinz: »Ich finde, daß es an der Zeit ist, mein Dornröschen wachzuküssen.«

Rübezahl droht dem Prinzen Ohrfeigen an. Die Hexe und Gretel sind vom Froschkönig bitter enttäuscht. Weil der Prinz weglaufen will, stellt ihm Rumpelstilzchen ein Bein. Wie die Bösen Feen macht die Hexe Grabschhände. Bevor sie ihn packen, wird der Prinz auf Hänsels Weisung von den restlichen Zwergen mit einer Strähne aus Rapunzels Haar gebunden und neben eine Stroh-, Moos- und Blätterpuppe gelegt, die Dornröschen gleichen soll; sogleich küßt er die Puppe. Nun fallen die Zwerge über Schneewittchen her, wollen es ins Gebüsch schleppen.

Die Grimmbrüder sind empört. Gewalttätigkeiten und seelische Grausamkeiten waren ihnen schon immer zuwider. »Ihr solltet euch schämen!« ruft Wilhelm. Und Jacob Grimm ruft: »Wollt ihr etwa auch uns hindern zu gehen!?«

Zwar lassen die Sieben Zwerge von Schneewittchen ab, stampfen aber und schütteln die Fäuste. Rübezahl bläst sich zum wütigen Berggeist auf. Die Hexe macht gelbe Augen. Da sagen Hänsel und Gretel: »Laßt die Grimmbrüder laufen.« – »Sie werden eine neue und gute Regierung bilden.«

Darüber streiten die Märchengestalten, die sich inzwischen alle vor der Pension eingefunden haben. Die Sieben Zwerge agitieren, unterstützt von den Bösen Feen, dagegen. Die Guten Feen, der Froschkönig und seine Dame, Frau Holle und schließlich auch König Drosselbart sind dafür.

Während sich im Zauberspiegel der Spruchbandaufruf »Die Grimmbrüder an die Macht!« mehrt, zeichnet sich im Knusperhäuschen, dank Votum der Bösen Stiefmutter, eine entsprechende Mehrheit ab. Nur Rumpelstilzchen, das Tapfere Schneiderlein, die Zwerge und die Bösen Feen bleiben ablehnend. Viele sind noch unentschlossen. Die Hände des Mädchens ohne Hände spielen Stein Papier Schere. Die Hexe wirft Knöchlein. Rübezahl bohrt in der Nase. Rotkäppchens Großmutter ruft überm Wörterbuch: »Hier steht geschrieben: abstimmen!«

Also stimmt eine klare Mehrheit für »Laufenlassen«. Die Guten und Bösen Feen beraten sich. Schließlich schreiben die drei Guten Feen mit blutenden Fingern die Forderungen der Märchengestalten auf Seerosenblätter: »Gute Luft! Reines Wasser! Gesunde Früchte!« Wie einfach, wie bescheiden liest sich das.

Tänzerisch demonstrieren die Feen ihre Forderungen. Die Grimmbrüder nehmen die Seerosenblätter wie Dokumente an sich und versprechen, eine gute neue Regierung zu bilden. »Fortan sollen die Märchen Mitsprache haben!« ruft Wilhelm.

Von den drei Guten Feen geleitet, verlassen sie die Lichtung um das Knusperhäuschen. Einige Märchengestalten winken ihnen nach. Nachdenklich sind die anderen. Der Froschkönig steigt in den Brunnen. Die Dame legt sich. Der Froschkönig springt auf ihre Stirn, will dann zur kindlichen, zur hexischen Stirn wechseln; aber die Hexe wirft immer noch Knöchlein, und Gretel steht finster abseits.

Abermals beginnen die Hände des Mädchens mit sich Stein Papier Schere zu spielen. Der wachküssende Prinz küßt wie von Sinnen die Puppe. Rotkäppchens Großmutter liest dem Wolf Wörter aus vergangener Zeit vor. Alle hoffen, daß dieses Märchen ein gutes Ende nehmen möge.

»Einspruch! Ich sehe schwarz für den Film. Das Gefälle dieser Geschichte«, ruft er, »ist zu katastrophal. Was soll diese unmotivierte Toleranz! Niemals darf man die Grimmbrüder einfach so laufenlassen.«

Da ist er und spricht dazwischen. Chef will er wieder und Produzent sein. Dabei ist ihm die Polenreise schlecht bekommen. Sie hat ihn altern lassen. Nicht mehr straff, knickbeinig steht er und meidet den Spiegel. Sein grämlicher Blick ist voll innerer Pein. Zwar immer noch maßgeschneidert, schlottert das Zeug an ihm. Was mag unserem Herrn Matzerath unterwegs widerfahren sein?

Kaum hatte er die Rückreise angetreten, begann das Leiden. Als heftiger Harndrang nötigte, alle fünfzig Kilometer, dann in kürzeren Abständen, sobald sich links oder rechts der Chaussee Gebüsch zeigte, angestrengt Wasser zu lassen, hatte unser Herr Matzerath noch vermutet: »Das sind die Aufregungen, das Wiedersehen, der Abschied, sowas schlägt auf die Blase.« Doch als sich der Mercedes am Nachmittag Polens Westgrenze, dem Fluß Oder näherte und das Wasserlassen zur Qual wurde, schmerzte, schließlich, obgleich der Harndrang nicht nachließ, ergebnislos blieb – es tröpfelte kaum –, machte sich Bruno nicht nur als Chauffeur Sorgen: »Wir werden, Herr Oskar, sobald wir im Westen sind, in Braunschweig, spätestens in Hannover einen Arzt aufsuchen müssen.«

So weich und bequem er saß, unser Herr Matzerath quälte sich durch die DDR: Schweiß auf der Stirn. Seine Fingerchen trommelten oder faßten die zittrigen Knie. Dieser inständige Drang, diese Furcht, die Hose zu nässen.

Hinzu kam, daß der häufige Halt des Mercedes auf freier Strecke, dieser vergeblich erbitterte Versuch, beiseite der Autobahn, kaum vom Gebüsch verdeckt, ein wenig, sei es auch nur ein Likörgläschen voll zu pissen, den Verdacht der Volkspolizei in Gestalt einer Streife erregte, so daß sich, nach angeordnetem Stop, ein Verhör zu peinigend langem Aufenthalt auswuchs: Die Verkehrspolizisten wollten nicht begreifen, daß der Insasse eines Mercedes, dem freilich der Mercedesstern fehlte, von solch banaler Unpäßlichkeit befallen sein konnte. Umständlich nahmen sie alles, auch den in Polen lokalisierten Diebstahl des Symbols zu Protokoll, wünschten jedoch, als unser Herr Matzerath den Protokollführer aufforderte, Augenzeuge seiner Unpäßlichkeit zu sein, nach kurzem Zögern gute Reise.

Wie gut, daß die Grenzkontrolle lässig verlief. Nicht erst in Braunschweig oder Hannover gar, in Helmstedt wurde zu nächtlicher Stunde die Städtische Krankenanstalt gesucht und – dank Brunos Spürsinn – ohne längere Irrfahrt gefunden. Zappelig und weinerlich war dem Patienten zumute, als der Notdienst leistende Arzt seinen Unterleib abtastete und sogleich einen Urologen herbeirief, der mit geschütztem Finger den Notfall auch rektal untersuchte.

Ich weiß das alles aus erster Quelle. Oft genug hat er sein Malheur ausgebreitet. Kaum aus Polen zurück, suchte er mein Ohr: »Für fidel und gesund hielt ich mich. Und nun das. Eine Altmännerkrankheit. Das Gebrechen der Greise. Der Urologe sprach von einer extrem vergrößerten Prostata, Sie verstehen: Vorsteherdrüse. Es müsse eingegriffen, operiert werden, demnächst. Entweder mit einer Schlinge schabend verkleinernd durch die Harnröhre oder nach einem Bauchschnitt radikal.«

In Helmstedt wurde unserem Herrn Matzerath nur ein Einmalkatheter gelegt, der ihn freilich enorm erleichterte, so peinlich er den Eingriff empfand.

Genau tausendvierhundertsiebzig Milliliter Harn habe seine Blase gefüllt, nein, überfüllt. Der Urologe – »jung, aber tüchtig« – sei angesichts dieser ablaufenden Menge erstaunt gewesen, doch habe er die Erklärung »Das waren die Aufregungen in Polen, Herr Doktor, der hundertundsiebte

Geburtstag meiner Großmutter, dieses ergreifende Wiedersehen« nicht gelten lassen. Es handle sich nicht um die durchaus häufige Kirchweihverhaltung, sondern um ein Dauerleiden, weshalb die Prostata demnächst verkleinert werden müsse.

»Nicht vor meinem sechzigsten Geburtstag!« rief vorhin noch unser Herr Matzerath. Inzwischen hat man ihn mit einem Dauerkatheter versorgt. Seitdem ist er, abgesehen von jenem häßlich baumelnden Fremdkörper, so gut wie frei von Beschwerden. Dennoch unterließ er es nicht, mehrere Ärzte – »Kapazitäten!« sagt er – aufzusuchen und von jedem Arzt vergeblich den Freispruch zu erwarten. Er gibt mir Ratschläge, rät von Kaffee, Alkohol, insbesondere von Weißwein und kaltem Bier ab, wird aber, sobald ich ihn nach Einzelheiten seiner Polenreise befrage, maulfaul bis zur Einsilbigkeit.

Allenfalls höre ich etwa aus Nebensätzen heraus: »Diese Solidarność-Tragödie will nicht aufhören ... Streit bis in die Familie hinein ... Immer wieder die Politik ... Das ist nichts für die Kaschuben ... Ein schlimmes Ende nimmt das ... Und fortwährend kommt die Jungfrau Maria ins Spiel ... Wahrscheinlich ist mir Polens Geschick auf die Blase geschlagen.«

Als ich ihn direkter und familiär befragte, gab er nur knapp Bescheid. Dochdoch, die Großmutter sei wohlauf. Über alle Geschenke, besonders über die Schlümpfe, habe sie sich geradezu kindlich gefreut. Sie erwäge sogar – man stelle sich vor – eine Reise zu machen. Der sechzigste Geburtstag ihres Enkelkindes, das habe sie gesagt: »Mecht miä schon välocken.«

Natürlich sage ich unserem Herrn Matzerath nicht, daß es ihn nicht mehr gibt; soll er doch weiter so tun, als ob er Chef ist. Andere – und selbst ich – glauben ja auch, daß es weitergeht irgendwie. Deshalb muß er nicht wissen, wie es tatsächlich in der Kaschubei aussieht. Schlimm genug, daß er mit einem Katheter heimgekehrt ist.

Also reden wir über »Grimms Wälder« und über die Falschen Fuffziger, als mit Malskat im Gerüst alle Fälschungen hoch in Kurs standen. Neinnein! Nie darf ihm zu Ohren kommen, daß es ihn, winzig und mumienhaft, einzig als Altarschmuck noch gibt, Ratten zur Andacht dienlich; denn alle Ärzte sagen: Keine Aufregungen! Unser Herr Matzerath muß geschont werden.

Daß wir musikalisch sind, sollte bekannt sein; falsch jedoch und dummer Aberglaube war jene vor dem Großen Knall weitverbreitete und wie Unkraut nachwachsende Meinung, es sei uns der Flötenton besonders lieb, es gehe von der Quer- oder Blockflöte auf uns anziehende Kraft aus, es müsse nur jemand mit Fingern geschickt und geschulten Lippen kommen, sein Flötchen bespielen, ihm Triller und flinke Tonläufe entlocken, und schon wären wir bereit, ihm, dem oft berufenen Rattenfänger, zu folgen und wie blind in unser sorgsam vorbereitetes Verderben zu rennen, zum Beispiel im Fluß Weser jämmerlich zu ersaufen.

Das war noch zur Hausrattenzeit. Lieberchen, sagte die Rättin zu mir, wie sie neuerdings Herr oder Herrchen sagt. Ihre neue Sprechweise macht mir ihr Rattenwelsch vertrauter, weil dem üblichen Gezischel nun die Spitzen gekappt sind und sie sich ländlich breit ausspricht. Lieberchen, sagte sie, von Hameln und so weiter reden wir später. Nichts stimmt an dieser Legende. Aber richtig ist, daß uns Ratten ein hoher, von keinem Menschenohr jemals gehörter und keinem Instrument, ob Flöte oder Fiedel, möglicher Ton gelingt, der über weite Distanz Nachrichten trägt und dessen Sequenzen übrigens Forscher während der ausgehenden Humanzeit mit Hilfe von Ultraschall ausgemessen haben, und zwar in Boston, USA.

Die Rättin prahlte ein wenig: Unser Infosystem! Dann sagte sie: Es ließe sich aber auch – wenn du willst, Herrchen – unser Tönen mit jenem Singsang vergleichen, den deine Frauen – sie sagte Weibsbilder – als Gesang der Ohrenquallen gehört haben wollen, als sie mit ihrem Schiff eine versunkene Stadt suchten. Zwar sprachen sie von Medusengesang, doch war auch von einem musikalischen Papst als Vorbild für das Quallensingen die Rede. Deshalb könnten unsere Töne, wollte man sie ins Hörbare transponieren, an gregorianischen Gesang erinnern, zumal des Menschengeschlechts sakrale Musik uns immer schon lieb gewesen ist.

Mir war, als hörte ich schwellendes Psalmodieren, während die Rättin auf mich einsprach: Schon während der frühchristlichen Zeit sangen wir mit ihnen – ohne daß sie uns hörten – in ihren Fluchtbauten, den Katakomben. Mit ihnen haben wir unser Kyrie entwickelt. Mit ihnen waren wir fromm. Und mit ihnen wurden wir jahrhundertelang geschmäht und verfolgt. Wäre es doch bei diesem Gleichklang geblieben: wir auf sie, sie auf uns eingestimmt. Ach, ihre einstudierten Chöre! Ach, ihre Mehrstimmigkeit. Mit besonderer Inbrunst sangen bis vor dem Knall die hier ansässigen Polen; weshalb unser Singen, das immer häufiger die Hauptkirche Sankt Marien bis hoch ins Gewölbe füllt, nicht frei ist von einer gewissen, dem Volk der Polen nachgesagten Leidenschaft.

Neinnein, Herrchen! Kein Grund besteht, nationalistische Untertöne zu befürchten. Zwar wissen wir immer noch, daß Ratte auf polnisch Szczur hieß – und scherzhaft rufen wir einander auch so oder zärtlicher: Szczurzyca –, doch sind wir natürlich keine polnischen Ratten. Die gab und gibt es so wenig, wie es portugiesische oder ungarische Ratten gegeben hat oder posthuman gibt; wenngleich uns der Mensch, seinem Zwang folgend, alles benennen zu müssen – niemand kann sagen, warum –, Rattus norvegicus genannt hat. Aber ein bißchen polnisch sind wir dennoch, in dieser Gegend gewiß. Zum Beispiel ist unsere Vorliebe für das Süßsaure und das Gekümmelte auf den hier früher vorherrschenden Geschmack zurückzuführen, weshalb wir, neben den Hauptfeldfrüchten, mit gutem Erfolg Gurken, Kürbisse und Kümmel anbauen; auch dafür fanden sich Samentütchen in unseren Fluchtbauten. Wir legen Schimmel- und Pilzkulturen an. Indem wir zarte Fäulnis beigeben, stellt sich Süßsaures her. Auch charakterlich sind wir polnisch geprägt. Im Gegensatz zu den aus dem Westen eingewanderten, nein, genauer, umgesiedelten Rattenvölkern, die immer in alles System zu bringen versuchen, leben wir sorgloser, doch nicht ohne bohrenden, manche sagen, verbohrten Ernst. Wir erhoffen uns was. Unsere Gebete sind mit Sehnsüchten überladen. Etwas Höheres, das nicht, noch nicht zu haben ist – die Polen haben es dazumal Freiheit genannt –, schwebt uns wie greifbar vor...

Unsinn ist das! Vernunftwidrig! Die Rättin fiel sich ins Wort. Natürlich gibt es keine polnischen und deutschen Ratten. Dafür sind die Unterschiede zu gering. Nur an der Oberfläche unseres rattigen Wesens sind wir gelegentlich gegensätzlich, wie während der Hungerzeit, als wir uns in Glaubenssachen verbissen hatten. Sicher: Sie sind verwöhnt und zählen gerne auf, was alles sie im reichen Westen gehabt und verloren haben. Sie bedauern uns und loben unsere Bescheidenheit zu laut und zu oft. Ihre Ruhelosigkeit kennt keine Pause. Auch ist ihnen ein Hang zum Besserwissen nicht abzugewöhnen; aber manches, zum Beispiel, wie man die Lagerung von Saatgut organisieren könnte, wissen sie besser. Da ihnen Freiheit nicht allzu wichtig ist, sind sie ordentlicher als wir, auf manchmal tickhafte Weise. Daß sie begonnen haben, im Hafengelände fachkundiges Interesse an den Werftanlagen zu entwickeln, mag noch angehen, wenn sie nun aber Schrauben und Schräubchen, Kugellager,

Gewinde und Bolzen zu sortieren und mühsam zu entrosten beginnen, obendrein großspurig von ihrem Ersatzteillager reden, wirkt dieses Getue lächerlich, zumal sie unseren eher spielerischen, doch nicht ungeschickten Umgang mit metallenen Fundsachen verhöhnen; was wir zu annähernd künstlerischen Gebilden montieren und vorm Artushof oder auf den Beischlägen der Frauengasse zur Schau stellen, wird oft mutwillig zerstört.

Ihr solltet das nicht so ernst nehmen, warf ich ein. Im Grunde leiden die Deutschratten an ihren Ordnungszwängen. Sie bewundern eure leichte Hand, diese Gabe zu improvisieren, euren eingeborenen Kunstsinn. Wirklich sehenswert diese Figurinen aus Schrott!

Ach was! sagte die Rättin, bloßer Zeitvertreib, Spielerei. Doch unsere ernsthaften Bemühungen werden gleichfalls nicht anerkannt. Immerhin kümmern wir uns um Altbauten, deren Zustand ihnen gleichgültig ist. Ohne unsere Methode, mit Hilfe von Kalk, den wir aus Muscheln im Schwemmsand gewinnen, und Sand, den der ständige Wind in die Gassen weht, witterungsbeständigen Mörtel zu mischen, würde die historische Bausubstanz der Recht- und Altstadt von Gdańsk noch rascher verfallen. Sie aber reden besitzergreifend von unserem Danzig. Gäbe es nicht den anhaltenden Zuzug restlicher Rattenvölker aus Rußland, wo es, nach allen Berichten, immer noch schlimm aussieht, könnten sich hiesige Konflikte, sagen wir ruhig, die deutsch-polnischen Gegensätze abermals zuspitzen. Wie gut, daß es die Russen gibt und nicht nur die und uns. Man weiß ja, wohin das zu Zeiten des Menschengeschlechts und noch in posthumaner Zeit geführt hat; denn als sich während der Hungerperiode unsereins ineinander verbissen hatte, war nicht nur eifernd vom wahren Glauben die Rede gewesen, es wurde auch Ihr Pollacken! Ihr Preußen! geschimpft.

Ach wie gut, Herrchen, rief die Rättin, daß uns alle, seitdem wir Ackerbau betreiben und allesamt nicht mehr das

Tageslicht scheuen, eine Lautverschiebung eint. Unsere Sprache gleicht sich den neuen Tätigkeiten und Gewohnheiten an. Sag, Lieberchen, fällt dir nicht auf, daß wir neuerdings weicher, gaumiger sprechen? Kein Fisteln, kein Gezischel mehr. Sogar tiefe und breite Töne gelingen uns. Endungen auf kait und hait, früher ungewohnte Wörter wie Saat, Dung, Gurke, Korn und nicht zuletzt Sonnenblume werden klanghaft geläufig. Unsere vormals spitzen, zischelnden Laute sind vollmundiger, aber auch flacher geworden, sie geraten ins Breite. Das kommt, weil wir so oft über die Ernte, das Kernestecken und immerzu übers Wetter reden. In ländlichen Regionen wird besonders bräsig und braatsch gesprochen. In den städtischen Revieren bilden sich Zwischentöne aus. Dort gelingen das A und das O und das U wohlklingend. Wir üben Wörter wie: Wehmut, Mohnblume und Abendrot.

Und ich hörte die Ratten städtisch daherreden und mit ländlichem Zungenschlag. Auf dem Land wie in der Stadt sagten sie Zoagel oder Zagel für Schwanz. Wenn von der Kälteperiode nach dem Großen Knall die Rede war, hieß es: Daas war man inne Hubbrichkait, daas wiä hädden all objefreeten. Räjen hieß Regen und Arfte Erbsen. Und die Uralte nannten sie Olsche oder Olschke. Es klang gemütlich stubenwarm, als hätte Anna Koljaiczeks Redeweise den Land- wie Stadtratten zur Lautverschiebung verholfen. Die Rättin sagte: Nu, Lieberchen, mechts diä nich anheeren inne Kirch, waas jeiebt is auf Ärntedank?

Nachdem sie mir, außer etlichen Schrottskulpturen, die, nach des Menschen Bild geschaffen, auf dem Langen Markt ausgestellt standen, Arbeitskolonnen gezeigt hatte, deren Aufgabe es war, bröckelndes Altstadtgemäuer mit Kalkmörtel zu stabilisieren, zog mich die Rättin ins Innere der Marienkirche, als müßte ich immer wieder in jene gotische Seelenscheune geführt werden, die jedes Wort ins Bedeutsame hebt.

Der Steinplattenboden und die eingelassenen Grabplatten der Altdanziger Patriziergeschlechter lagen verdeckt, so dicht drängten sich die versammelten Rattenvölker. Was leiderfüllt anhob, dann jubelte, ein tieforgelnder und in hoher Lage silbriger Gesang, den offenbar mehrere Chöre anstimmten, denn er war kunstvoll verwoben, füllte die Hallenkirche bis ins Netzgewölbe der hoch oben auslaufenden, ihren Schlußstein suchenden Pfeiler.

Die Rattenmesse in Sankt Marien hatte schon begonnen; oder war sie ohne Anfang und Ende? Vom Westportal bis zum entrückten Hauptaltar, auf dem, wie ich aus früheren Träumen wußte, ledern geschrumpft, doch immer noch kenntlich, Anna Koljaiczek und ihr zu Füßen, von brüchigen Röcken umwölkt, ihr Enkelsohn Oskar anbetungswürdig waren, bewegten sich die Rattenvölker, indem sie gesungenem Rhythmus gehorchten. Ein einziges Rattenvolk richtete sich auf. Jede Ratte erhob sich in jeder. Sie standen auf den Hinterbeinen, hielten die Rattenschnauzen mit vibrierendem Witterhaar hoch gegen das Gewölbe, hatten aber ihre Vorderbeine nicht zum Gebet verschränkt, streckten vielmehr feingegliederte Krallenhändchen, wie von einem Sehnen ergriffen, indes sich ihr mehrchöriger Gesang gleichfalls ins Sehnsüchtige verlor. Selbst ihre Schwänze standen aufrecht, fädelten sich himmelwärts. Dann gingen sie wieder vierbeinig zu Boden und zeigten, die dreischiffige Halle lang, runde Rattenbuckel. Die Schwänze hatten sie allesamt untergeschlagen. Demut übten sie, um sich abermals als vieltausendköpfiges Rattenvolk aufzurichten, mit flehentlich sehnender Gebärde.

Und wie ich sie flehen und beten sah – die alten erdgrünen Ratten zuhinterst, die jungen, noch zinkgrünen zum Altar hin –, kam es mir vor, als beteten sie nicht mehr auf katholische Weise, sondern mit heidnischem Hintersinn; wie jene Feldfrüchte, die als Opfergaben auf dem Altar gehäuft lagen, alle Devotionalien, etwa Anna Koljaiczeks Rosenkranz und den schmiedeeisernen Schriftzug, überlagerten. Einzig die Schlümpfe und Golddukaten waren noch kenntlich. Außer dem Üblichen diesmal Gurken und Kürbisse. Dennoch herrschten Sonnenblumen vor. Und auch das hängende Kreuz überm Altar war von schwellenden Fruchtkörben dergestalt überwuchert, daß der genagelte Menschensohn nur noch geahnt werden konnte.

Nein! schrie ich. Das könnt ihr nicht machen! Heidnisch ist das, Götzendienst, Lästerung...

Die Rättin flüsterte: Still, Herrchen. Siehst du nicht, wie flehentlich sie die Sonne beschwören...

Aber ich bitte dich, Rättin, wollt ihr nicht wieder christlich und wenn nicht christlich, dann wenigstens wieder katholisch werden...

Eure Hallenkirchen, sagte sie, sind für vielerlei Glauben bestimmt und wie geschaffen für uns...

Aber ich will das nicht! rief ich. Nicht mehr hören kann ich dieses Jammern und Jeimern. Glauben war nie meine Stärke. Auf eure Hoffnungen pfeif ich. Außerdem dürfte es unserem Herrn Matzerath schwerfallen, als Winzling und luftgedörrt euch Rattenvölkern Altarschmuck zu sein, wo er doch heimgekehrt, vor wenigen Tagen leibhaftig aus Polen zurück ist. Die Reise hat ihm zugesetzt, das Wiedersehen, der Abschied. Zu großer Druck, der nicht abfließen will, macht ihm zu schaffen. Seitdem muß er einen Dauerkatheter tragen. Lästig ist das, ihm peinlich. Doch will ihn seine Großmutter, sobald er demnächst sechzig wird, besuchen. Hörst du, Rättin, sie will ihren Oskar leibhaftig besuchen...

Jaja, sagte sie, noch immer denkst du dir deine Geschichte fortgesetzt aus.

Und dann, und dann?
Dann kam die Währungsreform.
Und danach, was kam danach?
Was vorher fehlte, kam wunderbar Stück für Stück,
das meiste auf Raten.
Und wie ging es weiter, als alles da war?
Wir schafften uns Kinder und Zubehör an.
Und die Kinder, was machten die Kinder dann?
Fragen stellten sie dumm, was davor gewesen
und dann und danach war.
Und? Habt ihr ausgepackt alles?
Wir erinnerten uns
an das Badewetter im Sommer neununddreißig.
An was noch?
Schlimme Zeiten danach.
Und dann und danach?
Dann kam die Währungsreform.

DAS ZEHNTE KAPITEL, in dem beim Festakt ein Gewitter niedergeht, unser Herr Matzerath sich behauptet, die Rättin dem treibenden Wrack Geheimnisse nachsagt, der Prinz davonläuft, Neues aus Hameln berichtet wird, die Ratten dichtgedrängt voller Erwartung sind, keine Post Nachricht aus Travemünde bringt, doch zu Beginn des neuen Zeitalters die Glocken läuten.

Es ist meine See, an die viele Länder ufern, vom östlichen Reval und Riga der baltischen Länder bis in ihre westlichen Bodden und Buchten, mit den Marienkirchen in Lübeck, Stralsund und Danzig, dem Dom zu Schwerin und Schleswig, desgleichen mit der Johanneskirche in Stege auf Møn und der gekälkten Kirche in Elmelunde, in vielen Städten Dänemarks, dann lang den schonischen Stränden, der schwedischen Schärenküste, in Ystad und Stockholm, sogar den Bottnischen Busen hoch, an Finnlands Ufern, wie hoch nach Norden das Baltische Meer sich verläuft, auf den Inseln Bornholm, Gotland, Rügen, im flachen oder gehügelten Hinterland auch, überall dort, wo Ziegel gebacken wurden, reich an Domen und Hallenkirchen, Rat- und Zeughäusern, dazu gesegnet mit Heiligengeisthospitälern und Sankt Georgshallen, mit Zisterzienser- und Franziskanerklöstern, die allesamt, nicht nur die Bauten der Hanse im wendischen Quartier, der Backsteingotik zugeordnet sind und meine See, die schwachsalzige, sanfte, tückische, die quallenreiche Ostsee umsäumen. Zudem ist ein jeglicher Bau mit Kunstschätzen vollgestopft. Hier wird das Chorgestühl, dort das Zunftsilber bedeutend genannt. Dummstolze Inschriften unter Patrizierwappen reden sich Demut vor Gott ein. Überschlanke Madonnen muten dennoch geschwängert an. Flügelaltäre und holzgeschnitzte Kreuzigungsgruppen sind sehenswert, auch das Werkzeug der Peinkammern; und manchmal überraschen Reste erstaunlicher Wandmalerei.

Vom Dom zu Schleswig an der Schlei, dessen Bilder auf Kalkputz der Maler Malskat bis in den Kreuzgang hinein wieder gotisch gemacht hatte, erzählte ich schon. Daß er dem Lübecker Heiligengeisthospital unterm Lettner im Handumdrehen zu hochgotischen Fresken verholfen haben soll, ist bis heute umstritten. Doch verbürgt ist, wie er zuerst im Langhaus-Obergaden, dann hoch im Chor jener Marienkirche tüchtig wird, die, trotz französischer Kathedralenausmaße, als Mutterkirche aller Backsteingotik gilt und deren Siebenhundertjahrfeier bevorstand.

Malskat mußte sich eilen. Der Arbeitgeber Fey drängte. Schon hatte man im Langhaus das Gerüst abgetragen. Ein Staatsakt war vorgesehen. Sogar Sonderbriefmarken in zwei Werten – der fünfzehner Wert mattgrün, der fünfundzwanziger rotbraun –, die beide des schnellen Malers Verkündigungsgruppe zum Motiv hatten, wurden in Millionenauflage gedruckt und verkauft, weshalb der bevorstehenden Feier Bedeutung zuwuchs und die Lübecker Kirchenleitung obendrein Gewinn machte.

Die Schwarzröcke kassierten hundertachtzigtausend immer noch neuglänzende Deutsche Mark, dem Maler jedoch, der, während das Geschäft lief, ewig verschnupft hoch im Gerüst stand, brachten jene Briefmarken, die heutzutage unter Sammlern ihren gesteigerten, ich vermute, sündhaften Preis haben, keinen roten Heller. Er, der Schöpfer der Verkündigungsgruppe, deren Ausdruck vom versammelten Kunstverstand gelobt wurde, ging leer aus.

Allen Geschäften enthoben: Man hätte ihn glatt vergessen können, so vereinsamt hing Malskat hoch oben einem Gedanken an, der sich, dem Bohrwurm gleich, nicht abstellen ließ. Und als am ersten September des Jahres einundfünfzig endlich der Festakt in der Lübecker Marienkirche stattfand, saß unser schwindelfreier Maler, der drei Jahre lang zuerst im Langhaus, dann im Chor fleißig gewesen war, dennoch nicht im Mittelpunkt des festlichen Geschehens, etwa zwischen geladenen Festgästen und Würdenträgern, wo, wie selbstverständlich, sein Arbeitgeber saß, nein, ganz hinten im Kirchenschiff, beim niederen Volk hatte er in vorletzter Reihe Platz gefunden; so sehe ich ihn und frage mich, ob der Gedanke, einmal gefaßt, immer noch bohrt. Und weit entrückt sahen ihn seine einundzwanzig Chorheiligen, die in sieben Dreiergruppen auf gemalten Säulenkonsolen standen, teils in seitlich weggeklappten Spitzenschuhen, teils barfüßig.

Näher standen Malskat, der sich auf seiner Hinterbank stillhielt, die vielen Heiligen im Langhaus. Jedes Joch des Obergaden zeugte von ihm. Aus Farbresten, die bei leichter Berührung stäubten, nach zuletzt noch vorhandenen Spuren, doch in der Regel aus sich heraus, hatte er seine Fundgruben gegen Pfenniglohn erschöpft. Leer, entleert saß Lothar Malskat auf der Hinterbank. In Dietrich Feys altem Anzug saß er, den jener in Schleswig zu Kreuzgangszeiten getragen hatte. Die Hose zu kurz, die Jacke in den Schultern zu knapp. Es kniff ihn, so eingeengt saß er. Als jämmerliche Scheuche mochten ihn von oben herab alle Heiligen sehen; und als späten Konfirmanden sah ihn von fern, aus dem Stirnfeld des Chores, seine Jungfrau mit Kind. Die war berühmt mittlerweile und schmückte als Abbildung jenen Prachtband der Kunsthistoriker, der die Wandmalereien der Marienkirche zu Lübeck, ohne Malskat zu nennen, zum Wunder erhob.

Er lachte in sich hinein. Hatte die Jungfrau doch, wenngleich ihre Konturen wie von Jahrhunderten zernagt und von weißen Mörtelinseln zersiedelt waren, besonderen Ausdruck: Der war wild, herb und von verschatteter Süße. Während einer Frühstückspause im Mai fünfzig – das war, als die letzten Lebensmittelrationierungen wegfielen – hatte er die nun berühmte Madonna mit Kind ganz in Gedanken an eine Filmschauspielerin gemalt, die ihm am Vorabend im Kino – es lief »Die fidele Tankstelle« – in alter Frische erschienen war, als wäre nie Krieg gewesen.

Während noch Malskat in sich hinein lachte, sprach von der Kanzel herab zu allen, doch insbesondere zum Kanzler Adenauer, der wie in Holz geschnitzt saß, der Bischof Pantke; das war nicht jener, dem der Teufel eingegeben hatte, als Schlußstein ein Hakenkreuz ins Chorgewölbe setzen zu lassen, sondern ein greises Männchen, das zu den Festgästen und Würdenträgern sprach, wohl auch zum niederen Volk auf den hinteren Bänken.

Wie ich nicht weiß, was alles, während der Bischof sprach, Malskat zum inwendigen Lachen brachte, und nur vermuten kann, es wird die Filmschauspielerin als Madonna oder der bohrende Gedanke gewesen sein, weiß ich auch nicht, was sich der Kanzler Adenauer dachte, als ihm die Predigt des Bischofs Pantke zuteil wurde. Jene um ihn plazierten Festgäste und Würdenträger, denen die Unschuld feist zu Gesicht stand, mögen ihn kaum ins Grübeln gebracht haben, wohl aber ist zu vermuten, daß er sich um die Wiederbewaffnung der vor nicht langer Zeit entwaffneten Deutschen sorgte und sich Gedanken in Divisionsstärke machte; oder hörte er katholisch unbewegt der protestantischen Predigt des Bischofs zu?

Der lobte und dankte Gott, indem er ihn in kurze und lange Sätze stopfte. Von Gottes Gnade und Gottes Güte, von Gottes auch den Sündern sicherer Liebe und vom Gotteswunder in dunkler Zeit sprach er, zudem zeitbezüglich von den Geschlagenen, denen Gott mit Bildeskraft ein Zeichen gegeben habe.

Als Bischof Pantke »Nun danket alle Gott« anstimmte, sang Lothar Malskat laut mit. Es sangen der Arbeitgeber Fey, Kirchenbaumeister Fendrich, Oberkirchenrat Göbel, der Denkmalspfleger Münter. Es sang Ministerialrat von

Schönebeck, der von Bonn aus das Lübecker Wunder finanziert hatte. Landes- und Bundespolitiker sangen. Das niedere Volk sang, wie es allzeit gesungen hat. Und es sang der erste Kanzler des frischgebackenen Staates, ein wie Lothar Malskat begabter Wundertäter, an dessen Seite – oder ihm gegenüber – getrost des anderen Staates Gründer und Wundertäter hätte Platz nehmen und mitsingen können, wenn auch nur weltlichen Text; denn zu Recht sieht unser Herr Matzerath das Triumvirat Adenauer, Malskat, Ulbricht selbdritt tätig. Noch vor Beginn jener Jahre, die er die falschen Fuffziger nennt, hätten sie begonnen, aus bröckelndem Nichts das Alte neu zu erschaffen und alle Welt meisterlich zu täuschen, ein jeglicher auf seine Art.

Das hört sich schlüssig an. Nicht jedoch stimme ich unseres Herrn Matzerath Vorschlag zu, man möge heute, aus gehöriger Distanz und nachdem endlich der Fuffzigerschwindel durchschaut ist, Briefmarken im Hochformat drucken und gesamtdeutsch in Umlauf bringen, die auf Säulenkapitellen ein ganzfigürliches Trio als Bildmotiv zeigen müßten, wie vormals die gegenwärtig so sündhaft teure Verkündigungsgruppe. Rechts vom ostpreußischen Maler mit filziger Wollmütze solle unterm Zylinder der rheinländische Kanzler stehen und links der sächsische Staatsratsvorsitzende, der eine Schirmmütze trägt. Attribute könnten den Flügelmännern zur Hand sein, etwa spielzeuggroße Panzer amerikanischer und sowjetischer Bauart; dem Mittelsmann stünden Pinsel und Drahtbürste zu. So ließe sich die dreieinige Fälschung von dazumal, auf Personen gebracht, zum Wertzeichen läutern, wie ja der gegenwärtige Wohlstand zweifellos auf verjährtem Schwindel fuße.

»Und auf Fleiß!« ruft unser Herr Matzerath. »Unermüdlich fertigten sie ihre Trugbilder bis ins Detail getreu. Der eine, der andere klüngelte, buk, sächselte, frömmelte, log und beschwor sich sein Deutschland, auf daß der dritte ihnen in Lübeck, wo Land an Land grenzt, ein gotisch Dach wölbte. Wie sollen die drei nicht sinnfällig werden, und sei es im gezahnten Viereck vereint. Auf Briefen und Päckchen, mit niedrigstem Wert auf Postkarten sogar, sehe ich sie selbdritt ihren Weg von hüben nach drüben, von dort nach hier nehmen. Was der Politik nicht gelang, fügt sich postalisch. Ein gesamtdeutsches Wertzeichen beglaubigt, gestempelt. Ein Sieg der Philatelie!«

Mein Widerspruch kümmert unseren Herrn Matzerath nicht. Wenn schon Briefmarken, sage ich – aber er hört nur sich –, dann möge man solche in Umlauf bringen, die einzig Ulbricht mit Adenauer koppeln, Seit an Seit, wie man die beiden Dichter oder – Profil hinter Profil gestaffelt – die Grimmbrüder zeige. Denn schließlich verließ Malskat bald nach der Siebenhundertjahrfeier das Fälschertrio, und zwar nach gedanklicher Vorarbeit.

Am Nachmittag des 1. September einundfünfzig saß er zur Nachfeier mit einigen Bauarbeitern in »Fredenhags Keller«. Nur auf einen Sprung kam, noch immer im Stresemann, der Arbeitgeber Fey vorbei und spendierte Schnaps- und Bierlagen. Dann mußte er ins Rathaus, wo nicht Malskat, nein, er, der schöne Fey, dem Bundeskanzler vorgestellt werden sollte. Nach Berichten der Lokalpresse soll Adenauer gesagt haben: »Na, da haben Sie ja den Kunsthistorikern eine schöne Aufgabe hinterlassen.« Nicht verbürgt ist die Legende, der Kanzler habe nach diesen Worten Fey zugezwinkert.

Später ging Malskat mit einigen Kumpels vom Bau ins »Café Niederegger«. Fest stand sein Entschluß, den Schwindel endlich auffliegen zu lassen. Der Bohrwurmgedanke trieb ihn. Es war nämlich während der Feierstunde, grad als dem Schönling Fey eine Ehrenurkunde mit Datum und Siegel übergeben wurde, von oben und wie gezielt ein Gewitter über Lübeck niedergegangen. Der deutliche Einspruch des

Himmels erschreckte den Maler auf der vorletzten Kirchenbank. Fromm, wie er malte, verstand er Blitz und Donner als Fingerzeig. Wieder und wieder erhellte plötzliche Grelle die Trugbilder im Langhaus und Chor. Zudem war es gotteslästerlich gewesen, den Fest- und Staatsakt auf den ersten September, auf jenen Tag also zu legen, an dem vor zwölf Jahren der Krieg vorerst den Polen erklärt worden war...

Obendrein erinnerten Blitze und folgendes Krachen mit des Ewigen Donnerwort an den Palmsonntag zweiundvierzig, als britische Flugzeuge ihre Bombenlast über Lübecks Innenstadt ausgeschüttet hatten. Eine Stabbrandbombe durchschlug damals das Dach der Marienkirche und setzte das Backsteingebäude dergestalt umfassend in Brand, daß nicht nur die Große Glocke ins Kirchenschiff stürzte, sondern überdies fingerdicke, Schicht nach Schicht aufgetragene Schlämmkreide, die den Innenraum seit der Reformationszeit protestantisch nüchtern gehalten hatte, von den Wänden sprang, worauf in Konturen und Farbfeldern gotische Wandmalerei ans Licht kam: brüchige Andeutungen nur, der bröckelnde Abglanz schadhafter Schönheit. Und aus diesen Resten, die seit der Brandnacht immer dürftiger wurden, hatte nicht etwa Fey, der die Ehrenurkunde erhielt und dem der Kanzler womöglich zugezwinkert hat, das Wunder von Lübeck vollbracht, sondern einzig Malskat, er, nur er.

Seine Heiligen. Im Chor drei, im Langhaus zwei Meter hoch. Hier auf Säulen, dort unter Baldachine gestellt. Jadoch! Romanische, byzantinische, sogar koptische Zugaben standen ihnen ausdrücklich gut zu Gesicht. Unter gradlinigen Säumen, auf seitlich hochgeklappten Flossenfüßen: Die Gemeinschaft der Heiligen schweigt sich an und ist dennoch beredt, wenn etwa die Auferstehung im vierten Joch der Kreuzigung im Südjoch antwortet. Besonderes Lob fand bei Kunsthistorikern, die im Juni einundfünfzig, als annähernd alles vollbracht war, unter Feys Anleitung ins große Gerüst kletterten, die Gestalt des Heiligen Bartholomäus im dritten Joch, das ist der mit dem Messer.

Damals hatte sich Malskat seitlich ins Gerüst verdrückt. Niemandem sichtbar lachte er über Feys hallende Erklärungen. Er, immer nur er. Er hatte, er wußte, er war sich aller Details sicher. Einzelheiten, die Malskat in Eile auszuführen vergessen hatte, etwa das Wundmal in des Auferstandenen linker Hand und auch die Stigmata in beiden Händen des Heiligen Franz, führte Fey auf Unterlassungen des hochgotischen Chor- und Langhausmeisters zurück: Man habe wohl damals schon unter Zeitdruck arbeiten müssen.

Lang, mager und trotz des Sommerwetters mit Pudelmütze im Gerüst, so hatte Malskat den fachkundigen Lügen zugehört. Er lachte, wie von früh an gelernt, in sich hinein und beschloß zum erstenmal, seine Gerüstgeheimnisse unter die Leute zu bringen.

Doch als der Maler zum Denkmalsamt lief und zudem alle kirchlichen Amtsstuben abklapperte, wollte ihm niemand glauben. Die Denkmalsschützer hielten ihn für einen Aufschneider, die Pfaffen hatten Angst vorm Skandal. Es stand ja die Siebenhundertjahrfeier bevor. Ausdrücklich hatte der Bundeskanzler seine Anwesenheit zugesagt. Dieser wahrheitssüchtige Malskat mit seiner Drahtbürstengeschichte störte. »Was heißt hier Fälschung!« riefen die Schwarzröcke. »Hundert Kunstexperten, die alle echt, wahrhaftig, epochal sagen, können nicht irren.«

Es war nun mal die Zeit des Zwinkerns, der Persilscheine und des schönen Scheins. Im Jahrzehnt der Unschuldslämmer und weißen Westen, der Mörder in Amt und Würden und christlichen Heuchler auf der Regierungsbank, wollte niemand dies oder das allzu genau wissen, gleich, was geschehen war.

Schon wollte Malskat aufgeben und den Schwindel Schwindel sein lassen. Und wäre nicht das Unwetter mit

Blitz und Donnerworten über Lübeck niedergegangen, hätte er womöglich geschwiegen. Nun aber, deutlich vom Himmel angesprochen, kramte der Maler Skizzen und Vorlagen, Tagebuchnotizen und sonstige Zeugnisse zusammen, nahm sich einen Rechtsanwalt und brachte in Selbstanzeige die Wahrheit, das Unzeitgemäße ans Licht.

Sichtlich zufrieden ist er, so sehr ihn der Dauerkatheter behindert. Zügig, dabei seine Rede skandierend, schreitet er auf und ab. In Lackschuhen diesmal. Er läßt nicht locker. Was sein Kopf hergibt, muß Gestalt werden. An der fensterlosen Stirnwand seiner übertrieben geräumigen Chefetage ließ er neben der Tafel eine stark vergrößerte Schwarzweißabbildung aufziehen: im Hochformat jene Dreiergruppe von Malskats Hand, die nach wie vor das siebzehnte Joch im Langhaus-Obergaden der Lübecker Marienkirche füllt; nur die Chorheiligen wurden nach dem Prozeß abgewaschen.

Er weist mit dem Zeigestock auf Einzelheiten: »Jener mit dem Schwert. Der Mittlere hält einen Pinsel. Des Dritten Bart läuft spitz zu.« Er will mich schulmeisterlich überzeugen. »Daß ich nicht lache!« ruft er. »Das sollen Heilige sein, Apostel womöglich! Und wo, wo bitte, sind die Heiligenscheine? O ja, ich kenne die Erklärung: Der schusselige, der zerstreute, der bei zu niedrigem Stundenlohn leichtfertig flüchtige Malskat hat vergessen, dreimal schüsselrunde Konturen zu ziehen. Wie er hier und da einen Schuh zu malen versäumt, die Wundmale des Herrn, die Stigmata des Heiligen Franz ausgelassen hat, werden auch jene Heiligenscheine eins zwei drei unter den Tisch gefallen sein. Doch wenn wir genau hinschauen – was nicht jedermanns Sache ist –, erkennen wir hintersinnige Absicht. Diese drei Männer, sage ich, sind keine unvollständigen Apostel, vielmehr bilden sie, wenn nicht portraitmäßig, so doch ideell, unseren gewitzten Maler und zwei Staatsmänner ab oder Grandige Macheffel, wie Ihre Rättin sagt. Neinnein! Ich will nicht behaupten, es habe sich Malskat auf hohem Gerüst eines Tages entschlossen zu sagen: Hoppla! Jetzt male ich mich zwischen den ollen Adenauer und Ulbricht, den Spitzbart; eher vermute ich: Der Zeitgeist von dazumal wird ihm diese Dreiergruppe eingegeben haben. Plötzlich erleuchtet, sah er sich dazwischengestellt. Oder mischte er unbewußt, sozusagen in Unschuld diese profane Konstellation in seine Gemeinschaft der Heiligen? Ich werde ihn aufsuchen. Ich werde mich mit Malskat ins Café Niederegger setzen. Wir werden uns bei Tee und Gebäck wie süchtig erinnern: Was alles und wer zur damals allgemeingültigen Trugbildnerei beigetragen hat. Hinge mir nicht dieser Katheter an, ich wäre heute schon unterwegs.«

Gut, daß ihm das Malheur widerfuhr. Ohne Fremdkörper als Anhängsel zöge er Konsequenzen sogleich, wie sonst nach längerer Rede. Unser Herr Matzerath schweigt. Offenbar holt ihn Vergangenes ein. Unsicher tippelt er, sucht ein erstes Wort, hat es gefunden, denn nun winkt mich sein Ringfinger – es ist jener mit dem Rubin – dicht, noch dichter heran. Beugen muß ich mich, sein Kölnisch Wasser riechen, denn er will flüstern: »Nicht wahr? Sie haben mich abschaffen, regelrecht umbringen wollen. Es war Ihre Absicht, meine Geschichte weitweg in Polen, unter den Röcken meiner Großmutter zu beenden. Ein jedermann plausibler und doch zu naheliegender Schluß. Mag sein, daß ich mich überlebt habe; doch so ist Oskar nicht zu eliminieren!«

Nach einer Pause, die er sich und auch mir einräumt, sagt unser Herr Matzerath aus tiefem Chefsessel: »Ihr Hang zu vorschnellen Abrundungen könnte mir durchaus verständlich sein, mehr noch: Ich begreife, daß meine Existenz stört. Ich soll nicht mehr dreinreden dürfen. Sie wünschen, mich loszuwerden. Niemand soll zukünftig, wenn er Sie meint, auf mich verweisen können. Kurzum, wenn es nach Ihnen ginge, wäre ich abgeschrieben bereits ...«

Natürlich widerspreche ich. Doch mein Beteuern hält ihn nicht ab, mir fernerhin Mordabsichten zu unterstellen: »Hören Sie endlich auf zu leugnen, daß Sie meinen bevorstehenden Geburtstag mit Ihrem vorsorglich ertüftelten Nachruf abfeiern wollten. Eine Harnvergiftung mit letalem Ausgang wäre Ihnen zupaß gekommen: ein mir maßgeschneiderter Tod! Wie gut, daß mein Chauffeur Ihren Absichten zuvorkam, bereits bei Helmstedt die Autobahn verließ und gerade noch rechtzeitig den tüchtigsten Urologen am Platze ansteuerte. Stellen Sie sich vor: Tausendvierhundertundsiebzig Milliliter Harn faßte die Blase ...«

Womit unser Herr Matzerath wieder bei den bekannten Einzelheiten und quicklebendig ist. Seitdem ihm ein Katheter gelegt werden mußte, hat sein Ich neuen Stoff gefunden. Nichts kann von dem hilfreichen Röhrchen und dessen Stöpsel ablenken. »Wie einfach, wie genial ist diese Erfindung!« ruft er und wird nicht müde zu erklären, wie durch den Abzweig des Schlauches, den man in seine Harnröhre gefädelt hat, jenes kirschgroße Bällchen aufgeblasen wird, das dem Katheter rückwärtigen Halt gibt und dem Träger Sicherheit verbürgt. »Sehen Sie«, sagt er, »das zeichnet den Menschen aus: In noch so verzweifelter Lage weiß er sich letztlich zu helfen.«

Meinen Einwand, es könne aber doch sein, daß sich der gegenwärtigen Lage, deren abschüssige Neigung niemand, selbst er nicht leugnen werde, kein hilfreicher Katheter anbiete, ließ er nicht gelten: »Unkenrufe! Überall höre ich Unkenrufe nur noch. Schauen Sie andererseits mich an: Obgleich mir mein Ende gründlich vorbedacht worden war, kehrte ich, wenn auch leidend, von den kaschubischen Äckern zurück. Zwar wird, sobald ich sechzig zähle, ein Eingriff nicht zu vermeiden sein, doch dürfen Sie sicher bleiben, daß nicht ich Gefahr laufe, dieser Welt enthoben zu werden; vielmehr sind Sie es, der sich verflüchtigt hat und nun schwebt, als habe man ihn – und sei es aus Spaß nur – in eine Raumkapsel verwünscht . . .«

Mußte das sein, Rättin? Mußte ein großer Knall allem, was lief, den Punkt setzen? Und muß nun ich mit dem Winzling Oskar, der zum Altarschmuck verkam, kümmerlich haushalten, um mir, kaum zeitverschoben, das Gerede dieses Herrn Matzerath anzuhören, der fortgesetzt Pläne heckt und aller Welt Lebenszeichen signalisiert? Will denn nichts, auch das Dritte Programm nicht aufhören? Und bleibt mir, Rättin, während ihr Rattenvölker Ernte nach Ernte einbringt und Sonnenblumenkerne häufelt, nur noch vom treibenden Wrack zu berichten, weil die Frauen, kaum sahen sie unter sich ihr Vineta liegen, ausgelöscht wurden? Dürfen mir nur noch Nachrufe einfallen?

Rasch abgelenkt, ihnen nah; denn zeitweilig haben mich Frauen mit ihren Gefühlen versorgt: die eine zärtlich, als meinte sie sich, die andere heftig und ohne Geduld, die dritte bei Gelegenheit, die vierte blieb unverzagt, die fünfte ergriff mich umfassend bis heute: Damroka . . .

Du wirst zugeben, Rättin: Immer fehlte was oder jammerten Reste. Nie war ich zu Haus wie gewünscht. Immer hatte der Ball eine Delle. Deshalb dachte ich mir ein Schiff aus, mit Frauen bemannt. Nur versuchsweise – mal sehen, was dabei rauskommt – gefiel es mir, alle einträchtig auf Reise zu schicken, obgleich sie einander spinnefeind waren und in Wirklichkeit umständlich mieden. So sind die Frauen, sagte man damals. Doch du, Rättin, hast meinen Versuch, sie allesamt schwesterlich zu begreifen, aufgehoben, und zwar Knall auf Fall. Ach, könnte ich doch, ohne Spuren zu lassen, mit ihnen ausgelöscht sein.

Aber du willst, daß ich schreibe. Also schreibe ich: Das Wrack treibt in östliche Richtung.

Du verlangst, daß ich, sobald sich die Ostsee unter meiner Raumkapsel breitet, das treibende Wrack nicht aus dem Blick verliere.

Doch nur dir ist das Wrack wichtig, ich habe es abgeschrieben schon längst, wie ich unseren Herrn Matzerath habe abschreiben wollen. Was will er noch! Was redet er mir dazwischen! Was soll ich mit dem verdammten Wrack!

Mit allen Aufbauten, die, schwarz begrenzt, blau gestrichen waren, verglühten die Frauen. Wie sie mir fehlen. Erbärmlich und herrlich war ich bei ihnen. Liebe! Davon verstehst du nichts, Rättin. Dieses Zuvielniegenug. Ihr wollt nur leben und überleben. Behalte das Wrack im Auge! rufst du. Da rührt sich was, Freundchen, da rührt sich doch was!

Ja, Deckplanken klappern. Reste der Reling knicken weg, gehen über Bord. Was noch soll sich rühren? Schattenspiele? Gespiegelte Wünsche? Sollen sich etwa Tonbänder abspielen, selbsttätig auf dem Recorder?

Nichts höre ich. Keinen Medusengesang. Die See ist mal glatt und mal kraus und nicht mehr von Staubstürmen verdunkelt. Sie glitzert verjüngt und riecht womöglich, wie sie roch, als ich Kind war und Sommer für Sommer...

Mag sein, daß die See neu ist, aufatmet, sich belebt und neuerdings von Plankton, Heringslarven, Ohrenquallen, fremdartigen Fischen bewohnt wird, solchen, die landgängig werden eines Tages. Mag sein, daß sich zutiefst in der See, wie ihr Ratten aus Löchern, der Butt aus seinem Sandbett hebt. Mag sein, daß was kommt. Das Wrack jedoch ist nur übriggeblieben. Leblos treibt es. Allerdings immer auf östlichem Kurs, selbst bei gegenläufiger Strömung.

Nachdenken solle ich, hat mir die Rättin geraten. Erinnere dich, rief sie, was kurz vor Ultimo auf Gotland geschah, als deine Weiber in Visby von Bord gingen! Ziemlich unternehmungslustig zu fünft. Ihr überbetonter Seemannsgang. Nun mach schon, Freundchen. Erinnere dich!

Anfangs wollte die Zierlichste unter den Weibern, die Alte, die Graue, die immer kochte, den Abwasch machte und wegräumte immerzu, die Bordwache übernehmen. Aber dann – ja, ich erinnere mich – galt Landgang für alle. Dieses Ruinenmuseum mit Touristenbetrieb wollten sie unsicher machen. Was heißt unsicher! Paar Einkäufe anfangs: schwedische Tiefkühlkost. Nirgendwo war Aquavit aufzutreiben. Dafür überall Umzüge. Die damals üblichen Proteste. Na, gegen dies und das und für den Frieden. Ganz junge und ziemlich alte Gotländer in Turnschuhen und Gummistiefeln unterwegs. Regnete es? Es nieselte. War ja ein mieser Sommer. Aber alle friedlich hinter gemalten Sprüchen. Gut eingeübt und geradezu verschlafen latschten die Gotländer durch die Stadt. Die waren gegen alles, was auf Transparenten und Bauchplakaten gefährlich genannt wurde. Jadoch, Rättin, ich will mich erinnern, was kurz vor Ultimo aktuell war. Also die Ölpest und die Verelendung überall, das Wettrüsten und Waldsterben auch. Sagte ich schon: gegen dies und das. Und für Jesus waren einige. Ach ja, das auch noch: eine Gruppe war gegen Tierversuche.

Na also! sagte die Rättin, endlich. Und was geschah dann? Liefen die einfach nur rum?

Mit diesem nicht besonders langen Umzug, der außer Transparenten überlebensgroße Attrappen vor sich her trug, die handgemalt Hunde und Rhesusaffen darstellten – einige trugen Mäuse- oder Rattenmasken sogar –, liefen meine fünf Frauen mit, die sich für den Landgang piekfein gemacht hatten: Die eine trug lang was Goldgelbes, die andere lief unterm Turban in Pluderhosen, die dritte im Schwarzseidenen ...

Die Rättin mahnte, bei der Sache zu bleiben. Als ich mich über die Frauen lustig machte, sie hätten gestern noch Ohrenquallen an Bord geholt und vermessen, wären dann aber mit den Tierschützern läufig geworden, unterbrach sie abermals meinen ins Private abgleitenden Bericht.

Das interessiert nicht! rief sie. Keine Weibergeschichten, nur was in Visby geschah, kann heute noch interessieren.

Naja. Es kam zum Krawall. Am Stadtrand, vor einem Forschungsinstitut. War eine Außenstelle von Uppsala. Ich glaube nicht, daß jemand von den gotländischen Leutchen, jung oder alt, angefangen hat. Wahrscheinlich hat die Maschinistin oder die Alte den ersten Stein. Und dann legte die Steuermännin los. Jedenfalls war Damroka, die sonst immer die Langsamste war, als erste in dem Kasten drin. Die anderen Frauen, jetzt auch die Gotländer hinterdrein. Später hieß es, sie hätten wie die Wandalen. Und zwar in den Laboratorien ziemlich teures Zeug kurz und klein. Dann aber ruckzuck die Käfige auf. Ein Affe soll, als er befreit wurde, eine schwedische Bibliothekarin gebissen haben, was Folgen hatte, weil der Affe...

Nicht abschweifen! Weiter, weiter! forderte mich die Rättin.

Kaninchen und Hunde, alle Rhesusaffen und Meerschweinchen, sogar einige Mäuse hat man später eingefangen. Die Frauen sind natürlich zurück an Bord, als mit Blaulicht die Polizei kam. Gleich darauf Leinen los und ab nach Vineta. Man wollte sich Ärger ersparen. Es sollen nämlich zwei Dutzend Ratten, besonders interessante, hieß es, entkommen und zuletzt von einem finnischen Matrosen, der aber besoffen war, zwischen den Hafenanlagen gesehen worden sein...

Da haben wir's! rief die Rättin und hielt die Witterhaare steil. Dann forderte sie mich auf, das treibende Wrack weiterhin zu beobachten. Lange sei es verschollen gewesen. Sogar mir, dem Mann mit Überblick, habe es sich entzogen. Du erinnerst dich, Freundchen, wie dick nach dem Großen Knall rußgesättigter Rauch über Wasser und Land lag. Die Erde war ohne Licht. Nicht du, nicht wir können die Zeit der Finsternis messen. Wie wird es in jenen Tagen der

Kälte – oder waren es Monate, Jahre – dem treibenden Wrack ergangen sein? Trieb es in Schwärze eingesargt? Oder saß es unter Dauerfrost fest, vom Eis überzogen? Wenn Leben, irgendeine Art Leben im Schiffsrumpf gewesen wäre, wie hätte es, fragen wir Ratten uns oft, überdauern können?

Genau! rief ich. Niemand, keine Wanze hält sowas aus. Wir sollten das Wrack abschreiben. Es bringt nichts mehr. Unseren Herrn Matzerath auch. Weg mit ihm! Das ist doch alles von vorvorgestern. Erzähl lieber, Rättin, was bei euch in der Landwirtschaft läuft. War das Frühjahr zu naß? Was brachten die letzten Ernten? Achtet ihr auf den Fruchtwechsel?

Aber jewiß doch, Herrchen! rief ländlich breit die Rättin. Und ich sah Felder, bis zu den Horizonten: Rüben, Mais, Gerste und Sonnenblumen. Wie schwer sich die Fruchtkörbe neigten. Sah Kerne in ihrer Ordnung gereiht. Und farbige Vögel sah ich über den Feldern. Ein schöner Traum...

Kaum sind die Grimmbrüder gegangen, ruft Rumpelstilzchen als Kellner: »Abwarten und Teetrinken!« Er serviert Getränke vorm Haus. Gutgelaunt und zu kleinen Scherzen aufgelegt, steht man in Gruppen und plaudert, als habe die Hexe das Personal weithin bekannter Märchen zu einer Stehparty geladen. Man sagt einander altmodische Artigkeiten, doch nebenbei werden aus Vorzeiten verschleppte Spannungen deutlich: Die Bösen Feen können schnippische Bemerkungen, die den Guten Feen gelten, nicht unterdrücken. Das Tapfere Schneiderlein sucht Streit mit den Wilden Männern. Überall wuseln zänkisch Zwerge und Schrate. Die Hexe und die Böse Stiefmutter stechen einander mit Blikken ab. Rübezahl hat Frau Holle beleidigt. Rotkäppchen versucht, Hänsel anzumachen. Jetzt will Gretel, weil der Froschkönig nicht in den Brunnen will, in den Wolf flüchten, aber der Reißverschluß sperrt. Niemand hört der Großmutter zu, die aus dem Wörterbuch alte Wörter hersagt. Anderes ist anziehender: Der Zauberer Merlin und König Drosselbart halten Hof. Zwerge und Schrate drängeln. Die minderen Hexen wollen nahbei sein. »Einen Jacob Grimm als Kanzler ließe selbst ich mir gefallen!« ruft Drosselbart. Merlin, der soeben noch von Intrigen um König Artus' Tafelrunde Bericht gab, räumt ein: »Unsereins würde die Grimmbrüder immerhin tolerieren.« Man lacht und trinkt auf das Wohl der neuen Regierung.

Nur das Mädchen mit den abgehauenen Händen ist traurig. Lustlos hängen die Hände an der Schnur um den Hals. Es streunt zwischen den plaudernden Gruppen, will keinen Drink, den Rumpelstilzchen ihm anbietet, mag nicht Rübezahls Angebereien aus Zeiten hören, in denen er arme Köhler und Glasbläser erschreckt hat, sieht bekümmert, wie ein Zwerg nach dem anderen Schneewittchen in die Büsche zerrt, ist, sobald ihm Jorinde und Joringel begegnen, trauriger als zuvor und verdrückt sich schließlich ins Knusperhäuschen, wo Rapunzel, mit deren Haar der Prinz gebunden ist, neben der Bösen Stiefmutter auf einer Fensterbank und vor wehenden Gardinen sitzt.

Immer noch küßt der Prinz die seinem Dornröschen nachgebildete Puppe. Rapunzel und die Böse Stiefmutter nehmen sich Bindfäden ab, ein verzwacktes Fingerspiel, dem das Mädchen ohne Hände lange zusieht.

Endlich faßt es Mut und sagt: »Darf ich sehen, wie mein Herr Vater zweimal mit dem Beil zuschlägt?« Die Böse Stiefmutter zeigt sich freundlich, worauf ihr die Hände des Mädchens, um behilflich zu sein, das kunstvolle Bindfadengespinst abnehmen, so daß sie zum Kästchen greifen, ein Knöpfchen drücken und, während der Bildschirm zu flimmern beginnt, wieder ihr Fadengespinst von des Mädchens Fingern abnehmen kann, um es Rapunzel anzubieten, die das Gespinst im Aufnehmen verändert.

Jetzt belebt sich der Spiegel mit einander löschenden Märchenszenen: Wir sehen die Sieben Zwerge um den gläsernen Schneewittchensarg gestellt; wütig reißt sich Rumpelstilzchen sein Bein aus; die Geißlein flüchten, eins in den Uhrkasten; der Dame mit ewigem Kopfschmerz fällt, als sie noch Kind war, die güldene Kugel ins Brunnenloch; endlich zeigt der Zauberspiegel das Märchen von den abgehauenen Händen.

Auf einem Hocker gekauert, dicht vor den Spiegel gerückt, die Hände an der Schnur auf den Knien, so sieht das Mädchen, wie der Vater auf Geheiß des Teufels, dem er in seiner Not sich verschrieben hatte, mit dem Beil zweimal zuschlägt, wie es darauf mit Händen, die abgehackt an der Schnur hängen, traurig und ziellos durch die Welt läuft, wie ihm endlich ein Prinz hilft, in Liebe den besonderen Baum zu umfassen, auf daß dem Mädchen die Hände wieder anwachsen und es glücklich wird mit dem Prinzen.

Weil aber die Böse Stiefmutter den Märchenfilm trotz des verzwackten Bindfadenspiels im Auge hat, manipuliert sie böse, wie sie sein muß, mit kleinem Finger den Filmverlauf, so daß dessen Szenen in rascher Folge wechseln: Hier hackt der Vater zweimal mit dem Beil, dort hilft der Prinz, den Baum zu umfassen, dann wieder schrecklich der Vater, darauf hilfreich der Prinz, nochmal das Beil; kurzes Glück und Schrecken ohne Ende.

Und wie im Film wachsen dem Mädchen auf dem Hocker vorm Spiegel die Hände beide an, um abermals abgehackt auf den Knien zu liegen, trostlos immer wieder.

Indessen will die Stehparty nicht enden. Einige Märchengestalten spielen ihre Rollen. Unterm Betthäubchen zeigt Rotkäppchens Großmutter plötzlich ein Wolfsgesicht. Die Hexe läßt Besen tanzen. Rübezahl biegt Eisenstäbe krumm. Als wandle sie im Traum, trägt des Froschkönigs Dame auf einem Tablett ihren Frosch von Gruppe zu Gruppe. Hänsel und Gretel holen letzte Bucheckern und Haselnüsse aus dem Knusperhäuschen-Automaten. Die Guten und Bösen Feen verwandeln sich wechselseitig in Vogelscheuchen. Auch Aschenbrödel und König Drosselbart, der Standhafte Zinnsoldat und Frau Holle sind ganz und gar in ihre Märchen vernarrt. Selbstvergessen spielen sie sich. Sogar Schneewittchen will nicht mehr mit wechselnden Zwergen ins Gebüsch, sondern tausendmal schöner für wen auch immer sein. So geht Märchen in Märchen über. Jorinde liegt beim Zinnsoldaten, Joringel hat sich zu Aschenbrödel gelegt. Einzig die Hexe bleibt sich und Hänsel treu: Zwischen ihre enormen Titten gebettet, träumt ihm nicht nur, was hinterm Hagebuttengebüsch geschieht.

Und ähnlich vertieft in ihr Spiel sind indessen die Böse Stiefmutter und Rapunzel. Während sie einander die Bindfadenkunst Mal um Mal abnehmen, merken sie nicht, wie sich der wachküssende Prinz von Rapunzels Haarfesseln befreit, zwischen wehenden Gardinen aus dem Fenster springt und, weil der Wald hinterm Haus so dicht steht, mit wenigen Sprüngen entkommt.

Auch das Mädchen ohne Hände merkt nicht auf, denn immer noch sieht es seinen Film, in dessen Verlauf soeben ein anderer Prinz Glück bringt, das allerdings nicht von Dauer ist; immer noch manipuliert die Böse Stiefmutter mit kleinem Finger.

Draußen löst sich die Stehparty auf. Heftige Windstöße. Wer sich gepaart gelagert hatte, findet es plötzlich kühl. Verstört drängen alle ins Haus. Während er weiterhin Tee und Säfte serviert, sagt der Kellner Rumpelstilzchen: »Ob wohl die Grimmbrüder inzwischen eine neue und gute Regierung gebildet haben?«

Erschrocken erinnern sich die Märchengestalten der Wirklichkeit. Grob wird das Mädchen, dessen Hände im Film abermals abgehackt werden und also gesondert auf ihren Knien liegen, von den Sieben Zwergen verdrängt. Die Böse Stiefmutter gibt das Bindfadenspiel auf und schaltet den Zauberspiegel nach Bonn um. Alle, auch Rapunzel mit langem Haar, stehen dichtgedrängt und wollen sehen, was fernab läuft.

In Bonn wuchert noch immer Grünzeug. Bis in die Fenster des Bundeskanzleramtes, in den Kabinettsaal hinein kriechen Schling- und Kletterpflanzen. Dort halten die Grimmbrüder mit ihrer Notstandsregierung, die aus Industriebossen, Bischöfen, Generälen und Professoren besteht, ihre erste Kabinettssitzung ab. Reihum zeigen sie die Wasserrosenblätter mit den drei Forderungen der Märchengestalten nach reiner Luft, sauberem Wasser und gesunden Früchten. Die Bischöfe und Professoren nicken vorsichtig bedenklich. Die Generäle sitzen unbewegt am Kabinettstisch und fühlen sich vom überall rankenden Grünzeug belästigt. Die Industriebosse sind empört. Sie gestikulieren und schlagen auf den Kabinettstisch, der, mit Filz bezogen, sprichwörtlich grün ist. Lauter Streit und heimliches Tuscheln. Unterm Tisch, wo Dickicht wuchert, werden den Professoren und Bischöfen Geldscheine zugesteckt.

Bis auf die Grimmbrüder sprechen jetzt alle, die Bischöfe unter Bedauern, gegen die drei Forderungen, so einfach sie sich lesen, so bescheiden sie sind. Zum erstenmal zornig schlägt Jacob Grimm auf den grünen Tisch. Einzig sein Bruder erschrickt. Erstaunt und herablassend geben sich Bosse und Generäle, die Professoren peinlich berührt.

Jacob ruft: »Noch bin ich Kanzler, immer noch ich!«

Wilhelm bestätigt: »Das sollten Sie nicht vergessen!«

Gelächter antwortet ihnen, in das sogar die Bischöfe, wenn auch verhalten, einstimmen.

Im Knusperhäuschen sieht man, wie Wilhelm Grimm dem amüsierten Kabinett von den drei Guten Feen berichtet. Alle sind von den Bonner Ereignissen gebannt. Beunruhigt sehen sie, wie wenig das Wort der Grimmbrüder gilt.

Da ruft Gretel plötzlich: »Der Prinz, wo ist der Prinz!?«

Erschrecken, Durcheinander, kopfloses Suchen. Rübezahl verprügelt die Sieben Zwerge. Die Hexe packt Rapunzel beim Haar, will schon zur Schere greifen. Da ruft die Böse Stiefmutter: »Er kann nicht weit sein!«

Sie schaltet das Bonner Programm, in dem Wilhelm Grimm noch immer von den Guten Feen schwärmt, aus und sucht mit dem Zauberspiegel, bis sie den laufenden Prinzen im Bild hat.

Abwechselnd schicken die Hexe, Merlin und die Böse Stiefmutter dem Flüchtling Hexen- und Zaubersprüche, Verwünschungen nach. Der Prinz stolpert, stürzt, überschlägt sich, läuft aber weiter. Jetzt wächst ihm eine lange Nase, jetzt wachsen ihm Fledermausohren. Aber er läuft und läuft. Nun wird er, weil sich die Sprüche steigern, überbieten, einander löschen, zum Reh, zum Einhorn, zur Kugel, aber er springt, trabt, rollt dennoch, bis er – nun ganz und gar wieder Prinz – den Waldrand erreicht, auf die überwucherte Autobahn findet und – ein überkrautetes Schild zeigt die Richtung – nach Bonn läuft.

Im Knusperhäuschen streiten sich der Zauberer Merlin und die Böse Stiefmutter. (Herr Matzerath will, daß die Hexe wütig mit gelben Augen nun doch zur Schere greift; aber ich mag Rapunzel nicht kahl sehen und rette ihr langes Haar, indem ich Hänsel gegen die Hexe ausspiele.) Als sei er hinterm Hagebuttengebüsch zum Mann geworden, nimmt er ihr die Schere kurzerhand ab: »Das bringt uns nicht weiter!«

Gretel ruft: »Noch ist ja nichts verloren!«

Auf Hänsels Weisung schaltet die Böse Stiefmutter im Zauberspiegel wieder die Kabinettsitzung ein. Dort kämpft noch immer Jacob Grimm, von seinem Bruder unterstützt, mit der korrupten Notstandsregierung. Industriebosse tuscheln mit Generälen. Unterm Tisch zählen Professoren Geldscheine, die vom Volksmund Riesen genannt werden. Überm Tisch lächeln die Bischöfe, wie nur Bischöfe lächeln können; dabei drehen sie Däumchen oder blättern in ihrem Brevier.

Jacob Grimm ruft: »Noch bestimme ich die Richtlinien der Politik!«

Die Industriebosse zerreißen die Wasserrosenblätter. Einer der Bosse ruft: »Aber wir haben das Sagen hier!«

Ein anderer: »An uns kommt keiner vorbei!«

Alle rufen: »Schluß mit den Märchen!«

Da sehen wir Wilhelm Grimm weinen. Jacob setzt sich erschöpft. Einer der Generäle ruft per Knopfdruck die Wache in den Kabinettsaal und läßt die Grimmbrüder verhaften, worauf sich schnell ein anderer General auf den geräumten Kanzlerstuhl setzt.

Obgleich die Professoren Bedenken äußern, werden den Grimmbrüdern Handschellen angelegt. Wilhelm sagt: »Siehst du, Bruder, so mißachtet man uns seit altersher.«

Jacob sagt: »Wir widerstehen dennoch. Ich werde eine Denkschrift verfassen.« Beide sollen von der Wache abgeführt werden.

Da stürzt der wachküssende Prinz atemlos in den Kabinettsaal. Er verteilt Luftküsse und gibt atemlosen Bericht: »Ich bin, ich habe, da wurde ich, lief aber, lief, und nun bin ich da!«

Wie er die Grimmbrüder in Handschellen sieht, ruft er nach höfischer Verbeugung: »Meine Herren! Ich biete Ihnen dienstfertig Hilfe an. Doch muß ich Sie ersuchen, die sofortige Freilassung der hochverehrten Grimmbrüder anzuordnen.«

Weil sich die Militärs und Großkapitalisten unschlüssig zeigen, hilft der Prinz nach: »Damit wir uns verstehen. Ohne mich und meine Küsse läuft hier nix. Unternehmen Dornröschenschlaf. Endlich kapiert!?«

Während sich noch die Generäle mit den Industriebossen beraten, nimmt, auf Weisung des frischgebackenen Kanzlergenerals, der eine Bischof den Grimmbrüdern die Handschellen ab, der andere lächelt milde. Der Kanzlergeneral sagt: »Lassen wir es gnädig bei Hausarrest. Da finden die Herren Ruhe und können schreiben, was sie wollen. Märchen von mir aus!«

Zuvorkommend geben die Professoren den Grimmbrüdern ihre Hüte. Jacob und Wilhelm nehmen ihren Hut und gehen traurig, aber aufrecht ab.

(Da ich die Meinung unseres Herrn Matzerath teile, es müsse jetzt nicht das Elend im Knusperhäuschen eingeblendet oder gar ausgekostet werden, gehört die Szene dem wachküssenden Prinzen.) Auf der großen Waldkarte zeigt er, wo die Dornenhecke das schlafende Dornröschen, den schlafenden Kanzler und sein tiefschlafendes Gefolge überwuchert hat.

Sofort bricht Geschäftigkeit aus. »Alarmstufe drei!« – »Anordnung an Spezialtruppe!« – »Gezielt Dornröschenschlaf aufheben!«

Unterm wuchernden Grünzeug finden sich Telefonapparate. Kommandos werden erteilt. Im Vorgefühl seines Glücks küßt der wachküssende Prinz den einen und anderen Bischof. Dann verschwendet er Luftküsse. (Unser Herr Matzerath sagt ganz richtig: Eine Krankheit ist das. Schlimmer: Im Kuß steckt der Tod.)

Nicht dran rühren.
Wehe, es beugt sich wer,
wirft Schatten, wird tätig.

Nie wieder soll irgendein dummer Prinz
seine Rolle zu Ende spielen,
auf daß der Koch dem Küchenjungen
schallend die Ohrfeige austeilt
und weitere Folgen zwangsläufig.

Ein einziger Kuß hebt auf.
Danach geht alles, was schlief,
schrecklicher als zuvor
weiter, als sei nichts geschehn.

Aber Dornröschenschlaf hält
immer noch alle gefangen,
die freigelassen zum Fürchten wären.

Im Dritten Programm, wie in allen anderen Rundfunkprogrammen, wurden heute wiederholt Alarmübungen für den Ernstfall angesagt. Akzentuiertes Sirenengeheul soll unterschiedliche Bedeutung haben. Auf- und abschwellendes Heulen, Geheul als Dauerton und so weiter. Das muß gelernt werden. Deshalb der Aufruf an alle, die Rundfunkgeräte zu bestimmter Zeit anzuschalten und wichtige Durchsagen zu hören. Es gilt, diese Durchsagen zu befolgen. Wer aus Zeiten des letzten Krieges Warnung und Entwarnung noch immer im Ohr hat, bleibt gefordert, seine Ängste aufzufrischen.

Später hörten meine Weihnachtsratte und ich bedeutungsvolles Sirenengeheul. Die Werft nahbei ist friedensmäßig und für den Ernstfall gerüstet. Wir unterschieden die Vorwarnung, den Luftalarm, die Entwarnung. Es klappte wie angekündigt. Nun wissen wir.

Merkwürdigerweise ging vom abgestuften Geheul ein Sicherheit verbürgendes Fürsorgegefühl aus. Wir werden nicht überrascht sein.

Danach hörten wir Schulfunk: etwas über Verkehrserziehung, dann Pädagogisches über den Umgang mit Schwererziehbaren, dann People talking. Zu Beginn der Nachrichten hieß es, das Scheitern des Gipfels in Brüssel sei als nur vorläufiges Scheitern zu werten; gegen Nachrichtenende kam eine Erfolgsmeldung: In Uppsala, Schweden, sei es gelungen, aus ägyptischen Mumien zweitausendvierhundert Jahre altes Erbmaterial, uralte Gene zu isolieren und in Gewebekulturen zu vervielfältigen: ein Fortschritt.

Meine Weihnachtsratte und ich stimmen überein: Diese Nachrichten tun so als ob. Zwar läuft noch alles, doch nichts geht mehr. Im Dritten Programm, ob in Brüssel oder Uppsala: Die Luft ist raus. Das sind Reflexe nur noch, Vertagungen, Mumienschändung! Doch während ich die Brüsseler Spesenritter und die schwedischen Erbschleicher verfluche – Stell dir vor, die übertragen jetzt mumifizierte Informationen in taufrische Frischzellen! –, kugelt sich mein Rättlein verschlafen, als lohne aus Rattensicht kein Aufmerken der Witterhaare.

Also erzähle ich ihr, was ich neulich in Hameln erfuhr, als ich abseits vom Festspielprogramm die Krypta der Bonifatiuskirche besuchte.

Ich weiß es jetzt besser, Ratte. Das war nach den Kinderkreuzzügen und gut sechzig Jahre, bevor die Pest kam. Damals waren die Leute ziemlich durcheinander. Niemand wußte, was richtig war. Viele Jahre lang hatte es keinen Kaiser, nur Mord und Totschlag gegeben. Jeder machte, was er wollte, und nahm, was er nicht hatte. Und überall war Angst zu haben. Angst vor dem Kommenden. Allerweltsangst. In jede Richtung zogen junge Leute übers Land und durch die Städte, im Westen rheinaufwärts. Sie tanzten wie gestochen und geißelten sich bis aufs Blut. Ihre Lieder, dieses Geißlergeheul, machten den Juden Angst, denn die Geißler schlugen, von Ängsten getrieben, die Juden tot.

Doch andere junge Leute, die vernünftiger waren und weniger ängstlich, wanderten in Richtung Osten, nach Mähren und Polen bis in die Kaschubei und ins Vineterland, wo sie an den Ufern der Ostsee siedelten. In Hameln sollen es hundertunddreißig Burschen und Mädchen gewesen sein, die am Johannestag, der auf den 26. Juni des Jahres 1284 datiert ist, einem Werber folgten, von dem es hieß, er habe wunderschön Flöte geblasen.

Glaub mir, Ratte, von euch ist in keiner Chronik die Rede. Nie haben Forscher dem Flötisten als Nebenbeschäftigung Rattenfängerei nachweisen können. Und selbst der Denker Leibniz hat nur gerätselt und – was allzu nahe lag – einen verspäteten Kinderkreuzzug vermutet. Fest steht: Die Ratten wurden dazugedichtet, weil man sich sagte, wer unsere Kinder – und sei es zum vernünftigen Auswandern – verführt, der ist ein Rattenfänger; wer Ratten fängt, der fängt und verführt auch Kinder.

Ich aber glaube, seitdem ich in der Krypta des Münsters Sankt Bonifatius saß, daß die Geschichte ganz anders verlief. Es hat nämlich in Hameln schon immer viele Mühlen und Speicher, also auch Ratten gegeben. Natürlich mochten Leute, die vom Getreidehandel lebten, die Ratten nicht. Jedem Wassermüller, Kornhändler und einschlägigen Zunftmeister waren sie nichts als Plage. Deren Kinder jedoch begannen, weil die Zeit so verrückt war, mit Ratten zu spielen. Womöglich wollten sie ihre Eltern ärgern, indem sie Ratten fütterten und öffentlich an sich trugen, wie es unartigen Kindern gegenwärtig zu tun gefällt. Und wie die Punks oder Punker heute, trugen damals die Hämelschen Kinder ihre Lieblingsratten auf der Schulter, ins Haar gebettet und unterm Hemd. Aus Taschen und Beuteln guckten Rättlein hervor.

Das brachte Ärger, Familienstreit. Durch Ratsbeschluß wurde verboten, mit Ratten zu spielen, sie zu füttern oder gar an sich zu tragen. Einige Kinder und Jugendliche fürchteten Strafe, gaben nach, wurden brav. Aber gut hundertunddreißig Hämelsche Kinder steckten nicht auf. Sie trotzten dem Verbot, rotteten sich mit ihren Ratten und machten Umzüge die Bäckerstraße rauf runter, die Münsterkirchstraße lang zum Weserfluß, an den Wassermühlen vorbei durchs Wendenviertel zum Markt und Rathaus, das sie für Stunden besetzten und lästerlich Ratzenhaus nannten. Sogar zur Messe und zur Vesperandacht nahmen sie ihre Ratten in die Bonifatiuskirche mit und waren, wie man von Amts wegen sagte, ganz und gar rattenverrückt.

Zwar wurde das eine und andere Kind auf offenem Markt gepeitscht und an den Pranger gestellt, doch weil die Kinder der angesehensten Bürger, sogar der Ratsherren Söhne und Töchter so rattennärrisch und unbelehrbar zu den Hundertunddreißig gehörten, konnten sich die Schöffen nicht zu peinlichen Strafen, zum Strecken etwa, zum Kneifen und Glühen entschließen.

Als aber von Satansmessen und rättischem Kult gemunkelt wurde, wobei immer wieder die Krypta des Münsters ins Gerede geriet; als sich die Hundertdreißig nach Rattenart zu kleiden begannen und am hellen Tag, mit nackten Schwänzen behängt, die Brot- und Fleischbänke plünderten und immer wilder ihren Ratten gleich wurden, murrten die Gerber und Sackträger gegen das schonungsvolle Gewährenlassen. Auf Zunftbänken wurde aufsässig geredet. Dominikaner eiferten von Kanzeln herab wider das menschliche Rattengezücht.

Endlich, nun unter pfäffischem Druck, wohl auch aus Furcht vor aufständischen Gewerken, beschlossen Rat und Schöffen in geheimer Sitzung peinlichste Gegenmaßnahmen. Ein in der Stadt unbekannter Pfeifer, der mit Flöten und der Sackpfeife aufzuspielen verstand, wurde gegen Handgeld von auswärts angeworben, auf daß er sich bei den vertierten Kindern beliebt mache, um sie alle eines

Tages – es war auf Johanni – mit Flötentönen, als wolle man einen lustigen Ausflug machen, durchs Ostentor zum nahen Kalvarienberg zu führen, in dessen tiefster Höhle der Pfeifer mit den hundertunddreißig Hämelschen Kindern und ihren Streichelratten ein Fest zu feiern begann. Da wurden Schweinswürste gebraten und Gerstenbier getrunken. Beim Tanz reihum sollen die Ratten mitgetanzt haben. Und höllischer Gesang wurde laut.

Als aber das Fest am lustigsten war und vom Gerstenbier Müdigkeit über die Kinder kam, schlich sich der Pfeifer aus der Höhle, worauf deren Eingang, wie eine Stalltür so groß, vom Stadtbüttel versperrt, von zünftigen Maurern zugemauert, schließlich von Bauern mit Sandfuhren verschüttet und von den Pfaffen gnadenlos mit Weihwasser besprengt wurde. Es soll nur wenig Geschrei aus der Höhle gefunden haben. Von einer einzigen Ratte, die entkam, wußten später umlaufende Gerüchte.

Viel Jammer um die verschütt gegangenen Kinder. Doch hat man den Pfeifer mit klingendem Silber bezahlt. Und auch die Stadt war bald um eine Legende reicher. Vieldeutig stand das Wort »Auszug« datiert in der Chronik vermerkt. Seitdem ist von Hameln die Rede: falsch und verlogen. Das rächt sich, Ratte, das rächt sich bestimmt...

Mehr und mehr ängstigen sich die Kinder.
Sie färben ihr Haar grell,
sie schminken sich schimmelgrün
oder kreideweiß,
um die Angst zu verschrecken.
Uns abhanden gekommen, schreien sie stumm.

Mein Freund, mit mir älter geworden
– wir sehen uns selten, grüßen einander von fern –,

der mit der Flöte, dem die Kadenzen
immer anders gelingen, hat seinen Sohn,
der zwanzig zählte, mehrmals beinahe,
nun ganz verloren.

Söhne, biblisch oder sonstwie versorgte,
entlaufen früh.
Niemand will mehr den sterbenden Vater erleben,
den Segen abwarten, Schuld auf sich nehmen.
Unser Angebot – immer billiger – rührt nur noch uns.
So leben lohnt nicht.
Für diese Strecke – nach unserem Maß –
haben sie keine Zeit.
Was wir aushielten, uns witzig ermunternd,
soll nicht mehr auszuhalten sein.
Nicht mal ein zorniges Nein wollen sie
gegen unser fleißiges Ja setzen;
knipsen sich einfach aus.

Ach, lieber Freund, was hat uns
so langlebig zweifeln gelehrt?
Von wann an irrten wir folgerichtig auf Ziele zu?
Warum sind wir möglich ganz ohne Sinn?

Wie ich um meine Söhne bange, um mich;
denn auch die Mütter, geübt im Allesverstehen,
wissen nicht ein noch aus.

Es treibt, nein, es hält Kurs. Nicht mehr nur ostwärts, trotz Gegenwind, vielmehr dreht das Wrack des ehemaligen Lastenseglers Dora, dann Küstenmotorschiffes Ilsebill, schließlich des Forschungsschiffes Die Neue Ilsebill, auf Höhe der Halbinsel Hela bei, umschifft die Halbinsel, die als Nehrung zum Schluß überspült war, doch nun wächst und die Bucht zum Haff macht, nimmt ins Haff hinein südlichen Kurs und steuert, wenn das von einem Wrack gesagt werden kann, Mole und Hafen der Stadt Gdańsk an, die mit den Türmen der alten Hansestadt Danzig von weither erkennbar geblieben ist und unwiderstehlichen Sog ausübt; wie sonst sollte ich immer wieder und nun auch ein hilfloses Wrack verlockt werden.

Halbe Fahrt macht das Wrack. Ich sehe das von meiner Raumkapsel aus, unter der Mal um Mal die Ostsee schimmert. Was mir auf umlaufend vorgeschriebener Bahn unterliegt, etwa das Nildelta oder der Golf von Bengalen oder die Großen und Kleinen Sundainseln, gibt unter Schleiern nichts her, doch sobald ich von Norden aus meiner Bahn folge und sich Schwedens Südküste abzeichnet, liegt mir das Baltische Meer, meine See, als breite sich eine überschaubare Pfütze, klar zu Füßen. Zwar sind Gotland, Bornholm, alle Inseln weg, doch mache ich über Schonen landwirtschaftliche Strukturen, Felderwirtschaft aus.

Ganz nah kann ich das Wrack, wie es nicht mehr treibt, sondern Kurs hält, heranholen; das erlaubt meine Optik. Es ist Sommer. Im Hinterland auch dieser Region melden Sonnenblumenfelder und anderer Feldfruchtanbau beginnende Reife, Leben. Schon bin ich versucht, Erde! zu rufen: Erde kommen! Anworten Erde! – aber ich weiß, es gibt niemanden mehr, der Roger! ruft und: Ist was, Charly? Nur sie weiß Antwort, unterhält mich mit Neuigkeiten, will mehr wissen, als ich ausgucken kann, wittert Sensationen und hört sogar...

Horch! rief die Rättin, es tuckert. Hör genau hin: Ein Schiffsmotor tuckert. Freue dich, Herrchen, deine Ilsebill ist bemannt. Wie sollte der Schiffsmotor sonst. Wenn deine Weiber nicht, irgendwer muß ihn wieder. War ja mehr als kaputt. Und läuft nun und läuft. Der gute alte Diesel. Wie geschmiert, hörst du?!

Nie habe ich sie aufgeregter gesehen. Mal auf dem Holm, dann die Lange Brücke rauf runter, im Werftgelände, ums Hafenbecken lief sie auf Kaimauern, sprang schließlich auf einen Poller, suchte Worte, brachte keinen Satz zu Ende. Herrchen, Lieberchen! rief sie. Sollten etwa. Könnte es sein, daß trotz Kälte, Eis, Finsternis. Und obgleich Staubstürme, dieser verdammte Strahlensegen, den selbst wir kaum. Und dennoch, weil damals? Nicht auszudenken. Einige Exemplare womöglich. Schau nur, wie erwartungsvoll wir. Voller Hoffnung. Aber auch ängstlich...

Nicht nur sie auf dem Anlegepoller; ganze Rattenvölker besetzen die Kaianlagen. Auf allen Kränen, den Slips der Leninwerft, hoch auf den Silos am Schwefelbecken, das sie sonst mieden, auf den ragenden Wandungen des Trockendocks drängten sie dicht bei dicht. Von jedem Punkt, der gute Sicht bot: vom Holm, wo Mottlau und Tote Weichsel zusammenfließen, von beiden Mottlauufern aus. In Neufahrwasser, das früher Novy Port hieß und dessen Wohngebiete bis nach Wrzeszcz unter Schlammwällen liegen, die nun mit Feldfrüchten, Sonnenblumen zumeist, als Grüngürtel den Hafen einschließen, bis zur Mole hin: Ratten, überall Ratten, neugierig, unruhig übereinander geschichtet, zu dikken Knoten verknüpft.

Und als das Tuckern des Hundertundachtzig-PS-Motors nicht mehr fraglich oder nur herbeigesehnt war, sondern, weil Stille herrschte, als einziges Geräusch meinen Traum besetzte – denn die Ratten hielten sich starr; als das Gerücht zur Nachricht wurde, es werde der Rumpf des ehemaligen Forschungsschiffes nicht etwa das moderne Überseebecken anlaufen, vielmehr nehme es Kurs auf den alten, den historischen Hafen, an dessen Langer Brücke nur zwei Ausflugsdampfer, die vormals weiß gewesen waren, seit Ultimo festgemacht lagen; als endlich das tuckernde Schiffswrack, dessen kahles Deck unbelebt blieb, vor den Speicherruinen aus der Zeit des Zweiten Weltkrieges und den wiederaufgebauten Speichern der Zwischenkriegszeit anlegte, der Langen Brücke gegenüber seemännisch einwandfrei anlegte; als unter den Rattenvölkern die Nachricht umlief, die Kommenden hätten an der Speicherinsel, die vormals polnisch Spichlerze geheißen hatte, endgültig festgemacht, da zog es die Ratten aus dem Werft- und Hafengebiet der Jungstadt, von Neufahrwasser und den Schlammdämmen in Strömen zur Alt- und Rechtstadt, durch deren Gassen zum Mottlauhafen, so daß bald nach dem Anlegen des Wracks das Frauen- und Brotbänkertor, das Grüne und das Heiligengeisttor verstopft, alle Uferanlagen von Ratten überschwemmt, die Fenster der gotischen Häuser zur Mottlau hin gepfropft voll und deren Giebel von Rattentrauben behängt waren.

Überladen die rostigen Ausflugsdampfer. Jeder Platz, jede Aussicht genutzt. Das Türmchen der Sternwarte von Ratten befallen. Gespickt voll die verkohlten Krantorreste. Der Figurenschmuck auf dem breitgelagerten Grünen Tor nicht mehr kenntlich. Nur das Speicherinselufer, soeben noch von Ratten gesäumt, hatte sich, als das Wrack anlegte, entleert. Es blieb ausgespart, als wollte man dem kommenden Ereignis Raum lassen.

Nenn es Respekt oder Furcht, jedenfalls war Distanz geboten. Zwar ahnten wir, daß was kommen wird, aber wußten nicht, als was sich das Kommende zeigen werde. Gemeinsames Beten hatte zwar Bilder, zu viele jedoch, die sich löschten, beschworen. Obgleich unser Singen in Sankt Marien – du hast uns oft genug fromm versammelt gesehen – die Wiederkehr des Humanen zum Ziel hatte und wir die Uralte und ihr geschrumpftes Knäblein in jedes Gebet einschlossen, wurde nicht deutlich, in welcher Gestalt uns der Mensch auferstehen werde, selbst seinen Schattenriß ahnten wir nicht.

Kein Wunder, sagte die Rättin, daß Spekulationen ins Kraut schossen. Wie wird er beschaffen sein? In uns bekannter Normalgröße? Übertrieben ins Riesenhafte? Einäugig oder mit vier Augen rundumspähend? Auch wenn wir jene blauweißen Zwerglein, dieses Spielzeug in Menschengestalt, das während der ausgehenden Humanzeit in Massen produziert wurde, auf dem Hochaltar unserer Hauptkirche anschaulich gruppiert hatten, hofften wir dennoch, daß uns der Mensch nicht als Winzling zurückgegeben werde. Unsere Erwartungen waren unbestimmt geblieben. Dabei hätten wir wissen müssen oder uns denken können, was uns vorbestimmt war. Getestet, langen Versuchsreihen unterworfen, Giften und Gegengiften ausgesetzt, im Dienst der Humanforschung und gegen Schluß sogar hochgeehrt, preisgekrönt, wußten wir, was ihr Verstand sich letztendlich ausgedacht hatte, als es darum ging – so hieß ihr Forschungsprogramm –, das Menschengeschlecht zu verbessern. Was aber kam, sozusagen ans Licht trat, hat uns, bei aller Vorfreude, erschreckt.

Wir hatten, kaum war das Wrack zwischen zwei Pollern längsseit gegangen, um die Poller herum Sonnenblumen, besonders große Rüben, Maiskolben gelegt, dazu gerupfte Feldtauben und Sperlinge, allerdings eilig, um uns vor ihrem Auftritt rasch zu verflüchtigen. Sagte ich schon, daß es zu Bündeln gerotteten Rattenhaufen gelang, im Turm von Sankt Marien und im Gestühl anderer Kirchentürme die Glocken zu läuten? Hundert und mehr fette Altratten an den Seilen. Jedenfalls läuteten, als die Kommenden auftraten und wir in Erwartung erstarrten, wie zu Humanzeiten alle Glocken.

Und ich sah sie aus dem Niedergang zum Vorschiff kommen, aufrecht steigend, gehend, stehend dann. Ich sah sie lässig das Spielbein, das Standbein wechseln. Etwa die Größe eines dreijährigen Knaben mochten sie haben. Beiderlei Geschlechts und nur stellenweise rattig behaart, zeigten sie menschliche Proportionen, trugen aber, wenngleich ich selbst in Stummelform keine Rattenschwänze ausmachen konnte, auf langem Hals übergroße Rattenköpfe.

Die Rättin, die im Dachgesims des Grünen Tores schräg gegenüber ihren Platz hatte, sagte: Anfangs taten sie so, als hätten sie uns noch nicht bemerkt. Das Glockengeläut hielt an. Sie vertraten sich, auf Deck auf und ab gehend, die Beine, reckten, schüttelten sich. Dann erst winkten sie lässig, als wollten sie Hallo rufen, zum gegenüberliegenden Ufer hin und hoch zu den Giebeln und Türmen der Häuser und Stadttore. Wenn wir bis dahin noch nach besserer Sicht zu drängeln versucht hatten, erstarrten wir nun. Glaub uns, Herr: kein Schwanz in Unruhe. Nur in den Witterhaaren zeigte sich Leben. Erschrecken? Aber es kam auch Enttäuschung auf und in Ansätzen Lust zu lachen, die Kommenden, kaum waren sie da, auszulachen. Doch der Schrecken überwog. Gott sei Dank klang das Glockengeläute nach und nach aus.

Ich sah, was die Rättin mir zeigte, eher belustigt. Ich lachte im Traum. Als die haarigen Rattenmenschen oder behaarten Menschenratten – es waren fünf, dann sieben, schließlich zwölf – das Schiffswrack der Neuen Ilsebill an den Pollern festmachten, wobei zwei, drei an Land gingen, nahmen sie wahr, was ihnen die Ratten gastlich zuhauf gelegt hatten. Ohne viel Umstände griffen sie zu und fraßen Rüben, Mais und Sonnenblumen samt Kolben und Fruchtkörben in sich hinein. Tauben und Spatzen ließen sie liegen. Offenbar angewidert vom rohen Fleisch, schmissen sie die gerupften Kadaver in die Mottlau.

Das war, als die letzten Glocken ausklangen. Die Starre der Rattenvölker löste sich. Aus allen Häusern, von Giebeln und Tortürmen und von den Uferanlagen der Langen Brücke, desgleichen von den Ausflugsdampfern vor der

Krantorruine zogen sie sich zurück. Ein lautloses Schwinden, dem ich Enttäuschung ablas. Wahrscheinlich versammelten sie sich in Sankt Marien, dem Ort ihrer Einkehr.

Ohne daß die Rättin ins Bild kam, sagte sie später, als mir schon anderes träumen wollte: Und für dieses lächerliche Produkt menschlicher Wissenschaft hat man uns – du wirst dich erinnern, Herr – den Nobelpreis zugesprochen. Erwiesene Dienstleistungen auf dem Gebiet der Gentechnologie, hieß es. Und das kam dabei raus: Rattenmenschen oder Menschenratten, wie man es sieht. Die Kommenden! Unserer Hoffnungen Spottgeburt.

Wir nannten sie anfangs: die Gekommenen. Zeitweilig war von Manippels, kurz: Nippels die Rede. Schließlich erinnerten wir uns an jene zwei hochgeehrten Herren, die während der ausgehenden Humanzeit die DNS-Struktur aufgedeckt, den Zellkern gespalten, Genketten lesbar gemacht hatten und Watson und Crick hießen; fortan nannten wir die Gekommenen: Watsoncricks. Bei längerer Tragzeit – achtzehn Wochen – und niedriger Wurfzahl – vier bis fünf Säuglinge – vermehrten sie sich langsamer als wir. Übrigens waren von den zwölf, die von Bord gingen, fünf Watsoncricks weiblich und tragend. Wir hätten sie alle vernichten, sogleich vernichten sollen.

Unser Herr Matzerath, dem ich von der Anlandung der Rattenmenschen erzählte, nennt ihre knäbleinhohe Größe ausreichend und spricht, alles in allem, von einem gelungenen Entwurf. Auf meinem Tisch zuviel Post, doch keine Nachricht aus Travemünde. Ich träume neuerdings Wiederholungen und Varianten. Nicht nur, daß die Hexe mit einer Schere, die ihr die Böse Stiefmutter reicht, ritschratsch Rapunzels Langhaar abschneidet; es bringt mir die Rättin ungerufen immer wieder die eine Szene ins Bild: wie sich zuerst der Frauen Haar – Damrokas Locken! – entzündet, worauf sie alle ganz und gar verglühen. Nein, eher ist es so, daß die Frauen blasser und blasser werden, bis sie nur noch Farbspuren auf bröckelndem Kalkmörtel sind, die der Maler Malskat, diesmal im Auftrag unseres Herrn Matzerath, mit einer Wurzelbürste abwäscht, um mit sicherem Pinsel fünf Frauen zu entwerfen, die aber alle der Filmschauspielerin Hansi Knoteck gleichen und keine einzige ein bißchen nur meiner Damroka.

Immer noch keine Postkarte aus Travemünde. Im Dritten Programm geht das Leben weiter, und wie versprochen bekommt meine Weihnachtsratte wöchentlich pünktlich frische Streu. In Hameln klingen die Festlichkeiten ohne besondere Vorkommnisse aus. Die Nachricht aus Uppsala jedoch, nach der die isolierte Erbsubstanz altägyptischer Mumien geklont sich zu vermehren beginne, träumt mir in Fortsetzungen und gibt den Watsoncricks, kaum sind sie angelandet, frühgeschichtliche Profile: Wie aus des ersten Ramses Zeit stehen oder schreiten sie statuarisch, die Schultern eckig, Hände, Füße, der Bauchnabel stilisiert; und selbst ihre Rattenköpfe waren wohl ursprünglich im Nildelta heimisch.

Das kann unser Herr Matzerath nicht akzeptieren. Er will die Angelandeten schwedisch geprägt sehen. Doch stimmt er mir zu, sobald ich innerhalb der Zwölfergruppe vier oder fünf besonders erwähne, weil sie Schmuck tragen. Kaum haben sie sich zum ersten Landgang entschlossen, sehe ich Silbergehänge an ihnen, auch Ketten aus Elfenbein, gereihtem Onyx und goldenen Gliedern.

Das ist, rufe ich im Traum, ein aus feinem Silberdraht gewirkter Gürtel, den ich zuletzt in Damrokas Seesack zwischen Krimskram gesehen habe; der ist nun jener Hochschwangeren um den Leib nicht zu eng. Und jenes Korallenkettchen, das einer anderen Schwedischmanipulierten unterm Rattenkopf Schmuck ist, schenkte ich einst – aber das wird sie vergessen haben – der Meereskundlerin, als wir einander noch gut waren. Auch aus der Schatulle der Steuermännin erkenne ich dieses und jenes Stück wieder, das sie, obgleich es bald aus mit uns war, zu tragen nicht müde wurde. Ohrringe! Eine der weiblichen Rattenmenschen, schwanger wie alle, trägt Ohrringe mit langen Klunkern dran; wenn ich nur wüßte, wem ich wann diese Kostbarkeiten – ich weiß noch den Preis – auf den Geburtstags-, den Weihnachtstisch gelegt habe oder auf Muttertag...

Dazu sagt die Rättin, von der mir träumt: Selbst wenn die Welt unterginge, würden deine Weibergeschichten nicht aufhören. Schau nur genauer hin, Paps! Ringe, die du getrödelt, nach kurzem Handel gekauft, allzeit freigiebig verschenkt hast, tragen nun die männlichen Nippels, am Daumen komischerweise.

Dann greift die Hexe wieder zur Schere, auf daß Rapunzel kahlgeschoren weint. Dann sehe ich, wie Malskat, schon wieder tätig hoch im Gerüst, keine Stilbrüche fürchtet, indem er gotischen Wandbildern altägyptische Strenge befiehlt; dabei ist es ein Selbstportrait, das ihm mit schnellem Pinsel gelingt: Jung und ein wenig eulenspiegelhaft zwängt er sich zwischen zwei schon fixfertig gemalte ältere Herren, denen die ägyptischen Akzente gut zu Gesicht stehen. Dann träume ich Post, in Travemünde gestempelt. Dann sehe ich unseren Herrn Matzerath, wie er die Grimmbrüder unter Vertrag nimmt. Dann schlägt die Kuckucksuhr zwölfmal. Und nun gehen abermals die Watsoncricks unter Glockengeläut an Land...

DAS ELFTE KAPITEL, in dem die Gekommenen seßhaft werden, der Dornröschenschlaf schrecklich endet, in Hameln Drillinge überraschen, im Lübecker Bildfälscherprozeß geurteilt wird, die Speicherinsel zu eng ist, unser Herr Matzerath wieder einmal alles vorausgewußt hat, die Watsoncricks Ordnung schaffen und – weil die Post gute Nachricht bringt – Musik tröstet.

Unsere Träume heben sich auf.
Beide sind wir hellwach
uns gegenüber gestellt
bis zum Ermüden.

Mir träumte ein Mensch,
sagte die Ratte, von der mir träumt.
Ich sprach auf ihn ein, bis er glaubte,
er träume mich, und im Traum sagte: Die Ratte,
von der ich träume, glaubt mich zu träumen;
so lesen wir uns in Spiegeln
und fragen einander aus.

Könnte es sein, daß beide,
die Ratte und ich,
geträumt werden und Traum
dritter Gattung sind?

Am Ende, sobald sich die Wörter erschöpft haben,
werden wir sehen, was wirklich
und nicht nur menschenmöglich ist.

Sie sind blauäugig. Langsam gewinnen sie Gestalt. Sie werfen Schatten und haben Eigenschaften, darunter komische.

Wenn wir soeben sagten, sie sind, von den Köpfen und partieller Behaarung abgesehen, menschlich proportioniert und gehen ordentlich aufrecht, sagen wir jetzt: Ihr fellartiger Haarwuchs ist blond, weshalb die blauen Augen den übergroßen Rattenköpfen nicht fremd zu Gesicht stehen; sowohl weißhaarigen wie rotäugigen Laborratten hat sich die Zutat schwedischer Gene so typisch mitgeteilt, daß die skandinavische Herkunft der Einwanderer nicht mehr bezweifelt oder mit exotischen Beigaben vermischt werden sollte: Eindeutig sind sie Produkt jener Außenstelle der Universität Uppsala – die Gentechniker dort korrespondierten mit ihren Kollegen in Boston, Bombay und Tiflis –, in der schon frühzeitig angereicherte Zellkernkulturen gespeichert wurden. Weltweit stimmte sich Wissenschaft ab. Deshalb ist die mit Glockengeläut begrüßte Anlandung als Fortsetzung der Humangeschichte zu begreifen. Was der Große Knall relativ kurzfristig unterbrach, konnte überbrückt werden: eine Invasion mehr. Denn wie einst Schiffe kamen, beladen mit Goten, die im Weichselmündungsgebiet Fuß faßten und nach kurzem, eher lustlosem Siedeln von hier aus nach Süden zogen, um ihren Teil der Völkerwanderung abzuleisten, so sind jene in Gotlands Hauptstadt Freigesetzten als eine Kraft zu begreifen, die – wie schon jetzt deutlich – Geschichte machen wird.

Wer sagte das? Die Rättin, von der mir träumt? Oder sagte ich, was mir vorgesagt wurde? Oder sie, was ich ihr in den Mund legte? Oder sprachen im Traum die Rättin und ich synchron?

Beide sind wir vom Auftritt der Manippels, ihrer penetrant blonden Blauäugigkeit überrascht worden, wenngleich die Rättin der Kommenden Ankunft herbeigesehnt hat, ich sie befürchtet habe. Anfangs retteten wir uns in Gelächter: Sind die nicht komisch, zum Totlachen komisch? Diese Henkelarme! Dieses, bei durchgedrückten Knien, gestelzte Gehen. Wie die Männchen beim Pissen ihr Geschlecht verdecken, die Weibchen sich hocken. Ihre umständlichen Begrüßungen und feierlichen Gesten. Wirklich: Komische Käuze sind sie!

Seit der Anlandung beobachteten wir ihre von den Rattenvölkern unbehinderte Landnahme. Indem sie die Speicherinsel zwischen den Mottlauarmen, mithin geschichtsträchtigen Raum besetzten und auf den Brücken zur Rechtstadt, zur Niederstadt gezielt harnten und Kot plazierten, also auf rattenübliche Weise ihr Revier absteckten, traten sie auf, als seien ihre Ansprüche verbrieft.

So etwa, sagte die Rättin, sagte ich, mögen dazumal die Deutschritter ihrem Orden Platzrecht verschafft haben. Doch weil sie so fraglos von der Speicherinsel Besitz ergriffen, wurden die Gekommenen von den ansässigen Rattenvölkern nicht nur geduldet, sondern als Zeugen höherer Gewalt auch respektiert: aus gehöriger Distanz. Nein, keine Kontaktnahme, kein spielerisches Kräftemessen. Auch keine untertänige Ehrerbietung nach anfänglichem Glokkengeläut. Allenfalls kommt man sich neuerdings auf den Brücken nah, wittert einander: fremd.

Wir warten ab. Wir sehen sie alltäglich und werden vorerst nicht klug aus ihnen. Doch sind meine Rättin und ich darin einig: Es geht von den schwedischmanipulierten Rattenmenschen – sie sagt betont: Menschenratten – in sich ruhende, träge, womöglich dumpfe Gewalt aus, die sich vorerst nicht beweisen muß; man glaubt ihnen auch so, daß sie notfalls bereit sind durchzugreifen: rasch und besonnen, immer dem Anlaß entsprechend, nie maßlos. Sie verkörpern Macht, doch keine blindwütige Gewalttätigkeit. Lässige Disziplin ist ihnen eingeboren. Ohne daß sie – was unter Ratten leider notwendig ist – von Aufpassern verbissen werden müssen, gehen sie ihrer unmerklichen Ordnung nach.

Die Rättin sagt das, ich bestätige: Die Gekommenen sind, nachdem sich das Lachhafte ihres Auftritts verflüchtigt hat, schön, von erschreckender Schönheit. Nicht aus Distanz, nahbei, von den Brücken her besehen, sind sie individuell ausgeprägt, keine identischen Klons, vielmehr ein jeder, eine jede anders schöngeraten. Das Blau ihrer Augen reicht vom lichten, hier wäßrigen, dort milchigen Blau über kühles Metallblau bis zu jener dunklen, sich plötzlich einschwärzenden Bläue, die während der Humanzeit dem heldischen Blick nachgesagt wurde. Dazwischen immer wieder Momente strahlender Himmelsfarbe, ihre uns rührende Blauäugigkeit.

Die Rättin und ich sehen sie weizen- und semmelblond, gold- bis rotblond die Speicherinsel abschreiten: gelassen raumgreifend. Hier stehen sie sinnend vor den Trümmern aus der Zeit des Zwischenkrieges, dort mögen sie nicht ahnen, daß einst, parallel zur Adebargasse, die Münchengasse lang das letzte Judenghetto verlief. Ihnen hängt diese Geschichte nicht an. Nichts müssen sie bewältigen. Auf den Wert Null programmiert und von keiner Schuld genötigt, treten sie auf. Mit Neid sehen wir das.

Etwas Tapsiges ist ihnen eigen. Ein wenig O-beinig stehen sie da. Nicht alle sind glattbehaart. Einigen lockt sich das Fell den Rücken, die Oberarme, die Schenkel lang. Selbst auf den Fingergliedern und Zehen – ja, es sind menschliche Hände und Füße, mit denen sie zufassen, Stand finden, sich behelfen – kräuseln es lichte Haare. Jene mit glattem Haupthaar tragen es lang und gescheitelt. Auch sind ihre hell- bis dunkelblauen Schwedenaugen blond bewimpert.

Ich finde das schön. Die Rättin hingegen meint, sie sehe außer rattigen Zutaten Anteile vom Hausschwein. Indem sie auf fehlende Langschwänze hinweist, wird mir deutlich, daß die Wirbelsäule der Rattenmenschen überm Steiß in zwar kümmerliche, aber doch ablesbare Ringelschwänzlein mündet. Die Rättin sagt das ohne Spott, als sei die Manipulation von menschlichen Genen mit schweinischen und rattigen einem Programm vorzuziehen, das sich auf rattige und menschliche Gene beschränkt.

Gewiß, der drollige Ringelschwanz ist ein Argument. Mehrmals auf ihn verwiesen, läßt er sich nicht übersehen. Dennoch werte ich die reduzierten und überdies gelockten Rattenschwänze anders. Ich weigere mich, sie Schweineschwänze zu nennen, weise auf mögliche Launen der manipulierten Natur hin und bestehe weiterhin auf der neuen Gattung: Rattenmensch oder Menschenratte. Diese Anreicherung ist genug. Nur das Rattige kann oder soll im Humanen sinnfällig werden. Seitdem es uns altgewohnt nicht mehr gibt, sind wir neuerdacht immerhin wieder möglich geworden. Einzig die Ratte, behaupte ich, konnte den Menschen erhöhen und ihn verbessern. Nur diese Genkette überbot die Natur. Einzig dergestalt gelang es, die Schöpfung fortzusetzen. Von schweinischer Zutat zu reden – Rättin, ich bitte dich! – fiele mir schwer.

Sie leben als Paare. Eine nicht übermäßige, aber doch spürbare weibliche Dominanz will auffallen. Der weibliche Rattenmensch begnügt sich nicht mit der Aufzucht der Würfe. Nachdem ihre Drillinge oder Vierlinge gesäugt sind, sehen wir die Weibchen nachdenklich schlendern, während die männliche Menschenratte den Nachwuchs hütet. Offenbar ist zu guter Letzt die geschlechtliche Gleichberechtigung doch noch gelungen. Was zu Humanzeiten nicht möglich war und immer wieder Streit in die Wohnküche, ins Schlafzimmer brachte und – bei aller Liebe – nicht überbrückt werden konnte, lebt sich nun aus: ganz und gar zwanglos, harmonisch wie gewünscht, wenn auch ein wenig eintönig. So begierig ich bin, in ihrem Alltag Spannungen, beginnende Zerwürfnisse auszumachen, nichts will knistern, kein Funke springt, überzeugend langweilig geht es zu.

Kaum angelandet, haben sie sich vermehrt. Zwar werden sie nicht so rasch wie die ansässigen Rattenvölker zahlreich sein, aber schon paaren sich die ersten Jungpaare, schon sind die Schwedischmanipulierten eine Großsippe, bald werden sie ein Volk bilden. Die Rättin und ich zählen über hundert Blauäugige, die auf der Speicherinsel ihr Revier haben und sich auswachsen wollen. Zwei der fünfgeschossigen Fachwerkhäuser, die nach dem Zwischenkrieg wieder aufgebaut wurden, sind bis unters Dach als Kinder- und Jugendhäuser belegt. Noch kennen sie keine Nahrungssorgen, weil alle Speicher mit Vorräten der hiesigen Rattenvölker gefüllt sind: Maiskolben, Kornaufschüttungen, gehäufte Linsen und Sonnenblumenkerne.

Die Rättin, von der ich glaube, sie träume mir, sieht das nicht ohne Bedenken; und ich, der ich von ihr – das sagt sie – geträumt werde, sorge mich gleichfalls: Jeder Vorrat geht mal zu Ende. Irgendwann bringt das Probleme.

Sie hingegen beklagt Versäumnisse: Wir hätten sie ausrotten, gleich nach dem Anlanden ausrotten sollen. Waren doch nur zwölf. Wäre ein Klacks gewesen, mit denen fertig zu werden ruckzuck.

Im Prinzip gebe ich meiner Rättin recht, und wahrscheinlich war sogar ich es, der aus Sorge um die im Raum Danzig siedelnden Rattenvölker die unverzügliche Eliminierung der Manippels gefordert hat. Jedenfalls stimmen wir überein: Der Friede täuscht. Bald wird die Speicherinsel übervölkert sein. Schon ist die vierte Generation der Blauäugigen geschlechtsreif. In den Vorratshäusern sinken die Sonnenblumenkerne von Stockwerk zu Stockwerk. Offensichtlich ist der Vorrat im ehemaligen Raiffeisenspeicher – Gerste lagerte dort – verbraucht. Immer mehr abgenagte Maiskolben schwimmen in beiden Mottlauarmen. Zwar darben die Rattenvölker nicht, zumal die letzten Ernten überreich ausfielen, aber man sorgt sich dennoch: Was wird sein, wenn alles verzehrt ist? Wohin mit ihnen, wenn sie hungrig und überzählig sind?

Noch bieten ihre Versammlungen ein friedfertiges Bild. Wenn sie am Abend in Gruppen stehen oder Arm in Arm auf und ab schlendern, wirken sie harmlos, ganz auf sich und ihre Vervielfältigung konzentriert: eher sanft die Männchen, herrisch die Weiber. Wohlgeordnet bevölkern sie die Speicherinsel, als reiche ihnen der Flecken. Streng pfeifen sie ihre Kinder zurück, sobald einige im Spiel auf die Brükken laufen und Reviermarkierungen überspringen: in Richtung Grünes Tor oder am Milchkannenturm vorbei, zur Niederstadt hin, wo unsere Russen hinter Schlammwällen siedeln.

Ihre Aufzucht ist folgsam. Von jung an lernen sie, durch Handheben sich abzustimmen. Sie wollen nichts übers Knie brechen und legen auf gute Nachbarschaft wert. Neutralität ist ihnen eingeboren. Wohltuend skandinavisch benehmen sie sich, als wäre ihnen überdies gentechnisch ein gewisses sozialdemokratisches Verhalten vermittelt worden; das sagen wir uns zur Beruhigung.

Noch nie hat sich ein Watsoncrick auf dem Langen Markt, vorm Rathaus oder Artushof sehen lassen. Frei von Neugierde, reicht ihnen ihr Revier. So sehr wir um ihre und unsere Zukunft bangen, so wenig scheinen sie sich zu sorgen: Erhaben ruhen die Manipulierten in sich. Schwindende Vorräte und drangvolle Enge hindern sie nicht, blond und blauäugig mehr und mehr zu werden. Bedrohlich nimmt ihre Schönheit zu: Aus allen Speicherluken schimmert sie glatt und gelockt.

Noch erfreut uns ihr Liebreiz, doch auffällig ist neuerdings, daß sich die ausgewachsenen Nippels zu Übungen versammeln. Über die Mottlau hinweg sehen die Rättin und ich, wie sie Kolonnen und keilförmige Formationen bilden. Aufrecht gehend üben sie Gleichschritt. O Gott! Sie marschieren. Sie schwenken links ein, machen kehrt nach rechts, sie treten auf der Stelle, erstarren auf Befehl, werfen den Blick in die befohlene Richtung, schreiten voran abermals. Übers ruhige Wasser hören die Rättin und ich ihre Kommandos. Eine gaumige, wenn man will, gemütlich anmutende Sprache, die mich an das Gebrabbel jener Mitbringsel erinnert, die unser Herr Matzerath für die armen Kaschubenkinder nach Polen einführte; ist mir doch, als hörte ich die Watsoncricks immerfort rufen: Rechtsschlumpfmarsch! Schlümpft um! Im Gleichschritt Schlumpf! Schlümpf zwo drei vier, Schlümpf zwo drei vier, Schlümpf...

Sie kommen! Der Zauberspiegel der Bösen Stiefmutter, vor dessen Bildschirm sich alle im Knusperhäuschen Versammelten drängen, zeigt nie gesehene Raupenfahrzeuge, die den plötzlich offenen Schlund unterirdischer Betonsilos verlassen. Mit schwenkbaren Greifern, dem ausgefahrenen Räumgatter, dem Dorn, den Rammböcken, mit ihren seitlich gelenkigen Saugrüsseln sind sie sagenhaften Drachen ähnlich; deshalb werden sie, wie man Kampfpanzer nach Raubtieren benennt, »Räumdrachen« genannt.

Jetzt walzen die Räumdrachen auf der Autobahn alles Grünzeug nieder und kommen näher und näher. (Unser Herr Matzerath wünscht, daß diese Spezialfahrzeuge, die bisher einzig in Indien und Südamerika für das Abräumen weitläufiger Slumgebiete gut waren, nun aber jedermann vertreiben, der soeben noch die Märchenregierung Grimm feierte, überdies mit Flammenwerfern bestückt sind. Ich spreche mich gegen solch altertümliche Bewaffnung aus, muß aber damit rechnen, daß sich Oskars Frühprägungen am Ende durchsetzen; so tief hat ihn der Einsatz von Flammenwerfern beim Kampf um die Polnische Post beeindruckt.)

Im Knusperhäuschen breitet sich Panik aus. König Drosselbart bangt um seinen Besitz. Die Guten Feen weinen, die Bösen winden sich wie getreten. Jorinde, Joringel versteinert. Als friere es sie, hüllt Rapunzel sich in ihr Langhaar. Wie der Frosch entsetzt von der Dame Stirn in den Brunnen hüpft, kriecht angstschlotternd der Froschkönig aus dem Loch. Mit den abgehauenen Händen verdeckt das Mädchen seine Augen, die nichts Entsetzliches sehen möchten. Und Rotkäppchens Großmutter liest allen, die hören wollen, aus dem Grimmschen Wörterbuch dem Unheil nahe Wörter vor: »Ungemach, Unhold, Ungeheuer, Unglück, Unmut...«, aber auch: »unbekümmert, ungestüm, unverzagt...«

Vorerst steht nur Rübezahl mit seiner Keule zum Widerstand bereit. Jetzt auch das Tapfere Schneiderlein und der Standhafte Zinnsoldat. Von den Zwergen bedrängt, pissen etliche mindere Hexen in eilends gesammelte leere Flaschen, die von den Zwergen verkorkt werden. Des Mädchens abgehauene Hände üben technische Griffe.

Beiseite raten Schneewittchen und Rotkäppchen den Kanzlerkindern davonzulaufen: »Ihr solltet nach Hause gehn, Kinder, bevor es zu spät ist!« Aber Hänsel und Gretel weigern sich: »Wir gehören zu euch!«

Inzwischen zeigt der Zauberspiegel, daß die Räumdrachen die Autobahn verlassen haben. Sie nähern sich dem Wald, fallen über ihn her, fressen sich durch, speien hinter sich Kleinholz aus, zerkautes Moos, Wurzelhack. Aus der Kuppel des ersten Räumdrachens zeigt der wachküssende Prinz dem Kanzlergeneral der Notstandsregierung die Richtung. Küsse schickt er dorthin, wo er hinter Dornen sein schlafendes Dornröschen weiß.

Im Knusperhäuschen sind alle immer noch wütend über des verräterischen Prinzen Flucht. Rapunzel schämt sich. Die Hexe, der Zauberer Merlin und die Bösen Feen versuchen, die Räumdrachen mit Verwünschungen und Zaubersprüchen aufzuhalten. Aber alle Bannflüche prallen funkensprühend ab oder verändern nur Äußerlichkeiten: Es wachsen den Spezialfahrzeugen Drachenzähne, rollende Augen sind ihnen eingesetzt, zwischen Dorn und Räumgatter fährt glühend eine gespaltene Zunge aus; auf diese Weise gehört unseres Herrn Matzerath Flammenwerfer doch noch zur Ausrüstung der Räumdrachen.

Von all dem unbetroffen ist einzig der Prinz. Verzückt und wie außer sich wirft er richtungsweisende Küsse. Jetzt erreicht die Kolonne, deren letzter Drachen eine mit Schutzschildern und Visierhelmen bestückte Spezialtruppe transportiert, die Waldlichtung, in deren Mitte das steingehauene Denkmal der Grimmbrüder steht.

Mit Entsetzen sehen die Märchengestalten im Zauberspiegel, wie einer der Räumdrachen den Rammbock ausfährt, Anlauf nimmt, das Denkmal rammt, den Sockel abermals rammt, mit neuem Anlauf die steingehauenen Grimmbrüder stürzt, worauf sie in Stücke brechen, die von den anderen Räumdrachen in den Waldgrund gewalzt werden, auch die uns lieb vertrauten, nun schmerzlich angeschlagenen Köpfe.

Es ist, als wollten im Knusperhäuschen alle Märchengestalten, die der praktischen Gewalt zusehen, mit den Grimmbrüdern im Boden versinken. Die Guten und Bösen Feen rufen: »Wehe den Menschenkindern, sie wissen nicht, was sie tun!«

Jetzt zeigt der wachküssende Prinz, der dem Zerstörungswerk anfangs fassungslos zusah und sich dann seine Kappe über die Augen zog, eine neue Richtung an. Doch da die Räumdrachen nicht der Weisung des Prinzen folgen, vielmehr entgegengesetzt ein Ziel ansteuern, wendet sich die Gewalt nicht dem Dornröschenschlaf hinter Dornenhecken zu; vorher soll noch ruckzuck eine Rechnung beglichen werden. Immer tiefer frißt sich die Kolonne durch heilen Wald.

»O weh!« ruft Schneewittchen, »nun ist mein Märchen bald aus!«

Es jammern Jorinde und Joringel: »Unsere Trauer wird nimmermehr sein.«

Rotkäppchen, das dumme Ding, ruft: »Vielleicht besuchen sie uns nur!?«

Rapunzel weiß: »Ohne Märchen werden die Menschen verarmen.«

»Ach was«, sagt Rumpelstilzchen, »wir fehlen ihnen schon lange nicht mehr.«

Über das Gejammer der Untertitel hinweg (in das nun auch unser Herr Matzerath einstimmt: »Dieser schlimme Ausgang bereitet mir Sorge!«) ruft Rübezahl zum Widerstand auf. »Mir nach!« ruft er und schwingt seine Keule.

Alle verlassen das Knusperhäuschen. Die Böse Stiefmutter nimmt ihr Ein und Alles, den Zauberspiegel, an sich, in dem soeben noch die Räumdrachen alles zerstörend im Bild waren. Draußen wird der Wolf von der Kette gelassen. Die Bösen Feen nehmen alle Verwünschungen von den verwunschenen Raben, Schwänen, dem Reh, worauf sich eine Horde halbstarker Prinzen verlegen die Beine vertritt, dann zusammenrottet: ängstlich und trotzig zugleich.

Die Zwerge verteilen die Flaschen voller Hexenpisse. Nichts Hilfloseres fällt König Drosselbart ein, als den Standhaften Zinnsoldaten zum General zu befördern. Der Wolf kneift den Schwanz ein, will an die Kette zurück. In den Brunnen flüchten möchte der Froschkönig, doch seine Dame und die Hexe auch hindern ihn, sich zu verdrücken. Vor allen anderen hört das Mädchen ohne Hände den Lärm der immer näher kommenden Gewalt: Es stopft sich die Ohren. Hänsel faßt Gretels Hand.

Jetzt brechen sie aus dem Wald, sechs an der Zahl, breit gefächert. Greifer, Dorn, seitliche Saugrüssel fahren sie aus. Rammböcke drohen, die Räumgatter. Zwischen Gatter und

Dorn glühend gespaltene Zungen. Schrecklich rollen die Augen. Hinter den Räumdrachen sichert die abgesessene Spezialtruppe, von Schilden und durch Visiere geschützt, das geräumte Gelände. Aus einem der Panzertürme lächelt und winkt der wachküssende Prinz dümmlich den kampfbereiten und doch verlorenen Märchengestalten zu. Sogar Küßchen verteilt er, bis ihn des Kommandierenden Faust in den Drachen zwingt. Aus anderen Luken segnen die Bischöfe das vorbestimmte Geschehen. (Mir ist, als habe sich unser Herr Matzerath, wie von Jugend an gewohnt, mit dem Feind, wenn nicht verbündet, so doch gemein gemacht; zwischen den Industriebossen ahne, nein, sehe ich ihn.) »Nieder mit den Märchen!« heißt die Parole des Kanzlergenerals.

Die Sieben Zwerge und weitere Winzlinge und Schrate werfen abgefüllte Hexenpisse wie Molotowcocktails. Zwar explodieren die Flaschen, doch setzen alle Räumdrachen, zusätzlich nun von fratzenhafter Bemalung gezeichnet, ihren Frontalangriff fort. Weit voraus züngeln die glühend gespaltenen Zungen.

Rübezahl, der sich mit seiner Keule gegen die Drachen stellt, wird als erster niedergewalzt, danach der Standhafte Zinnsoldat, dann alle Zwerge Winzlinge Schrate, die sich zu spät einzugraben versuchen. Darauf erwischt es alle halbstarken Prinzen, die soeben noch Schwan, Rabe oder Reh waren. Der endlich angreifende Wolf springt, prallt ab, wird zerstückelt. Die Guten und Bösen Feen, König Drosselbart, der schlotternde Froschkönig nebst Dame und Hexe, alle minderen Hexen, Schneewittchen, die Böse Stiefmutter, Rotkäppchen, Jorinde, Joringel, das Rumpelstilzchen und Frau Holle, zum Schluß die Wilden Männer und das Tapfere Schneiderlein, alle alle werden niedergemacht oder wie der fliegende Koffer und die besenreitenden Hexen von Greifern und Saugrüsseln, von gespaltenen Zungen erfaßt, aufgesogen, zerschmettert, entflammt oder – wie man auf deutsch sagt – eliminiert: Hintenraus speien die Räumdrachen, was sie vornweg zu fassen kriegen.

Vom Dorn wird der Zauberer Merlin gespießt. Rapunzels Langhaar verfängt sich in der Raupenkette eines Räumdrachens. Das Mädchen mit den abgehauenen Händen geht in Flammen auf, während noch seine Hände bis zu allerletzt hier einen Sehschlitz verstopfen, dort eine Schraube zu lockern versuchen und endlich doch der drachenförmigen Gewalt erliegen. Bis auch sie erfaßt und zerkleinert wird, liest Rotkäppchens Großmutter aus dem Grimmschen Wörterbuch laut gegen die röhrende Gewalt an. »Gnade!« liest sie, »gnädig, gnädiglich, gnadenlos...« Nichts kann die Drachen aufhalten.

Wie nebenbei wird das Knusperhäuschen zerstört. Überall liegen zermanscht, geborsten, entzwei, in Stücken: der Zauberspiegel und Rumpelstilzchens Bein, die Zwergenmützen, des Wolfes geplatzter Reißverschlußbauch und Rotkäppchens Kappe. Verstümmelt des Mädchens Hände, Schneewittchens Sarg in Scherben, zerfetzt das Wörterbuch, ein jeglicher Band...

Ach, wie traurig ist das, wie jämmerlich! (Und wäre er nicht zum Feind übergelaufen, hätte es auch mit ihm ein so trauriges Ende genommen, sagt unser Herr Matzerath.)

Nur Hänsel und Gretel haben überlebt. Das können beide: rechtzeitig davonlaufen. Von den Räumdrachen verfolgt, fliehen sie Hand in Hand durch heilen in toten Wald, bis sie zur wuchernden Dornenhecke kommen, hinter der der allumfassende Dornröschenschlaf anhält.

Hänsel und Gretel verbergen sich hinter gestürzten Bäumen. Der wachküssende Prinz weist dem Kanzlergeneral, den Bischöfen und Industriebossen, die aus den Kuppeln aller anderen Räumdrachen schauen, die neue Richtung an. Aus ihrem Versteck sehen die Kinder, wie sich das regierende Interesse im klassischen Verbund – Kapital Kirche Armee – durch die Dornenhecke frißt, sie niederwalzt und planiert, bis alles freigelegt ist: die Turmruine mit dem schlafenden Dornröschen, der im Schlaf starre Kanzler und sein erstarrtes Gefolge.

Jetzt greift (während sich unser Herr Matzerath aus einer seitlichen Luke davonstiehlt und wieder einmal, als spiele er Kind, schuldlos sein möchte) ein Greifarm des kommandierenden Räumdrachens den wachküssenden Prinzen, hebt ihn aus dem Panzerturm hoch, höher, noch höher, bis zur dachlosen Kammer der Turmruine, wo der Prinz sogleich und ohne Bedenken sein Dornröschen packt, es küßt, wie von Sinnen küßt, wie nie zuvor küßt, verzweifelt und hoffnungsvoll, als gäbe es was zu hoffen, mit einem Dauerkuß wachküßt und nun, freischwebend mit dem wachgeküßten Dornröschen im Arm, vom Greifer gehoben und seitlich aus der Turmruine geschwenkt wird, worauf nach und nach der erwachende Kanzler und sein erwachendes Gefolge ins Bild kommen.

Ach, dieses Märchen geht immer noch auf. Sofort beißt der Kanzler in ein großes Stück Buttercremetorte, das er, solange der Dornröschenschlaf anhielt, im Griff hatte. Kaum erwacht, streiten Experten und Minister altgewohnt ums Detail. Im Nu bringen die Polizisten sichernd ihre Maschinenpistolen in Anschlag. Den begonnenen Satz schreiben die Journalisten fort. Sogleich anlaufende Filmmeter. Sein Stichwort kennt jeder. Wie gelernt, so getan. Alles verläuft, als sei nichts geschehen, ganz normal wie zuvor.

Und wie er noch nach letztem Biß mampft, ruft der Kanzler: »Kinder! Meine lieben Kinder! Es ist ja alles wieder gut. Vorbei ist der böse Spuk. Kommt zurück! Vater und Mutter bitten euch, kommt nach Hause, wo alles heil und wie früher ist.«

Da verlassen Hänsel und Gretel ihr Versteck und laufen abermals davon. (Wieder abseits von allem Geschehen, will unser Herr Matzerath diesen immerhin denkbaren Verlauf; und ich stimme ihm zu.) Nicht auf Kommando des Kanzlers, der glaubt, einfach weiterregieren zu können, als gäbe es nicht Generäle Pfaffen Bosse, wirft der Greifer des kommandierenden Räumdrachens den wachküssenden Prinzen und sein Dornröschen weit von sich, so daß beide sogleich zerschmettert sind.

Jetzt überrollt der Drachen das sich im Tode noch küssende Paar, will nun Hänsel und Gretel hinterdrein, will des Kanzlers Kinder fressen und niedermachen; aber die beiden sind weit weg schon und auf und davon ...

Das haben wir nicht gewollt,
sagen die tief Betroffenen zu anderen,
die gleichfalls zutiefst betroffen sind:
soviel Betroffenheit von statistischem Wert.
Nie war die Einschaltquote so hoch.

Wir sind bestürzt! rufen Chöre
anderen Chören zu, die zutiefst erschüttert sind.
Mehrheitlich, wie sich auszählen läßt,
sind wir bestürzt und erschüttert zutiefst.
Danach ist von frisch gewonnener Festigkeit
und von Verlusten die Rede,
mit denen man leben müsse, so traurig das sei.

Die neue Mehrheit hat wieder Mut gefaßt
und läßt sich nicht unterkriegen so leicht.
Dennoch sollte der Mensch, heißt es in Kommentaren,
Betroffenheit zeigen können; wenigstens
nach der Abendschau ab und zu.

Ich versprach meiner Weihnachtsratte, es nicht beim Weglaufen zu lassen, vielmehr einen anderen, womöglich verklärten Schluß zu suchen, den mir unser Herr Matzerath kürzlich, als wir einander wie gewohnt heimsuchten, mit zwei drei Stichworten – »Hoffnung schöpfen! Das Wunder nie ausschließen!« – als glückliche Wendung angeraten hat. Dennoch bleibt sie in ihrem Häuschen ungerührt und läßt nur die Spitzen ihrer Witterhaare sehen. Nichts kann sie lokken: kein geistliches Konzert, nicht die Wasserstandsmeldungen der Elbe und Saale, schon gar nicht das Echo des Tages; und selbst der Schulfunk für alle, dem sonst ihr Interesse sicher ist, schwatzt ihr kein Aufmerken ab; unser tagtäglicher Existenzbeweis, das Dritte Programm, versagt.

Also versuche ich es mit Hameln. Hör zu, Rättlein, dort feiern sie seit Wochen schon. Festreden werden gehalten und Bilder mit Rattenmotiven gezeigt. Auch ich habe Blätter geschickt, die mir zu dir eingefallen sind und meine Träume abbilden: Ratten, wie sie den aufrechten Gang üben, sich eingrabende Ratten, flüchtende, betende. Eine laufende Ratte vor der turmreichen Kulisse der Stadt Danzig-Gdańsk. Und der Rattenmensch oder die Menschenratte. Mit sattschwarzem Pinsel, mit sibirischer Kohle gezeichnet oder in Kupferplatten mit dem Stichel gerissen, gegraben, ganz fein gestrichelt...

Dabei hätte ich in Hameln lieber erzählt, was vor siebenhundert Jahren wirklich geschah. Doch will man dort von gotischen Punks, die eins waren mit ihren verzärtelten Ratten, nichts hören. Diese traurige Wahrheit paßt nicht ins Festprogramm. Sie könnte der Gastronomie, dem Hotelgewerbe schaden. Womöglich ließen sich heutige Punks plötzlich einfallen, mit ihren rosa oder giftgrün gefärbten Ratten doch noch von weither zu kommen, um am Fluß Weser ihrer gotischen Vorläufer zu gedenken: schrill, mit Ketten rasselnd, totenbleich geschminkt und die Bürger verstörend. So würde abermals Chaos in Hameln Quartier finden. Und abermals müßte nach Ordnung gerufen, für Ordnung gesorgt werden. Von Hannover und Kassel herbeigetickert, kämen Hundertschaften, gerüstet mit chemischen Keulen und Wasserwerfern. Ein jeglicher Polizist wäre mit Schild und Visier auf mittelalterliche Weise geschützt. Das will doch niemand: Knüppel frei! Straßenschlachten. Die Siebenhundertjahrfeier könnte aus dem Konzept geraten und Schlagzeilen machen: »Hameln rief – und die Punks kamen!« und ähnlich laute Aufmacher.

Nein, diese Geschichte paßt nicht ins Programm. Zu nackt spricht sie wahr. Denn obendrein, Rättlein, soll zwischen den hundertunddreißig gotischen Punks, die im Kalvarienberg eingemauert und verschüttet wurden, des Ratmeisters Lambert Rike jüngste Tochter mit ihrer Ratte besonders lieb gewesen sein; ein stilles und in sich gekehrtes Mädchen von sechzehn Jahren, das Gret gerufen wurde, mit ihren Zöpfen dem Sohn des reichen Wassermüllers Hornemule versprochen war und weizenblond schön beten konnte, flehentlich lang, bis es sich, wie zuvor schon andere Mädchen und Jungs, allgemein in Ratten, besonders aber in eine einzelne Ratte vernarrte. Und diese Gret, des Ratmeisters Jüngste, soll ihre Ratte Hans gerufen und es mit ihrem Rattenhans womöglich gemacht, immer wieder getrieben haben.

Was heißt hier soll und womöglich! Sie trieb es, ließ sich, machte und hat.

Bis dahin war ihr Möslein unangefochten gewesen. Mit Hilfe weltflüchtiger Gebete sperrte sie jeden Gedanken aus, der fingerlang zudringlich wurde. Auf Rufweite allenfalls hatte des reichen Wassermüllers Sohn ihr nahe kommen dürfen. Und selbst beim Kirchgang war außer Blicketauschen nichts Kitzliges erlaubt gewesen.

Die Ratte jedoch durfte. Anfangs erlaubte Gret nur spielerisch Einlaß, dann durfte ihr Hans mehr und mehr, schließlich alles und das immer wieder. Worauf des Ratmeisters Tochter schwanger wurde und nach unangemessen kurzer Zeit mit Drillingen niederkam, die, wenngleich klein geraten, wie übliche Hämelsche Säuglinge proportioniert waren und ringsum menschelten, bis auf die allerliebst niedlichen Rattenköpfchen.

War das eine Freude im Kreis der hundertunddreißig gotischen Punks. Weil des Stiftsvogtes Sohn, der hieß Hinner, den Schlüssel hatte, fanden nächtens alle durch die Sakristeipforte in die Bonifatiuskirche, darauf zutiefst in die Krypta, wo die drei Söhnchen auf die Namen der Weisen aus dem Morgenland getauft wurden und fortan Kaspar, Melchior und Balthasar hießen. Fromm standen die Buben und Mägdlein in ihrem Plunder ums steingehauene Taufbecken und erlaubten den ihrem Lumpenzeug draufgenähten Schellen kein blechernes Scheppern. Mucksmäuschenstill auch die Ratten, die sie im wirren Haupthaar oder auf bloßer Haut unter Pracherfetzen trugen. Des Stiftsvogtes Hinner sprach, was beim Taufakt zu sagen war. Die anderen bekannten fromm unterm niedrigen Gewölbe: Credo in unum deum…

Danach wurde bis in den Morgen am Ufer des Flusses Weser gefeiert. Aber es wollten die Bürger der Stadt die Freude der gotischen Punks nicht teilen. Noch waren die Wörter »Nukleinsäure« und »Genkette« außer Gebrauch. Vertierte Menschlein und vermenschtes Getier kamen nur im Märchen, auf Fabelbildern und – schlimm genug – beim Hexensabbat, doch nicht in Hameln am hellen Tage vor. Empörtes Geflüster machte die Gassen enger. Graumönche und Weißmönche predigten die Hölle herbei. Schon rotteten sich die niederen Gewerke gegen das ratsherrliche Patriziat. Als nicht nur Gerber und Sackträger, sondern auch Müller und Feinbäcker aufsässig redeten, stand Aufruhr bevor.

Doch sobald die Stadtbüttel handgreiflich werden und der jungen Mutter neugestaltete Säuglinge kassieren wollten, bildeten die Hundertunddreißig einen bedrohlich schützenden Kreis um den niedlichen Wurf. Zudem versprachen sie, nach angewendeter Gewalt in allen Wassermühlen, im Zehnthof des Stiftes und in den Kornhäusern vorm Thytor Feuer zu legen.

Schließlich war es der Ratmeister Rike persönlich, der, seiner jüngsten Tochter Schande wegen, zudem von allen Ratsherren, dem Stiftsvogt und dem Hansegrafen bedrängt, einen Pfeifer von weither, aus Winsen an der Luhe, kommen ließ, dem besondere Töne nachgesagt wurden. Gegen verbrieftes Versprechen, nach gelungenem Kunststück silbern entlöhnt zu werden, kam er und machte sich mit seinen verschieden gestimmten Flöten den Hundertunddreißig vertraut. Er spielte ihnen, wann immer sie wollten, zum Tanz auf und lehrte sie neue Tänze. Bald wurde er mit Verstecken und Zufluchten bekannt gemacht, so auch mit der geräumigen Höhle im Kalvarienberg, wohin sich die junge Mutter Gret mit ihrem Rattenhans und ihren drei besonderen Söhnchen dem Zugriff der Stadtbüttel und den Totschlägern der groben Mahlknechte entzogen hatte.

Und auf Johannes nahm der Pfeifer, der auch die Sackpfeife bei Atem zu halten verstand, die restlichen Hundertundneunundzwanzig mit seinem Gedudel aus der Stadt, um, wie er sagte, der lieblichen Mutter Gret, ihrem Hans und den drei Kindlein ein Fest zu geben. Er führte sie über Feldwege und Wiesen, durch Niederwald und Haselgesträuch in die Höhle hinein, wo mit Gerstenbier und Fladenbrot, Räucherspeck und Honigwaben gefeiert werden sollte.

Natürlich hatte man auch an die mitgeführten Ratten gedacht. Die mochten Käserinden und Sonnenblumenkerne. In Lumpen und schellenbehängt tanzten die Hundertunddreißig mit ihren Ratten bis lange nach Mitternacht. Des

Kaufmanns Amelung Söhne, des Feinbäckers Stencke Töchter, des Ritters Scadelaur Jörg, vieler Gildeherren und Braumeister Kinder verrenkten sich, zappelten. Tanzwütig zwischen ihnen: Gret und ihr Hans. Hüpf-, Stampf- und Schütteltänze. Das alles geschah ja in tanzlustiger Zeit. So vernarrt waren die Tänzer ineinander, daß ihnen der Pfeifer gen Morgen nicht fehlte. Der hatte sich, als es besonders hoch herging und nun auch weitere Mägdlein ihre Ratten einließen, davongemacht.

Er soll auf hohem Baum seine Kappe mit Federschmuck geschwenkt haben, worauf geschah, was vorbereitet war. Die Höhle wurde – wir wissen es – zugemauert, verschüttet und mit Weihwasser bedacht; weshalb man – die Söhnchen Kaspar, Melchior und Balthasar dazugezählt – von hundertdreiunddreißig Hämelschen Kindern sprechen muß, die am 26. Juni des Jahres 1284 im Kalvarienberg verschwanden und nimmer gesehen wurden.

Zu meiner Weihnachtsratte, die unterm Erzählen ihr Häuschen verlassen und ihre Witterhaare hochgestellt hatte, sagte ich: Übrigens wurde um diese Zeit – wenn man nicht Kunsthistorikern, sondern dem Vorleben des Malers Malskat folgt – die Lübecker Marienkirche inwendig ausgemalt. Nicht nur Langhaus und Chor, auch Fensterleibungen und Arkadenbögen. So entstanden die Drolerien der Fabelfenster. Sie zeigen Esel und Huhn, wobei der Esel Nadel und Faden führt, das Huhn jedoch Eier ausbrütet, aus denen gewiß das Böse schlüpfen wird. Wir sehen Krebse gegeneinander Schach spielen. Der Fuchsmönch predigt dem Schaf und der Ziege. Warum sitzt am Spinnrocken fleißig der Hirsch? Die fliegenden Vögel im oberen Dreipaß und zwischen den Spitzbögen der Fabelfenster mögen Tauben sein. In einer Leibung jedoch sehen wir über einem medaillongefaßten Jungfrauenkopf ein gleichgroßes Medaillon, das ein lang- und glattschwänziges Tier mit bärtigem Männerkopf zeigt und dessen Eindeutigkeit kein Rätseln mehr zuläßt: Die Hämelschen Einflüsse auf die Werkstatt des Lübecker Chor- und Langschiffmeisters sind bewiesen.

Jedenfalls gab die Mutterkirche der Backsteingotik in ihren Wandmalereien Zeugnis schrecklicher Zeit. Und als rund sechshundertachtzig Jahre später abermals ein Maler hoch ins Gerüst stieg, erinnerte er Wunder und Ahnungen, Veitstänze und Totentänze, alle vorgezeichneten Plagen und Schrecken. Nicht mehr lange, da kam, wie es hieß, mit den Ratten die Pest und brachte mit Todesschweiß ein, was ängstlich geahnt worden war...

Der durch Lothar Malskats Selbstanzeige ausgelöste Lübekker Bildfälscherprozeß schleppte sich über zwei Jahre hin und war immer dann ein Publikumserfolg, wenn der angeklagte Ostpreuße seinen Auftritt hatte; doch geben die Verhandlungen vorm Landgericht Lübeck, sobald ich die Anklageschrift sichte oder Protokolle durchs Sieb streiche, wenig her außer Gerede, weil zwar Malskat und sein Arbeitgeber Fey, der eine mit achtzehn Monaten, der andere mit zwei Jahren Gefängnis bestraft wurden, die eigentlichen Täuscher jedoch dem Richter ehrenwert blieben; so schummeln, tricksen, heucheln, lügen und frömmeln sie weiter bis heutzutage. Und auch den staatsmännischen Trugbildnern wurde nirgendwann der Prozeß gemacht. Straffrei gingen sie aus; als sie altersschwach starben, wurde der eine hochgeehrt, der andere halbvergessen begraben.

Deshalb wird jener Schummel der fünfziger Jahre, den wir abgekürzt BRD-DDR nennen, immer noch als echt angesehen, während ein Gutteil der Malskatschen Kunst, jene einundzwanzig Chorheiligen in sieben Jochfeldern, die ganz sein eigen waren, im Jahre fünfundfünfzig mit Bürsten und Schrubbern abgewaschen wurden. Weil man jedoch versäumte, nach Art der Bilderstürmer die nun kunstfreien Flächen protestantisch weiß zu tünchen, verraten bis heute trübe Flecken und schmuddelige Placken die Schändung der Malskatschen Zeugnisse.

Ach, hätte man seine Bilder, zumal er die Wahrheit ans Licht brachte, doch stehen lassen und den wahren Schwindel, der nie eingestanden wurde, die Machwerke der Staatsgründer, außer Kraft gesetzt. Er, der sein Eingeständnis vor die Richter warf, kam hinter Gitter, die beiden Großfälscher hingegen konnten ungeschoren ihr böses Spiel Staat gegen Staat spielen, Lüge gegen Lüge setzen, Falschgeld gegen Falschgeld münzen und schon bald – während eilfertig Malskats gotisches Bildwerk zerstört wurde – in Divisionen Soldaten, schon wieder deutsche Soldaten, gegeneinander ins Schußfeld rücken; und das, als Erbschaft der Greise, bis heute mit immer mehr Soldaten, mit immer genauerem Ziel, mit der geübten Absicht, es ganz und gar ausgehen zu lassen.

Nein, Rättlein, uns hilft kein Schulfunk mehr. Was soll uns das Echo des Tages, wenn es den Nachhall vergangener Schrecknisse und Verbrechen mit zufälligem Geplapper übertönt? Die Programme löschen sich wechselseitig. Nichts darf haften und schmerzen. Löcherig nur erinnern wir uns: Da war doch was, war doch was, war was...

Nur noch Spuren. Als auf Anweisung der Lübecker Kirchenleitung die einundzwanzig Chorheiligen, grad um die Zeit, als sich die Militärbündnisse gegeneinander unter Vertrag stellten, mehr verschmiert als abgewaschen wurden, gingen neben dem Hauptwerk viele Kleinzeugnisse verloren, die Malskat hier aus Laune, dort seiner gotischen Zeitweil getreu in diesen und jenen Faltenwurf, ins Kapitell geflochten oder dem Ornament unterlegt, wie flüchtig gemalt oder in den Kalkgrund geritzt hatte.

Offenbar Zeitgenössisches: Neben den Schnabelschuhen eines Heiligen im vierten Joch lese ich Nagelspuren eine

Landkarte ab, auf der zwischen der Insel Rügen, die »Rugia« genannt wird, und der Peenemündung ein Kreuzzeichen Bedeutung hat, denn ihm ist der Name der versunkenen Stadt – gekratzt: »Winneta« – zugeordnet. Und im gemalten mittleren Kapitell des sechsten Jochs findet sich eine Miniatur, die drei Menschlein mit spitzschnäuzigen Tierköpfen, die zu dritt Flöten blasen, in einem Ornament vereint, das ganz natürlich dem Rankenwerk im Kapitell zuflösse, stünde nicht hinweisend seitlich in Kalkmörtel geritzt: »So geschehn auf joanis vnd paul zu hamelen.«

Deutlich sind es drei Knäblein, die Flöte blasen. Nacket sitzt das Terzett. Der Knäblein Häupter Rattenköpfchen zu nennen, habe ich keine Scheu; doch soll diese späte Entdekkung, die – zugegeben – auf unscharfen Ablichtungen beruht, kein nachgereichtes Beweisstück für den Lübecker Bildfälscherprozeß sein, zumal Malskat rechtskräftig verurteilt wurde und seine Strafe gutgelaunt abgesessen hat.

Es wurden ihm sogar einige Monate erlassen. Post kam zuhauf. Sein Ruhm glitzerte in schummriger Zeit. Den Skizzenblock und farbige Kreide nahm er in seine Zelle mit, brachte jedoch nur Belangloses zu Papier. Nie wieder Zeugnisse vergangener Schrecken. Kein gotischer Abglanz mehr. Inzwischen ist alles verjährt.

Sie spricht. Oder erlaubt sie mir, indem sie mich träumt, ungetrübt noch immer zu glauben, sie träume mir und habe, damit ich schweige, als Rättin eindeutig wieder das Wort genommen?

Und ist noch immer die Raumkapsel mein Ort? Bleibt diese Umlaufbahn ewiglich vorgeschrieben? Ellipsen träumen, leichte Abweichungen wünschen, einfach aussteigen, als wäre ich nicht angeschnallt.

Sie hockt in der Kuppel der Sternwarte neben dem Frauentor, das zur Mottlau führt. Sie sagt: Dieser Altbau, in dem schon der Astronom Johannes Hevelius am großen Quadranten saß und des Mondes Phasen überwachte, erlaubt uns, sichernd rundum zu blicken, und Rückblicke auch: Wir hätten zuschlagen müssen, schon längst. Bald wird es zu spät sein.

Und ich sah, was die Rättin im Rückblick aussprach: So einig wir Rattenvölker uns nach dem Knall gewesen sind – Überleben ist alles! –, so heftig stritten wir nach der Reviernahme der Watsoncricks. Unsere Andachten in der Marienkirche fanden nicht mehr zu jener Einfalt zurück, die dich, unseren lieben Freund, vermuten ließ, wir Ratten seien auf katholische Weise andächtig. Abermals zerrüttete uns eifernder, vor und hinterm Altar ausgetragener, die Pfeiler hoch, bis ins Netzgewölbe verschleppter Protestantismus, dieses Humangezänk über den richtigen Weg, diese alle Nasen krausende Rechthaberei, dieses allzu menschliche Entwederoder. Gründlich entzweit, hätten wir uns zerfetzen mögen. Forderten die einen: Fort mit den Nippels! Macht sie fertig, noch heute! – hieß die Gegenforderung: Noch nicht. Abwarten. Wir wollen nichts übereilen.

Sie jammerte: Dabei hatten wir alle einträchtig auf die Rückkehr des Menschengeschlechts gehofft, in welcher Gestalt auch immer. Trotz glimpflichen Überlebens und wohlgenährt wachsender Vielzahl fehlte der Mensch uns. Und wenn wir jene uralte, bis zur transportfähigen Leichtigkeit geschrumpfte Frau, zu deren Füßen das hutzlige Knäblein hockt, zum Ziel unserer Gebete gemacht haben, dann war es der Wunsch nach des Menschen Wiederkehr, der uns fromm werden ließ. Sogar jene blauweißen Winzlinge schlossen wir ein in unsere Gebete, auf daß sie hilfreich würden, uns ackern lehrten. Unser Gesang, dem du, Herr, gregorianische Qualität abzuhören bereit warst, sollte ihn, nur ihn, den Erlöser, herbeisingen, auf daß er kommen möge, unsere menschenfreie Einsamkeit aufzuheben.

Jadoch ja, sagte die Rättin, es stimmt, so ganz und gar einsam waren wir nicht. Es wuchs anderes Getier nach, das uns teils ekelhaft, wie die säugenden Schmeißfliegen, teils Beute im Rahmen der Landwirtschaft war – Tauben, Spatzen, Feldmäuse –, doch nichts Menschliches fiel der Natur ein. Als sie dann kamen – oh, Herr, wie haben wir das Schiff zitternd herbeigesehnt und in Tagträumen vorgeahnt –, war die Enttäuschung groß.

So nicht! rief erstes Entsetzen. So unentschieden haben wir ihn nicht gewollt. Solche Ausgeburt, mag sie auch blauäugig sein, ist weder noch. Dieses so komische wie schreckliche Gemisch, dem überdies Schweinisches beigefügt wurde, kann unsereins nicht entsprechen und kränkt obendrein das Bild vom Menschen, wie wir es heil immer noch in uns tragen. Dafür, für diesen – das mußt auch du zugeben – menschlichen Pfusch haben wir nicht überlebt. Denn wenn wir dich in deiner Raumkapsel oder uns beigesellt träumen, bleibst du uns herrlich und beispielhaft.

Mag sein, sagte die Rättin in der Kuppel der Sternwarte neben dem Frauentor, von wo aus die Speicherinsel besonders einsichtig wird, daß unsere Partei zu früh Eliminieren! Ausrotten! gerufen hat; mag sein, daß wir, die Radikalen, zu spontan versucht haben, unsere richtige Erkenntnis in allgemeinen Vernichtungswillen umzusetzen. Jedenfalls wurden sofort Gegenstimmen laut: Abwarten. Nicht aus dem Auge verlieren. Aus ihren Gewohnheiten vorsichtig Schlüsse ziehen und ihre Schwachstellen finden.

Andere hofften und spekulierten: Vielleicht hauen die wieder ab. Vielleicht kümmern ihnen die Würfe weg. Vielleicht sind sie Fehlplanungen nur und in diesem Sinne durchaus menschlich sogar.

Also bezogen wir Merkposten, hier, in der alten Sternwarte, dem Westufer der Speicherinsel gegenüber, und in den Schießscharten des Milchkannenturms, die dem Ostufer zugewendet sind. Seit Wochen, Monaten schieben wir Wache, doch nichts trifft ein: Weder hauen sie ab, noch kümmern sie weg. Du siehst ja, wie sie mehr und mehr werden, während unser Streit immer verbissener wird. Nicht nur städtisch, auch auf dem Land sind wir parteiisch entzweit. Schon werden die Rüben-, Mais-, Sonnenblumenfelder geteilt. Feindselig sind neue Reviergrenzen markiert. Streit ums Saatgut läßt den Gersten- und Linsenanbau zurückgehen. Beide Parteien legen gesondert Vorräte an. Umschichtig versammeln wir uns in Sankt Marien.

Kürzlich wurde beschlossen, daß alle links von der Brotbänken- und der Jopengasse zur Mottlau hinführenden Gassen von uns, alle rechtsläufigen Gassen bis hinterm Vorstädtischen Graben von den Versöhnlern bewohnt werden. Die hören nicht auf, Hoffnungen zu plappern: Vielleicht kann man mit ihnen auf Dauer auskommen. Wenn man sie zufriedenstellt, wird sich die Menschenratte uns anpassen. Schließlich ist sie abhängig von uns. Sie lebt von gespeicherten Vorräten, die wir überschüssig, seit vielen Ernten überschüssig gelagert haben. Wir sollten ihnen zukommen lassen, was sie benötigen. Nennt es Deputat, den Zehnten oder Tribut. Jedenfalls sollten sie nicht hungern müssen. Hunger könnte sie angriffig machen. Wir Ratten sollten wissen, was Hunger heißt!

Bitter, als stieße ihr jahrtausendalte Erfahrung auf, lachte die Rättin: Hör dir das an, Herr! Die ewiggleichen Sprüche unbelehrbarer Abwiegler und Versöhnler. Wir hingegen sehen klar, allzu klar. Mehr und mehr werden sie haben wollen. Am Ende teilen sie uns zu, was übriggeblieben ist. Auf Rationen gesetzt werden wir sein. Raffgier, ihre Habsucht wird über uns kommen. Das ist das Menschliche an den Nippels. Schlußmachen! rufen wir, machen aber nicht Schluß, sondern beißen uns mit unsereins rum. In der Wollwebergasse, um den Stockturm und hinterm Zeughaus ist es zu Straßenschlachten gekommen, auf dem Land nur zu kleineren Übergriffen bisher.

Und ich sah, wie sie sich befetzten. Bis zum Verenden ineinander verbissen. Der Rattenzähne unverminderte Schärfe. Überallhin, wo ihr Streit in Kampf umschlug, führte die Rättin mich. So streng um die Speicherinsel herum Distanz gehalten wurde, damit den Manippels der Zwist der Rattenvölker verborgen blieb, im Stadtkern hemmte nichts die Parteien. Rattengruppen, die aus dem Zeughaus, das neuerdings, wie auch der Theaterbau nebenan, Lagerhaus ist, Maiskolben und nicht entkernte Sonnenblumen trugen, um diese Feldfrüchte als Zehnten durch die Wollwebergasse, die Langgasse hoch und durchs Grüne Tor auf die Brücke zur Speicherinsel zu schleppen, wurden schon vorm Zeughausportal von Rattenhorden, die aus der Jopengasse einfielen, angegriffen und in Zweikämpfe verwickelt. Dezimiert und geschwächt gelang es nur wenigen Transportgruppen der Versöhnler, sich bis zur Brücke durchzukämpfen: Schmale Kost fiel den Manippels zu.

Ich rief: Ein magerer Tribut ist das!

Die Rättin: Immer noch viel zuviel!

Ich: Jedenfalls leiden sie Mangel.

Geschieht ihnen recht! rief sie, tun ja nichts als fressen und rammeln und rammeln und fressen.

Die Speicherinsel sah übervölkert aus. Zwar hatten sie kampflos die in Richtung Strohdeich anschließende Insel zwischen dem Kielgraben und der Mottlau besetzt und im ehemaligen Pumpwerk sowie auf dem Bleihof zusätzliches Quartier gefunden, dennoch schauten aus allen Speicherluken und Dachfenstern erwachsene und kindliche Watsoncricks. Gedränge auf den Kaianlagen und auf der Chmielna, wie die Polen die Hopfengasse genannt hatten. Aufläufe vor den Brücken, besonders vor der breiten Überführung der Leningradska, die vormals als Vorstädtischer

Graben die Rechtstadt begrenzt hatte. Überall stauten sie sich, nun ausgemergelt und knochig. Ihre anfangs skandinavisch anmutende Gelassenheit, ihr schwedisch-sozialdemokratisches Phlegma war von um sich greifender Unruhe, von kaum zu bändigendem Tatendrang abgelöst. Was übers Wasser trug: Ihre zwar rauhe, doch bisher gemütliche, gaumig verschlumpfte Sprache erfand sich kehlig Flüche und Drohungen.

Und dann sahen die Rättin und ich, wie sie sich formierten. Nicht, daß sie sich bewaffnet hätten, etwa mit Eisenstäben, leicht aus Kellerfenstern zu brechen; unbewaffnet bildeten sie einen Stoßkeil, der im Laufschritt über die Brücke durchs Grüne Tor auf den Langen Markt drang. Ihm folgten Kolonnen: blond, blauäugig, die Rattenköpfe nach vorn gerichtet, als müsse links rechts nichts beachtet werden, als gäbe es einen Willen nur. Natürlich gleichberechtigt: Weibliche und männliche Watsoncricks nahmen, ohne Widerstand zu finden, den Langen Markt bis zur Matzkauschen Gasse ein. Mit Doppelposten beiderlei Geschlechts besetzten sie die Beischläge der reichgegiebelten Patrizierhäuser. Ungerührt erlaubten sie, als gehe sie das nichts an, die Flucht der Rattensippen aus den markierten Gebäuden, desgleichen aus dem Artushof, der als Maislager diente, sowie aus dem hochgetürmten Rathaus, das ihnen als Kornlager zufiel; im Rathauskeller lagerten Sonnenblumenkerne und Zuckerrüben. Weiter drangen sie nicht vor. Gleich hinterm löwengeschmückten Rathausportal, das über Treppen zur Langgasse führt, sperrten sie die Gasse mit Betonkübeln ab, die während der Humanzeit, als die Innenstadt Fußgängerzone war, für Blumenschmuck bestimmt gewesen waren. Überdies pißten und koteten sie neue Markierungen.

Stille danach. Keine heftigen Bewegungen mehr. Sie fraßen langsam in sich hinein. Dann standen lässig und nordländisch überlegsam wechselnde Gruppen um den Neptunbrunnen geschart. Es sah aus, als wären sie von Gedanken bewegt, wie man der ansehnlichen Bronze, einem muskulös nackten Mann mit Dreizack, neuerdings Wasserspiele beibringen könne; einige mimten albern den Meeresgott.

Paß auf, sagte die Rättin, lange halten die nicht still. Das reicht denen nicht. Ein Weilchen, bis ihnen neue Würfe ins Haus stehen, werden sie Ruhe geben, doch dann ist die Langgasse bis zum Tor und zum Stockturm dran, danach das Quartier von der Reitbahn bis zur Ankerschmiedegasse. Vielleicht lassen sie die Vorstadt uns. Aber die gesamte Rechtstadt um Sankt Marien werden sie bis zum Altstädtischen Graben aufrollen; uns bleibt Stare Miasto, wie die Polen das Revier um Sankt Katharinen genannt haben. Dort, desgleichen zwischen Poggenpfuhl und Fleischergasse und in der ohnehin überfüllten Niederstadt, dürfen wir dann zusammenrücken, bis auch diese Reviere geräumt werden müssen. Und danach, wetten, sind Ratten nur noch als Landvolk geduldet, das von den Weichselniederungen bis ins kaschubische Bergland unter Aufsicht ackern und ackern muß, damit die Watsoncricks zu fressen genug haben.

Als ich dem Betrieb zwischen der Speicherinsel und dem Langen Markt stumm zusah und nicht ohne Vergnügen beobachtete, wie mehrere Großsippen aus den Raiffeisenspeichern in reichgegiebelte Patrizierhäuser umzogen, wobei sie stuhl- und tischähnliche Möbel schleppten, sagte die Rättin übereifrig, als wollte sie mich von weiteren Menschlichkeiten der Nippels ablenken: Übrigens wandert unsereins wieder. Abermals haben wir Zuzug aus Rußland bekommen. Und neulich trafen erste Einwanderer aus Indien ein. Interessante Nachrichten bringen die mit. Zwar gibt es Kiew und Odessa als Städte nicht mehr, aber auch dort sollen Menschenratten zu Fuß und per Schiff aufgetaucht sein. Gleiche

Nachricht von der Malabarküste. Selbst wenn nur die Hälfte dieser Meldungen stimmt, wäre es falsch, einfach wegzuhören. Immerhin wissen wir nun, was anderswo Sache ist. Die indischen Manippels sollen wie unsere beschaffen, doch zusätzlich geflügelt, ja, wie Engel geflügelt sein; von den russischen heißt es: Sie haben ein Vierergesäuge und können sich schneller als unsere Schweden vermehren. Ach, rief die Rättin, hätten wir die nur sogleich fix und fertig gemacht, wie die russischen Watsoncricks, die grusinischer Herkunft gewesen sein sollen, gleich nach der Anlandung erledigt wurden. Zwischen den Trümmern der Stadt Odessa hat unsereins sie zu Tode gehetzt. Die in Kiew hingegen sind mächtig geworden. Es sollen, so unglaublich das klingt, US-Produkte sein, die kurz vor Schluß der Humanzeit subversiv eingeschleust wurden: ziemlich massive, schwarze darunter.

Das alles hätte unser Herr Matzerath gerne zum Videofilm verarbeitet. Deshalb kann nicht ausgeschlossen werden, daß seine Firma das wunderbare Überleben der Rattenmenschen und deren Fortentwicklung in vorproduzierten Kassetten demnächst bereithält; wie Oskar den hundertundsiebten Geburtstag seiner Großmutter Anna Koljaiczek bis ins geringste kaschubische Detail vorgewußt, mit Hilfe der Firma Post Futurum produziert und der Geburtstagsgesellschaft, bis auf die Schlußsequenz, zur Ansicht gebracht hat.

Er weiß, wie man Zukunft einfängt. Geschmäcklerisch versteht er es, Kommendes vorzukosten. Den Vorschein, von dem Bloch sprach, setzt er in Szene. Doch muß unser Herr Matzerath alles, nicht nur sich und seine korrekt gekleidete Fragwürdigkeit, nein, alles, was geschah, geschieht und geschehen wird, historisch einbetten, so auch den Anteil der Rattenmenschen am Verlauf der posthumanen Geschichte.

In seinem Videofilm, der – wie angekündigt – in großer Auflage vertrieben werden und den Videomarkt überschwemmen soll, umschifft »Die Neue Ilsebill« nicht etwa schnurstracks die Halbinsel Hela, um Kurs auf die Danziger Hafeneinfahrt zu nehmen, vielmehr muß das Wrack warten, damit jene Goten, die vor mehr als tausendfünfhundert Jahren durch Losentscheid ausgesiedelt wurden, sich auf Wanderung begeben können. Vom Weichselmündungsgebiet bis ans Ufer des Schwarzen Meeres verfolgt sie unser Herr Matzerath. Ins entlegene Hispanien und den italienischen Stiefel runter zieht er mit ihnen. Und immer räumen Ratten wechselnde Lagerplätze ab, sind Ratten diversen Schlachtfeldern beigesellt.

Die auf den 26. Juni 1630 datierte Anlandung des Schwedenkönigs Gustav Adolf, auch »Lew aus Mitternacht« genannt, muß gleichfalls herhalten, um den Auftritt der Rattenmenschen vorzubereiten. Da unser Herr Matzerath immer wieder, als müsse er das Kleinwüchsige seiner frühen, das Bucklichte seiner späteren Existenz aufheben, großzügige Panoramen entwirft und Weitläufigkeiten Punktumgeschichten vorzieht, hat er des Schweden Anlandung auf Usedom – wer zählt die Schiffe, wer die Segel? – mit Satzkaskaden aus des Großmeisters Döblin Roman »Wallenstein« kommentiert; indem der Videofilm beidhändig ausholt, entreißt er einerseits der Vergangenheit in Fetzen Geschichte und stiehlt er andererseits der Zukunft den kühnen Entwurf.

Selbstverständlich machen auf Gustav Adolfs Schiffen Ratten die Überfahrt mit. Noch ist es die Schwarze Hausratte und nicht die graue Wanderratte, die Europas Geschick bestimmt. Und selbstverständlich gehen mit den schwedischen und finnischen Bauernsöhnen Ratten an Land, um fortan bei Nördlingen und Lützen, bei Wittstock auch, wo immer der Krieg verlängert wird, geschichtsträchtig zu sein.

Daß nun auch noch im Jahre nullvier des russischen Admirals Rosjéstwenski Baltische Flotte im Hafen und auf der Reede von Libau ankert, damit wir sehen, wie eilends Ratten das anrüchige Geschwader verlassen, mag einigen Betrachtern des demnächst käuflichen Videofilms als überflüssig erscheinen, doch wollte der Produzent der Kassette nichts auslassen. So ist er nun mal. Immer das noch und das. Sogar schwermütig singen läßt er die russischen Matrosen auf ihren rattenfreien Pötten. Doch jetzt, gut vorbereitet durch grob- und feindatierte Geschichte, gehen endlich die Manipulierten an Land. Oder immer noch nicht? Muß abermals dem Vorspann ein Vorspann folgen? Fehlt eine letzte historische Untermalung?

Unser Herr Matzerath wollte sich nicht jene Zeitspanne wegkürzen, in deren Verlauf sein existentieller Bruch markiert wurde. Also sehen wir die brennende Stadt Danzig, Flüchtlingstrecks und die Flucht übers Wasser. Überladene Schiffe sollen Zivilisten, Parteischranzen, verwundete oder noch heile Soldaten vor der anrückenden Sowjetmacht retten und in westliche Ostseehäfen bringen. Die »Wilhelm Gustloff« sehen wir am 30. Januar 1945 zwölf Seemeilen querab Stolpmünde mit über fünftausend Menschen, die »Steuben« am 10. Februar mit über dreitausendfünfhundert sinken. Drei Fahrten, nach denen sich siebenundzwanzigtausend Flüchtlinge als gerettet sehen, macht die »Cap Arcona« und kentert dann brennend vor Schleswig-Holsteins Küste mit fünfeinhalbtausend Häftlingen aus dem Konzentrationslager Neuengamme an Bord. Falsch orientiert griffen britische Bomber an. Das geschah am dritten Mai, fünf Tage vor Ende des Zwischenkrieges.

Doch auch diese Episode wird von den Ratten wahrgenommen. Keine will die »Wilhelm Gustloff« auf letzter Fahrt begleiten. Und kaum ist die »Cap Arcona« mit KZ-Häftlingen belegt, sehen wir, wie tausend Ratten und mehr das vom Unglück bestimmte Schiff, wie es geschrieben steht, eilig verlassen.

Er läßt nichts aus. Das alles, auch Menschen und Ratten auf letzten Fährprähmen und Küstenschiffen – unter ihnen der Lastewer »Dora« – zeigt unser Herr Matzerath. Indem er nun dem Geschehen vorgreift und mit dem Auslaufen des Forschungsschiffes »Die Neue Ilsebill« die knappe Zeit vorm Großen Knall einblendet, folgt er seiner Videodramaturgie, die alles gleichzeitig weiß.

Endlich erleben wir die fünf Frauen filmisch vor Visbys Forschungsinstitut für Gentechnologie. Wir hören Rufe, sehen Scheiben splittern. Vor unseren videosüchtigen Augen werden Käfige geöffnet. Wir freuen uns mit den befreiten Tieren. Anfangs sieht es aus, als werden nur Normaltiere freigesetzt, doch wer genau hinsieht, bemerkt, daß außer ihnen ein gutes Dutzend Freiheit gewinnt, dem etliche Testreihen angeschlagen sind: Mensch und Ratte, Ratte und Mensch über Gene miteinander verkettet, perfekte Watsoncricks, die sogleich den Weg zum Hafen finden.

Das zeigt unser Herr Matzerath in seinem Film, der übrigens betont sachlich »Davor und danach« heißt, ausführlich: wie die Rattenmenschen, ein jeglicher knapp meterhoch, die Kaianlagen erreichen; wie sie ein Zollboot streng bewacht finden, ihnen ein Ausflugsdampfer wenig geeignet erscheint und ihnen endlich die »Ilsebill« gefällt; wie sie Proviant aus Lagerschuppen rauben, bepackt an Bord gehen und ihnen ein Niedergang offensteht; wie achtzehn oder neunzehn durch eine Luke kriechen und zwischen dem Holz- und dem Eisenboden des ehemaligen Lastewers Zuflucht finden.

Die Rattenmenschen im Film sehen aus, als hätte ich sie geträumt. Und wie nun die fünf Frauen gleich darauf das Schiff bemannen, sehe ich, daß auch unser Herr Matzerath die Kapitänin schön befunden hat. Sie gleicht meiner Damroka, und auch die anderen Frauen sind mir im Film nicht fremd. Wir sehen das Schiff ablegen und auslaufen.

Von nun an verläuft die Videogeschichte schnurstracks. Was Gustav Adolf vormachte, will »Die Neue Ilsebill« wiederholen: Sie nimmt Kurs auf Usedom. Was Gustav Adolf versäumte, ist den Frauen Verheißung und Reiseziel: Sie ankern überm Vinetatief und lassen die Küstenkontrolle über sich ergehen, ohne daß die DDR-Polizisten fündig werden. Hübsch die Filmszene, wie sich die Frauen schönmachen, mit Schmuck behängen, auf Deck flanieren und ihre Lieblingsrollen, lauter Königinnen, spielen.

Natürlich hätte unser Herr Matzerath hier abermals mit historischen Einblendungen ausufern können, vielleicht sogar müssen. Doch wie er die Episode mit dem sprechenden Butt, der im Gespräch mit Damroka das nahe Ende verkündet, einfach wegläßt, danach den vielchörigen Medusengesang ausspart und nichts, wie er sagt, »Irrationales« zuläßt, so unterschlägt er auch die Geschichte der versunkenen Stadt und das verheißene Frauenreich, um ohne Umweg zum Schlußpunkt der Humangeschichte zu kommen.

Mag sein, daß Oskar den sprechenden Butt und dessen Visionen als Ablenkung von seiner Existenz empfinden mußte. Mag sein, daß ihn der Medusengesang der Ohrenquallen allzu schmerzhaft an das glastötende Geschrei seiner Kindheitsjahre erinnerte. Vermutlich waren ihm, dem zwar kleinwüchsigen, aber überbetont männlichen Herrn, die Herrschaftswünsche der Frauen suspekt. Jedenfalls sparte er aus, ließ weg, unterschlug und verneinte. Er verbat seinem Videofilm überhöhende Effekte und erlaubte dem Großen Knall, sich wie von heiterem Himmel herab zu ereignen.

Als Schicksal, unabwendbar geschieht es. Niemand hat das gewollt, niemand hat das verhindert. Schuldfragen stellen sich nicht. Auch fehlen Hinweise auf tätige Ratten in

Großcomputeranlagen. Alles geschieht aus sich heraus. Wir erleben Blitze und heilloses Licht wie letztgültige Inszenierungen. Wir sehen über Peenemünde, Stralsund und weiter weg die aus anderen Filmen vertrauten Pilze wuchern. Wir könnten annehmen, es sei das alles nur ein Naturereignis, läge nicht unseres Herrn Matzeraths Erzengelsstimme trompetenhell über dem Endgeschehen.

Rufen hören wir ihn: »So läuft ab, was seit langem anlief. So geht in Erfüllung, was sich die Menschen gegenseitig versprochen haben. Auf dieses Ereignis hin hat sich das Menschengeschlecht erzogen. So endet, was nie hätte beginnen dürfen. Oh, Vernunft! Oh, Unsterblichkeit! Zwar wurde nichts fertig, doch nun ist alles vollbracht.«

Folgerichtig verdampfen die Frauen an Bord des Schiffes, ohne ihr Vineta gefunden zu haben. Hätte der Vorausschau unseres Herrn Matzerath nicht doch eine milde, immerhin denkbare Fügung einfallen können: etwas Tröstliches? Es hätte seine Dramaturgie eher gesteigert, wenn er dem Butt kurz vor Schluß erlaubt hätte, platt über Vineta zu schwimmen, das schiefe Maul zu öffnen und alle fünf Frauen, meine Damroka voran, von Bord des Schiffes in die Tiefe zu rufen. Es hätte, unter Wasser zwar und allem posthumanen Geschehen entrückt, mit der Gründung von Feminal-City eine neue Geschichte beginnen und das Ende der letzten mildern können. Aber nein! Folgerichtig und streng konsequent: Zu nichts mußte ihre Schönheit vergehen. Ich nicht, Oskar hat das gewollt. Seitdem fehlen die Frauen mir schmerzlich.

Also treibt das Wrack auf östlichem Kurs trostlos. Doch im Vorschiff rührt sich manipuliertes Leben. Nur für Sekunden zeigt der Videofilm Gestalten auf schwarzem Schiffsrumpf. Auch sie haben Verluste erlitten. Sechs, nein sieben Exemplare der neuen Gattung krepierten und werden nun über Bord geworfen. Zwölf sind geblieben. Man ahnt menschliche Gliedmaßen, ihre rattigen Köpfe. Es gehen vier oder fünf, die offensichtlich weiblichen Geschlechts sind, wie gelernt seemännischer Arbeit nach: Sie halten das Wrack auf Kurs. Dann plötzlich flüchten alle unter Deck, weil ein Staubsturm aufkommt.

Auch die Watsoncricks fürchten den weltweiten Befall. Einblendungen zeigen, wie schlimm es überall aussieht. Nicht nur Moskau und New York sind zu Staub geworden, nicht nur das Donezbecken, die Poebene und das Ruhrgebiet sind verbrannte Erde, auch Zürich und Bombay, Rio und Kapstadt waren einmal. Hongkong! Das soll Hongkong gewesen sein?

Man mag nicht aufzählen, was des Herrn Matzerath Videokunst im Vorgriff hinwegrafft, einebnet, zu Kraterlandschaften wandelt oder in Sonderfällen, wo Kulturgut geschont werden durfte, als Kulisse erhält, Florenz etwa, Kyoto und – wie wir wissen – Gdańsk. Doch so weltumfassend der Schlußstrich im Film gezogen wird, so ungehemmt, bei anhaltender Finsternis und Kälte, Staubstürme alles Lebendige tilgen, schemenhaft bleibt dennoch das Wrack im Bild, bis endlich die Sonne nicht mehr verdunkelt ist und Staubstürme belebenden Winden weichen. Einige Nippels sieht man sich räkeln auf Deck.

Ich gebe zu, daß dieser Teil der Matzerathschen Videoproduktion Längen aufweist. Schließlich sind uns filmische Katastrophenauswertungen aus vielen, während der Schlußphase gängigen Kinofilmen bekannt. Nochmals einfallsreich nahm der Homo ludens seinen Ausgang vorweg. Dennoch unterscheidet sich die Matzerathsche Schöpfung, trotz der genannten Mängel, von üblichen Endzeitprodukten. Ihr Vorgriff auf fürsorglich geplantes Nachleben beweist Perspektive.

Einleuchtend ist das Finale des Films, das die posthumane Geschichte im Übergang zur neohumanen thematisiert: Mehr noch als im Traum, den mir die Rättin aus ängstlicher

Rattensicht kommentierte, wird im Videofilm die Schönheit, ja, der Liebreiz insbesondere weiblicher Rattenmenschen offenbar. Immer wieder wühlt die Kamera in rotblonder, in weizenheller Behaarung; auf Armen, Schenkeln und Brüsten schmeichelt sie flaumig, fellartig dicht liegt sie den Schultern an, flauschig bettet sie kurios anmutende Ringelschwänzlein knapp unterm Steiß, das Haupthaar nicht vergessen. Vom Rattenköpfchen abwärts – ach, ihre weißbewimperte Blauäugigkeit! – fällt es den Rücken lang glatt, aber auch lockig, so daß mir, dank filmischer Aufbereitung der Lockenpracht, neuerdings meine Damroka in Träumen faßlich wird.

Langsam bis zögerlich: Sie ist es, schöngelockt. Und meiner Damroka Bernsteinkette hängt ihr nun an. Ach, lieber Herr Matzerath, wie wünsche ich mir den Sieg der Watsoncricks über die niederen Rattenvölker! Und schon nimmt mein Wunsch Gestalt an und erlaubt zaghaftes Hoffen...

Jedenfalls sagt die Rättin, was auch der Videofilm ortskundig vorauswußte: Nach der Anlandung bei Glockengeläut nehmen sie Revier nach Revier, die gesamte Rechtstadt zwischen Vor- und Altstädtischem Graben in Besitz, ohne Gewalt übrigens, kraft gelassen bewiesener Autorität. Sie vernichten die Rattenvölker nicht, drängen sie nur, eigenen Bedürfnissen folgend, beiseite. Selbstverständlich, nicht fordernd nehmen sie Anteil an Gerste-, Mais-, Sonnenblumenvorräten. Bei der Lagerung und Verteilung der städtisch zentral gehäuften Vorräte sind sie ordnend und planend behilflich.

Die Rättin gibt zu: Gerecht, wenn auch nach zunehmend längeren Wartezeiten, wird ausgeteilt. Weiterhin bleibt den Rattenvölkern der Besuch der Marienkirche, ferner der Kirchen Sankt Katharinen, Birgitten, Trinitatis und Nikolaus erlaubt. Bei ihrer Gesetzgebung, die gaumig bis kehlig, aber auch anheimelnd verschlumpft gesprochenes Recht verkündet, fällt allgemein Toleranz auf: Nicht mehr dürfen die

Katholischen das letzte Wort haben; es ist allen Ratten die Ausübung jeglicher Religion gestattet. Also beten sie wieder auf verschiedene Weise. So geregelt verläuft hinter begrünten Schlammwällen städtisches Leben; die ländlichen Reviere lassen sie, bis auf gelegentliche Kontrollgänge, außer acht. In Kartuzy, Tczew und Nowy Staw, das vormals Neuteich hieß, haben sie Außenstellen errichtet.

Alles in allem führen die Schwedischmanipulierten und die kaschubischen Ratten sowie die zugereisten – kürzlich wanderten afrikanische Großsippen ein – auf verträgliche Weise ein harmonisches Leben, das unser Herr Matzerath, der einerseits verschrumpelt zu Füßen der geschrumpften Großmutter hockt und andererseits mit seinem Dauerkatheter fortexistiert, gerne der Zukunft vorbehält.

Nachdem er mir seinen Videofilm »Davor und danach« exklusiv gezeigt hatte, sagte er: »Wenn wir demnächst meinen sechzigsten Geburtstag feiern, möchte ich mit Ihnen gerne Ihre liebe Frau unter den Gästen sehen.«

Als gäbe es kein Telefon, per Postkarte wurde mir das Einlaufen des Schiffes in den Hafen von Travemünde gemeldet: »Brief folgt.«

Im folgenden Brief steht besorgt viel Liebes: Neben der Wolldecke fürs Doppelbett sei ein Pullover für mich fertig geworden. Weiterhin lese ich: Wie geplant hätte die Schiffsreise ihren Verlauf genommen. Sogar die Küstengewässer der DDR wären ohne besondere Schwierigkeit zu befahren gewesen. Allerdings habe man weder Greifswald noch Peenemünde anlaufen dürfen. »Zuviel Konservenkost! Abends wurde oft Chormusik a cappella gehört.«

Weiter sagt der Brief, daß der Forschungsauftrag annähernd erfüllt worden sei. Zwar müsse ein weiteres Zunehmen der Ohrenquallenbestände befürchtet werden, doch könne man nicht oder noch nicht von einer Verquallung der

Ostsee sprechen. Bei andauerndem Algenbefall bleibe jedoch ein regionales Umkippen als Gefahr weiterhin angezeigt, überm Flachwasser stinke die See. »Ich jedenfalls habe vom Quallenzählen die Nase gestrichen voll.«

Ich lese im Brief, der der Postkarte folgte, natürlich hätten sich Spannungen an Bord nicht vermeiden lassen. »Was ich vorausgesagt habe: Viel zu eng ist der Kahn!« Natürlich seien olle Kamellen wieder mal aufgewärmt worden. Rückblickend sei das Verhalten der Steuermännin, die immer, selbst wenn es krächze, die erste Geige spielen müsse, besonders ärgerlich. Trotz heftigem Wortwechsel mit der Maschinistin – »und zwar in Visby, beim Landgang, wo sie uns alle ins Kino geschleppt hat, irgendein Amischinken lief: Monstren, halb Tier, halb Mensch ...« – sei mit ihr auszukommen gewesen. Enttäuschend das Verhalten der Meereskundlerin: »Die kennt ihre Arbeit nur.«

Alle drei, sagt der Brief, seien in Kiel schon von Bord gegangen. »Die Steuermännin hat Termine beim Oberlandesgericht: wichtig wichtig! Der Maschinistin steht wieder mal eine Steuerprüfung ins Haus. Natürlich wird die Meereskundlerin dringend im Institut erwartet. Hatten es eilig auf einmal die Damen. Nur die Alte hat bis zum Festmachen in Travemünde ausgehalten und zum Schluß noch das Deck und die Back geschrubbt.«

Von merkwürdigen Wolkenbildungen gibt der Brief Bericht und vom verregneten Sommer. Kein Wort übers Vinetatief. Møns Klinten und die Kreidefelsen der Insel Rügen werden »schöner, als man sich vorstellen kann«, genannt. Sogar ein Bordfest habe man gefeiert: »Nur unter uns natürlich. War ganz lustig!« Und unvermittelt lese ich: »So interessant die Reise trotz allem gewesen ist, die Ilsebill wird dennoch verkauft werden müssen.« Es heißt: Wiederholt gemachte Erfahrung zeige, daß die Frauen noch nicht gelernt hätten, einander auf engem Schiff zu ertragen. »Weiß nicht, wie das kommt! Immer hat es zwischen allen geknistert. Selbst mir sind die zu vielen Weiber an Bord gelegentlich auf die Nerven gegangen.«

Zum Schluß finde ich hinter kreisrund angedeuteten Küssen abermals Liebes und die Ankündigung geschrieben: Es wolle meine Damroka demnächst wieder ganz zurück zur Musik.

Nicht meine Ratte, ein schwarzes Klavier
träumte mir, das, von Kakteen überwuchert,
nach Europa, wo es verboten war, Klaviere zu halten,
überführt werden wollte.

Und in Europa, träumte mir,
fand sich eine letzte Pianistin,
die ihre Finger nicht von den Kakteen
und so weiter lassen konnte.

War kein Klavier, ein Bechsteinflügel war es,
der schwarz, doch nun grün überwuchert
nach einer Pianistin
herkömmlich europäischer Schule schrie.

Den Deckel über den Tasten
legte sie mit der Schere frei
und unten im Dickicht
beide Pedale.

Sie spielte in meinem Traum nur kurz
von Bartók was: schnell langsam schnell.
Dann wucherten neu die Kakteen; und alles
war grün wie in Brasilien zuvor.

Als mir wieder die Rättin träumte,
erzählte ich ihr. Deine Kakteen, sagte sie,
sind Einbildung nur, der Bechsteinflügel hingegen
ist eine Orgel, die überlebt hat.

Da hörte ich in Sankt Marien Bach: laut leise gewaltig.
Das Kirchenschiff mit Ratten gefüllt.
Die Organistin jedoch
war schöngelockt über die Schultern lang.

DAS ZWÖLFTE KAPITEL, in dem eine Kutsche in die Vergangenheit fährt, zwei alte Herren von dazumal reden, eine andere Damroka schöngelockt ist, Museumsstücke gesammelt und Ratten gemästet werden, eine traurige Nachricht das Geburtstagsfest trübt, Solidarność siegt, doch vom Menschen nichts bleibt und sich die letzte Hoffnung verkrümelt.

Nur Hänsel und Gretel entkommen. Alles, was Märchen war und gut oder böse auszugehen versprach, haben die drachenähnlichen Spezialfahrzeuge niedergewalzt, zermanscht, kleingekriegt, hinter sich ausgespieen, planiert und allegemacht. Zum Schluß wurde der Prinz, der sein Dornröschen wachgeküßt hatte, worauf vom Kanzler und dessen Gefolge der Schlaf fiel, mitsamt dem erwachten Dornröschen dergestalt in den Waldboden gestampft, daß uns, die wir im Film wie im Leben immer das Nachsehen haben, einzig sein Kußmund geprägt als Fragment bleibt. Zukünftig wird niemand mehr küssen wie er. Kein Dauerschlaf will über uns kommen. Fortan werden sich alle Träume hellwach abspielen.

Das Gelächter der Militärs. »Alles kaputt!« Sie schlagen sich auf die Schulter.

Kein Wunder, daß es weitergeht wie zuvor, nein, schlimmer, weil ohne Hoffnung jetzt. Doch während die Experten streiten, als könne es anders nicht sein, während Minister und Bosse wie gewöhnlich ihre Geschäfte machen und dabei rundum gesichert werden, weil jede Maschinenpistole wieder in Anschlag gebracht ist, während noch die Generäle gesegnet werden, denn auch den Bischöfen fällt Neues nicht ein, und der Kanzler fürs Fernsehen, zudem den Journalisten zur Freude, lauthals »Hansi! Margarethe!« ruft, laufen Hänsel und Gretel davon.

Unser Herr Matzerath will das so. Ich stimme ihm zu. Irgendwer muß entkommen. Ganz ohne Märchen will niemand sein.

Das sagen landauf landab alle, doch auf die Frage der Journalisten, »Herr Altkanzler, vermissen Sie Ihre Kinder sehr?«, antwortet nicht der Vater, sondern der Kanzlergeneral: »Wir werden auch diesen Verlust zu verschmerzen wissen.«

Obgleich sie niemand verfolgt, laufen Hänsel und Gretel noch immer entsetzt durch den toten Wald, dessen Leichenstarre anhält. Kein Blick zurück, nur weg weg weg...

Wie nun die Fernsehleute die Industriebosse mit vorgehaltenem Mikrofon fragen: »Und was soll mit dem Wald geschehen?«, sagt einer der Bosse: »Abschreiben! Wir werden den Wald einfach abschreiben! Wie die Märchen, so werden wir auch den Wald.«

Das bleibt als Untertitel stehen, während Hänsel und Gretel Hand in Hand laufen.

Auf Fragen geben die Bischöfe alles Geschehen, ob bös oder gut, als Gottes Willen aus: »Der Herr hat's gegeben, der Herr hat's genommen«, sagt der eine, und der andere sagt: »Es hat wohl so sollen sein.«

Wie auf der Klappe zu lesen steht, die ein Assistent vor jedem Interview schlägt, wird die Fernsehreportage »Hexe tot – Märchen aus« heißen.

Nach ihrer Meinung befragt, reden zum Schluß Minister und Experten durcheinander: »Neue Gutachten müssen her!« – »Unabhängige selbstverständlich!« – »Jetzt müssen Prioritäten gesetzt werden!« – »Andere reden vom Wald, wir klammern ihn aus!« – »Nicht der Wald stirbt, sondern der Leistungswille!« – »Das sind doch Kindereien, Kindereien sind das!«

Lachend laufen Hänsel und Gretel davon. Und wie sie Hand in Hand durch den toten Wald laufen, beginnt er mit treibendem Jungholz zu grünen. Sprung nach Sprung verändert sich das abgestorbene Geäst und mit ihm die lachenden Kinder, wie sie hüpfen und springen. Als kämen sie rückläufig voran, sind Hänsel und Gretel nun nach alter Mode gekleidet. In Bundhosen, Schnürschuhen, Strickstrümpfen und langem Rock laufen sie und zeigen unter der Mütze, dem Häubchen wippende Zöpfe, fliegende Locken. Von des Zeichners Ludwig Richter Hand sind sie entworfen; und der Wald grünt, wie ihn der Maler Moritz von Schwind, ein frommer Schöpfer, gemalt hat: Tannendunkel, hochragende Buchen, Eichen, Ulmen, uralter Mischwald, in dessen Tiefe kein Köhler dringt.

So laufen sie, als gäbe es Märchen noch, als werde das Einhorn sogleich, als sei, wo Häher auffliegen, der Specht pocht und Pilze im Kreis stehen, die Hexe nicht fern. Im Unterholz regt sich was. Wieder der Ameisenberg. Wie anfangs, als noch Hoffnung war, ist es ein gülden Haar, das die Waldtaube im Schnabel hält, um ihnen, bei wechselnd gefiltertem Licht, durch Farn, über Moos und Nadelgründe den Weg zu weisen, denn irgendwo geht es hin.

Und wo sich mitten im Wald zwei Wege kreuzen, sehen Hänsel und Gretel, die gar nicht erstaunt sind, eine mit Schimmeln bespannte Kutsche auf der Wegkreuzung stehn. Ohne Kutscher auf dem Bock, vierspännig und mit Silbernägeln beschlagen, als habe sie gütigst der Schloßherr geschickt, wartet die Kutsche.

Die Schimmel schnauben. Ihr Zaumzeug blinkt. Da öffnet sich der Kutschenschlag zum Wiedersehn. Freundlich grüßen Jacob und Wilhelm Grimm, die wie Hänsel und Gretel biedermeierlich gekleidet sind: mit hohen Hüten, gerüschten Kragen, in Jacken aus Sammet, die Taschen und Ärmel mit Schnüren bordiert; wie uns die beiden Herren von vergilbten Stichen her vertraut sind, dazumal, als sie in Hessen und anderswo Märchen zusammentrugen, damals, als der Wald noch Wald war.

(Unser Herr Matzerath meint, viel gäbe es jetzt nicht mehr zu sagen.) Ich lasse Wilhelm Grimm dennoch den Satz: »Setzt euch nur zu uns, Kinder!« Und einladend soll Jacob

Grimms Untertitel heißen: »In solcher Gegenwart ist kein Bleiben. Wir sind nicht mehr erwünscht.«

Es könnten nun artig Hänsel und Gretel ihren Knicks, ihren Diener machen und zweistimmig sagen: »Ahnte uns doch, daß wir nicht allzeit verloren sind.«

Sie steigen in die Kutsche, die ohne Kutscher, nur von vier Schimmeln gelenkt, nicht etwa vorwärts, vielmehr die Kutsche voran, die Schimmel hinter sich trabend, in die Vergangenheit fährt, deren Verlauf unterhaltsam ist: Es begegnet den Reisenden allerlei einfaches Volk.

Links und rechts des holprigen Wegs, der bald den Wald verläßt, dann jedoch, zwischen Wiesen und Kornfeldern, weiterem Wald zuläuft, sehen wir Menschen in alter Tracht, in Lumpen und uniformen Monturen ausschreiten, sich Schritt für Schritt mühen, flott unterwegs, schwer beladen: das alte Weiblein krumm unterm Reisigbündel, der Mann, der den Bienenstock trägt, die Kiepenfrau, der Bauer, das Kalb am Strick, zwei wandernde Handwerksburschen, die Gänsemagd, der Bettelbub, aber auch landlose Leute und in Ketten Gefangene, die von Soldaten allseits bewacht sind.

Doch wie die Kutsche, in der sich Hänsel und Gretel mit den Grimmbrüdern gefunden haben, rückläufig ist, so treten alle, die ihnen begegnen, Schritt nach Schritt hinter sich: als werde das alte Weiblein vom Reisigbündel, der Mann vom Bienenstock, des Töpfers Frau von schwerer Kiepenlast und der Bauer vom Kalb mit dem Strick gezogen. Nach rückwärts wandern singend die Handwerksburschen. In den Stall zurück treiben die Gänse die Magd. Hinter sich betteln will fortan der Bub. Und auch die Landlosen und Gefangenen hoffen samt Wachsoldaten, wenn sie einander nur weit genug ins Reich Eswareinmal schleppen und treiben, Land endlich zu finden, besser besoldet und frei von Ketten zu sein. Soviel verspricht die Vergangenheit.

Hier könnte der Stummfilm »Grimms Wälder« enden. Wem aber der rückgewendete Schluß des stummen Films vom sterbenden Wald und vom Ende der Märchen zu verheißungsvoll, von Hoffnung geschönt und nicht böse genug ist, der möge, rät unser Herr Matzerath, die Zeitung aufschlagen und lesen, bis daß ihn Zorn überkommt, was des Kanzlers Experten zu sagen haben. Das Märchen von Hänsel und Gretel ist jedenfalls aus.

Ach Ratte, Rättlein! Was bleibt uns noch außer dem Dritten Programm? Wo ist noch Hoffnung? Mit wem zur Hand könnte ich, wenn mir träumt, sagen: Noch sind wir! Es gibt uns! Wir wollen und werden...

Sicher, Malskat ist da. Mitgenommen von so viel vergangener Gegenwart haust er auf einer Insel im Deepenmoor bei Lübeck und nahe der todsicheren Grenze zwischen den Staaten, die einander jeweils ein anderes Deutschland vortäuschen. Als ehrlicher Trugbildner hat er seine Zeitgenossen, die bis zum Schluß Fälscher blieben, überlebt, kümmerlich zwar, aber doch allseits geachtet, während der alte Fuchs und der sächselnde Spitzbart uns bitter aufstoßen.

Und wenn ich, Rättlein, behaupte, nicht nur Malskat, auch unser Herr Matzerath ist immer noch da und produziert marktgängige Videokassetten, solltest du mir, der ich gleichfalls noch bin und nur zeitweilig in meiner Raumkapsel hocke, glauben, daß es so ist. Ich habe dir, was du gerne magst, Käsebröcklein gebracht. Ich beweise mich dir durch Streicheln, Gutzureden, mit frischer Streu. Und auch Damroka, die es wiederum gibt, kommt manchmal mit ihrem Kaffeepott auf einen Sprung vorbei und sieht uns zu, wie wir korrespondieren.

Bliebe einzig die These zu widerlegen, nach der alles Täuschung und Nachglanz nur ist. Es heißt: Wir sind gar nicht mehr, werden scheintätig nur geträumt von einzig wirklichen Rattenvölkern, die uns, die wir mal waren, immer aufs neue erfinden, damit der Mensch den Ratten als Vorstellung nicht ausgeht. Willentlich träumen sie mich, dich, deinen offenen Käfig, die Käsebröcklein und Malskat auf seiner Insel im Deepenmoor, desgleichen Damrokas Kurzbesuche, den medienverrückten Herrn Matzerath und das Dritte Programm, dessen tapfere Sprecher behaupten, es gehe weiter, es lohne zu leben und Schulfunk für alle zu hören. Hoffnung finde sich, wenn auch nur krümelgroß. Alle Gefahren seien abwendbar durch Vernunft und Verzicht und allumfassendes Umdenken. Man müsse nur wollen. Dann lasse sich wiederum Zukunft planen. Bei aller Skepsis, das Jahr Zweitausend komme bestimmt. Es heißt sogar: Man werde die restlichen Wälder mit Schutzhäuten beschichten; man könne unter Glaskuppeln frische Luft für Großsiedlungsräume garantieren; der Hunger ließe sich gentechnisch aufheben; bald wisse man Mittel, den Menschen auf Dauer friedlich zu stellen; auch bequeme die Zeit sich allmählich, vor- oder nachgeholt verfügbar zu sein; man müsse nur, sagt das Dritte Programm, den Willen haben zum Wollen und umdenken möglichst bald...

So leben wir fort, geträumt von einzig wirklichen Rattenvölkern, deren Geschichte Fortschritte macht. Immer mehr, sagt die Rättin, fällt den Watsoncricks zu. Was unseres Herrn Matzerath Videofilm als Ausblick bot, ist wohlorganisiert tatsächlich geworden: Sie haben im Raum Danzig-Gdańsk ein Abgabesystem entwickelt, das den Menschenratten Nahrung im Überfluß und allen Rattenvölkern, die Ackerbau betreiben, ländlichen Besitz garantiert.

Wie immer man Machtverhältnisse regelt, ohne Eigentum geht es offenbar nicht; eine nunmehr auch posthumane Einsicht. Könnte es sein, daß wir, von Ratten geträumt, auf jene Rattenmenschen, von denen uns träumt, konstruktiv Einfluß gewinnen? Es soll ja vormals, als Mann mit Bart, Gott allen Bildern gefällig gewesen sein, die wir uns machten von ihm.

Sie wächst. Meine Weihnachtsratte wächst zusehends. Ich staune. Dabei ist bekannt, daß ordinäre Wanderratten, desgleichen Laborratten während ihrer drei Jahre anhaltenden Lebenszeit immerfort wachsen. Besorgt sehe ich ihrem Wachstum zu. Sie könnte nicht mehr sein eines Tages, erstarrt rücklings liegen, verreckt. Was werde ich mir auf Weihnachten wünschen, wenn es kein Rättlein, nur noch Malskat mit seiner verjährten Geschichte, unseren Herrn Matzerath auf dem Videomarkt, ab und zu Damroka und bei laufendem Dritten Programm mich, aus allen Träumen gefallen, nur mich noch gibt?

Die Rättin behauptet, es sei den Watsoncricks gelungen, das Wasserspiel des Neptunbrunnens und in Sankt Marien das Orgelwerk auch wieder in Gang zu setzen; und kaum aus Polen zurück, will unser Herr Matzerath jene vorproduzierte Kassette, die den hundertundsiebten Geburtstag seiner Großmutter vorweggenommen hat, in den Videohandel bringen.

Die Orgel in der Marienkirche brannte gegen Ende des Zwischenkrieges aus, doch wurde kurz vor Schluß der Humanzeit ein neues Orgelwerk dem geretteten Prospekt der Johanneskirche eingebaut.

Jetzt hat unser Herr Matzerath vor, einen mehrteiligen Film zu produzieren, der sich dem Thema Adenauer-Malskat-Ulbricht stellen soll. »Fälscher am Werk« könnte der Arbeitstitel heißen oder »Falsche Fuffziger« nur.

Die Rättin sagt, es gefalle den Rattenvölkern, Orgelkonzerten zu lauschen, die ihnen die Watsoncricks allsonntäglich bieten.

Kürzlich soll unser Herr Matzerath den Maler Malskat auf seiner Insel im Deepenmoor aufgesucht haben. Natürlich fuhr unser Herr Matzerath mit Chauffeur im Mercedes vor. »Hol über!« rief Oskar, als er sah, daß keine Brücke zur Moorinsel führt. Malskat holte das bucklichte Männlein mit dem Ruderboot. Der Chauffeur mußte beim Mercedes warten.

Im Dritten Programm, das immer Bescheid weiß, ist Bach jetzt dran: Toccata und Fuge F-Dur. Aber auch Buxtehude, sagt die Rättin, ist den Watsoncricks geläufig. Es soll kein Geheimnis bleiben, was sich die beiden älteren Herren auf der Moorinsel zu sagen hatten.

Während der eine in enger Stube dennoch, als wäre ihm kürzester Auslauf genug, auf und ab ging und dabei die Hände beredt verwarf, hörte der andere zu, den ewigen Wollmützenfilz halb über die Ohren gezogen. Der eine sagte: »Eigentlich sollte der sterbende Wald in Produktion gehen, aber Ihr Fall geht vor.« Der andere schwieg.

»Man muß das alles, die Vernichtung der Chorheiligen und Grimms Wälder als Folge und Einheit sehen«, sagte das bucklichte Männlein auf seinem Weg auf und ab. Unter der Wollmütze entfiel dem Maler nur selten ein Wort, allenfalls Handwerkliches zum Detail.

Zwischendurch sprachen beide, wie um Abstand und Anlauf zu nehmen, von ihrer Kindheit. Sie nannten Danzig und Königsberg unvergeßlich. »Entscheidend war«, sagte der eine, »daß mir meine arme Mama zum dritten Geburtstag eine Trommel aus Blech, die weißrot lackiert war, geschenkt hat, worauf ich mein Wachstum einzustellen beschloß.« – »Schon als Kind«, sagte der andere, »malte ich viel, wobei mir in meines Vaters Antiquitätenhandel altmeisterliche Tafeln zum Vorbild wurden.« Dann ließen beide ihre Jugend auf sich beruhen und fühlten sich, kaum hatten sie die Kriegszeit mit wenigen Sätzen beendet und die anschließende Schwarzmarktzeit armselig, aber vergnüglich genannt, in den fünfziger Jahren zu Hause.

»Es hätte«, sagte der eine, »jener amerikanische Song, der immer wieder von einem Quartett namens The Platters vorgetragen wurde und dessen Titel – Sie erinnern sich gewiß, lieber Malskat – recht überzeugend The Great Pretender geheißen hat, durchaus den beiden deutschen Staaten als Nationalhymne dienen können, selbstredend in Plural gebracht.«

»We are the Great Pretenders« sang der eine, worauf der andere einen Karnevalsschlager der fünfziger Jahre vorschlug, nach dessen Wortlaut immer wieder die Frage nach der Bezahlung gestellt wird.

»Unser Film«, sagte unser Herr Matzerath, »der das neue Medium, die Videotechnik der fließenden Übergänge nutzen wird, sollte besonders jungen Menschen, die weder Lug noch Trug ahnen, bildmächtig die Augen öffnen, auf daß ihnen die Ära der Großfälschungen endlich bekannt wird.«

»Ich habe«, sagte der Maler Malskat, »meinen kleinen Anteil am großen Schwindel immerhin selbsttätig auffliegen lassen. Plötzlich hörte der Spaß für mich auf.«

Da sagte, indem er zu längerer Rede bereitstand, unser Herr Matzerath über den Maler Malskat hinweg: »Wir beginnen mit dem Einrüsten gegen Ende der vierziger Jahre, zeigen also, indem wir von Tatort zu Tatort beispielhaft wechseln, wie im Innenraum der Lübecker Marienkirche das große Gerüst wächst, blenden sodann die Vorbereitungen zur Ausrufung des einen wie des anderen Staates ein, hier etwa den Eifer des Parlamentarischen Rates, dort zwischen Pankow und Karlshorst beflissenes Hin und Her, um nun auf drei Ebenen das gesamtdeutsche Fälscherwerk einzuleiten, wobei Russen und Amerikaner nebst Kunstexperten von Anbeginn ahnen, daß jeweils Trugbilder entstehen, doch nicht begreifen wollen, wie glaubwürdig jedem Schwindel, wenn er lang genug dauert, Wirklichkeit zuwächst. Da in der Marienkirche nur rieselnder Farbstaub von alter Wandmalerei zeugt, muß eines ostpreußischen Malers Hand gegen geringen Stundenlohn gotische Säulenheilige aus dem Nichts, nein, aus des Malers Fundgrube schöpfen, die seit seiner Kindheit angereichert ist. Desgleichen erfüllen sich hier frühe Wunschträume von rheinisch-klerikalem, dort von sächsisch-preußischem Zuschnitt. Auf soviel Gelegenheit haben jene Staatsmänner, indianischen Aussehens der eine, biedermännisch der andere, lange warten müssen; es wurde dem Maler mit gotischem Fundus so viel Fläche noch nie geboten. Schon heißen die staatlichen Trugbilder Republik, die Wandmalereien: das Wunder von Lübeck. Zwar werden hier wie drüben, so auch im Gewölbe des Hochchors Hakenkreuze weggemeißelt, zwar löffelt man hier wie dort den hier demokratisch, dort kommunistisch gesättigten Lernstoff, auf daß er eingeht wie Milchsuppe, aber noch lange hallt hinter neuen Fassaden das Geschrei von gestern; es stinken Leichen aus noch so sorgsam vermauerten Kellern; etlicher Lübecker Pfaffen kackbraunes Ansehen bereitet Mühe, in neuer Unschuld gottwohlgefällig zu sein. Doch der Schwindel gelingt! Soeben noch um Nachsicht bettelnde Besiegte haben sich ihrer jeweiligen Siegermacht eingenistet. Was heißt hier Laus im Pelz! Schon sind sie militärisch zurechnungsfähig aufs neue. Sie rufen Bauauf Bauauf! und Esgehtwiederaufwärts! Sie reden von Schuld, wie man von Schulden und Tilgungsraten redet. Bald sind die einen weniger arm als ihre erschöpfte Siegermacht, fest glauben die anderen sich demnächst reicher als ihre benachbarten Sieger; und auch die Wandmalereien in der Lübecker Marienkirche geben weit mehr her als jemals dagewesen. Hier wird nicht gekleckert mit Gotik, hier wird geklotzt. Überall steht, liegt, kniet man ergriffen vor allumfassendem Scheinwerk. Und alle Welt staunt, wie rasch sich eine Niederlage ins Gegenteil kehren läßt. Auferstanden aus Ruinen! Wir sind wieder wer! singt, ruft man und schlägt sich auf die Schulter. Das soll uns mal einer nachmachen. Gestern noch letzter Dreck und heute? Nun ja, ein trauriger Aufstand der Arbeiter verregnete drüben, ein mehr gemurmelter als lautstarker Ohnemichprotest verlief sich hier. Skandale, Peinlichkeiten genug, aber die gibt es anderswo auch. Man muß nur brav sein und der Großsieger Lieblingskind bleiben, niemanden aufs Baugerüst lassen, oft genug vom ersten deutschen Arbeiter- und Bauern-Staat, von unserer freiheitlich demokratischen Grundordnung und von der stilbildenden Kraft norddeutscher Gotik sprechen, dann wird der Schwindel allenorts eingesegnet. So geschehen in Bonn, Pankow, Lübeck, wo während der Siebenhundertjahrfeier sogar der Meisterfälscher Adenauer als Kanzler dem Trugbild aufsitzt; oder ahnte der Alte den Schwindel und bewunderte einzig die Machart? ›Dat han se jutjemacht!‹ soll er gesagt und dabei katholisch gezwinkert haben ...«

Unser Herr Matzerath hielt ein. Kleine Schritte machte er in Malskats niedriger Stube. Mit knappen Bemerkungen trug er noch dies und das zur Videoproduktion »Falsche Fuffziger« bei: Mode und Geschmack jener Jahre müßten bildhaft werden. Nicht nur die obligaten Nierentische und gähnend leeren Großformate gegenstandsloser Malerei, auch Messerschmitts Kabinenroller und etliche Borgwardkarossen gehörten ins Bild, zudem das Wachstum zweier Armeen. Es möge im Lied ständig bei Capri die Sonne im Meer versinken, Fritz Walter Fußball spielen, und überall müßten in Amt und Würden die Mörder unter uns sein. »Jadoch!« rief er. »Hinter Fassaden muß unentwegt das Verbrechen ticken, diese nicht abzustellende Uhr. Sagen Sie, bester Malskat, es heißt, Sie hätten im Ornament der Kapitelle, desgleichen im Faltenwurf Ihrer Heiligen gelegentlich Ratten, einzeln und paarweise Ratten versteckt ...«

Malskat stritt ab. Eine Menge Fabelgetier gewiß, die Truthähne im Kreuzgang zu Schleswig seien von seiner Hand, aber Ratten niemals, die wären selbst im Traum ihm nicht eingefallen.

Besinnlichkeit lagerte zwischen den beiden als Staub ab. Sie dachten sich zurück. Besonders mag es unserem Herrn

Matzerath gefallen haben, sein Leben Station nach Station rückläufig aufzuspulen. Dann nahm er die goldumränderte Brille ab, zeigte seine blauen, jedes Wunder durchschauenden Augen, lud unvermittelt den Maler zu seinem demnächst fälligen Geburtstag ein und sagte: »Mein lieber Malskat, Sie hätten den Schwindel auf sich beruhen lassen sollen.« Darauf der Maler: »Mag sein, daß Sie recht haben. Aber ich bin nun mal eine ehrliche Haut.«

Wie in der Kirche das Amen,
alles ist vorbestimmt, weshalb auf vielen Papieren
und in Filmen, die spannend sind, unser Ende
bereits geklappt hat und nun Legende ist,
wie diese Geschichte aus Hameln, die gleichfalls
vorbestimmt war.

Als nämlich die Kinder mit ihren Ratten
verschütt im Kalvarienberg saßen und die Zeit
nicht vergehen wollte, flüsterten sie
einander zu: Das ist nicht das Ende.
Man wird uns suchen und
finden bestimmt.

Die Hämelschen Bürger, die ihre Kinder samt Ratten
im Berg vermauert und dann
verschüttet hatten, beschlossen, ihre Kinder
zu suchen, taten, als suchten sie wirklich,
begaben sich auf Suche und riefen: Wir werden
sie finden bestimmt.

Nur eines der Kinder im Berg sagte zu seiner Ratte:
Man wird uns nicht finden, weil niemand uns sucht.
Das war schon, das weiß ich, vorherbestimmt.

Ich kann sie zeichnen auf weißem Papier: Die Rättin, von der mir träumt, trägt ihr Haar gelockt und wird zunehmend menschlich. Wenn sie beiläufig sagt, die Herrschaft der neuschwedischen Watsoncricks im Raum Danzig-Gdańsk erweist sich als milde und kommt ohne Härte aus, spricht sie in eigener Sache. Keine Weihnachtsratte, nicht mehr die Rättin mit nacktem Schwanz belebt meine Träume bei Tag und bei Nacht, vielmehr will mich dieser rattige Mensch schöngelockt an Damroka erinnern, die eigentlich auf einem Forschungsschiff mit anderen Frauen verging, dann aber, weil mir eine Postkarte träumte, der ein Brief zu folgen versprach, plötzlich wieder da war: zu Haus.

Sie hört mir geduldig zu. Sie versteht meine Klagen, mein Leugnen ihrer prächtigen Wirklichkeit. In immer neuen Einfällen gefällt sich ihr Haar. Liebster, sagt sie, reicht es dir nicht, nur noch geträumt, einzig von mir geträumt zu werden und fortan außer Verantwortung zu sein, weil du abseits meiner Träume nicht bist?

Angenehm ist es, von ihr, die ich sagt, geträumt zu werden. Sie zeigt mir alles. Die aufrecht schreitenden Neuschweden in den Gassen der Danziger Rechtstadt. Wie sie als Paare mit ihrer Aufzucht – wirklich niedlich ist der kindliche Rattenmensch anzusehen – vom Langgasser Tor bis zum Langen Markt auf und ab schlendern. Von Normalratten keine Spur. Nur wenn sie als Inspekteure – immer zu zweit – das Umland, die Weichselniederungen, die Kaschubei bereisen, kommen gewöhnliche Ratten ins Bild.

Freundlich und aufmerksam überwachen die Watsoncricks den Ackerbau der Rattenvölker. Sie raten und wissen viel. Noch immer herrscht Gerste- und Maisanbau vor, leuchten weite, gehügelte Sonnenblumenfelder. Immer noch fangen Jungratten, hinterm Fruchtkorb versteckt, Tauben, Spatzen, sonstige Schädlinge weg.

Die Neuschweden sagen: Wir gehen behutsam vor. Schließlich sind es unmanipulierte Ratten gewesen, die nicht nur sich, die auch uns versorgten, die uns, als wir nur wenige und geschwächt waren, hätten vertilgen können. Aber sie nahmen uns an. Zur Ankunft Glockengeläut. Als Menschen in verbesserter Ausgabe erkannten sie uns. Nicht deine Rückkehr, Liebster, war ersehnter Wunsch, vielmehr galt ihr Flehen und Singen unserem Kommen. Du hast mir von Messen erzählt, hast das Beten der Rattenvölker nach deinem Verständnis katholisch genannt. Das ist Unsinn, Aberglaube. Wir haben ihren Versammlungen eine neue, sozusagen reformierte Ordnung gegeben.

Und ich sah die Veränderungen im Innenraum der Marienkirche: Anna Koljaiczek als Mumie mit dem geschrumpften Oskar zu Füßen, desgleichen aller Altarschmuck, die Golddukaten und weißblaue Schlümpfe, die Brille samt Futteral, der Brieföffner, das Gebiß, der schmiedeeiserne Schriftzug Solidarność, Polens Staatsorden und Oskars Ringe waren verschwunden. Kalte Strenge und protestantische Leere herrschten. Den Dienst am Altar versahen steif und umständlich, als müßten sie einander überwachen, zwei männliche Neuschweden. Doch von der Kanzel herab sprach sie, meine Schöngelockte, über alle versammelten Rattenvölker hinweg: In wiederholten Abwandlungen war einzig von Mühe und Arbeit die Rede.

Trübsinnige Feierlichkeit ging vom Altar, von der Kanzel aus, bedrückte, hielt nieder, ließ nicht zu, daß sich die Ratten hätten aufrichten können, so geduckt wurden sie gehalten. Auch war ihrem Gesang nichts Gregorianisches abzuhören. Sie sangen strophige Lieder. Mir war, als hörte ich: Ein feste Burg ... oder: Verzage nicht, du Häuflein klein ... Doch kamen mir die bekannten Kirchenliedtexte total verschlumpft vor; jedem dritten Wort war das Gemaule der Watsoncricks draufgesetzt. Schon fühlte ich mich versucht mitzusingen.

Das ist die zweite Lautverschiebung, sagte die manipulierte Damroka ohne verschobenen Akzent, allenfalls rollte sie das R, wie es seit altersher in Vorpommern gerollt wird. Ich fand sie auf der Orgelbank, die, auf neuschwedisches Maß gebracht, mitsamt dem Spieltisch winzig anmutete im Vergleich zu den ragenden Orgelpfeifen. Sie präludierte mit Händen und Füßen, als wäre ihr das Orgelspiel wie Ein- und Ausatmen gegeben worden; all das hatte mit drei Buchstaben die Zauberformel DNS möglich gemacht.

Während sie Jesu meine Freude variierte, hörte ich Damroka berichten: Übrigens haben wir diese grauslige Mumie und ihren mumifizierten Gnom nicht etwa eliminiert. Du findest beide im hintersten Winkel der Orgelempore, dort kaum beachtet mittlerweile. Wie du weißt, kommen wir ohne Gewalt aus. Wir sind für langsame, schmerzlose Übergänge. Vernünftige Einsicht leitet unser Handeln, weshalb wir das Anbeten der beiden Mumien nicht etwa verboten haben, sondern dulden und an bestimmten Tagen fördern sogar. Zum Beispiel aus Anlaß des Großen Knalls. Jahr für Jahr feiern wir ihn, indem wir die Mumien, wie zum Tag unserer Anlandung auch, den Rattenvölkern zur Anbetung freigeben. Von dieser letzten menschlichen Körperlichkeit geht mittlerweile abschreckende Wirkung aus, die als späte Erkenntnis nützlich ist. Seht, sage ich immer wieder von der Kanzel herab: Nie wieder soll es so werden. Seht, wohin es die Menschen gebracht haben. Diese Mumien sollten uns Mahnung und Warnung zugleich sein. Seht, wie schrecklich!

Und auch auf mich sprach die gelockte Menschenrättin aufklärend ein. Sie sagte, ohne mit Händen und Füßen vom Orgelspiel zu lassen: Indem wir den Anteil Ratte in uns bejahen, werden wir wahrhaft human. Und weil wir unseres menschlichen Anteils bewußt sind, ist uns das Rattige wesentlich geworden. Ursprünglich Menschenwerk zwar, weisen wir über unsere Schöpfer hinaus, denen rückblikkend unser Mitgefühl gilt. Sie scheiterten an sich, während wir, dank des Rattigen in uns, zukünftig sind.

Sie gab das Orgelspiel auf, drehte mir die Rattenschnauze, aber auch die beiderseits fallende Lockenpracht zu und sagte: Ein Grund mehr, den Rattenvölkern zwar mit Anteilnahme, aber auch distanziert zuzusehen, wenn sie in Gruppen jenen letzten Satelliten auf seiner Umlaufbahn anbeten, in dem du, mein Liebling, den ich mir immer wieder nahbei heranträume, für ewig aufgehoben bist. Wir hören dein Räsonieren. Deine Klagen und Forderungen sind uns bekannt. Dein Geschrei – Erde kommen! Antworten, Erde! – verführt uns gelegentlich, Witze auf deine Kosten zu machen. Dein abgekapselter Traum, nach dem es die Menschen tätig und voller Ideen weiterhin gibt, teilt sich uns mit. Wir verstehen ihn gut, deinen Zorn. Begreiflich, deine verspätete Reue. Wenn du um deine Damroka trauerst, rührt es mich an.

Mir war, als hätte ich meinen Kopf und mit ihm all meine Einsamkeit in ihr Gelöck betten dürfen, einzig ihr Gelächter verstörte. Immer noch auf der Orgelbank, doch die Hände im Schoß nun, sagte sie: Manchmal lächeln wir allerdings, wenn du immer wieder behauptest, nur deiner humanen Männlichkeit und deinen öden Weibergeschichten komme Wirklichkeit zu, während ich, immerhin deine Geliebte, und alle Schwedischmanipulierten, zudem die uns anvertrauten Rattenvölker dein Traumprodukt seien, austauschbar gegen andere Träume.

Streng plötzlich hörte ich sie: Das muß aufhören! Ausflüchte dulden wir nicht. Es könnte uns einfallen, dich zu vergessen, dich nicht mehr komisch zu finden, anderes als dich, säugende Schmeißfliegen etwa zu träumen. Ich hoffe, du verstehst meinen kleinen Hinweis.

Wir stritten. Ich rief: Die gibt es überhaupt nicht, deine dämlichen Schmeißfliegen!

Sie hielt gegen: Dich wird es demnächst nicht mehr geben!

Ich lenkte ein: Ist ja gut, Damroka. Laß bitte diese Drohungen.

Sie blieb streng und zog dabei Orgelregister: Eine Warnung nur, liebster Freund, damit dir klar wird, in welches Loch du fallen könntest, falls ich...

Der Rest ging im Brausen der Orgel unter. Leise, vielleicht zu leise – aber sie hörte mich dennoch – sagte ich: Nein, bitte, nein. Ich finde dich immer noch schön. Mehr noch: Ich träume dich körperlich, mit Haut und Haar sozusagen. Richtig eingesponnen bin ich und verschmust, auch wenn ihr Nippels etwas zu kleinwüchsig geraten seid. Ich gewöhne mich, passe mich an. Sogar dein rattiges Antlitz kann meine Liebe nicht schrecken. Wir sollten näher, noch näher zusammen, damit wir ein Fleisch, wenn nur die Orgelbank nicht so winzig und dein Löchlein so eng...

So hörte ich mich laut über Bach oder Buxtehude, über alle Register hinweg: Ja, dich, nur noch dich will ich und will ich! Liebe, nie habe ich sie so mächtig empfunden. Alles mögliche, dein Gespons, dein Narr, dein himmlischer Bräutigam will ich sein. Zum anknabbern, auffressen, mit Haut und Haar auffressen find ich, hab ich dich lieb... Aber hör endlich auf, Liebste, mir mein bißchen armselige Wirklichkeit abzusprechen. Die gehört mir. Von der lasse ich nicht, verstanden! Da kannst du schöntun, so rattig du willst. Kaum erwacht, werde ich den Drehknopf bedienen und mich durchs Dritte Programm bestätigen lassen. Das weiß immer Rat, gibt Trost und baut auf Vernunft. Das sagt voraus, was morgen in Brüssel beschlossen wird. Das macht Hoffnung, wenn auch nur klitzekleine, auf demnächst beginnende Dauergespräche. Immerhin läuft hier und da wieder was. Die Zinsen werden gesenkt. Der Papst hat Reisepläne zuhauf. Sommerschlußverkauf wird die Wirtschaft beleben. Und seinen Geburtstag will unser Herr Matzerath feiern, sechzig wird er; ein Fest, zu dem wir, Damroka, ich bitte dich, herzlich geladen sind. Doch du bleibst ungerührt, als sei das alles – der Papst, Brüssel, der Sommerschlußverkauf – Einbildung nur, bloße Fiktion …

Ihr Orgelspiel brach ab. Kein Nachhall. Ich fürchtete mich. Weder sie noch die winzige Orgelbank waren zu ertasten. Wieder in meiner Raumkapsel angeschnallt, hörte ich sie. Schmerzhaft entrückt füllte ihr Bild den Monitor. Mein Stammeln: Aber ich wollte doch nur ein paar mittelfristige Daten …

Dieses gerollte R. Ihre in Vorpommern geprägte Stimme: Red hier nicht Kraut und Rüben. Langsam solltest du wissen, daß es euch, samt Drittem Programm, nur noch in unseren Träumen gibt. Oder – bei aller Liebe – noch deutlicher: Solange wir und die uns anvertrauten Rattenvölker bereit sind, uns an euch, die gottähnlichen Selbstvernichter, zu erinnern, gibt es menschliches Getriebe, also auch dich als immer schwächer werdenden Reflex. Übrigens bedauern wir unseren Gedächtnisschwund, dieses Verblassen einst deutlicher Bilder. Wir gehen dagegen an, sind nicht untätig. Vorerst im Artushof, später im Rathaus werden wir ein Museum errichten, in dem Überreste aus der Humanzeit zur belehrenden Ansicht gebracht werden sollen. Noch immer gibt euer Müll viel her. Auch sonst blieb in Kellern, Gewölben einiges ansehnlich: Schreibmaschinen, Telefonapparate, eine Filmkamera, ein heiler Volkswagen, Ersatzteile und Zubehör, ein leidlich erhaltener Bechsteinflügel sogar. Auch soll jene uralte Frau mit ihrem Knirps nicht länger auf der Orgelempore verstauben, sondern als Stück unserer Sammlung endlich zur Ruhe kommen. Und selbstverständlich werden wir, wie schon die Rattenvölker zuvor, alles tun, um die Bausubstanz der Stadt Danzig-Gdańsk zu erhalten. Weiß Gott: Mühe und Arbeit genug.

Nach einigem Betteln und Schönreden, bei dem Zeit unermeßlich verging, durfte ich mich wieder abschnallen und ihr nah sein. Unter ihrer Obhut sah ich das Museum menschlicher Spätgeschichte. Und ich sah Gruppen der Rattenvölker, geführt von belehrenden Watsoncricks, Wendeltreppen hinauf, die Rathausräume durcheilen. Sichtliche Ordnung herrschte. Alles an seinem Platz. Und was gab es nicht alles zu sehen!

Schau nur! rief meine Geliebte, die, wie zur Feier, unterm Lockenfall meiner Damroka Bernsteinkette trug, schau nur, was alles von euch geblieben ist.

Einen Zahnarztstuhl sah ich, daneben entsprechendes Werkzeug. Kleincomputer neben einer altmodischen Kaufmannswaage. Viel Kunst, gotische Stücke darunter. Man stelle sich vor: Porzellan! Aber auch leichte und schwere Waffen: Flugabwehrraketen! Daneben die Spielzeugabteilung einladend aufgebaut und von einzelnen und zu Gruppen gestellten Schlümpfen durchsetzt: den mit dem Beil, die mit den Sensen, zwei, die mit Tennisschlägern Freizeit gestalten, jenen, der mit der Kelle Spielzeugverkehr regelt, den Müßiggänger, den Obstverkäufer, etliche Schlümpfe, die einer sachkundig aufgebauten Kleinsteisenbahn zugeordnet sind und auf dem Bahnsteig warten; alle niedlich wie eh und je. Ich sah Küchengeräte: Mixer und Toaster, sah Polizeizubehör: Schlagstöcke, Handschellen, Helme mit Visier. Restbestände menschlicher Historie mit zumeist deutsch-polnischen Bezügen sah ich: zwischen Orden und Plaketten auch Solidarność, den schmiedeeisernen Schriftzug, dessen viertletzter Buchstabe noch immer weißrot das Fähnchen hält.

Ach! und auch das noch. Was ich nicht sehen wollte – Nun guck schon! rief sie, guck dir das an –, sah ich als Stück meiner Kindheit: Jenes zwischen Haff und Ostsee gelegene Konzentrationslager, das Stutthof hieß und nur eines von über tausendsechshundert Lagern gewesen war, breitete sich als Zeugnis der Humangeschichte in modellhafter Nachbildung, nicht die Öfen, keine Baracke vergessen.

Auf dem Rückweg sah ich einen Globus, den die Besuchsratten gerne berührt und bewegt hätten, aber sie durften nicht. Und als ich in der Buchabteilung, wo, wie bei den Musikinstrumenten, viel Andrang herrschte, zwischen vielen, allerdings recht haltlosen Büchern etliche polnische Großwerke, Pan Tadeus, Ferdydurke, entdeckte, hielt ich Ausschau nach ihm und seiner Großmutter. Doch erst im Roten Rathaussaal, wo früher das Zinsgroschenbild Platz gehabt hatte, fand ich als Mumie Anna Koljaiczek und ihren Enkelsohn. Endlich zur Ruhe gekommen. Von brüchigem Stoff halb verdeckt, er ihr zu Füßen. Doch etwas fehlte.

Ich flüsterte mit meiner Liebsten. Sie lächelte, jadoch, jene Schöngelockte, in der ich meine Damroka weiß, lächelte und erlaubte, daß eine leidlich heile Blechtrommel, die mir beim Besuch der Spielzeugabteilung unübersehbar gewesen war, in den Rathaussaal umsiedeln durfte. Zwei Aufsicht führende Neuschweden besorgten das. Oskar bekam, was ihm fehlte. Lachend rief meine Liebste: Wie sagte man früher? Ordnung muß sein!

Später, an anderen Ort entrückt oder genauer, in meine Kapsel gesperrt, hörte ich sie, ohne ihren manipulierten Liebreiz im Bild zu haben: Du siehst, wir geben uns Mühe. Viele Stücke fanden sich im städtischen Bereich, anderes, etwa Scherben kaschubischer Töpferware, wurde zugetragen. Nach unserer Absicht soll das Menschenbild nicht ganz und gar verblassen. So bleibt den Rattenvölkern geradezu auferlegt, sich humaner Größe und Anmaßung zu erinnern; wobei ich einräume, daß von uns Menschenratten oder Rattenmenschen, wie du sagst, gelegentlich Zwang ausgehen muß. Wir ordnen Museumsbesuche an. Da wir die Kern- und Kornvorräte unter Kontrolle haben, fällt es nicht schwer, den Vollzug unserer Weisungen zu sichern. Daß wir die ländlich ackernden Rattenvölker durch Vergabe von Besitztiteln, wenn nicht abhängig, so doch anhänglich machen, hat Folgen: Schon ist das Land von den Flußmündungen bis ins Hügelland aufgeteilt. Alle Völker stellen Transportkolonnen, denn alle Vorräte werden zentral gelagert. Einzig die Stadt erlaubt Übersicht. Verteilt wird hier. Und wir verteilen. Niemand muß hungern nach diesem System, dessen Devise erträglicher Mangel heißt...

Hier brach sie ab. Sie hatte sich nachdenklich geredet. Nach einer Pause, die mir für Spiele mit anderen Wirklichkeiten blieb – ich rief Termine, ein bevorstehendes Geburtstagsfest auf –, hörte ich sie besorgt: Wir sehen dieser Entwicklung nicht ohne Bedenken zu. Die Gefahr möglicher Rückfälle in allzu bekanntes Humanverhalten ist angezeigt, zumal es uns möglich wurde, Feuer zu schlagen, was, wie du weißt, Folgen haben wird, nein, schon hat. Wir Menschenratten garen, kochen, rösten unsere Maiskolben, desgleichen die Jagdbeute der Ackerratten, die neuerdings total abgeliefert werden muß, weil uns, schier unersättlich, nach Fleisch überm Feuer verlangt. Gewiß, sie tun, was erwartet wird. Aber das reicht nicht, reicht immer weniger. Nur langsam greifen unsere Bemühungen, dem Fleischmangel durch Planwirtschaft abzuhelfen.

Meine Ahnung wurde von ihrem Bericht übertroffen: Da in einigen Regionen, besonders auf fettem Marschland, die Populationen übermäßig zugenommen haben, mußte durch Auslese die Verdünnung der Rattenvölker beschlossen werden, vorerst im Weichselmündungsgebiet, wo aus Rußland und Indien zugewanderte Völker siedeln, später wird das kaschubische Hinterland erfaßt, wo Altansässige, mit Deutschstämmigen gemischt, ihre Parzellen haben. Wir konzentrieren besonders kräftig geratene Jungtiere auf abgesondertem Gebiet...

Stimmt! rief sie, du hast es erraten: Am Ort unserer Anlandung, wo immer noch das Schiffswrack festgemacht liegt und an Feiertagen besucht werden darf, auf der sogenannten Speicherinsel füttern wir selektierte Jungratten mit ausgewählten Kern- und Kornqualitäten bis zur Übersätte und Schlachtreife. Da es uns gelungen ist, Speiseratten weit über Normalgewicht zu mästen, werden wir, selbst wenn außerhalb der Erntesaison Tauben knapp sind, demnächst gut mit Röstfleisch versorgt sein. Seitdem wir Garküchen führen, fehlt uns schon jetzt eigentlich nichts. Immer schmort, brutzelt was. Wir sollten zufrieden sein, uns bescheiden. Dennoch hat, weil die letzten Gersteernten überreich ausfielen, nun doch das Bierbrauen begonnen, wenngleich diese Neuerung im Rat der Neuschweden lange umstritten war. In der Zeughauspassage, auf einigen Beischlägen der Frauengasse und im Ratskeller wird ausgeschenkt. Mit Maß natürlich und immer unter Kontrolle. Gruppenbesäufnisse müssen genehmigt werden und finden unter Aufsicht statt. Doch als kürzlich der Tag des Großen Knalls gefeiert wurde – es war der fünfundsiebzigste Jahrestag –, boten unsere Leute den anwesenden Rattendelegationen ein nur noch widerlich zu nennendes Schauspiel: in Horden torkelnd die Langgasse rauf und runter, der Neptunbrunnen verkotzt ...

Das alles bereitet mir Sorgen, Liebster, sagte sie und war mir wieder nah auf der winzigen Orgelbank. Sie präludierte. Traurig klang das, nach Passion. Ach, Damroka!

Auf der Suche nach Unterschied zum Getier
wird gern als menschliches Sondervermögen
die Liebe genannt.
Nicht Nächstenliebe, die Tieren geläufiger
als dem Menschen ist, soll hier gemeint sein,
vielmehr geht es um Tristan und Isolde
und andere exemplarische Paare,
die selbst unter Schwänen
nicht auszudenken sind.

So wenig wir vom Wal und seiner Kuh wissen,
Szenen wie zwischen Faust und Gretchen
wären diesen Großsäugern fremd,
wenn nicht unnatürlich.
Höher als des Hirsches Brunst steht das Hohelied
Salomonis.
Nichts Äffisches reicht an die Liebenden von Verona heran.
Keine Nachtigall, nicht die Lerche, nur der Mensch
liebt um jeden Preis, außerhalb der Saison, bis zum Wahn
und über den Tod hinaus.
Wie man weiß, möchten die Liebenden
einander auffressen sogar.
Das stimmt, Liebste: mit Haut und Haaren sogleich.
Vorher jedoch – und bei Lautenmusik –
braten wir uns ein Doppelstück
saftig vom Schwein.

Ich bitte dich, laß uns die Einladung annehmen. Schau, er hat Karten drucken lassen, ein wenig albern, in Sütterlinschrift. Es soll kein großer Auftrieb werden, nur allernächste Freunde. Dich hat er handschriftlich besonders erwähnt: »... und bringen Sie bitte Ihre Damroka mit ...« Kleiden dürfen wir uns nach Laune und Lust. Um Antwort wird gebeten. (Malskat soll abgesagt haben, leider.)

Wir kamen zu früh. Vorerst nur wenige Gäste. Unter ihnen jene langbeinigen Damen seiner Wahl, die allzeit wie zivil gekleidete Krankenschwestern aussehen: soviel ermüdende Fürsorge. Sein Auftritt stand noch bevor. Damroka trug ihr Goldgelbes. Ich hatte mir als Geschenk die in Polen illegal gedruckte Übersetzung seiner Erinnerungen ausgedacht: eine Rarität in zwei Bänden auf armseligem Papier. (Die legale Ausgabe kam kürzlich erst auf den Markt und war rasch vergriffen.)

Nur wenige Herren aus der Produktion, sein Prokurist, die Damen vom Vertrieb, zwei japanische Geschäftsfreunde und etliche Filmemacher mit Namen, die ihm mehr oder weniger verpflichtet sind, unter ihnen ein ewiger Jüngling im Smoking und in Bergsteigerschuhen, der seinem Genie gerne in Urwäldern, Sandwüsten oder – wie Luis Trenker einst – auf überhohen Bergen Auslauf gibt. Dazu ein Professor besonderer Wahl und ein unrasierter Dichter, der stets finster blickte, obgleich seine kindlich anmutende Begleiterin ein wenig jener Maria Truczinski ähnelt, die als junges Ding, bevor sie Frau Matzerath wurde, gerne Holzperlen als Kette trug. Doch Maria, die tatsächlich kam und zum strammen Kostüm echte Perlen zeigte, nahm ihr Jugendbild nicht wahr, blieb vielmehr um ihren Sohn Kurtchen, diesen dicklichen Flegel, besorgt, der sogleich aufs Büfett zusteuerte.

Noch immer stand sein Auftritt bevor. Halblaut wies ich Damroka in die nun annähernd komplette Geburtstagsgesellschaft ein. Den Professor kannte sie schon. »Jener Oberkellner«, sagte ich, »der den zu süßen Sekt serviert, ist sein Chauffeur Bruno und tauglich für alles.«

Anfang September. Draußen Altweibersommer. Durch die Fensterfront zur Veranda sickerte Abendlicht. Damroka mißfiel das Genie in Bergsteigerschuhen: »Der spiegelt sich immerzu.« Über der locker gruppierten Versammlung lag die Stimme des Professors, der wie zu weit größerem Publikum sprach. Mit Bezug zum immer noch abwesenden Gastgeber wies er auf seine grundlegenden Ausführungen zur Rolle des Außenseiters hin. Einer der Filmemacher, dem es vor nicht allzu langer Zeit gelungen war, mit eigener Produktion den Jugendjahren des Geburtstagskindes nahezukommen, bestätigte: Genau das, Oskars exemplarisches Außenseitertum, habe er zeigen wollen.

Da trat er auf. Nicht wie erwartet durch die Doppeltür, durch einen seitlichen Einlaß, den man Tapetentür nennen möchte, fand unser Herr Matzerath zu seinen Gästen. Verzögert entdeckt, applaudierte man ihm.

Wir sahen ihn verlegen. Er wollte sich keinem Grüppchen gesellen. Jacke wie Hose großkariert. War seine Brille beschlagen? Irritiert suchte er die Versammlung ab, übersah mich, trotz Damroka, vermißte wohl diesen und jenen, Malskat gewiß, gab sich Haltung plötzlich und begrüßte vor allen Gästen Maria, die sich zum Wangenkuß beugen mußte, was seiner zur Matrone erwachsenen Jugendliebe seit eh und je peinlich gewesen ist. Kurtchen futterte fern am Büfett: Lachshäppchen, Krusten vom Schweinebraten.

Danach blieb unser Herr Matzerath umringt. Glückwünsche über Glückwünsche nahm er entgegen. (Jenem Filmemacher, der ihn, auf Anraten des Professors, als Außenseiter erkannt hatte, war er herzlicher zugetan als mir, dem er seinen Dauerkatheter verdankt.)

Und was ihm nicht alles geschenkt wurde! Auf langem Tisch lagerten Päckchen, sogar Pakete ab. Nur flüchtig nahm er wahr, was offen lag, doch schien ihn die polnische Ausgabe seiner Erinnerungen zu erfreuen: »Spät, aber immerhin.«

Als ich ihm Damroka, die auch mich überragt, vorstellte und er, den Glatzkopf im Nacken, schräg zu ihr aufblickte, gelang ihm jenes Lächeln, das jedem, den es betrifft, plötzliche Hitze eingibt und dennoch frieren macht. »Ich verstehe«, sagte er, mehr nicht. Dann war er wieder umringt.

Es ließe sich noch viel zum Beginn der Geburtstagsfeier sagen. Etwa: Das bald eröffnete Büfett war in Marias Feinkostabteilung zum Sonderpreis berechnet worden. Oder: Nach Freigabe der Terrasse beeilten sich die Japaner, Gruppenfotos mit dem Geburtstagskind zu knipsen, darunter eines, das Oskar zwischen Damroka und mir zeigt. Oder: Kurtchen erzählte unserem Herrn Matzerath aufdringlich von seinen Schulden, wobei er »Bruderherz« zu ihm sagte.

Oder: Ein Spätsommerabend, keine Mücken, Heiterkeit, güldene... Doch drängt es mich nun, Schatten auf dieses Fest zu werfen, so natürlich und nur an den Rändern gekünstelt es zu verlaufen versprach.

Es war Bruno, der die Nachricht auf silbernem Tablett als Telegramm brachte. Sonstige Telegramme und eilige Glückwünsche hatte er bisher auf dem Gabentisch gestapelt, dieses trug er aus. Mag sein, daß Brunos Manier, besondere Botschaften verschleppt, wie gegen Widerstand auszutragen, der Geburtstagsgesellschaft zunehmend Stille befahl; nach mir merkte jener Filmemacher auf, der Oskars Befindlichkeiten zeitweilig nah gewesen ist, dann der Professor, schließlich spürten alle, daß etwas nach fremder Regie geschehen sein mochte.

Sagte ich schon, daß unser Herr Matzerath beim Lesen die Brille abnimmt? Er hielt sie seitlich, den kleinen Finger gespreizt. Er las, blickte um sich, war ganz im Besitz alles durchschauender Blauäugigkeit, winkte mit knapper Geste Kurtchen herbei, sagte »Mein Sohn« zu ihm, ferner: »Sie war deine Urgroßmutter« und bat ihn, das Telegramm zu verlesen.

In Matarnia vom Priester des gleichnamigen Kirchspiels aufgegeben, sprach der Telegrammtext den Tod Anna Koljaiczeks aus. Es hieß, sie sei im biblischen Alter entschlafen. Kurtchen war seiner Aufgabe nicht gewachsen, er stotterte, buchstabierte sich durch. »Wir trauern mit Ihnen«, hieß es zum Schluß.

Bruno wird geahnt haben, wie unser Herr Matzerath dem Tod seiner Großmutter zu begegnen imstande war: Er goß allseits so umsichtig nach, daß Oskars Wunsch, man möge mit ihm und im Gedanken an Anna Koljaiczek das Glas heben, sogleich erfüllt werden konnte. Dann verbat er sich jegliche Kondolenz, ersuchte vielmehr die Gäste, den Fortgang der Feier, so verschattet sie nunmehr sei, als ganz im Sinne der Verstorbenen zu begreifen.

Also blieben die Gäste, nur Kurtchen ging. Alle standen in Gruppen und sprachen gedämpft. Als unser Herr Matzerath bat, sich setzen zu dürfen, stellte sich Maria neben ihn. Wie verloren er im zu geräumigen Sessel saß, die Lackschuhe beträchtlich überm Parkett. Damroka sagte: »Siehst du, sie hält seine Hand.« Marias Geste war nicht flüchtig. Solange er saß, stand sie ihm bei.

Ich weiß nicht mehr, wer außer mir den Professor gebeten hat, zum gegebenen Anlaß zu reden, wahrscheinlich die Filmemacher und der Dichter; jedenfalls sprach er aus dem Stegreif und dennoch dergestalt umfassend, als sollte mit seinem Nachruf auf Anna Koljaiczek die Welt und ihr Zustand erklärt werden. »Wir alle wissen, was sie verkörperte«, sagte er, um sogleich preiszugeben, was alle wußten: »Dieses ein Jahrhundert und länger währende Aushalten und Erdulden schrecklicher, mehr noch, barbarischer Geschichte. Sicher, sie lebte am Rande, erlitt die Zeit. Es war mehr ihr Enkelsohn, der sich einmischte, tätig, jawohl, auch schuldig wurde. Doch ohne sie, die immer blieb, wo sie von Anbeginn war, auf jenen kaschubischen Äckern, die – wir wissen es mittlerweile – die Welt bedeuten, wäre er, unser Außenseiter und äußerst fragwürdiger Held, ohne Ort, wie verloren gewesen.«

Dann erinnerte der Professor an Oskars dreißigsten Geburtstag und sagte mit der Laune des Kenners aller noch so versteckten Details: »Damals glaubte er, sich uns entziehen zu können.« Dann nannte er unseres Herrn Matzeraths spätere Existenz zeittypisch für die fünfziger Jahre, gab auch von sich und seinem Außenseitertum Bericht und erwähnte nur kurz, doch nicht frei von kritischen Nebentönen, die Matzerathsche Videoproduktion: »Unser Freund hat nun mal diesen Medientick!« Er schloß nach einem Nebensatz, der mich betraf, und nach charmanter Referenz Maria zu Ehren allseits einvernehmlich: »Doch nun ist Oskar wieder ganz unser!«

So nahm die verschattete Geburtstagsfeier dennoch einen heiteren Verlauf. Man gratulierte dem Redner. Hätte meine Damroka ihn nicht in ein längeres Gespräch über frühbarocke Kirchenmusik verwickelt, wäre am Ende mehr der Professor als das Geburtstagskind gefeiert worden. Danach nahm sie ihn mit einer Schilderung ihrer Ostseereise gefangen, die keine Station ausließ: Møns Klint, Visby, der Greifswalder Bodden ... »Doch von Quallen«, sagte sie, »habe ich jetzt genug.« Schließlich mischte sich Oskar, anfangs noch Hand in Hand mit Maria, wieder unter die Gäste.

Beiläufig erfuhr ich, daß an eine Produktion von »Grimms Wälder« vorläufig nicht zu denken sei. Das teilte mir der Prokurist der Firma »Post Futurum« mit. Es solle demnächst, wenn mich das tröste, der Fall Malskat aufgegriffen werden. Herr Matzerath, hieß es, sei überzeugt, daß man den Schlüssel für unsere Zukunft unter den Ablagerungen der fünfziger Jahre suchen müsse.

Die Filmemacher nannten ihre nächsten Termine. Aus nicht einsichtigen Gründen verfinsterte sich der Dichter. Ohne sich von mir zu verabschieden, ging Maria. Dummerweise ließ ich mich mit dem Genie auf ein Streitgespräch ein. Wie gut, daß der Professor und mit ihm Damroka bei Laune blieben. Sogar den Dichter lehrten sie, unrasiert dennoch zu lächeln. Und wie freundlich von unserem Herrn Matzerath, in die Händchen zu klatschen, Aufmerksamkeit zu erbitten.

Wie um das Fest angemessen ausklingen zu lassen, kündigte er die Vorführung einer, so sagte er, »vornehmlich privaten Produktion« an, die aber durch »traurige Nachricht« von nunmehr allgemeinem Interesse sei. Also sahen wir alle jene Post-Futurum-Produktion, die mittlerweile von vergangenen Abläufen handelt. Bruno zog Vorhänge gegen die Abendsonne, rückte Stühle in lockere Sitzordnung, schob ein Großschirmgerät in zentrale Position, goß allseits noch einmal ein und fütterte dann den Recorder mit der Kassette: »Der hundertundsiebte Geburtstag der verehrungswürdigen Anna Koljaiczek, geborene Bronski.«

Wie gut, daß dies ländliche Fest zur Ansicht kam; denn hätte Oskar die städtische Feier seines sechzigsten Geburtstages vorproduziert, müßte ich jetzt berichten, wie getreu seine Ahnungen bis ins Detail sind: Alles, Marias Feinkostbüfett, jedes Lachs- und Gänsebrustschnittchen gezählt, alle Gäste, so auch des Dichters Bartstoppeln, meiner Damroka goldgelbes Kleid, jene zum Smoking getragenen Bergsteigerschuhe, das Telegramm schließlich auf dem Silbertablett, wie Kurtchen es durchbuchstabiert, wie der Professor, zum Vortrag gedrängt, welthaltig ausholt, auch er als Person kleinwüchsig großkariert, alles, sage ich, wäre vorgeahnt, der Zukunft entrissen und in Produktion gegeben worden, einschließlich Marias Hand auf seinem Händchen; aber er schonte uns und ließ sein Fest in Anna Koljaiczeks guter Stube ausklingen.

Als Damroka und ich mit den letzten Gästen in die Garderobe drängten, winkte mich unser Herr Matzerath noch einmal zurück. »Reden wir vom Tatsächlichen!« rief er. »Haben Sie die Finger dieser Watsoncricks gezählt, von eins bis fünf ordentlich gezählt? Tun Sie das, tun Sie das bald!«

Bei nächster Gelegenheit zählte ich. Wie alle Schlümpfe, die Oskar, als er nach Polen reiste, den Kaschubenkindern beschert hat, auf daß sie glücklich seien, haben alle Neuschweden, sobald ich sie mir nahbei träume, also auch meine Schöngelockte, die auf der Orgelbank sitzt, außer dem Daumen nur jeweils drei Finger an jeder Hand. Dennoch sind sie wie Schlümpfe geschickt, sah ich sie doch gelernt hantieren, bis jeder Humanschrott sich seiner Funktion erinnerte: der Schraubschlüssel, der Hammer, das Rad und der Zirkel. Nicht nur in Befehlstönen hörte sich ihre

Sprache verschlumpft an, vielmehr steckte, sobald ich genau hinhörte, in jedem dritten Wort die Silbe Schlumpf als Vor- oder Nachtrag, als Zwischenstück. Sie fraßen sich schlumpfsatt und zeigten sich, ihrer skandinavischen Herkunft gemäß, ziemlich maulschlümpfig.

Unser Herr Matzerath meint, es müsse den gotländischen Genmanipulatoren kindlichen Spaß bereitet haben, ihren Chimären außer der Vierfingerhand jenes Plastikwelsch zu programmieren, dessen infantiler Grundzug den späthumanen Forschern von kleinauf geläufig war. Man dürfe sogar ernste Absicht der Universität Uppsala hinter dieser linguistischen Eingebung vermuten, sollte doch die extreme Ratte mit dem extremen Menschen auch umgangssprachlich versöhnt werden.

Und in der Tat: Man kann den Watsoncricks zur Zeit ihrer Anlandung und Besiedlung der Speicherinsel ein gemäßigt ausgleichendes, nennen wir es, sozialdemokratisches Verhalten nicht absprechen. Ihre Abstimmungen und Geschäftsdebatten wollten kein Ende finden, Begriffe wie sozialschlümpfige Schlumpfordnung und Schlümpfokratie waren zu hören. Und die Rattenvölker hörten zu, zwar aus Distanz, aber doch lernbegierig. So konnte es nicht verwundern, daß auch ihre Sprache während der Phase der zweiten Lautverschiebung Schlumpfkürzel übernahm; weshalb unser Herr Matzerath, dem ja von Kindheit an, und lange bevor es Schlümpfe gab, deren Wesen nicht fremd gewesen ist, seiner Videoproduktion über die posthumane Entwicklung Zwischentitel beisteuern will, folgender Spielart etwa: Am schlümpfigen Wesen die Welt soll genesen!

Das tat die Welt leider nicht. Alles lief wieder mal schief. Zu meiner Weihnachtsratte sagte ich nach dem Schulfunk für alle: Siehst du, jetzt fressen die Neuschweden fette Ratten vom Spieß. Das mußte so kommen. Es ist zuviel Mensch in ihnen. Die Rättin, von der mir träumt, will nicht mehr der ordinären Wanderratte gleichen, sondern schöngelockt wie Damroka sein.

Oder war ich es, der nicht mehr dich, Rättlein, träumen wollte, der, wenn schon Ratte, dann eine manipulierte sich wünschte? So oder so geträumt, es darf nicht sein, daß diese Nippels zukünftig sind. Weg mit ihnen! Komm raus, Rattentier! Sag: Die schaffen wir auch noch. Die machen sich selbst fertig, und wir helfen nach. Die sind zu menschlich geraten.

Erst als das Dritte Programm die Wasserstände der Elbe und Saale brachte, kam sie aus ihrem Verschlag. Sie streckte sich, witterte wie gewohnt, blieb ein Weilchen zwischen Futternapf und Saugflasche und suchte erst wieder ihren halbdunkeln Bau auf, als die Sendung Politik am Mittag begann: Nicaragua und kein Ende.

Wie erwachsen sie ist, obgleich sie immer noch wächst. Wir stimmen überein: Es muß mit diesen Watsoncricks ein Ende nehmen! Und selbst unser Herr Matzerath, dessen Videofilm eigentlich den Menschenratten Zukunft sichern wollte, äußerte kurz nach seinem sechzigsten Geburtstag mit letzter Rede Bedenken.

»Sehen Sie«, sagte er und stellte sein Spielbein seitlich, »ich bin von Kindheit an medienbestimmt gewesen. Einem blechernen Ding sprach ich mehr Kraft zu, als ihm gegeben war – und scheiterte jämmerlich. Man hat meiner Stimme, die allerdings schneidend war, mehr Gewalttaten nachgesagt, als ich verbürgen möchte; doch ich verlor mein schützendes Medium in böser Zeit. Als es dann wieder aufwärtsging und die falschen Fuffziger Hoffnung auf mehr und mehr machten, habe ich, weil der Stimmverlust endgültig war, auf das Blech meiner Kindheit zurückgreifen müssen. Indem ich ein überholtes Instrument abermals belebte und auf ihm Vergangenheit beschwor, gelang es mir, so lange Konzertsäle zu füllen, bis jedermann das Vergangene satt hatte. So lebte ich schlecht und recht von Zinsen und Erinnerungen, wollte schon aufgeben und der allzeit gewärtigen Schwärze das letzte Wort lassen, da wurden mir neue Medien gefällig. Besonders liegt mir die intime Videokassette. Sie eignet sich für den Hausgebrauch. Kurzum: Ich fand meine Marktlücke, produzierte aufklärende Erotik leicht über Mittelmaß, entdeckte dann aber, als sich das Ende aller Humangeschichte immer absehbarer vorwegnehmen ließ, ein Betätigungsfeld, das meinen Talenten entspricht. Nach letztem Rückblick, den ich mir und dem Maler Malskat schuldig bin, soll mit der Ausfahrt des Schiffes ›Die Neue Ilsebill‹ unser Ausklang dokumentiert und der Verlauf posthumaner Geschichte vorweggenommen werden. Freilich hätte ich den Neuschweden mehr Ratteninstinkt und weniger menschliche Vernunft gewünscht. Aller Voraussicht nach spricht die Entwicklung für einen kurzen Prozeß. Unruhe hat sich der beherrschten Rattenvölker bemächtigt. Leider wird alles seinen vorbestimmten Gang gehen. Um eine Prognose zu wagen und gleichzeitig mit meiner kürzlich verstorbenen Großmutter zu sprechen: Da mecht nuscht nech blaiben von.«

Nicht im Werder, es beginnt in der Kaschubei. Von den Rändern der Mais- und Gerstenfelder verschwinden die doppelten Nippels. In großflächig angebauten Sonnenblumenkulturen gehen sie unter. Plötzlich von Ratten, immer mehr Ratten befallen, endet ihre Aufpasserpflicht. Kinderleicht sieht das aus. Als spiele man Räuber und Gendarm. Das hätte man lange zuvor schon gekonnt. Ratten, die soeben noch über Maisstrohglut geröstete Mastratten hätten sein können, nagen nun manipuliertes Fleisch vom Gebein.

Nein, falsch. Bevor es in der Kaschubei, dann im Werder beginnt, geschieht etwas. Jener schmiedeeiserne Schriftzug, der zuletzt im Rathaus Museumsstück war, ist verschwunden. Die Neuschweden vermissen die eiserne Schrift zwar, geben dem Diebstahl aber kein besonderes Gewicht – gelegentlich wurde dies und das, einzelne Schlümpfe zum Beispiel gestohlen –, doch begehen sie nun einen Fehler, indem sie, ihrer Macht allzu sicher, der schmiedeeisernen Schrift Aussage und bis in die Humanzeit zurückreichende Bedeutung unterschätzen. Jedenfalls bricht, kaum ist das eiserne Wort entführt und seitdem im Untergrund wirksam, nach und nach alles zusammen, was die Watsoncricks zur Sicherung ihres Systems aufgebaut hatten.

Gewiß, es kommen neue Aufpasser. Aber auch sie verschwinden in den Feldern, bleiben verschollen, sind auffindbar als Gerippe nur noch. Der Transport von Maiskolben und Fruchtkörben der Sonnenblumen, Gerste- und Linsenfuhren verzögern sich, werden gestört, finden immer seltener die städtischen Zentrallager Große Mühle, Hotel Hevelius, Zeughaus, Stadttheater und Leninwerftkantine, hören schließlich ganz auf. Strafexpeditionen stoßen ins Leere, werden in die Irre geführt, verzetteln sich im Schwemmland der Weichselniederungen, in den gehügelten Feldern der Kaschubei, erschöpfen sich und kehren dezimiert zurück. Nachdem die Außenposten Kartuzy und Nowy Staw, zudem in Küstennähe jenes gesicherte Trümmerfeld, das vormals Oliva hieß, gefährdet, nicht mehr zu halten sind, ziehen sich die Neuschweden hinter die Grünstreifen der Schlammwälle ins Stadtgebiet zurück. Die Kasematten im Hagelsberg werden geräumt. Dann wird der Bischofsberg aufgegeben.

Jetzt erst fahnden sie ernsthaft nach dem verschwundenen Museumsstück. Alle Sakristeien, die Keller der Werftkantine stehen unter Verdacht. Der gestohlene Schriftzug soll mal hier, mal dort kurz gesichtet worden sein. Kein Erfolg. Einzig Gerüchte nehmen zu. Im Bereich der Speicherinsel, auf dessen Gelände dicht gedrängt junge Mastratten konzentriert sind, kommt es im Verlauf von Suchaktionen, ohne daß die Schrift gefunden wird, zu Zusammenstößen: Abschreckend müssen Massenschlachtungen angeordnet werden. Auch auf dem Gelände der Leninwerft, desgleichen in jenen Kirchen, die als Ort geheimer Rattenversammlungen in Verruf sind – Sankt Birgitten zum Beispiel –, bleibt die Suche nach dem Wort erfolglos. Dabei liegt es in der Luft, flüstert sich fort und fort. Es wird verboten, das Vermaledeite, das Unsägliche auszusprechen. Selbst die verschlumpfte Weitergabe des Viersilbers steht unter Verbot. Weil im Zustand der Trunkenheit lauthals das Wort wiederholt gegrölt wurde und weil Gerste ohnehin nicht mehr geliefert wird, ist ab sofort jegliches Bierbrauen untersagt.

Hilflos mutet es an, wie sie in Doppelreihen das Zeughaus, die Mühle, den Hotelhochbau, alle Vorratslager bewachen, denn noch ahnen sie nicht, daß ihre Korn- und Kernvorräte von unten weg schwinden, durch Wühlgänge abgezogen werden, als wirke im Untergrund mächtiger Sog. Keine der stockwerkhohen Aufschüttungen ist zu halten, sie fallen treppab. Nachdem nun auch die übergroßen Mastratten aufständisch geworden sind und ihre Mastfutteranlage, dann die gesamte Speicherinsel, zuletzt den Bleihof in Besitz genommen haben, so daß von der neuschwedischen Verwaltung des konzentrierten Fleischlagers nichts außer Knochen und blondem Gewöll geblieben ist, beginnt der Hunger, beginnt das Aushungern der Menschenratten.

Ich sehe sie unsicher, ängstlich. Nichts mehr von skandinavischer Ruhe und gotländischem Wagemut. Sie verkriechen sich in die Häuserzeilen der Recht- und Altstadt. Ihnen gewohntes Gasselaufen, etwa die Frauengasse rauf, die Langgasse runter, ist gefährlich geworden. Weil es den Rattenvölkern gelingt, durchs immer noch offene Kanalisationssystem in alle Alt- und Neubauten einzusickern, indem sich Ratte nach Ratte durch steigende Rohrleitungen zwängt, wird die Lage der Neuschweden nun auch von innen her unsicher, unhaltbar. Ihre letzte Zuflucht heißt Sankt Marien. Das wird als Weisung von Haus zu Haus gerufen.

Ich sehe, mit welcher Hast, wenn auch in Formationen, sie vom Holz- und Kohlenmarkt abziehen. Stockturm, Rathaus und Langer Markt werden geräumt. Flucht von der Hundegasse durch die Beutlergasse. Vom Hakelwerk und der ehemals Polnischen Post flüchten sie in Keilformationen auf die Mottlau zu, über den Fischmarkt, die Lange Brücke, durchs Heiliggeisttor. Durch alle Tore in drangvoller Enge. Inzwischen ungeordnet der Marienkirche entgegen, wo sie alle – es mögen zum Schluß knapp zwanzigtausend sein – verhungern werden, wenn kein Wunder geschieht. Doch bietet ihnen die weiträumige Hallenkirche keine rettende Ausflucht oder gar Wundertätiges, denn jeder Blick nach oben zeigt nur neue Gefahren auf: In allen Gewölben, jeden Strebpfeiler bis zum Schlußstein hoch hängen, zu Trauben gebündelt, Jungratten; geduldig warten sie ab.

Nur mühsam läßt sich der Ausbruch von Panik dämmen. Außer Hunger setzt den Watsoncricks bald eine Seuche zu. Es ist, als kämpfe in ihnen Gen gegen Gen. Offenbar bricht verstärkt Menschliches durch. Bei kleinstem Anlaß gehen sie sich an die Kehle. Sie würgen einander ab. Die Zahl der Kadaver wächst sich im Mittelschiff zum Leichenberg aus. Schon müssen sie den Altarraum aufgeben, jetzt die Orgelempore, von der bis dahin Musik als Trost kam, zuletzt eine Passacaglia. Aus Furcht, von allen Ausgängen abgeschnitten zu werden, sammelt sich der schwindende Rest zum Nordportal hin. Keine hundert sind es mehr, und täglich zählen sie weniger. Sie versuchen es, schaffen es nicht, es widert sie an, einander zu fressen. Am Ende raffen sich die letzten Neuschweden auf – es sind fünf, nein, ich zähle neun, zwölf – und verlassen das Totenhaus.

Über die Frauengasse suchen sie Ausflucht. Sie schleppen sich an Beischlägen vorbei, die von Ratten besetzt sind. Auf

Gesimsen, Portalfassungen, in allen Fenstern drängen sie dicht bei dicht. Es werden die letzten zwölf nicht angefallen, und doch sind es jetzt nur noch neun, dann acht, sieben, die durchs Frauentor auf die Lange Brücke finden. Fünf, von denen eine ausgezehrt meine Damroka ist, wollen vom Grünen Tor über die Brücke zur Speicherinsel, schaffen es auch zu fünft, doch wie sie, Damroka voran, das andere Mottlauufer erreichen und auf ihr Schiff wollen, sehen sie Die Neue Ilsebill übers Deck hin von Ratten bewohnt.

War das nicht vorauszusehen? Und wie hätten sie jenes Wrack, das lange Zeit als Sehenswürdigkeit von Gruppen besucht werden durfte, wieder seetüchtig machen wollen? Und wohin, wäre der Diesel angesprungen, hätten die Letzten sich retten können?

Es sind junge Mastratten, vormals schmackhaft genannt, die das Deck und die Niedergänge mittschiffs, zum Bugraum besetzt halten. Noch stehen drei der Schwedischmanipulierten aufrecht. Sie schwanken, halten sich aneinander. Es rührt zu sehen, wie sie mit schwachen Gesten die Mastratten auffordern, das Wrack zu räumen. Ihre weizenblonde Behaarung ist fahl, lehmig geworden und zottelt verfilzt; doch aus den zinkgrünen Jungratten wurden graubraune, schwarze dann: Seit Beginn des Aufstandes dunkelten, schwärzten sie ein. So näherten sich die Rattenvölker wie rückläufig jener Gattung an, die zu Humanzeiten Rattus rattus, die Schwarze Hausratte genannt wurde und – Gerüchten zufolge – den Menschen die Pest gebracht haben soll.

Wie nun als letzte meine Damroka schlappmacht – sie geht auf die Knie, strähnig ihr Haar – und über die anderen fällt, sind gleich darauf alle fünf von Ratten befallen schwarz. Ihr Fleisch schwindet. Sie zucken noch. Aber kein Wimmern, kein Wehklagen. Doch ist mir, als hörte ich Glockengeläut, schwächer jedoch, viel schwächer als bei Ankunft der Watsoncricks.

Mir träumte, ich dürfte Hoffnung fassen,
den Krümel nur oder was sonst geblieben
auf Tellern leergefressen, und hoffen, daß etwas,
keine Idee, eher ein Zufall,
freundlich genannt, unterwegs sei,
ohne an Grenzen zu stoßen,
und sich verbreite ansteckend,
eine heilsame Pest.

Mir träumte, ich dürfte hoffen wieder
auf Winteräpfel, die Martinsgans,
auf Erdbeeren Jahr für Jahr
und auf der Söhne beginnende Glatze,
der Töchter Ergrauen, der Enkel Postkartengrüße,
hoffen auf Vorschüsse, Zinseszins, als hätte der Mensch
wieder unbegrenzten Kredit.

Ich träumte, ich dürfte mir Hoffnung machen,
und suchte nach Wörtern, geeignet, sie zu begründen,
begründet mir träumend Hoffnung zu machen.
Also probierte ich aus und sagte gute,
neue und kleine Hoffnung. Nach der vorsichtigen
sollte es plötzliche sein. Ich nannte sie
trügerisch, bat sie, uns gnädig zu werden.
Als letzte Hoffnung träumte sie mir,
schwach auf der Brust.

Mir träumte, ich dürfte hoffen zuletzt: Überall
legt jeder den Zündschlüssel ab, und bei offener Tür
sind die Menschen einander sicher fortan.
Es trog meine Hoffnung nicht: Sein Brot
kaut niemand mehr ungeteilt; doch jene Heiterkeit,
die ich erhoffte, ist nicht von unserer Art:
Lauthals lachen die Ratten uns aus,

seitdem wir mit letzter Hoffnung
alles vertan haben.

Na, hast du die eiserne Schrift gesehen? Und hast du sie buchstabiert? Mittschiffs stand sie viersilbig auf dem Wrack und wurde leserlich, als wir vom Deck weg Schluß machten.

Da ist sie wieder und lacht. Eine der schwarzen Jungratten, die in den Weichselniederungen selektiert und zur Mast konzentriert wurden, ist meine Rättin: Wir haben das Sagen wieder! Nichts, kein Krümel ist von ihnen geblieben. Nur wir, siehst du, in Zukunft wir Ratten nur noch.

Ich sehe sich vermehrende Völker. Zu guter Letzt menschenfrei gibt ihnen die Erde Raum. Fischreich will die See wieder sein. Auf den Hügeln hinter der Stadt wachsen die Wälder dicht. Vögel nutzen den Himmel. Neues, zuvor nie geahntes Getier tritt hervor, darunter endlich die säugenden Schmeißfliegen. Das alte Danzig jedoch zerfällt. Es bröckeln die reichgeschmückten Fassaden. Türme stürzen geborsten. Gotische Giebel neigen sich, kippen weg. Langsamer Verfall, jeder Backstein, Sankt Marien, alle Kirchen geben sich auf.

Und wie sie den Schlußstrich zieht, sagt die Rättin: So wurde des Menschengeschlechts schlimmster Gedanke gelöscht. Seine letzte Ausgeburt ist vertilgt. Was jene Schrift aus Eisen sagt, haben wir geübt, nicht der Mensch. Nichts zeugt von ihm, das fortleben könnte.

Mein übliches Nein. Es könnte doch sein, Rättin, ich bitte dich, daß wir mit letzter Hoffnung...

Ach ja, dich hatten wir ganz vergessen in deiner Kapsel ewiglich um und um. Na, neue Pläne, Termine?

Sie sagt: Warum nicht! Da es ihn nicht mehr gibt, sollte der Mensch sich Hoffnung noch und noch machen dürfen, damit unsereins was zu lachen hat, wenn wir euch bei Gelegenheit träumen...

Der Rest geht in Gelächter unter, das sich zu erdumlaufender Heiterkeit auswächst. Ungezählt vielschwänzige Würfe und Wurfeswürfe, denen ich Spaß mache.

Trotzdem, sage ich, bleibt Hoffnung genug, daß nicht ihr geträumten Ratten, sondern in Wirklichkeit wir...

Wir Ratten sind wirklicher, als dir träumen könnte.

Aber es muß doch trotz allem...

Nichts muß mehr, nichts.

Ich will aber, will wieder...

Was denn, was?

Nur angenommen, es gäbe uns Menschen noch...

Gut, nehmen wir an.

...doch diesmal wollen wir füreinander und außerdem friedfertig, hörst du, in Liebe und sanft, wie wir geschaffen sind von Natur...

Ein schöner Traum, sagte die Rättin, bevor sie verging.

Inhalt

Für die neue Werkausgabe wurden alle Texte mit den Erstausgaben verglichen und in Abstimmung mit dem Autor kritisch durchgesehen. Unter den Essays und Reden, die erstmals in diesem Umfang vorliegen, findet sich eine ganze Reihe von Texten, die bisher gar nicht oder nur an entlegener Stelle gedruckt waren. Ein Personenregister erschließt die nichtfiktionalen Texte.

Die Werkausgabe wird ergänzt durch sieben Kommentar- und Materialienbände. Der Stellenkommentar bietet Erläuterungen zu Personen, Ereignissen und kulturhistorischen Details und verfolgt die vielfältigen Motivverknüpfungen in Grass' schriftstellerischem und bildkünstlerischem Werk. Die Materialien umfassen ausgewählte Quellen, Zeugnisse zur Entstehungsgeschichte und motivverwandte Texte von Grass. Mit Entwürfen und Auszügen aus verschiedenen Fassungen geben sie exemplarisch Einblick in den Arbeitsprozeß des Autors. Bilddokumente mit Grafiken, Arbeitsplänen, Karten und Fotos runden die Materialien ab.

Günter Grass: Werkausgabe

1: Gedichte und Kurzprosa. 2: Theaterspiele. 3: Die Blechtrommel. 4: Katz und Maus. 5: Hundejahre. 6: örtlich betäubt. 7: Aus dem Tagebuch einer Schnecke. 8: Der Butt. 9: Das Treffen in Telgte. 10: Kopfgeburten oder Die Deutschen sterben aus. 11: Die Rättin. 12: Unkenrufe. 13: Ein weites Feld. 14: Essays und Reden I, 1955–1969. 15: Essays und Reden II, 1970–1979. 16: Essays und Reden III, 1980–1997.

Kommentar- und Materialienbände

1: Gedichte und Kurzprosa, Theaterspiele. 2: Die Blechtrommel, Katz und Maus, Hundejahre. 3: örtlich betäubt, Aus dem Tagebuch einer Schnecke. 4: Der Butt, Das Treffen in Telgte. 5: Kopfgeburten, Die Rättin. 6: Unkenrufe, Ein weites Feld. 7: Essays und Reden.